U0688723

长篇历史小说

DAZHANHONGTU

大商号

第二部

大展宏图

徐君儿◎著

中国文史出版社

图书在版编目（CIP）数据

大商号.第二部,大展宏图 / 徐君儿著 . -- 北京：
中国文史出版社 , 2018.1
ISBN 978-7-5034-9520-5

Ⅰ.①大… Ⅱ.①徐… Ⅲ.①长篇历史小说 – 中国 –
当代 Ⅳ.① I247.5

中国版本图书馆 CIP 数据核字（2017）第 227182 号

责任编辑：戴小璇

出版发行：中国文史出版社
社　　址：北京市海淀区西八里庄 69 号院　邮编：100142
电　　话：010-81136606　81136602　81136603（发行部）
传　　真：010-81136655
印　　装：廊坊市海涛印刷有限公司
经　　销：全国新华书店
开　　本：1/16
印　　张：36
字　　数：526 千字
版　　次：2018 年 2 月北京第 1 版
印　　次：2019 年 2 月第 2 次印刷
定　　价：78.00 元

文史版图书，版权所有，侵权必究。

目 录

目

录

「大展宏图」

第一章　承继祖业　大展宏图

徐敬修自从受得老父重托，接管家族药材生意和祖传秘方之后，与家人相聚过了个团圆年。刚出正月就急不可耐地带着妻子穆四妮、长子徐大光、次子徐大任及二春，起程前往东北沈阳。

徐敬修一行到达沈阳后，既没进驻徐家店铺，也未告知店铺掌柜，而是落脚于一家客栈内，乔装打扮后，带着二春去了"和发泰"铺子，去找他的三位堂哥敬东、敬南、敬西。兄弟阔别多年相见，当然是少不了一番喜泪交加、久别相拥问候，这些人之常情场面咱就不再细表。单说徐敬修把敬东、敬南、敬西悄悄请到客栈，敬东兄弟三人详细给他介绍了现有的二十八座铺子经营情况与存在的问题。又向他推荐了一人，如果能提拔重用，此人定能担当重任使自家生意起死回生。徐敬修听后连连点头。

送别三位哥哥先回铺子，他便天天和二春起早贪黑穿梭于各个药店查看。因徐敬修十八九岁就离开了武安伯延，从没有来过东北铺子，这么多年也从未与这些药店掌柜、伙计有过交集，所以这些店铺掌柜、伙计没人认出他来。

这天下午，徐敬修和二春尾随铺子里一个跑街收账的人来到一家酒馆。此人姓武名伦凯，三十出头，剑眉鹰目，鼻直口方，清瘦俊朗。外穿深蓝布长衫，里面是纺绸小褂裤，脚蹬玄色贡缎双梁鞋。

徐敬修领着二春进入店铺，来到武伦凯桌前，拱手道："老弟，可否将就一下？"

武伦凯抬头看一眼二人，扫视一眼已经坐满了人的酒馆，微笑道："可以，可以，二位请。"

二人落座，二春叫了一壶老酒，一壶上等龙井，点了熘肉段、地三鲜、猪肉炖粉条三盘菜，道："听兄弟口音，是武安人吧？"

武伦凯愣怔了一下，道："听兄台口音也是武安人？"

徐敬修哈哈一笑，道："看来今天是遇到老乡了，来，品品龙井。"

武伦凯也不客气，把茶杯递过去，问道："不知二位老乡在此做什么营生？"说着，扭头喊小伙计，道："上三碗肉卤面。"接着回头微笑道："今天我请老乡吃面。"

二春刚要开口，徐敬修叹口气，道："我们也是刚到此地，还没有看好营生。"几杯茶下肚，徐敬修忽然看着武伦凯，说："不瞒兄弟，我略懂一点'相法'。看兄弟相貌不凡，有富贵之相，不知老弟在哪里高就？"

武伦凯闻言，赶紧起身拱手道："谢谢兄台吉言，兄弟在和发徐药铺。"

"和发徐？听说过，那可是百年老字号了。"徐敬修假装很意外地道，"不错，不错，不知兄弟在和发徐药铺任何职务？"

这时，小伙计一手托着三盘菜，一手提着酒壶过来。

武伦凯边起身将托盘中的菜端放在桌上，边满腹牢骚地道："跑腿的事都要干。"说罢，坐下，双眼望着窗外，说不出来的茫然落寞。

二春接过酒壶，边给二人满酒，边不客气地道："做伙计？"

"人生在世，为什么？"徐敬修忽然感慨道，"不就是为了挣点银子，养家糊口，吃吃喝喝过一生吗？"说着，举举酒杯与武伦凯隔空喝干，"这就叫'知足常乐'。"

武伦凯一愣，咽下酒，直着眼道："人生在世，总要做一番事业，我可不想碌碌无为地混吃混喝，混一辈子。那不白来这世上走一遭吗？"

徐敬修知他父死家贫，从小就在铺子里当学徒，武安人称为"小劳金"，从扫地倒便壶开始，因其聪明伶俐、能言善辩、做事认真踏实、为人处世通达，深得掌柜、伙计好评，三年满师后，便成为店铺里的一名得力跑街，其后获得父亲和"掌柜"信任，派出去收账，从未出过纰漏。徐敬修点点头道："有志气，那就好好在和发徐药铺子里做一番事业吧。"

武伦凯大摇其头，端起茶杯唉叹一声道："不说了、不说了，喝茶、喝茶。"

二春再次给二人满上酒，夺过武伦凯手中的茶碗，把酒杯递到他手里，道："怎么？有难言之隐？"

武伦凯一仰头，猛地把酒灌下，满面愁容道："现在的徐家铺子可不比当年了。前不久，东家一下子把两座铺子都盘给了他人。唉！"

徐敬修对自家现在的药材生意早已清楚，并不感到意外，但听出他对现在自家店铺的经营颇有微词，吸了口气，道："说来听听？"

武伦凯苦笑道："说什么？"盯着徐敬修，仿佛要与他吵架似的道："说出来有用？你能让徐家生意起死回生？我本来想在徐家铺子好好做番事业，结果让徐家那个浑蛋少爷搅闹得什么事也干不成。"

二春看了徐敬修一眼，急道："这跟徐家少爷有何关系？"

徐敬修挠挠头，端起茶杯喝了一口茶，无奈地笑了笑，亲自给武伦凯满上酒。

武伦凯又仰头一口灌下，恨声道："当然与他脱不了干系，东家要不是为了找他，无心经营生意，这些店铺能落败到这种地步吗？能把两座铺子盘给他人吗？"

徐敬修接过话，道："我听说，徐家那个浑蛋少爷不是回来了吗？"

武伦凯端着空酒杯，愤怒道："回来了又能如何？听说那就是个疯癫的浑蛋败家玩意儿。东家年纪大了，如果把生意交给那败家子，用不了多长时间，徐家这些铺子都得关门停业。"

二春无奈地摇摇头，给他倒上酒，道："多喝点、多喝点，咱不说徐家少爷的事了，喝好了，给我们说说徐家店铺的事。"

徐敬修却满不在乎地笑笑，端起面前酒杯，与武伦凯的酒杯碰碰，喝干，道："说不定徐家那浑蛋玩意儿接管了他家铺子，生意还能起死回生呢。"

武伦凯见徐敬修一口喝干，也一口灌下，放下酒杯，呵呵一笑道："那徐家可真是烧了高香了。我听说那浑蛋，当初为了娶个土匪，逼死了姓马的女儿，气死了他爷爷，东家太太也因思念他成疾病逝。你俩说说，这么一个不忠、不孝、不仁、不义的浑蛋，还能让徐家这么多铺子生意起死回生？"他讲到这里，如释重负似的长出了一口气。

"听你这么说，好像你有想法。假如让你统管这几十座铺子，你有办法使这些铺子生意起死回生？"徐敬修反问道。

武伦凯看着徐敬修，拍着胸脯道："能，有啥不能的。只要换掉几个不作为的掌柜，再在现有规章制度基础上，加一些激励约束制度，并严格执行，不仅能起死回生，还能进一步做大做强。"

"你这么自信？"

武伦凯端起二春又为他满上的酒一口喝干，抹抹嘴道："当然自信了，如果没有办法，我就跟着别人混吃混喝得了，也用不着气愤苦恼了。我十几岁就在徐家铺子当学徒，至今已近二十年，对徐家铺子的生意往来、人事，不能说百分之百清楚，但也八九不离十，徐家铺子里的这些掌柜、伙计都是什么人，我心里清清楚楚，徐家生意为何一落千丈，我也明明白白。"说着，叹息一声，接着道："我给你们说这些干吗，不能解决任何问题，只能徒增烦恼。"

徐敬修闻言精神一振，道："坐着也是坐着，说说看，你有什么具体想法和办法，说不定我可以给你出出主意。"

武伦凯酒已经喝得不少，红着脸冲动之下，不假细思，道："要是让我统管这些铺子的话，第一，我要把那些不作为、能力不行的大掌柜撤掉，重新选拔一些有头脑、有激情、有经商能力的掌柜接任。第二，把那些光会溜须拍马、不实干的伙计、跑街都辞了，免得他们不干实事，天天挑事捣乱，沾得满锅腥，影响别人干事。第三，要注重人才培养储备，如发现哪座铺子有蠢材、庸人，好及时辞掉替补。对不踏实做事的人也是一种督促，别让他们以为，铺子离开他们不行。第四，要把奖勤罚懒作为店规，优者要奖励，为店里做出重大贡献者要提拔。违反店规轻者重罚，重者辞退！"抬头见徐敬修连连点头，继续道："第五，把那些小巷子里，客源少、不成气候的小铺子撤掉，不要让它在那里滥竽充数，白白占用那么多掌柜、伙计。那些小巷子，既没多少当地客源，也吸引不来外地客商，不适宜做药材大生意。要在繁华地段多开几处大铺子，看起来租金是要多些，可繁华地段客源多，生意好做，只要经营得当，不但很快能回本，还能越做越大。别怕多花银子，人有多大胆量，地有多大产量！投入越大，收入会更大。只有放开手脚大干，徐家铺子生意才能起死回生。整天半死不活的在这里耗着，这心里真不是滋味！"说罢，摇摇头喊道："小二，上面。"回头道："给你们说这么多，让你们见笑了，吃些面，我也该告辞了。"

"哪里，哪里，听你怎么一说，真是让我受教匪浅。兄弟有思路，有办法，确实是一把经商好手。只要有魄力，不愁干不成一番事业。"徐敬修深思片刻，好奇地问道："你既有想法，又有经商才能，那为何不自己做东家？"

小伙计端着托盘，上面放着三碗热腾腾肉卤面过来。

武伦凯把面一一端下，三个人面前各放一碗，坐下叹息一声，边吃面边道："不瞒你说，这个问题，我不是没想过，一来是徐家培养了我，不到万不得已，我不能另投他家铺子对不起徐家；二来自己做东家也不是那么容易的事，就是开个小药铺，租赁店铺、装饰、进药，撑开门面，最少也要几千两银子，还要聘掌柜、伙计、坐堂、跑街，哪个不需要用银子呀。我年俸一百五十两，还要照顾一家老小。"说着摇摇头，"不切实际的事，也就不去想它了。"

徐敬修沉吟不语，深思半晌才说道："依我看，以你的才能，每月至少也得五十两，到年底还须有身股红利分成才不委屈你。"

武伦凯双眼便是一亮，"如有这样的好事，我愿死心塌地跟随他一辈子！"

"此话当真？"徐敬修道。

"当真！"武伦凯不假思索回道。

徐敬修满意地点点头，客气地拱手，道："我用你，我开铺子，你来做总掌柜，铺子里大小事务由你全权负责，你看可行？"

武伦凯精神一振，瞪着双眼道："这话当真？"

"商场如战场，怎敢戏言。"徐敬修干脆地道。

武伦凯思索片刻，犹豫着道："虽然你说的可行，我也确实有心想跟你干一番事业。但做人不能忘本，现在徐家生意刚有点衰败，我就弃铺投你，让同行如何看待我武伦凯，谢谢你的好意，还是算了吧。"

听他这一说，徐敬修对武伦凯又有了深一层的认识，此人宅心仁厚，换了另一个人，岂肯为了东家委屈自己，轻易放弃这大好的机会。道："你的意思是等徐家铺子关门停业以后，你才能跟我一起干？"

武伦凯无奈点头道："是这个道理。"

徐敬修闻言，更加坚定了启用武伦凯的决心，立即起身单腿跪下，拱手道："徐家浑蛋败家玩意儿徐敬修，恭请武伦凯从即日起掌管徐家东北所有店铺，帮我重振徐家药材生意。"

"啊！您……您……您是少东家？"武伦凯愣怔半天，不知所措，赶紧搀扶徐敬修。

二春帮着武伦凯搀起徐敬修，才开口道："武伦凯，你对敬修少爷的怨气和误会可不少啊！"

"这，这，这……您看我都胡言乱语的给您说了些啥呀，都、都是让这酒给闹的，居然还说想要弃铺走人。这，这真是没脸见您了。"武伦凯语无伦次的，急出一身汗。

徐敬修心想要把武伦凯收服了，他的本事就变成了自己的本事。徐敬修知道一个人最大的本事就是能识人、会用人，遇到武伦凯这样聪明才智的人，就要恩威并用，他才能乐于为己所用，第一要替他照顾好他的家人，让他没有思想牵挂、后顾之忧；第二要放开权给他，不能让他感觉有捆绑之意，才充分发挥出他的聪明才智。用人不疑，疑人不用，只有这样他才能帮自己把东三省濒临倒闭边缘的生意拉回来。念到此，哈哈大笑道："没什么不好意思的，人之常情，我能理解，谁背井离乡不是想干点事多挣几个银子？一家老小都眼睁睁地等着拿银子回去花销呢。"

武伦凯红着脸，低声道："这，这，这……"

徐敬修吩咐二春结账，拉起武伦凯边向外走边道："今天这顿饭吃得可真舒服，走，武总掌柜陪我去各处铺子走走如何？"

徐敬修、二春在武伦凯陪同下，经过月余的明察暗访，基本掌握了各药店的经营情况，也知道了自家铺子存在的问题。经过座谈、调查，值得庆幸的是，几乎每座铺子里都有几名出类拔萃、头脑灵光的伙计、跑街。

随后，他以迅雷不及掩耳之势，关闭了几处地处偏僻、没有发展前景的小店铺，将年轻有为、人品好、有经商头脑的跑街收账伙计武伦凯，破格提拔为东北药铺总掌柜，全权掌舵徐家东北药材生意，将原来只卖成品不批发的老式经营模式，改为批零兼营，又高薪聘请了当地知名度较高的老郎中入驻铺子。

经过一年多的苦心经营，徐家在东北的药材生意再次红火起来。随后，徐敬修经过与敬东、敬南、敬西、武伦凯商议，从二十八座铺子中各抽出一名二掌柜，让二掌柜荣升为大掌柜，再从柜头中选拔出一名善于跑业务的升为三掌柜。

随后，徐敬修又让二十八名二掌柜，从各自铺子里挑选出三名德才兼备、头脑灵活已出师的伙计，与武伦凯、敬东、敬南、敬西、二春、穆四妮、大光、大任等人前往哈尔滨、佳木斯、福宁、尚志、四平、八面城、双辽、公主岭、新民、铁岭、阿城、通辽等地，用六年时间发展了四十四处药铺。因铺子发展得太多，带来的掌柜、伙计显然不够，徐敬修又速派武伦凯与敬东回沈阳，调动有潜力的伙计过来，提升为"代理掌柜"。承诺如三年铺子生意经营得好，可升为大掌柜。这就是徐敬修聪明过人之处，"代理掌柜"这个头衔，对这些伙计们来说是最好的鼓励，他们会挖掘自己的超人能力，做好这个"代理掌柜"给自己看。徐敬修知道不用鞭策和督促，他们就会干得比别人更出色！

徐敬修与武伦凯、二春、大光、大任巡回查看，在敬东、敬南、敬西弟兄三人的正确带领下，经过一年时间试营业，各座铺子已稳步走向正轨。

这天，他们在返回的路上，行至沈阳城边，武伦凯让马车停下来，拉着徐敬修跳下马车。

敬东、敬南、敬西、二春、大光、大任看他俩下了马车，也都相继跟着从马车上跳下。

武伦凯看着四周，犹豫片刻道："我有一想法，不知当讲不当讲。"

"我们之间还有什么不能说的，说来听听。"徐敬修道。

武伦凯沉思片刻，指着路边的庄稼地，道："听说沈阳官府马上要扩城修路，依我看来，咱们应该抢先一步，在这条路附近买下几块地皮，先盖成库房，等以后繁华起来再改成店铺。哪怕就是什么也不盖，等扩城修路了，转手卖掉地皮也能发大财。"看看徐敬修，略显底气不足地道："我也知道，刚扩展了这么多店铺，您手里除了必须的开销，恐怕也没多少活钱可用了。我是说，如有闲钱，您可考虑考虑。"

徐敬修惊奇地看着武伦凯，原以为武伦凯一心扑在药材生意上，对其他事并不上心，也不懂，现在才发现这也是一位不拘泥于世俗之见，思路开阔，敢与肖云龙相比上下的商业天才。欣赏地翘起大拇指，衷心夸赞道："不错！正合我意。"

他激动得一把拉住武伦凯的手，指向远处一排大杨树，道："从脚下开始，买到那排杨树那里，你看如何？"

武伦凯回过头来，瞪着吃惊的双眼，望着徐敬修，嘴也打起了哆嗦："您、您还有银子买这么多块地？"

敬东、敬南、敬西、大光、大任看着武伦凯自豪地笑了。二春笑着说道："武总掌柜，意想不到的事还多着哩！"

徐敬修拉住他的手，欲回身上车，道："你应该知道我的性子，咱马上回去好好合计合计，开始运作此事。"

穆四妮在车上掀开窗帘看着徐敬修笑了。

武伦凯抽回手，霍地站住，看着他道："既然您还有银子，那咱回去看看十字街头那个大坑？如果能把那个废弃的大坑买下，把它填平，盖成铺子，您想想可好？"

徐敬修拿他的话细想了一想，忽有启发，"好，好。武总掌柜眼光看得远，我同意。就是这么办。"

穆四妮放下窗帘，道："回去赶紧广招人才吧，用人的地儿还多着哩！"

徐敬修激动得一拍双掌，"对！夫人说的极对！是要赶紧广招人才。"

武伦凯点点头道："回到铺子我就派人回老家去带人！"

二春边听边点头细细品味他们的对话，从中悟出许多生意经，做生意千万不能死搬教条地去做，必须灵活多变，只要善于把握商机，处处都是生意，处处都是赚银子的机会。

他们重新坐上车，就这样谈着，不知不觉回到人烟稠密之区。

回到沈阳，徐敬修抓紧时间与武伦凯、敬东、敬南、敬西制定店规制度，并给他们布置了各自分管的工作。敬东、敬南、敬西兄弟三人领命回铺子各干其事去了。徐敬修找了家离那个大坑近的客栈，带着家人住了进去。武伦凯与二春便马不停蹄去找保长，经过了解，那块地是沈阳城一侯姓地主家的地。武伦凯托人找了三名牙纪（中人）前去说和。经过两天价位协商，终有成果。

武伦凯、二春回到客栈，见徐敬修独自一人双手背后，隔着窗子看着那个大坑沉思，桌子上还摆满了画好的楼房图纸。

徐敬修见他俩回来，赶紧收拾桌子上的图纸。

武伦凯走过去夺过图纸，道："这么快就把图纸画出来了？不错，就要盖两层，一层不够用。"

二春与武伦凯展开图纸，惊喜道："真没想到，你还有这两下子！"

徐敬修笑笑道："快说说进展如何？"

武伦凯道："事情已有了眉目，那是十亩地，作时值价银二百一十两整。"

徐敬修点点头道："价位还行。"

二春搓着双手道："但还有点麻烦。"

徐敬修边收拾图纸，边道："说来听听。"

武伦凯接口道："姓侯的不想通过官府，想与咱签白契。"（所谓白契，就是由民间自行协议，未经税契和官府钤印者）

"那可不行！必须是官契，免得找后账。"（所谓官契，即红契，又称赤契，是税过契并经官府钤印者）

武伦凯很为难地回道："这个我已给那姓侯的说了，他说要官契的话，契税要咱一家出，他不出银子。"

二春气愤道："这真是个铁公鸡，一毛不拔。牙纪费他也不想出，武总掌柜好说歹说，他才答应出小头，咱出大头。"

徐敬修想了一下道："就是咱自己纳税也要官契。"

"好，只要这项您同意就行，那咱们走吧。"武伦凯道。

徐敬修放好图纸，哈哈一笑，挠挠头道："实际上，这事我去不去都无所谓，你俩带着银子去把四至谁家地边分清，替我签了契约就行了。"

武伦凯拉住他的胳膊，道："不行，不行。这么大的事，您不去那可不行！还要您签字画押呢。这可不能替。"

徐敬修无奈地摇摇头，被武伦凯强拽着走出客栈。

二春看一眼徐敬修，心中暗笑：花样真多！紧走两步跟在他俩身后。

买了十亩地，又速把大坑填平夯实，历经一年半时间，盖了一座坐北朝南的复式两层小楼，上下各分为五大间，命名为总店。总店门楣上方悬挂着耀眼的"徐和发"牌匾。楼下店铺，靠西是后院通道，靠东为楼梯，中间大厅放置药架柜台，药架左上方墙上贴着"救死扶伤，行善积德"，右上方墙上贴着"修合虽无人见，存心自有天知"的字幅，伙计们柜台里抓药、配药忙碌，靠西窗下坐堂先生接诊号脉；楼上为客户接待生意洽谈议事厅、账房和大掌柜办公休息处。

后院宽敞幽静，十间正房，正中三间两卧一厅是徐敬修的卧室和客厅，其余七间供掌柜和伙计们吃住；院东十间药库一通到底，分门别类存放着各种药材；院西十间房有七间是切药、碾药、配药、炮制、存放成品药，三间是车马房。

东北三省的药材生意基本稳固后，徐敬修又趁着自己热血奔放的心情，带着穆四妮、二春、徐大光、徐大任一行人返回苏州，会同张诚、肖云龙安排好铺子里所有事项，命阿虎代理掌舵东西两座盛泰兴铺子生意。从总店学徒房及各个分店精心挑选了一百零八名头脑灵活、德才兼备，培训五年以上的伙计赶赴无锡。在位于这个城市政治、商贸和文化中心的崇安寺旁租赁下五间商铺和十间库房，留下三名掌柜、伙计负责无锡绸缎、布匹生意。再从无锡抵达西安，在梆子寺街租赁下七间商铺及后院，又丢下三名掌柜、伙计负责这里的绸缎、布匹生意。其后又马不停蹄地辗转山西、陕西、甘肃、宁夏、蒙古等地，相继发展了二十余家绸缎、布匹商铺。

把从南方带过来的一百多名精兵强将逐一安置完毕，二春望着徐敬修的脸道："终于如你心愿！一百单八将都已就绪。"

徐敬修双手背后望着蓝天白云，深深地松了一口气。

蒙古归化城：

傍晚时分，徐敬修带着众人和自家铺子里懂蒙古语的小伙计阿勇，把本地最有权威的苏赫巴鲁旗长邀请到蒙古族酒家，进得蒙古包，徐敬修忙给苏赫巴鲁旗长介绍说："这位是我店总掌柜张诚、大掌柜肖云龙、二春和我两个儿子大光、大任。"苏赫巴鲁旗长听不懂汉语，看着他们没有表情。小伙计阿勇赶紧上前一步做了翻译，苏赫巴鲁旗长抬起下巴，瞪着一双铜铃大眼，上下打量了他们几眼，傲慢地双手叉腰，用蒙古语问小伙计阿勇："我说的他可同意？"

小伙计阿勇笑笑道："我们每到一处都要招用几名端茶、送货、打扫卫生的小伙计。我老板说了，我们是来做生意的，只是您介绍的人能吃苦耐劳才行。"

苏赫巴鲁旗长望着徐敬修哈哈一笑："呼吉雅是穷孩子出身，他阿爸死的早，什么苦他都不怕。"

小伙计阿勇把苏赫巴鲁旗长的话翻译给徐敬修。徐敬修点头笑笑，低声说道："回他，试用期三个月，没有劳金，只管吃饭。能者用，无用则退。"

小伙计阿勇又转身把话翻译苏赫巴鲁旗长，苏赫巴鲁旗长伸出大拇指，哈哈大笑着一一给他们拥抱。扭头大喊了一嗓子，进来七位美丽的姑娘，只见她们张开双手捧着哈达，吟唱吉祥如意的祝词，将哈达的折叠口向着接受哈达的徐敬修、张诚、肖云龙、二春、大光、大任和小伙计阿勇。他们面向苏赫巴鲁旗长等人，集中精力听祝词和接受敬酒。敬酒：斟酒敬客，是蒙古族待客的传统方式。他们认为美酒是食品之精华，五谷之结晶，拿出最珍贵的食品敬献，是表达蒙古人对客人的敬重和爱戴。他们将美酒斟在牛角杯中，托在长长的哈达之上，唱起动听的蒙古族传统的敬酒歌。久经商场的徐敬修每次想要到哪个地方去发展生意时，他首先会把当地的风俗习惯、消费观念、地理优势了解得一清二楚。所以他早知蒙古族的各种礼节，客人若是推让不喝酒，就会被认为对主人瞧不起，不愿以诚相待。宾客应随即接住酒，接酒后用无名指蘸酒向天、地、火炉方向点一下，以示敬奉天、地、火神。接受哈达时，他们微向前躬身，苏赫巴鲁旗长等人将哈达挂于他们颈上。他们双手合掌于胸前，向苏赫巴鲁旗长等人表示谢意。一切礼仪完毕后，徐敬修给苏赫巴鲁旗长说了一些恭维的客套话：仰仗他以后对铺子多多关照。小伙计阿勇翻译过去，直到苏赫巴鲁旗长哈哈大笑，拍着徐敬修的后脑连连点头，徐敬修的心才踏实下来。他们盘腿坐下来，苏赫巴鲁旗长边谈当地地理位置优越、资源储量丰富，边不忘与徐敬修等人敬酒痛饮。直到喝得张诚、二春哇哇大吐，徐敬修、肖云龙、大光、大任喝的是面红耳赤、东倒西歪。至于怎么与苏赫巴鲁旗长道别的，徐敬修已记不大清楚了。

徐敬修完成了自己在各地发展生意的心愿，与张诚、肖云龙道别。临行时，肖云龙道："我有一想法，不知老板你可同意？"

徐敬修两手抄在袖笼里，脸上带着笑容，道："客气，直说。"

"我想下一步，咱也要学习学习西方的文化、经济、政治。"

徐敬修顿时将笑收起，问道："咋学？"

"出国学习。"

徐敬修不由一惊，瞪眼问道："你想出国学习去？"

肖云龙摇摇头："咱现在和洋人的交易越来越多，光我自己给他们洽谈业务，有点势单力孤。如老板你能同意，我想通过与杰克森的关系，让大光、大任或者大本去英国留学，学习他们的文化、经济、政治。"见徐敬修诧异地望着他自己，停顿了一下，继续说道："我们必须承认我们百事不如人，应死心塌地地去向人家学习，回国之后才能大显身手。"

"这个……"徐敬修挠挠头道，"我不喜欢外国人那野蛮文化。咱国传统文化，'仁、义、礼、智、信、温、良、恭、俭、让、严、勇、孝'不比国外的好？"

"他们是野蛮，但不得不承认他们的生产技术和经营管理很先进。学习西方文化并不代表咱们的传统文化就不好。"

徐敬修犹豫了。肖云龙接着说道："去粗取精。师夷长技以制夷难道不好吗？"

肖云龙终于把徐敬修说得心服。他连连点头，扭头看着长子徐大光笑笑。

徐大光当然明白父亲的意思，挠挠头，不好意思道："肖老师说的不是没有道理，但洋文一个我也不会，到国外咋生活呀爹？"说着，他往前推了推二弟徐大任，哈哈一笑道："还是让我兄弟去吧。"

徐大任笑眼望着父母。

穆四妮知道大光刚成亲，肯定是不想出国，看着大任道："你不能去，咱给老白家说好的明年要娶亲，雷打不能变！"

徐大任轻摇着母亲的胳膊，低声道："学成回国娶亲也不迟。"

穆四妮瞪他一眼，道："不行！咱不能不讲信义。"

二春想了想道："让三儿出国去学，你们看如何？他年纪小，接受事物快。"

徐敬修琢磨了一下，"我回去考虑考虑。"

"不用考虑了！二春说得对，让三儿去，现在咱家这么多生意，迟早你也得撒开手让孩子们自己干，趁早让三儿出去锻炼锻炼，学会独立没有什么不好！"穆四妮快言快语道。

徐敬修吸了一口气没有言语。

一直站在一旁没有说话的张诚，走上前拍拍徐敬修的肩膀道："现在几乎每个月都会和洋人做交易，肖掌柜是顾得了东城顾不了西城。别舍不得了！就派三儿去吧。"

穆四妮果断地一挥手道："就这样定了，我们回家后，让三儿去苏州找你们。"

徐敬修虽然有点不大同意，但回家后，还是从佣人中找了两名出色可靠的徐氏家佣，陪着徐大本走出了家门。

沈阳徐和发总店：

把三子徐大本送走后，徐敬修带着二春、穆四妮，儿子徐大光、徐大任回到了沈阳"徐和发"总店。

徐敬修这次来到沈阳后，并未参与铺子生意，而是一头钻进屋里静下心来钻研学习药理知识，而后频繁进出配药室和炮制室，参照老祖宗遗留下来的皇宫秘方研制新药，将近一年时间，成功研制出玉容丹、助阳益寿酒和壮阳逍遥丸等系列中成药。经过亲身试验一段时间后，感觉药效的确不错。

大功告成后，徐敬修虽然神情疲惫，但掩饰不住内心的激动，盘腿坐在炕上与二春、穆四妮、徐大光、徐大任聊起了新研制的成品药，聊着聊着，他嘿嘿一笑，目不转睛地盯着妻子穆四妮。

穆四妮嗔怪地瞥了他一眼道："我脸上有花是咋的！一直看着我干啥？"

徐敬修掩饰不住内心的喜悦，激动地道："我的任务已完成，接下来就该太太你登场了。"

穆四妮笑道："我？有我什么事？"

二春和大光、大任都不解地望着他。

徐敬修哈哈大笑，挥手道："大光，你去铺子里把武总掌柜请过来。"

穆四妮狠狠瞪了他一眼，道："发什么神经，大晚上的请武总掌柜过来干吗？"

徐敬修神秘地道："我要请戏班子在铺子门口唱上三天大戏。"

徐大光虽不懂父亲的意思，但还是拔腿向前院铺子跑去。

徐敬修见大光去了前院，望着穆四妮郑重地道："太太呀，接下来就看你的了。"

穆四妮疑惑道："唱戏有戏班子，关我什么事？"

"那可就错了，这次唱戏的主角可不是戏班子，是你！"徐敬修干咳一声道，"据《史记·司马相如列传》记载，当年而立之年的大才子司马相如，与时年17岁的卓文君私奔后，为了谋生在四川临邛盘下了一家小酒舍，司马相如洗盘子，卓文君则站到店前的酒坛旁边招揽生意。'文君当垆，相如涤器'的典故就由此而来的……"

"啊！"徐大任顿时眼睛发亮，明白了父亲的意思，大叫道，"爹，我知道了，您是想让我娘上戏台推广玉容丹？"

徐敬修笑着点点头道："正是，咱来个戏中戏！"

穆四妮一边为他和二春添茶，一边娇嗔地笑道："我都成老太婆了，还能为你玉容丹做推广？别给你砸了锅。"

二春端起茶碗，小抿一口，琢磨后，兴奋道："戏中有戏这主意不错，可别忘了给我留个好角色！"

徐敬修把腰一挺，拍着二春的肩膀道："哪能少得了你，只要不常在东北铺子走动的人全上阵！二春啊，你明天去买两套胡须来。"

二春估摸着总掌柜武伦凯就要来了，知道他俩今晚还要深谈。于是，放下茶碗，道："好！明天一早我就去买胡须。还有别的要交代吗？"

徐敬修摇了摇头道："早点回房休息吧，明天的事还不少哩！"

二春从炕沿边站起身，向大任使个眼色，大任跟着他走出房门。

"你呀！"穆四妮指着他的鼻尖道，"都多大的人了还一惊一乍的，真不知道你又要出什么幺蛾子。"

徐敬修也不接话，只是一边喝茶，一边看穆四妮，看一眼，笑一笑。

穆四妮摸摸他额头道："在屋里关了一年，是不是真给憋神经了？一直笑啥？"

"现在还不能告诉你，等我把台词给你拟好，就明白了。"

"哼！"穆四妮气呼呼道："打的什么鬼主意？痛快地说，要不可别怪我不配合。"

话音刚落，徐大光领着武伦凯进屋后，拱手道："东家，有事请吩咐。"

徐敬修赶紧下炕，上前拉住武伦凯的胳膊，道："大半夜的把您请过来耽误您休息了。来，来，坐下谈。"虽然武伦凯比自己年纪小，但徐敬修还是把你唤作您，这样更显着自己特别尊重他。

武伦凯也不推让，欣然上炕盘腿落座，看看炕桌上装着茶点、水果的四个高脚盆子和炕前铜火盆里燃烧的黑炭，疑惑地看着徐敬修。

穆四妮和徐大光坐在炕边的桌子旁，也不言语，瞪眼看着他俩。

徐敬修不慌不忙亲手为武伦凯满上盖碗茶，才道："找您过来也没什么大事，劳您明天请一戏班子来。"

武伦凯不解地望着他道："您想看戏？"

徐敬修哈哈一笑，道："我刚研制出几种新药，玉容丹、助阳益寿酒和壮阳逍遥丸，想尽快推出去。"

"哦！"武伦凯更加疑惑地看着他，沉吟片刻道，"推出新药与唱戏有关系？"

"关系大了。推出新药关键就在唱戏，做好了能让咱家的生意再上一个台阶。"

武伦凯皱皱眉头没有应声，心想：都说少东家疯癫，我始终不信，上次过来英明果断，不但迅速把生意从生死边缘挽救回来，而且还把铺子扩展到东北三省满地开花，现在隐隐已成东三省的药材行老大，这样的人咋可能疯癫！可这次一来，就把自己关在屋里，一关就是将近一年时间，也不过问生意上的事，这才刚出来，就来这么一出，看来传言也不无道理。不过人家是东家，先看看他的意思再说。

徐敬修见武伦凯不说话，知道他对自己所作所为有些看不惯。也不作解释，笑笑道："武总掌柜，我请戏班子唱戏，不仅要在咱总店门口唱，我准备在咱家所有分店门口也都唱三天。"

"啊!"穆四妮、徐大光、武伦凯都瞪大眼睛吃惊地瞅着他。

武伦凯顿时骂娘的心都有了,心道:真是个败家子!东三省七十二家铺子都唱上三天戏,这要花多少银子呀!生意才刚刚发展起来,就开始发烧了?原本以为你年轻有为,精明能干,自己好不容易遇到了一个好东家,跟着能干一番事业,可谁知有能力做好,败起家来花样更别致。唉!看来自己这辈子就没有那沉下心来干事的命。

徐敬修见武伦凯皱着眉头又摇头又苦笑的,微微一笑道:"索性给您说了吧,省得您有话不说憋在心里难受,不过……"

武伦凯笑笑无语。

徐敬修低声道:"事关商业机密,千万不可泄露出去。"见武伦凯点了点头,才附耳过去,把自己的想法说了一遍。

武伦凯边听边点头,最后激动地看着他道:"东家,您鬼主意可真多,佩服,佩服!请戏班子的事您放心,伦凯保证把沈阳最好的戏班子请来!"徐敬修端起盖碗茶递到武伦凯手里:"铺子还是有点少,还要劳您费心多考察周边地理位置。"

武伦凯端着盖碗茶碗惊愕片刻,然后点点头道:"好、好。好。"

第二天,"徐和发"药铺门前开始搭起了戏台,未到午时戏台前已人山人海,观众引颈注目疑惑不解,不知这"徐和发"药铺搞的哪一出,不好好卖药,咋无缘无故地唱起了戏。不一会儿,"当"一声锣响,鼓乐齐奏,《贵妃醉酒》正式开演,"生、旦、净、末、丑"纷纷你方唱罢我方登场,戏唱到高潮迭起之时,徐敬修一挥手,鼓乐齐止,各类角色齐齐退场。

就在观众疑惑不解之际,戏台两侧屋檐上方的高杆上徐徐升起两幅布制幡子,左边上书"祖传秘方",右边上书"神奇疗效"。

与此同时,穆四妮手托一精致玉盘,盘中放着滚圆的丹药走上台,声音有些发腻道:"各位老爷、夫人、太太、小姐,这是我'徐和发'推出新药玉容丹。此丹是根据徐家祖传宫廷秘方研制而成,该秘方是古代四大美女之一杨贵妃美容秘诀,唐朝后宫佳丽三千,为何李隆基独宠杨贵妃一人?究其因不仅仅是她天生丽质,更重要的是杨贵妃使用该药后容颜红润光泽,娇艳欲滴。当今太后人到中年仍神采飞扬,丰姿不减,如同妙龄少女一般,也是因为长期使用该药。你们看,我现四十有余,容颜仍能白里透红、柔嫩细滑、未见皱纹,就是使用该药之故。"说着轻轻抚摩着自己脸庞,笑吟吟地继续道:"该药能使人皮肤洁白如雪、光滑柔润。该丹药主要采用:白牵牛、白蔹、白细辛、甘松、白芨、白莲蕊、白茯苓、白芷、白术、白僵蚕、白附子、白扁豆、白丁香、荆芥、独活、羌活、檀香、防风、珍珠等一起研磨，再加绿豆粉混合制成丹丸。具有温经、驱风、活络经脉、美白去皱、促进血液循环等功效。"

穆四妮话音刚落，一位年近半百、官爷模样的男子大声道："给我来几盒玉容丹，到哪儿交银子？"

"去店里交银子。"穆四妮回道。

一个贵小姐推推旁边的丫鬟，丫鬟上前问道："我家小姐想要你手中的那盒玉容丹可以吗？"

"可以，我手里的玉容丹是这位小姐的了。"徐四妮干脆道。

随后几位太太、小姐也都喊着："我要，我也要……"

看众人在台下吵着要买玉容丹时，徐敬修手托助阳益寿酒和壮阳逍遥丸走上台，大喊道："请大家放心，她手里的玉容丹与铺子中的玉容丹是一样的，要玉容丹的都跟她到铺子中买。"话音未落，女人们都争先恐后地跟着穆四妮向铺子里挤去。

徐敬修笑笑大声喊道："女人要容颜美貌，大家说我们男人要什么？"

只听台下一个公子哥大喊道："男人要壮阳！"

引得台下一阵哄堂大笑。

徐敬修哈哈一笑道："这位小兄弟说得对！她们女人为悦己者容，咱们男人要为知己者补肾壮阳！我盘子里是助阳益寿酒，补肾壮阳，益肝养精，健脾和胃，延年益寿，长年饮用可让您老当益壮、生龙活虎，可让您的太太天天笑容满面。这助阳益寿酒主要采用党参、熟地黄、枸杞子、沙苑子、仙灵脾、公丁香、远志肉、广沉香、荔枝、白酒用独特的方法秘制而成。让一让，让一让，让能喝酒的爷们儿往前靠拢靠拢免费尝尝，回去试试效果如何！"

"有这么神效的药酒？先让我尝尝。"台下一个萎靡不振的中年人喊道。

"好，好！先让您尝尝，喝了感觉好，记得给咱铺子传传名。"徐敬修微笑着道。

顿时，台下嚷嚷声一片："我也尝尝，我也要尝尝。"

"别挤、别挤，都有、都有。"徐敬修看着老少爷们都挤着要喝助阳益寿酒，扭身端起另一个托盘，大喊道："我这里还有壮阳逍遥丸，如哪位需要，也可以免费让各位品尝一下。这壮阳逍遥丸主要采用人参、鹿茸、麝香、老虎鞭、海豹鞭、鹿鞭、蛤蚧、淫羊藿、巴戟等提炼成丸，主要功效为温肾壮阳。"

一位六旬老者挤进来，大喊道："啊！壮阳逍遥丸里有老虎鞭、海豹鞭？来，给我一颗。"

徐敬修让小伙计递过去一颗，众人都看着老者吃后的症状。不到一刻钟，老者满脸通红，急匆匆挤出人群，边走边对小随从大喊道："快回去找三太太、四太太，让她们马上回府。"

小随从疑惑地问道："老爷，让三太太、四太太回府做啥？"

老者瞪了小随从一眼道："让你去你就去，问这么多干吗？快去！就说老爷我找她们有好事，谁回来晚了没谁的。"

"啊！老爷，有什么好事？我咋不……"小随从话还没说完，老者抬腿就是一脚，把小随从踹出老远。

众人见状，哈哈大笑起来。小随从扭头看看老爷，爬起来，一溜烟跑了。

一位财主模样的大胡子老翁喝了助阳益寿酒一会儿，嘀咕道："哎呀！这酒还真挺灵，看来有望老树开花啊！"大声喊道："快、快、快，给我来两坛。"

一位中年少妇红着脸，推推身边的男子，见男子不动，使劲拧了他一把，低声道："你还不快去，难不成让老娘去。"

十年河东，十年河西。徐家几代人从推小车、担担子起步，逐步在东北站稳脚跟，由盛到衰惨淡几年，在濒临破产的边缘，又经徐敬修大刀阔斧的改革，改变经营策略，破除经营陋俗，大胆起用年轻有为的掌柜，短短七八年时间就将徐家药材生意覆盖了东北三省。这使徐敬修的野心愈加膨胀，一发不可收拾，将目标盯上了中国经济文化中心北京和华北重地天津。

天津：

这些年来，渗透于天津卫的日本人石川，始终在一刻不停地搜集中国军事、政治、经济、文化、地理、风俗等资料，为日本侵略中国做着准备。

这一天，石川为了从马继宗口中探听情报，特意请他到住处品尝日本料理。二人对跪坐在榻榻米桌旁，石川殷勤地介绍道："这是我们大日本的特色料理宴，有生鱼片、天妇罗、鸡素烧、寿司、酱汤，是我特意让人从日本捎米请继宗老弟品尝的。"

马继宗边吃边点头叫好。

石川端起桌上的酒杯道："这是我日本清酒，是用优质大米酿造而成，已有一千多年历史，亦称'日本酒'。酒精含量较低，千杯不醉。来！为了我们的友谊共饮一杯。"说罢，仰头一饮而尽，轻轻放下酒杯，又斟上，看着马继宗问道："听说文昌阁是颐和园六座城关中最大的一座，可是真的？"

马继宗端起酒杯喝了一口，咂巴咂巴嘴回道："是的，此阁楼内供奉有一尊文昌帝君铜像，其左右侍立童男童女，并设帝君乘坐的骏马一匹。相传文昌帝君主宰人间的功名和利禄，所以深受仕途者信奉。"放下手中酒杯，摇摇头继续说道："宿云檐城关上原有楼阁，内供关羽银铸塑像，前些年被英法联军掠走了。后重修颐和园时改为亭式建筑，内供关帝牌位。"

石川听后，连连点头称赞道："马老弟真是博学多才啊！佩服。"边说边为马继宗斟满酒，道："说，继续说。"

"喝得不少了，别倒了。想听？"看石川点点头一副受教的样子，马继宗笑笑道，"好，那我再给你讲个事儿。"

"好！我洗耳恭听。"

已显醉态的马继宗听到石川夸奖，心里高兴，眯着眼抿口酒道："听说慈禧太后为了享乐，修建颐和园时挪用了海军购买军舰的几百万两白银，并传下懿旨把颐和园建成'天上人间'。现在的佛香阁就象征天宫，昆明湖好比天河，八方亭和龙王庙一带便是人间了。"

石川虚心请教道："既然有天河，那就应该还有牛郎织女了？你们中国不是有牛郎织女的传说吗？"

"对呀！八方亭下面的昆明湖边不是有一头铜牛吗，那就象征牛郎，铜牛头朝东，扭头望向西北石舫旁边的织女亭。这样，就以昆明湖为界，形成了左有'牛郎'、右有'织女'的格局。从此，铜牛就这样朝朝暮暮遥望着'织女'，却不得相聚。"

石川问道："哦！为何不让他们相聚？"

马继宗摇摇头，醉醺醺地说道："不……不是不让他们相聚，每年的七月初七他们才能相聚。据说，有一年七月初七这天夜里，铜牛突然一步一步走到湖里，向织女亭方向游去，怎奈昆明湖太大，游到一半便沉了下去。负责颐和园的官员赶忙禀报慈禧太后，太后不信，亲自到十七孔桥查看，铜牛果然不见了。"

石川吃惊地看着马继宗道："啊！还有这事？那后来呢？"

"后来慈禧太后下令，仿照以前的铜牛又赶造了一头放在原来的位置，以防它再跑，还用铁链拴着。"

石川点点头道："那再也跑不掉了。"

马继宗盯着石川看了一眼道："跑不掉了？到了第二年七月七，铜牛又动起来了，眼见铁链子也拴不住了，几名侍卫急忙扑上去拉拽，可任凭几名侍卫使尽全身力气也无法制止铜牛，由于用力过猛，'咔嚓'一声把牛尾巴给拽断了。幸好这时又有侍卫跑来，并且拿来了更粗的铁链，这才七手八脚总算将铜牛锁住。从此，昆明湖边便留下了一只断了尾巴的铜牛。"

"啊！"石川吃惊地看着马继宗道，"原来昆明湖边那头断了尾巴的铜牛，是这样来的呀！"

马继宗哈哈一笑，道："你自己想吧，你说是它就是，你说不是它就不是。"

石川也跟着哈哈一笑，端起酒杯与马继宗碰了一杯。

马继宗抬头瞥了石川一眼，神秘地问道："问你件事儿，近来朝中官员传言你们日本欲占领我国台湾岛，可有此事？"

"据我所知，绝无此事。"石川肯定地道。

马继宗盯着石川道："你不用隐瞒，你们的企图已经引起我朝廷警惕。"

石川听后一愣，忙招呼马继宗吃菜喝酒。

伯延徐宅：

徐家宅院房前梧桐树上小鸟啾啾，午后的阳光穿过梧桐树枝叶洒落在屋里的窗前桌案上，细碎重叠的光影斑驳成一幅动人的田园画面。

刘妈捧着茶盘轻步进屋，为老太爷徐兴厚和徐敬修斟上茶水，而后慢慢退了出去。

老太爷徐兴厚红光满面，梳一条又黑又亮的辫子，身穿挺括的酱紫色夹袍，外套黑缎"巴图鲁"坎肩，平肩一排珊瑚套扣，卷着的袖子露出雪白纺绸的袖头，十足一副富家老太爷的派头。坐在太师椅上，右手拿支湘妃竹烟袋抽着，左手里转着一对山核桃，听完徐敬修的话，赞许地点点头道："真没想到，这么快你就把咱家的药材生意覆盖了东三省。"

徐敬修身着一袭白衣，脸上挂着和悦的笑容，端起桌上的茶杯抿一口，道："爹，才把生意铺至东北三省，已经够慢的了。"

徐兴厚抬头瞟了他一眼，道："生意不少了，我已很知足，往后你也别到处跑了，多在家陪陪我。"

徐敬修双眉一挑，把茶杯放到桌子上道："爹，我不出去行吗？现在只有南方、西部、东北几个省有咱的生意，其他地方我也想要去看看，特别京津重地咱要择机进入。商机只有四处寻找才行，待在家里不用说扩展，现状都难以长期维持。咱家以前一是铺子少；二是缺乏好掌柜，所以才导致咱家生意逐渐走下坡路。"

徐兴厚一听，顿时脸色阴沉下来，责备道："不要小看那些铺子，那些铺子哪一座都来之不易，都是你爷爷和你大爷爷用小车推出来的。谁像你小子呀！有贵人相助。"

徐敬修干咳两声道："那是我爷爷当初没有把您逼出去，如果把您也逼出去的话，说不定也会有贵人相助的。"

徐兴厚一听儿子翻老账，"腾"地一下从太师椅上跳了起来，顺手脱掉鞋子，火冒三丈地喝道："拿鞋底子打你！要不是一直找你这兔崽子，咱家生意会一落千丈？"

徐敬修一看父亲生气了，赶紧起身抱头鼠窜道："爹，您可不能生气呀，我只是给您老开个玩笑，您咋说来气就来气啊！实际上，您做的生意已经不少了，都快把彰德府的整条街盘下来了。爹，您在咱家功劳是最大的，这扩展生意的事，就是儿子该做的事。"

刘妈和粉儿听到动静，匆匆忙忙跑进屋，疑惑地看着他爷俩。

徐兴厚摆手道："出去吧，没你们事。"重新坐回太师椅上，把鞋子穿好，气呼呼道："再提老账，看我不打死你小兔崽子。"

徐敬修看父亲消了气，笑着朝门口的刘妈和粉儿眨眨眼，慢慢坐回原地。刘妈和粉儿嘻嘻笑着走远。

徐兴厚瞪了他一眼，道："听说汝昌在东北也开了几座药铺？"

徐敬修收敛嬉笑，道："是啊！看来这南做绸缎，北做药材已经成了咱武安人的生意模式。"

徐兴厚双眸凝视着徐敬修，郑重说道："切记质量就是生命，信誉就是商机。咱做药材生意的一定要保证质量，这可是人命关天的大事，千万马虎不得。你要记着，无论在任何情况下，坚决不卖假货，不以次充好，是什么药就是什么药，必须按照处方保质保量给顾客抓药。自制的中成药，必须严格按照配方加工制作。你要知道'修合虽无人见，存心自有天知'，货色好坏，日子一久，总会有人知道的，一传十，十传百，口碑就出去了。售出时，合理定价，绝对不讨价还价。再说服务吧，来有迎语，去有送言，服务要热情周到，尽量满足顾客的要求。商人要始终记着'乐善好施，为商而不奸，人气就是商气，人缘就是商机，这个道理。"

徐敬修听完父亲的话，点点头道："父亲这番话，道尽了做人为商的宗旨，真是听爹一席话，胜儿读过万卷书。爹，您放心，儿一定不辜负您老人家一片苦心，谨记您的教诲，好好做人，好好经商，做一个好人，做一个有良心的生意人。"

徐兴厚欣慰地点点头道："是呀，要想做好生意，就必须首先学会做人。"

徐敬修斟上茶双手端给父亲，道："孩儿绝不会让您老失望。爹，我想明天带建筑、绘画、雕刻匠人和风水先生到外面看看，勘察勘察各地的庄院布局和房屋结构，咱也好好建一座房子。"

徐兴厚盯着屋内上下打量了几眼，眼里满是笑意道："儿呀，不就是一座房子吗？没有听说盖个房子还用到外面勘察的！"

徐敬修见父亲不再反对自己盖房子，顿时来了精神，兴奋道："爹，您不知道，现在人家盖房子可不是单单能住就行了，有很多讲究的，外观要气派美观，内部设计要合理，起居饮食要舒适。这些都需要请精工巧匠设计，需要风水先生看了之后才能盖。"

徐兴厚笑着斜睨了他一眼，道："嗬，我活了大半辈子，不知道盖个房子还有这么多讲究，你小子有能耐了，我不管，你爱盖个啥样就盖个啥样吧，反正有我一间住的就行了。"

徐敬修有点愧疚地看着父亲道："以前我没有好好孝敬您，还老惹您生气，儿子感觉对不住您。自从回家后，我可是处处听您的。"

徐兴厚嗔怪道："你孝顺我了吗？老是惹我生气。"

"爹！儿子这不是天天想着法让您吃好、喝好、住好，过得舒服点儿嘛！所以，我就想让您住上最气派的房子，安度晚年，您就等着享清福吧！"徐敬修说后留心观察着父亲的神态。

徐兴厚嗔怪赌气地提高嗓门道："啥是最气派的房子？我不知道，我就知道不漏雨就行了。气派，气派，哼！当今皇上住的皇宫最气派，你能给我盖个皇宫！"停顿一下，沉声道："儿呀，你想重新翻盖一下房子我没有意见，但不要要求太高了。虽说你这些年挣银子不少，但东北、西部一直扩展生意也花了不少，手里也得留一些应急，别把银子都花在盖房子上，把活钱都变成死钱。"

说者无意听者有心，徐敬修听到父亲这么无意间一说，心头一振，大声道："我的老天爷啊！我知道该怎么盖好咱的房子了。"说着起身快步离去。

徐兴厚眼中透出一丝怅惘，摇摇头道："又跑了，唉！都当爷爷了，还跟个孩子似的，说风就是雨的！"

润金、润银跑进屋来，问道："太爷爷，太爷爷，我爷爷要去哪儿？"

徐兴厚摸着润金、润银的头，心中暗叹一声道："咱不管他，他爱上哪儿上哪儿去。润金、润银，走，跟太爷爷到大门口玩去。"边走边摸着两个孩子的头，问道："你爹和你二叔呢？"

润银奶声奶气地答道："他们都在屋里看书呢！"

徐兴厚叹口气道："不让他们去做生意，看啥书呀！会做生意才中，你爷爷呀，是个糊涂虫。"

润金抬头眨巴眨巴眼睛，道："太爷爷，不许您说我爷爷坏话，我爷爷才不糊涂呢。我爷爷说了，只有多看书才不会把药方开错，人命关天啊！"

徐兴厚照着润金头上轻轻一拍道："就知道向着你爷爷说话，不跟太爷爷一条心。"

第二章　兴建庄园　喜获佳讯

伯延村西：

　　一年后，伯延村西北头，徐敬修带着建筑、绘画、雕刻工匠、风水先生以及二春、世福等人站在土台上，看着手里一张图纸，神情亢奋地道："你们现在清楚了吧！院子一定要遵循儒家的原则，其中最重要的一条就是，前朝、后市、左祖、右社，这一点儿必须做到。我重金买下这块地儿，就是相中后边是个闹市。"

　　建筑工匠把图纸从他手中拿过来，放到地上展开道："徐东家，您的意思我明白，可是这地块儿，就是再缩小也没法跟京城皇宫相比呀？"

　　徐敬修紧锁眉头低头看看图纸，再抬头看看建筑工匠道："那我当然知道了，咱建筑面积和规模不能相比，这格局上应该没问题吧？"

　　建筑工匠起身看着脚下这块地，谨慎道："没问题是没问题，就是这么个建法，怕会犯上呀！"

　　徐敬修注目着北方道："天高皇帝远，谁会在意咱这乡下小地方，没事，盖吧！"

　　二春把地上的图纸收起来，拽拽建筑工匠的胳膊道："东家让你咋盖你就咋盖，咱离京城这么远，谁吃饱撑的没事管这闲事。没事，好好盖，东家不会亏待你的。"

　　建筑工匠道："就是再远咱也得小心点儿，规模这么大，还能不透出风去？这又不是什么小物件，能藏起来、掖起来。"

　　徐敬修怔了一下，纳闷地看着建筑工匠，皱着眉头道："咱们都进了三次

京城了，你们几个就不能想想法子，既盖出皇宫格局，又不犯上？"看他们都不言语，又接着说道："要不，咱们明天再进京城？只要仔细看，办法肯定会有的。真要是能把皇宫的格式建到咱伯延，你们想想，你们多风光呀，不出武安城就能看到皇宫了。"

风水先生张半仙握着易盘走近徐敬修，小声道："徐东家，这皇上住的地儿，格局很有讲究，真要是能按皇宫格局盖起您这宅院来，肯定会保您人丁兴旺，事事顺心。我给您看过了，这块地儿确实是块风水宝地儿，但您必须按顺时针走，您才会越来越顺！"

听罢张半仙的一席话，徐敬修犯了愁，蹲在地上沉思不语。

二春琢磨了下，走近建筑工匠，试探着问道："十里八乡都说你是能工巧匠，你再想想有没有好办法？"

大家目光都齐齐聚投向建筑工匠。

建筑工匠刚才听了徐敬修的想法，现在二春又步步紧逼，心想：他是有银子没处花，想急着花银子，我干吗非要死心眼，我给他省下银子，他未必高兴，何不顺着他的心思，既赚了他的银子，还让他开心高兴念我的好。念及此，皱皱眉头，装出恍然大悟状，蹲到徐敬修身边，道："要不这样吧，在大门里建个木雕影壁墙，这样就和皇宫有了差异。您看行吗？"

徐敬修拉着建筑工匠的手站起身，略带忧色，扭头看着张半仙，问道："张先生，您看……"

张半仙看看建筑匠工，转了两圈，又掐指算了算，内心兴奋，脸色平静地道："是个好主意，这样既不影响风水，也不犯上。"

徐敬修一听，顿时眉开眼笑，用欣赏的目光看着建筑匠工，道："那就这样盖吧，用最好的石料，最好的砖，最好的木料，总之一句话，都用最好的材料。"

建筑匠工看了一眼张半仙，淡然一笑，道："徐东家，剩下的事您就别管了，只要您不怕花银子，这料的事儿，就不用您操心了，保证都给您用最好的料，盖成方圆几百里最好的宅院。"

徐敬修点头一笑道："好！银子没问题，用多少尽管从管家那儿取。好好盖，盖好了有赏！走，咱再去看看左祖的地儿。"

建筑工匠边下土台边道："盖祠堂时，张先生必须看着，这里边的讲究多，我没有张先生您懂得多，别出了什么差错。"

张半仙谦虚地笑笑道："这个你放心，盖左祖、右社时我蹲守伯延就是了。盖好左祖，我亲自帮徐东家把先人牌位摆放好。盖好右社时，我要上香叩拜，把这一方神灵都请来，助徐东家家财兴旺。"

徐敬修跳下土台，拱手道："好好好！那我就先谢谢张先生了！"

张半仙捻须微笑道："不必言谢，都是朋友，应该的，应该的。"

正在这时，周汝昌风风火火地跑来，离老远就喊道："小老叔！你在东北又新增开了那么多铺子，现在又要建新宅院？"

"我的老天爷啊！你啥时候回来的？"徐敬修跑上前，紧紧拉住周汝昌的手，激动地道，"不盖房不行了呀！人口是越来越多了，老宅院住不开了。"

周汝昌哈哈一笑，道："这不，刚回来就听说你要建宅院，我把行李放下就来了！"

徐敬修搂住他的肩膀道："今天中午喝两杯？杀两盘？"

周汝昌一撇嘴，道："你那也叫下棋？三下五除二就把你将死了，我才不跟你这个臭棋篓子下呢。喝两杯还可以。"

二春接过话头道："周老板，这次你可又轻敌了。"

周汝昌瞧着二春道："这真是跟着啥人学啥人，跟着巫师跳大神，跟着我小老叔，你也学会吹牛了！"

徐敬修一听，瞪眼道："谁吹啦？士别三日当刮目相看，你可别把人看扁了，我现在的棋艺可不是当初了，你想赢还真的要费点劲。不下也好，看来我那坛女儿红只有我和二春喝喽！对了，还有刚出锅的熏猪脸，醇香扑鼻，肥而不腻，瘦而不僵，入口耐人寻味，好吃着哩！"

周汝昌咽口唾液抹抹嘴，拍拍徐敬修的肩膀，道："别说了！别说了！你想馋死我呀？走吧，走吧，为了肥而不腻的熏猪脸，就委屈我自己一回吧。"

几人刚到家门前，润延、润年从院子里跑了出来，拉住徐敬修的手道："爷爷、爷爷，奶奶叫您回家吃饭。"

徐敬修开心道："真乖！能唤爷爷吃饭了。走，爷爷抱抱回家吃饭喽！"弯腰抱起两个孩子。

二春一看徐敬修一下抱起了两个孩子，赶紧上前从他怀中接过润延，道："都快奔五十的人了，还犟劲，你还以为你是风华正茂的小伙子呀！"

周汝昌诧异道："小老叔，这是大光的两个儿子吧？"

"不不不！这是大任的两个儿子，润延和润年，大光那两个都大了。"看着怀里的润年道："快叫你周伯伯。"

"周伯伯好！"两个孩子异口同声道。

"哎呀呀，大任的孩子都这么大了！"

"是呀，时光如流水啊！"

徐宅：

客厅里，菜过五道、酒过三巡后，周汝昌略带醉意扫视一圈，看屋里没其他人，看了一眼对面的徐敬修，露出诡秘的笑容，隔着炕桌凑近他低声道："小老叔，如果芸香没有死，不知对你来说是好事还是坏事？"

徐敬修闻言，心中猛然一振，惊疑地抬起头，盯视着周汝昌，脑海中浮现出芸香当时在铺子里一幕幕的场景，随即脸色灰暗，茫然失神地低下头，摇摇头，咬咬牙端起桌上的酒杯，一口喝干，镇定了一下心神，长叹一声道："过去的就让它过去吧，不提了。"

周汝昌道："她甘愿为你跳崖自尽，怪不得马继宗会那么恨你！"

徐敬修嘴角掠过一丝凄凉的笑意，拿起酒壶满上一杯，仰头喝干，愤愤地道："自从他姐那事发生以后，他就一直恨不得我死，这你知道。因为芸香这事他恨我，那他是以小人之心度君子之腹了，当时我总不能看着芸香落难不救吧。"

周汝昌察言观色，见提到芸香，徐敬修就不自然地流露出无限凄凉和遗憾的神情，看着他借酒消愁愁更愁的样子，心有不忍地低声道："张掌柜得到确切消息，芸香没有死。"

徐敬修一听，猛地抬起头，惊愕地盯着周汝昌，手一发抖，酒杯从掌心滑落，顿时心里发酸，眼眶发热，尽力忍住眼泪，半信半疑一把拉住周汝昌的手，急急地问道："真的？她真的没死？我大哥从哪儿得到的消息？"

"上个月张掌柜包了一艘船去上海进布匹，在船上闲着无事，就与船家聊起了家长里短，聊着聊着就聊到了你在苏州城的一些事来，船家跟张掌柜说，当年有三男一女包了他的船去天津，上船后，见其中一个男的派头挺大，一直与另两个男子谈论去祁州进药材的事，就回头多看了几眼，认出那女子是芸香姑娘。当时，他还没听说芸香跳崖的事，也就没在意。"

徐敬修霎时眼里布满了惊愕，脸上露出难以置信的神情，瞪眼睛看着周汝昌，问道："船家怎认得芸香？"

"那船家就是苏州山塘街人，芸香是苏州评弹名角儿，又天天在你铺子里为你招揽生意，谁人不知谁人不晓啊！讲得我口干舌燥的，我也润润嗓子。"周汝昌端起桌上的酒杯，一口喝干，继续说道，"要不是为了回来给你报信，我现在才不回来呢！"

徐敬修疑惑道："三个男子带芸香去了天津？他们在船上交谈去祁州进药材的事，难道他们是药商？会是谁？芸香为何会跟他们去天津？"

周汝昌夹了块熏猪肉放到嘴里，边嚼边道："我猜肯定是马继宗与他的两个奴才。"

徐敬修像是在对周汝昌说，又仿佛自言自语道："难道在苏州发生的一切真的都与马继宗有关？"停顿了一下，声音有些颤抖道："我要马上去天津找芸香。"

周汝昌点点他的额头，眼里带着一丝调侃道："她对你就那么重要吗？"

徐敬修一愣，迎着周汝昌的目光对视了片刻，嘴角泛起一丝微笑，道："重要！非常重要！"

周汝昌看着他，打了个酒嗝，俯身问道："那小婶子呢？你这么做对得起小婶子吗？"

徐敬修红着眼圈道："你小婶子随我去南方，陪我同甘共苦数载，为我生儿育女，陪我风里来雨里去，还数次救我性命，可以说她既是我的妻子，也是我的恩人。"长叹了口气，接着道："芸香，我毫不夸大地说，没有芸香就没有现在的我，她为我的铺子立下了汗马功劳，我刚开铺子时生意不好，只能艰难维持，自打芸香到了铺子以后，她绞尽脑汁为我出谋划策，里里外外跑前跑后拉顾客，生意才渐渐好转。说到这里，我也不能忘记你的功劳……"

"别说我，继续说芸香。"周汝昌打断他的话道。

徐敬修接着说道："可惜她命苦啊！一心想要我纳她为妾，因为我欠你小婶子的恩情，再因有祖训，我没有同意。可她毫无怨言，仍然强颜欢笑，强打精神帮助我。后来患上了咯血病，却不知为何，我还没为她治好病，就悄悄离开了铺子。"

周汝昌听后，默默地看着他"唉"地叹了一声，黯然无语。

第三章　久别重逢　津门立铺

天津：

　　"东家哎，这么大的天津卫，咱也不知道人家药商姓氏名谁，咋找呀！这样子在天津卫到处转也不是办法呀？"二春望着徐敬修急躁地说道。

　　徐敬修想想也是，这次做事太鲁莽，找人首先要知道人家姓什么叫什么，家住哪道街哪条巷，这样才好打听，自己啥也不知道，就凭着人家在船上谈论过要去祁州进药材这一点线索，可咋找呀，总不能一家药铺子一家药铺子找吧。他心里这样想着，嘴上却说："别心急呀二春，慢慢来。"

　　二人漫无边际地在大街上走了半天，也想不出什么好办法。徐敬修边走边挠挠头道："不行，咱先找个客栈住下来，慢慢打听，一天打听不出来，就两天，两天打听不出来，就三天、五天。只要芸香在天津，我就不信找不到她。"

　　二春看他如此坚决，扭头问道："你的意思是咱房子也不盖了？就在天津卫住下来，天天游逛打听芸香下落？"

　　徐敬修笑笑道："你还别说，不找到芸香我还真的不回家盖房子了！"

　　二春赌气道："你何不把生意做到天津卫？这样咱可以边做生意边打听她的消息！"

　　徐敬修听后，一愣怔，看着二春道："这主意不错，咱就把生意做到天津卫，边找芸香边做生意，就这么定了。"

　　二春咧咧嘴，笑道："情痴！如果带芸香来天津卫的那个人真是马继宗，芸香与人家和好如初了，那咋办？"

徐敬修闻言，神情微怔，瞬即恢复如常，嘴边噙着一丝苦笑，避开二春的目光道："如若他俩和好，咱自然是扭头就回武安。"

二春盯着徐敬修道："心口一致吗？"

徐敬修茫然望着繁华的街道，毅然决然地道："心口绝对一致！"说着突然停顿了一下道："对了，去估衣街朱家铺子，兴许从他那里能得到一些线索。"

二春无奈地摇摇头，跟着徐敬修向估衣街走去。

估衣街：

估衣街位于天津卫繁华东北角和北大关之间，与北马路平行，是一条有百年历史的古老商业街。这里和苏州山塘街相比别有风情，除了估衣铺，还有绸缎、皮货、布匹、毛皮、服装、中药材等等应有尽有，可以说是日用小商品的集散地。一些老字号如谦祥益、瑞蚨祥、瑞生祥、元隆、老胡开文、老茂生等都集中在这条街上，这里的摊贩遍地，大嗓门吆喝声此起彼伏悠扬动听。

二春见此情景，笑着道："这地儿还真是繁华。你看，路边为啥有这么多卖旧衣的？他们这吆喝的是啥呀？"

徐敬修哈哈一笑道："这就是著名的天津卫估衣街，素称'畿南花月无双地，蓟北繁华第一城'，你没有听说过？"

二春摇头无语。

徐敬修即刻兴起，学着卖衣人吆喝道："一件皮袄呀，俺卖皮袄呀——"

街上行人听到他这一嗓子，纷纷伫足向他看来，其中一气质高雅，穿着靓丽，年约四旬的贵夫人听到这一声，顿时心神一振愣在当地，半晌后才慢慢转过身来，一张熟悉而有点沧桑的脸立刻呈现在她眼前，不同的是，已近五十岁的徐敬修眼眸中透着深沉和坚毅……

看到徐敬修近在咫尺，芸香眼里霎时布满了惊愕。眼泪簌簌而下，望着徐敬修，自言自语道："天哪！真的是他，他还活着！"

二春拉住徐敬修的胳膊，朗声道："别喊了，别喊了，再喊就把狼招来了。"见伫足的人们看看他们就自顾逛去，二春才笑笑道："不过你刚才喊得挺好听的，喊的是啥？"

徐敬修哈哈一笑，满不在乎道："估衣街上当然卖估衣，卖了旧衣换新衣。你没听过崔旭的《估衣街竹枝词》？词是这样写的：'衣裳颠倒半非新，掣领提襟唱卖频；夏葛冬装随意买，不知初制是何人。'这首诗生动地描绘了这里的商业场景。衣裳半非新，必是旧物。因这儿当铺很多，由于市井中经济变化既大又快（天津有'富贵无三辈'的说法），家中新制的鲜衣华服转瞬间就可

能因破产送进当铺，这样的当品大多会因无钱回赎成为死当，所有权转移到当铺手中，当铺按堆儿编号售出，买者多为估衣铺，估衣铺再拿到估衣街上售卖。吆喝声如歌唱，就是诗中所说的'唱卖频'。"

二春不解地问道："不知初制是何人，是啥意思？"

"买的既是旧衣服，当然'不知初制是何人'了！"徐敬修说完哈哈大笑，笑着笑着突然停下来，惊叫道："我的老天爷啊！二春，你快看她是谁？"他惊愕地看着眼前泪流满面的芸香带着一小丫鬟。她的形貌、身影与数年前几乎毫无二致，依然是那么美丽动人，淡雅如兰，仿佛不食人间烟火一般。徐敬修愣怔地望着芸香，心中百感交集，千言万语堵在喉头竟无法开口，眼泪顺着面颊滑落，不由自主地欲上前想把她拥入怀抱再也不让她离开半步，迈出几步停下来，痛苦地摇摇头，喃喃自语道："芸香？她真的是芸香吗？"

二春一看芸香就站在他们眼前，也是一愣，晃了晃脑子，吃惊道："芸香！真的是芸香！"

芸香已泣不成声道："你……你……你还活着？"

徐敬修嘴唇颤抖着哽咽着说不出一句话来，使劲点点头。路人都止步疑惑地瞅着他们。

二春看看呆愣的徐敬修和泪流满面的芸香，再看看街上行人异样的目光，扫视一下街道两旁，拉拉徐敬修的衣服，低声道："东家，这里人多嘴杂，咱找个地儿边吃边说？"

芸香这才回过神来，忧伤而心疼道："你们还没吃饭？"

徐敬修眼睛一眨不眨地凝视着芸香，含泪点点头。

丫鬟立在芸香身旁，疑惑地望着徐敬修。

二春捂着肚子，缩缩脖子，愁眉苦脸道："我们不但午饭没吃，早饭也没吃！"

芸香听后心中一紧，走近二人身边，嗔怪道："真是的，不吃饭不饿？赶紧去吃点东西。"说完转身向路边一家酒馆走去。

二春忙扯了扯徐敬修的袖子，紧跟而上。

酒馆：

几人进了酒馆，找了一间僻静单间。进入房间后徐敬修一句话都没说，压抑着激动喜悦的心情，静静伫立在窗边，内心却翻江倒海一样回放着与芸香在一起的一幕幕情景。

二春赶紧吩咐外面的小伙计准备茶水和小菜，等茶水、小菜备齐后，二春望着芸香身边的丫鬟，拱手道："我东家是你太太的娘家哥，失散多年未见，你放心，咱去外面，让他们说说话。"

芸香与身旁的丫鬟比画一番，徐敬修与二春这才知道小丫鬟是个哑巴。

徐敬修看着二春带丫鬟走出去以后，招呼芸香坐下来，捧起茶杯，低着头一时不知该如何开口，气氛显得非常尴尬。

芸香忐忑不安地问道："当初我可是亲眼看着你快要人头落地了，才……你怎么……"

徐敬修镇静了一下心神，淡然道："在生死关头被我岳父和张将军救下了。"

"你岳父？"芸香吃惊地望着他。

徐敬修心中如一团乱麻，哀伤地问道："当初，为何一声不吭就离开了铺子？"

芸香顿时心中的酸楚化作一行悲痛的泪水，挂在她那细密微翘的眼睫毛上摇摇欲坠，看得让人心生爱怜。她抖动着纤纤玉手轻轻擦擦模糊的泪眼，抽泣着道："周先生说我再不离开铺子，会给你惹来极大的麻烦，你和嫂子都是难得的好人。我……"

"汝昌……是周汝昌让你离开铺子的？"徐敬修大惊，重重地把茶杯放回桌上。

芸香低声道："你也别怨他，他也是为你好。"

徐敬修痛苦地摇着头道："你为什么那么傻呀！为什么要跳崖？"

芸香拭去泪珠，轻叹一口气道："人生难得一知己，为了自己心爱的人死也是幸福的。生不能在一起，死了能同走奈何桥也知足。"

徐敬修闻言，身躯微微战栗，内心感激而幸福，关切地问道："你的病好了吗？"

芸香看着徐敬修关心急迫的神态，眼睛泛出晶莹泪光，轻声道："好了，要不是你及时给我对症吃药，我早已命赴黄泉了。"

徐敬修眼中闪过一丝欣慰之色，怜悯地凝视着芸香，带着几分歉疚道："你叫我此生难安呀！"

芸香喃喃道："不想难安也行，把我娶进你家，做妾做奴我心甘情愿，只要叫我快点离开马继宗就行！"

"马继宗！真的是马继宗？"徐敬修听后大吃一惊道。

芸香凄苦一笑，点头道："当初，在我跳下山崖时，有人一把将我拉住，我回头一看正是狼心狗肺的马继宗！"

徐敬修惊道："啊！当时他果真在苏州。"

芸香道："他们父子出事后，马继宗想让他父亲看在我一双女儿情分上，将我一起带走。那天，他让秦有福到客栈将我两个女儿抱回马府，他爹见后也很高兴，想让马继宗去客栈接我，可马继宗的妻子坚决容不下我两个女儿，更不允许我进门。他们商量后，将我两个女儿卖掉逃离了苏州。"

"啊！有这事。"徐敬修大为诧异地道，"虎毒还不食子呢，那可是他的亲骨肉，他也能做得出来？"

"我也想不到他会这么狠心，连自己的亲生女儿都能卖掉。老天有眼，他们一直未能生出一男半女。这时才他想起我的一双女儿，休妻后让管家秦有福到苏州寻找我和我一双女儿。秦有福看到我在你铺子里，就给马继宗报了信，当他赶到苏州时，正好周先生已安排我离开了你的铺子，要不是你上了断头台，他也找不到我。"

"哦。"徐敬修有点失落而无奈道，"这可能就是你们命中注定的缘分，最后还是又走到了一起。想办法把两个女儿找回来好好过日子吧！"

芸香忍不住淌着眼泪道："女儿的下落倒是找到了，可惜当时两个可怜的孩子太小，离开母乳不久就双双夭折了。"

徐敬修气得跺脚道："混账东西！他现在可在家？我去找他！"

芸香摇摇头道："早上来了两个日本人，叽里咕噜说了几句就走了。"

徐敬修惊疑道："日本人？"

芸香点点头。

徐敬修长吸一口气道："让他少跟那些日本人来往。"

芸香摇摇头，垂头丧气地道："他的事我不管，也管不了，他爱咋咋的。"

徐敬修闭上眼睛压了压心中火气，沉思一会儿，也不知从何说起，凝视着芸香那张若凝脂但苍白无血的脸，仔细端详半晌，才把话题转回来，道："当时他把孩子卖掉，也可能真是出于无奈。他现在在天津做什么事？"

"做药材生意，铺子就在这条街上。"芸香答道。

"唉！"徐敬修无奈可奈何地叹口气，道："你们就好好过日子吧！知道你有一个安定地方，我就放心了。"

"我的心早在跳崖的那一刻就死了，当我知道女儿也都没了，活着还不如死了好。可冥冥之中，我总感觉有些放不下的事等着我，支撑着我度过了这些年。现在我知道是为什么了。"芸香抹了把眼泪，盯视着徐敬修道，"徐大哥，你是个好人，如此生能陪伴在你左右是我最大的心愿。"

徐敬修心中一紧，咬咬牙，喃喃道："我知道你怨我、恨我、恼我、怒我，是我辜负了你的一片真情。唉！有些事难啊！"停顿了半晌，接着道："只要知道你的下落，能看上你一眼，我就知足了。好好生活吧，我明天回武安。"

芸香的眼泪霎时如断线的珍珠簌簌而下，摇头哭泣道："我为你都敢跳崖，你就不能为我破除家规？"

徐敬修闻言，发呆半天，眼神迷离，双手抱头，沉痛道："芸香，我不能随心所欲啊！年轻时为了四妮，把爷爷活活气死了，继宗的姐姐为我上吊自缢，让我背上了沉重的人命枷锁。为求得马家原谅，我负荆请罪，匆匆离家出走，又将母亲气断肠。如若再藐视族规把父亲、四妮气个好歹，会遭天谴的！我死不足惜，继宗是我一起长大的朋友，我不能无情无义。"

听得此言芸香"腾"地站起身，恨恨地咬咬牙，泪眼婆娑，喊道："不要说了！我不想听。你畏首畏尾，怕这个怕那个，顾忌这个顾忌那个，你对别人都能有情有义，唯独对我无情无义，你咋就不为我想想？你心里压根就没有我的位置！你走吧，我再也不想看到你。"说完，起身离去。

徐敬修冷峻的面容抽搐了几下，颤抖着双手扶着桌子站起来，望着含恨而去的芸香，心如刀割，呆立在那儿。

二春见芸香哭着跑出来，忙起身疑惑地喊道："芸香！"

芸香含泪看向二春，镇定一下心神，面无表情道："二春，啥也别说了，你们走吧！我再也……"

"他为了找你，连生意都不做了，家里的房子也不盖了……"二春打断她的话，苦着脸道。

"二春！"徐敬修扶着门框，瞪了二春一眼，眉宇间掠过一丝悲痛的神情，咬咬牙道，"谁说我不做生意，谁说我不盖房子了？明天咱就回武安。"

二春看着徐敬修，微微一笑道："是谁一个时辰前说，找不到芸香就不回去，房子也不盖了，还要把生意做到天津卫找芸香，咋一会儿就变卦了？"

听了二春这一番话，芸香才真正明白了徐敬修的心，感动地回头望着徐敬修，脸上露出一丝欣喜的微笑，道："是吗？你会为了我把生意做到天津卫？"

徐敬修跟跄着走过来，摸摸鼻子，道："那……那是找不到你时的想法，现在找到了你，我想，还是不要打扰你为好。"

芸香握紧素手，冷冷道："你爱回就回，不用你关心我过得好不好！"徐敬修的话将她最后一丝眷恋撕得粉碎，她再一次体会到了什么是万念俱灰，流泪带哑女走出酒家。

徐敬修看着芸香走出门的背影，无力地靠在身后的桌上，眸中带着几丝黯然，心中一阵酸楚，摇摇头自语道："有时候我也觉得自己无情无义，怀疑自己真的做错了，可不这么做，那又能怎么做？"声音中带着多少无奈与失落。

二春微微叹息一声，走过来扶着徐敬修臂膀道："你这没头没尾的话，我怎么听不明白？"

徐敬修跟跄着走了几步，在桌子旁坐下，道："二春，那个药商真的是马继宗！"

"看来周汝昌说的是对的。"二春道。

徐敬修慎重地问道："二春，你说，我既已来到天津卫，是不是该去趟马继宗府上？"

二春想了想道："马继宗这样的人，心眼很小，又与你有仇，我劝你呀，别没事找事。"说着，到柜台前掏出一些碎银子给了酒家。

走到大街上，二春扭头问道："咱不用去朱家铺子了吧？"

徐敬修想了想，道："去吧，已经到跟前，去看看老乡也好。"

朱家铺子：

他二人从未来过天津卫，只知道朱家的铺子在估衣街，二人在街上无精打采地走走停停，半天才找到一家"贵德药材栈"，进店后，小伙计赶紧上来招呼道："二位里边请，先坐下喝口茶。"

徐敬修点点头，撩袍坐下，问道："请问宝号东家贵姓？"

小伙计一听徐敬修的口音，忙回道："我东家姓朱。"

徐敬修微微一笑，接着道："名德贵是吧？"

小伙计一愣，随即点点头道："老爷，认得我东家？"

"果不其然，去告诉你东家，就说徐敬修来看他了。"

小伙计拱拱手赔笑道："我东家没在铺子，大掌柜……"没等小伙计把话说完，徐敬修就接口道："那就叫大掌柜来。"话音未落，就见里屋门打开，人未到声先到："哎呀呀，是哪阵风把徐东家您给刮来了？"

徐敬修看到来者，忙起身拱手道："是武安一阵大旋风把我给刮到了天津卫。"

朱家大掌柜姓王，此人头脑精明，办事利索，为人热心，深受朱德贵重用。

王掌柜哈哈大笑着来到徐敬修跟前，拱拱手，弯腰伸手做出请的姿势道："二位快请坐，徐东家还是那么风趣啊！"扭头喊道："上茶，龙井。"

小伙计一番忙碌客气后，王掌柜端起茶杯，递给徐敬修和二春道："您二位这是过来考察市场？"

徐敬修接过茶，吹了吹茶沫道："算不上考察市场，顺路过来看看，这里生意如何？"

王掌柜见问到生意上的事，想想也没什么可隐瞒的，于是说道："这里是祁州与东北的交界，方圆几百里的药商都在天津进货，在这里做药材生意还行。"

二春一听，看着徐敬修道："东家，这里市场不错，咱是不是也考虑考虑？"

徐敬修心里盘算一下，早已有了定论，不动声色地道："听王掌柜这么一说，确实是不错，可以考虑考虑。"

"不用考虑，来吧，您来了不但能招徕更多顾客，再进货时我也有个伴儿。"停顿了下来，想一想道："对了，我店铺北侧有家棺材铺生意一直不景气，东家早想把门店租出去，但人家都嫌那铺子停过棺材有晦气，一直没有人租。"说着停下来看着徐敬修的脸色问道："您可有心思？"

"棺材铺？"二春一听急忙摆手道，"不行，不行，多晦气。"

王掌柜见徐敬修好像不在意此事，想别的心事。

过了好半晌，徐敬修才毫不在乎道："有啥晦气？照这么说，放过棺材的地方就啥都不能干了？要我说，棺材，官财，管财，不管它是棺材还是官财，咱到这里肯定就要发财！多好的事。"说后，扭头看着王掌柜问道："不知铺子有几间？可有后院和仓库？"

"那门店比这铺子大得多，后院和仓库都很宽敞，他家木料就堆在院里能不大？木匠房、棺材库房、掌柜的、木匠师傅、学徒等吃住的地儿一应俱全。"王掌柜答道。

"好、好，地方宽敞才能做一番事业，劳王掌柜大驾辛苦一趟，问问东家租价？"徐敬修立即道。

"咱们之间谈辛苦，就见外了。"王掌柜顿了一下，接着道，"对了，您二位来天津卫可去过宗盛达？"

徐敬修和二春相视一眼，疑惑地摇摇头。

王掌柜惊讶地瞪着眼道："宗盛达的马东家早些年在咱武安住过，听说就住在你们伯延村，他家铺子就在我家铺子北侧路东。那个棺材铺子与宗盛达斜对门。要不，咱先到宗盛达找马东家侧面了解一下？"

"啊！"二春吃惊地回头看着徐敬修。

徐敬修一听棺材铺在马继宗铺子对面，心里暗暗高兴，心想：这真是"不是冤家不聚头"啊！

王掌柜接着道："他在天津做药材生意可有些年头了，比我家这铺子还要早个五六年。他家阮大掌柜做生意是把好手，这些年他家生意一直经营得不错。这样吧，等您俩喝过茶，我就带您去拜访拜访马东家，兴许你们认识。"

徐敬修心想，何止认识，恩怨情仇皆有，一口喝干杯中茶，道："生意做到此地，以后少不了与马东家打交道，今天就……"

"今天就免了，改天一定让王掌柜陪我们去拜访马东家。"二春连忙接过话茬道。

王掌柜看他俩这副神情，也不便再多说什么，只得道："好、好、好，随二位，什么时候想去，我什么时候奉陪。"

"那就辛苦您一下，想办法把店铺给我租下，您看可好？"徐敬修拱拱手道。

"现在？"王掌柜面色凝重，谨慎道，"您也不去看看位置、店铺什么的，就让我给您租下？这恐怕……"

"您办事我放心。"徐敬修急忙打断他的话，并嘱咐道，"我要在此做生意的事，还望您暂时保密。"

王掌柜迷惑地看着徐敬修和二春，问道："啊！这是为啥？"

二春道："不为啥，我东家做事喜欢低调。"

二人语意暧昧不明，王掌柜有些摸不着头脑，定神想了一下，道："徐东家做事低调？哈哈哈，这我还是头一次听说。不过，生意上有些机密事也正常，我不向外透露就是了。"

徐敬修和二春在朱家铺喝茶静候王掌柜。一会儿工夫，王掌柜就回来把店铺租金和一些有关事宜一一告诉了他。

徐敬修听后，很是满意，当即道："好，就这么办。明天让二春与你去把合约签了，把租金交了。"

王掌柜对徐敬修做事疯癫早有耳闻，只是这么雷厉风行，连铺子什么样都不看就拍板决定，也有点出乎他的意料，看着徐敬修离去的背影，无奈地摇头。

徐敬修带着二春出了朱家店铺，背着手默不作声走了一段路以后，才停了下来，回头道："二春，找个客栈住下。"

二春向前快走几步，看着他道："你是不是怀疑苏州的大难……"

徐敬修没等二春把话说完，就板着脸道："二春，什么是商人？商人就是哪儿有商机往哪里发展。"

第四章　庄园竣工　冤家再逢

武安伯延:

　　太行山东麓南段绵绵群山向东蔓延为一片丘陵地带,丘陵地带有一座孤峰突起的南北向山脉,名为鼓山,南北潺潺流淌而过的南洺河和滏阳河使其更显挺拔险峻,大自然的鬼斧神工造就了这里峰奇、谷深、洞幽、峡曲等奇特景观。这里鸟语花香,绿草葱葱,人杰地灵,历史文化积淀厚重,深山幽谷间的寺庙、道观、古庵星罗棋布,响堂石窟佛教艺术石刻更是闻名遐迩。站在鼓山峰巅向北俯视武安大地,遍布茅草屋、石板房、土坯屋和蓝砖红瓦砌就的窄小四合院。

　　自明朝洪武年间洪洞大槐树下迁徙至此的人们,几百年来日出而作日落而息,匍匐在这块土地上觅食生命给养,熬日子的苦难尚且不能避免,遑论荣华富贵的期盼……

　　而这时,鼓山脚下的伯延村西北角,突兀地竖起了一座仿京城故宫的徐家庄园。庄园从外观上看,为一座四进合围的石木结构院落。庄园布局合理,结构严谨,建造工艺独特,细部装饰精美,每座院落木雕、石雕、砖雕仿木斗拱花纹,技艺精湛、美观大方。整体建筑形式为典型的北方四合院式的群体套院建筑,平面呈长方形,坐北朝南,以南北中轴线。

　　走近徐家庄园,首先映入眼帘的是大门上方楠木雕刻的"耕读世家"匾额,大门两侧对联,字迹清新飘逸、苍劲有力,左联:"一年春作首",右联"百事国为先"。

　　进入大门,从第一进院落开始,采取门户贯通,各院基础逐渐抬高,每院的正房均为五间两甩袖，东西厢房建筑对称排列，形成九门相照格局。三院的大门稍偏，意在与皇宫区分，避犯上之嫌。第四个院比较特殊，除地基居高之外，北、东、西三面均为两层楼房，其底层却为三个单体建筑，至二层又相互连通，该楼为小姐闺房，北屋正厅距后墙一米为木结构固定屏风，屏风后为一节木楼梯，二楼正厅前面木雕花纹方格，装修考究美观，东西厢房顶部及女儿墙，全系预制砖，砌成假飞檐，工艺高超。绣楼楼顶四角处分别用不同的图案加以装饰，自南向北分别是桃、柿子、石榴和佛手，寓意分别为长寿、事事如意、多子多福，在石榴和佛手的上方又刻有佛家的"万"字和道家的"太极"图，"居之安"又体现出儒家思想。

第四院的后偏院，三间两层东屋，下有地下室三间，外观为两层，实际是三层。此院内为仆人、长工、牲口共处的大杂院，整个院落的左侧为四米宽的大过道，过道门口同宅院大门并列，内有旁门和宅院相通。该院正大门平时紧闭，只是在大的吉庆和婚丧时敞开，平时走旁门过道。

一溜的庭院，依照皇宫进行设计，从规模上按比例缩小，但其格局基本相似。

徐家大院内：

徐敬修兴奋不已地带着穆四妮走过这一道道的四合院，最后来到小姐绣楼前，手扶着大柱，感慨万千道："好好好！朱漆大柱、雕梁画栋、飞檐翘角。好，这是我人生一大快事也！"转身面对穆四妮，朗声道："太太，这座院子你喜欢吗？"

穆四妮仰头望着房檐上一个个活灵活现的猫头瓦和屋顶上的兽头，甜甜地道："喜欢，喜欢，老头子，这绣楼盖得真不错！"

徐敬修打趣道："喜欢也不让你住，这可是我宝贝女儿的。"

穆四妮撇撇嘴道："知道，知道。我才不住呢，我还懒得上楼呢！"

徐敬修双眸凝视着穆四妮道："你可记住了我的太太，前院是前朝，正上房是开会、接待客人的地儿，两侧是看家护院人住的地儿，东院和西院是一样的安排。东二道院，正上房住大光两口子，东西厢房是润金、润银住的地儿；西二道院是大任的，东西厢房住咱润福、润寿、润延、润年；西三道院是……"

"我知道了，是大本的。"还没有等徐敬修把话说完，穆四妮接口道。

徐敬修哈哈大笑，挑了挑眉道："聪明！但是有一点你没想对，那就是，咱俩先住三道院正上房，等大本从英国回来让他暂住侧房。现在老爷子住四道院正上房，绣楼上住咱宝贝女儿。等老爷子百年之后，你我才能有那最高待遇！"

徐大任拉着润福和润寿走过来道："爹、娘，我大姑来了，爷爷让您过去。"

徐敬修一愣，正色道："你大姑来没说有啥事？"

徐大任摇摇头。润福和润寿跑过去拉住奶奶的手。

"你去了不就知道了？真是的！"穆四妮说后瞪他一眼，拉着润福和润寿走了两步，回头道，"那东后院谁住？"

徐敬修眨了眨眼睛，微笑道："那是孩子们的学堂，先生也住那。我去看看，一会儿回来再给你说。"走了几步转身吩咐道："对了，大任，你去给二春和世福说，让他俩这几天招二十名看家护院的，再招一名那个啥？"想了想一拍脑袋，"啊，再招一名门房登记，以后外人出入咱家大院都要有记录。"

徐大任点点头道："是，爹，我马上去办。"顿了顿问道："爹，那五成呢？五成干啥？"

徐敬修顿住脚步道："五成扫院子，这么大院子没人打扫能行？"

徐大任道："知道了，爹。"

徐宅：

从庄园来到老宅子。庭院里，石榴树枝杈上结满了含苞待放的红色花蕾，粉香浮动，盈然入鼻。徐敬修稍微放慢脚步，心想，光顾着忙碌生意、盖房子，倒忘了理会这满院春光，他含笑摇摇头，进了上房。进门见姐姐敬文端坐在父亲身旁。与姐姐寒暄过，问道，"爹，您叫我？"

徐兴厚慢慢饮了一口茶，才道："有人托你大姐给咱利平说婆家了。"

"男大当婚，女大当嫁，这是好事。不知说的是哪一家？"说着徐敬修端起茶碗喝了一口，随即咧着嘴皱着眉，道，"好苦涩啊！"

粉儿赶紧过来，欲重新给他泡茶，徐敬修摆摆手。

徐敬文嘴角轻扬，微笑道："朱家，昨个托人到我家，让我回家给你和爹说说。敬修，这可是门当户对的殷实之家，还是一个村的，有啥事也可以相互有个照应。"

徐敬修想了想，道："等三儿从国外回来成了家，再给利平定亲也不晚。怎么着当妹妹的也不能赶到她哥前头吧！"

徐敬文道："你呀，三儿在国外还不知道啥时候回来，如果他一直不回来，就一直不让利平出阁了？"

徐敬修道："三儿前天刚来信，说明年回来。"

徐兴厚当即忍不住道："这门亲事不错，错过了再想找这样的人家可就不好找了。"

徐敬修沉吟片刻，慎重道："这样吧，我跟利平和她娘商量一下，回头再给您回话。"

徐兴厚一听，板着脸道："给她们商量个啥？这婚姻大事，哪能让她们做主，我看这事就这样定了。"扭头道："大妮，你回去给人家回话，就说我们老徐家没意见。"

徐敬修脸色忽变，默默坐了半晌后，嘴角微扬，带着一缕促狭的笑意，侧头看向父亲道："那您还叫我过来干吗？反正我说了也不顶事儿，最后还得听您的。您一句话的事儿，姐，你坐着陪爹说话吧，我还急着去安排搬家呢。"

徐兴厚语气冷淡道："看你这孩子，这样的事我不当家中吗？这门当户对的，不好？"

徐敬文摆手道："你去忙你的吧，这事就这么说定了，过几天我可就让人家下聘礼了。"

徐敬修起身背着手，失神了片刻才缓缓地恢复过来，尴尬地一笑，边走边说道："好好好，一切都听你们的。"前脚刚跨过门槛，忽然停下来，扭身张了张嘴，却什么也没有说出来，叹了口气向外走去。

徐兴厚在屋里喊道："修儿，回来。"

徐敬修站在屋门外，扭头瞪眼望着侧卧炕榻上的父亲。

徐兴厚半眯着眼，问道："你又在天津卫开铺子了？"

徐敬修用疑问的眼神看着父亲回道："是。"

徐敬文从果盘里拿了块父亲爱吃的芙蓉糕递过去，徐兴厚咬了一口卡在喉咙里，大声咳嗽起来，徐敬文忙端起桌上的水，徐敬修赶紧回屋帮父亲捶背，徐兴厚连着喝了几口水，才缓过劲来道："本事大了啊！开新铺子也不跟我说。"

徐敬修看了看父亲的脸色，扶着他靠在身后的铺盖卷上坐好，回道："不是不给您说，这段日子为盖房子的事闹得我焦头烂额。"

徐兴厚重重叹了口气，问道："你让谁去天津卫坐铺子去了？"

徐敬文倒了杯热茶递过去，徐敬修下意识地接过茶杯握在手中，走到桌边坐下，道："让白掌柜白鹰去天津卫了。"

徐兴厚面色沉静，带着丝丝探究的目光盯着徐敬修，似乎想要从他脸上找出答案，过了一会儿，才道："白掌柜倒是把好手。你呀，别贪多嚼不烂，铺子已经不少了，为啥还要再去天津卫开铺子？"

徐敬修琢磨了一下，回道："爹，生意上的事您老就别操心了，只管在家享清福就行了。"

徐兴厚脸色严肃地说道："你天天在外跑，我能不操心吗？"

徐大光手里拿着一封信走进来，与爷爷和姑姑道好后，回头望着父亲，双手把信递过去道："爹，苏州来信。"

徐敬修接过信，拆开看了一下，皱着眉头道："他请我过去会有何事？"

天津卫马家：

淅淅沥沥的蒙蒙细雨中，天津卫马家胡同越发显得幽暗深邃，仿佛一暗灰色的幽深隧道。但此时的马家后花园，樱树和枫树上缠绕着绿色的藤蔓，树下挤着一丛丛银钱花、蝴蝶花、百代草以及一些叫不出名字的花草，倒是清幽雅致。

芸香怀揣心思独自呆坐在花藤下凉亭中，憔悴得像朵残菊。多年来，一直艰难地克制着自己的思念，才将徐敬修搁置在心中一个深锁的角落慢慢淡化，不再去回忆悲痛的过往。然而这次不经意的奇遇彻底打开了她封固的心扉，她才知道，实际上自己从未真正忘记与他的过往经历。突然相逢又不欢而散，离开时那种伤心欲绝的感觉至今还在心头萦绕。由爱生痴，由痴生念，离别后的痴念化为寸寸相思，日日盼望他能再次突然出现在自己眼前。

这时，忽然有个人影闯进她的视线，芸香不觉一愣，眼睛猛然一亮，秦有福向这里匆匆走来。

他走近芸香身旁，鞠躬一笑道："东家太太，您怎么下着雨还在外面？"

芸香扬起长长的睫毛，睁大杏眼盯着树梢，寻找小鸟的行踪不言不语。

秦有福见芸香不理睬自己，继续往前穿过回廊，走进了马继宗的书房，擦去脸上的雨水道："东家，咱铺子对面的棺材铺租出去了。"

"是吗！太好了，天天面对个棺材铺子真闹心。"马继宗高兴地问道，"租给做什么生意的了？"

"与咱同行。"秦有福回道。

"啊！又来了个冤家。"马继宗想了想道，"那也比对着个棺材铺子好，可知东家是哪里人？"

"是武安人。"

"武安人？"马继宗立即感觉全身一股凉意，打了个哆嗦，惊诧地盯着秦有福问道："你咋知道是武安人？"

"开业时朱东家去道贺了。"

"啊！朱德贵去道贺了？"马继宗脸色渐渐凝重起来，问道："是不是徐疯子？"

秦有福望着马继宗肯定道："不会的，听说此人在东北有不少药铺。"

"在东北还有好多药铺？"马继宗念叨了一句，突然惊慌道，"前些日子听朱德贵说，徐疯子这几年在东北把药材生意做大发了。哎呀，我有种直觉，他肯定到了天津卫，想要开始报复我了！"

躲在书房门外的芸香，眼睛闪烁着激动开心的光芒，侧身窃听着他两人的谈话。

秦有福看马继宗慌乱的神情，赶紧安慰道："不会的，他在南方做着绸缎生意，咋会来到天津做药材生意呢？"

马继宗愣了一下，阴沉着脸，紧锁眉头，眼光沉郁地望着窗外，吸口气，自言道："要是徐疯子来了，那可就糟糕透了。你……你快去朱家铺子问问，是不是徐疯子。"

秦有福疑惑地看着他道："我这就去。"

马继宗仰起头，板着脸道："叫哑巴看好太太，不得离府半步，更不能让她知道徐疯子还没死。"

秦有福点点头。

马继宗用狼一样凶狠的目光死死地盯着秦有福，仿佛欲将他生吞活剥了一般，盯得秦有福直冒冷汗毛骨悚然，过了半晌，才疑惑地问道："他是不是知道了芸香没死？"

秦有福避开马继宗的目光，嗫嚅道："不，不会吧，这事只有咱们三个人知道。"

马继宗双眸直射出凌厉的光芒逼视着秦有福，脑海中纷乱如麻，怒声道："如果真是徐疯子，你要尽快想办法把他弄出天津，无论如何不能让他在咱对面做生意。徐疯子做事往往出人意料，防不胜防啊！"

秦有福心中一紧，硬着头皮点头道："是，我知道。"

马继宗长叹一口气，像泄了气的皮球一样，自言自语道："没想到，没找到女儿还惹出这么多麻烦事。"突然抬头，神色死寂地瞅着秦有福，冷哼一声道："秦管家，我那一双女儿真的都夭折了？"

秦有福突然听到马继宗这一问话，顿时神色惊惶，手脚冰凉，心头突突乱跳，低垂着头道："真的。"

马继宗痛心、愤怒、哀伤地盯了秦有福半晌，最后一字一顿地咬着牙道："秦——管——家，你忠心耿耿跟随我父多年，虽然我父亲已去世，但我待你不薄，希望你不要让我失望。"

秦有福吓得浑身激灵打了个寒战，赶紧拱手道："那是、那是，多谢东家栽培，我一定不辜负东家对我的信任。"

马继宗凝视着他，哀伤中夹杂着恨意道："我再问你一句，我的女儿果真都夭折了吗？昨晚我又梦到了我的一双女儿向我跑来。近些日子，我多次在梦中见到她们，我越来越感觉我的女儿还活着，如果有一天，我知道我的女儿还活在人世或与你说的不一致，我一定会让你生不如死！"

秦有福吓得"扑通"跪在地上，心想，如果再不说出实情来，一旦让他知道真相，他可是什么事都干得出来，想想那种生不如死的痛苦和折磨，汗毛倒竖，冷汗直流。于是，鼻涕一把泪一把道："东家，东家哎……我今天就跟您说实话吧，大小姐被我表哥卖给闫巡抚了。"

"啊！"马继宗听后一愣，一把抓住秦有福的脖领子，愤怒道，"我说当初在闫府见到那小姑娘，咋觉得那么面熟，原来她就是我的亲生女儿，你为什么不早说？我那二女儿呢？"

秦有福吓得浑身筛糠似的："二……二……二小……姐……被我表哥收养了。"

"哎呀！"马继宗使劲一提秦有福的脖领子，痛恨地盯着他，沉声道，"你为何一直骗我，说我一双女儿都夭折了？"

秦有福颤抖着道："为了让您断了念想，不得已才骗您。"

马继宗气得全身哆嗦，"啪"一耳光子甩在秦有福脸上，拍着桌了愤怒地喊道："马上去把女儿给我要回来，不然要你好看！"

门"砰"地一下被撞开，只见芸香两眼冒着怒火疯了一样闯进来，怒喊道："原来我的两个女儿都活着，快把女儿还给我！"

马继宗过来拉住芸香，余怒未消，轻声道："太太，别着急，这不，我正要让他去办这事嘛。"回头喝道："秦管家，速去苏州把两个女儿都给我安安全全地接回来，短了一根头发，我都不会轻饶你。"

秦有福哭丧着脸道："东家、东家太太呀！上个月我又偷偷去了苏州一趟，自从杨荣盛带人把闫大人一刀劈死以后，闫家大少爷就带着小姐不知去了何方。"

芸香一听，浑身一哆嗦，昏倒在马继宗怀里。

马继宗怒火直冲脑门，咬着牙道："速去苏州，让你表哥把女儿还给我，他欠我的一万两银子也不用他发愁了。"

秦有福颤声道："我……我……我表哥抚养了二小姐没有几天，她就因体质羸弱真的夭折了。我想办法把大小姐给您找回来。"

马继宗像恶鬼一样盯了秦有福半晌，冷冷地说道："我希望这次你没有再骗我！"

昏过去的芸香慢慢苏醒过来，指着秦有福："你……你……你说，姓闫的住在苏州哪条街？哪条巷？官名如何称呼？我要去找我的女儿！"

秦有福瞅了马继宗一眼，才小心谨慎地说道："太太，给您说了也没用，闫府现在大门紧闭，已经人去楼空了。"

芸香虽然身子柔绵无骨，但语气坚定不容置疑："没有人，我也要天天守在那里等，不找到我的女儿我死不罢休。快说……你不说我就自己去苏州打听。"

秦有福道："他叫闫……"

"下去吧，没用的东西。"马继宗一挥手，恼怒道。

芸香冷冷地看了马继宗一眼，瞪着秦有福道："快说，他叫闫什么？"

秦有福偷偷看了马继宗一眼，见他满脸怒意瞪着自己，不敢再言语，慢慢退出门外。

马继宗见芸香决意要去苏州寻找女儿，心中不禁"咯噔"一下，心想，如若让她去了苏州，她肯定会去找徐疯子打听或寻求帮助，到时……不行，无论如何不能再给他们接触的机会。念及此，调整了一下面目表情，拉着芸香的手道："太太，孩子是你的也是我的，我都这把年纪了，我不心急吗？不用你去，我会派人天天守在闫府大门外等着，一有消息我会亲自去把女儿接回来。"

芸香看马继宗不想让自己前去苏州寻找女儿，气急攻心，再次昏厥了过去。

紫竹林松昌洋行：

秦有福从朱家铺子回来，告诉马继宗对门新开张的铺子东家果真是徐敬修时，马继宗乱了方寸，气急败坏地走进紫竹林松昌洋行。

洋行二楼套间里，身着艳丽和服的日本女人幸子，淫荡地坐到马继宗大腿上，把一块日式点心放入他的口中。

石川望着愁眉不展的马继宗道："继宗老弟这是怎么了，心情不佳？"

"唉！"马继宗长长叹了口气，把自己心里的苦衷向石川诉说了一遍。

石川听后，哈哈一笑道："小事情，小事情。"随即一拍手，屋外进来一位身着中国服装的年轻人，轻轻关上门，转身"啪"一声立正，望着石川。

石川介绍道："这位是山崎高三郎武士，东京外国语学校肆业，精通汉语。"

山崎高三郎立即朝马继宗鞠了躬，道："请多多关照！"

马继宗惊望着装束、发型与中国人一模一样的山崎高三郎。

石川道："他化名常志成，取字子羔，自称原籍广东清远人，在将近两年的时间里不是扮做药商兼医师就扮做算命先生，先后徒步数省，甚至云贵川都有他的足迹。他的汉语熟练程度以及对中国各地风土人情的了解，在同行中无出其右，可谓方言天才，每到一地不出三天，当地的常用俚语方言即可掌握。"说完看了山崎高三郎一眼道："三郎，请坐下说话。"

"嗨！"

"这段日子，你听继宗君兄弟调遣。"

山崎高三郎跪着弯腰"嗨"了一声。

"等你想好如何对付徐敬修时，让三郎出马便是。继宗老弟，这回你放心了吧！"

马继宗看着山崎高三郎，点点头道："让我想想，用什么法子能把徐疯子逼走。"

"好，你想好了法子，三郎去帮你。咱们继续讲颐和园的故事。"

马继宗想了想道："颐和园里有一座万寿山，以前，这万寿山叫作'瓮山'，提起瓮山之名，还有一段有趣的传说……"

第五章　午夜惊梦 再下江南

徐家大院门口：

穆四妮与徐敬修并肩走到大门口，转身从春燕怀中拿过包袱，道："叫你坐高盖车，你非要骑马。你呀，就那受罪的命，有福也不会享。"

"该装穷时不能扮富，坐高盖马车上路，那不就等于告诉土匪说我银子多得很，快来劫我吧！"徐敬修道。

二春疑惑地看看穆四妮，又转头看看徐敬修，向难民们坐的地儿努努嘴，笑着道："要不，我跟他们说说，借他们件衣服咱俩穿上？"

徐敬修刚要笑，突然反应过来，嚷道："行，我看行！"

穆四妮瞪了他一眼道："你俩就别闹了。给，这包袱里是我给王大伯做的一件棉衣，他那病怕寒，我一直不放心。"

徐敬修接过包裹递给二春，咧嘴笑道："你就放心吧！"

二春手脚麻利地将包裹斜背在肩上。

穆四妮伤感道："咱不关心谁关心呀。唉！他没儿没女，挺可怜的。"

徐敬修收敛笑容，点点头道："是啊！我前些日子给他配了一些通血化瘀的中药丸，也许对他的病有好处。"

穆四妮顿时脸上泛起一丝微笑，"真有你的，平时看你挺粗心的，这次还挺细心。"

徐敬修眸光炯炯地看着她，似笑非笑地道："我呀，是粗中有细。"

穆四妮撇撇嘴道："说你脚小，你就越扶着墙根走了。"

众人闻言，哈哈大笑。

徐敬修嬉笑道："我脚小？是、是、是，你的脚要是小了可就好看啦！"

穆四妮一听，"唰"地一下满脸通红，狠狠地瞪着他。

众人一愣，你看看我，我看看你，都偷偷看着穆四妮罗裙下的一双脚。

徐敬修知道自己说走了嘴，佯装生气道："看什么看，都不许看！"扭头拍拍大光的肩膀，"我不在家，你就是家里的顶梁柱，彰德府的生意就全靠你了，爹相信你一定能做好。"

徐大光重重地点点头道："爹，您放心，我会尽心做好。"

徐敬修面带满意的笑容，转身看着次子徐大任道："等我从南方回来，咱爷俩再一起上关东。"

徐大任黑眸大睁，直射向父亲的眼中，带着一丝忧虑道："爹，我陪您一起去南方吧。"

"你刚从东北回来，这次就不要去了，兵荒马乱的人越多走在路上越显眼。"徐敬修道。

徐大任眼神中透着担忧的神色点点头。

徐老四手搭凉棚看看天，提醒道："兄弟，赶路要紧，天儿不早了。"

徐敬修点点头，挥着手道："我天天出门有啥不放心的，出门跟送秀才上京赶考似的，太隆重了，都回去吧！来顺，把马牵过来。"

来顺牵着马过来，把缰绳和皮鞭递过去道："少爷，路上注意安全。"

徐敬修点点头，接过缰绳刚要踩镫上马，又停下来，弯腰看看马肚下，问道："为啥不把那匹万里追风马给我牵来？"

来顺偷偷瞄一眼穆四妮，嗫嚅道："这、这、这……"

"这是我的主意。"穆四妮道。

徐敬修瞪眼问道："这是为啥？走这么远的路，这匹千里追风马能行吗？"

二春嗫着嘴，牵着一匹小个枣红马走过来，把马缰绳往前一举道："就让我骑这匹马去南方？这哪行，个头太小了吧？"

徐敬修皱皱眉头，凝视着穆四妮，道："这……这让我们咋赶路呀？这匹千里追风给二春骑，把万里追风给我牵来。"

穆四妮看他那一脸不乐意的表情，不由微微一笑，道："你以为你是啥好骑士？还想骑万里追风，就骑这匹千里追风吧，它性情温顺，跑得也不慢，你骑着它我放心，那匹万里追风性情暴躁，不适合你骑。"

二春苦着脸，皱着眉头，垂头丧气道："我这匹马个头也太小了吧，这啥时候才能到苏州呀？"

穆四妮撇撇嘴，一摆手道："甭说了，没得商量，啥时候赶到算啥时候，这样我们放心。"

徐敬修与二春相视一眼看着众人，大家都纷纷点头表示赞同。

徐敬修无奈地拍着马头道："得得得，就你，咱可先说好了，路上给我跑快点，别磨磨叽叽，跟个娘们似的。"说着踩镫翻身上了马背道："对了，等爹气消得差不多了，你就跟爹说，婚姻事关系到女儿一生幸福，女儿不乐意，咱做父母的不能强求。让大姐给人家回个话，这不是看面子的事儿。"说后打马而去。

穆四妮望着他渐渐远去的身影，心头泛起百转千回的思绪。

徐家大院内：

幽黑的深夜伸手不见五指，"梆、梆"清脆的打更声打破了伯延村宁静的街巷，更夫扯嗓子喊道："各家灭灯了，小心火烛！各家灭灯了，小心火烛！"

徐家庄园厢房内，穆四妮和衣侧卧在精雕细刻的紫檀木床上。梦境中，一条恶犬扑向徐敬修，吓得她"啊"一声从噩梦中惊醒，坐起身已是冷汗淋漓，抬头望向窗外的夜空，忽然一道闪电划过漆黑的夜空直射在她的脸上，随后"咔嚓"一声惊雷在天空中炸响，紧接着哗啦啦地下起了瓢泼大雨。"滴、滴、滴"，雨水顺着房檐砸入地面的水洼中，发出杂乱的声响，宛如那静空的哀乐，刺得穆四妮心乱如麻。

穆四妮空洞的眼神一眨不眨地盯着窗外的雨帘，雨水滴答声打开了她的思绪，想起与徐敬修一起下江南时的辛酸与苦难，想起自己怀着身孕与徐敬修一起跪在马府大门前负荆请罪，任马继宗打骂泼脏水，想起与王长庚的恩恩怨怨，想起徐敬修从断头台上回来，怀抱芸香披风的那一幕幕凄惨情景。不由得泪水潸然而下，摇摇头轻轻叹息一声，截断了脑海中那越来越浓烈，越来越丰满的画面。起身下床披上披风，把灯点亮，坐在窗前的桌子旁，独对孤灯思绪飞向了远方，灯盏的火苗"吱吱"跳动，屋里模糊的身影摇曳多姿，穆四妮手托香腮，神往地看着夜幕中的雨线，脑海里又蹦出徐敬修高大帅气的身影，一声炸雷再次打断了她的思绪，长叹一声，慢慢起身打开屋门走出去，呆呆地站在院中，任凭雨水乱打在脸上，顺着脸颊流淌。

春燕听到主子屋门响，跑出来一看，见太太傻傻地站在那儿一动不动，赶紧跑过去扶住，惊讶地问道："太太，您这是怎么了？快点儿回屋吧，下这么大的雨，别淋病了。"

穆四妮就像一尊雕像一样，仍然纹丝不动，春燕急喊道："刘妈、刘妈！快拿雨伞来，太太要看雨景。"

刘妈听到春燕的叫喊声，片刻拿着雨伞从侧房跑来，惊道："太太、太太，您这是咋了？这黑灯瞎火的还下着这么大的雨，站这儿干吗？快回屋，想看雨景咱到天亮再看。"

突然，穆四妮一把抓住春燕的手，清丽的脸上尽显焦急担忧之色："春燕，你看雨下这么大，这……这……这老爷要是刚好走到前不着村、后不着店的地儿可咋办？走时，我忘了给他带伞，不行，我要去给他送伞。"

春燕看着穆四妮的神态，担心道："太太，咱还是回屋再说吧，您这样淋着雨会生病的。"

刘妈搀扶着穆四妮的胳膊，道："老爷没有带雨伞也没事，二春会买的。再说了，咱这儿下雨，别的地儿不见得也下，放心吧！"说着，与春燕强行把她拉进屋里。

进屋后，春燕忙为她擦脸上的雨水，穆四妮拉住刘妈和春燕的手，道："我想去追他。"

刘妈和春燕"啊"的一声，惊呆了。

春燕惊惶不已道："太太，您说什么呀！老爷都走了一天一夜了，您追赶不上的！"

刘妈道："是呀，您一女人家，出门不安全。咱不去啊，睡觉！老爷又不是头一回出门，您有什么可不放心的，咱什么也不想，等几个月老爷会平安归来的。"

穆四妮焦急道："我不管，我就要去，不知咋的，这一次老爷出门，我这心里慌得不行。"

春燕道："太太，您就放心吧，老爷经常出远门，还有二春陪着，没事的。"

穆四妮用祈求的目光看着刘妈和春燕道："刚才我做了一个不好的梦……不行，我要追去他，他才走一天一夜，我能追上。"

刘妈看她忐忑不安样子，想了想道："太太，您要是实在不放心，就让大少爷或者二少爷去好了。"

春燕道："是啊，明天让少爷去，这样您总该放心了吧。"

穆四妮微皱眉头，道："他们代替不了我，想当初我与老爷一起南下时，虽然一路艰辛，但有彼此照应，那是苦中有乐，是幸福的路途。"转身伫立在窗前看着窗外的雨水，思绪沉浸在了与徐敬修一路南下的情景里，脸上不由露出了幸福的笑容，扭头激动地望着刘妈和春燕道："有了，快给我拿老爷的大袍来！"

刘妈和春燕同时瞪眼看着她，异口同声道："您要女扮男装？"

穆四妮很豁达地扬起脸道："对！我要女扮男装下江南。"

刘妈连连摆手，用南方话道："哎呀，使不得呀我的好太太，这事要是让老太爷知道了，可是了不得呀！"

穆四妮干脆道："没什么使不得的，我说行就行。想当初我自抬花轿来到徐家，他们又能咋的。"一句话说得刘妈和春燕张大嘴，同声道："啊！太太，您是自己抬着花轿来到府上的？"

穆四妮见自己说漏了，赶紧捂住嘴道："不说了，不说了，春燕，快点拿衣服。"

春燕无奈地走进里屋，不一会儿，从里屋拿出了徐敬修的大袍和礼帽，刘妈和春燕帮她穿上，刘妈把她头上的凤簪取下来，戴上徐敬修的礼帽。男装打扮的穆四妮少了几分柔美，却平添了几分飘逸洒脱，活脱脱一个白白净净、眉清目秀的翩翩佳公子出现在了二人面前。

刘妈和春燕被穆四妮的美艳惊得目瞪口呆。刘妈呷巴呷巴嘴用南方口音道："哎呀！太太好美的了。"

春燕惊得张着嘴巴好久合不拢，眨着眼睛道："太太，您要是男子我非您不嫁。"

穆四妮点着春燕的眉心，脸上荡漾着一丝淡淡的笑容道："死丫头！"

刘妈担心地看着穆四妮，道："太太，您再休息会儿，等天亮了再走。"

穆四妮把食指往嘴前一竖，压低声音道："不、不，趁天黑正好出村。刘妈，给我袱里包点常用的东西，春燕，你去叫来顺，让他把万里追风马给我牵来，就说我有急事要外出。让他轻点，别惊动其他人。"

春燕应声打伞去叫来顺。

刘妈低声道："太太，老太爷和少爷问起来我咋说？"

穆四妮毫不犹豫道："就说我身体不好，要好好休息几日。如果实在瞒哄不住，就实言相告我去南方了。让他们不要牵挂，过些日子就与老爷一起回来。"

刘妈皱着眉头道："太太，您就是再急也要等雨停了再走呀，下这么大的雨，如果淋病了，我也没在跟前，这可咋办？"

穆四妮眸底深处闪过一丝感激的神色，目光灼灼地注视着她道："放心吧！刘妈，没事的，我身体壮得很。"

刘妈突然想起道："对对对，我再给您往包袱里包上几颗伤风丸。"

穆四妮微笑着点点头道："还是刘妈对我好。"

这时，春燕拿着雨伞低头进屋道："太太，我能与您一起去吗？您一个人上路，我是真不放心。"

穆四妮神色平静道："你就在家吧，如果你也走了，动静太大。"

春燕叹息一声，无奈道："来顺牵马在大门口等着呢。"

刘妈帮穆四妮把包袱系在肩上，穆四妮回身从大衣柜后面抽出用粗布包裹着的九环大刀。一切备齐后，三人轻手轻脚地向大门走去，刚走了几步，刘妈突然停下脚步道："等等，蓑衣！忘了给您拿蓑衣。"

穆四妮与春燕相视一笑。

江南客栈：

"嗬儿，驾！"徐敬修和二春一路策马飞驰，眼前层峦叠嶂、山岭相连、石壁陡峭、青峰入云，绵延百里的江南山川蔚为壮观。

徐敬修和二春头一天住过的客栈，穆四妮紧跟着第二天也住在那里，却始终就差那么一天。光阴交错，愣是叫穆四妮马不停蹄地追了好几天，也没能赶上他们。

又是一天黄昏时分，徐敬修和二春策马扬鞭跑了一天，马匹已经疲惫，速度也慢下了来，二人进入一座古镇。徐敬修侧头看看二春道："看来这马是跑不动了。"抬头看到当初和穆四妮借宿过的"悦来"客栈，顿时，想起了在客栈救芸香那一幕，仿佛又看到了那姿容俏丽、眉目如画、清丽脱尘如仙子一般的芸香。

二春看着眼前的客栈，问道："已经快到苏州城了，你说咱是继续赶路，还是在此休息一夜再进城？"

"今晚住下，明天再进城。"徐敬修松了口气，一声"吁——"坠镫下马，凝望着悦来客栈，见一中年店官头戴一顶一把揪小帽，肩搭一块抹桌布走上前来，笑容可掬拱手道："二位客官，是住店打尖，还是……"

没等店官说完，徐敬修就接口道："今晚住店打尖，就不听曲了。"笑看着这位店主，当初还是小伙子，如今也已成了中年人。

"熟客，熟客！"店主笑笑伸手做了个请的手势，"二位里边请，里面有雅间，有热水，有上好的茶水。"

徐敬修微微点点头，想起了与四妮的第一夜也是在此度过的，脸上绽放出幸福的笑容。

店主向里大喊道："小王成，快把马牵到后院去，喂上好饲料，这二位是回头客。"

话音刚落，一个小男孩儿"蹬、蹬、蹬"从客栈跑出来，笑嘻嘻地接过马缰道："好嘞！"向徐敬修笑笑，牵起马去了后院。

就在徐敬修回头的一瞬间，眉头一皱，挠挠头。

二春看到他凝重的表情，忙走上去，低声问道："怎么了？哪儿不对劲？"

一阵微风刮过，吹起了徐敬修的衣摆，他摇摇头没有言语，跟着店主进了店里。

店主问道："二位客官，是吃饭还是吃点酒？"

"饭也要，酒也上，要快。"二春摸着肚皮看着徐敬修，嘿嘿一笑道："这肚子早就抗议了。"

店主笑着看看二春道："好嘞！您二位是在房间吃，还是在大厅里吃？"

一间大厅，摆着十张八仙桌，徐敬修知道一会儿听曲的人就会大批涌进，环顾了一下四周道："在房间吃吧。"

店主扭头喊道："快点把火锅送上楼，客人要在房间吃饭。"

徐敬修和二春跟着店主来到楼上，进屋后，店主问道："这一间行吗？"

徐敬修一看，还是他和穆四妮住过的那一间，笑着道："好好好，就这一间了。"

店主拿下肩上的毛巾，抹抹桌子，向外走去。

徐敬修躺在床上不由得想起了与穆四妮缠绵的一幕一幕，摇摇头抱着枕头，脸上露出了甜蜜的笑容。

二春将肩上的包袱解下，关上门，笑道："你今天的举动可有点儿反常啊！一直笑而不语，这是咋了？"

这时，跑堂伙计端来一个"糟钵头"火锅。

二春看着熊熊燃烧的青焰，将烫好的酒为徐敬修斟上，开口道："有心事？吃杯酒说说？"

沉思中的徐敬修起身坐到桌旁，先端杯啜了一口酒，夹起一块猪大肠送入口中，咀嚼了几下咽下，道："不知道是当年老板的手艺好，还是我的胃口变了，这菜的味道，大不如以前了。"停了停，感慨地道："想当初下江南，我和太太……"摇摇头，笑笑没有再说下去。

看着徐敬修这种欲言又止的神态，二春一下子明白过来，当初徐敬修带着穆四妮下江南时，一定住过这家小客栈。

酒足饭饱之后，徐敬修抱紧枕头，脸上泛起一丝微笑，哼哼两声道："与芸香的第一次见面也是在这家小客栈，与太太的第一夜……"

二春望着徐敬修笑着摇摇头道："是吗？看来你是与这家小客栈有缘啊！说说你们当初的事？"

徐敬修得意地笑笑，半晌不语。

二春摇头道："不说就憋着吧，啥时候憋不住了再说给我听。"

次日一大早，迎着东方鱼肚白的朝晖，徐敬修和二春伸伸懒腰从客房走了出来。

店主立即笑脸相迎道："二位昨晚睡得可真香，那呼噜打得真叫一个好。"

徐敬修哈哈一笑道："是不是昨夜的呼噜把你给震醒了？"

店主把毛巾往肩上一甩，摇头笑道："习惯了，赶路的客人呼噜声是一个赛一个地响。客官，洗脸请到这边。"

徐敬修和二春跟着来到店门口，刚要卷起袖子弯身，忽见门前不远处一群姑娘正在练功，踢腿、劈叉、舞枪、弄剑。外边还围了一圈驻足观看的人群。

就见一个十六七岁的小姑娘连做十几个后空翻，引得围观的人群一阵叫好声，其中有人高喊一嗓子，"哟，好功夫！"

徐敬修循声望去，看到一个头戴鸭舌帽，身穿白衬衫，外搭黑马夹，从打扮上分不出男女的小青年。这青年脸庞俊俏，眉心有颗美人痣，透着江南少女的风韵。徐敬修不禁一愣，自言道："小芸香！"

那青年感觉有人在盯着自己，黑葡萄似的大眼睛回瞄了徐敬修一眼。

"小王成，快起来给二位客官把马牵来，客官还要赶路。"店主一声喊，打断了徐敬修的思绪。

不一会儿，就见小王成揉着惺忪睡眼，打着哈欠走来道："二位客官要走？不住了？"

徐敬修拍拍小王成脑袋道："老住在这儿，可就耽误大事了。"说完又回头望着远处的小青年。

二春拽拽徐敬修，忍不住道："别看了，不就是一些戏班子的小姑娘在练功吗，有啥可看的，想看，回家有时间请戏班子唱唱堂会。"

小王成自豪地讲道："这戏班在我店住好几年了，是这里一道亮丽的风景，只要姑娘们出来练功，就会聚集不少人驻足围观。"

徐敬修一听，回头定眼望着小王成，刚想张嘴欲言，店主过来推推小王成道："快去把二位客官的马牵来，别没话找话耽误了客官赶路。"

小王成吐吐舌头，向后院跑去。不一会儿，小王成把马牵到了店门外。

店主沉声问道："把马喂饱饮足了？"

小王成道："喂饱饮足了，嘻嘻。"

店主从小王成手中接过缰绳，摸着马头道："客官，您这匹马可是难得的好马，这种马在这儿可不多见。此马耐久力强，不畏寒冷，好饲养，生命力强，在艰苦恶劣的条件下也能生存，跑得快而稳，是典型的草原马种。它身躯粗壮，四肢坚实有力，体质粗糙结实，头大额宽，胸廓深长，腿短，肌腱发达。"

二春吃惊地打量着店主，兴奋道："算你懂马，我东家这匹马是从内蒙买来的良种马，名千里追风，家里还有一匹万里追风呢。"

徐敬修哈哈一笑，接过缰绳道："我这匹马懂人性，知道我的心思，跟我多年了。这匹是母马，家里还有匹公的。那匹马跑起来才带劲呢，跟飞似的，哈哈哈……"说完，一摆手，踩镫上马向南飞驰而去。

店里有一位身穿细白夏布长衫，里面是纺绸小褂裤，脚上白粗布的袜子，玄色贡缎的双梁鞋，体型偏瘦的男子刚好经过，听到徐敬修的口音一愣，心头一紧。

店主望望徐敬修骑马远去的背影，转身呢喃道："好马，真是匹好马。"

小王成笑嘻嘻地上前道："东家，您也懂马？"

店主瞪了他一眼道："我见过的马比你见过的人都多，你说我识不识马！去！烧你的火去。"

小王成冲店主一噘嘴，转身跑去。

那男子走上前来，问道："店家，刚才那位客官骑的那匹马，真是好马种？"

店主得意地一笑道："我小时候跟着爷爷在蒙古贩过马，是不会看走眼的。"扭头喊道："小王成！水烧开了吗？"

小王成大声回道："马上就开。"

店主接着大声喊道："烧开水后去把刚才那两位客官住的房间打扫一下。"

男子呆站在原地思量了良久，才慢慢迈步走向房间，回到房间越想那声音越熟，忽然心头一紧，"啊！是他？"立即提起长枪向外就跑。

男子从店里跑出，去大树前解马缰绳。戴鸭舌帽的女孩扭头喊道："爹，您骑马提枪干什么去？"

男子应声道："没事，爹去树林里松松筋骨。"

女孩道："爹，您早点回来啊！"喊后回身继续观看戏班排练。

小王成忙完活，坐到店前的小土堆上，茫然地望着远方。

第六章　狭路相逢　拔刀相见

客栈门口：

穆四妮骑着万里追风马，"嗒、嗒、嗒"来到小王成面前停下，看着客栈，想起了与徐敬修的第一次缠绵，脸上不觉露出了甜蜜的笑容。

小王成起身招呼道："公子，可是要住店？"

穆四妮看看左右无人，恍然醒悟自己是女扮男装，"扑哧"一笑道："啊！我不住店。"

小王成眨巴眨巴大眼睛道："公子，您看这戏班多热闹，不如今晚住下来看看戏，好好休息一下，明天再进城。"

穆四妮眼睛一亮，看这个孩子有点面熟，好像在哪儿见过。想想在这人生地不熟的地儿怎么可能有熟人。于是，莞尔一笑道："你这么小年纪倒会做生意。可这天不黑我住什么店啊。"

"为了看戏呗，有钱人还专程从城里过来住到我家小店看戏呢。"小王成答道。

说话间，店主走来，拱手道："这位客官要住店吗？里边请。"

穆四妮看看店主，张张嘴，把到口的"不"字没有说出来。

一旁的小王成见她犹豫不决，嘻嘻一笑道："公子，您就住下吧。我们这儿的戏班可是出了名的，不看岂不可惜？"

穆四妮点点头，翻身下了马。店主上下打量一番穆四妮，问道："客官，我怎么看你有点眼熟？"

55

穆四妮一愣，以为店主看出自己是女儿身了，粗着嗓子说道："哦，我以前在你这店里住过。"

店主拱手笑道："我说呢，原来是回头客。小王成，快把公子的马牵后院喂上好的饲料。"

"是！"小王成接过马缰绳刚走了两步，店主惊道："慢，让我看看这匹马。"

小王成转过头道："东家，我看这匹枣红马和早上那匹枣红马一样，像是一对。"

店主走过来扒开马嘴巴看了看，围着转了一圈，惊讶道："咦？岂止颜色一样，品种也相同，口龄也一样，那位客官骑的是匹母马，这位公子骑的是匹公马，这也太巧了，南方可是很少见这个品种的马呀！"

穆四妮一听，心中一紧，忙道："店家，您见过骑这种马的主人？"

店主道："何止见过，昨晚还在我这小店里住了一宿呢。他同您一样都是回头客。"

穆四妮惊喜道："他们可是两位？"

店主点点头道："可不是嘛，好像是主仆二人。"

穆四妮急忙问道："可是一胖一瘦？"

店主道："是、是、是，那位老爷略微胖点，浓眉大眼，身穿蓝色大袍，头戴礼帽。"

穆四妮激动地从小王成手里一把夺过马缰绳，道："是他，肯定是他。谢谢您店家！我不住店了，得去追他们。"高兴得忘了旅途疲惫，飞身上马而去。

店主和小王成愣在那儿，还没有反应过来咋回事，穆四妮已扬鞭远去。

店主望着远处的尘土，摇摇头道："这是咋了？跟一阵风儿似的，说走就走了。"

小王成瞪眼看着远方，搓摩着手不知所以。

店主目送着经过的行人，呢喃道："是咱的财自然会来，不是咱的财，眼看到手的银子，这不也飞了？"

小王成看着东家，两手一摊表示无奈。

天色越来越黑了，浩瀚长空透过灰暗的云层飘荡起稀稀落落的几颗星星，显得十分寂寥，忽儿，十五的月亮如调皮的孩童拨开云层爬上了夜空，将崎岖的山径照得斑驳陆离。头戴鸭舌帽的女孩从店里跑出来望着远处的树林，自言道："都出去一天了，咋还不回来？"

店主走过来道："回屋吧，你爹一个大老爷们，丢不了，不用担心。"

女孩还是不放心地站在店门口向南张望。

江南竹林：

穆四妮骑在马上一路飞驰，耳边的风声呼呼刮过。心想：敬修骑的是千里追风，骑术也不好，不会跑很快，自己的万里追风应该马上就能追上。经过一段山间小路时，突然，胯下的万里追风长嘶一声，像疯了一样向前疾驰起来。穆四妮收回遐思，赶紧拉紧缰绳，可平日里听话的万里追风，这时变得烦躁起来，任凭她怎么拉都不减速，就在她纳闷不解之时，远处马叫声传入耳中，侧耳细听，令她激动不已，这时她才明白是千里追风马与万里追风马遥相呼应隔空对话，轻轻拍拍马头道："宝贝儿，我冤枉你了。"

竹林间，客店中那位偏瘦男子大声喝道："真是冤家路窄啊！你还认得我吗？没想到会在这个小客栈里遇到你，真是天意啊！看今天谁还能救得了你。"

二春催马上前挡在徐敬修前面，厉声道："大胆歹徒，快快让路，不然大爷我就不客气了。"

徐敬修定睛一看，不由得大吃一惊，低声道："我的老天爷啊！是闫罗峰。"

"啊！"二春一听立即愣住，不敢置信地看着眼前此人，低声问道，"这……这可咋办？"

徐敬修举目远眺，幽幽地叹了一口气道："这下是真的完了，要是太太在就好了。"

二春小声道："你快跑，我挡会儿，我死不足惜，你可不能有个三长两短的。"

徐敬修知道逃是逃不掉了，摇摇头，踩镫翻身下马，道："冤冤相报何时了，我们虽伤了你家两条命，可你家也伤了我家两条命，一命抵一命也够了，再说了，是你弟弟先打死了人家母亲的，到此为止吧。"

二春也爬下马道："是呀，冤冤相报何时了，再说，你弟弟和你父亲又不是我东家打死的，你为何要把账算到我东家头上？"

闫罗峰一听，气冲斗牛，大声喊道："你这个狗奴才，滚一边去。冤有头债有主，是他大舅哥害得我家破人亡，他大舅哥已死，我不找他们夫妻找谁去？看枪！"说着他一枪刺过去，二春手疾眼快急忙推开徐敬修，"啊"的一声，闫罗峰一枪刺中了二春。闫罗峰回转枪杆又照着徐敬修一枪刺来。

徐敬修迅疾侧身甩鞭照闫罗峰枪杆上打去，鞭绳和长枪缠绕在一起，闫罗峰蹬马腾空飞起，冲徐敬修狠狠踹出一脚，徐敬修哪是他的对手，被他一脚踹

翻在地。闫罗峰紧跟而下骑到徐敬修身上，将他死死按在地上，怒声道："今天我要替我父和我弟弟报仇雪恨，打不过你的太太，我就杀了你，让她痛不欲生。不把你千刀万剐，难解我心头之恨！"心里想着横尸街头的弟弟，想着被一刀砍死的父亲，从马靴中拔出匕首，欲刺向徐敬修。

徐敬修急中生智，大喊道："太太，快来救我！"

闫罗峰心中一惊，不自觉地扭身向后看去，徐敬修趁机奋力用马鞭杆向闫罗峰前胸猛地戳去，闫罗峰痛得"啊"地大叫一声，捂着前胸滚倒在地，徐敬修起身拉起二春欲跑，闫罗峰一个鲤鱼打挺站起，一把拽住了徐敬修的后袍，怒道："想用你太太吓我？我是长大的不是吓大的！"

话音未落，只听得"嗖"的一声，闫罗峰眼前一闪，一根银针冲着他直飞而来，吓得闫罗峰"啊"的一声，丢开徐敬修仰面朝天躺倒在地，飞针擦着他的头皮而过，他也顾不得检查伤势，赶紧爬起，见一个玉面小生骑在马上盯着自己，立即左腿向前跨出半步，右腿微曲，手里九曲长枪向前一挺猛力刺出，玉面小生打马斜冲躲开来枪，顺势伸手抓住枪杆猛地用力一拉，闫罗峰收不住脚"蹬、蹬、蹬"向前冲出两丈才停住，回身挺枪再刺，二人一马上一个马下，你来我往战在一起。几个回合过去，穆四妮瞅准一个机会，用手中锋利雪亮的九环大刀砍向闫罗峰的头顶，吓得闫罗峰就地十八滚才躲过一劫。

徐敬修见闫罗峰根本不是穆四妮的对手，才放下心来，转身拉起呆愣中的二春："来，让我看看你的伤严重吗？"

二春摸摸手臂，注视着对打的二人道："没事，只是擦破了一点儿皮。咱这回可真是遇到贵人了啊！"

徐敬修嘴角扬起，微笑道："你不认得救咱的人是谁？"

二春瞪眼看着徐敬修，问道："你认得？"

徐敬修扫视了二春一眼，道："你看看那匹马。"

二春定眼一看，激动道："啊！是太太，真的是太太来了。我还以为你是吓唬闫罗峰呢！"

徐敬修和二春远远看着二人大战，闫罗峰这边左刺、右突、上挑、下砍，穆四妮那边左挡、右劈、上刺、下撩，看得二人眼花缭乱。十几个回合下来，闫罗峰渐渐不支，怒气冲冲问道："你是何人？为何多管闲事！"

穆四妮冷笑怒斥道："我还想问你是何人？为何要行凶？"

闫罗峰沉声道："我与他有杀父杀弟之仇！"

穆四妮一听，大吃一惊，仔细一看，原来是仇家闫罗峰。一股怒火直冲脑门，眸中迸射出愤怒与疯狂的火焰，咬牙道："他奶奶的！真是踏破铁鞋无觅处，得来全不费工夫，贼子！你还认得我吗？"

闫罗峰借着月光定眼一看，不禁打了个寒战，随后奸笑两声道："原来是你，好！来得正好，今晚就让你们去阴曹地府做一对鬼鸳鸯，看枪！"

闫罗峰突然发力，速度迅捷，枪法诡秘，穆四妮用刀格挡，事出突然，穆四妮反应稍晚，一枪划过左腿刺在了马身上，马儿吃疼，前蹄奋起，穆四妮险些摔下马。

徐敬修吓得脱口喊道："小心！"

二春也吓得"哎呀"一声惊叫。

闫罗峰趁机挥枪疾刺，枪枪快逾闪电，重逾泰山。

穆四妮见失去先机，正面应对很难挽回颓势，于是打马蹬镫"嗖"地从马背上飞跃而起，掠过闫罗峰的头顶，跃到他的身后，抬右腿狠狠踹向闫罗峰腰眼。

闫罗峰"蹬、蹬、蹬"向前猛冲几步收住脚步，转身回刺，枪刀交击，火星四溅。

穆四妮趁势，横劈竖砍，一轮猛攻，动作连贯，气势如虹。

又是几个回合过去，闫罗峰再也没有了刚才的气势，下意识地开始左躲右闪处于守势，手中长枪也没有了招式，凭着一股蛮力左格右挡，才能勉强应战。一盏茶后，一着不慎，被穆四妮的九环大刀砍中右臂，摔倒在身后的荆棘丛中，擦去嘴边一丝血迹，强忍着疼痛努力了半天想站起来，可最后还是无力地瘫软在地。

穆四妮手提九环大刀，一步一步逼向闫罗峰，缓缓举起人刀，眼看就要一刀结果了他的性命。

徐敬修急忙喊道："手下留情！"

二春急眼道："杀了他，快杀了这狗娘养的。"

徐敬修脸色大变，回头瞪了二春一眼，惊慌失措地飞奔过去，一把拉住穆四妮的手，摇头道："太太！不要。不要再伤人命了，到此结束吧。"

穆四妮回头怒视着徐敬修道："老爷，还是杀了他为好，留着他等于是放虎归山！"

闫罗峰趁机一个翻滚，逃出穆四妮的大刀之下，连滚带爬飞身上马，向竹林跑去，边跑边嘶哑着嗓子喊道："君子报仇十年不晚！我不会放过你们的！"话音未落，人影已消失在竹林中。

穆四妮急得跺脚，怒视着闫罗峰消失，叹息一声，责怪道："老爷呀！今夜是杀死他的最好时机，失去这次机会，恐怕是后患无穷啊！"

二春摇摇头，道："这机会多好，让他给跑了。你咋能放他走呢？你好心放过了他，他可不会放过咱，这以后还要时时刻刻防备着他，一不小心就会要了咱的命啊！在这荒郊野外没有旁人，人不觉鬼不知的事儿，杀就杀了，多好的机会，都让你给耽误了！"

徐敬修瞪他一眼道："咱家伤了他家两条命，他家也要了咱两条命，到此为止吧！"说着，弯腰看着穆四妮腿，道："我好像看到他刺到了你腿上，快让我看看。"

穆四妮眼里泛着晶莹的泪光，摇头道："没事，不疼。"

徐敬修伸手一摸，满手鲜血，低头一看左腿上血淋淋的伤口迸裂着，心疼道："这么大的伤口，还说不疼，二春，快拿药来！"说着，扶着穆四妮慢慢坐到一块石头上。

穆四妮看看伤口，道："我咋就没有感觉到疼呢？"

徐敬修道："你呀，急红了眼，腿被刺伤都不知道。"

"他奶奶的！他突然暴起突袭，我没有防备。"

徐敬修瞪眼道："嘿嘿，又说粗话？"

"不说了，不说了！一时漏嘴，并非有意。"穆四妮不好意思道。

徐敬修嘴角抽动两下道："为了我你自己受伤了都不知道，当时差点把我吓死。"边说边帮穆四妮挽起裤腿，蹲下身用嘴清理伤口，穆四妮咬牙忍着疼痛双手搭在他背上，虽然身体疼痛难忍，心里却很幸福。

包扎好伤口，徐敬修起身坐下，轻轻把穆四妮揽进怀里，抚摩着她的头，轻声问道："你咋打扮成这副模样？"

二春看看他二人，摇摇头，知趣地走向马旁整理马鞍。

穆四妮回道："为了路上少一些麻烦。"

"不是让你在家好好待着？"徐敬修道。

穆四妮抬起头凝视着他的脸，道："你还说呢，如果不是我及时赶来，你还能活着吗？"

徐敬修将穆四妮紧紧拥进怀里，道："我预感你一定会来！"

穆四妮噘嘴道："你走后，我怎么也睡不着，好不容易刚睡着，就让噩梦给惊醒了，越想心里越不踏实，反正在家也是心神不宁，干脆追你来吧。"

徐敬修感动得双眼湿润，伸手拭去她额上细密的汗珠，爱怜道："刚才看你那个样子，还真像是个土匪。"

穆四妮听他这么一说，得意道："土匪咋了？没有我这个土匪你行吗？"

"不行，没有你这个土匪真的不行！"徐敬修笑笑道，"阎罗峰突然跟上来，确实把我吓得够呛，危急关头忽然远处传来马嘶声，那时我就知道你来了。"

"你说奇怪不奇怪，我还没有看到你，马就看了。"

徐敬修微笑道："这你就不懂了吧！马夜里比人看得远。"

穆四妮瞪着一双明亮的黑瞳，嘴角微扬道："刚开始可把我吓坏了，以为碰到了什么猛兽，万里追风突然长嘶一声狂奔起来，后来听到千里追风回应，我才知道你就在前面不远处。"

徐敬修调侃道："看来，它俩跟我俩一样，也是分不开的！"

穆四妮娇嗔道："去你的，你才跟它们一样呢！不过，它两个真的会说话。"

徐敬修抬头望着远处两匹马："人常说'人有人言，兽有兽语'，看来还真是这样。"

穆四妮顺着徐敬修的视线也看着那两匹马，道："天快亮了，咱们快点赶路吧。"

徐敬修扶着穆四妮站起身，遥望山头升起的一缕晨曦，大声喊道："二春，把马牵过来，赶路。"

就在这时，只听有人惊呼道："哥，你快看，那儿有马！"

听到竹林里传来的喊声，徐敬修和穆四妮不由心神一紧，心想：刚撵走阎罗峰，莫非又遇上打劫的了？

话音刚落，山径间闪出一个大个子，机灵的眼眸带着惊喜道："哎哟，还真是的！哈、哈、哈，俺说早早赶路会遇到好事嘛，你还不信哩！"

小个子颠颠地跑过去就要牵马，二春站起身挡住他的去路："嘿、嘿，这马是俺的。"

小个子大吃一惊，连连后退几步，眨眨眼道："啊！哥，还有个人呢。"

大个子跑来指着二春，喝道："呔！想活命马上让开，这马是我们先看到的就是我们的，想虎口夺食？得要先问问爷手里的刀答应不答应，本大爷出入镖局多年，小心我捏死你。"

穆四妮看了徐敬修一眼，嫣然一笑，脸颊旁露出两个浅浅的酒窝，弯腰从地上拿起九环大刀，款步走过去，对二春道："去，护着敬修，离远点儿。"

穆四妮面容端庄严肃，眉毛一挑道："有本事你们就把马牵走，没有本事就把马留下，我们走人。"

小个子和大个子一听，心里乐开了花。心想：哼，怕了吧！两个人跑过去，一个人牵起一匹马就想走，万里追风马头一甩，转身一个大尥蹶子把小个子撂倒在地上，仰头长嘶一声跑到穆四妮跟前。

小个子站起来，看着万里追风马道："哥，你看它不跟咱走！"

大个子拼命拉着千里追风马的缰绳，脸上手上青筋暴突，千里追风却纹丝不动，他回头急道："这马为什么也不走啊？"

徐敬修站在远处，看二人拉不走万里追风和千里追风，高声喊道："我太……我兄弟不是说过了，有本事就把马牵走，没有本事就把马留下，我们走人。现在看来你们没那本事。赶紧走吧，我们也该赶路了。"

小个子道："马是俺们兄弟的了，你们赶你们的路，与俺何干？"

穆四妮道："君子有言在先，你们不能言而无信。"

大个子指着穆四妮他们，大喊道："留下马你们可以走，想要马，休怪俺兄弟下手毒辣！"

二春道："你们怎么出尔反尔？"

穆四妮"扑哧"一笑道："哎哟！看来我们今天是遇到高手了。"

小个子一挺胸，道："算你说对了，俺兄弟可是学武多年。"说着使眼色过去："哥，动手！"话音未落，兄弟二人紧握双拳冲向穆四妮。

穆四妮摇摇头，如陀螺一般旋转起来，左蹬右踹，没过两招，小个子和大个子先后"啪、啪"两声摔了出去。

小个子灵活，翻身从地上爬起来，看着大个子惊骇道："哥！他……他……他会武功？"

大个子一骨碌爬起，瞪着牛眼，低声道："俺咋知道，看来今天要费点劲。"说着兄弟二人同时拔出大刀再次冲向穆四妮。

顿时，三人你来我往战在一处，穆四妮脚踏梅花步轻松应对，兄弟二人猛冲猛打，刀光辉映，"砰砰、啪啪"一阵交击声。没过五个回合，兄弟二人就气喘吁吁乱了方寸，收刀败下阵来，小个子盯着穆四妮眼珠一转，有了主意，眼神示意大个子一下，自己提刀奋力杀向穆四妮，大个子放下大刀绕到穆四妮身后，张开双臂欲搂穆四妮后腰，穆四妮举刀向前大跨一步，逼退小个子，猛然一转身，抬腿狠狠踹向大个子胸部，就见"嗖"的一声，大个子整个人飞出。

穆四妮眸光闪烁，愤怒道："看来你们是不见棺材不掉泪啊！"说着，逼视着躺在地上的大个子，飞身过去一脚踩在他的肚上，举起九环大刀就要砍下去。

大个子躺在地上，两眼一闭，吓得晕了过去。

小个子吓得筛糠一般，手一松丢掉大刀，腿一屈跪到地上，惊慌地求饶道："大爷饶命，大爷请饶命啊！俺们不是劫路的，俺们只是喜欢马，看到这么好两匹马，才一时鬼迷心窍起了贪念。求大爷饶了俺们这一回吧，俺上有八十岁老母，下有不满周岁的孩子，俺兄弟死了，丢下八十岁的老母亲和不满周岁的孩儿可咋活啊！"

二春喊道："不要放过他们，杀了他们！"

二人一听，磕头如捣蒜一般，哭着道："大爷，大大爷哎……都怪俺们有眼无珠，鬼迷心窍，您就高抬贵手，饶了俺们这条狗命吧！"

徐敬修上前拉住穆四妮的手道："放过他们吧，看他们挺可怜的。"

穆四妮盯着大、小个子，厉声道："如若下次再让我看到你们，小心你们的狗头，快滚！"

大个子和小个子立即"咚、咚、咚"磕了几个响头，连声说道："谢谢好汉饶命！谢谢好汉饶命！"小个子拉起大个子拔腿就跑。

突然之间，二春身躯莫名轻颤了一下，模模糊糊看着跑远的两个盗贼，摇摇头，自言道："不可能，不可能的！"

徐敬修看着爱妻，目含深深的情意。他知道，今生漫长的岁月里不能对不起这个女土匪。想到此，心疼地问道："腿还疼吗？"

穆四妮摇头道："不疼。"收起九环大刀，大步过去飞身上马。一缕清风吹过她的青丝，朝霞映在她白玉般的美丽面孔之上，白里透红，显得格外娇艳，仿佛一位战场归来的女将军，英姿飒爽。

徐敬修呆呆地看了片刻，也踩镫翻身上马，回头一看二春还在原地发愣，喊道："二春，发什么愣？上马出发。"

第七章　再使毒计　救助长庚

天津马府：

马府花园中心是一个池塘，里面有一座假山，山上长出几棵富贵竹。竹叶上栖息着许多小鸟，小鸟在"叽叽喳喳"地叫着。

芸香坐在林荫道旁的一排青石凳上，依偎着池边的一棵柳树，看着空中双双起舞的蝴蝶，眼泪沿着面颊无声滑落下来，自言道："他为什么能为我来天津卫做生意，却不能……"

小丫鬟哑女看到芸香脸颊上滑落的串串泪珠，跑过来用手语比画着，问道："太太，您怎么哭了？您不要这样子嘛！"

芸香忙拭去脸上的泪水，比画道："我哪有？"

哑女比画道："怎会没有，我走过来一会儿了，你完全没注意到我。"

"我在看蝴蝶。"芸香辩解道。

"这哪叫看蝴蝶？你满脸的泪分明写满了思念呀！"

芸香看了哑女一眼，比画道："我眼皮从早上一直跳到现在，会有什么倒霉事发生？"

哑女比画道："会有什么倒霉事？眼皮跳未必是不吉利的事，或许好的事儿来找你了。"

芸香却又涌起无限惆怅，比画道："我的心好像针刺一样忐忑不安。"

"您这些日子为了他茶不思饭不想的，正害着相思病呢！"她眨了眨眼调皮道。

芸香当下脸颊绯红，那美丽的双瞳柔柔看向她道："你别瞎说。"

"有什么关系，我不会笑您。"哑女掩嘴一笑。

这时，秦有福兴冲冲跑进后花园。

芸香和哑女停住了说笑，望着他。

秦有福看到芸香表情很不自然，犹豫了片刻走过去，恭敬地道："太太，您没写字？"

芸香淡然道："写字能出来吗？可有姓闫的消息？"

秦有福抬起头看看碧蓝的天空，向她抱歉地一笑，道："正在找，您放心，只要他还活着，我一定能找到他。"说着点头哈腰向书房走去，走了几步，回头看芸香和哑女又比画起来。

马继宗见秦有福跨进门槛，放下手中毛笔，直起腰，沉声道："这次去南方，可有闫罗峰的下落？"

秦有福回道："姓闫的还是没回过府。不过，我表哥听别人说，姓闫的早些年把大小姐送到国外去读书了。"

"啊！"马继宗听后一惊，静了一会儿，木然说道："他让我女儿去国外读书了？"

秦有福重重地点点头道："东家，还有一条重要消息。"

"说！"

"我从南方回来时，拐到武安打探一了下，姓徐的和他那泼婆娘又去南方了，他老父在家。"

马继宗瞪了他一眼道："他们去南方算什么重要消息？"

秦有福慌忙拭去脸上的汗水，道："重要，当然很重要。"说着靠近马继宗，压低声音捂耳道："您想想，趁他们不在武安，咱这样……这样……"

马继宗不自觉地打了个寒噤，觉得秦有福的手段真是太毒辣了些，锐利的目光定定地审视着他，道："秦有福，你比你表哥更坏、更邪恶，你这样做叫威胁。会把他家老爷子吓死的！"

秦有福收敛起眼中的寒光，慢慢抬起头，怯怯地道："不会，不会的。只有这样才能把他逼出天津卫。不把他逼离天津卫，他就会挡咱的财路！甚至还会……"

马继宗通透他下一句话的意思，脸色凝重端坐在书案前，道："拿老人做要挟，我认为不可，你再想想有没有别的办法。"

秦有福已经完全明白了他的心思，因他与徐敬修从小一块长大，有些事他是不想从自己的嘴巴说出来而已。于是，半眯着眼睛道："我想了多日，只有这个办法是最好的办法了。"

马继宗想了想，道："前几天我去洋行，把咱的事给石川无意间说了一下，石川倒是乐意帮咱的忙。"

"这样太好了！有日本人帮忙，这事就更好办了。"

马继宗紧盯着秦有福的眼睛，犹豫了一下道："我去找石川说说。看看能不能让日本人陪你去趟武安。切记，不要把事做过了！"

敦化镇：

敦化镇依然是二十多年前的样子，长长的街道上两旁小摊儿一个挨一个，从东到西都围满了人。这边喊："借光，借光，撞啦，撞啦！"那边喊："降价了，降价了，上等的白洋布，一两银子一匹。""五香葵花子，又脆又香五香葵花子。""甘蔗，甘蔗，又嫩又甜的甘蔗。""好白菜，快来买哟！"

穆四妮重温故地，不由得想起太平军追杀父亲的那一幕，眼泪顺脸颊流下来。

徐敬修知道穆四妮此时此刻的心情，拍拍她的肩膀道："这可不是大丈夫气概呀！路人会笑你的。"这句话是很好的安慰，也是很好的激励。穆四妮收起眼泪，定一定神，低头看一眼身上穿的大袍，仰脸抹去泪水道："对！男儿有泪不轻弹。"抿嘴一笑，昂首挺胸大步向前走去。二春牵着他的小马紧跟其后。

苏州盛泰兴：

人影匆匆，马蹄嘚嘚，徐敬修他们一行人穿过平江路，不一会儿抵达山塘街。山塘街上车水马龙，来往的人流熙熙攘攘，依然那么热闹，丝绸、茶果、茶楼、染坊、银器、古玩等等，各类店铺顾客川流不息，掌柜、小二的叫卖声此起彼伏，一派太平盛世的繁忙景象。

徐敬修驻足盛泰兴店门外，看着店门上方的黑底金字招牌依然醒目打眼，店外顾客盈门，店里顾客不断，伙计们跑前忙后，想起初来苏州时的一幕幕，内心感慨万千。

正在店里忙碌的总掌柜张诚，不经意间一抬头，见徐敬修、穆四妮、二春风尘仆仆而至，慌忙放下手中的绸缎，惊喜地从柜台里迎出来，走到铺子门口，拱手道："老板，你们可来了。"

"老板？"徐敬修佯装回头往后看看，笑道："谁是老板？"

张诚"哦"了一声，"哈哈哈，妹夫，妹夫行了吧！是哥喊错了。"

"这还差不多儿。"徐敬修笑着说道。

铺子里的伙计大多是光听说过老板的大名，没见过他本人，一听总掌柜喊"老板"，都停下手中的活儿，跟在总掌柜身后，站到铺子门口，扇形排开，大声喊道："老板好！"

徐敬修看着十几个小伙子齐刷刷地站在铺子门口，他们统一着装——蓝色长衫，身高胖瘦都很标准，个个精神抖擞，气度不凡。

徐敬修牵着马，拱手道："好好好，好着呢！"

"阿平、阿顺、阿唐，你仨去把马匹牵到西院马圈。其余的人都回铺子，该干吗干吗。"张诚吩咐道。

铺子门口有一个破衣烂衫、长得面黄肌瘦的小男孩儿，看样子有十二岁上下。他走过来望着张诚道："总掌柜，我去马圈喂马行吗？"

穆四妮扫了一眼小男孩儿。

张诚摆着手道："好好好，去吧。别去马后面啊！小心让马踢着！"小孩儿点点头，高高兴兴地跑着去了。

张诚转身刚想开口说话，徐敬修拍拍他的肩膀，向他眨眨眼，边往铺子里走，边问道："闫罗峰可来铺子闹事？"

张诚当然明白他的意思，他是怕自己当着穆四妮的面问起找芸香的事，笑笑摇摇头道："自从闫家败落后，闫罗峰再也没有在苏州城出现过，听说他上面有人，可能去京城找关系了。"

徐敬修道："他没去京城，我们在路上遇到了。"

"啊！他没有找你们麻烦吧？"张诚紧张地看着徐敬修问道。

徐敬修挠挠头道："找是找了，不过没啥事，你看我这不是好好的嘛。王老板要我过来有何事？"

"他话也说不清楚，非让我去信把你叫来，说有急事与你商量。"

徐敬修狐疑地问道："有急事与我商量？"

张诚点点头。

穆四妮在铺子门口愣了一会儿，才跟着走进铺子，问道："哥，嫂子还好吧？"

"好，好着呢！放心吧。"张诚笑着回道。

柜台里的小伙计阿强给客户清点完布匹，帮着把货抬出铺子，又给客户装好车，才走过来道："老板，对面的王东家常让下人推着他来咱铺子找您，来了就一句话，你老板来了吗？我说没有，他就摆摆手让下人推着他回去，这人真的的。"阿强是嘉兴人，年纪只有二十四五岁，长得个头不高，精明干练，手脚勤快，办事稳妥，把铺子管理得整洁干净、有条不紊，深受张诚器重。

徐敬修不解地回头看着对面的王家铺子，问道："他家现在生意可好？"

张诚长叹一口气，摇摇头道："不咋样，照这样下去呀，迟早有一天会被刘梦虎给挥霍空的。"

一直没有机会插上嘴说话的二春，冷笑一声道："这么多年还没有给他挥霍一空，真是出乎我的意料！"

徐敬修问道："还是那个刘梦虎做大掌柜？"

"是，一个月在铺子里也待不了几天。天天除了泡赌场，就是逛妓院、去酒楼，阔气得很。这些年都是张七盯着铺子，勉强维持着生意。"张诚道。

阿强插话道："师傅，我听说他现在又抽上了。"

张诚摇摇头道："现在的王家铺子也就只剩下名义上还姓王，自从王东家患病以后，王家铺子就成刘梦虎的了。真的应了那句话'东家跌倒，西宾吃饱'。"

徐敬修和穆四妮闻言惊愕了一下。

二春面色带着一丝坏笑瞅向张诚道："不是不报是时辰不到，时辰到了，他王家铺子就该败了。当初汝昌把货都退给了他，嘿！他照样也做不好生意吧，这可不是咱害得他没生意可做。"

"得得得，说得不少了啊，收嘴吧！"徐敬修斜他一眼，打断他的话。

二春撇撇嘴，低下了头。

穆四妮问道："哥，刚才那个去马圈的小孩儿是？"

"唉！"张诚哀叹一声，"可怜啊！这几年苏州城的人可是被大烟害惨了。他爹长年吸大烟，吸得跟个麻秆儿似的，把家里的东西都吸没了，最后大烟瘾上来，没银子抽，跳河死了；他娘无法维持生计，也拿根儿绳子上吊了。丢下这个十来岁的孩子，孤苦伶仃无依无靠的，天天坐在咱铺子外面，我看着挺可怜的，于心不忍，刚开始每天把铺子里的剩汤剩饭给他。唉……后来想想，反正也得给他口饭吃，就自作主张让他在铺里打打杂，干点儿零碎活。"

穆四妮点头道："哥，你做得对。咱看不见也就罢了，既然看见了就不能让孩子活活饿死。"

"大哥，既然收留下了，就是咱店里的一员，让他也跟着伙计们一起吃饭，每月给他点零碎银子，铺子里伙计该添置衣服的时候，也给他添置吧。"徐敬修道。

张诚笑点点头道："好好好，听你的。"

"再交给你一项重要任务，下步还要重金招聘、培养兵将，上次一下子从铺子里带走那么多精兵强将，可别后继无人。咱铺子里才有十几个伙计，太少了，怕赶不上各个铺子要人手啊！"

"哈哈哈……你以为咱铺子里就那十几个伙计？"

"难道不是吗?"

张诚大喊道："都停停手里的活儿，过来一下。"唰地一下子从店前、店后、店门外、柜台里、柜台外过来二十几名年轻人。"阿强，你去后院库房看看他们把货登记完了没有，顺便到学徒房叫他们都过来。阿财，你去西院看看他们卸完货了没有。如忙清了，都让他们过来铺子。"阿强和阿财应声而去。

"来来来，大家都往前站站，我给你们先介绍一下吧，这就是咱们的老板和老板娘。"话音未落，只听众人齐喊道："老板好! 老板娘好!"

穆四妮笑着点点头。

张诚往上提了提袍袖，提高了声调，"你说的太晚了! 都已能出师了。哪座铺子提出要人，我马上就能把人给他派过去。"

徐敬修看着一个个意气风发、生气勃勃的年轻人，不由得想起刚到苏州创业时的冷清。眼含热泪，道："好好好，大家好! 你们好好干，听总掌柜的话，将来前途无量! 咱们外地还有好多绸缎、布匹、药材铺子，等着你们去干呢!"下面哗哗掌声一片。徐敬修见顾客都朝这边看来，不好意思地挥挥手道："忙吧，都先去忙吧。"说后，心道：这么多兵倒是显着铺子小了。他扭身走进账房坐下，望着张诚，低声问道："你刚才提到了西院，你啥时又把西院给租下了?"

张诚挠挠头，不好意思道："不是租下了，是买下了。寻思着三年交账时再给你说吧。"现在咱是人多，货多，咱这院子太小了，不买两座大庭院子怎么能干大事业?"

穆四妮和二春听后，都不约而同地望着徐敬修脸上的变化。

"两座?"徐敬修低头偷笑了一下，抬起头时却正着脸道："跟你的徒儿在一起时间长了，感染了!"

哈哈哈……他们都开怀大笑了。

张诚笑着点点头道："分到东城铺子的人更多。光顾着说话了，还是边喝茶边聊吧。"张诚挑出来四名聪明伶俐、点头会意的徒儿，又是倒水又是斟茶，忙个不停。忙乱一阵，坐下来，他摆手叫学徒儿们退下，低声道："妹夫，你先看账?"随后捧出一叠账簿。

徐敬修连忙摆摆手道："不忙，不忙! 大哥，大概说说吧。"

张诚双手捧着账簿道："你先看看账再说。"

听他如此坚持，徐敬修点点头接过账簿。翻看几页，一看，他不由得诧异了："哟，哟!"抬头望着张诚道："大哥! 这么多大生意?"

张诚道："咱做生意诚实不欺，总算还能把握好机会。"

徐敬修春风满面道："对！做生意把握机会，是头等的学问。我早知道你能够做到这一点。"

"这里的大生意，有好多是贾大人的关系所得。"

徐敬修和穆四妮相视一眼，刚想再问，只听门外间传来嘶哑的声音："徐、徐、徐，您、您、您……"

徐敬修走出账房，看到坐在小推车上目光呆滞的王长庚。他吃力地指着徐敬修，嘴角激动地颤抖着，眼泪哗哗地往下流。

徐敬修心中一震，忙走过去一把拉住他的手，感慨道："我刚来到苏州，大掌柜信中说您有急事要找我？"

二春看到王长庚，狠狠地瞪他一眼，道："我去东城铺子看看。"说完拂袖而去。

徐敬修摆摆手道："去吧，到东城把云龙请过来，晚上喝一碗。"二春也不说话向外走去。

王长庚流着眼泪点着头，嘴里流着口水。

"快点儿推王东家到里屋一叙。"徐敬修道。

王长庚掰开推车小孩的手，拉着徐敬修的手让他推自己进屋。徐敬修没有明白他的意思，站在那儿不知所措。

穆四妮一下子就明白了，走过去弯下腰亲切问道："大伯，我推您进屋好吗？"

王长庚"嘿嘿"一笑，伸出大拇指。

徐敬修一拍脑袋道："啊！反应能力太差了，我咋就没有明白大伯的意思呢？"跟进账房随手关上门。

王长庚见关上了门，哆哆嗦嗦从怀里掏出一封信递给徐敬修。徐敬修接过信，坐在桌子旁拆开越看越生气，看完勃然大怒，拍桌而起，怒声道："岂有此理！畜生不如的东西，气死我了。"

王长庚满眼含泪，可怜巴巴看着徐敬修。

穆四妮与张诚也都吃惊地看着他。

徐敬修扭头直视着王长庚道："您诉状上写的可当真？"

王长庚颤抖着嘴唇，重重地点点头。

穆四妮疑惑问道："这信上都写了些啥？看把你给气的！"

张诚也瞪眼望着徐敬修等他回答。

徐敬修一仰脖子恶狠狠灌了一大口茶，大怒道："这个刘梦虎想吞掉大伯的财产，居然向大伯碗中投毒！"

他一句话说得穆四妮和张诚都噎在了那里看着王长庚。王长庚经历了太多的惊吓，流着泪无助地看着他们点点头。

穆四妮扭头望着徐敬修问道："大伯是怎么知道他下毒的？"

"大伯还没有来得及吃，就被贪嘴的猫吃了，猫吃了一会儿就口吐白沫死了。从那天起，大伯就有家也不敢回了，自己租了个小院，雇了个孤儿做佣，每天盼着我来苏州救他。"

穆四妮急切地盯着王长庚，道："大伯，那您咋还不把他赶走？"

王长庚急得呜呜啊啊捶打着自己的双腿。

"哎，四妮，这话问得多余。"徐敬修在一边接口道，"你看大伯这个样子，能咋地他？你想赶他走，他就会走吗？"

张诚长叹一口气道："刘梦虎是个心狠手辣之人。王东家没明着跟他闹是对的，要是明着给他闹，就是搬出来，命也难保。"

王长庚用祈求的眼神看着大家。突然，他往前一扑，整个人趴在地上，头像捣蒜一样"咚、咚"碰着地。他的举动让大家很是吃惊。

徐敬修和穆四妮赶紧把他扶起来，让他重新坐回推车里。

穆四妮为他拭去脸上的泪水，道："大伯，您这是何意呀？"

王长庚颤抖着身子，捶胸大哭。

徐敬修的眉头拧成了结，怒火在脸上显现出来，与穆四妮相视一眼，提起桌上的紫砂壶，倒了一杯茶，双手递过去道："大伯，您先消消气，喝口茶水慢慢说。"

穆四妮坐到徐敬修身旁，拿眼睛瞅着他，急道："你呀！你也忘了？大伯能说吗？"

张诚微微犹豫了下道："王东家虽不能说，但能写。"

徐敬修脸上的神色变得凝重，深深地呼出一口气，往前推了推笔墨，道："大伯，您想让我们怎么着，您就写出来吧。"

王长庚慢慢把茶杯放到桌子上，擦了擦滴在衣服上的水，深吸了口气，拿过毛笔，好半天，累得满头大汗才停下笔。

大家都凑过头去看。最后王长庚又提笔写了句，"求求你们，救救我吧"。

穆四妮怔了一下，抬头目视着徐敬修道："你看这事咋办？"

徐敬修盯着纸面看了片刻，拿起来，站起身道："大伯，您在这里等会儿，我去去就回。"

张诚不知他要去何处，站起身道："妹夫，你要上哪儿去？我陪你。"

徐敬修面色凝重道："我去找汝昌商量商量，看这事咋办好。"

张诚摇摇头道："汝昌前几天去了上海，现在还没有回来，临走时还来咱铺子里看了看，问了问生意情况。"

穆四妮一听，清丽的脸上立即现出焦急之色，小声道："连个商量的人都没有，要不用武……"

徐敬修明白她的意思，想要以武力制服刘梦虎，瞪她一眼道："咋办？告他呗！这畜生不如的东西早该把他绳之以法了。"

"你想替大伯打官司？"穆四妮问道。

徐敬修面色冷峻道："不打官司还能咋办？"

穆四妮很吃力地说道："这能行吗？你可知道大伯不能讲话！"

"大伯不能说话没有关系，有诉状——"徐敬修紧了紧嘴角，激动地举起手，摇了摇手中的诉状。

徐敬修这番话说得太恳切了，使王长庚在感动以外，更是惴惴不安。

穆四妮逼视着徐敬修道："打官司一个对一个，重要的是有证据！"

徐敬修想了想道："证据？他这是'诈人取财'。铺子是王大伯的，王大伯有权力把他请出铺子，他就是不走，这不是明摆着要诈取他人财物？"

张诚点点头，用商量的语气说道："妹夫，你既然想帮王东家打这场官司，那就打吧。把诉状给我，让我把诉状送到衙门去。"

徐敬修和穆四妮不胜感激地看着张诚。

张诚道："是这样的，贾大人临走时把我请到他府上，给现任的府台李大人见过一面。贾大人说他走后有什么万不得已之处，可以去找李大人，他会给我主持公道的。"

徐敬修皱眉看着他，问道："刚才就听你说贾大人，哪个贾大人？"穆四妮也吃惊地看着张诚。

张诚看了看穆四妮，又看向徐敬修道："就是当初陪同三儿来咱店里的贾大人呀！"这个意外的变化，不仅徐敬修想不到，穆四妮也感到很意外。她目光闪烁侧头看向张诚，抢着问道："是吗？六哥做官了？他做的啥官？"

张诚回道："他做的官可是不小，在苏州城做了二年的协都统。"

徐敬修按下激动的心情，疑惑问道："你的意思他现在不在苏州了？"顺势做了个请的手势，二人重新落座。

张诚坐下道："两个月前调浙江了，苏州人都知道咱与贾大人的关系，所以这几年咱家生意托贾大人的福，非常顺畅。"

徐敬修笑而不答，不过看得出来，他心里非常高兴。他把手中的诉状双手递给张诚，沉声道："也好，你带上诉状去趟衙门。今天我就先不陪你去了，看看情形再说。如需要我出面时，我再出面。"

张诚接过徐敬修递过来的诉状，站起身道："好，我这就去。"将诉状揣进怀里向外走去。

穆四妮急忙跑到门口，手扶门框大喊道："哥！慢走……"张诚听到她的喊声，转身走了回来。

"把我们从武安老家带来的一些特产，给大人带去，也算是咱的心意。"

徐敬修的双眸变得深沉，冷着脸道："不，不能带，咱不送礼看他能不能秉公处理，如不能秉公处理，说明他是昏官一个。"

张诚点点头，又转身向外走去。

穆四妮呢喃着："这哪是送什么礼呀，这只不过是点心意罢了。"

徐敬修神情自若，从容一笑道："你呀，聪明一世糊涂一时，你如叫大哥把武安特产带到衙门去，这说明我来到了苏州城。我要是不亲自登门拜访，显着我对人家不敬。"

穆四妮忧心忡忡地望着他道："咱在人家管辖内做生意，你既然来到苏州，就应去拜访一下。"

徐敬修目光扫过她的脸，微微叹了一口气道："等等看，等这官司了结了，我一定会登门拜访。"

王长庚听着他们二人的对话，脸上露出敬佩之意。

穆四妮突然想起，惊叫道："你给大伯配的药呢？快拿出来，让大伯吃吧，看看是否对症？"

徐敬修哈哈一笑道："看我这记性，你不说我还真的给忘记了，药丸和你做的棉衣，还都在包袱里。"

王长庚受宠若惊地看着徐敬修和穆四妮。

徐敬修回身从包袱里取出药丸，道："大伯，这药是按照我家祖传秘方配置的，里面有黄芪、当归尾、川芎、赤芍、桃仁、红花、地龙等十几味药材。对中风、气虚血滞、半身不遂、言语不清有特效，对您的病有好处。这是她给您做的棉衣，她说南方气候潮湿，对您的病不太好，常穿厚一点儿比较好。"

王长庚接过药丸和棉衣，感动得双唇颤动说不出来。

徐敬修含笑道："我们会在苏州住一段时间，您要乐意，就跟我们住一起吧。这样，一来可以躲开刘梦虎纠缠，以防他狗急跳墙；二来我也好望闻您吃药后的变化。"

穆四妮接口道："大伯，您就安心住我们这儿吧，回头我找个人伺候您。"

王长庚顿时热泪盈眶，道："你……你……你们是……好人。"

他说的话虽然含糊不清，但徐敬修知道他愿意住过来，随即道："大伯，啥也不要想，您就把这里当成自己的家就行了。"

王长庚含泪点点头。

穆四妮心中松一口气，走出账房门，见刚才去喂马的小男孩儿已回来，站在铺子柜台旁瞪眼看着她，穆四妮冲着他喊道："你去门口把那个推车小孩儿叫过来。"

没想到小男孩儿还挺机灵，"蹬、蹬、蹬"跑出去，把外面的小孩儿拉了进来。

穆四妮道："你们俩从今天起，负责照顾好王老爷。别的什么事也不用做了。"

两个小孩相视一眼点点头。

"走，推王老爷跟我到后院去，我给你们安排安排住的地儿，你们把屋子打扫一下。这个家我多少年都没住过了，也不知脏成个啥样了。"

小男孩儿道："太太，您就放心吧，总掌柜隔三岔五就让我里里外外给您收拾一遍。总掌柜说了，说不准哪天老板和太太就会回来住，还说老板和太太都是非常爱干净的人，叫我不得马虎。"

穆四妮难以置信地回头看一眼徐敬修。

徐敬修自豪地把头一仰，道："我就说，我们在不在都一个样。大哥心细，什么事都为我们想得很周全。"

穆四妮点点头，带着两个小孩儿向后院走去。

盛泰兴后院：

傍晚时分，二春独自推门进来。徐敬修伸长脖子向院里看看，问："二春，肖掌柜呢？"

二春撇撇嘴、瞪瞪眼道："在天香院呢！"

徐敬修指着一桌酒菜，道："怎么，我来了他也不过来？"

二春挠挠头道："他说忙清了天香院的事就过来。"

徐敬修摇摇头道："这个重色轻友的怪才！"

二春急忙为肖云龙辩解道："你错了，肖掌柜有大事在和他那些秀才们谈论呢！"

"啊！啥大事？比我还重要？"

二春点头说道："是比你还重要。我听到他们说什么帝国列强侵略呀，清朝腐败呀，西方强盛呀什么的。他们立志要向西方学习，挽救正在危亡中的国人。还有，还有……我也给你说不上来了。"

徐敬修惊看着他等着他继续说下去。二春想了想道："他们出口闭口孔子说，既念民生艰难，天与我聪明才力拯救之，乃哀物悼世，以经营天下为志……反正好多好多，我给你说不上来。他们是怕被别人听到，才去天香院的，这样可以掩人耳目！"

徐敬修这时突然想起周汝昌说的一句话来：我真的希望有一天，你能支持肖云龙做一番大事业，他天天待在你的铺子里真的有点屈才。念着这些，他自言道："难道这一天真的会来？肖云龙，肖云龙，这条龙真的要走出泥潭，飞向云端？"

"嘿！你自言自语在说啥呢？"

徐敬修摇摇头，笑道："我在想你咋不和你的老相好阿香好好亲热一番再回来？"

二春红着脸道："哪敢呀，只做了一卜蜻蜓点水。怕你着急，肖掌柜不过来，我再不赶紧回来，怕你也去……"说着停下来，往外看了一眼，小声问："太太呢？"

"她去老干娘家了。"徐敬修点点他道，"我说你咋这么着急去东城呢？原来你是急着偷腥去了！"说话间，张诚兴高采烈的进门道："妹夫，李大人看了诉状顿时勃然大怒，说这几天就传刘梦虎去衙门审理，一定会为王东家讨回公道。"

徐敬修闻言，激动道："好，看来这个李大人应该是个清正廉洁的好官。等官司打完了，我就亲自去拜访一下。来、来、来，坐下喝点。"说完看看二春，指了指酒壶道："还愣着干吗？快为大哥满酒呀！"

二春提起几案上的酒壶，给张诚斟上酒。

张诚撩袍坐下，举起酒杯道："你们一路辛苦了，我就借花献佛给你们接风洗尘了，来，干杯！"徐敬修和二春也端起酒杯一饮而尽。

二春放下酒杯，心里不忿地开口道："我真不知道你们是怎么想的，想当初他是怎么害你们的。你们现在还要为他讨公道，打官司。"

徐敬修将酒一口喝干，瞪他一眼道："二春呀，不要说了，那都是过去的事了。过去就让它过去吧，不要旧事重提了。"

"妹夫，你能这么做真是令人佩服。其实害咱的罪魁祸首是刘梦虎，王东家就是耳根太软没主意，受他挑拨蛊惑才针对咱的。"张诚深吸一口气接着道，"不过，这几天夜里你要警惕点儿，以防刘梦虎知道了你替王东家告他，狗急跳墙。"

徐敬修听了张诚的话，神情凝重地冷笑一声道："没做亏心事，不怕鬼叫门。"

酒逢知己千杯少，再加之肖云龙和阿强来得晚点，不知不觉就喝到了深夜，几人边喝边谈这几年各个铺子的生意和经历的人和事，忽听院内传来了打斗声。

二春"噗"地把灯吹灭。从窗纸处捅开个小洞，他们借着月光向窗外望去。只见三个黑影弹来跳去你来我往，彼此并无言语在院中对打。一阵厮杀过后，二匪抵挡不住，其中一个沉声道："哥，快撤，他早有防范！"两个人边招架边想撤走。

穆四妮一看他们想逃走，把双袖一甩，袖中飞出无数银针打到他们的腿上，二人鬼哭狼嚎跪倒在地上。穆四妮提着九环大刀扑杀过来，吃惊道："啊？又是你们两个？你二人跟着我们来到苏州？真是活腻了，今晚我就成全了你们！"

张诚、肖云龙、阿强都回头瞪眼望着徐敬修。肖云龙小声道："老板，听着这声音咋像是老板娘呀！"

二春拽拽肖云龙的衣服，肖云龙马上领悟噤了口。

小个子吃惊地看着穆四妮道："哥，又是他，他怎么变成个女的了？"

大个子抬头凝视着穆四妮，眼神却异常复杂。

"他奶奶的！咋了？女的也能把你俩儿杀死，信不？"

两人一听，吓得浑身哆嗦，"扑通、扑通"跪倒在地，大个子赶紧求饶道："信信信，俺信，求求您大人大量，就再饶俺俩一次吧。俺俩可不是跟着你们来的，俺俩是顺着大路流浪到此，由于身无分文，饿得头晕眼花，正想找点吃的填肚子，碰到一位自称姓刘的老板，他请俺俩吃饭，饭后给了俺一些碎银，让俺夜里来吓唬吓唬你们，让你们少管闲事。俺俩也是为了糊口，不得已才拿人钱财替人办事，俺可不知道他与你们有什么仇怨，再说，俺也不知道是你们，要早知道是你们，他就是叫俺爷爷，俺也不敢过来。"

穆四妮一听勃然大怒道："什么刘老板！刘梦虎是个图财害命天理不容的东西。给你俩说吧，我当初占山为王时，你们还穿开裆裤呢。今天你俩遇到我，就是你俩的死期到了！"说着，举起九环大刀作势要砍的样子。实质，她的刀刃朝上，刀背向下，也只是吓唬吓唬二人。

"太太，刀下留人！"二春边喊边提着马灯从屋里跑了出来。借着灯光，凑近两个跪在地上的毛贼仔细打量一番，半晌，颤抖着双手，把马灯扔到了地上，泪如雨下，失声叫道："大毛！小毛！"众人来到院子，看着二春愣住了。

第八章　二春认子　长庚吐真

大个子和小个子听到有人喊他们的名子，不觉一愣，抬起头仔细看一会儿，才惊喊道："爹？爹——"

二春铁青着脸，挽起袖子，挥手照着大毛的脸上"啪"地一巴掌，气急的他瞪着血红的眼睛，大声喝道："不争气的奴才！叫你俩说谎，说上有八十岁的老母，下有不满周岁的孩子，当时要不是你俩说谎，我能认不出你两个不成器的东西？"

穆四妮看着这突如其来的一幕，愣怔了一下，愕然地望向徐敬修，见他倒是一副常态。

二春气得双手抱着头，跺着脚道："太太，快把这两个小畜生杀了吧，我再也不想看到他们了！"

大毛和小毛吓得连滚带爬上前搂住二春的腿。大毛哭求道："爹！您饶了俺们吧！俺和弟弟出来找您这些年，常常饥一顿饱一顿的，为了混口饭吃，不得已才做这些伤天害理的事。爹！儿知错了，您就再给孩儿一次机会吧！如果孩儿还不知悔改，再让东家太太把俺俩劈了也无话可说。"

张诚叹口气过来，轻轻拍拍二春的肩膀。

小毛哭泣道："爹！俺和哥为了糊口，常常受人欺负，吓得东奔西跑，俺也不想当贼。爹！俺哥一直认为爹还活在世上，带着我每天奔波找您呀！"

一种难言苦涩突然袭上二春的心头。他抑制不住眼泪滑落，轻轻摇着头，听着两个儿子的诉说，几乎要晕厥过去。肖云龙和阿强急忙伸手搀扶住他。

穆四妮听着大毛、小毛的哭诉，已经哭得上气不接下气了。

徐敬修走过来，拍了拍二春的肩膀道："二春，你就饶了两个孩子吧，孩子出门在外没有正当的营生，唉……他俩也是为了生存啊！"

二春拼命摇头，涕泪交流。张诚见徐敬修开了口，才低声道："二春，孩子们为了找你四处流浪，这也是为了混口饭不得已而为之，别生气了。"

大毛和小毛跪在地上"咚咚咚"磕了几个头，拉着二春的手，哭泣道："爹！俺们一定痛改前非，保证再也不干苟且之事。"

徐敬修抬头看看天，皱了皱眉头，轻咳了一声道："二春，听我一句话，叫孩子起来吧，咱们回屋里说话。"

穆四妮擦去脸上的泪水，上前双手扶起大毛和小毛道："起来孩子，快起来进屋。这些年来，你爹也到处在打听你们的消息。"

徐敬修考虑一下道："二春，你看这样好不好，把大毛、小毛留在铺子里吧，给孩子个机会。"

肖云龙接口道："老板，这个办法好，让他俩跟我去东城铺子。"

二春面容出现一丝忧虑神色，低着头搓着手。默立半晌，慢慢地抬起头，眼神中带着内疚和感激，打量着徐敬修和肖云龙道："他俩这样子，唉！他们能把握好这个机会吗？"

大毛和小毛眼中滚动着晶莹的泪珠，立即接话道："俺俩能好好干，只要给俺俩机会，俺俩一定争口气。"

徐敬修点点头，道："教师傅们练功强身怎样？"

阿强兴奋地呼叫："好！这样太好了！铺子里的人个个都能出两招。"

大毛不好意思地挠着头，道："东家又在取笑俺呢。明知道俺俩功夫不到家，还说要俺教师傅们练功。"

穆四妮接过他的话茬道："功夫虽然不到家，但强身还是蛮可以的。"

张诚捻须笑道："这样正合阿强的意，省得他每天晚上在屋子里漫无目的地练拳强身。"

阿强一阵兴奋："是啊、是啊，这样就有套路了！"

徐敬修嘴角溢出几丝笑意，望着阿强，眉毛微微一挑道："是吗？"

阿强点点头。

徐敬修回头望着大毛和小毛道："这就是我给你们的机会，你们要是不想干就算了！"

大毛和小毛赶紧拱手道："东家，只要您不嫌弃，俺俩乐意尽力教师傅们强身。"

肖云龙拍拍他俩的头道："这就对了，改天你俩去趟东城，也教你老叔我两招儿。"说着，做了一个打斗的架势，逗得张诚和阿强哈哈大笑。

二春视线落在徐敬修的脸上，轻叹口气，微微点点头道："你的仁慈之心我心领了，你的恩情我两辈子也报答不完。"

徐敬修淡淡一笑道："只要能把孩子们扶到正道上，就是对我最好的报答。但是，我是有要求的，试用期为三年，这三年内，我只要听说他俩有不轨行为，到时休怪我不看情面。还有就是'五不准'：不准抽烟，不准酗酒，不准赌博，不准嫖娼，不准随便上街。"说着看看大毛与小毛："你俩可要考虑好啊！"

大毛和小毛同声道："这没有问题，以后看俺的表现吧。俺俩一定将功补过，全心全意教师傅们功夫，不抽烟、不酗酒、不赌博、不嫖娼、不经掌柜允许不上街。"

徐敬修走过来，拍拍他俩的肩膀道："好好干吧，我相信你们俩能说到做到。人活着不光是为了自己，更多的是为了别人！"听完一席话，感动得二春是热泪盈眶。

王长庚坐在侧房门口看着他们。想想这些麻烦事都是由自己引起的；想想以前听信刘梦虎和马继宗的谗言，差一点儿把徐敬修给害死；想想徐敬修为人之大度，自己心胸如此之狭隘……他长叹了一口气，惭愧的泪水顺脸颊而流，把徐敬修给他带来的药丸紧紧捂在胸口，心里在说：我一定要把真相告诉他！

武安：

清晨的一缕阳光透过密密麻麻的枝叶，照射在徐家宅院里，照射在窗棂间，爱早起的徐家人迈着轻快的步伐，穿梭于前院后屋，显得是那么宁静而祥和。

徐兴厚端坐在客厅里的太师椅上紧绷着脸，不紧不慢地摆弄了一会儿旱烟杆，看看坐在左右两侧的孙子大光和大任。盯着慌慌张张进屋的刘妈和春燕问道："你俩今天给我说实话，她是不是去南方了？"

刘妈和春燕互相对视一眼，都低下头默默无言，气氛顿时僵住了。

徐兴厚"吧吧吧"在案几上磕几下烟袋锅，追问道："说呀？都哑巴了！"

刘妈看着春燕战战兢兢站在那儿不敢言语，她赶紧胡乱地摆着手道："不不，不是的，这几天太太身体不舒服所以没有出门。"

徐兴厚勃然大怒道："胡说！有病？有病半夜里叫来顺把马牵出来干吗？有病连少爷们也不见了？"刘妈和春燕一听吓得赶紧跪下。

春燕慎言道："老太爷，是这样的，太太夜里做了个不好的梦，怕老爷在路上有难，就追赶老爷去了。太太说了，如果实在瞒不住您呀，就给您实说了，不给您说主要是怕您担心。太太说，过几日就和老爷一起回来，叫老太爷和少爷们不要担心。"

徐大光难以置信，瞪大眼睛急道："刘妈！我娘走时你为什么不拦住她？这兵荒马乱的，出点什么事可咋办？"

"我和春燕都劝了，可太太主意已定，非去不可。"

春燕道："我们实在劝说不住，夜里下着雨，太太就女扮男装去追老爷了。"

"啊！"徐大任担忧道，"我娘是冒雨走的？这要是叫雨水淋病了可咋办！"

刘妈道："二少爷，太太带了伤风止痛丸。太太说她又不是头次出门，让大家不要担心，她会照顾好自己的。"

徐兴厚听后丝毫不觉得惊奇，不仅不生气了，反而心里对穆四妮起了几分敬意。他抬起头时嘴角挂着微笑，皱着的眉头在不知不觉中也散开了，双眼望着远处，悠悠道："起来吧，你们都回屋吧，她那脾气，谁能劝说得动呀。"看佣人刘妈与春燕走出门口，他自言自语低声道："土匪呀，天不怕地不怕，真不愧是个土匪！"

徐大光和徐大任看着爷爷，原以为母亲私自外去，爷爷会大发雷霆，没有想到爷爷不但没有生气，反而好像对母亲有了敬意。他俩一时间发现爷爷那皱纹满面的脸上润有多少心事！

盛泰兴后房：

苏州，盛泰兴后院正房里烟雾缭绕，茶香蔓延。徐敬修和肖云龙对坐在红木圆桌前，边喝茶边聊徐大本在国外的一些趣事。徐敬修上身穿簇新的蓝布夹袍，外套玄色软缎坎肩，脚下薄底快靴；肖云龙身着枣红缎子夹袍，外套玄色马褂，头上青缎小帽，帽檐上镶一块极大的玭霞，手中捧了热腾腾的茶盏。

徐敬修扫了一眼院子，看并无别人，道："我知道你正在干大事，我只说一句，如用得着我时，你尽管说话，我一定支持。"

肖云龙露出诧异的神色，被徐敬修捕捉到了。肖云龙低垂着眼，仿佛有难言之隐，无法开口，想了想道："这事对你也没什么好隐瞒的，中法开战，因清廷的懦弱、妥协，胜利的成果才被葬送。使得中国不败而败，法国不胜而胜，我们是不是该醒醒了？"

徐敬修点点头。

肖云龙继续道："如何才能拯救中国，救民于水火之中，我也一直很迷茫。前些时，我去了趟广州，在万木草堂听了几堂课，才使我茅塞顿开。"

徐敬修不解地望着他。

肖云龙顿时激情高昂道："提倡西学，有利于解放思想。中国落后的原因归咎于自己的文化传统，国人缺乏民族主义、独立的自由意志及公共精神，这些缺点是中国向西方国家过渡的障碍。"他停顿了一下，"老师道，唯孔教可以救国！"

徐敬修重重地点点头，聆听肖云龙的高昂演讲："老师还说，生于一国，受一国之文明而后其有知，则有国民之责任。如逃之而弃其国，其国亡而文明随之毁坏，其负责亦太甚矣。"

徐敬修一面听，一面不断点头，等肖云龙说完，便俯身趋前道："我只是一个商人，虽有忧国忧民之心，但不懂救国救民之道，加之生意家室拖累，无为之奋斗之精力。不像你胸怀天下，既有救国救民之胸怀大志，又有为之而奋斗之决心，舍生忘死之勇气，令徐某佩服之至。不过，我虽不能参与你们其中，但作为一个中国人，位卑未敢忘国忧，也有为国为民之责任义务和做人做事的原则和底线。还是那句话，有需要我的地方尽管说，我一定支持。记住：弟不负国，兄定不负友。"

肖云龙闻听，激动得起身抱拳道："谢谢老板知遇之恩，我肖云龙这辈子最幸运的一件事就是遇对了人，跟对了人。如有需要老板的地方，云龙不会客气的。"肚子突然咕噜噜一阵响，惊疑地问道："什么时候了？"

徐敬修"啪"地一拍自己脑门道："嘻，看我们只顾说话，五脏庙都提抗议了。"看了看桌上的钟表道："都未正了！我这就让他们上菜，咱吃过饭再接着聊。"

肖云龙歉然地道："好！光顾听云龙道听途说了，老板也饿了吧？"

"是啊！我也是听得投机，竟而忘食。这几天你就不要回东城铺子了，好好给我讲讲西方国家的社会经济、现代工业，讲讲你们准备如何救国救民，看看我能给你们提供什么帮助。"

"好！这个没问题！老板娘呢？为啥到现在也不给咱上菜？"

徐敬修哈哈一笑道："我跟她说，咱俩有重要事要谈，不让她过来打搅。我知道你做的事很重要。"

张诚兴高采烈地跨进铺子，问道："阿强，老板呢？"

阿强回道："师傅，老板在后房与肖掌柜说话呢。"

张诚点点头，绕过货台快步走向后院，前脚刚迈过门槛就激动地喊道："妹夫，妹夫！"

徐敬修和肖云龙急忙站起身。

张诚道："王东家的官司打赢了。李大人把刘梦虎带走后，他拒不承认给王东家投毒一事。李大人就把他关到大牢不闻不问，三天后他在大牢里大哭大闹着要大烟，没有人理会他。五天过后他在大牢里实在熬不住了，就承认了他投毒一事。这次呀，够他在里面住后半辈子了。"

二春从天香院回来，听说张诚从衙门回来了，急忙从后门跑进后正房，听到他们的谈话，大喊道："活该！在里边待着吧，总算去了一大害。"

徐敬修一阵高兴之后，敬佩地看着张诚道："大哥！你办事真利落。这官司打赢了，王大伯第一要感谢的人是你呀，是你帮他打赢了这场官司！"

张诚一乐道："我看到你和妹子如此大度，我还能说什么呢。"

徐敬修总算了却了一件心事，缓缓吐出气，道："人非圣贤孰能无过，王大伯也是听信小人谗言，一时糊涂才做了些损人不利己的事。他这人本质不错，我们又何必耿耿于怀，抓住过去的事不放呢。走，咱们去西屋把这好消息告诉王大伯。"

张诚点点头道："好！"还没有等他们转身过去，只听身后道："我终于可以回家了。"说罢，王长庚靠着门框像牛一样"呜呜"地哭了起来。

徐敬修等人都回头震惊地看着他。

二春指着王长庚吃惊道："他，他怎么能说话了？"

王长庚停止啜泣抹了把眼泪，迈过门槛，冲着徐敬修一揖到地，道："谢谢你！谢谢大家！是你们大人大量救了我，你们的宽容和大度，真是令我汗颜。"

徐敬修和张诚赶紧把他搀起，他起身后接着道："自从吃了你的药丸就感觉一天比一天好，今天突然感觉手不哆嗦了，舌头也不僵硬了，这腿也能动了。就让两个孩子搀扶着我试着活动了活动，结果真的能站起来了，也能说话了。"

"我的老天爷啊！"徐敬修惊愕之后，走过去急忙扶住王长庚，凝神了半天，才说道，"大伯，这、这可是真的？肖掌柜、二春你俩来掐我一下，看我是不是在做梦。"

张诚惊喜地望着徐敬修道："这哪是在做梦呀，这是真的！你的药真的管用了，王东家真的能说话了！"

二春惊讶道："哎呀，你的药可真神！"

大家伙儿一下子围拢住王长庚。这个动动他的胳膊，他的胳膊前后甩甩活泛了；那个摇摇他的手，他的手臂活动自如了。

穆四妮带着伺候王长庚的两个小孩站在西屋门口，望着徐敬修笑道："真有你的啊，大伯的病真的被你配的药丸子治好了！"

徐敬修本来还半信半疑，听她这么一说，一仰头颇为得意道："那是，你没有想想我是谁呀，我可是大名鼎鼎的徐敬修！我先祖可是皇宫里的二品顶戴御医，虽然我不会武功，但我有精湛的医术！"

二春也自豪地咧咧嘴。

众人都惊异地望着他。

穆四妮嘴角含着丝浅笑从西屋走出来，来到正房内，推了徐敬修一下，嗔怪道："你呀！"

徐敬修笑笑扶王长庚坐下。大家都随意坐下来，徐敬修整整衣冠道："给你说个好消息。"

穆四妮坐到他身边，瞪眼望着他道："有啥好消息？快说！"

徐敬修瞟了她一眼，摇摇头道："你呀，你的性格能不能改改？叫人家说句完整的话好不好！"

"少啰唆，快说吧！"

"刘梦虎收监了，大伯的官司打赢了！"

穆四妮一拍桌子道："他奶奶的，真是太好了！"

众人都不约而同地扭头凝视着穆四妮。

"咳咳！"徐敬修赶紧干咳两声。穆四妮看着徐敬修，瞪着一双大眼捂住了自己的嘴巴。

二春撇撇嘴，满脸的不耐烦道："唉！没有想到这坏人也有好报！"说得王长庚羞愧难当，低下了头。

张诚扫过徐敬修和穆四妮的脸，盯着二春看了几眼，摇摇头。

徐敬修瞪了二春一眼，喝道："掌嘴！"

二春嘻嘻笑道："你看我这张嘴呀，又错了，我打嘴，我打嘴！"说着，装腔作势地打起嘴巴来。

徐敬修忽然表情一变，哑然一笑。

肖云龙朝二春挑眉弄眼，似笑非笑地看着他道："打嘴巴有你这样打的吗？我来替你打。"说着，作势欲打。张诚轻轻拉了一下肖云龙的大袍。

肖云龙缩缩头，咧着嘴瞪眼望着二春。

王长庚恳切地说道："二春说得对，我不是个好人，我当初不该听信刘梦虎和那马继宗的谗言，做了那么多对不住你的事，我不应有这么好的报应。徐东家，我对不起你，我对不起在场所有人，我给大家磕头赔罪了！"说着他从椅子上慢慢滑下来跪到地上。在场的人除了肖云龙，个个都用吃惊的眼睛望着王长庚。

徐敬修打了个寒噤，"腾"地一下站起，呆愣了好半天，才问道："你刚才说是谁？"

王长庚摇摇头道："刘梦虎和马继宗！我不该听信他们……"

徐敬修忙扶起他，心越发往下沉，强自镇静着问道："这么说，这后面的支持者真的是马继宗？"

王长庚点点头道："都是他背后出主意指使的。当年他得知南营在你这儿定货后，就让他的跟班，也就是刘梦虎的表弟，把刘梦虎找去商议计谋，与我合作进了一批劣质布匹送往南营，然后通过南营仓库管事，用偷梁换柱之计陷害你。见一计不成，再使一计，诬陷你与长毛有勾结，把你推上了断头台。"

徐敬修闻言，如遭五雷轰顶，顿感天旋地转，无论如何也难以相信那个与他一起玩大的人，会这么心肠歹毒。自己始终认为了解马继宗的为人，汝昌多次提醒都不信，直到今天才看清马继宗的嘴脸。

"啊！都是马继宗在背后搞的鬼？"穆四妮大惊道。

王长庚扫过穆四妮的脸，叹口气看着徐敬修道："马继宗听信刘梦虎的谗言，怀疑芸香与你……"

徐敬修努力平复着内心的震惊，眼神里却仍然写满了不可思议。

穆四妮狠狠瞪了徐敬修一眼，皱着眉头，摇摇头，几次欲语又休，踌躇了半天，才神情沮丧地道："他怀疑，他怀疑为什么不亲自来铺子问个清楚？做出这卑鄙手段！"

徐敬修顿足道："马继宗，马继宗，你好狠的心！你不问清楚，就要置我于死地呀！"

肖云龙吸了一口气，对王长庚道："这就对了，我说您铺子是不售布匹的，咋一下子冒出来那么多布匹。"

王长庚继续道："后来你哥把闫罗罗打死了，也是刘梦虎与马继宗合谋去闫府挑拨，使得闫罗峰去杭州把你们都抓入闫府大牢的。"

穆四妮气得咬牙切齿，脸色发紫，用几乎听不到的声音骂道："他奶奶的！"

徐敬修嘴唇颤抖了好半天，眼中带有血丝，慢慢坐下来，摇摇头道："弄得我伤痕累累，差点害我死于非命，我居然不知道我的对手是谁！你们说我可怜不可怜？"

二春急道："以其人之道还治其人之身，咱也回天津害他去！"

穆四妮看了二春一眼，惊道："天津！二春，马继宗在天津？"

二春知道自己说漏了嘴，赶紧顺口道："我也是刚刚听云龙说的。"

肖云龙皱眉望着二春，指着自己的鼻子："我、我、我……"二春急忙拧了他一下。

"啊！"肖云龙被拧疼大叫一声。

穆四妮瞪眼望着肖云龙。

肖云龙忙点点头道："嗯！我说的。"

一直没有说话的张诚，感慨道："做事容易做人难啊！咱们在明处，他在暗处，防不胜防，他就是害死咱，咱也不知道是谁害的。还一直误会是……唉！"

肖云龙点点头，绞了一把热毛巾，递到徐敬修手里，扭着头道："还是我师傅见解深，明枪易躲暗箭难防，明处和暗处大不一样，明于小计，暗于大谋。二春，你可明白？"

肖云龙诡奇莫测的神态，二春陡然会意，点点头伸出大拇指。

王长庚自责道："都是我不好，见利忘义，没有把控住自己的贪欲，一再任由他们摆布，结果贪财不成，害人害己，血的教训啊！"扭头对着张诚躬身道："张掌柜，我最对不起的就是你，悔不该当初听信刘梦虎的谎言，毁你声誉，逼你离开铺子。不但毁了自己生意，还差点害了自己性命，真是罪有应得啊！"

张诚忙把他搀起，扶他坐下，安慰道："王东家，一切都让它过去吧，不要再去想它了，找个好掌柜重新做生意吧。"

徐敬修双眼望着远处，是那种疼得说不出来的茫然。好半天，才拿起桌上的小茶壶，嘴对嘴喝了两口热茶，轻轻闭紧双眼，回忆着小时候几个伙伴在一起玩耍时的情景。

穆四妮回想起当初与王家铺子对着干的一幕幕，深知自己也有过失，心中的丝丝不快渐渐化去，只剩心疼怜惜，轻轻叹口气，道："大伯，以前的事咱都不提了。我哥说得对，您现在身体康复了，重新找个好掌柜安心做生意吧。这样我们就都放心了。"

王长庚听了大家的话，顿时心中泛起一股暖流，眼眶一酸，眼泪汩汩而下，缓缓道："不，我不放心，铺子我是不再开了。"一句话说得大家都莫名其妙，纳闷地望着他。停顿一下，他接着道："这段时间我也想明白了，我就不是做生意那块料。再说，我现在已无儿无女，挣再多的银子又有何用？我早想好了，不管病好与不好，铺子和那座院子我都交给你们，只要有我一个栖身之地，能安度余生就行了。"

徐敬修猛然睁开双眼，难以置信地看着他，甚至怀疑自己是幻听。与王长庚对视了一会儿，又环视了一圈所有人的表情，咬唇皱眉看着他道："大伯，

这可使不得。那铺子和院子可是您家祖业，是您的心血，我帮您是出于良心，求个心安，可不是为了其他。"

王长庚神色淡然地凝视着前方，长出口气，道："我知道你仗义，才请你来帮我的。我知道你帮我不是为了我那点家财。我把铺子和院子交给你，也不是为了报答你的救命之恩。大伯是舍出这张老脸，求你收留我，大伯无儿无女的留那些东西有啥用？我想了想，倒不如早点交给你发挥点作用。"

穆四妮道："大伯，要说让我们收留您，这没问题，毕竟我哥和玉兰在同一个墓穴里。您的店铺和院子我们是绝对不能要的！"

徐敬修接口道："我们是亲家，收留您给您养老送终也是应该的，您老以后就安心在我这儿住着。店铺和院子的事休要再提。"

王长庚感慨道："虽然玉兰和三儿生不能同室，但死已同穴，你们也承认咱是亲家，那现在你们就是我唯一的亲人，我不把店铺和院子给你们给谁？"

徐敬修与穆四妮相视一眼，一时也词穷了。

二春目光扫过穆四妮和徐敬修的脸，清了下嗓子，在一旁插嘴道："对！王东家，算您还有点儿人情味儿，想想当初你们把他送到断头台上，差点要了他的命。到现在他不但不记仇，还帮您打赢官司除了祸害，亲自配药治好了您的病。给点儿也算是个补偿吧。"

徐敬修怒道："二春！"

张诚看了二春一眼，不知不觉地轻轻哀叹了一声。

二春苦着脸道："我说的都是实话，又错了？你说错了就错了吧，我这就掌嘴巴子。"说着又要举手打自己的脸。

王长庚起身走过来一把拉住二春的手，道："二春，别打了，你说的是大实话。都怪我当初心胸狭隘，不好好想法做生意，只想着排挤你们，幻想着只要把你们挤垮了，我的生意就会蒸蒸日上、日进斗金。现在，我想明白了，其实就是真把你们挤垮了，我的生意还是一样做不好。"

穆四妮脸上微有窘色道："大伯，过去的事儿咱不提了。二春，少说两句吧！"语气虽是怨怪，却透着内心的高兴。

二春揣手站到了一旁。

肖云龙看了一眼揣手站在一旁的二春，以拳掩嘴，轻咳了一声，却是掩不住的笑意，扭头道："老板，既然王东家都把话说到这个份儿上了，你就接受了吧。一是王东家没有亲人，店铺和院子迟早都得转让。今后的吃、喝、生老病死都有你照顾着，他要钱也没用，与其便宜了别人，倒不如你接过来扩大生意；二是只有你接受了王东家的馈赠，他才能安心在你这儿安度晚年；三是再不用担心别人惦记他的财产，谋财害命。"

王长庚含泪道："肖掌柜说得对，如你们不接受，我哪有脸住你们这儿呀。再说，铺子和院子都是我王家祖产，我现在无力让它重现当年辉煌，也不想让它就此破败，有生之年能看着在你们手里重新振兴，我就是死也瞑目了。"

穆四妮的目光从张诚和徐敬修脸上扫过，怔怔地望着王长庚道："这这这，大伯，您这么大的家产，我们真的是收受不起，"

王长庚打断穆四妮的话，道："徐太太呀，你千针万线给我做的这棉衣呀，穿在我的身上暖在了我的心里。我看到你，就想起了我的玉兰。"说着，又"呜呜"地哭了起来。

这一哭，让在场的人都跟着落泪。穆四妮擦擦眼泪，看了徐敬修一眼，搀扶住王长庚的胳膊道："大伯，您老如不嫌弃，以后就把我当作玉兰妹好了。"

王长庚闻言，激动地颤抖着双手拉住穆四妮的手道："好好好！不嫌弃，不嫌弃，我求之不得。三个多月了，你喂我吃喂我喝，如果玉兰活着，对我不过也是如此。我心里早就把你当成玉兰了。"

穆四妮感动道："只要您老高兴，我们就伺候您一辈子，让您安享晚年。如您愿意，就跟我们回武安。"

二春一听，欣喜若狂地一拍大腿道："好！这样好，王东家这回再无后顾之忧了。"

王长庚感动得热泪盈眶，脸上洋溢着幸福的微笑，道："有你这句话我就知足了。但我不能离开苏州，这是生我养我的地方，我的根在这儿，玉兰和她娘埋在这儿，我要守着她们，不让她们找不到我而孤单。"说完看着徐敬修道："这回我可是把店铺和院子送给我女儿的，看谁还敢说什么？"

徐敬修无奈地叹口气道："好好好！送给您女儿的，送给您女儿的，您想咋地就咋地吧！"

二春激动道："东家，正好咱铺子里的伙计也都出师了，把王东家的铺子接下后，让伙计们去试试本领也好啊！"

徐敬修一扭脸，笑着举着手道："看来我不亲自打你是不行了！"

王长庚脸上终于露出了会心的微笑，大喊道："张掌柜！笔墨伺候，我要立字为据，省得有人再反悔。"

众人都笑了起来。

把苏州几件紧要的事处置完毕，徐敬修跑到周家铺子，把天津卫的地势、商机，与周汝昌细细分析，并劝说他也尽快去天津开药材铺子。周汝昌听后连连点头，下决心尽快坐船去天津卫考察市场。

徐敬修与张诚、肖云龙、周汝昌、王长庚等人告别，带着穆四妮、二春前往杭州、南京、上海、山西、陕西等地看了看几座铺子。见各个店里的掌柜们把生意做得极好，他欣慰之余，也很是得意。

第九章 家父遭难 罗峰夜袭

伯延徐家大院：

伯延突然来了两个骑着高头大马的陌生人。就见二人在村中翻身下马，牵着马径直来到徐家庄园门前，立即引起蹲在墙根的难民注目和小孩儿们的围观。

只见短衣打扮的人暗暗打量一眼徐家朱红大门，雕刻精致的拧丝花纹，镶嵌镀金门环，再抬头见高高的围墙内，树木掩映之中的楼阁一角，雕梁画栋，古色古香，华丽而大气。

身穿长袍马褂的青年把马拴好，刚要抬脚上前叩门，门子张彬听到门外动静，"吱呀"一声打开门问道："你俩是干什么的？"

长袍马褂青年吓了一跳，退后一步道："我们找人，请问这可是徐家？"

张彬打量一眼短衣打扮的人，再看看眼前这位青年，顿生一种怪怪的感觉，这二人相貌穿着打扮与平常人一样，但就是给人一种不同的感觉。不耐烦地问道："你们找谁？"

长袍马褂青年顺张彬身子向里一看，见一位老翁正在院中练太极，心想肯定是徐老太爷，咳嗽一声道："我们有事找徐老太爷。"

张彬凝视着他道："你认识我家老太爷？"

短衣人立即点头道："家父与老爷子是生意上的朋友。"

张彬感觉刚才神态有点失礼，便立即收拢眼光，热情道："啊！您也是做药材生意的？"

短衣人拱手道："是，我们做生意路过此地，家父因多年未见徐老爷子，十分想念，特意嘱咐我一定要过来看望看望老爷子。"

张彬欣然道："你们稍等，我这就去通禀老太爷。"说后，关好门转身快步进院。

正在练太极拳的徐兴厚见门子张彬快步冲自己走来，停手收脚，听完张彬禀告，抬手往后捋捋花白凌乱的长发，道："让他们进来说话。"

二人进院，短衣人紧走几步，上前躬身搭手道："晚辈见过徐老爷子，给老爷子您请安了。"挺身抬头看着徐兴厚问道："您老可还记得晚辈？"

徐兴厚上下打量一番来者，皱眉想了片刻，茫然地摇了摇头。

管家世福见来了客人，急忙从屋里出来，直视着二人问道："请问二位是哪里人氏？"

短衣人没有回答管家世福的问话，而是呵呵一笑道："家父与徐老太爷有多年的交情，并且常一起外出收购药材。"

徐兴厚拍拍额头就是不记得故交里面有这么一个后生。他父是谁？张老板？王老板？李老板？还是……

世福看老太爷想不起来，微感不悦，盯着来人冷冷地问道："你家老爷子是哪位？"

短衣人看着徐兴厚，故作镇定道："家父以前也在东北做药材生意。我就是不说，老爷子也定会想起来。"

徐兴厚一听是在东北做药材生意时认识的朋友，心想：虽然来人有些唐突，但不管咋说，来者便是客，做了个请的手势道："贤侄，请进屋里说话。"转身边往上房走边道："世福，让粉儿上茶。"

管家世福不放心地看了一眼他们的背影，才转身而去。

短衣人上前搀扶着徐兴厚并肩而行，他扭脸看着这一道道大院，不禁脚步缓了下来。打量这院落的格局，心里盘算，地方够宽敞，风水也不错，遂道："老爷子，您这宅院可真够大，真够气派的啊！房间布置严密，院墙高筑，可是不怕贼。"

徐兴厚微笑着点点头，说道："这是犬子年前盖的。"

正上房：

走进上房，进门见客厅中安放着两把紫檀木交椅，交椅后背正墙上镶嵌着"五福捧寿"壁幅，煞是气派。

领着二人来到上房客厅，分宾主落坐。他们坐下双肘自然而然地搭在扶手上，非常舒服。

管家世福和端着茶盘的丫鬟粉儿也跟进来，一个填装果盘，一个斟茶倒水，徐老太爷装上旱烟点着，吧嗒吧嗒抽着。

二人连声道谢："不客气，不客气。"随后，短衣人四处张望一圈，道："修盖这么大、这么气派、这么考究的一处庄园，需要不少能工巧匠，花费不少时间吧？"低头细细赏鉴座椅，工料两精，惊道："家具无一不是上好木料精雕细琢而成。这好像不是本地货色，这花纹图案既美丽大方又寓意深刻，这要值不少银子吧？"

徐兴厚捻须道："贤侄真是识货的行家！一眼就识透了。这堂木器是我儿从南方运过来的，这是紫檀木。"想了想，来者乃是外地人，对他们的来历还不大清楚，说多了怕是不好。徐兴厚打定了这个主意，灵机一动，顿时将笑收起，平静地道："至于值多少银子我也不大清楚。"

一直坐在一旁没有言语的长袍马褂青年，感觉老太爷和管家有意无意地在察言观色，知道人家心中有了戒心，怕言多有失。给短衣人使个眼色。短衣人明白他的意思，看看身边站着的佣人，再扭头看看徐兴厚，拱手道："晚辈这次来，一是受家父所托看望一下您老人家；二是晚辈有些生意上的事想请教前辈。还望您老人家不吝赐教，晚辈感激不尽。"说着环视一眼管家和丫鬟，"您看……"

徐兴厚看看世福和粉儿，犹豫了一下，摆摆手道："你们去给院里那几盆菊花浇浇水。"

世福没动地儿。

徐兴厚摆摆手道："去吧，浇浇水去。"

粉儿拽拽世福的大袍，世福很不放心地向外走去。

二人瞅着管家和丫鬟出门走远了，短衣人骤然脸色一沉，道："老爷子，咱明人不做暗事，实话给您说吧，我们是从天津而来。"顿了一下，恶狠狠地道："目的是希望您老能让徐敬修把天津卫的生意撤掉，咱两来无事，如若不然……"

长袍马褂青年接口道："我们日本人会让他死得很难堪。"

"啊！你是日本人？"

长袍马褂青年"唰"地从腰间拔出匕首，用舌头舔舔刀刃，在手里颠来颠去，道："是，我是日本人，赶快让你儿子撤出天津卫，否则别怪我不客气。"

徐兴厚镇定一下心神，道："据我所知，我儿与你日本人从未有过生意往来，更没有生意上的冲突和竞争，你们是受什么人指使？有本事在生意上打败他，用这种下三烂的手段，不觉得太卑鄙吗？"

长袍马褂青年左手拉起徐兴厚头上一缕白发，刷地一下割下，放到手心，恶狠狠地道："如果三月之内，徐敬修不把生意撤离天津卫，那他的项上人头就像……"轻轻一吹，头发散落了一地。

徐兴厚强忍住心中的恐慌，嘴唇控制不住地哆嗦，道："你……你……你们这些……强盗。"

短衣人"嘿嘿"阴笑道："老爷子！您家这宅院是不是有点太讲究了，敢跟万岁爷的皇宫格局一样，他徐敬修是不是想造反？如果这事儿让当今万岁爷知道了，您说会是什么结果？哈哈哈……"

徐兴厚"啊"的一声，只觉得天旋地转，眼前一黑，晕倒在太师椅上。

不到半个时辰，就见二人不慌不忙地走出上房。走到世福跟前，短衣人弯下腰道："这菊花长得不错嘛。"

世福瞪他一眼，没有言语，放下手中的水瓢向上房走去。

长袍马褂青年看世福起身，拉拉短衣人的后襟，起身匆匆走出徐家庄园。

世福走进上房吃了一惊，只见徐老太爷歪着头、双眼紧闭瘫坐在太师椅上。世福忙走上前喊道："老太爷，您咋了？您哪儿不舒服？"回头大喊道："来人啊！快来人啊！"

粉儿听到喊声慌忙跑进来，见此情景，吓得捂嘴愣在了那儿，世福喊道："快给老太爷倒水！"

粉儿回过神来，慌得手足无措赶紧倒水。

随着"嗯"的一声，徐兴厚慢慢睁开眼，嘴里含混不清地喊着："敬……儿、修儿……"一句完整的话没说完，再次晕了过去。

世福吓得急道："粉儿，快去请郎中。"

粉儿哭着拔腿向外跑。

世福突然想起那两个跑出去的客人，见徐大个子慌里慌张跑来，喊道："快去把那两个王八蛋追回来。"

伯延村：

徐敬修带着穆四妮、二春一身疲惫回来，刚走到伯延村边，就见从徐家巷里冲出两匹快马冲着他们兜头而来。

他们急忙打马躲到路边，就见两匹快马从他们身边擦身飞驰而过，一路向北狂奔。徐敬修调转马头看着两人的背影，道："哪儿来这么两个愣货，在村里还骑这么快，也不怕碰撞着孩子？"

二春望着远去的人马，皱着眉头道："咋看着有些眼熟？"

穆四妮道："别是从咱家出来的吧？"

徐敬修望着渐渐远去的两道身影，哈哈一笑道："说不定。"

话音未落，只见徐大个子领着十几个护院家丁，人人手拎木棍跑了过来，徐敬修吃惊地望着徐大个子。二春喊道："大个子，家里发生啥事了？"

徐大个子跑到他们跟前，擦擦汗道："老爷，你们快回家看看老太爷吧，老太爷……晕过去了。"望一眼已经跑远的两个骑马人，气得把棍子一扔，跺脚道："是那两个骑马的人，把老太爷……唉！"

徐敬修扭头看了一眼尘土飞扬、空旷无人的官道，顾不上多问，打马向家奔去。穆四妮、二春与家丁紧随其后。

徐家正上房：

徐敬修紧紧握住父亲的双手，泪流满面，哽咽道："爹，爹！您这是咋了？您睁开眼看看儿吧！儿回来了。"

好半天，徐兴厚才勉强睁开双眼，迷糊中看看徐敬修，又看看穆四妮，用尽最后一点力气道："儿呀……速把天津的生意撤回……你要当心日本人……"话没说完，脑袋一沉，身子一软，去世了。

徐敬修听后一愣，见父亲咽下了最后一口气，肝肠寸断惨叫一声："爹——爹啊——"腿一软跪伏在地。顿时，哭声叫声一片："爹——爷爷——老太爷……"

徐敬修哭着哭着突然止住哭声，转身一屁股坐在地上，道："世福！你过来！"

世福赶紧过来，小心翼翼地道："老爷。"

徐敬修瞪眼厉声喝问道："说！"

世福低着头嗫嚅道："今天来了两个人，其中一人说他父亲以前也在东北做药材生意。有些生意上的事想请教老太爷。"

徐敬修气得脸色发紫，"你当时在哪儿？你为什么不陪在老太爷身旁！"

"那个人说要跟老太爷单独说会儿话，老太爷看他没有恶意，就吩咐我和粉儿去院里浇花了。待他们走后，我回到上屋老太爷已晕过去了。"

"他们是哪里口音？"

"有点儿像南方口音。"世福细想了一下，道，"又有一点儿天津味。"

徐敬修咬牙道："南方口音，天津味？"

"一定又是马继宗在背后捣鬼。"穆四妮打断徐敬修的话道。

徐敬修内心充满愤怒与悲伤，含泪点点头。

二春紧攥拳头，怒声道："我说那人背影咋看着那么熟悉，那个人是秦有福！"

徐敬修自言自语道："日本人，爹为什么会说要我当心日本人？难道另一个是日本人？"沉思半响，突然想起芸香说过"马继宗跟着日本人出去了……"。愤恨地咬牙道："马继宗，你个龟孙子！"

徐家庄园：

一阵旋风刮过，村头杨树林的枝叶纷纷掉落，打着旋带着飘飘荡荡的树叶进入徐家巷，一路席卷着巷子里的尘土向徐家大院而来，顿时，整个伯延村黄土漫天，陷入天昏地暗之中。

徐家庄园那扇宽大而沉重的大门敞开着，通往各个四合院的甬道门扇都打开了。一眼望过去，便是灵堂中那个斗大的"奠"字，左右高悬着挽联。挽联下，祭奠的供桌摆着菜肴果品等祭物，桌上"长明灯"忽明忽暗，两旁的香烛"噗噗"冒烟流泪，徐兴厚的灵柩置于供桌之后。

灵堂的布置肃穆庄重，白茫茫的烛光使得整个宅院令人感觉特别压抑。

深夜灵堂内，徐敬修、穆四妮、徐敬文、徐敬云、徐大光、徐大任、徐赵氏、徐白氏、徐利平等子女儿孙身着孝服流着泪静跪灵柩两旁，家丁和佣人们身穿孝衫往来穿梭于各个前堂后院……

突然，'嗖'的一声，一支飞镖闪着寒光划破寂静的夜空，冲徐敬修头顶呼啸而来，穆四妮眼疾手快飞身而起将飞镖接住，抬头一看，对面屋顶一条黑影一闪而逝。

徐敬修等人还没有明白怎么回事，就听一声"哪里逃"！接着一道白影飞身而去。

灵柩两旁跪着的众人顿时吓得个个目瞪口呆，半响才惊呼一声，纷纷站起跑出灵堂。

半天才有人惊呼道："啊！是太太！太太飞走了，太太飞走了！"

徐敬文等人都吃惊地回头看着徐敬修。

徐大任惊恐地指着夜空，道："爹，我娘飞走了！我娘她飞走了！"

大院内所有的人都用吃惊的眼睛望着徐敬修。

徐大个子跑过来，惊慌地指着房顶道："老爷、老爷，那白影可是太太？"

徐大光近前一步，正欲说话，徐敬修挥手制止了他。慢慢地站起来，淡淡地说道："哪能是太太呢？我刚叫太太回屋休息去了，大家不要惊慌，该干嘛干嘛去！"家丁和佣人们都相视一眼，没再敢言语，低头各干其事去了。只有二春心里明白那就是太太穆四妮，他望了徐敬修一眼，低头干活儿去了。

徐大光回头扫了徐大任一眼，用疑惑的目光看着父亲。

徐敬修视而不见，先跪下来，用强硬的口气道："都看着我干吗？还不都跪下！"

众人都默默地返回灵堂。

徐大任跪在父亲身边，颤声问道："爹，我、我娘她是不是会武功？"

徐大光也瞪着吃惊的眼睛看着父亲。

徐敬修挠着头，悠悠道："不会吧！也可能会一点儿？我也说不清楚。"

徐大任闻言一惊，指着房上道："爹，我娘这是会一点儿武功吗？"

徐敬修望着父亲的棺椁发呆，过了一会儿，才沉声道："大光，你在这儿不要动，大任，跟我来。"起身向灵堂外走去。

徐大光道："爹，你们要去干啥？"

徐敬修没有回答，径自朝正房走去。

徐大任愣了一下紧跟上来。正房内，徐敬修从床上的柜子后面，费劲地双手拿出一条长布兜。徐大任凑在父亲耳边，低声问道："爹，这是啥？"

徐敬修低声回道："这是你娘的九环刀。"

徐大任目光看向父亲，学着父亲常用的口头禅道："我的老大爷呀！我咋不知道我娘还有大刀呀！"

徐敬修嘴角噙笑，看儿子一眼道："你不知道的还多着呢。"

走到大门口，身后的徐大个子小跑过来道："老爷，二少爷，您抬的啥？来，让我替您们扛着。"说着就要伸手去拿。

徐敬修一侧身躲开，道："不用，我出去办点事，警惕点把家看好。"

徐大个子忙点点头，道："老爷放心。您和少爷出去一定要多加小心。"

伯延西地：

徐家父子抬着九环大刀向村西南方向走去。定眼望去，但见西坡地乱石岗上，一黑衣蒙面人仗枪卓然而立，冷然道："明天我让你们家一葬两人！"

穆四妮一指黑衣人，大声喝道："你是何人！竟敢擅闯我府，你我有何恩怨？"话音未落，就听黑衣人道："费话少说，看枪！"

穆四妮怒道："他奶奶的！今天我就让你晓得我的厉害！"双袖一挥，袖影之中撒出漫天的芒影，犹如暴风骤雨般地疾打出去。

黑衣人侧身冷笑道："还想用暗器伤我？没门儿！"话音未落，低头一看，右肩处的衣襟已然撕开，血迹隐约可见，里面露出一道深深的伤痕。伤处顿时

传出阵阵剧痛，黑衣人的神志却是很清醒，厉喝一声："看枪！"长枪化作一道寒光，直取穆四妮喉咙。因穆四妮手中无刀，无奈只能左躲右闪，不停地撒袖中暗器抵挡。

十个回合已过，穆四妮知道暗器即将用完，看着对手越战越勇，手中长枪犹如雨点般地刺向自己心脏，心中不免有点发慌，就在这千钧一发时，就听一声大喝："四妮，接刀！"

"来得正好！"只见穆四妮飞燕般的身形疾向空中旋去，又闪电般地从地上拾起她的九环大刀，腾空翻越挥刀而上，与黑衣人战成一团，顿时寂静夜晚响起了"噼噼啪啪"的兵刃相交声。

黑衣人手持九曲枪，枪头寒光闪闪，枪尖如蛇头，锋利毒辣，搭、缠、圈、刺，枪枪直指穆四妮要害。穆四妮手中九环大刀，浑厚有力，刀锋犀利，刀背九环哗啦啦银光闪闪，劈、刺、砍、削、挡，刀刀势大力沉。大战三十回合过后，黑衣人髻发散乱，胸前衣衫尽碎，腰间血迹斑斑，双臂酸麻，只有招架之功再无还手之力，心中不禁大骇，"蹬、蹬、蹬"连连倒退几步，身形摇摇欲坠，以枪拄地，"噗"地喷出一口鲜血，面色苍白，咬牙忍着稍息片刻，抬头仰望长空声嘶力竭地道："爹！兄弟！恕我无能。"随后长枪一扔，长叹一声，看着穆四妮道："你杀了我吧！"

徐大任大喊道："娘，把他的面纱解下，看他是何人！"

穆四妮走过去挥刀挑去黑衣人脸上的黑布，惊道："闫罗峰！你好大的胆子，我本欲饶你不死，怎奈你不知悔改，三番五次送死。这次竟然来到武安地界，真是欺人太甚！"

闫罗峰手捂腰间，面色苍白，凄然说道："今天又落入你的手中，天公灭我，要杀要剐随你！"

穆四妮紧盯着他，怒声道："你弟弟横行霸道，光天化日强抢民女，我兄长为民除害，你父子助纣为虐，将我兄长活活打死。你不明事理，多次刺杀我家老爷，今天我就替天行道，以绝后患。"说着举起大刀跃身上前，要置闫罗峰于死地。

徐敬修见状，急忙上前抱住穆四妮的腰，道："夫人啊！冤家宜解不宜结，得饶人处且饶人，你就再饶他一次吧！"扭头盯着闫罗峰道："你扪心自问，谁对谁错我相信你比谁都清楚，冤冤相报何时了？望你能放下恩怨，开始新的生活吧。"

闫罗峰闻言，心头一振，看看徐敬修，再看着穆四妮仍然高举的大刀，张张嘴欲言又止。

穆四妮聆听完徐敬修一番发自内心的话，瞟了一眼闫罗峰，心中一软，叹口气，举着的刀轻轻落下。

闫罗峰见穆四妮放下了刀，向后倒退几步，转身迅速融入黑夜中。

徐大任急道："娘，他跑了！"

徐敬修松了一口气，问："伤着你没有？"

穆四妮摇摇头，道："那晚我要杀了他吧，你拦着不让，你心软仁慈，可他不领情，这不是放虎归山吗？"

"你把他杀了，改天他的儿女再来找咱报仇，你说这冤冤相报何时了啊？"徐敬修道。

穆四妮听后无奈地摇摇头。

徐大任双手拾起闫罗峰的九曲枪，道："爹，娘，他咋枪都不要了？"

徐敬修接过枪，道："他把枪扔下，表明他愿放下心中仇恨，永不来报仇了。"

穆四妮瞪他一眼道："命比枪重要！"

徐大任挽起母亲的胳膊，问道："娘，您真厉害，我以前咋没见您练过武功？"见母亲没有言语，接着问道："娘，他是谁？他与咱家有啥仇？为啥要来刺杀我爹？"

穆四妮一听，仰脸看看夜空，强忍住即将滑落的泪水，道："就是因为他家，你外公和你舅舅才离开了咱们。"

徐大任愣一下，随母亲默默地走了一会儿，忍不住道："既然他家害死了我外公和舅舅，刚才您咋不一刀劈死他？还眼看着让他跑掉？"见父母都不言语，转而又道："娘，我想听听你们过去发生的事。"

穆四妮脑中一片混乱，直视着前方，沉默了会儿，道："三天三夜也讲不完。"

徐大任半搂半挽着母亲的胳膊，道："娘，看您从家里飞出来时，吓我一跳。娘，您啥时候学的武功？您咋还能飞起来啊？您用的那叫啥功夫？跟谁学的？您教我武功吧？"

徐敬修一直在旁观察着儿子，品味儿子发现他的母亲是武林高手之后的心理动态。他背手快步走到家门口时，干咳两声，回过头道："想学你娘的功夫不容易，你娘那轻功可是有功夫秘籍！"

第十章　堂兄闹鬼　决定还击

武安赌场：

徐老四已在赌场连续泡了一天一夜，刚开始连赢几把心中暗暗得意，接着几个一翻两瞪眼，小心谨慎地押了几把，也是输多赢少，不到一天就把用老婆金耳环兑换的二十多两银子输了个精光。一咬牙，又从怀中摸出老婆的金镯子，走到柜上，兑了三十两银子。回到赌桌仍然是输多赢少，急红了眼的徐老四一狠心，一把将剩下的十两银子全押到了大上，想要一举翻盘。庄家看一眼徐老四，翻开盖碗，又是小，徐老四张张嘴，看看场内来回走动的几个大汉，无奈地拖着两条像灌了泥浆一样沉重的双腿出了赌场。来到城外空旷无人之处，像狼嚎一样嚎叫起来，发泄完心中郁闷，踉踉跄跄朝伯延村走去。

徐老四回到家，屁股一歪躺在土炕上，顺手抓过一块破布蒙在头上，心中悔恨万分，哀叹连连，恨不得一刀把自己的手剁掉。

头戴孝帽、身穿短衣孝衫、鞋子上裹白布的徐李氏从徐家大院回来进屋一看，见徐老四像死猪一样蒙头躺在炕上，气不打一处来，埋怨道："你还知道回来呀？"

"去去去，少他娘的啰唆，烦着呢！"

"哼！有本事就住赌场别回来！二叔昨天不在了，敬修派人在到处找你呢。"

"胡说！前天我还见二叔好好的。"

徐老四掀开蒙着头的布一看，"啊"地惊叫一声，一骨碌从炕上爬起，瞪眼看着徐李氏，惊疑道："我二叔真没了？前天还好好的，咋就突然走了。"

徐李氏没好气地回道："我咋知道。"

徐老四跳下炕，提上鞋，慌忙向外跑去。

徐李氏在后面紧跟着喊道："等等，我和你一块去！"

徐老四哪还顾得上搭理她，发疯似的径自狂奔而去。

徐老四跑进徐家大院一看，院中间设着灵堂，院子里的人不是穿着孝服就是头上裹着孝布，身子前后一晃，看着恍恍惚惚的几乎要晕倒。

身披重孝的徐敬修见徐老四到了，急忙领着穆四妮、妹妹等人过来，跪地磕头悲呼道："四哥！我爹他……走了……"放声大哭起来。

徐老四直视徐敬修等人片刻，瞪眼环视一圈院里的陈设，突然一跃而起，大声嚷道："你个不孝的东西，你爹我还好好的，你就……气死我了……"说着连跺脚带挥舞双臂。

徐敬修惊讶地看着徐老四。

穆四妮见情况不对，急忙起身，道："四哥，这大早上的就喝多了？"

徐老四一听，勃然大怒，道："胡说！有你这么说爹的吗？目无尊长。修儿，你也不管管你媳妇。"

众人见徐老四发疯，纷纷围上来观看，听了徐老四的胡言乱语，个个呆愣在那儿，瞪着惊讶的眼看着徐老四，不知道他犯了什么病，发的什么神经。

二春怒喝道："徐老四！你要干啥？"

紧跟来的徐李氏急忙上前拉住徐老四的胳膊道："老四！你这是咋了？你别吓我。"

徐老四一甩胳膊，把徐李氏的手甩开，看着她道："侄媳！你咋连二叔和老四都分不清了？"

徐李氏再次上前抓住徐老四的衣服，边摇着边哭喊道："老四，你别吓我，你咋连我都不认得了？我是你的媳妇呀！"

徐老四一板脸道："你胡说啥哩？你好好看看，我是你二叔！你不会糊涂得连二叔和老四都不分了吧？是不是老四那浑蛋把你打的，回头二叔给你做主。"

这时，不知谁说了句，老太爷的魂魄附在四爷身上了。

二春上前一把抓住徐老四的前胸，道："徐老四！别以为我不知道你那点坏水，再胡闹就别怪我不客气了。"

世福过来拉住二春，劝道："四爷，听话，别闹了，你二叔对你可不薄，快给你二叔上香跪拜守灵吧。"

徐老四一甩胳膊道："岂有此理！连你们奴才都不认我了？我活着好好的，你们就给我办丧事。真是大逆不道，大逆不道啊！"转身一把拉住大任的手，道："你是爷爷乖孙儿，他们不认爷爷，孙儿认爷爷啊！"

徐大任拉着徐老四附耳低声道："四伯，我知道您又没有银子了，回头我给您十两。现在我给您个台阶下，您听我的，赶紧假装晕倒，我扶您去灵堂。别一会儿让人拆穿了您的把戏下不来台。"

徐老四心中一紧，故作镇定，瞪眼骂道："好你个鳖孙儿，爷爷白疼你了，是不是你也盼着我早死！"

徐大任挣脱开徐老四的手，急道："装，接着装！等会儿看你怎么收场。"

徐敬修压根就不信什么魂魄附身一说，断定徐老四肯定是有目的，他站在一旁皱着眉头望着装疯卖傻的徐老四，心想：看你今天要给我唱哪出戏！

徐李氏害怕了，从地上爬起来，又扯住徐老四，哭泣着道："老四，老四，你醒醒好吗？刚才在家还好好的，这咋一会儿工夫就成这样了？"

徐老四瞪了她一眼，"说啥呢？一边去！"扭头见徐敬修像局外人一样站在一旁看热闹，学着徐兴厚平时说话语气，道："还不快把这灵棚拆了，你是不是想咒爹早死呀？"

这时，乡邻们听说徐老四被徐老太爷魂魄附体了，都纷纷跑了过来围观，将徐家大院围得水泄不通，有的哑巴哑巴嘴说："以前听说魂魄附体，我还不信，原来真有这事啊！"那个道："徐老四就是个无赖，这还不知道唱的哪一出呢！什么魂魄附体，这你也信？""还有的说："徐老四天天上赌馆，是不是赌输了，没银子还账，让人给打傻了？"一时间，人们各种猜测莫衷一是。

站在一旁的徐大任看着父亲不言语，飞快地从屋里取来一面镜子，照着徐老四道："四伯，别演戏了，看看你的嘴脸！"岂料，徐老四真的接过镜子一照自己的脸，"嗷"地大叫一声，惊慌失措地喊道："哎呀！我说你们咋都说我是敬北呢！我何时变成敬北一副长相？"接着便坐到地上大哭起来。

善良的徐李氏也跟着哭个不停。

徐敬修双手背后，气得浑身发抖。

穆四妮实在看不下去了，拉拉徐敬修的衣袖，低声道："老爷，咱不许动真气啊！别让他闹下去了，问问他到底想干啥？外人都在看笑话呢！"

徐敬修咬咬牙，笑了笑，低声道："不想看戏了？"

穆四妮瞪他一眼道："对外人你还知得'饶人处且饶人'呢。别跟他一般见识，给他个台阶下吧！"

"给他个台阶下？"徐敬修想了想，把牙咬得"咯吱咯吱"直响，蹲下来瞪着徐老四道："爹，不要急躁！你就是变成了我兄长这副模样，我也叫你一声爹！爹——""扑通"跪在了徐老四面前。

徐老四吓了一跳。

二春与世福赶紧上前把徐敬修搀起。二春急道："快起来，别听他胡扯！"

徐大任一怔，急得跺脚道："爹！您咋能相信四伯那些鬼话呢？"

徐大光上前一把拉住弟弟的手，急道："大任！不要说话，这可能真的是爷爷的魂魄附在四伯身上了！"

徐大任甩开他的手，急道："哥！你也信四伯演的戏？"

徐老四迅速从地上爬了起来，哭喊起来："修儿呀，快救救你爹吧！你看连孙子们也不认得我了，我咋变成这样子了？"

徐敬修看徐老四哭得痛不欲生的模样，问道："爹呀，您老走了又还魂回来，是不是有不放心的地儿，需要与儿交代呀？"

徐老四一听徐敬修终于上路了，站起来长叹一声道："修儿呀，爹有件事一直放不下呀！你大伯去世得早，敬东、敬西、敬南的日子都能过，就敬北过得熬糟（方言。"狼狈""窘迫"等义），你从咱家钱柜里拿二百两银子给敬北，让他好好过日子吧。"

徐李氏一听此话，站起来走上前去掌了他一记响亮的耳光，厉声斥道："我就知道，这就是你装神弄鬼的主要目的！"

徐老四捂着脸，站直了身子，指着徐李氏喊道："哼，反了你了！连长辈你也敢打？"

徐李氏气得几乎背过气，坐进灵棚大哭起来。

徐敬修仰天一阵大笑，冷不防地把脸一沉："好！二百两银子不成问题，我可以给您。但我也正想问您一件事呢。"

"修儿你说。"

徐敬修抓住他的衣领，附耳过去，压低声音道："我这次去南方时，把咱家的秘方交给了您保管，您走得太急，没有给我交代您把秘方放哪儿了，可把我给急坏了。您的魂既然附上老四的身，那您就借老四的嘴告诉我吧？"

"这个？这个嘛……"

"爹，您说呀？"徐敬修瞪着眼睛望着他。

徐大任急道："装，接着装呀！"

"你这小兔崽子，敢说你爷爷我装！"

二春急得踢他一脚道："徐老四！狐狸尾巴快露出来了，还不知趣！"

徐老四瞪着血红的眼睛，急道："你这个狗奴才！敢踢我？我老了，糊涂了，手迷了，记不得放哪儿了，不行吗？"

徐敬修慢慢从怀中掏出一块布抖了抖，展开，声音低得只有他两人能够听见，"老四，你可知道长辈一旦把秘方传承下去就不会再收回！"

徐老四被这突如其来的变化弄蒙了，愣愣地瞅着徐敬修，不知如何才好。

众人都听不到徐敬修在给徐老四说什么，但见徐老四这副模样，心里偷笑面子上不敢有所表现，毕竟他是东家的堂哥。

徐敬修丢开徐老四衣领，想了想，沉声道："爹！我会照您的吩咐给四哥银子，您的魂魄就不要附在四哥身上了，您就安心上路吧！"

徐老四一愣，浑身打了一个冷战，停了一会儿，吸了一口气，好像魂魄已离开他身子。他哭泣着跑进灵堂，趴到棺材盖上，拍打着棺材大喊道："二叔呀！侄儿我来晚了一步啊，你怎么不给侄儿说句话就走了呀！"

徐敬修与穆四妮相视一眼，向上房走去。

当然大家都心里明白，这是徐敬修最后给徐老四弄了个下台阶。

徐宅正房：

徐大光紧跟父母到上房，问道："爹，爷爷的魂魄真的附到四伯身上了？"

穆四妮瞪他一眼，坐下来道："他这样闹明摆着是想跟咱要银子。你弟弟都看出来了，你看不出来？别光长年龄不长心眼！"

徐大光看着母亲，小声嗫嚅道："那我爹他怎么还……"

"你爹不那样说，他咋收场？"

"别说了！"徐敬修坐在一旁，打断他母子的对话，大喊道，"大光，你快去彰德府请宋掌柜，让他拿一些郁金香和黑黍过来！"

徐大光不解地望着父亲。

穆四妮问道："拿郁金香和黑黍干啥用？"

徐敬修不耐烦地瞪她一眼道："别问了，大光，脱掉孝衫快去！"

"是，我这就去！爹。"徐大光刚要迈出正房门槛，徐敬修又补充一句："走时多带上点银子，到彰德府不惜重价多购些冰块回来。"

徐大光见父亲不再交代，才点点头向门外走去。

徐敬修回头低声道："他娘呀，我给你说，你要有心理准备，咱爹的灵柩要在家里放半个月才能下葬。"

"啊？"穆四妮听后是大吃一惊，道，"人家都是少则三天，多则五天，顶多的也就是七天了，你想放半个月？你的心情我懂，你是想等着敬东、敬西、敬南从东北赶回来看咱爹一眼。可这气走尸凉，这天气能放那么长时间吗？"

"能！我想放多长时间就能放多长时间。"说着，他站起身向门外大声喊道，"世福！世福！"

世福提袍"蹬、蹬、蹬"跑过来，没等他站稳脚跟，徐敬修下令："准备给老太爷沐浴。"

"这、这、这老太爷已入……"

"我要为老太爷洗个酒水浴！"徐敬修打断他的话道。

世福虽然不懂他的意思，但还是没敢多问，拱手回道："现在我就去备酒。"

徐敬修点点头。

穆四妮似懂非懂地望着他，问道："你要用酒为爹消毒？"

徐敬修坐在原处，愣愣地望着院中父亲的灵柩没有言语。

傍晚时分，彰德府"德聚诚"铺子里的大掌柜宋书堂，身背药箱走进上房，拱手道："您吩咐的两样药材我已带来，何时为老东家沐浴？"

徐敬修站起身道："我刚用酒沐浴了一遍。"

宋书堂道："这样不错，我这就熬药去。"

徐敬修点点头，问道："你可认同我这样的做法？"

宋书堂望着他点点头道："半个月的话，这个方子行，要想放得再长些，可以再往棺椁中放些花椒与香料，这样棺内空气会更清新，同时，还具有防腐杀菌功效。"

徐敬修向宋书堂敬意地点点头，深吸口气道："我想关闭老爷子的七窍，你认为……"没等徐敬修把话说完，宋掌柜不禁悚然一惊，望着他道："关闭七窍？您想把老东家的遗容永远保存完好？"

徐敬修想了一下："不错，我正有此意。"

宋书堂点了点头，"可以。"

徐敬修用这种独特的秘方，使父亲的遗体毫发无损地放置了近半月之久。而令他没有想到的是，他这种中药泡尸法，不但在当地引起了不小的轰动，而且还引起了医学界的震动。后来，豫北乃至燕赵大地很多有钱人家，为了保存家人遗体，特地赶来求方。

伯延街上：

唢呐"哇哩哇，哇哩哇"起灵的引子婉转悠扬，接着二响炮穿入天空"咚、嗒"炸响。顿时永年的响器班、涉县的锣鼓队和武安县通罗的赛戏、

高跷的踩高跷、西竹昌的平调落子戏，在伯延村大街小巷扭动起来。伯延村家家户户大人小孩几乎全部跑来围观，甚至连附近的村民也赶来观看这场盛大而壮观的送葬场面。

徐家巷涌动着望不到头的白花花送葬队伍。送葬的人们拿着雪柳纸活、挽匾，在哀乐齐鸣和地动山摇的铁炮声中，几十个人抬起了偌大的棺椁。徐敬修一身孝服，手拿打幡，胸挂小罐儿，被族长扶着在前引灵，后面紧跟着徐敬东、徐敬西、徐敬南、徐敬北、徐大光、徐大任，以及各大铺子里掌柜、伙计们。穆四妮带着女眷们跟在棺椁后，徐家大门外的难民们，也都自发地站在队伍后面准备送徐老太爷一程。

徐敬修跪在地上，高高举起族长递过来的孝盆，用力摔到两块青砖上，"啪"的一声孝盆摔得粉碎，迸溅的盆片四处开花。一时间，哭声震天，纸钱飞扬，遍地雪白。

棺椁架子前头，世福和二春沿路撒着纸钱和喂鬼送魂的大馒头，踢踏起股股尘土。

围观的街坊邻居纷纷议论，这个说道："你们看徐家出葬的阵势多大呀！我记事以来都没有见过。"那个讲道："你没有听说？徐家在东北的生意做大了去了，东北到处都有他家的生意。对了，听说南方的绸缎生意也做得不少。"

一个老者挤过来，捻须道："现在谁不是想方设法，投亲靠友，想把自家的孩子送到徐家铺子里去？只要谁家的孩子能进了徐家铺子，那才发财有望，街坊邻里羡慕，还能娶个好媳妇！现在的徐家南做绸缎北做药，在商行里堪称南北霸天了。真是生意兴隆，'日进斗金'呀！"

天津：

清晨的微风透着凉意，扫过马家宅院。从屋里可以听到看到外面的树梢间偶尔传来鸟声啁啾。

听完秦有福的汇报后，马继宗大吃一惊，"腾"地一下站起身，"什么？你们把老爷子吓死了？"

秦有福目光扫了一下周围，侧头看他一眼，低声说道："唉！不知道他家老爷子这么不经吓。山崎高三郎摘下假头发，拔出匕首，割下他几根头发说，'如不叫你的儿子赶紧离开天津卫，我们日本人会让他死得很难堪！'就这一句话，他就一命归阴了。"

马继宗不悦地瞅着他道："我说你可不要把他老爷子给吓死嘛！"

秦有福看出他的不满，急忙答道："打死人偿命，反正吓死人又不用偿命。"

天津卫五大道上，山崎高三郎穿着一身清国农民服装，风尘仆仆从武安归来。进了紫竹林松昌洋行，来到石川跟前，与他耳语一番。

石川一听闹出了人命，甚是担心道："如事情闹大，衙门追查起来，将对咱的工作无益。我昨天接到总部命令，从现在起我们主要任务是调查渤海湾一带军事、政治、经济状况。他们之间的恩怨情仇，让他们自行解决吧。"

山崎高三郎两腿"啪"一并，低头鞠躬："嗨！"

此刻，日本就像一架制作精良的战争机器，时刻不停地窥视着大清国的版图。一旦时机成熟，他们便会毫不犹豫地诉诸武力，掠夺这片土地。

徐宅：

安葬好父亲回到家，徐敬修重重地把孝衫摔到床上，想着马继宗觉得满肚子的怨气无处可泄，只得一仰脖子恶狠狠地灌了一大口茶水，重重地把茶杯放回桌子上，瞪着血红的眼睛，怒道："我还没有去找他算账呢，他倒是找上门来了！还带日本人来我家，欺负我爹。你小人，别怪我不君子，咱就新账老账一起算！二春，给老太爷烧过三七纸咱就回天津！"

"好，听你的。"二春立即接口道。

穆四妮盯着徐敬修的眼睛，脸带怒气说道："烧过三七纸我与你们一起去天津。"

徐敬修凝视着她，硬邦邦地问道："你去干吗？"

"你要给他新账老账一起算，我不去你能行？"

"照你这么说，算账就必须动用武力？"

穆四妮不禁纳闷地问道："不动用武力咋给他算账？"

"不动武力就不能整治他了？"

二春默默出了会儿神，凝视着桌上老太爷的遗像，忍不住说道："照我看来，对马继宗这样的人，早就应该还手出击了。"

徐敬修静下心来，看了二春一眼，皱着眉头，缓缓吐出一口气，道："还手是一定的，怎么个还手方法有待三思而行。"

穆四妮心情复杂地盯着徐敬修看了半晌，没有言语。

三七这天，徐敬修带众人为父亲上坟烧了纸钱，就马不停蹄带着二春、徐敬东、徐敬西、徐敬南、徐大任、宋运青、李长水以及各大铺子里的掌柜、伙计们要回各地店铺。

穆四妮带着徐大光、徐敬文、徐敬云、徐利平、徐老四、徐赵氏、徐白氏、刘妈、春燕、张世福等人出门相送。走到大路口，趁人不备时，春燕走到李相才身边，悄悄从怀里掏出来一双千层底儿布鞋，羞涩道："这是俺夜里给你赶做好的。"四目相视，春燕满面通红，李相才深情地望着她嗫嚅道："你、你等着我啊。"这直白的话说得春燕羞成了花儿。这些很小的细节都被穆四妮捕捉到了眼里，她微微一愣，心中一喜，忍不住"扑哧"笑了。

春燕意识到身后有人，猛然回头，只见太太穆四妮正冲着她偷乐。她面红耳赤，跺脚捂着脸嗔怨道："太太——"转身向大院跑去。

二春悄然走到穆四妮跟前，低声道："我们先走一步，你随后可到。"

穆四妮望着二春，轻轻点了点头。

天津义和发铺子：

徐敬修来到天津，坐在"义和发"药铺里，望着对面的"宗盛达"，既是喃喃自语，也是在问二春："我爹到底是怎么死的？"

二春顺手端起桌上的茶杯，掀盖抿了一口，开口道："我分析，秦有福他们肯定威胁老太爷，让老太爷命你把这儿的铺子撤了，否则会对你不利的话。老太爷一听，连吓带气就……"

徐敬修望着大街上的行人，疑惑道："我爹也是见过大世面的人，咋会因为他们几句要挟的话，就会给吓死？"

二春愣住了，很谨慎地问："你怀疑他们在老太爷身上动了手脚？"

徐敬修皱着眉头说道："可给我爹沐浴时，全身上下我仔仔细细查了个遍，没有发现可疑。我爹临断气前交代，要我尽快把天津的生意撤掉，当心日本人，难道说，我不把这儿的生意撤了，马继宗就会借用日本人对我下毒手？"

二春点点头，道："很有可能。"

徐敬修接着道："恐怕没这么简单，肯定还有比这更阴毒的手段。我爹临咽气前，眼睛一直盯着我，难道还有什么更重要的话没来得及说？"

二春沉吟了一下，"既然老爷子提到日本人，咱以后要加以提防。倭人非常狡诈。"

徐敬修一时也将不出头绪来，只得点点头道："只能这样了。二春，见到好刀买两把回来，有备无患！"

"好！明天我就去大街上买四把杀猪刀！"二春笑笑道，"你不是说不动用武力吗？"

"那是怕她来天津添乱！"徐敬修叹口气，接着道，"更不想让她为我担心。不过，咱真的该出手了，你可有好的对策？"

二春深吸口气，想起肖云龙那句话来：明处和暗处大不一样，明于小计，暗于大谋。想到此，他把茶杯放回桌上，道："在苏州他在暗，咱们在明，他害得咱可是不轻啊！"

徐敬修望着对门的宗盛达陷入迷茫之中，自言道："你的意思咱现在也跟他学学？"

"对！跟他学学。"突然，二春眼睛一亮，秦有福闯进了他的视线中。徐敬修站起身，狠狠地怒视着店外的秦有福道："二春，你看，秦有福！"

秦有福从宗盛达铺子走出来，忽地停步。抬头瞟了一眼"义和发"，正好与徐敬修的眼神相视，他不由得一愣，急步向外走去。

徐敬修冷冷看着秦有福，心里暗骂了句：浑球！回头望着二春道："我这心里难受得不行，真想去他府上，狠狠地揍他一顿！"

二春知道徐敬修说的"他"是指马继宗，拽拽他的大袍道："万万不可，小不忍则乱大谋啊！"回头看了看打着哈气的小伙计，再看看坐在柜台里发呆的大掌柜白鹰，二掌柜杜云、三掌柜连全，环视了铺子一圈后，静静盯了徐敬修半晌，低声道："咱来天津做生意这么长时间了，这生意还是没有一点起色啊。"

徐敬修慢慢坐下，扯了扯袍摆，哆嗦着双手，从怀里掏出旱烟袋。二春赶紧从怀里掏出火柴，为他点着。徐敬修深深地抽了一口旱烟，道："做药材生意谁敢轻易换铺子进货，慢慢熬吧，铺子熬久了就有生意了。"

二春盯了他一眼道："想当初在苏州，那王家铺子可是百年老字号，你不照样能把生意做大做强了？现在是你没用心经营！"

二春一句话说中了徐敬修。他的心"咯噔"一下，倒吸了一冷气，低声道："我没用心经营？这铺子里有掌柜，生意做得不好是掌柜们不努力。我不常去各个铺子，各个地方的生意不是都做得好好的。"

二春神情略带着激动，声音有些异样，分明是强自按捺着心中情绪，道："其实，不是做药材生意顾客不想换门进货，也不是掌柜和伙计们不努力。"

徐敬修偷看一眼大掌柜白鹰，声音低得只有二春一人能听到，"不是他们不努力？那你说是啥原因？"

二春看看徐敬修，很谨慎地说道："主要是你这段时间事多，对这儿的生意投入的精力和资金不够。"

徐敬修不服气道："其他地方的生意，这段时间，我也一样没怎么管，还不是做得很好。就拿阿杜来说吧，别看他年龄小，把蒙古的生意做得多好，让

我多省心。每个铺子都有掌柜，不能都靠我，资金不足可以跟我说，只要有好的想法，有详细周密的计划，我都会全力支持他们。主要是这儿的生意起步不久，还没有积攒下足够的人气，没有知名度。他们也没什么良策。"

二春沉默一会儿，看着他道："这儿跟南方和西北、东北都不同，南方铺子里的掌柜和伙计都跟你时间长了，对你的脾气性格十分了解，敢放开手脚干。他们知道只要是能把生意做好，不管他们怎么干，你都不会责怪他们。东北是徐家老生意，基础好，又由你们徐家人把控，只要把规矩立起来，关系理顺了，他们也敢干，不会有什么大问题。这儿不同，他们对你的脾气性格不了解，放不开手脚，又没有根基，光靠熬铺子，熬到什么时候？得想办法。"

徐敬修聆听了二春一番话，意外地看着他点点头。

二春见徐敬修接受了自己的意见，接着大胆道："这儿的生意刚刚铺开，还没做好铺垫，你就离开了。中间来了两趟，你也没把心思用在生意上。你想想，你既没有用心出谋划策，更没有给他们充足的银子，白掌柜就是有想法，有办法，也是'巧妇难为无米之炊'。白掌柜给你说过多少次了，货不全，让你进货，你却一直拖着不去，也不调银子给他们。现如今'义和发'就是个空架子，连普通药材都不全，更不用说一些稀缺的药材了，怎么吸引顾客？既留不住老客户，也吸引不来新顾客，仅仅靠偶尔来几个零散户，怎么可能把生意做好？"

徐敬修听了，顿觉羞愧万分，想想自己对这儿的生意确实没怎么用心。既有这段时间事多，没顾得过来的原因，更主要还是把这儿的生意也按南方和东北的生意一样看待了，以为把店铺开了，调来掌柜和伙计，剩下就是他们的事了。听二春这么一说，自己的做法确实有问题。把旱烟袋往脚底磕磕放在小桌上，诚恳问道："二春，依你看，现在我应当如何做？"

二春大胆说道："咱要想对付他，就把天津的生意做大，让他没有生意可做，这才是咱的能耐！君子报仇十年不晚，只要咱天天在天津卫盯着他，还怕找不到报仇的机会？有气不能写在脸上，要学会内心做事，这样做出来的事，才会更让他大吃一惊。就像当年军营那批布匹一样，你明知道有人用了偷梁换柱之计，还是能冷静处理，这是我最佩服你的一件事。"看看徐敬修的脸色，接着道："我觉着，咱现在首先要着手调查天津及周边的药材市场情况，与药店、医馆、批发户等建立联系，针对这儿的情况制定销售策略，把生意做大做强，才有资本报仇。"

听了二春这番话，徐敬修不但没有生气，反而对他刮目相看，吸口气道："我明白了。二春，我怎么不记得大掌柜让我去进货的事？"

二春回头看了一眼白鹰，低声道："去南方前就说过三次，你就是不发话。

这个白掌柜在'义和发'做掌柜也真够窝囊的，有名无实。"

徐敬修听完二春一席良言，回头看看大掌柜、二掌柜、三掌柜，再看看小伙计们，感觉自己太固执了。低头沉默半晌，似乎下定决心一般，忽然提高嗓门，朗声道："二春，你说得对，我是应该反思反思了！"他的语气中充满了歉疚与自责。

白鹰抬头看了他一眼，道："东家，东北总店的二掌柜近日要从安国进货路过此地，铺子里缺的货太多，能不能让他留下一部分？"

徐敬修果断地一摆手道："不用，东北离安国太远，跑一趟不容易，咱不能拆东墙补西墙，为了这儿的生意，影响那儿的生意。我这就去钱庄取银子，让二掌柜、三掌柜速去安国进货。"

二春、白鹰和铺子里的小伙计们顿时来了精神。二掌柜杜云、二掌柜连全瞪着惊喜的双眼望着徐敬修。

"这才是个好东家！"二春笑笑与大掌柜白鹰对看了一眼。转过头来小声对徐敬修道："咱俩各有分工，你想法把咱家生意做好，我想法让他破破财，给他点苦头让他尝尝。"

徐敬修一愣，望着二春道："给他点苦头？说来听听？"

二春神秘地一笑道："不必急，势在必行，但暂时保密！"

徐敬修嘿嘿一笑道："你也想演场大戏？"

二春点头哈腰道："小戏，小戏。"

徐敬修点点头道："小戏也行，整治一下他。先给他敲下警钟，别让他以为咱啥也不知道。"

二春点点头道："东北人爱唱啥戏来着？"

徐敬修想了想道："你是说蹦蹦戏？"

二春一拍脑袋道："是是是，就是蹦蹦戏，给他马继宗演出蹦蹦戏让他乐呵乐呵！"

徐敬修往后捋捋头发道："中！你准备怎么演这出戏？"

二春神秘地道："这你就别管了，等演员到了就开唱，你就等着看好戏吧。"

马府书房：

秦有福来到马府，穿过花园时，见芸香与哑女正在忙着捉蝴蝶。他加快了脚步提袍走进书房，见马继宗正在写书法，轻手轻脚地站在一旁不敢言语，等马继宗写完最后一个字收笔，才上前低声道："昨晚我见对面来了不少车队，看来这次他们进了不少货回来。"

马继宗吃惊地抬头看看他，过了一会儿，冷冷地说道："看你做的什么事，非但没把他逼出天津卫，还激发了他在天津卫大干一番的念头。看来徐疯子是要和我作对到底了。"

秦有福沮丧地看着马继宗，没有接话。

马继宗沉思一会儿，脸色隐隐含着悲愤，低声道："我明天去趟京城，你再想想把他逼出天津卫的办法。在我回来前别轻举妄动。"

秦有福愁眉苦脸地望着他，面有难色，突然，小眼一亮道："东家，您说您要去京城？"

马继宗"哦"了一声，看着他道："嘛事？"

秦有福嗫嚅道："东家，您去京城干吗？"

马继宗不耐烦道："有嘛事还需要向你禀告？"

秦有福摸了摸鼻子，低头道："不是，不是的，我在想如果您见到王总管，到那儿顺口说说对门的事……"

马继宗不等他说完，翻了翻白眼道："给他说这些乱七八糟的事有用吗？"

秦有福小眼一挤道："看王总管能不能回天津一趟，吓唬吓唬他。"

马继宗目光冷厉地看着他道："我表哥只不过是个总管，在宫廷里还有些用，出了宫廷谁认得他，能吓唬到他什么？"

秦有福犹豫了一会儿，一横心，悄声道："他家宅子犯着上呢！"

马继宗闻言大吃一惊，用怀疑的目光望着他。

秦有福像抓住了什么一样，忙解释道："他家宅子是照皇宫格局建造的。"

"他家宅子我清楚得很，是地地道道老民房。"

"您可能还不知道，他家刚盖了新宅子，老大了，那一道道四合院，进去就像进了皇宫一样。"

马继宗眼睛随即一亮，一把拉住秦有福的手，道："确有其事？"

秦有福肯定地回道："确有其事。"

马继宗不可思议地望着秦有福，疑惑问道："你又没进过皇宫，你知道皇宫啥样子？"

"没吃过猪肉，还没见过猪走嘛！不是常听您说嘛！"

马继宗闻言，冷冽的眼眸中绽放出几丝笑意和几丝杀气，冷笑道："你怎么不早说？既然他自己找死，那就别怪我心狠手辣了！"

芸香见秦有福匆匆忙忙进了马继宗的书房，知道肯定又有什么重要事禀告，就悄悄来到马继宗窗前偷听。听完他们的对话后，含着泪水，暗想：好狠毒的人啊！这可是会要了徐大哥的命。为了把徐大哥赶出天津，竟然如此不择手段。

她感觉秦有福已禀告完就要出来了，看看已来不及躲藏，退后两步，装着气喘吁吁喊道："继宗！快出来，帮我把那只蝴蝶捉住。"

马继宗笑容立刻凝固在脸上，食指竖在嘴边，回头大声道："等等，我写好这个字就去。"

秦有福小声道："东家，咱俩的谈话太太是否听到了？"

马继宗倒吸了一口凉气，心里一番盘算，压低声音道："派人严加看管，这段时间不要让她迈出家门半步。"

马府上房：

芸香手里握着快要死去的蝴蝶带着哑女，跌跌撞撞回到自己房里，把蝴蝶放到桌上，凝神思索半晌，咬着嘴唇，走到桌案前，颤抖着双手提笔写下，"马要加害于你，说武安宅院犯上，速做防备。切！切！"写完叠好，塞进哑女手里，焦急不安地比画道："快点去'义和发'，把信交给徐大哥。"

哑女紧紧把信握手心里，转身刚跨出门槛，迎面碰上了马继宗，哑女在马继宗的逼视下，心惊胆战地望着他倒退回屋里。

芸香惊望着马继宗，身躯微微一震，随即装着若无其事道："回来了？"

马继宗双眉紧皱，表情濒临愤怒疯狂的边缘，逼视着芸香，沉声道："你让哑女去哪里？"说着走近桌案前看了看砚台，顺手拿起还滴着墨汁的毛笔在纸上画了两下，把桌上的蝴蝶狠狠摔到地上，看摔到地上的蝴蝶还在拍着翅膀垂死挣扎，不解气地又补上一脚，冷漠的表情令人头皮发麻。

哑女趁他转身低头的瞬间，把手中的信放进嘴里硬生生给咽了下去。

马继宗感觉到了哑女的动作，急转身抓住哑女的胳膊，怒喝道："把手伸出来！"

哑女疼得"呀呀"直叫，流着眼泪，挣扎着想要摆脱马继宗的手。

"把手伸开！"

芸香疾步上前，愤怒地质问道："你干什么？"

马继宗怒视着芸香，冷笑道："你问我干什么？我还想问你干什么呢！"说罢，回头伸出另一只手强行掰开哑女的双手，见她手里什么也没有，眼中闪现一丝失望神色，气急败坏地对着哑女喊道："出去！"

哑女不敢违命，捂着手臂退了出去。

马继宗镇定一下心神，凝视着芸香道："当初他把你收留在他的铺子里好几年，你们朝夕相处，你有情他有意，你说你们之间什么都没发生，你让我如何相信？为了不伤你我之间的感情。有些事我真的不想再提起。我希望你也能

看在我对你的情分上，别在跟他有任何来往。好吗？"

"你在说什么？我听不懂！"

"你当我是傻子吗？我当然说的是徐疯子！"

芸香急道："信不信由你，我与徐大哥是清清白白！不要拿自己的想法往别人身上安。"

马继宗盯着芸香道："当初苏州城的流言蜚语咱不说，你为了他跳崖自尽，可是我亲眼所见。你说要有多深的感情，才能为了一个人连自己的命都不要了。你说你们之间没有那种关系，我也信了。可这痛苦一直压在我心头，你可明白？芸香，前勾掉后抹掉，我还是那句话，咱俩年纪都不小了，你就不能收收心和我好好过日子吗？"

芸香把心一横道："既然你今天提起往事，那咱就敞开心扉好好说道说道。徐大哥收留我，是因为你是他的发小、是他的同乡，而我是你马继宗的女人。你姐姐的死给他带去了沉重的心理负担，是他始终不能原谅自己，总觉得亏欠你马家的，对不起你马家，总想着弥补你。你说，他见你马继宗的女人走投无路、被人欺负，他能袖手旁观吗？能视而不见吗？如果当初没有他收留，还有我芸香吗？我承认，我是想跟了他，也向他表达过，但那只是我的一厢情愿，他以祖训为由婉言拒绝了我。你说我为了他跳崖自尽，那你说，在我走投无路的时候，你在哪儿？徐大哥如果死了，我不死，又能投靠谁去？去青楼、去妓院吗？除了你姐姐这件事，他没有做过半点对不起你马家的事。我知道在你姐姐这件事上，你也有心结。可你姐姐是为爱殉情的，不是别人想害她、想要她死，她的死能怪得着人家吗？继宗，我劝你别再做伤天害理的事了，这么做对不住人！"

马继宗心中一惊，强自镇定了一下心神，狡辩道："我做什么伤天害理的事了？"

芸香盯视他，道："你做什么伤天害理的事你不知道吗？还用我说明？"

马继宗注视着她，冷冷地质问："你在监视我？你早知徐敬修没死？你知道他来到了天津卫？"

芸香低头想了想，道："是！我早知道徐大哥到了天津卫。"

马继宗犹豫了片刻道："我明白了，他是为了你，才来天津卫的吧？"

芸香张了张嘴没有言语。

马继宗是多疑奸诈之人，看着芸香的表情，已全明白了。表面却不动声色，心想，"看来这贱人心里从来就没有放下过徐疯子。如果有一天她告诉徐疯子，是我派秦有福带日本人把他爹吓死的。到时候，徐疯子还不得跟我拼命？不行，我不能留着这个祸患，干脆一不做二不休，先整死他再说。"想到此，脸色慢慢由阴转晴，走过来歉意地捧住芸香的脸道："不说这些伤感情的事了，往后我不再找他麻烦了，你也答应我，安下心来好好过咱的日子，好吗？"

芸香听了不由得一愣，马继宗这么爽快就改变了注意，让她心里很不踏实。

马继宗将她搂进怀里，轻轻拍了两下她的后背道："真的，往后我都听你的，不再与他为敌。"

芸香轻轻推开他，见他似笑非笑地看着自己，犹豫了一下，避开他的目光，小声道："那你这次进京，能不能不说徐大哥宅子的事？"

马继宗嘴角抽搐几下，带着一丝笑意，摸着芸香的手，将嘴紧紧贴在她的耳旁，眼带寒光，轻声道："放心，看在他当初收留你的分儿上，我就不为难他了。"

芸香听后心中微动，还想再说什么，想了想，又把到嘴边的话咽了回去。

第十一章　二春设计　大难来临

天津义和发：

　　徐敬修身穿绛紫色线春夹袍，外套黑缎"巴图鲁"坎肩，头后留着着一条又黑又亮的大辫子，大步从屋内迈出，与赶来的穆四妮几乎撞了个满怀，惊问道："我的老天爷啊！你咋来了？"

　　穆四妮满脸疑惑道："不是你让二春写信叫我来的吗？说天津有急事，非要我来替你办不可。我以为马继宗又要害你，吓得我嫌坐高盖车慢，直接骑马过来了。"说话间，李相才带着四名小伙计抬着两个大箱子进入后院。

　　二春从铺子里跑过来，迎上前，惊喜地问道："两箱子？"

　　李相才笑笑道："精拣了二百多棵。"

　　"中中中，不少。"二春打开箱子拿出一棵老头似的棒须，惊道："不错，不错！"

　　徐敬修望着箱子，笑笑道："这就是二春让你送的货？"

　　李相才点点头道："东家，您看咱家这东北老山参多好！这芦、艼、体、须、珍珠点，还有这……"

　　徐敬修随手拿起一个，仔细看看，故意大惊小怪，道："这参不错！"

　　李相才骄傲地指指自己的额头道："那可是，您不看看这是谁做的活儿？"

　　"哈哈哈，"徐敬修笑道："这……这也太假了吧！"回头看看二春，问道："这就是你找来的演员？"

　　二春点头看看穆四妮道："是呀，这事非太人和相才去办不可。"

二春没头没脑的一句话，听得穆四妮一头雾水，心急如焚地道："二春，你要我来，到底要我干啥？"

二春"嘿嘿"一笑道："进屋，进屋，我把茶水都为你俩备好了，咱边喝边说。"回头望着徐敬修道："你忙你的去吧！我们要好好合计合计。"

"小样儿，还搞得挺神秘。"徐敬修不屑地道。

穆四妮不知二春葫芦里卖的什么药，进屋后慢慢坐到桌子旁，边喝茶，边心想，二春一向花样繁多，这次不知又想出了什么鬼点子。

二春边倒茶边把计划给他们说了一遍。

李相才听完，竖起大拇指，佩服道："厉害！二春叔果然有两下子，我算服了你了。"看看二春，慢慢地站起来道："不过，要我说一口地道的东北话……"

"快说，不会？"二春打断李相才的话道。

李相才把头一仰自豪地道："我在东北待了十多年，你说会不会？"

二春急道："别给我卖关子，会就中。"

穆四妮惊喜地一拍桌子，问道："现在就行动？"

二春小声道："今天不行，怎么着也得给你俩弄两套行头吧？"

李相才急不可耐地道："明天？"

二春点点头。

宗盛达：

第二天，天津卫的东北角市场，浮桥上车水马龙，桥下河道中来往船只不断，街道两旁百货云集，人声鼎沸。

宗盛达店铺里，一位操着东北口音的青年对阮大掌柜道："十两银子一棵都给您，怎样？别的地儿可没这个价。"

阮大掌柜拿过青年手里的人参，仔仔细细看了半天，再抬头看看身穿土黄色粗布衣、头戴一把揪小帽的青年，摇摇头道："嘛呀，十两一棵，还别的地方没这价？你当我是棒槌吗？找十这行已经大半辈子了，这哪是什么东北老山参，连一般的山参都不是，这是年龄最小的西洋参！八两都不值。"

"西洋参？您再瞅瞅这是西洋参？笑话，连这么好的东北老山参您都不识，还说什么干了大半辈子？您也不瞅瞅这人参的芦、芋、体、须、珍珠点，不是东北老山参须上能有这么多的珍珠点？"卖参青年边低头拿着人参往箱子里收拾，边用一口流利的东北话小声嘟囔："不想要拉倒！您的银子俺的货！"

秦有福双手捧着茶杯站在一旁，本来懒得搭理卖参青年，听他这一嘟囔，

回身放下手中的茶杯，走过来，拿过人参看看，道："参体大、腿多、须厚，是最次的参品种。打开箱子，让我看看里面的货。"

卖参青年看了一眼秦有福，不紧不慢地打开箱，又拿出一支全须全尾人参，道："看看这参多好，地道的东北老山参。"

秦有福双眉紧皱，细看了一番，道："我看也是最次的西洋参。根本不值几文钱！"

"这么好的纯正东北老山参，在你们这儿咋就成了最次的西洋参？"卖参青年摇摇头，无奈道，"唉，要不是急着用银子救命，那用得着我上门推销。这样吧，啥也不说了，吃亏我认了，谁让我急用银子呢。不过，八两一棵只能卖给你们一部分。"

秦有福摇头叹息道："这要真是东北老山参，我就毫不犹豫全留下了，还用你在这里费口舌？可惜它不是呀！"

"看您这话说的，您要是不信，"卖参青年一咬牙道，"我……我可以把货先赊给你们一些，等你们卖了以后再给我银子。不怕你们不识货，有识货的主。"

阮大掌柜忙完手中的活儿又过来，再次拿过卖参青年手里所谓的东北老山参看看，撇撇嘴道："这明明是年龄最小的西洋参，你非要说它是东北老山参，就是赊给我，我也不要。走吧，走吧，别耽误我做生意。"

卖参青年双手轻轻接过阮大掌柜手里的人参，指着参体不服气地道："您瞅瞅！年龄小的西洋参能有这么多珍珠点吗？"

阮大掌柜不屑一顾道："珍珠点是后粘上去的吧？"

"算了，算了，太伤自尊了！参没卖出，还受一肚子气。"卖参青年气呼呼地盖上箱子盖，抱起箱子三步并作两步走出店门，放到了马车上，刚要赶车走。秦有福立即喊道："慢着，你不是说可以赊货吗？那就留下一部分吧。"

阮大掌柜瞪了他一眼，摇摇头，转身掀帘走进账房。

卖参青年摇摇头，叹了一口气，又把箱子抱回，放在柜台上，道："赊就赊给你们一部分，咱是真货不怕赊！不过，咱先说好了，赊货不还价。"说着从箱子里拿出几棵人参，小心翼翼递给秦有福道："这些够吗？"

秦有福想了想，反正也不用出现银，那就多留下一部分吧，"再拿十棵。"

卖参青年又从箱子里拿出三四棵，道："因您是赊货，不给现银，我不能给您留下太多。您给写个字条吧，这样我也放心。"

秦有福摇摇头，拿起毛笔写了个收条。卖参青年看也不看，随手就把字条揣进了怀里，盖上箱子盖，抱起箱子又向"义和发"走去。

秦有福眼看着"义和发"大掌柜看了看货，好像是商量了一下价位，大掌柜就掏出腰间的钥匙，拿出银子买了十几棵。

就在这时，一位年龄四十开外，脚踏粉底皂靴，缎袍的雪白袖头，不时卷上翻下，等袖子翻下来时，已经盖过手面，所以必得翘起一只大拇指来，将袖口挡住；头上一顶硬胎缎帽，帽檐正中镶一块碧玉，脸上一脸络腮胡，这是江湖上人特有的一种姿态。此人走进宗盛达，看着还没有来得及放进柜台里的山参，拱拱手，粗声道："啊！这不是东北老山参吗？安国都没有货了，你这里还有货？快给我看看！"

秦有福闻言，看看中年男子，皮笑肉不笑道："客官，您对这些货有意？"

中年男子一只手拿起一棵山参，另一只手摸着络腮胡子，端详了半天，倒吸了一口凉气道："这参芦头长，芦碗密；参体与根茎等长，人形，横体，较短；主根上的横纹细密清楚，颜色较深；皮细而切，珍珠疙瘩多。嗯，这人参不错，这才是正宗的东北老山参！来，什么价？"

阮大掌柜在里屋听到外面的话，掀开门帘从里屋出来，定眼看看来客，暗自冷笑一声，站在柜台里没有言语。

秦有福一听，心里万分激动，这才刚刚留下货，马上就有人要，看来今天是该我露脸了。当即一甩胳膊，把袖笼放下，道："来！捏捏价？"

中年男子一愣，随即道："这又不是药市，也没旁人，还用的着这个？说，一口价。"

"好！痛快。那我就直说了，二十两一棵。"

中年男子心里盘算了一下，干脆道："好！成交！有多少要多少！"

秦有福暗喜，心想，今天真是遇到瞎眼的了。整理着柜台上的人参，道："都在这儿了，就这么多。"

中年男子边从肩上摘袋子，边嘴里嘟囔道："可惜呀，可惜！"

秦有福疑惑地问："可惜什么？"

中年男子拍拍长袍，一脸轻松随意道："可惜太少了，要是再多点，这次可就发大了。"

秦有福略一沉思道："那您能要多少？"

"我不是说了，有多少就要多少吗？"

秦有福瞪眼，上上下下仔细打量着中年男子，道："此话当真？"

中年男子抬手提高手里的银子袋子，在秦有福眼前抖了抖，毫不考虑地答道："当然是真的，要不然我带这么多现银出来干吗？"

秦有福伸手做了个请的手势，"里面请，里面请！"说着抛给阮掌柜一眼色，道："请客官先用茶稍等，我这就让伙计把库房里的货全搬来。"

中年男子闻言一愣，随即点点头，进了里屋。

阮掌柜走进里屋，悄悄拉拉秦有福的后袍。

秦有福安排好中年男子，转身出来，小声问："你拉我干吗？还不快去追那个卖参人！快去把他的参全部买下。"

阮掌柜急道："万万不可，这里面肯定有猫腻。"

中年男子走出里屋，手扶门框望着他俩，生气道："有猫腻？有你们这样做生意的吗？你卖我买，咱银货两清。算了，你们也不用嘀咕了，我不买了，我走还不行吗！"

"不不不！坐下喝杯茶，消消气！阮掌柜是怕把货给您搬来，您再不要，岂不耽误工夫。"秦有福边拉住他的胳膊边笑着说道。

"耽误工夫？做什么生意不需要工夫？"中年男子疑惑地看看秦有福，忽然恍然大悟道，"我明白了，是不是你家的货有问题？"

"看您这话说的，咱是门店买卖，岂敢卖假货？主要是这么贵重的药材，搬来搬去，难免有所损伤。"

"哦，是这样啊。你是怕搬来，我反悔不要货？这你大可放心，只要货跟这些一样，有多少我要多少。"说着把银袋子举到秦有福面前，道，"你看看这银子是不是真的？"

秦有福伸手欲接，中年男子"啪"把银袋往桌上一放，继续道："为了表示我的诚意，银子就放这儿，等货搬来，你点银子，我验货。"

"痛快！"秦有福朝外大声喊道，"阮掌柜，开库搬货。"

阮掌柜明白秦有福的意思，无奈地摇摇头，转身开柜取出银子数了数装进银袋子，交给身旁的小伙计。四个小伙计会意，抱起银子拔腿向外跑去。

一杯茶没有喝完，四个小伙计抬着两大箱子从后院进来。

秦有福招呼中年男子从里屋出来，打开箱子，道："请验货吧！"

中年男子正要上前验货，只听卖参青年喊着："我卖货不卖箱子！把箱子还给我。"匆匆忙忙跑进宗盛达铺子，进屋一见中年男子，立即愤怒地大喊道："好啊，是你？这回可算是逮着你了，快把参钱给我。"说着上前就要拉拽中年男子，中年男子见势不好，吓得抱头鼠窜，卖参青年穷追不舍。

秦有福和阮大掌柜拦也拦不住，最后，中年男子跑出店外，喊道："你没听人说，参已经喂牛了。"

"牛呢？"

"卖了！"

卖参青年仍然不依不饶，追出店外，边追边喊道："牛卖了，那银子呢？"

中年男子大声回喊道："你可真笨，这不，我又拿银子来买参了？"一个前面跑一个后面追。

秦有福和阮大掌柜带着店里几个伙计，站在门口看热闹，看着看着，一会儿不见了二人的踪影。秦有福一声："不好！"和阮大掌柜赶紧跑回铺子，进里屋一看，银袋子还搁在桌上，两人同时松了一口气。秦有福扭头看着阮大掌柜笑笑，拿起银袋子道："吓死了，我以为这回真上当了呢！"

阮大掌柜笑笑道："先别动人家的银子，人家肯定要回来取。"

秦有福不管三七二十一打开银袋子一看，"啊"地惊叫一声道："上当了！"

义和发后院：

黑夜伸手不见五指，穆四妮轻轻下了床，一阵窸窸窣窣声响，换上一身劲装，黑巾蒙面，手提九环大刀，踮着脚尖向门口走去。徐敬修猛然睁开眼，沉声道："你这是要干啥去？"

穆四妮吓了一跳，把迈出的脚步收了回来，拍拍胸口，回头看着床上的徐敬修，尴尬地笑笑，道："不干啥，出去看看？"

"半夜三更的去看啥？"

穆四妮应付道："随意看看，随意看看。"

"哼！就你那点儿心思我还不知道？听话，快回来上床睡觉！今天玩得还不够疯？"

穆四妮收敛笑容，道："我不伤人，把他家砸个稀巴烂，解解气我就回来还不行吗？"

"不行！你要相信我，有机会我能制服他。你不要乱我大谋。"徐敬修见她站着没动，心想：幸亏我早有防备。

穆四妮无奈，只得一步一挪蹭回床边，低头看着徐敬修，央求道："不给他点厉害，他就不知道我穆王爷长几只眼。求求你，让我去吧，你放心，我保证不取他的性命，教训他一下就回来。你不让我去闹一下，我睡不着。"

徐敬修见说不动，赤脚下床一把抱住她，像当初在小客栈里初夜那样，轻轻地吻了一下她的额头，抱着她上床，轻声道："乖老婆，听话，安心睡觉啊！你就是现在去他府上，他也没在，听说前天就出门去了。"

"他没在天津？"

徐敬修肯定地点点头。

穆四妮望着他的脸，认真道："不许骗我呀！"

徐敬修道："骗你是小狗！"

穆四妮"呵呵"一笑，伸手点点他的额头，道："骗我是老狗！"

"骗你是老狗！行了吧？"徐敬修轻拍拍她的肩膀，道，"来日方长，有用得着你的地方。睡觉！"

穆四妮躺在床上，瞪了一双大眼盯着屋顶，翻来覆去，一夜未眠，咋想咋觉得心里不踏实。直到黎明时分，突然精神一振，扭身抱住徐敬修的腰，道："你看这段日子事多，我差点忘记了八月初十是你的五十大寿，今天都六月二十几了，明天我们一起回武安吧。"

徐敬修睡眼惺忪地答道："啥大寿不大寿的！爹刚过世，这里又这么多事，这个寿就不回武安过了。你明日自己回去吧。"

穆四妮知道他还没从失去父亲的悲伤中走出来，想了想，毅然决然地道："不过怎行？爹在世时轮不到给你祝寿，现在爹不在了，说什么你也得回武安过寿。你没感觉，自从爹去世后，家里整天死气沉沉的，没一点儿喜气，趁着你五十大寿，咱好好热闹一番，给家里换换气氛。"

徐敬修想想也是，自从父亲去世后，谁都不愿多说一句话，遂点头道："安心睡吧，我懂了。"

徐家大院后正房：

时间飞逝，转眼就到了徐敬修五十大寿的日子。

徐家庄园张灯结彩，武安县的乡绅士子、同乡同行、文人墨客们纷纷前来贺寿，全府上下洋溢着喜庆的气氛。屋里众人谈天说地，不时传来笑声闹声，各个喜气洋洋。丫鬟仆人端茶倒水，往来穿梭，杯盏碗碟晶莹剔透，晃人眼球；几十个佣人端着一盘盘山中走兽、林中飞燕、水中游鱼，山珍海味，应有尽有摆上桌。

大门外锣鼓喧天，徐家戏楼生旦净末丑逐一登场，水袖飘舞，刀枪棍棒，你方唱罢我登场，台下议论声、喝彩声，声声不息。

老妈子、丫鬟等人端着寿桃出西屋进北屋，将一盘盘寿桃摆上桌。

二春正在卧室忙着给徐敬修穿试新衣，世福进来，拱手道："老爷，亲友们都到齐了。"

徐敬修穿着自家杭州店特意给他送来的寿袍，低头欣赏着头都没顾上抬，问道："吴知县来了吗？"

世福回道："部分差役已到，说县太爷一会儿就到。"

"等吴知县到了就开席。"徐敬修道。

就在这时，徐大个子慌里慌张地跑来，惊慌失措道："老爷，老爷，大事不好了！大门外来了一大群官府的兵。"

徐敬修闻言，张嘴把到口边的"岂有此理"四个字咽回去，随即面带不悦之色道："慌什么慌，你连知县的人都不认识了？今天是我的寿辰，说什么大事不好了？真是张乌鸦嘴。"

二春举起手责怪道："打你个乌鸦嘴。"

徐大个子歪着头，急道："不是县衙门的人！吴知县三天两头来咱府，我还能不认识？大门外来了二三十个挎刀的侍卫，一个我都不认识。"

徐敬修一愣，转身看看徐大个子着急的样子，心中猛地一沉，眉宇间掠过一丝不安的神色。还没等他说话，院子里一阵嘈杂，挎刀侍卫鱼贯而入直奔后院而来，个个横眉怒目分列两旁站定。随后武安知县吴明虎小心谨慎地陪着省督察来到后院。前来贺寿的人个个目瞪口呆退到一旁，小孩子惊慌得躲在了大人身后。

徐敬修见状，连忙迎出来，拱手施礼道："请问大人……"话还没有说完，省府督察大声喝问道："你就是徐敬修？"

徐敬修疑惑回道："正是草民徐敬修。"

省督察不容置疑地厉声道："绑起来！"

众人闻言大惊失色，面面相觑，呆愣在那儿不知所措。二春猛然回过神来，几步冲过来挡在徐敬修身前。

从惊愣中清醒过来的徐敬修拨开二春，急忙跪下，疑惑地抬头看着省督察和知县吴明虎，道："草民斗胆问大人，不知草民何罪之有？"

吴明虎无奈地摇摇头，表示爱莫能助，道："这是省府督察大人。"

省督察没有回答徐敬修的问话，而是扫视一圈徐家宅院，大声喝道："好大的胆子，竟敢私建皇宫，想造反吗？把这里的人统统给我赶出去，把大门封了！"

徐敬修一听，顿时吓得魂飞魄散，犹如五雷轰顶一般，脑袋嗡嗡直响，腿一软，两眼一闭，无力地瘫坐在了地上。二春、徐大光、徐大任赶紧上前搀扶。

徐敬修回过神来，大声哭喊："冤枉，冤枉啊大人！我老老实实做人，本本分分经商，乡亲们有目共睹。我哪敢有什么非分之想啊！只是家里人多，多盖了几间房子。大人！我拆，我马上拆中吧？"说完用乞求的目光望着身材魁

梧的省府督察大人。

省督察把眼一瞪，道："拆？这是你想盖就盖、想拆就拆的吗？你呀，还是省省精神到上面去说吧！"说完大喝一声道："快把他给我绑起来！"

挎刀侍卫纷纷上前就要捆绑徐敬修。

只听有人大声喝道："住手！"

省督察眉毛一竖，看着走过来的穆四妮。

穆四妮飞奔而来，紧握拳头走到督察大人面前，一不施礼，二不打躬，责问道："敢问大人，不知我家老爷身犯何罪？"

省督察不禁大怒道："大胆刁妇！见了本官为何不跪？"众挎刀侍卫上前过来，欲摁穆四妮的肩膀。

"夫人！快跪下说话。"徐敬修面色很是苍白，神情拘谨不安。

穆四妮双肩向后猛甩，冷眼看着省督察喊道："我没有罪，为何要跪？"

"你们仿照皇宫私建宅院，还敢说没罪？"

穆四妮神色冷冷地看他一眼，再瞥眼扫过大院各处，道："我这就是普普通通一院子，我们没见过皇宫，更没有进去过皇宫，皇宫就这么大点？就是个这样子吗？"

吴明虎面露为难之色看看徐敬修，又看看穆四妮，嘴巴张张合合，却无声音。

省督察盯着穆四妮冷笑了两声，猛地一甩袖子："费话少说！把人带走！"

"住手！"穆四妮猛地退后几步，挡在徐敬修身前，冷看了一眼省督察，突然表情变得刚毅起来，道："你说这宅院仿照皇宅私建有何证据？"

"这九门相照就是证据！"

穆四妮惨然一笑，道："九门相照的院子到处都是，难道说他们都是仿照皇宫私建的？"

"这个嘛……把这个刁蛮泼妇给我拉下去。"

侍卫一听，纷纷上前，七手八脚要拉穆四妮。穆四妮边奋力挣扎，边大声喊道："他奶奶的！不说理了是不是？"

吴明虎看着这一切，只能无可奈何摇摇头，把脸扭到一边，不忍再看下去。

徐敬修心有余悸地看着穆四妮，道："四妮！别说了。"

省督察看着穆四妮，犹豫了一下，道："如果觉得冤，你们就找上面去说。带走！限你们三日之内清完院子，三日后将这座院子封了。"

穆四妮早已怒火攻心，那里还能听进省督察的话，"官府不讲理，欺压百姓是吧？"边说边抬起衣袖欲甩出暗器。

徐敬修一看穆四妮的神色，知道不好，赶紧爬起使劲抓住穆四妮的胳膊，摇头制止。

省督察眉头微皱，沉声喝道："你想抗命不遵？"

穆四妮一把将徐敬修拨到自己身后，幽幽地说道："草民不敢，要抓就抓我吧，这院子是我主张盖的。"

徐敬修紧咬牙关，痛苦地摇摇头，一时有千言万语，不知从何说起。

省督察脸色一沉，道："胡闹！再胡搅蛮缠，休怪我连你一并带走。"

穆四妮狠狠地回道："一起带走就一起带走，大不了黄泉路上陪着我家老爷。"

省督察脸带怒容，喝道："你当我不敢？"

这时，徐利平哭喊着跑来，拉住父母的胳膊，哭道："爹，娘！"

吴明虎赶紧上前作揖道："大人息怒，大人息怒，别跟妇道人家一般见识。"

徐敬修心想，事已至此，不可能有回旋余地，如果再反抗下去，穆四妮一旦忍不住出手，会把事情弄得更糟。念及此，强自镇定了一下心神，跪下道："大人，我跟您走。您看能不能让我拿件换洗的衣裳？"

吴明虎看了看省督察，拱手低声道："大人，眼看就到冬天了，就让他拿件衣裳？"

省督察面色颇为难看，想了想，挥手道："速去速回，不得要花招！"

"是是是。"徐敬修谢恩站起，见穆四妮冷眼盯着省督察，脸色一沉，喝道："还不快回屋给我准备衣物。"说着大步向正房走去。

徐大光、徐大任赶紧上前搀住母亲，穆四妮瞥了督察大人一眼，狠狠甩开儿子们的手，径自跟着徐敬修回上房，大儿媳徐赵氏、二儿媳徐白氏、女儿徐利平紧随其后。

吴明虎看着他们走进屋，拱手低声问道："请问大人，像他这样的事，朝廷会怎样定罪？"话还没有说完，省督察就冷笑一声道："仿皇宫建造宅院，这可是犯了禁忌，恐怕是杀头之罪。真是不知天高地厚。"

吴明虎惊惧得瞪着眼，呆立半晌，才道："这么说，他这条命是难以保住了？"

省督察不悦道："这事老佛爷没有深究，如果深究起来，恐怕你也难逃干系，他在你的眼皮底下敢比着皇宫格局私建，问你个纵容之罪，你有何话可说？哼！"

吴明虎闻言大惊失色，赶紧拱手作揖道："恕卑职失职，恕卑职失职。"

省督察瞪了吴明虎一眼，接着道："本官只按旨意办事，其他的本官也不想多管。"

吴明虎倒吸一口凉气，连连作揖，道："多谢大人开恩！多谢大人开恩！"

徐宅正房屋里：

徐敬修沉声道："你咋能说这宅院是你主张盖的，你不要命了？你想过没有？人家要是一赌气真把你也一起带走，咱家可就真的完了。"

穆四妮听出他话中的沮丧，不禁怒火中烧，道："带走就带走！只要能跟你在一起，就算死也没什么可怕的。你要是走了，我活着还有啥意思。"

"我的傻太太！咱俩都走了，咱家生意，这一大家子咋办？"

穆四妮叹口气，随即又道："要不，咱跟他们拼了算了？"

众人闻言一惊，面面相觑，谁也不敢吱声。

徐敬修叹息一声，道："你呀！遇事就知道蛮干。我跟他们走了，或许还有回旋余地。你今天一旦出手，那咱就是不造反也成造反了，到时候不仅我彻底没救了，徐家也得跟着灭门。"

二春惊恐道："太太，刚才你真吓死我了，今天咱如果真的动了手，恐怕正好中了他人的圈套！"

徐敬修心中一紧道："二春说得对，我走了以后，你一定要冷静，遇事千万不可冲动，多跟大家商量。"

穆四妮心有不甘道："难道就这么让官兵将你带走？"

徐敬修道："我先跟他们走，你切不可轻举妄动，更不要做无谓的对抗。我被带走的事，切记，先不要通知各个铺子，隐瞒的时间越长越好，以免突发意想不到的事情。三年交账时，由世福帮你对账。"

穆四妮紧咬牙关，没有言语。

徐敬修转身拍着徐大光的肩膀，眼含悲痛的泪水道："这一走能否回来，很难说。爹走后，一定要替爹照顾好你娘，孝敬你娘，带好你弟弟、妹妹。咱家现在共有一百一十三处铺子。彰德府'德聚诚''德聚西'两座总店，下有三个分店；苏州'盛泰兴'总店，下有分店三十四家绸缎庄；东北'徐和发'下有七十一家药材总店；天津'义和发'总店一处。账目都在管家那儿，祖传秘方在你娘那儿，它是咱家的命根子，配药时问你娘要，一定要仔细配药，千万不得马虎。你先管理彰德府总店和西安分店的生意，咱是靠这两座铺子起的家，你的责任重大呀！"扭身看着徐大任，深吸口气道："二小啊，你暂管东北的生意，那里的生意虽多，但掌柜们都是把好手，人也可靠，你去了一定要虚心求教，别把自己当少东家高高在上、独断专行。你俩听着，东三省药材生意有你大姑、二姑、四位大伯和家族远亲的股份，一定要按时分红。你们兄弟三人一定要同心协力，帮你娘管好家，把咱家生意做好，不得闹矛盾分家。"

徐大光和徐大任含泪点点头。

"夫人，如果东北来信问分店开业的事，你可回信暂停。"

穆四妮听了徐敬修这番话，止不住打了几个冷战，陷入难言的痛苦之中，她知道丈夫这一去定是凶多吉少。

徐敬修交代完，悲痛欲绝，再也说不出下一句话，百般滋味涌上心头，看着穆四妮，咽了口唾沫，强忍巨大的悲痛道："三儿快要回国了，等他回来，让二春陪他去南方吧。"说完，一咬牙转身向外走。

顿时，除了穆四妮没哭，一家老小哭成一团。

突然间，穆四妮的脸色由红转紫，额头渗出了豆大的汗水，大叫一声："我怎么就保护不了你呀！"退后几步，"唰"地一下，抽出袖中暗器，朝着自己大腿上狠刺下去。鲜血瞬间喷溅出来，她直挺挺倒在地上。

徐敬修连忙向她奔去，跪下来，嘶哑声音喊道："夫人！"两只手捂住她的腿，血不住从手指渗出。他知道穆四妮当下已经气愤到了极点。

徐大光和徐大任手忙脚乱，不知所措地跪在地上，哭喊道："娘——"儿媳、女儿、管家、老妈、丫鬟、家丁们哭跪了一地。

徐大任"腾"地站起身，大吼一声："跟他们拼了！"说着，从门后抄起一根木棍就要冲出去。

二春见状，顾不上劝说，急忙抱住徐大任的后腰："大任，你能不能冷静点！"

"大任！回来！"徐敬修扭过头大声喝道，"你这样只会给家里带来灭顶之灾。爹还指望你们照顾好你娘，照顾好咱家生意呢，徐家不能就这么完呀！快过来，把你娘抬到床上包扎伤口。"

省督察听到屋里哭乱成一团，不禁怒道："把他拉出来！"

"是！"十几个挎刀侍卫，冲进屋去，架起徐敬修向外拖着就走。

穆四妮心想这一次可能真的要跟他永别了，她站了站没能站起来，一字一字道："不——要——走。"

简简单单的三个字却让徐敬修浑身一震，回目望去见穆四妮腿上的鲜血流了一地，大喊道："你这样子让我走得如何安心啊！"

穆四妮头脑中如火焰燃烧，心痛得四分五裂，以残存的最后一丝清醒，悲凄地哭着摇摇头道："你不要弃我而去，你一定要活着回来。如你死了，我活着还有啥意义！"

徐敬修被挎刀侍卫拖拽着，扭着头悲痛欲绝，哭喊道："孩子们啊，听你娘的话，把你们的娘照顾好，这是爹的心愿！"

"少费话，走！"四个挎刀侍卫强行把徐敬修拖到了院中。八名挎刀侍卫把徐大光和徐大任等人堵在屋内。徐大光和徐大任隔窗亲眼看着父亲被摁倒在地五花大绑，心痛得像被撕裂了一般，眼泪纷飞。

穆四妮心肺纠痛地捂着前胸摇摇头，身体软软地躺在地上，她知道自己的脾气，一旦走出房门，肯定还会忍不住出镖。

徐家庄园外：

看热闹的人群窃窃私语。这个说："听说他是什么乱党？"那个说："不是，说是盖的宅院犯了上。"一个胖子挤进人群，疑惑地问："咋了？徐老爷子是杀人了还是放火了？这么大阵势。"一个瘦高个子道："听说是省督察亲自带兵来的，看来犯的事不小。"有的摇头叹息道："看来徐家这回是完了。"

说话间，"让开，让开！"几个挎刀侍卫喊着走出徐家大门，紧接着就见徐敬修被官兵五花大绑带了出来。省督察被众侍卫前呼后拥而出，吴明虎紧随其后。

常年在徐家大门外，吃徐家饭的难民们，"刷"地一下全部跪下了，他们中有老的、少的、小的、病的、残的，足足有一百多号人，跪在地上哭喊道："求求青天大老爷！不能把我们的恩人带走啊！"

一位七十多岁的老太太，怀里抱着一不满三个月的娃，哭诉道："官爷啊，求求您了，您把恩人带了，可让我这孤老婆子带着这没爹没娘的娃咋活啊！"

一位骨瘦如柴的瞎老人，摸索着走到前面，大喊道："官爷，官爷啊！您在哪里？您行行好吧，可怜可怜我这个瞎子吧！放了徐老爷吧！我给您磕头，我给您磕头了！"说着跪倒地上，头撞得'嘭嘭嘭'直响，待抬起头时，已满脸鲜血直流，"没有徐老爷给我们施舍粥饭，我们会饿死的！"

众难民这时也都大喊道："求青天大老爷，放了我们的恩人吧！"

徐敬修心痛不已，咬着牙，摇摇头，流着泪"扑通"跪在了难民面前，大喊道："父老乡亲们，大家不要怕，只要我徐家还有人在，粥就不会断！"

"大善人啊！大善人啊！"众难民们都跪着过来，把徐敬修围到中间。徐敬修抬头看向泪流满面的管家世福："把咱家渠南岸那八十亩地分给他们。愿意种地的发给他们种子。"

世福哽咽的说不出话来，忙点点头。

众难民们边作揖边大喊道："谢谢徐老爷救命！谢谢徐老爷救命！"

徐老四发疯似的挤进来，疾步上前拉住吴明虎的胳膊，道，"县太爷，县太爷，我兄弟和你交情不浅，这事你可不能不管呀！"

吴明虎厌恶地看了一眼徐老四，向衙役们使使眼色，众衙役们一拥而上把徐老四拖到了一旁。

省督察看到这一幕，不由得倒吸了一口凉气。暗道一声：好人啊！走过去把徐敬修搀扶起来，拱手大声喊道："乡亲们，你们都起来吧，下官吃着皇粮，要为朝廷办事。请大家给下官让条道，好让下官回去复命。你们要相信，人善天不欺，老天自有公道！"

众人哭泣着站起来，慢慢后退让开一条路，

这时，徐家宅院里哭天喊地，早已乱成了一锅粥。众仆人、丫鬟、老妈子也都跑了出来，眼泪汪汪地看着被带走的徐敬修。

谁也没注意徐润年从院子里跑了出来，绕过众人钻进官兵队伍，抱住徐敬修的腿，哭道："爷爷，爷爷，我不让他们把您带走。我要爷爷，我要爷爷！"

徐敬修停下脚步泪眼望着徐润年道："好孙子，在家乖乖听话啊。"

徐润年哭泣道："爷爷，他们要把您带到哪儿去？我不让他们把您带走。"

徐敬修颤声道："快起来，爷爷没事的啊。"弯着腰含泪道："来，好孙儿，让爷爷亲亲。"亲罢孙子徐润年，一仰脸，咬牙道："快抱走！"

世福拉一下徐大个子。徐大个子见润年死死抱住徐敬修的腿哭着，就是不放手。他含着眼泪下狠心，使劲掰开他的小手，抱起就走。

一会儿工夫，在外面玩耍的润金、润银、润福、润寿、润延都跑了过来，纷纷哭喊着："爷爷——爷爷——"

徐敬修的心像针扎一样疼，喊道："都愣着干啥！还不把他们拦住，别让我的孙子们看到这一幕。"

世福领着仆人、丫鬟、老妈子把孩子们都拉了回去，迅速把大门关上。

徐老四望着徐敬修，跺脚道："唉！兄弟呀！这是怎么了？我的兄弟呀。"

大烟馆老板看到徐老四，立即从人群中挤出来，一把拽住徐老四的胳膊，道："四爷，欠的烟钱是不是该给了？这都欠了多久了，找你要，你一直说等年底分了股银就给。这回，你兄弟出事了，听说还是省府来的官爷，事情肯定不小，恐怕……"

徐老四哭丧着脸道："唉！这也不知到底犯了啥事，兴师动众的。"

烟馆老板拽着徐老四悄声道："四爷，你可得多个心眼，你兄弟这一走，

你们徐家生意能不能保住还很难说，你的股金可别都打了水漂啊！"

徐老四瞅了一眼烟馆老板，生气道："我还不知道你那点心眼，不就是担心欠你那点银子吗？我老徐家家大业大，岂能赖你那点银子？你也不打听打听，我堂堂徐四爷是欠债不还的人吗？哼！"说完，用力甩脱烟馆老板的手，钻进了人群。

徐老四刚挤进人群，一抬头赌场老板站在前面，立即转身欲走，赌场老板伸手一把抓住他脖领子把他拽出了人群，道："嘿！徐老四，你欠的银子啥时候还呀？"

徐老四脸色一僵，随即嬉皮笑脸道："年底还，年底还，不是说好年底还吗？"

赌场老板一瞪眼，道："这都秋天了，年底也马上就到了，就宽容你到年底还。不过，你老徐家主心骨没了，资产能不能保全很难说。你也别全指望着分红，赶紧想想别的办法吧！"

徐老四凄然一笑，道："看你说的这是啥话，说不定过几天就把我兄弟给放了。我兄弟又不偷不抢的，能有啥大事。说不定就是场误会。你放心，我徐老四是说一不二的人，咱啥时候欠钱不还了？保证如期奉还。"

赌场老板甩开徐老四，直勾勾瞪着他道："好好好！就等你到年底，如到期不还，看我如何收拾你！"

徐老四愣了一愣，道："没有到期呢，你说这话有意思吗？"

"行，我等着呢！"

伯延村外、官道两旁围观的人群望着远去的官兵，骑着马、押着打入囚车的徐敬修渐行渐远，开始七嘴八舌议论起来。

这时，一个头戴斗笠，稀眉小眼、尖嘴猴腮的人挤出人群，眯着眼望着远去的官兵，喃喃自语道："这都是你自找的，你千不该万不该，不该在苏州多管闲事，更不该跑到天津卫做生意。"

从徐家大门里跑出来的二春，远远地看到了这个熟悉的身影，惊讶道："秦有福！"当他跑过去再找时，哪里还有秦有福的踪影。

伯延村北官道上看热闹的人群渐渐散去，留下的是在秋风中摇曳的杂草和土路上稀稀落落凋零的落叶，一阵北风刮过，片片枯叶和尘土无助地随风飘飘荡荡而去，不久天色也渐渐昏暗起来，一切来得是那么突然，一切显得那么无助、那么无奈、那么凄凉。

第十二章　独当一面　怒砍继宗

紫竹林松昌洋行：

天津五大道上，马继宗头顶黑色小礼帽，鼻子上架着一副小圆墨镜，"咚、咚、咚"走进紫竹林松昌洋行。

山崎高三郎看到马继宗进门，怀抱东洋刀转身来到石川屋门前，拉开门，躬身道："马老板来了。"

"马继宗？让他进来！"石川吩咐道。

石川的办公室朝阳，阳光透过玻璃窗照进来，屋子里窗明几净，暖洋洋的。

跪坐榻榻米上的石川见马继宗进来，抬头招呼道："来来来，要茶还是咖啡？"

马继宗也不客气靠近茶桌跪坐榻榻米上道："茶。"

"幸子，给马老板斟茶。"石川撩了一下和服，吩咐道。

幸子"嗨"了一声从门口进来，在茶案前一阵儿忙活。

马继宗端起幸子递过来的茶碗，轻轻抿了一口，道："不错，不错，香气馥郁，齿颊留香，极品！"

"这茶是你常来喝的龙井啊！"

"是吗？"

石川哈哈一笑道："看来老弟是人逢喜事精神爽啦！"

马继宗微微一笑，点了点头道："痛快！我终于报仇了！"

"哦？"石川诧异地问道，"把他父亲吓死之事？"

129

马继宗得意地摇摇头，吹了吹茶沫："不不不。我把姓徐的弄进了天牢，真解恨。"

"啊？你把他弄进了天牢？"石川弯曲的脊梁微微颤抖了一下。

马继宗点点头，满脸快意地抿口茶，把茶杯放到桌上。

"把他父亲吓死也就算了，你们中国人不是有句话叫见好就收嘛！"

马继宗嘴角抽动一下，眼圈瞬间红了，双拳紧握，挺胸抬头愤怒地道："如果一个人逼死你的姐姐，抢走你心爱的女人，毁掉你的幸福，你能看着他在你眼前逍遥自在吗？"

"继宗老弟，凡事不要做得太绝，不然对你没什么好处。"石川道。

"不不不，只有让他死，才解我心头之恨，我也才能安心！"马继宗双目放射着刺人的凶光，冷笑一声道，"徐疯子，你不是疯吗？这回我让你去阴曹地府疯去！"

"疯子？"石川疑惑道。

马继宗没接石川的话，而是继续自言自语道："你爹死了，你能把他的尸体保存不坏，你死了，我看谁能把你的尸体保存完好！"

石川见马继宗自顾自地歇斯底里，在他眼前晃晃手，道："继宗老弟，你在说什么？"

"他家有祖传秘方！"马继宗答非所问道。

"祖传秘方？"石川惊问道。

马继宗点了点头。

"哦？"石川一惊，问道，"消息可靠吗？"

"千真万确，我们从小一起长大，他家的事我一清二楚，他家可不是一般的平头百姓。"

石川急切地问："不是一般的平头百姓？"

"他曾祖父是二品顶戴御医，他家有皇宫秘方。"

石川闻言，顿时起了窃夺之心，想了想，掩饰住内心的欲望，问："皇宫秘方？你可知都能治什么病？"

"我知道有好几种，什么玉容丹、助阳益寿酒、壮阳逍遥丸，最神奇的是不腐方。听说能让尸体保存很久不腐，跟活人一模一样，这方子太神了。还有好多，我也给你说不清楚。"

石川闻言微微一惊，眼中流露着一丝渴望，一把抓住马继宗的手，问道："这是真的吗？"

马继宗瞥了石川一眼，肯定地回道："当然是真的了，这还有假？"

石川嘴角抽动了一下，道："继宗老弟，我给你重金，赶紧把他从天牢之内打捞出来。"

马继宗的情绪渐渐地冷静了下来，不解地望着石川，道："我有能力让他进去，但无能力让他出来。"

石川浑浊的眼珠子转动了一下，道："你想想办法，如何能把他的秘方搞到手，我定重金酬谢。"

马继宗无奈地摇摇头。

徐家祠堂：

吴明虎趁灰暗的暮色，乘一顶小轿悄悄来到徐家祠堂外，沉声问道："旁边可有他人？"

衙役低声道："老爷，一个人影儿都没有。"

"落轿！"吴明虎下轿后看看左右无人，提袍叩门。

张彬打开大门，见是知县老爷，先吃了一惊，赶紧叩首道："县老爷好。"

"快带我去见你家夫人。"吴明虎回头吩咐随从，"你们去西头等候。"

张彬关上大门，边带着吴明虎往里走，边压着声喊："管家，管家！"

世福听到喊声，从屋里出来一看是吴明虎，快走两步上前，拱手道："县老爷，里面请，里面请！"说着头前带路向东厢房走去。

吴明虎进了东厢房，见穆四妮坐在桌案前沉思，略带歉意地拱手道："嫂子。"

穆四妮忙从桌案前站起身，款步上前，做了个请的手势，"有劳大人一路辛苦。快快请上坐。"

吴明虎入座，刘妈、春燕相视一眼走了出去，管家世福忙提壶斟茶，双手递到吴明虎面前。

吴明虎哀叹了一声道："督察大人带人来，事先是一点消息都没有，也未在县衙停留多长时间，事出突然，都没来得及给你们报个信，实在抱歉。"看着穆四妮，眨巴眨巴眼，接着道："当督察告知我是因为宅院的事，上面派他前来提审敬修兄，我就想，这天高皇帝远的，朝廷是怎么知道的，我私下问了督察大人才知道，是天津卫一个姓马的告的。"

穆四妮惊望着吴明虎，愤怒道："马继宗！"

吴明虎疑惑地看着她道："您认识姓马的？敬修兄怎么着得罪他了？听说他表哥是宫里的太监，就是他表哥在皇太后面前参了一本，说敬修兄盖了一座小皇宫，要与皇帝平起平坐，皇太后才一怒之下，就……"停下看着穆四妮，两手一摊道："唉！您看看这事……"

穆四妮气得浑身颤抖，怒火在心中熊熊燃烧，紧握拳头，咬牙道："姓马的！你也太狠毒了吧，这是要置我家老爷于死地呀！我与你势不两立！"

吴明虎摸着下巴，摇着头道："看来敬修兄这次是凶多吉少啊！"

穆四妮闻言，不禁凄然泪下，忙掏出手绢擦擦，问道："你可知敬修现在身在何处？"

吴明虎眉头微皱，道："已押往京城。"

"怎么？还要到京城审问？"穆四妮凝视着吴明虎问，"依你看，这事还有没有回旋余地？"

吴明虎低头沉思半响，缓缓开口道："难！"抬头看着穆四妮，"除非宫里有人能给皇太后说上话，不然这事恐怕是没有可能。"

穆四妮一听，好像抓住了一根救命稻草，道："上面的事，还要劳你多费心，该打点的一定要打点到，只要能把敬修救出来，花费再多也不惜。"说完，向管家递眼色过去。

世福马上领会，忙转身疾步向外走去，回到账房打开柜取出一叠银票，回到东厢房双手递给吴明虎。

"不不不，这个我不能收。"吴明虎心想：还打点什么呀？人是回不来了。

穆四妮看着吴明虎愣在那里，不禁警觉起来，迷惑地看着他，问道："怎么？是不是一点儿希望也没有了？"

吴明虎先是一愣，正了正脸色，赶紧又摇了摇头，道："都是自己人，事儿我会尽心去办。"

"办事哪有不花银子的？你既然答应替我去办事，就应接下银票。"

"我只是个七品芝麻官，怕没那么深的关系。"吴明虎不好意思道。

穆四妮看着吴明虎道："你拿着银票尽心托人去办，成与不成就看天意了。"

吴明虎暗忖：不拿走银票她会更担心，拿走银票反而她心里会好受些。念头转到这里，拱手道："那、那我就不客气了！嫂子，有事我会提前通知，没事我先告辞了，您要多保重！"说着他把银票装进怀里，

一脚迈出门槛，想了想，又抬脚回来，道："也别全指望我，您也再想想其他办法。"

穆四妮默想片刻，长叹一口气，点点头。强打精神把吴明虎送出了祠堂门外。

吴明虎前脚刚走，周汝昌的太太锦秀就急匆匆来到了徐家祠堂，进门就拉

住穆四妮道："小婶子，现在也不是难过的时候。我已经给汝昌去信，让他尽快回来想办法。"

穆四妮神情凄楚地点点头道："谢谢！"

"都是自己人跟我客气啥！"锦秀看穆四妮面容苍白得没有一点血色，握着她的手，问道："还没吃饭吧？"

穆四妮无力地摆摆手道："我不饿，你回去吧，小钰不是正在出天花吗？孩子好了吗？"

"还在出，时不时地发烧。这不，我趁她睡着才能出来，这会儿她娘看着呢。"锦秀回道。

穆四妮喃喃道："出天花可不是小事，马虎不得。"

锦秀无奈地长叹一口气，道："可不是，这几天都哭成泪人了，整个瘦了一圈，天天哭着喊着要她爹回来。这段时间又赶上东北那儿事多，回不来。"

穆四妮精神恍惚道："天也不早了，早点回去睡吧！别一会儿孩子醒了找不到你再闹。"

锦秀摇摇头，担忧道："都知道您性情刚烈，您可得撑住了。这一大家子可都眼巴巴地看着您呢，您要是再累倒了，这个家就没有主心骨了。"

穆四妮含泪点点头。

这时，周家老妈子慌张地跑来，躬身下蹲道："见过徐太太，徐太太好！"

穆四妮摆手道："罢了。"

老妈子转身道："太太，少奶奶让我来看看您能不能回去，小姐醒了，哭喊着要找您。"

锦秀无奈地摇摇头道："这么快就醒了？肯定又发烧了，发烧的孩子睡不了长觉。"

穆四妮眉宇间带着难言的痛楚，"那快回去吧。"

锦秀安慰了穆四妮一番，不放心地离开了徐家祠堂。

把锦秀送走后，世福到院里各处巡察了一遍，刚回屋上床躺下歇息，忽听院里有响动，心中一惊，赶紧披衣下床，顺手抄起床边的长棍迈出房门，定眼望去，但见一个黑影东张西望后向库房走去。不多时，那黑影打开库门，一溜身进了银库。

世福轻步走近银库门口透过门缝向里望去，见一黑衣人弯着腰背朝外，在身上掏摸了半天，"嚓"划着一根火柴，将手里的蜡烛点着放在柜边，转身看了看门口，从腰间摸出一根铁棍，返身撬银柜上的锁。世福看到这一幕大吃一惊，立即推门进去，沉声喝道："住手！"

黑衣人闻声，腿一软手一抖，"当啷"一声铁棍掉在了地上，转身抬头望着世福，怯怯地道："我……我……"

世福恼怒不解地颤声质问："你……你……你咋能……"

黑衣人尴尬地道："世福叔，我……我想看看……"

世福压压怒火，质问道："大少爷呀！家里遭了这么大的难，太太天天吃不下睡不着，你不能帮忙也就罢了，咋能做出这样的事来！你这不是往她伤口上撒盐吗？亏老爷那么信任你，我真替他心寒。老爷年年分给你那么多银子，还不够你花吗？如果真不够花，你可以再跟太太要啊！在这危难之际你怎能……唉！"

徐大光咬咬嘴唇，道："不……不……不是……我……我……我想看看家里有多少银子。"低头嗫嚅道："搬、搬家时我看搬过来的银柜子不多。"

世福皱眉道："这几年来家里生意越来越大，越来越红火，从账面上看是进了不少银子，但你没有想想这几年的开支有多大？老爷扩增铺子、支援修渠铺路、重新修建家院、招聘家丁、收留难民做益粥用了很多银子。希望你以后多为老爷、太太考虑。老爷被人带走好几天了，没一点儿消息，你竟然这样做。太太的脾气你是知道的，这事要是让太太知道了，后果不堪设想。如果你真想看看家里有多少银子，可以白天光明正大地看，也可以来问我要账簿看。为啥你要深更半夜的偷偷摸摸跑来撬银柜？我虽然有点老了，但还没到老眼昏花是非不分！"

徐大光聆听完世福的教诲，心中羞愧难当，低声道："世福叔，我错了。"

世福看了他一眼，接着说道："虽然我身为你家下人，但我也想让这个家永远兴旺发达，因为老爷、太太都是难得的好人。老爷、太太不给你们弟兄三人分家，是为了让你们同心协力，一起维护好这个家呀！唉……回屋好好想想吧！希望你能醒悟过来。"

徐大光拿起蜡烛，走了两步，忽地停住脚步，侧身看着世福道："世福叔，这事千万不要告诉我娘。我再也不会这样做了。"

世福望着徐大光长叹一口气，点点头。

徐家祠堂东厢房，世福、丫鬟、婆子们一直轮流守护在昏迷不醒的穆四妮身边，看她一会喃喃自语，一会儿眼角渗出晶莹泪珠，令丫鬟、婆子们心疼不已。这个女人经历了太多不堪回首的往事，养父母被人活活殴打至死，无奈兄妹二人落草为寇，夫妻携手南下苏州惨淡经营，好不容易兄妹团聚父女相认，转眼父兄又相继惨遭荼毒，唯有挚爱徐敬修是她的精神支柱，如今又惨遭恶人陷害下入天牢，生死叵测。

此刻，昏睡中的穆四妮仿佛进入梦幻世界，徐家庄园到处是绚丽的七彩鲜花生机勃勃，白发苍苍的徐敬修坐在后花园里，看着孙儿们跑来跑去欢声笑语……

下午，穆四妮慢慢地睁开虚脱的双眼。刘妈和春燕都惊喜地望着她道："太太，您可醒了！"

世福忍住盈眶的泪水，道："谢天谢地！可算是醒过来了。"

徐赵氏揉揉红肿的泪眼，看着从噩梦中惊醒的婆母，喊道："娘，娘！"

身怀有孕的徐白氏也止不住滑落的泪水道："娘，您吓死我们了，您可醒了。"

穆四妮勉强挤出一丝笑容，道："好了，好了，都别哭了，娘死不了，娘只是太累了，这不是好好的了吗！"

众人纷纷停止抽泣，点点头，拭去泪水。

穆四妮看看身边的人，望着刘妈问："大光、大任呢？"

刘妈看看世福，世福言语谨慎，低声道："他们这几天一直守在您身边，都一夜一夜的没合过眼了，我让他们回去睡会儿。"

穆四妮点点头，接着问："那八十亩地给难民们分清了吗？"

"分清了。"

"都播种了吗？"

"回太太，昨天刚播种完。"世福回道。

"难民们的粥不能停，那是老爷的心尖子。虽然老爷现在……"

"做着呢，放心吧太太。"世福没等穆四妮把话说完，就接口回道。

"好好好，老爷的心愿不能在我手上给断了。给瞎老头药膏了吗？"

"给了，皮外伤没大碍，快好利落了。"世福说着从怀里掏出一封信，双手递过去道："太太，东北武总掌柜来信问老爷，各处分店人员已就绪，何时开业为好？"

穆四妮想了想道："以老爷名义回信，各处分店马上开业！"

"是是是，我马上回信。"

"太太，您的腿还疼吗？我扶您起来坐会儿？"刘妈边问边扶穆四妮坐起来。

穆四妮坐起来将了将额前的乱发，揉揉眼睛道："不疼，给我做饭吧，我饿了。"

众人相视一眼，刘妈高兴地道："好好好！做饭，快做饭！"

顿时，徐家祠堂里有了暖和气氛，大家忙前忙后为她更衣，梳头。有的给她端茶倒水、洗衣、做饭。

穆四妮叹一口气道："大家不要担心，我思来想去，虽说老爷被带走了，也封了咱的宅子，但咱的生意还在，为了老爷，为了咱家的生意，我必须撑起这个家。"

大家含泪点头。世福擦擦眼泪，道："好好好！想通了好，想通了好。"

说话间，徐大光、徐大任前后脚进来，见母亲醒了，疾步走到母亲炕前，惊喜道："娘，您可醒了。"

穆四妮拍拍炕边，道："快坐下，把你们都累坏了，休息好了？"

兄弟二人相视一眼，疑惑道："休息？"世福在一旁挤眉弄眼，徐大光稍一愣神，明白了世福的意思，立即点头坐下道："休息好了。娘您的腿还疼吗？"

穆四妮把这一切动作都看在了眼里，心头一震，怔怔看着他们道："别转话题，世福，有啥事瞒着我？"

世福面带难色，拱手道："不敢，啥事也不敢隐瞒您。"

穆四妮满腹狐疑，眼神里带着疑问道："说，如实说。"

徐大光道："娘，真的没有什么，您就别为难世福叔了。"

世福低头不语。

穆四妮深深地看了世福一眼道："哼！不说是不是？大任，你说，有啥事瞒着娘？"

徐大任坐下来，轻抚着母亲的腿，摇摇头。

穆四妮把刘妈端过来的饭菜往一边一推，镇定了一下心神，平静地说道："没有事的，啥事你娘我也能承受得住，该来的迟早要来，躲也躲不开。快说，要不，为娘我就再也不吃饭了！"

徐大任想避而不答，看办不到，想了一下，看了哥哥徐大光一眼，嗫嚅道："娘，您老也别生气，其实也没有啥大事。刚才我四伯来了，他看我爹被官府带走，说咱家要垮了，怕咱年底给他分不了红，他的意思是……"

还没等徐大任把话说完，穆四妮摇头苦笑道："天天吃喝吸赌，肯定外面又欠了一屁股债。"抬头看着世福道："老四有多少股银？"

世福低头想了想回道："大概有两千两。"

穆四妮摇摇头道："成天游手好闲，如把股银退给他，要不了几天就折腾光了，也不想想以后的日子咋过。要不……唉！算了，世福，你跟老四回个话，虽然敬修被官府带走了，宅子也封了，但生意还在，就算生意也封了，也不会差他那点儿股银，让他放心。"

傍晚，还没等世福去回话，外面传来一阵急促的拍门声和喊叫声，世福急忙提袍跑了出去，就听徐老四边拍门边喊："开门！开门！快退我股银！开门！快开门！"

世福示意门子张彬开门，张彬刚把门闩抽出，大门就被推开，只见徐老四领着七八个无赖一拥而入，见世福双手背后阴着脸，愤怒地盯着他们，徐老四退后几步，干咳了几声，道："世福，你……你……叫太太出来，我有话跟她说，要不，你让我进去说。"

世福忍着一口气道："四爷！你来得正好，不用我跑路了。太太让我给你说一声，股银没问题，年底照给。"

徐老四两眼一瞪，道："说得好听，糊弄小孩呢？我就要我的股银，拿了银子我立马走人，别的我啥也想不听。"

世福强忍心中的怒火道："四爷，太太说了，虽然老爷被带走，大院已封，但生意还在，年底少不了你一厘红利，就是生意没了，也不会差你那点股银。你回去吧，太太在休息，别给太太心里添乱。"

徐老四一听，怒视着世福道："啥？她这是装糊涂呢？还是真的糊涂了？我兄弟是被省里官兵带走的呀！没了我兄弟，徐家生意还怎么做？鬼才信她的话，你叫不叫？不叫，让我进去跟她说，把股银给我退了，二话不说我立马走人，不退股银，说什么也是白搭。哼！"说完，一挥手，带着人就要往里冲。就在这时，徐大个子手里拎着铁锹跑过来，喝道："咋！想找事？我看谁敢往里闯，谁往里闯，我一锹拍死他！"说着狠狠瞪了徐老四一眼，怒视几个小混混道："来！让你们十个八个的，动呀，咋不动了？滚！"

几个小混混，看看呆愣在那儿的徐老四，纷纷低头往后蹭。

徐大个子盯着徐老四道："反了你了徐老四，张管家，您回屋去，这儿就交给我了。"举起手中的铁锹，怒喝："看他们谁敢进来。谁敢进来我就一锹拍死他！"话音刚落，就听见身后有人大喊一声道："让他进来说话。"

世福和徐大个子扭头一瞅，徐大光和徐大任搀着太太穆四妮站在屋门口。

徐老四翻了一下白眼，"哼"了一声，双手背后大摇大摆地进院子里，后面的人也想跟着进来。徐大个子一瞪眼，抢起铁锹作势要拍，吓得他们拔腿就跑。

徐老四进了东厢房，也不客气，一屁股坐到椅子上，翘起二郎腿道："弟妹啊！我兄弟被官府带走，我心里比谁都难受，可你也得体谅体谅哥，哥每年除了那份股银分点红，也没别的进项，如果连那点股银都没有了，你让哥以后咋过？我这人有事不爱掖着藏着，明说吧，我今天过来就是想要回我那份儿股银，哥也不是那不通情达理的人，你什么时候能给，说句痛快话我就走人。"

穆四妮看他那蛮横无理的样子，恨不得抽他两个嘴巴子，忍了忍，刚要开口。

徐大光不客气道："四伯，下午咱不是说好的，这段时间家里事多，等理顺了，就把账都给您算清。您咋还没过夜就又来了？来就来吧，还带着一伙人来？您什么意思呀？"

徐老四一听这话，梗着脖子道："什么意思？你说我什么意思？我的股银我想什么时候要就要，咋？你还想赖着不给？明给你说吧，我就是担心你爹被带走了，这生意还指不定是咋样呢。我现在不要啥时候要？难道等官府把生意也查封了再要？那……那我他妈的不是傻子？哼！"

徐大任勃然大怒道："把嘴巴放干净点儿，说话出尔反尔，就你那点银子，谁还能赖了你的似的。"

徐老四毫不示弱道："那点银子？那可是两千多两银子啊！你不想赖？你不想赖你倒是立马给我呀！"

正在二人争执的时候，徐利平回来，进屋见是徐老四，狠狠地剜了他一眼，嘴一撇道："我说外面咋来那么多赖皮，原来是你这只臭虫引来的呀！走走走，快走吧，你那些狐朋狗友都在外面等着呢。"说着上去就推徐老四。

徐老四急得瞪眼道："利平，你这小妮子咋说话呢？没大没小！敢说你四伯我是臭虫？反了你了！"

徐大任把妹妹利平拨到身后，挽起袖子，把辫子撩到背后，铁青着脸，直冲徐老四挥拳就打。徐大光忙拦住他，握着他的拳头摇摇头。

徐老四吓得从椅子上跳起来，退后几步看着徐大任，喊道："大光，放开他！让他过来打我。"

徐大任气极，拧着身子欲上前去，却被哥哥拦腰紧紧抱住。

穆四妮干咳一声，把脸一沉道："二小！不得对你四伯无礼！"

徐大任停止挣扎怒视着徐老四，站在母亲身边。

穆四妮气得脸色发白，身子发抖，沉声道："四哥，谁说要封我家生意了？要封，带你兄弟走的时候就封了，还能等到现在？不就两千两银子吗？至于把你吓成这样吗？我南方的绸缎，北方的药材，有一百多家生意，你那点银子算什么？别说是两千两，就是两万两银子我也看不在眼里。要不是你我都是一家人，你那点儿股银想入股我还不收呢！你也不想想，敬东、敬南、敬西为什么三年都没有回来过？还不是因为东北的生意太忙，忙得顾不上回家。如果生意清淡，他们不知道回来多少趟了。世福，马上把四爷的股银连本带红利都给他结清，能多算就尽量给他多算点，都是自家人，咱吃点亏没什么，别让四爷吃亏，免得人家说三道四。"

"好！弟妹真是个爽快人，四哥谢谢了！"

穆四妮接着说道："不过，咱事先说好了，今天你要是撤出股份，就再也不能往我家入股。虽然你兄弟今天出了点儿事，但我有的是生意、有的是本钱，你看看我的儿子们个个都长大了，这就是我的本钱！我相信他们都不比他爹差。管家，结账！看看还有哪家需要结账的，让他们都过来，都给他们结了！"

徐老四一听，心想：我咋就没想到这些，官府到现在还没有行动，这说明兄弟的事应该不会牵连到生意。徐家现在的生意与往日已经不可同日而语，兄弟这些年把基础都打好了，只要有弟妹接着管理，就不会有一点问题。反反复复，前前后后，思来想去，寻思原来自己竟然走到了死胡同，他揣着手，停了半晌，扯着白脸，口气缓和了下来，道："哎，我说弟妹呀！你不要生气，咱都是自家人，我这不就靠这两丁两银子的分红过日子吗？现在我兄弟被带走了，如果今年分不了股银，我就过不去这个年了。"

穆四妮冷笑道："我这不是答应退给你股银了，你还等什么？还有什么可担忧的？管家！还不快给四爷结账去。送客！我累了。"

世福大声回道："四爷，请吧！"

徐老四这时很是难堪，支吾道："这个、这个……"

世福怒道："四爷，你倒是快点呀，你没听见太太说累了吗？"

徐老四这会儿支支吾吾的，皱着眉头站在原地没有动。

徐大光不耐烦地摆着手道："走走走，快走吧！"

徐大任看着徐老四不动地儿，焦急道："我娘累了，要休息，你没有听见？"

徐老四红着脸，站在原地不动，也不说话。

徐利平上前推着徐老四道："走吧，从今往后再不要登我家门，看到你我就心烦。"

穆四妮闻言，呵斥道："利平，咋说话呢！再怎么着他也是你四伯，是你长辈！"

兄妹三人都听出了母亲的话音，一个个低着头。

穆四妮突然大笑起来，笑得徐老四是目瞪口呆浑身发毛，瑟瑟发抖，结巴问道："弟、弟妹，你笑啥呢？"

穆四妮冷"哼"了一声未说话，直笑得眼泪都掉了下来，睁大眼睛含着泪道："实在是太可笑了，有点儿风吹草动就把人吓成这样子。"她停止了笑，

猛地"啪"一拍桌子道,"管家!还不快去给四爷结账去,别让人以为咱家撑不住了,连区区二千两股银都退不起了。明天贴个告示,谁家想要结账都让他们过来,一一给他们结清!"话意刚落,众人再看那张八仙桌,已经劈成了八瓣,哗啦散落一地。

众人看傻眼了,都吃惊地看着穆四妮。低头不敢再说一句话。徐老四吓得脸色苍白,哆哆嗦嗦道:"弟、弟妹,你大人不记小人过,别跟哥一般见识,这股银我不退了,我走了啊!"说着转身就要走。

穆四妮咬了咬牙,冷声道:"回来,把股银退了再走,可别让我坑了你!"

徐老四停下脚步,扭头摆着双手,道:"不不不!不退了,我不退了。"

穆四妮瞟了一眼散碎在地上的桌子,沉声道"世福,祠堂这桌子多少年了?咋这么不结实,一拍就碎,好像我有什么神功一样。赶明儿去买个结实的。"

世福一缩脖子,赶紧应和道:"是啊,听说这八仙桌都用了四辈人了,早该换新的了。"心道:这哪是桌子不结实,这可是红木的!

徐老四磨磨蹭蹭走回来,怯怯地低声道:"弟妹,别说了,哥啥都知道。哥错了,你就原谅哥吧!哥鼠目寸光,不知好歹,别跟哥一般见识。要不,要不哥给你跪下?"

穆四妮仰天冷笑两声,长叹了一口气,板着脸道:"管家,既然四爷把话都说到了这份儿上,今天这账就不结了,说什么也不能让四爷给我下跪啊!送客!"

世福上前做出一个"请"的手势,"请吧!"说着一把拉住徐老四的胳膊,把他拉到屋门口。

徐老四胆战心惊,又羞愧难当,恨不得有条地缝钻进去,但已达到了目的,嬉皮笑脸道:"好、好、好,我走,我走。"迈过屋门时,他一时忘记了门槛高,一个趔趄差点儿把他绊倒。

徐老四灰溜溜地走到祠堂门口,张彬打开大门,徐老四出门一看,他带来的那些人还没走,装着很生气,喊道:"你们咋还没走?在这儿等干吗?"

众人一听不乐意了,纷纷气呼呼地嚷嚷道:"你他妈的把我们叫来,银子还没给,我们怎么走?"

徐老四一挥手道:"走吧,走吧,都走吧!我改变主意,不退股了。"

众人一听急了,愤怒道:"老四!你可不能这么说呀,你退不退股跟我们没有关系,说好的陪你过来就有一份儿银子的。快给银子,都等老半天了!"

徐老四望着他们七嘴八舌地喊着,心想:不出点血是不行了!长叹一口气,缩着头,揣起手道:"别嚷嚷了,走!我请大家去德盛楼吃一顿儿,总行了吧？"

大家都相视一眼，点点头，看来也只能这样了。

天津马府：

深夜，随着"嗖"的一声，一个身披黑色披风的人手提九环大刀闪进马家胡同。提口气，运展轻功，整个人一跃而起，在夜空转了个两圈后，纤细的身子轻巧地落在马家围墙上，左右看看，步履轻盈地沿屋脊走至临院的瓦楞上。往下瞄了一眼，矮下身一提气双脚轻轻落在院中，踮脚猫腰来到窗旁，伸手在窗纸上点个窟窿，凑近往里看看没有异常，推推窗户纹丝不动，提起大刀沿窗隙慢慢插进去，稍稍用力往上一翘，就听"吧嗒"一声轻响，窗扇应声而开。黑衣人收起大刀，支好窗户，伸头进去看看，随即纵身一跃而入。整个过程动作十分灵巧，一气呵成。

借着窗外一丝微弱的月光，见靠东墙放着一张床，黑衣人轻轻来到床边，见床上沉睡着一男一女两个人，仔细观看，此男人正是马继宗。黑衣人从背上拔出大刀，毫不犹豫举起就砍，就在刹那间，马继宗突然睁开了双眼，"啊"地惊叫一声，穿着短裤赤着脚滚到了床下。

黑衣人这一刀快若闪电，刀光闪过，棉絮纷飞，一床锦被已经被劈成两段。熟睡中的芸香，被马继宗一嗓子惊醒，惊恐地瞪着一双大眼看着黑衣人。黑衣人与芸香对视了一眼，不由得大吃一惊，微一愣怔，紧锁眉头，心中疑惑不解，她不是跳崖死了吗？咋还活着？怪不得他上次死活不让我来马府，原来他早就知道芸香在马府。芸香与马继宗团圆是件好事，为什么要骗我说芸香为他跳崖了呢？难道他心中另有隐情？

芸香看黑衣人举着大刀看着她，吓得晕了过去。

滚到床下的马继宗吓得脸色苍白，头皮发麻，全身瑟瑟发抖，见黑衣人望着芸香发愣，赶忙连滚带爬到门口，边开门边喊："来人啊！快来人！救命啊！救命……"

黑衣人扭头一看，举着刀扑向马继宗，在即将砍下去的时候，回头看了一眼床上的芸香，收刀奋力一脚把马继宗踢到院中，黑衣人炯炯有神的眼睛透露出一股凌厉之气！她一言不发，纵身一跳，跳到院中举起手中的大刀，又一次忍不住想要砍下去，马继宗看着她手中的九环大刀举起，吓得晕死过去。就在黑衣人砍下去的一瞬间，却把刀刃转向一侧，刀面朝着马继宗身上狠狠拍打了十几下。马府十几个家丁，有的高举火把，有的拿着棍棒跑了过来，顿时火把将院子照得亮如白昼，将黑衣人团团围住。

黑衣人停下手，望着马府的家丁，冷笑一声，并不将他们放在眼里，回头瞥了一眼吓得晕死过去的马继宗，轻轻抬手，对着众家丁的方向挥去。只见一阵狂风刮过，令人睁不开眼睛。狂风过后，马府家丁都是一副衣衫褴褛的模样，一个个披头散发，浑身上下全是道道伤口……哭声，叫声，喊声，乱成了一锅粥。

黑衣人哼哼冷笑两声，快步冲到房前一棵大树前，身体向下一蹲，提口气，脚蹬树干，"噌噌噌"几下就跃上了房顶，到得东侧配房房顶之上，用九环大刀"嚓嚓嚓"把房顶掀开一个大洞，脱掉披风用火柴点着扔了下去，拍拍手，不慌不忙坐在房顶上等着看热闹。不多时就听有人大喊道："快救火呀！银库失火了！快救火呀！银库失火了！"她看着下边的人乱作一团，笑笑消失在黑夜之中。

穆四妮在马府看到芸香，心一软，不忍心杀死马继宗丢下孤苦无依的芸香。放了一把火出了马府又连夜赶往京城，想拼着自己的武功把徐敬修从天牢之中救出。

京城皇宫：

深夜，纵向的一溜宫殿如狰狞的庞然大物，在眼前一一掠过。后宫展现在眼前，笼罩着灿灿灯火；到处都是富丽堂皇，一片豪奢华贵的景象。偌大的皇宫，要想寻到徐敬修关押之地绝非易事，穆四妮身穿夜行衣，手提九环大刀，飞身落入一座宫院内，挨着门扉寻找。霎时，天空嗖嗖风声作响，三道寒光攒射而出。这三道寒光来势之急，只怕很少有人能避得过去，但见穆四妮身体一闪，手拿九环大刀砍向三道寒光，"咔嚓、咔嚓"几声，利箭当空折断，跌落地上。

只听宫卫大喊一声："有刺客！"随即，黑压压数不清的宫卫涌上来，"抓刺客，抓刺客啊！"喊声震动皇宫上空。

穆四妮一看自己根本不是御前侍卫的对手，闪电般飞上房顶逃向黑夜。

第十三章　天牢巧遇　逢凶化吉

京城皇宫：

徐敬修被带走三个月后的一天，慈禧太后闲来无事在后花园游玩，李莲英见老佛爷心情不错，上前道："启禀太后，三月前，您让刑部抓的那个仿造皇宫建私宅的大胆刁民，一直在天牢关着呢，您看如何处理？"

慈禧太后微微一愣，想了想道："想起来了，你不提这事儿，我早给忘了，按说这么点小事让他们看着办就行。不过，我倒有点好奇，他哪来的胆子，敢比照皇宫建私宅，是何居心？明天让人带来给我开开眼。"

"喳！"李莲英急忙应道。

第二天，太监李莲英先到天牢调教了徐敬修一番，告诉他马上要见的人是谁，和一些宫中规矩。最主要的还是要他实话实说，不能胡言乱语。

一切安排就绪，李莲英点头后，几名侍卫才把徐敬修身上的木枷镣铐去掉带出天牢，在刑部左侍郎廖寿恒引领下，把徐敬修押进了养心殿东暖阁。老佛爷坐在宝座之上，徐敬修战战兢兢地趴跪在地上，道："草民徐敬修，叩拜皇太后！"

慈禧太后久久沉思不语，过了半晌，才脸色阴沉道："抬起头来，让我看看你这个大胆狂徒。"

徐敬修诚惶诚恐缓缓抬起头，就见老佛爷高高坐在宝座上，右侧后方站着两个宫女，左侧站着刚才调教他的那个太监，遂赶紧压着声道："草民冤枉啊！"

慈禧太后端详了徐敬修一会儿，问道："你就是徐敬修？"

徐敬修叩头道："草民是徐敬修。"

慈禧太后低头摸着自己的小手指，不紧不慢地问道："有人说你比着皇宫建宅子，是何居心啊！想造反吗？"

徐敬修闻言，吓得趴在地上，哭声道："草民不敢，草民冤枉啊！草民是建了个院子，可草民从未进过皇宫半步，哪知道皇宫是个什么样子。既然有人说像皇宫，那草民回去就把它给拆了。"

慈禧太后抬头瞟了他一眼，接着问："你是做什么营生的？"边说边左脚踩到右脚上轻轻地蹭。

徐敬修咽口唾沫，润湿了干燥的喉咙，小心翼翼地回道："草民是商人，北方有几处药材铺，南方有几处绸缎庄。"

李莲英见慈禧老佛爷左脚踩到右脚上，急忙低声问道："太后，您的脚疾是不是又上来了？"

慈禧太后微微点头，翻转手心看着长长的玉指。

李莲英尖声道："奴才这就传太医过来。"

慈禧太后摆摆手，咧着嘴刚要张嘴说话，却见一位打扮雍容华贵的女子抬脚进来。进得门来，那女子一不作福二不下跪，看了一眼跪在地上的徐敬修，目光顿然充盈了从未有过的温和清亮。她是恭亲王的女儿，也是慈禧的养女，封号和硕公主。公主一向作风狂肆，使得朝野侧目，达官显贵对这位"粉侯"尚且有所畏惧，世人更是退避三舍。她最讨厌的人就是李莲英，李莲英见到她如同老鼠见到猫一样，吓得瑟瑟发抖。

慈禧见和硕公主进来，脸上的皱纹立马舒展而开，微笑着问："今天没画鸟？"

和硕公主听到慈禧问话，才回过头来，道："画了画了，画累了。过来是想请您陪我看戏去。"说着，她停下来，冷冷看了慈禧一眼，不悦地说道："我对您老人家不好吗？我天天都想着母亲喜欢穿什么，喜欢用什么，喜欢吃什么，然后告诉御办房，让他们去办来。母亲可倒好，偷偷地做一件衣服来穿，叫别人知道，当我们娘俩生分了呢。"一通唠叨，说得慈禧太后赶紧转移话题道："不说了，不说了，走，哀家陪你看戏去还不成吗？"

和硕公主瞪了李莲英一眼，上前搀扶住慈禧的胳膊，用别人几乎听不到的微语："这么靡费做什么？您不过是清朝的老妪而已，还有心情打扮得妖妖冶冶的，给人家落下话柄。"走到门口，她回头望了一眼跪在地上的徐敬修，迈过殿踏问道："那人犯什么事了，还劳您亲自审问？"

慈禧太后扭脸瞪她一眼，不耐烦道："此人太不像话，他竟然拟照皇宫建宅子。可责可恨啊，要不是女儿让哀家喜悦，哀家真想立马把他'咔嚓'了。"

和硕公主嘴一撇，满不在乎道："嘿！我以为犯了多大的事儿呢！不就是建了个宅院吗？还用得着把人家逮起来。这点小事儿您也亲自过问？您这心眼也忒小了吧？您累不累呀！这事儿要是传出去多不好呀，人家有银子让人家盖呗……"

慈禧没有说个一二三，就被和硕公主搀扶着看戏去了，王公大臣们你看看我，我看看你，谁敢问一句是"留"是"砍"呀？大臣们都知道和硕公主的分量，对她都是很敬畏。刑部左侍郎廖寿恒无可奈何，只得说道："此人没有老佛爷的话先不要动，等老佛爷发话了再说吧！"

众大臣点点头，退朝回刑部而去。

几名侍卫把徐敬修押回天牢，向狱官交代一番，又给徐敬修戴上脚镣铁镣，手提着木质枷锁头也不回地向外走去。

天牢里关押着一位衣服破烂，头发凌乱不堪，但看上去很有修养，此人约五十有余，扶着牢房铁栏杆望着徐敬修。等狱官们都走了，他压低声音问道："兄弟！犯了什么事？"

徐敬修摇了摇头，转动了一下脖子，弯身蹲在地上，双手捧着脸，回道："盖了座院子。"

那犯人愣怔了一下，疑惑道："什么？盖座院子怎么会把你关进这儿？"

"嗐！一言难尽啊，说我盖的宅院是仿照皇宫建的，冒犯了天威。"

那犯人惊讶道："兄弟你行呀！仿照皇宫盖宅院，你还真够胆大的。那得需要多少银子？你是做什么的？"

徐敬修神色黯然，悲伤而无奈地回道："我哪有那么多银子盖皇宫呀！只不过就是比普通人家的宅院大点，格局有点类似皇宫。有人借机做文章诬陷我，想置我于死地。"

那犯人道："这人也忒狠了，你们有多大的冤仇，至于这么狠毒？"

徐敬修回道："我们从小一起长大，都是生意人……"

那犯人不解道："那你们应该是朋友才对，咋会这样？"

"唉！"徐敬修抬起头，瞪着无神的双眼望着牢房外，脑海里浮现出了与马继宗、马圆圆小时候一起玩耍，与穆四妮相遇，被逼离家出走，路遇芸香以及苏州的一幕幕……

狱卒向牢门走了过来，压低声道："嘿、嘿、嘿，今天有人给你做伴，来精神了？小点声吧！别让人听见，听见了我就遭殃了！"

狱卒的喊声打断了徐敬修的思绪，此时他眼眶已经挂满了泪水。

那犯人不满地瞪了狱卒一眼，意犹未尽的样子，依然手抓着铁栏杆，压着声音问道："喂！你贵姓？"

徐敬修眼睛都不乐意睁了，闭着眼回道："免贵，我姓徐。"

那犯人吃惊地望着他，"你做什么生意？"

徐敬修冷冷说道："做药材生意。"

那犯人松了口气道：道："做药材生意好。兄弟啊！住进来想出去就难了，不要不开心的样子。我给你说吧，说不准哪天太后不开心就把咱给"咔嚓"了。"说着把手放在自己的脖上，做出砍头的样子。

徐敬修听了一惊，随后又慢慢地闭上了双眼，无力地倚靠着铁栏杆。他感觉膝盖酸麻疼痛，摊摊身下的干草躺下。

一时间，牢房里变得死气沉沉。

"开饭了！开饭了！"狱官从牢房的栅栏门前给他二人各递进去两碗饭，两个狱官抬着饭桶去了下一个牢房。

那犯人起身到门口，端起饭碗坐回原地吃了起来，吃了几口见徐敬修仍然躺在那儿一动不动，以为他睡着了，喊道："来饭了，快起来吃饭。"

"你吃吧，我吃不下。"徐敬修回道。

那犯人又开始劝道："人是铁饭是钢，一顿不吃饿得慌。你不快点吃，待会儿狱官就把碗收走了，想吃都得等下一顿了。听我的，快起来吃吧。"见徐敬修还没动静，接着道："我刚进来时也想不通，不吃不喝，可人家不管你死活，不吃饿死你才好呢，自己死活也不知在哪一天呢，吃一顿赚一顿吧！别以后太后想通了，发善心想放咱出去，结果咱自己饿死到这儿了，那就太可惜了。"他苦口婆心地说着，看着徐敬修动了动身，心思有些活动，便进一步说道："这就对了！这就对了！快吃吧。"

徐敬修慢慢坐起来，仔细地打量起对面这个一直苦口婆心劝自己的好心人。他定眼一看，惊叫道："我的老天爷啊！您是张将军？"

那犯人先是一愣，半响才擦擦双眼，惊喜道："你、你是，你是徐敬修？"

徐敬修泣不成声，赶紧就地而跪道："是，我是徐敬修。徐敬修给张将军叩头了，我对不住您呀，为了救我让您受如此大的罪！"

张良赶紧丢下饭碗，双手伸出牢栏，已是流泪满面，激动道："起来！起来！快起来！没有想到咱俩在此相遇，刚才你说你姓徐时，我就想可不要是你呀！我再问，你说是做药材生意的，我就不再想是你了。你太太还好吗？"

徐敬修潸然泪下道："还好，还好。我在南方做的是绸缎布匹，在北方做的是药材生意。"

张良泪眼点点头。

徐敬修痛哭流涕，深感内疚道："张将军，我对您有愧呀！如不是当年您和我岳父带兵打进闫府救我们，您也不会被打入天牢这么多年呀！"

张良长叹口气道："不要提那事了，我为当年所做的事无悔。那闫世雄父子该死，他们欺压百姓，强抢民女，罪孽深重，该杀！"

徐敬修望着鬓发斑白的张良，张张嘴想说些安慰的话，可又不知从何说起，半晌后才流着泪问："您的家人可好？"

张良摇摇头悲切地道："在这地方别想知道外面一点消息，更别说跟他们联系了。我最担心的就是他们，这么多年了，得不到他们的一点音信，也不知道他们如今身在何处？可还安饱。"

皇宫坤宁宫：

慈禧太后连打了几个喷嚏，李莲英赶紧上前捶背抚慰，侍女端来太医配制的洗脚药水，慈禧太后一见，脸色突变，皱眉质问："小李子，还用这些药汤子给哀家洗呀？这都洗了多少次了？一点效果都没见，哀家闻到这味道就烦。"

李莲英一听，慌忙跑过去低头闻闻药水，抬头问侍女，"这药水是谁配的？"

侍女吓得急忙端盆趴下，回道："是李太医、王太医和张太医一起配的。"

慈禧太后摆摆手道："端下去吧，不洗了，洗了也不管用，还是痒得钻心难受。"等侍女起身端着药水走后，她接着道："小李子，让他们查查那个徐敬修的底子，看看他祖辈有没有对皇上不敬的人，如有，过几天把他塞进那些乱党中，弄到菜市口斩了得了，如果没有，就让他把宅子拆了也就算了。"

"喳！"李莲英叩头后扶慈禧太后到御床上休息，众宫女护住宫闱为慈禧脱掉鞋子、褪去袜子，开始为她捏脚、敲腿。

李莲英摇摇头，轻轻躬身退出门外。

几日后，李莲英来到坤宁宫，见几个宫女正忙着为慈禧太后更衣，忙躬身道："太后老佛爷，您让查的那个徐敬修，奴才已经让他们查清楚了。"

慈禧太后"哦"了一声道："说。"

"喳！"李莲英尖声道，"徐敬修是二品顶戴御医徐三展的后人，先帝曾经在病危时吃了徐三展开的药才转危为安，先帝念其救驾有功，钦点其子为七品知县，在安徽蒙城县任知县，此人上任后架桥、筑路、修渠，深得民心，最后累死在了修渠工地上。蒙城县百姓为了纪念他，就把他的遗体安葬在了渠道边，并将该渠命名为'徐水渠'。"

慈禧太后听着李莲英眉飞色舞叙述，额头皱纹渐渐舒展，脸上也见了难得的笑容，点头道："哦，原来他还是我朝难得的功臣之后啊！"想了想接着问："那为何有人要告他犯上作乱呢？"

李莲英躬身道："回禀太后，那天王公公禀告，是听他表弟说这个徐敬修仿照皇宫建宅院有犯上之嫌。您一听，就传旨把他带来了，您想让他知道朝廷的威严，又能给您逗个乐子。"

慈禧瞟了李莲英一眼道："你这张嘴呀。王公公表弟为何要置他于死地？"

李莲英听慈禧这一说，正中下怀，当即定定神，道："回禀太后，听说是因为徐敬修把药材生意做到了天津卫。"

慈禧太后不悦地问道："把生意做到了天津卫跟王公公表弟有何关系？"

李莲英见慈禧太后已入了自己的道，暗暗欣喜道："回太后，王公公表弟也在天津卫做药材生意。"

慈禧太后一听，脸色立马变得难看起来，道："天津卫做药材生意的多得去了，各做各的生意不就得了，用这种办法排挤别人，这是想借助朝廷势力欺行霸市，真是可恶。"

李莲英点头哈腰道："太后英明，王公公表弟就是想霸控天津卫的药材生意。还想，还想借助朝廷势力为他撑腰，这小子也忒不是东西了！"

慈禧太后左脚又踩在右脚蹭起来，咧咧嘴道："那还等什么？等着让那什么修白吃白喝朝廷的呀？"

李莲英立即领会老佛爷的意思，连忙躬身应道："喳！我这就让刑部把徐敬修赶出去。太后，您这脚疾是不是又上来了？"

慈禧太后未接李莲英的问话，咧着嘴摆摆手示意他下去。李莲英走到坤宁宫门口，慈禧太后又喊道："小李子回来！那什么修的祖上不是二品顶戴御医吗？你去问问他，看他有没有办法治好哀家这脚疾。"

李莲英一拍脑袋道："对呀！兴许他有办法能治好太后这脚疾，我这就去问问。"

天津马府：

哑女从"义和发"出来，急匆匆地回到马府，看看左右无人，闪身进了上房。

芸香忙从床边站起身，看着气喘吁吁的哑女，哑女回身掩上房门，在芸香面前一通比画。

芸香脸色越来越难看，最后脑子"嗡"地一下仿佛炸裂般，腿脚发软，气得浑身发抖，眼看着就要倒下，哑女急忙上前扶她坐下。

芸香半天才缓过劲来，泪水凄然而下，摇着头悲愤地喊："作孽呀！"哑女忙掏出手帕，边为她擦泪边为她揉胸，芸香哭声突然停止，愤然起身，出门向书房跑去。

"咣当"一声，把正在书案前写字的马继宗吓了一跳，手一抖毛笔脱手而落，马继宗看着怒气冲冲的芸香，埋怨道："吓我一跳，看看好好的一个'德'字成什么样了？"

芸香含泪厉声道："德？你也配写这个德字？"

马继宗一副温文尔雅的样子，不急不怒，似笑非笑地看着芸香，上前轻声道："这是谁惹你了？这么大的火气？好了，好了！看看都哭成小花猫了。"

芸香怒声质问道："自己作的孽自己心里清楚！还在这里跟我装。一个大男人为何出尔反尔？"

"嗯，嗯！"马继宗清清嗓子，低头调整了一下面部表情，抬头一脸淡然，"这话从何说起，这些日子我除了生意可什么都没做，什么事值得夫人生这么大的气？"

芸香轻蔑地看了他一眼，冷笑道："不愧天天玩心眼的，心机深厚。别在我面前充好人了，说好的不再伤害徐大哥，为何说了不算？你还是个男人吗？成天表面一套背后一套。"

马继宗听了芸香的话，沉思片刻道："天地良心，我可以对天发誓，绝对没有成心害他。前些时我去京城，无意中与表哥说起了咱家想盖房的事，说着说着就扯到了徐敬修新盖宅院的事，不小心说出了他的宅院是仿照皇宫布局建筑的。说后我也很后悔，可覆水难收，只得求表哥千万别在宫里提这事，可谁知道表哥还是把这事给说了出去，这下我就是有万张嘴在你面前也说不清了。嘻！都怨我这张破嘴没个把门儿的。"说着打了自己俩嘴巴子。

芸香绝望地盯着他，恨恨地说道："你……你……你是个人面兽心、无情无义的小人！"

"我小人？我要做大人，就被人一刀砍死、烧死了，你别忘了那天晚上的事！"马继宗瞪眼怒声道。

芸香凝视着他，道："你竟然怀疑那天晚上是徐大哥派的人？"

马继宗理直气壮地道："不是他还有谁？他老婆可是土匪出身！"

芸香神情微怔，眼里掠过几丝惊诧，瞬即恢复如常，沉默片刻道："活该！你明知他婆娘是土匪出身，还一直招惹他，如果徐大哥有个三长两短，迟早让她把你给劈了烧死！"

"芸香，你咋就不能相信我呢？我说的可句句都是实话。这次真的是一时不慎说漏了嘴，真不是有意要害地……"说着说着，马继宗突然停下，用指头轻轻描摹着她的眉毛，皱眉问道，"这事你是咋知道的？"

芸香看他还在装正人君子，感觉一阵恶心，回道："我咋知道的重要吗？"

马继宗用力推了芸香一下道："我这么爱着你、宠着你、让着你，而你的心却一直在徐疯子身上！这到底是为什么？"

"因为徐大哥有情有义，恩怨分明，乐于助人，对我有恩！哪像你无情无义，好赖不分，为了自己私欲，阴狠毒辣，无所不为。"

马继宗一脸阴笑，道："好一个有情有义，终于说实话了？说来说去还是情恩吧？"

芸香紫涨着脸，带着几分急，几分怒，几分痛，"啪"一巴掌甩在马继宗脸上。打后不敢置信地看着自己发颤的手。

马继宗捂着半边脸，瞪大眼厉声道："竟敢打我？反了你了！"话音未落，举手狠狠地回扇了芸香一巴掌。这一巴掌下去，彻底打灭了她对马继宗仅有的一点情义，也彻底抹杀了对他的一点期望。

紧跟芸香而来未敢进入房中的哑女，偷偷看到这一幕，再也顾不得害怕，冲进屋里搀扶住芸香。

芸香脸色隐隐含着悲愤，眼中含泪，定定看着马继宗。

马继宗看着哑女，挥手冷声道："把她拉走！"

哑女心疼地望着芸香没有动。

马继宗转身拿起桌上的水杯，"啪"一下重重摔在地上，指着屋门，怒道："你没有听到？把她拉回房去！"

芸香流着眼泪，拂袖转身匆匆而去。

回到上房，芸香躺在床上思前想后，眼泪不禁又汩汩而下。哑女把茶水端到床前，含泪比画道："太太，别哭了，快起来喝杯水润润嗓子。"

芸香茫然地望着屋顶，喃喃自责道："徐大哥，芸香无用，明明知道他要害你，却束手无策。"想着想着不禁悲从中来，忍不住又放声哭起来。哭累了，无泪了，才想起哑女还在床边站着，强撑着起身比画道："你去吧，我想一个人静静。"

哑女摇着头执意要守在她的屋中。芸香无力地比画道："放心回吧！没有事的，我只想一个人静静，你这样我会很不开心的。"

哑女无奈，只得为她盖好被子轻轻关门离开，哑女走了几步又转身回来，抱膝坐在了门外。

芸香等哑女走了一会儿，听屋外没有动静，慢慢从床上下来，在屋里找了一根麻绳，搬了把椅子站上去，含着泪把绳子拴到屋梁上挽了套，慢慢把头伸进绳套里……

不知痛苦与悲伤，不知时间的流逝，仿佛过了十年百年，芸香又有了一丝感觉，感觉嗓子就像火烧一样疼痛，张张嘴，痛苦地皱眉摇头。

"快，水，要喝水！"马继宗说着急忙把芸香扶坐起来。

芸香微微睁开眼，看到的竟然还是马继宗，无奈地把脸转向一旁，眼泪顺着眼角滑落下来。

马继宗的手放在芸香腰上，轻声说道："我的小姑奶奶，别再哭了行不行！都是我不好，都是我的错，求求你，别再折磨我了好不好？听话，来，快喝口水。"

"你走！我再也不想看到你这个卑鄙小人。"

"你咋这么傻呀！我就是有千错万错，你也不能这样伤害自己呀！"

芸香仰天哭泣道："老天爷啊！你为什么就不能放过我？为什么要让我碰到这个恶魔？为什么你就不能放过他？他到底错在哪里？"

马继宗赶紧道："好好好！我是恶魔，我是畜生，一切都是我的错，行了吧！姑奶奶，我求求你，求求你喝点水好不好。"

芸香"腾"一下坐起来，哭喊道："你为什么要救我？为什么不让我死？我死了，你想害谁就害谁，想咋样就咋样。"哭喊声未落，猛然奋力头朝墙上撞去，吓得马继宗赶紧双手将她拉回，紧紧搂在怀里。

哑女见马继宗抱住了芸香，站在一边只是流泪，不知如何是好。

"呜呜呜——"芸香再也控制不住积累多年的悲伤放声大声起来。

马继宗搂着她，央求道："我发誓再也不害他了，往后都听你的，行了吧？"

哭了半日，芸香嗓子已经哑了，抽泣了几下，慢慢抬起头来怨恨地盯着马继宗道："好！我就再相信你一次，但愿你这次能说话算数。"

马继宗紧紧搂着她道："一定，一定说话算数，再也不敢惹你动气了。"

"那好，解铃还须系铃人，你快进京找你表哥，叫他想办法把徐大哥从天牢救出来。你能否做到？"说后，芸香愤怒地盯着他。

马继宗听后，打了一个冷战，全身直冒冷气。心想：哼！我好不容易才把他弄到了天牢之内，想让我再去把他救出来？你真是异想天开！别说现在我无能力把他救出来，就是能把他救出，我也不会那样做的！他一面脑子里飞快地想着，一面嘴里回道："好、好、好，都听你的。"抬头冲着哑女挥挥手，让她下去。见哑女退出门外轻轻关上了房门，马继宗动作十分麻利，下床双手趴在地上，重重地磕了个头，脑袋触地的声音清晰可闻，高声喊道："我一定尽力救他出来！"

皇宫坤宁宫：

慈禧太后半躺在坤宁宫的玉榻上，侍女小心翼翼把她脚上的药膏掀去，又为她洗了脚。慈禧太后舒服地眯着眼道："小李子，这个徐敬修还真有点能耐，他配制的药膏还挺管用，哀家用了有半个多月了吧？哀家这脚呀，还真不痒了！"

李莲英马上回道："太后，这徐敬修我见了几次，人挺不错，是个实诚人，他说能治好应该就能。"

慈禧太后担忧道："先别夸他，这药效暂时是管用了，谁知道能不能去了病根。哀家这些年可让这脚疾给折腾苦了！"

李莲英看看慈禧太后的脸色，道："太后，您就放心吧，我问过了，他说这是按祖传秘方配制的，用过无数次，都没有复发过。"

慈禧一听，神色立即变得轻松起来，缓缓说道："听你这么一说，哀家这颗悬着的心就放下了。"

李莲英尖声道："太后，您就放心好了，给他十个胆他也不敢欺骗您呀。"

慈禧隐存的一点郁悒也一扫而空，环视左右道："哀家念他祖上当年医治先帝有功，念他治好了哀家多年的脚疾有劳，哀家无以报尔，赐尔金书铁券。兹与尔誓：除谋逆不宥，其余若犯死罪，尔免一死，子免一死，以报尔功。"

李莲英听一愣，有些不敢置信地看看慈禧太后，心想：大清国现在很少再往下恩赐金书铁券，为什么今天皇太后会这么做呢？这……哦，明白了，这肯定又是和硕公主在她耳根旁说了什么话！不过，这跟我无关，对我也没什么坏处，只要老佛爷您高兴，谁敢说个不字。微笑躬身道："还是您老人家英明，想得周到。他家的那座小院何时拆？"

慈禧想了想道："别拆了，念他祖上对我大清忠心耿耿，再念他尽心尽力为哀家治好了脚疾，哀家就饶他一回。"

李莲英见老佛爷突然变得慈眉善目，颇感意外，一时看得走了神，站在那儿没有了表情。

慈禧看了李莲英一眼，挥手道："还愣着干吗，下去吧！传王公公过来。对了，再让徐敬修多配制点儿药膏。"

李莲英急忙躬身道："喳！"

走出坤宁宫，李莲英边走边得意地暗道："王长泰呀王长泰！您才来几天，就想跟我斗，你就等着去老佛爷那儿领赏吧！哈哈哈……"那阴冷的笑声传遍了皇宫里的各个角落。

天牢：

张良吃惊地看着徐敬修道："什么？你配的药能治好慈禧太后的脚疾？"

徐敬修心里也有些嘀咕，考虑了一会儿道："我用这个方子治好过无数人的脚疾，这次也应该没有问题。"

张良还是有些不敢相信，道："宫里那么多太医咋就连这小小的脚疾也治不好？"

徐敬修道："张将军，您可不要小瞧这脚疾，看起来不是什么大病，可一旦发作会痒得让人钻心地难受，坐卧不宁难以入眠。这种脚疾用点药就能暂时减轻病症，但要彻底根治很难，而且是越复发越难治。"

"啊——但愿你这药能把慈禧太后的脚疾根治好，不然她一发怒，后果……"张良有些担忧地看着徐敬修不敢再往下说。

徐敬修与张良对视片刻，无奈地摇摇头，道："我的药膏完全是照祖传秘方精心配置，以前从未失败过，这次如果失败，那也是我命该如此，听天由命吧！"

张良惊讶道："祖传秘方？"

徐敬修回道："我太爷爷是二品顶戴御医，曾经服侍过先帝。"

张良闻言不敢置信地望着徐敬修，道："你太爷爷在朝中做过御医？"

徐敬修点点头。

张良微微松了一口气，隐隐萌生一种希望，道："如果你真把慈禧太后的脚疾治好了，说不定慈禧太后一高兴就会放了你。"

徐敬修摇摇头，道："未必。看她挺威严的，我抬头看了她一眼，吓得我浑身打战。唉……不想了，听天由命吧，就像您说的，进了这天牢想要活着出去就难了。不过我感觉挺值。"

张良吃惊地望着他道："值？都活着出不去了还值？"

徐敬修凄楚地笑笑道："在这儿见到了您，见到了慈禧太后，还到御药房开了开眼，这还不值得吗？这皇宫里面药房可真多，有御药房、寿药房、东药房、西药房、内药房、外药房、乾清宫药房、武英殿药房、长春宫药房、永和宫药房等。储药、煎药、配制药的地儿都有。那些抽屉都是富丽堂皇的！真是让我一饱眼福了！"

"啊！这些御药房你都进去了？"张良吃惊地望着他。

"我不但进去了，还在里面配了药。可能是李总管怕我治不好慈禧太后的脚疾，带我把宫里的御药房转了一遍，给我个下马威吧。"

张良频频点头道："你太了不起了！去过一次就能把药房名字都记下来？"

"能记下来，不知道为什么，只要是有关药的东西我就非常敏感。跟您说，我第一步踏进那太医殿，就感觉到那里有我先人的气息，我仿佛看到了我的先人正在里面配药、写药方。我进去时他冲我笑笑，配药时，他在一旁捻着胡须望着我配每一服药。我和我的先人亲密接触了一次，死也值了。唉……我就是感觉，我死了最对不起的人是您呀！"

张良嘴角含着笑道："没有什么对不起我的，咱俩都认为自己做了一件值得的事就行了。人生苦短，自己感觉没白活一回，比什么都重要。"

一个狱官带着两个差役走过来，很快，狱官"呼啦"一声打开了徐敬修的囚门，弯腰把他脚脖子上的铁链"咔嚓"打开，道："你来的时间不短了，该走啦！"

徐敬修和张良听后均是一惊。徐敬修走到张良的牢门前，伸进去双手握着他的手，仿佛有千言万语不知从何说起似的，再也忍不住，两行眼泪直流下来。跪下给张良"砰砰砰"磕了三个头，起身道："张将军，我要先走一步了，我徐敬修对不住您呀！"

张良泪眼婆娑地望着即将离去的徐敬修，心想：可能是他的药没有对症，不然……挥着手眼泪滚滚而下。

刑部大堂：

徐敬修随狱官来到刑部大堂，进门趴跪到地上不敢抬头，心想：可能是配的药不对慈禧太后的症！等着拖出去砍头吧。

李莲英展开圣旨尖声宣读："奉天承运，皇帝诏曰：武安商人徐敬修，老佛爷念尔祖上当年救治有功，又念尔治好了慈禧太后的脚疾有劳，特免尔不死，并赐金书铁券。除谋逆不宥，其余若犯死罪，你免一死，子免一死，以报尔功！你当慎守此言，谕及子孙，世世为国良臣，钦此！"

徐敬修听了，实在难以置信，以为自己耳朵出现了幻听，跪趴在地上久久没敢动，吓得浑身直打哆嗦。

李莲英见状尖声道："这是咋了？还不赶快谢主隆恩？"

徐敬修吓得全身打战。

李莲英见他趴地不语，一腔幽怨，催促道："咦，怎么还不接金书铁券？莫不成还想让咱家搀你起来？哼！美得你！"他尖着声说着打了一个兰花指。

徐敬修这才反应过来，顿时激动得泪流满面，赶紧磕头道："谢主隆恩！吾皇万岁！万岁！万万岁！"谢完恩，哆哆嗦嗦半天才好不容易站起来，双手颤抖着从李莲英手里接过金书铁券，看了半响才喃喃自语道："这是真的吗？这不是做梦吧？"

刑部大臣道："这是开玩笑的地儿吗？赶快回家吧！"一句话提醒了他。

徐敬修痴痴呆呆道："家？我家封了，我没有家可去了。"

李莲英尖声道："省督察已经派人把封条拆了，快走吧，甭在这儿让我替你操心了，唉！真是祖上有德也不亏人呀！"说着他又打了一个兰花指，指向了徐敬修的脑门儿。

徐敬修被他这一指，猛然醒来，急忙跪下道："谢谢您！谢谢大人！谢谢各位官爷！徐敬修给各位大人磕头了。"

刑部左侍郎廖寿恒道："快起来，走吧！"

徐敬修在御林军护送下，走出了承天门。眼前的金水桥下水口冰冻，汉白玉梁柱熠熠生辉。看着这些，徐敬修长长舒了一口气。整理了下凌乱的头发和拉碴的胡须，见二春揣着手坐在正阳门外东张西望，冻得他的鼻子头已红肿了。他大步走到了二春的跟前，直盯着二春看了半响，二春才一下子蹦起来，拉住他的胳膊，既惊喜又有些不敢相信，沙哑着嗓子激动道："我的老天爷呀！出来了？咋成这样了？在里边受苦了吧！"说罢抱住徐敬修就痛哭。

徐敬修抬头看看路人都用奇怪的目光望着他俩指指点点，赶紧推开二春，用棉袍袖笼擦擦脸上的泪水，喃喃道："我怎么稀里糊涂在鬼门关绕了一圈又回来了？"说着掏出怀里的金书铁券看了看，道："是真的！是真的！老天有眼，我徐敬修命不该绝啊！"

二春拭去眼泪，问道："这是啥？"

徐敬修赶紧又揣进怀里，不紧不慢道："这可是我在宫里捡的宝贝。"

二春伸出手道："宫里能捡的东西，一定不是一般的东西，给我看看是什么好东西。"

徐敬修双手一抱胸，道："这可不能随便看，我都不认识，你能认识？你看了也白看。"

二春挠挠头，笑笑道："我正想，今天用银子买通看门的，跟他们打听打听你的消息。"

徐敬修苦笑道："先不说你能不能买通那些皇宫侍卫，你就是买通了，他们也不知道我是谁，皇宫太大了，人太多了。你想得太……"话未说完，突然一拍脑门道："我的老天爷啊！我要回去救张将军。"边说边转身就往回跑。

二春赶紧三步并作两步追上去抓住他衣袖，喊道："哎哎哎！好不容易出来了，你怎么还想进去？不要命了？还没待够是咋的？"

徐敬修一抡胳膊甩脱他的手，急道："张将军还关在牢里呢！我得去救他。"

二春一愣道："张将军？哪个张将军？莫非是张良？"

徐敬修没好气地回道："除了张良张将军，我们还认识哪个张将军？"

二春惊诧地看着徐敬修，道："咋救？你自己都差点回不来了，你能救得了他？"

徐敬修不容置疑地道："不试试咋能知道，我现在可是有免死金牌，应该能救。"说完不等二春回应，一溜烟向皇宫跑去。

承天门外：

两位御林军用枪拦住了他，厉声道："站住！"

徐敬修道："军爷，小的有急事面见李总管大人，请您给通禀一下。"

御林军不耐烦道："去去去，李总管是你想见就能见得！"

二春看着这严厉的御林军，拉着徐敬修的棉袍，低声道："我糊涂的东家呀！这皇宫哪是咱一介草民可以随便进的地方啊？咱还是快点走吧！说不好又要掉脑袋了！"

徐敬修一把推开二春，"扑通"给御林军跪下。急忙从怀里掏出金书铁券，举过头顶道："军爷，您看看我有这个，这可是太后赐我的免死金牌，您就给我通禀一下吧，小的有要事求见李大人！"

二春瞪大眼睛，一眨不眨地盯着徐敬修手里举的牌子。

御林军看到徐敬修手里举着的金书铁券一愣，双手接过翻过来倒过去仔细看了半天，再疑惑看看徐敬修道："稍等，我马上禀告总管大人。"

徐敬修"咚、咚、咚"头碰在地上，头上鲜血洇出，口中大声喊道："谢谢官爷！谢谢官爷！"泪水滚滚而下。

不多时，就见御林军在前，大内总管太监李莲英在后，向宫门走来，李莲英走近前，道："放你出去，你不回家，又跑回来干什么？"

徐敬修道："总管大人，草民想用免死金牌救张良张将军。"

李莲英皱眉头想了想，问道："张良？"

徐敬修赶紧回道："原在苏州剿长毛的张良张将军。"

李莲英审视了一下趴在地上的徐敬修，怒喝道："好你个徐敬修，要不是你为太后治脚疾有功，咱家在太后面前给你美言几句，你以为你还能出来吗？

朝中之事是该你参与的吗？走吧！甭在这儿给我添乱。"说罢双手背后刚进入承天门没走几步，一抬头愣住了，反应过来赶紧躬身道："奴才见过公主，公主吉祥！"

和硕公主望一眼跪在承天门外的徐敬修，疑惑问道："他为何跪在那儿？"

"回公主，他想用太后赐给他的金书铁券救人。"李莲英道。

和硕公主凝视着李莲英问："他想救什么人？"

"原在苏州剿长毛的大将军张良。"

和硕公主一时愣在那里，抬头看了下天，又看了看他，还想说什么，最终把话咽了回去。

李莲英半仰着脸看着她一动不动。琢磨了下，辨不出她究竟是什么意思，心想：这小寡妇是不是看上人家了？心思就这么一闪而过，只能淡淡问道："公主，您是不是想要奴才为您做些什么？"

和硕公主脸色一下子有点僵，美目望着额头流血的徐敬修，捶捶头，转身疾步向宫里走去。

徐敬修跪在地上眼看着李莲英回了皇宫，只是摇头叹息。二春拽拽他的衣袍，小声道："东家，人家走了，你跪在这儿也没用，咱还是快点回家吧！"

徐敬修欲哭无泪，无可奈何地摇头道："唉……对不住人呀！"

二春扶他起来，劝道："你已尽力了，张将军不会怪你的，咱一个平头百姓能有什么办法。"

徐敬修泪流满面地摇摇头。

二春拉着他漫无目的走了一会儿，徐敬修才从悲伤与无奈中回过神来，停下脚步问道："你饿不饿？"

二春摇摇头后，又下意识地点点头。

徐敬修凝视着二春道："你这是什么表情？是饿还是不饿？如果不饿你就在这儿等着，我去吃点饭，我是饿得不行啦！"话音未落，丢下二春大步向前走去。

二春愣了一下，反应过来急忙跟上，满含悲伤哀悯的神态望着徐敬修道："我都两天没咋吃东西了，天天眼珠不转地盯着那两扇门，眼睛都快看成斗鸡眼了。"

徐敬修看着他的眼睛，假意吃惊道："啊！还真变成斗鸡眼了。"

二春见徐敬修有了点情绪，赶紧配合着把两个眼球对到了一起，徐敬修苦笑一下，拉住他的胳膊道："辛苦你了，走，咱去尝尝北京城的炸酱面。"

二春瞟了他一眼，轻轻"哦"了一声，挠挠头道："咱这……咱还是先找个地儿换换衣裳，刮刮胡子，剃剃头吧。要不……要不……"

徐敬修问道："要不什么？说呀！"

二春揣着手吞吞吐吐道："要不……要不人家还以为咱是要饭的呢！"

徐敬修瞪眼喊道："这行头咋了？我就不换衣裳，不刮胡子，不剃头，我感觉这样挺好。"说完大摇大摆向前走了几步，回头道："二春，你可不要忘记，我本来就是丐帮帮主！"

"啊，啊，我知道了，我的帮主！"在二春扭头的瞬间，撇见一个头戴灰棉帽、穿墨色缎子棉袍的人不紧不慢地跟在他俩身后。二春紧走了几步，猛然回头，那人赶紧掩面低头。二春轻轻拽拽徐敬修的衣袖，小声道："咱们身后有人跟着。"

徐敬修低声道："跟着就让他跟着吧，咱们吃面去。"

"你早知道？"

徐敬修没有言语，继续往前走去。

第十四章　闲逛京城　再觅商机

京城大栅栏：

　　徐敬修和二春走进一家老北京炸酱面馆，进门徐敬修就大喊道："小二，给来两大碗。"

　　小伙计上下看了他们二人一眼，皱皱眉头没有说话。

　　二春不乐意了，"跟你说话没听见？上两大碗炸酱面。"

　　小伙计见二人气呼呼的样子，转身回了后厨。

　　不多时，面上来了，二人三口两口就把一大碗面囫囵吞枣地吃进了肚里，抬头相视一眼，徐敬修向站在身旁看着他们吃饭的小伙计道："再来四大碗。"小伙计呆愣了，脱口而出："再来四大碗？"

　　二春道："让你上你就上，哪来那么多废话！"

　　小伙计看看二人，转身向后厨走去，边走边自言自语：这两个叫花子肯定是来吃白食的！我得去问问掌柜看咋办。

　　不一会儿，小伙计带着面馆掌柜出来，面馆掌柜上前打量了徐敬修和二春几眼，皱皱眉头，低声道："客官，我店的面可是碗大量足，您二位已经各吃一大碗了，再吃可别撑着您！"

　　徐敬修一听这话就不高兴了，瞪眼看着面馆掌柜，道："嘿！咋说话呢，你开面馆还怕顾客吃的多？还是怕我们付不起银子？"

　　二春看看周围逼视的目光，狠狠瞪了面馆掌柜一眼，伸手往怀里一掏，"啪"把一包银子放到桌上，嘴角含着一丝冷笑，"你别看我俩穿得破，我俩兜里可

159

有货，够不够？别门缝里看人，做人要厚道，不要太势利！"

周围食客议论纷纷。面馆掌柜涨得满脸通红，赶紧道歉："看看您这话说的，得，您继续吃您的，就当我什么也没说，您千万别生气。"扭头狠狠瞪了一眼小伙计："愣着干什么？还不赶紧给二位爷上面！"

二春见面馆掌柜和小伙计走了，再看看店里的食客，身子前倾小声道："看看，我说换换衣裳、刮刮脸、剃了头再来吧，你偏不听，这可好，连吃个饭人家都小瞧。"

徐敬修抬头看看店里的食客，故意大声道："你们小瞧我了？"

店里的食客纷纷摇头，徐敬修回头道："你看看，人家可没像你想的那么势利眼。"话音未落，掌柜和小伙计各端着两大碗面放到了桌上，徐敬修抬头看着面馆掌柜道："我这伙计说，我这身行头容易让人瞧不起，您看我这身打扮，是不是也让您看不起？"

面馆掌柜赶紧回道："没没没，您真会说笑。"

徐敬修把袖子一撸，喊道："那就再给上两碗面！"

"啊！"面馆掌柜惊叫一声，诚惶诚恐道，"这这这……二位这……等您把这四碗吃了再上如何？"

徐敬修看面馆掌柜这副表情，故意板着脸道："您是怕我俩撑死在这儿，您还得偿命对不对？放心吧，我俩撑死了不用您偿命。上面！"

面馆掌柜心想：这二位是什么人呀，八辈子没吃过饭咋的？扭头对小伙计道："给二位再上两碗面。"

徐敬修哈哈大笑，道："跟您开个玩笑。"

"啊！"面馆掌柜随即一乐，道，"啊！您逗我玩呢！"

徐敬修注视着街上人来人往的人群道："京城这个地儿是个好地方呀！"

二春嘴角带着丝笑，盯了他几眼道："是啊，咱要是能住在京城就好了，这里多繁华啊！"

面馆掌柜搭话道："听二位客官口音，不是京城人吧？"

徐敬修看了面馆掌柜一眼，道："是的，我们是闲着没事干，来京城玩的。"说罢，他看着二春撇撇嘴，瞪瞪眼。

面馆掌柜用讥笑的眼神看了他一眼，随手拉下肩膀上的抹桌子布，边抹桌子边道："是啊！有钱人就爱来京城玩。"

徐敬修和二春相视一乐。调侃道："你看我俩这身打扮，像是有钱没事干闲逛的人吗？"

面馆掌柜没有接他话，微笑道："听您这口音既像河北人，又有河南口音。"

徐敬修伸出了大拇指道："掌柜好听力，我家在河南最北边，靠近河北。"

面馆掌柜歪着身子扭头看他一眼，道："客官可是生意人？"

"咋说？"徐敬修用疑惑的眼神看着他，摸摸头道，"你看我们这样像是做生意的？"

面馆掌柜把桌子抹擦干净，直起身回头喊道："小五，给六号桌上壶茶。"小伙计应声而去，面馆掌柜接着道："你们老乡在京城做生意的不少，他们常来我这小店吃面，听他们说话多了，也就能听出来了。"

小伙计提来一壶茶轻轻放到桌上，满了两碗递到二人面前。徐敬修拿过茶碗端在手里，看着面馆掌柜问道："我们老乡在京城做生意的不少？"

二春接过茶碗小喝一口，端着茶碗，也望着面馆掌柜等待他说话。

面馆掌柜目光扫了一下大街上的行人，道："是啊！你们那地方来京做生意的人很多。京城这么繁华的地方，谁不想在京城做生意。"

面馆掌柜不经意的一句话，引起了徐敬修的兴趣，心想：对呀！这么繁华的地方正是做生意的好地方，我何不把店铺开到这儿，这样既不耽误生意，还能随时打听张将军的情况。想到此，道："多谢掌柜提醒！我回去就马上张罗来京城开铺子的事。"

二春一听，愣怔地望着他道："这人生地不熟……"话还没说完，徐敬修摆手打断道："人生地不熟咋了？我下江南闯荡的时候不也是人生地疏吗？到无锡、西安、山西、陕西、甘肃、宁夏、蒙古等地做生意时不也是人生地疏吗？想当初我爷爷推着一个轱辘小车，从安国进了货到关东去卖货，他到哪儿不都是人生地疏？我爷爷一个人推着独轱辘小车去东北做生意的时候……"说着说着他仿佛看到了他爷爷正推着一个轮子的小车，驼着背向前走来，背后背着奶奶日日夜夜不停地为他赶做的几双布鞋；独自一个人推着车艰难跋涉在去往东北的路上，翻过一座座山，涉过一条条河，踏过草地沼泽、林海雪原，风餐露宿，野兽横行，磨烂了一双又一双鞋，千里迢迢到达关东。徐敬修自言道："他'敢为天下先'的精神，时刻鼓励着我，他不想推着小车上的货到那里能赚多少银子，他只知道卖了那些药材后才能养家糊口。"说着，他的眼睛湿润起来。把手中的茶碗"啪"放到桌上道："做，我一定要把生意做到京城。"

面馆掌柜看着眼前这个疯疯癫癫、穿得破破烂烂跟叫花子一样的主儿，摇摇头，取笑道："您要在京城开了铺子，可别忘了常来照顾照顾我这小店啊！"

徐敬修郑重地道："一定，一定！"

面馆掌柜摇摇头，拿着抹布转身去了另一张桌子。

二春把茶水一饮而尽，悄声道："那天你被带走的时候，我在人群中看到秦有福了，跑过去找时，却怎么也找不到他的踪影。"

徐敬修面带惊异地看着他，皱了皱眉头，没有言语。

二春见徐敬修没有回应，接着说道："这次你被带走，跟马继宗和秦有福脱不了干系，如果秦有福知道了咱替王长庚打官司，把他表哥送进了大牢，他肯定不会善罢甘休。"

徐敬修懂他的意思，没有言语，站起身边向外走，边说道："结账走人。"

面馆掌柜接过二春递过来的银子，客气道："回见了您呢，欢迎二位下次再来光顾小店！"

徐敬修转身道："您还甭说，那是一定的，我徐某向来是说一句算一句的主儿。"

面馆掌柜一笑，回道："刚吃了京城炸酱面，您这京味就出来了。"

徐敬修哈哈一笑，大步而去。

第二天，徐敬修和二春早早起床吃过饭，走出客栈门，风儿拂面，顿时神清气爽，拉着二春来到大栅栏商业街，远望街道宽阔，商肆林立，酒家客栈，旗幡飘扬，好一派热闹景象。

二人随着人流不慌不忙，溜溜达达边走边看街道两旁各色店铺，碰到布店、绸缎店、药店、衣服店就进去看看问问。进了一家衣帽店，徐敬修头戴一顶海獭圆型暖帽，身穿一件对襟羊皮袄，二春也换了一件黑色长袍走了出来。徐敬修看看二春道："走！再到前面看看，给我的孙儿们买点糖果点心。"

二春提高嗓门道："好嘞您哪。"

二人走到一家鞋店门口。抬头观看"内联升"三个大字的金字招牌，相视一眼走了进去。店里小伙计见客户进门，赶紧跑过来，用一口地道的京腔道："客官，来您看看这鞋，忒好！穿在您的脚上保您舒适了您。"

徐敬修看着小伙计双手递过来的鞋子，摇摇头道："我想给我太太买双鞋。"

小伙计回身放下手中的鞋，道："给您太太买？那感情好！您可知道您太太穿多大的？"

徐敬修点点头。

小伙计做出请的手势，头前带领，边走边道："您知道穿多大的就行了您呢。您看看这边的绣花鞋，就连当今皇太后穿了我家的鞋都说舒服。您可听人说过：'头顶马聚源，身穿八大祥。脚穿内联升，腰缠四大恒'？您要是头戴马聚源的帽子，别人就会高看您一眼。"说着，他眨巴眨巴眼，仰头看着徐敬修头上的帽子，"嘿，我看您这顶帽子也不错。"徐敬修连忙把帽子摘下来给他看。小伙计里里外外看看，惊讶道："您这顶帽子真是马聚源的！这可是咱京城最好的帽子；您要是再穿上'祥义号'的绸缎，那您的身价可就不一般了，说明您不是官爷就是财主；您要是再穿上了我们'内联升'的鞋子，那您可就步步高升，事事顺心了您呢。"

徐敬修接过小伙计双手递过来的帽子重新戴好，瞪眼看着眼前这个不起眼的小伙计这么能说会道，顿时来了兴致。捋捋胡须笑道："穿上祥义号的绸缎身价咋就能不一般了？它不也就是一般绸缎吗？"

小伙计把徐敬修拉到一边，神秘地道："祥义号的东家就是小德张，那可是'四大太监之一'，小德张原名张祥斋，字云亭，宫号'小德张'，河北静海县人。15岁入宫，因戏功出众，办事机敏，深得慈禧太后的赏识，连连得到提拔，后提升为御膳房掌案。由于'祥义号'绸布店出资人身份显赫，货源渠道广泛，产品品质卓越，善于经营，吸引了众多的客户，使'祥义号'一跃成为京城绸布业'八大祥'之一。是皇宫和京城达官贵人主要光顾之地。"说罢小伙计把头一抬，忽然提高嗓门道："怎么样？有来头吧。"

徐敬修手捋胡须轻轻点头道："是有来头，是挺有来头。"顿了一下接着问："那八大祥你可能数得来？"

小伙计一撩小辫，自豪地说道："这您可算是问对人啦！八大祥呀就是：'祥义号、瑞蚨祥、瑞生祥、瑞林祥、谦祥益、益和祥、瑞增祥、广盛祥。'"小伙计吧嗒吧嗒流利地说出了八大祥。

徐敬修大为诧异，点点头又问道："那'腰缠四大恒'当如何解释呢？"

小伙计把脸往上一仰，"嘿，腰缠四大恒，说明您可是位大爷！您的银子忒多了。四大恒钱庄里有您的银子，您还能不是大爷吗？银子少了您能放进四大恒吗？他们碎银是不承揽的！"

徐敬修笑着问道："四大恒，你可知道是哪四恒？"

小伙计笑笑道："这您可难不住我，四大恒有恒利、恒兴、恒和、恒源四大钱庄。"

徐敬修把小伙计从头到脚，仔仔细细端详了一番，点点头，道："看你小小年纪，知道的还不少嘛！"

小伙计把嘴一咧道："那可是啦，我天天在这儿混，能不知道点儿事？"他一边热情地与徐敬修、二春说东道西套近乎，一边还不忘介绍店里的鞋，介绍他们店里鞋的品质、式样，都谁谁穿了他们的鞋，说了什么赞扬的话。实际上他不说，徐敬修也略知一二。走到一组柜台前，小伙计停住了脚步道："您看里边的金莲好看吗？"

徐敬修接过小伙计递过来的鞋子，正过来反过去仔细地看着，点头道："这小鞋甚是好看，底厚但很软和，穿在脚上肯定舒服。但是呢，有点太小了。"

小伙计看着他道："比这双鞋大点儿的？"

徐敬修点点头，用手量了量，道："是！这鞋太小了。"

小伙计拿过徐敬修手里的鞋，又从货架上取下一双，道："那来这双吧，这可是最大的了。"

徐敬修摇摇头道："不行，还是太小。"

小伙计吃惊地看着他，"比这双还大的？客官呀，您是给您太太买鞋呢，还是给您自己买鞋？"

徐敬修瞪圆眼道："刚才不是和你说了，我要给我太太买鞋嘛！"

小伙计有些发愣，摇摇头道："啊？客官，您太太的脚有多大呀？这可是咱内联升店里最大的女人鞋了。"

徐敬修看看左右人群，压低声音道："小声点儿，小声点儿！没有大鞋不要紧，不可大声嚷嚷。"

小伙计抬头看看左右，见大家都在朝这边看来，忙压低声音道："真不好意思，对不住您了！"

徐敬修小声道："没关系。"

小伙计小声谨慎问道："客官，您太太是大脚？"

徐敬修笑着点点头。

小伙计看看身边喧闹的人群，想了想，小声道："对了！您稍等片刻，前几天听三掌柜说，宫里有位公主订了一双大鞋。我到库房里看看人家取没取走。如没取走，我给您拿出来，您看看大小合不合适。"

徐敬修感激地望着小伙计道："那敢情好，你快看看去。"

小伙计转身向里屋走去，不多时，手捧一双大绣花鞋走了出来。

徐敬修接过鞋子，上下看了看，用手量了一下，笑道："正好，正好！就把这双鞋子卖给我吧。"

小伙计道："您再等等，我去找三掌柜通融通融，看看能不能先卖给您。"

徐敬修拱手道："那就先谢谢你了！"

小伙计道："您先甭谢我。还不知道三掌柜同意不同意呢。"说罢，转身又向后屋走去。

过了一会儿，小伙计兴高采烈地跑出来，道："您运气可真好，三掌柜说了，这年头您找这么大的鞋忒不好找，这双鞋只要您太太穿着合脚，就让您先拿走，回头我们再赶做一双。不过，下次您再想要这么大的鞋，必须提前定，这次就照顾您了。"

徐敬修赶紧拱手道："那就谢谢你和你们三掌柜了。"

小伙计道："您就甭跟我客气了，只要您往后能多来几次内联升比什么都实惠。"

"那是一定的。"徐敬修边掏银子边问，"多少银子？"

小伙计边打包边道："四两。"

"不用麻烦了，我揣怀里就行。"

小伙计把鞋递给他，道："您不再来双？"

徐敬修把银子递到小伙计手里，低头看看自己的脚，笑道："暂时不用。"扭头再看看正在店里转悠的二春道："你看我俩谁需要买鞋？"

小伙计也扭头看了看二春的脚，"扑哧"一笑："那还用说，这寒冬腊月的，他的老大还跑出来透气呢！"

徐敬修诧异道："老大？"再一看二春的脚，哈哈大笑起来。

小伙计跟着呵呵一笑，转身选了一双棉鞋："您看这双大鱼棉鞋穿脱多方便，又跟脚，鞋内填充的棉花有一斤半之多，穿在脚上既舒适又暖和。"

徐敬修拿过鞋，喊道："二春，过来！"

二春忙跑过来道："你叫我？"

"把你那鞋脱掉，来！试试这双。"

二春愕然一惊，眨了眨眼睛，"给我买鞋？多少银子？"

小伙计笑笑道："不贵，才八两银子。"

"啊！八两？吓死我吧。我不要，这鞋也太贵了！"

徐敬修瞪眼道："你来趟京城容易吗？给，穿上，把脚冻坏了还要浪费我的冻疮膏呢！"

二春接过鞋穿上，激动地道："真暖和，真舒服，轻飘飘的，就是太贵了。"看着徐敬修接着说道："你自己都没买，我穿这么贵的鞋合适吗？"

徐敬修笑道："少废话，有啥不合适的，让你穿你就穿，哪来那么多废话。"

小伙计见又卖出去一双，高兴道："您再看看，看还有没有您需要的。"

徐敬修付了银子，摆手道："不看了，不要了，等下次再说。"

小伙计热情地把他们二人送到门口，道："欢迎二位下次再来，慢走您呢！"说罢刚要转身回店，身形一顿，回头道："对了！二位有时间去对面祥义号和瑞蚨祥看看吧，那儿的绸缎是京城最好的。这段时间两家为了争抢顾客，竞相降价，现在正是便宜的时候。"

徐敬修点头道:"好好好,谢谢!我们还真想去看看。"拍拍小伙计的肩膀,夸道:"这儿不光鞋好,服务态度更好!"

二人信步溜达着来到了一座古朴典雅的店铺门前。徐敬修抬头看门扉上方,楷书白底黑字匾额"同仁堂",上款为"康熙乙酉年六月吉日",下款署名为"孙岳颁题"。他整了整衣冠,驻足沉思片刻。

二春惊道:"噢,这就是京城的同仁堂啊!"

徐敬修点头道:"是啊!早就听说同仁堂一贯遵循'炮制虽繁,必不敢省人工;品味虽贵,必不敢减物力'药品配置规则。同仁堂炮制紫雪丹时,按古法要用金锅银铲,可同仁堂没有金锅,他们就收集眷属金首饰百两,放入药锅与药料同熬,让金入药,提高疗效。同仁堂不管炮制什么药,都是该炒的必炒,该蒸的必蒸,该炙的必炙,该晒的必晒,该霜冻的必霜冻,该存放的必存放,绝不偷工减料。像虎骨酒和再造丸炮制好后,都不是马上就卖,而是先存放,使药的燥气减少,以提高疗效。虎骨酒制成,要先放在缸里存放两年才卖;再造丸要密封保存一年才卖。这种做法,不仅增加成本,还占用大量设备、库房,一般药铺没有条件这么做,也不愿意这么做,都是现炮制现卖,疗效自然比不了同仁堂。曾有人题诗:'京都药铺数同仁,丸散膏丹样样真。皇亲国戚皆称道,养生医症济世深。'"

听了徐敬修这一番话,二春佩服地看着他,道:"你咋知道的这么多?"

徐敬修郑重地道:"要干一行爱一行专一行!我就是干这个的,连这个都不知道能行?"

"干咱这一行的门道还真不少呀?"

徐敬修道:"你说呢?这可是人命关天的行当,不比南方绸缎、布匹生意,走眼了顶多赔点银子,要不了命。"

二春望着同仁堂店里忙碌的伙计,道:"是,干这行还真的要处处小心,绝不能偷工减料有半点马虎。"

"走!咱进去看看!"说着他俩进了店里,就见一大汉从他们身边大步而过,走到里面,趴到柜台前,问小伙计:"郭大掌柜在吗?"

小伙计抬头,"啊!是您,货拉来了?"

"嗯,在门外。"

"您稍等,我去请大掌柜看货。"

不多时,小伙计跟在一位个头中等、身着长袍、六十开外的人后面走来。此人看到大汉道:"把货拉到后院我看看。"

"郭掌柜,您放心,咱家的货纯得很!不纯谁敢往您这儿送,那不自找难堪吗？"

"甭在这给我说好听的，耳听为虚眼见为实。货好咱不惜价，货不行你哪来哪去，往后永远别再来。"

"好好好，我这就把货给您拉进去您瞅瞅。"

徐敬修侧耳听了二人对话，扭头看着二春道："咋样？知道为什么人家有名了吧？走，咱再去祥义号看看，刚才内联升的小伙计说八大祥之一的祥义号绸缎最好，咱去开开眼，到底好在哪儿？"

"好，瞧瞧去。我这趟没有白来京城，真是大开眼界了。"二春陪徐敬修走出同仁堂，走进对面的"祥义号"，进去一看，真丝、绫、罗、绸、缎、纱、绢、绉、纺、裤缎、裤锦、金边绸、龙缎、织锦缎、花素软缎等等真是琳琅满目、品种齐全、应有具有。徐敬修见货架上还有民间罕见的宫内上品黄贡缎，喃喃道："看来他们是以经营宫内贡品绸缎和高级成衣订制为主业。"

"我看这绸缎比咱家的绸缎也好不到哪儿去，没啥好看的。走吧，你不是要给孙子买糖果点心吗？"二春打断徐敬修的思绪。

"懂戏者看门道，不懂戏者看热闹。你见过那种缎子吗？"徐敬修指着架上的缎子道。

二春摇头道："没有。"

"这是宫内贡品绸缎，是制作御用龙袍的。"

二春一愣道："啥？我看看皇帝穿的是啥样的绸缎。"

徐敬修道："看来他们主要面向宫廷、官吏、富商巨贾。你看那边，那明黄缎细绣五彩凤凰牡丹，肯定是给皇后做服饰用的缎子，你看，还有那……"

"咱俩这样在京城逛，我这心里不踏实啊，要不，你在京城？我先回家报信去，咱这样在京城多待一会儿，家里就多一会儿的不安。"二春打断他的话急道。

徐敬修停住了脚步，回头看着他，想了想道："你不逛了？你不想开眼界了？"

二春叹了口气道："我到处都想逛逛，可是，我想咱俩还是先回去，等有机会再来吧。家里不知道你现在的情况，不知道有多担心呢！"

徐敬修长叹一口气道："是啊，还是你想得比较周全，走！回家！"

穆四妮赶去天津夜探马府，看在芸香的情面上没有下手杀死马继宗；又到得京城，没有寻找到关押徐敬修的牢狱，只能无功而返。

夜色深沉，穆四妮独坐炕头，望着窗外的月亮，心里琢磨：芸香没死，那么，徐敬修为什么要说谎？突然，一道黑影在眼前一晃而过，她立即起身隔窗往外一看，见院中有人影晃动，心中一惊，忙穿衣下炕，拿起柜后的九环大刀冲出门外，定睛望去，但见院中央，一黑衣蒙面人仗棍卓然而立。

穆四妮挥刀纵身上前，怒喝道："你是何人？竟敢夜闯我家？识相的速速离去，否则，休怪我刀下无情！"话音刚落，"搜搜搜"又冒出四个人来，他们二话不说纷纷挥舞手中长棍向她扫来。

穆四妮下蹲低头让过，双袖挥动，袖中飞针如雨点般飞出，顿时，几个黑衣人哎呀娘呀叫起来，其中一个黑衣人大喊："她会武功，快跑！"其他几个黑衣人一听，撒腿就跑。

自徐敬修被带走以来，穆四妮心里就憋着一股火气无处释放，现在又有人想趁火打劫，顿时怒火中烧，一声"哪里走！"举刀向一黑衣人劈去，黑衣人慌忙举棍格挡，只听"咔嚓"木棍断成两截，黑衣人双手震得发麻，扔下手里的半截棍子转身就跑，另外几个黑衣人看到这一幕，吓得浑身瑟瑟发抖，其中一人惊恐道："你……你……你咋还会武功？"

穆四妮最初的惊讶缓缓退去，反而浮上了一抹意味深长的笑意，紧锁眉头道："我说过我不会武功吗？"

"扑通，扑通……"几个黑衣人全都跪到地上，边磕头边求饶道："太太……太太，您大人不记小人过，饶了我们吧！我们再也不敢了。"

这时，听到动静的徐大个子，带着护院家丁手举火把，拿着铁棍精神抖擞地跑来，世福、徐大光、徐大任也都衣冠不整的拿着铁棍从屋里跑出来。看到地上跪着的五个黑衣人，大家面面相觑，然后都惊愕地看着穆四妮。

穆四妮没有理会众人，厉声喝问："你们是什么人？把你们的面纱摘下！"他们一个个摘掉了脸上的黑面纱。

借着火把定睛一看，原来是附近村里几个十五六岁的小混混，穆四妮脸上恢复正常神态。

徐大个子道："小崽子！毛还没褪尽呢竟敢打家劫舍，让我好好揍一顿，再送官府！"说着举起手中的棍子就要开打。

穆四妮挥手制止，沉声道："算了！他们还是孩子，放他们走吧！"

徐大任愤怒道："几个小毛贼竟敢来咱家盗窃！打！给我狠狠地打！把他们打个半死再送官府！"说着朝着几个小混混屁股上一顿乱踢。

家丁们也都纷纷拿着棍子打向小混混屁股，把几个小混混打得哇哇乱叫。一个小混混捂着屁股，泪流满面道："别打了！别打了！是、是四爷……是四爷要我们来的。"

众人一听都愣在了那儿。

穆四妮听后吃了一惊，心中火气"噌噌"地往上蹿，怒道："四爷？四爷在哪儿？让他出来见我。"

其中一个小混混爬过来道："徐老四他、他在大门外等着分银子呢。我不想坐牢，太太就饶过我们这一次吧，我们再也不敢了。"其他几个小混混也都纷纷爬起来跪在地上磕头求饶。

穆四妮神情凝固如冰雕，黑眸深处有一种深深压抑的恨意，用冰冷的声音喝道："大个儿，把门打开，让徐老四进来！"扭头压低声音："刘妈、四福，你俩去老四家把四奶奶请过来。"

刘妈和四福应声而去。

大门外，徐老四身裹大棉袍，头戴棉帽，得意地坐在黑暗处，眼睛死盯着祠堂大门。借着月光见大门"吱呀"一声，出来两条身影，急忙起身跑去一看，是看大门的张彬和徐大个子，"啊！"地惊叫一声，拔腿就跑。徐大个子追上去，冲着他的屁股狠狠一脚踹去，徐老四"娘呀"一声前冲几步，趴在地上啃了满嘴土，翻身坐起来怒视着徐大个子，狡辩道："我……我……我咋了你踢我？"

徐大个子瞪着两个大眼珠子，吼道："我踢你？你鬼鬼祟祟的跑啥？"

徐老四神色惊惶地回道："我跑……我乐意跑，我锻炼身体，你管得着吗？"

徐大个子一把拉住他脖领子，边拖着走边道："我让你乐意跑，我让你锻炼身体，你去跟太太说去。"

徐老四急道："放开我，放开我，快放开我！"

徐大个子不再理会徐老四的叫喊，直接把他拖进祠堂院子里，徐老四见几个小混混都跪在地上，立即闭上了嘴。

穆四妮看到徐老四，气得全身血液沸腾，压压心中的怒火，上前走一步，道："四爷，徐老四！你兄弟现在有难，你想在伤口上撒盐吗？"

徐老四手掌心已出冷汗，身子打着哆嗦，半晌才强装微笑道："我咋了？我咋往伤口上撒盐了？"

徐大任拽着他的大袍，指着跪在地上的小混混们，急道："你可认识他们！"

徐老四摇摇头道："我不认识他们。"

小混混们一听，齐声骂道："徐老四，你他娘的浑蛋，王八蛋，不是你告诉我们说徐家有很多银子，说你兄弟被官府带走，家里都乱套了，正是下手的好机会，让我们来偷银子，我们能来吗？"

徐老四瞪眼骂道："你们这几个小王八羔子，都把老子给卖了，看我不抽死……"话未说完，冲过去就要打。

徐大个子一看，抬腿就是一脚，把徐老四踹倒在地。

徐大任气得额头上青筋暴出，一个箭步上前拉住徐老四的衣领，怒斥道："你还是不是人！我家哪儿亏待你了？那天你非要结账，现在又纠结一伙混混来盗窃，你的良心都让狗吃了！"

徐大光狠狠瞪了徐老四一眼，拉开大任的手道："甭跟他废话，明天把他送官府得了。"

徐老四一听，可怜巴巴望着穆四妮，哭求道："弟妹，就饶了哥这一次吧，今天我在赌场输得一塌糊涂，他们要我三天之内把欠的三十两银子送过去，否则就要我一条手臂，没办法……"

穆四妮闻言，长叹一声，实在是无语，既恨不得一巴掌拍死他，可又不能不顾及都是同根生。

这时，刘妈和世福将徐老四的太太徐李氏请了过来。徐李氏小脚一扭一扭地一路小跑过来，进门看到徐老四，二话不说，上去"啪"地就是一耳光，打后一屁股坐在地上号啕大哭起来，边哭边骂徐老四不是东西，把家里能换钱的东西都输了不算，现在竟然纠结一帮小混混到兄弟家盗窃。

徐老四跪爬到老婆面前道："我该死！我该死！都是我不好……"

徐李氏哭着道："你也太没良心了，二叔去世时你大闹灵堂，兄弟没跟你计较放你一马，你还不知悔改！现在兄弟有难，你不托人想办法救他也就罢了，竟然还纠结一帮小地痞来家盗窃。你可知离地三尺有神明？咱的列祖列宗可都在这里看着你呢！这日子我是没法和你过下去了。"说后双目紧闭，仰天道："天作孽犹可恕，自作孽不可活。弟妹，把他送交官府吧，不要再顾及他的脸面了。"

穆四妮一阵头疼，手抚额头道："走吧，走吧，你们都起来走吧。别让我再看到你们，如敢再来，小心尔等狗头！"

小混混们一听，连忙磕头道："谢谢太太！谢谢太太！我们再也不敢了。"

穆四妮见徐老四没动，摆摆手道："四哥，你也走吧！你兄弟没回来之前，别再登祠堂大门。"

徐老四流着两行泪站起来，尴尬地瞟了大家伙儿一眼，羞愧地低着头走出了徐氏祠堂。

徐李氏躬身道："谢谢弟妹宽宏大量！"

穆四妮上前，搀扶住她道："四嫂，如果四哥是干正事欠的账，别说几十两，就是几百两、几千两我也可以替他还上，但他……唉！明天让他过来把你家的股银结了吧。天不早了，您也回去休息吧！"

徐李氏一听，赶紧跪下道："弟妹，嫂子求求你了，股银千万不能结，你也知道我管不住他，拿到银子他不是吸了就是赌了，让我以后可咋过呀！到时嫂子就只有死路一条了。就算你救救嫂子吧！"说后用乞求的目光望着穆四妮。

穆四妮看着她无助、可怜的样子，实在于心不忍，搀扶起她道："我就是考虑的这一点，他上次过来非要结算股银，我硬是顶着没给他结。"沉思片刻道："嫂子，你进屋来一下。"

穆四妮回屋打开柜子，从里面拿出一兜银子掂了掂，回身道："四嫂，这是五十两，您拿回去替四哥把赌债还上，剩下的您自己留着用吧！切记，您亲自去还赌债，别让四哥去，告诉他们，这是最后一次，如果以后四哥再欠下他们赌钱，就他一条命，他们爱咋地咋地吧。这五十两不算股银，您也别跟他说是我给您的。"

徐李氏接过银子，眼圈一红，弓腿就要再次下跪，穆四妮一把拉住她道："四嫂，别这样，我受不起。快回去吧。"

"谢谢弟妹！谢谢弟妹！"徐李氏眼含热泪离开祠堂。

穆四妮目送徐李氏离开，走出门道："都退下休息吧。"

徐大光和徐大任站着没动，佣人们见他俩不走，也都不敢动。

穆四妮半仰头看向天空中的如钩残月，不禁长叹了口气道："都回屋休息去。"

徐大光不安道："娘，您也休息吧。"

穆四妮怔了一会儿，点点头，提步向屋内走去。

徐大光红着脸看了看世福。世福感觉到了，大声道："没事了，没事了，大家都回房休息。"

穆四妮坐到炕边，闭上眼，眼角流出两行眼泪，拿衣袖狠狠地拭干净。

第十五章　劫后余生　细说详情

伯延村头：

　　东方露出日头，红彤彤的霞光逐渐驱散了破晓的晨雾。穆四妮带着儿子大光、大任、大本，女儿利平、大儿媳徐赵氏、二儿媳徐白氏、管家等人站在村头眺望着远处。

　　"娘，快看，来了一辆马车。"徐大任喊道。

　　众人纷纷踮起脚尖眺望着远方，见一辆马车快速向伯延疾驰而来。

　　坐在马拉轿子车里的徐敬修，早已按捺不住激动的心情，掀开轿帘伸出头来，远望这个出生、成长的村庄，见穆四妮带着孩子们站在村头望向自己，顿时眼中盈满了泪水。

　　穆四妮眼含热泪，双唇紧绷看着徐敬修。

　　大光、大任、大本迎着马车跑去。痛喊："爹！爹！爹……"

　　徐敬修对车夫道："停，停！"不待马车停稳，一跃而下，大喊道："哭啥，爹这不好好的嘛！"拍拍徐大本的肩膀，道："回来了。长大了！"

　　徐大本再也忍不住，扑到父亲怀中哭道："儿昨天刚到家。"

　　徐敬修拍着大本的后背道："好了，好了，男儿有泪不轻弹，男子汉大丈夫，不哭！"说着放开大本，向大光、大任一招手道："走，回家！"

　　徐大本点点头，擦擦眼泪望着二春道："二春叔。"

　　二春含着眼泪点点头，道："回来了好，回来了好！"

　　徐大光吸了吸鼻子，抹了一把眼泪，道："爹，您受苦了。"

徐敬修猛地一咬下唇，泪水陡然滑下，勉强地扯了下嘴角，却再也说不出话来。

徐大任泪眼婆娑地拉着父亲的手道："吴知县给咱家送信说您没有事了，这几天就要回来，我娘每天都到村口来等，从早上一直等到天黑，看不到人影儿了才肯回家。"

徐大任和徐大本搀扶着父亲，徐大光与二春紧跟其后，挺胸昂头朝村子走去。

徐敬修沉痛的眸光直直望向远处的穆四妮，把身上的羊皮袍扯一扯平，从怀中取出来一副茶晶大墨镜戴上。

穆四妮看着徐敬修走到了跟前，流着眼泪大喊道："孩子们！都跟着你爹回家！"

徐敬修绷紧嘴，向她竖起大拇指，泪却从墨镜下顺脸流下。

徐利平奔至父亲身边，哽咽着喊道："爹——"

徐敬修双手抱住女儿，强忍着眼泪："好、好，爹的好女儿，咱不哭。"

大儿媳徐赵氏、二儿媳徐白氏的泪水也都流到了前衣襟。

穆四妮狠狠拭去眼泪，大声喊道："都不许哭，都给我笑着回家！"说后转身走了几步，回头道："二春，你受累了！"

二春流着眼泪，摇摇头。

徐敬修刚一踏入徐家巷，顿时锣鼓喧天，鞭炮齐鸣。世福牵着一匹幼年万里追风马迎面而来，激动得老远就大声埋怨道："二春呀，你也不早点把喜讯先报回来！要不是县老爷说呀，我们能有这准备？"

二春跑过去，大声回道："这不是想给大家一个惊喜！"

世福点点他笑道："你呀！不知道家里人多担忧吗？"

徐敬修被眼前的情景惊呆了，摘下墨镜，提高嗓门喊道："嘿！他娘！这是干啥呀？"

穆四妮摆手示意锣鼓停下，道："老爷，骑上马回家！"

徐敬修摇摇头道："你呀，还敲锣打鼓，跟娶媳妇似的。"

穆四妮嗔怪道："你走后，村里人都说你犯了大事，肯定是回不来了，今天我要让村里人都出来看看咱没有事，咱回来了！"

徐敬修嘿嘿一笑道："你呀，心眼儿真不少。敲锣打鼓就这样了，在村里骑马？我不骑，多不好意思。"

穆四妮盯着他的眼睛道："你不骑别骑，我叫儿子骑。三儿，骑上去！"

徐大本高兴地翻身骑上了万里追风马。徐利平搀扶着母亲，来顺牵着马慢慢地跟在锣鼓后面。

徐敬修重新戴上墨镜派头十足地走在前面。

村里的人听到敲锣打鼓声，纷纷走出家门来看热闹，喧嚷声中有人大喊道："啊！这不是徐老爷回来了吗？看看人家没事，人家回来了！嘿！还戴着黑镜子呢！"这个人话音未落，又响起另一个人的声音："哎呀，那匹马上骑着一位洋人，他是谁呀？他咋没有辫子？还穿着发亮的鞋呢！"一个年轻人不屑地道："连他你们都不知道？那是徐家三少爷——徐大本，人家刚从英国回来。"全村立刻热闹了起来，这个说一句，那个讲一句的，说个不停。

徐老四瞪着大眼从人群中挤进来，一把拉住徐敬修的手，颤声道："兄弟，回来了？没事吧？我也说你能有啥事呀！"说着趾高气扬地看看周围看热闹的人群。

徐敬修撩起墨镜，清清嗓子，道："四哥，没事。我能有啥事呀！哈哈哈……"

徐老四看了一眼穆四妮，面露难色，低下头揣着手道："没事就好，没事就好。我说呢，你一直做生意能有啥事呀。"他向后面马上一看，眼睛一亮，吃惊道："哎呀，这不是三儿吗？三儿从外国回来了？"

徐大本在马上向他点点头，大喊道："四伯好！"

徐老四揣着手点点头，道："好、好、好。"

穆四妮瞪了徐老四一眼，叹了口气道："他四伯啊！你兄弟回来了，你小侄儿也从国外回来了，再没有人敢欺负我们孤儿寡母了，这回你放心了吧？你兄弟做得端，走得正，不怕半夜有人来叫门。"

徐老四不好意思地红着脸低下头，道："是、是、是，兄弟和贤侄都平安回来，我就放心了。"

徐敬修听后眉头一皱，随口道："四哥，有时间过来啊！咱兄弟喝两盅。"

徐老四揣着手看着穆四妮，没有敢大声回答，像蚊子一样在肚里"嗯嗯"两声。徐敬修也没有在意，只顾着和前来祝贺的众乡亲们寒暄着。

在家人和村里人的簇拥下，徐敬修款步来到自家大门前。面对偌大的庄园，想起自己与穆四妮相遇相爱，马圆圆含恨自缢，祖父被自己活活气死，无奈偷离家园，母亲因思念自己含恨离世，与马继宗、芸香的爱恨情仇让父亲死得不明不白。穆四妮为自己受尽了颠沛流离苦难……南下江南白手起家，致使徐氏丝绸店铺遍布江南、西北，后继承祖业上东北，开拓百余家徐氏中药货栈，三十年过去了，自己经历了多少人世间的悲欢离合、风雨磨难，才创下这座真金白银矗立起的徐氏九门相照院落，然而，就是这座宅院差点要了自己的小命。

一时间感慨万千，但无论如何自己都得挺起腰，担负起为人夫、为人父以及家族生意这副重担。

家门口的难民们一看徐敬修回来了，就像是孩子见到了久违的父母亲一样，一个个流着眼泪拥挤着望着他。徐敬修紧绷着嘴，强忍着眼泪，高拱着手，哽咽着说不出话来。

徐大个子看他提起袍角，抬腿要上台阶，精神抖擞地向里大声喊道："老爷到家了——"

大院里瞬间传来了伙房案板的剁菜声、烹饪声和桌椅板凳拼凑的乒乓声。

徐敬修稳定了一下情绪，一只脚蹬着第一个台阶，回头看了看门前的戏台子和大门上头的大红灯笼，苦笑一下道："这是干啥呀，里里外外张灯结彩的，还把戏台子也搭到门口了？"

穆四妮看着从墨镜中照出来的自己，笑道："我聘了三天的戏，请来了落子名角孙延德的小徒弟前来唱戏。今晚垫场戏是《完璧归赵》，上场戏是《五女拜寿》。你过五十寿诞时，咱就没有舍得唱堂会，通过这次灾难呀，我是想通了。今儿个咱家也热闹热闹。"

徐敬修双手背后，认真地看着她，忽而嘴角露出一丝笑，说道："是吗？请名角儿来咱家唱戏，太浪费了吧？"

穆四妮摇摇头，含泪道："你平安回来了，三儿也从国外回了家，咱家今天是双喜临门，再浪费我也高兴。"

徐敬修侧头看着戏台，一时不知道说什么好，默立了半天，强笑了两声，提高了嗓门道："好、好、好，就唱它三天！"

润金、润银、润福、润寿、润延、润年都从院中跑过来。他们边跑边大声地喊着："爷爷回来了！爷爷回来了！"

徐润年一不小心摔了一个跟头，趴在地上看看没人扶他，也没有哭，爬起来脸上粘着土，一边跑嘴里还一个劲地喊着："爷爷回来了！爷爷回来了！"

徐敬修伸着双手泪水湿润了他的双眼。

紫竹林松昌洋行：

马继宗得知徐敬修出了天牢，立即赶往京城找表哥王长泰一探究竟，结果王长泰是闭门思过不见，让小厮给了他一封信，信中说因徐敬修治好了老佛爷的旧疾有功，老佛爷不但开恩恕他无罪，还有奖赏，为此，老佛爷怪罪自己借朝廷势力助纣为虐，诬陷好人，差点被逐出皇宫，万幸的是老佛爷没有深究，不然后果不堪设想。

马继宗悻悻返回天津，越想越不是滋味，如今不但害徐敬修不成，反而让自己落得里外不是人。

正在马继宗一筹莫展的时候，石川派仆人叫他到洋行喝酒。马继宗顿时展开了愁眉，仿佛又看到了一丝曙光。

来到紫竹林松昌洋行，马继宗见榻榻米旁跪坐着石川和山崎高三郎，正滋润地欣赏着身穿和服的艺伎在屏风前跳《京都舞》，小桌上放着一根点着的蜡烛明暗摇曳。

石川见马继宗到来，招呼他坐下，让侍女给他满上日本清酒。待喝过几轮后，半醉半醒的石川论起了少女与熟女的优劣，说什么他们日本人特别喜欢熟女云云，令马继宗丈二和尚摸不着头脑。

马继宗几次想切入正题说徐敬修的事，但几次都被石川打断，最后更是拉过一个艺伎，"幺西、幺西"几声推入他的怀抱，自己也抱过一个艺伎亲热起来。马继宗这会儿哪有心事干这个，应付了片刻，再次抬头说道："石川先生，那个徐敬修……"

"现在不谈别的，好好快乐快乐。徐敬修大大地好，我们会与他成为朋友的，你的明白？"石川不等他把话说完就接口说道。

心急如焚的马继宗一时未明白日本人的意图，以为日本人要跟徐敬修合伙做生意，一气之下猛灌了一杯酒，拂袖而去。走出门外，见不知从哪里飞来几只乌鸦，在石川哥特式的洋房上空哇哇啼叫着。

石川见马继宗不辞而别，很是失望地撵走了舞女。山崎高三郎见状，神情冷漠道："下步该如何进行？"

石川板着脸道："等徐敬修回到天津，你亲自去拜访一下。"

"您的意思是……用武力？"

石川摇摇头道："不不不，他是生意人，我们跟他做生意。"

"做生意？"山崎高三郎沉思片刻，眼睛一亮道，"明白了。"

石川伸伸懒腰起身活动活动四肢，抬头仰望窗外天空乌云密布，打了一个哈欠，道："你下去休息吧，我也有点困了。"

山崎高三郎"嗨"一声，转身走了出去。

石川看着山崎高三郎走出屋外，弯腰端起桌上的酒一饮而尽后，脸上露出了奸诈而又得意的笑容。

徐家庄园后正房：

夜色掩映下的徐家庄园，一轮圆月透过摇曳的树枝照在了上房福从天降四柱床上，徐敬修半躺在床上，深吸两口旱烟，道："你们可知道这次想要我命的人是谁？"

"哼，知道，马继宗。"穆四妮一边回答，一边心想，要不是芸香在他身边，我一刀下去，准结果了他的小命。

徐大光、徐大任都点点头。

徐敬修扭头看着她的表情，满腹狐疑问："你咋知道的？"

穆四妮不假思索的回道："吴明虎告诉我的。"

徐敬修又吸一口旱烟，烟雾弥漫了他的脸，幽幽地说道："我顾念同乡之情、发小之谊，顾念他姐姐因我而死，一忍再忍、一让再让，他却以为我软弱好欺，一次次加害于我，在苏州就差点置我于死地，我还没来得及找他算账，他反而得寸进尺，不但使父亲死得不明不白，还让我又去鬼门关绕了一圈。"

这么多年在徐敬修身边，穆四妮的脾气性格虽然改了不少，但眸中还是立刻流露出一丝难以察觉的愤恨之意，脸上带着几丝冷笑，斜睨着他道："我说呀，他是不是不愿意你在天津做生意？"

徐敬修身子一僵，心里打着嘀咕，盯着她的脸怔了那么一会儿，尴尬地笑了笑道："那是肯定的。"

穆四妮随即笑笑没再说下去。

徐大光气愤道："爹，要不咱也秘密地找些人整治整治他去？"

徐大本接过话茬儿："大哥！咱不能以暴制暴，更不能用不法手段去惩治不法之徒。这需要用法律手段来制裁他，咱们要学会利用法律整治这些坏人。要是在外国，我一个电话打到法院就把他起诉了。"

徐大任好奇地问道："法律？法律是啥？有那么厉害吗？他能管得了咱的事？"

徐大本道："二哥，法律是由国家制定的一些社会规范和行业规矩，明确规定了社会团体和个人的权利和义务，用以规范社会团体和个人的行为不能做危害和损害社会、公众的事，和保障他人利益不受侵害，以保护社会安定和个人生命安全。法律由国家强制执行，谁违反了就要接受国家的强制执行，接受法律应有的惩罚。"

徐大任想了想，挠挠头道："你说了这么多，我还是没闹明白。"

徐大本道："不懂没事，我给你本书，看了你就明白了。"

"好啊，有时间送我本书，让我也看看都是啥事儿归你说的法律管。"

徐敬修把旱烟袋在炕桌上"咚咚"敲了两下，看他们都不再说话了，才沉声道："这事不用你们掺和，我自有主张。不过，这次孬事倒是变成了好事，正赶上慈禧太后闹脚疾，痒得她直咧嘴。"

"啥？慈禧太后也……"穆四妮不待徐敬修把话说完，好奇地打断了他的话。

"慈禧太后咋了？她不也得吃五谷杂粮？吃五谷杂粮就免不了要得病。皇宫御医多年都没给她治好，也是病急乱投医，听说咱祖上是二品顶戴御医，现在又做药材生意，就让大内总管李莲英到天牢问我能不能治脚疾。我一听乐了，别的咱不敢吹嘘，治脚疾可是十拿九稳的事。"

徐大光道："啊！这要是治不好……"

穆四妮斥责道："别打断你爹的话，听你爹说！"

徐敬修接着道："李莲英把我带到了御药房，人家那才叫药房，药材比药材市场还全，那真是应有尽有、一应俱全，我算是开了眼界了。"

一家人的心都悬了起来，用惊异的眼睛盯着他。

徐敬修看看众人的神态，接着道："我进了配药房，闭眼闻着药材的馨香味儿，突然，我仿佛看到先人也在里面。他见我进来，冲着我点点头笑笑，我快步走过去，想要和他说话，他做出让我闭嘴的手势，让我看他配药。他配过每一服药，都要回身再用笔记下来。他给我说，这慈禧太后的脚疾啊，是因她喜爱穿小鞋穿出来的脚疾，鞋子太小脚趾之间常年不透气，才会有了烂肉，脚趾间有了烂肉就会产生毒素，毒素上来时，会像有万条虫子在爬一样，奇痒无比。御医们虽然配的药水也不错，但是，病菌对多年配的杀菌除痒的药汤子有了抗药性，病菌会反复发作，因为药刚刚要杀死病菌时，水温下降了，病菌会死而复生，真菌很难被杀灭，真菌在很冷的环境里能长期存活。在极热的高温中，一时半会儿也不会死亡；人忍耐不住的温度，病菌也能忍受住。这就是造成多名御医都治不好慈禧太后脚疾的原因所在，所以你这次配药时要加大药量。咱配的药为什么能一次根治脚疾呢？是因为咱用的是药膏，这药膏不会马上见好，把药膏涂到患处，三天三夜才能杀死真菌和菌卵，让它永不复发。"

屋里极安静，仿佛掉根针都能听到响声。看了妻儿一眼，徐敬修又朗声讲起来："我就按照咱先人的药方一一配药。慈禧太后用了我配制的药膏后，脚疾果然好了。半月后，李莲英传太后懿旨，说咱祖上救先皇有功，我治好了太后多年的脚疾有劳，特赐免死金牌，在大难临头时，能免我与子一死！"

徐大光弟兄听后，都吃了一惊，惊喊道："爹，这是真的吗？"

徐敬修点点头。

徐大任急问道："咱祖上真的救过先帝的命？"

徐敬修道："这是皇宫里查出来的。"

穆四妮赶紧坐正，双手合掌道："多谢先人出手相救，谢谢先人的恩典！"祈祷后，抓住徐敬修的胳膊道："快拿来让我们看看啥叫免死金牌。有好事也不早点儿说出来，你呀，真能沉住气！"

徐敬修瞪她一眼："刚才那么多人都在，我能说吗？这事只有咱几个知道就行了，千万不能让别人知道。"

穆四妮和儿子们都看着他点点头。

徐敬修却用一种犹豫的眼神望着他们。

穆四妮和儿子们都重重地点点头，异口同声道："知道了，放心，一定保密！"

徐敬修这才慢慢从怀里掏出了金书铁券，小心翼翼地双手递给妻子。穆四妮接过金书铁券翻过来倒过去看看，疑惑地问道："就这么个东西就能免人一死？"

徐大本从母亲手中拿过金书铁券，兄弟三人靠近油灯下观看，徐大本提提鼻梁上的金丝眼镜，细细看着上面的文字，轻轻念道："清德宗光绪十年，十一月丙戌朔十一日丙申，皇帝制曰：尔民间大夫徐敬修先祖当年医治先帝有功，尔为太后治疾有劳。兹与尔誓：除谋逆不宥，其余若犯死罪，尔免一死，子免一死，以报尔功。吁嘻！高而不危，所以常守贵也；满而不溢，所以常守富也。尔当慎守此言，谕及子孙，世世为国良臣，岂不伟欤！"徐大本念完扭过头，望着父亲，兴奋道："爹，这个牌子到关键时刻真的能救性命，太厉害了。"

徐大任瞪弟弟一眼道："当然厉害了，这是慈禧太后赐的东西，能不厉害？"

徐大光清了清嗓子："爹，咱有了这牌子再也不怕小人害您了。"

徐敬修点点头，催促道："快给你娘收起来，有人进来看见不好。"

穆四妮趴到窗户边看了看窗外没有人，从柜子里拿出三块布，把金书铁券用布包了一层又一层，转身安放在床头柜子里。

徐敬修道："我想给你们商量点儿事。"

穆四妮看他一眼道："啥事？"

徐大光弟兄一眼不眨地盯着父亲。

徐敬修静了一会儿，淡然说道："我想去京城开铺子。"

穆四妮瞪了他一眼，"你是不是疯了？刚刚回来又要折腾！"

徐大任顿时眼睛发亮，呼应道："爹，这主意好。不过，据说慈禧太后想用义和团把洋人赶走。义和团的人杀洋人，烧洋教，京城现在很乱。"

徐敬修深吸一口旱烟道："我在京城这些天，夜里偶尔听到枪声，但见街上生意照做，人来人往仍然很热闹，估计一时半会还打不起仗来。不过，往外盘铺子或租铺子的倒是不少，价位应该很便宜，正是我们入京开店铺的最好时机。"

穆四妮瞪大眼睛，道："咱家生意已经不少了，够你操心的了。人家都从京城往外逃命，你还想往里钻，不要命了？乱世当口，好好在家待着吧，哪都不许去。"

徐大本脸上带着笑道："娘，您就别管了，爹有他自己的主意，这么多年了，您能管得住吗？"看母亲把脸沉了下来，赶紧收口，换口气道："不过……爹，娘说的也有道理，现在世道不平稳，您还真的要好好考虑考虑，一切以安全为重。"

徐敬修深吸几口烟，才发现烟丝已经燃尽，边摆弄旱烟杆边道："乱世才有机会，太平盛世，人家铺子开得好好的，为啥要盘给咱？就是有商家因种种原因维持不了，把铺子盘给了咱，价格也是不菲的！再说，商家们的生意往来是定式的，谁信了谁家的货好，他们一般不会改换门庭进货，咱贸然进入，生意在短时间内也很难打开局面。现在就不一样了，有好多商家退出了京城，就会使原来的客户往来出现断裂，我们正好进入，很容易就能立足。不行，我一定要把铺子开到京城，趁机把咱家生意进一步壮大，不给自己留下遗憾。京城地理位置好，客商云集，达官贵人、有钱人多，现在正是进入的最好时机，绝对不能错过。"自己一口气说完，如释重负一般轻松了很多。

一时间，屋里静悄悄的，一家人默默地看着桌上的油灯，三个儿子谁也不敢说话。

"好，好，都随你！"就从这一刻起，穆四妮对徐敬修便到了言听计从的地步。她知道他的脾气越来越任性，劝也无用，只好顺其自然，重新为他装上了一锅烟丝点着，递了过去。

徐敬修吸着烟沉思一会儿，道："大光，明天你去请吴知县和乡绅晚上到家里一叙。对了，把你四伯也请过来。"

徐大任急道："爹，请他干啥？他可不是人了。"

徐敬修把眼瞪得溜圆道："这话说的，咋说你四伯呢？没大没小的！"

徐大任委屈道："爹！您走不久，他就带人来索要股银，说您被官府带走恐怕是回不来了，咱家生意怕也要完。更可恨的是，还纠结一帮小混混夜里来盗窃。您说这是人做的事吗？"

"啥？"徐敬修"噌"地一下坐了起来，"啪"地把旱烟袋往小桌上一扔，瞪眼看着穆四妮，问道："老四带人来咱家盗窃？真有这事？"

穆四妮绷着脸点点头。

徐大本不可思议地看着大家，道："真有这事儿？没想到四伯是这样的人。"

徐敬修气得浑身发抖，青筋凸起，愤怒地道："大光，你……你去把徐老四喊来，外人排挤也就罢了，连自己人都落井下石。真是反了他了，成天游手好闲，就知道吸、赌！把分的那点红利吸完、赌光不算，还伙同外人来家偷盗。"见大光看着他的母亲没有要去的意思，急道："听见了没有？去，把他给我叫过来，如果他给我说不出个子丑寅卯来，我就送他去官府！"

穆四妮长叹一口气，道："好了，好了，行了！他已经知道错了，就饶他一回吧。你把他送去官府又能如何？这也不是什么大案，关几天还不是要放出来。只会让外人笑话咱老徐家，家丑不可外扬。"说完顺手从小桌上拿起旱烟袋递到他手里。

徐敬修接过旱烟袋一口接一口地吸着，烟雾笼罩着他的面孔。看着穆四妮如此大度，他敬佩地点点头，长叹了一口气道："唉！人心不正，天晓得呀！"正在此时，大门外响起了锣鼓声，扭头看看儿子们，道："你们都去看戏吧，我想早点休息。二小，咱家这几天要添人口了，让伙房夜里给她做点燕窝。"

"嗯，孩儿知道了。"徐大任回道。

徐大光看看父亲，欲言又止。

"大光，有话就说，别吞吞吐吐的。"徐敬修道。

"那明晚还叫四伯过来吗？"徐大光问道。

徐敬修拿着旱烟袋的手向外一甩，怒道："还叫他干吗？他这样做对得起我吗？"

徐大任悄悄拉拉大哥的袍袖，小声嘀咕道："你还提他干吗？爹最恨贼了，爹不是说过吗，饿死不做贼。"一句话说得徐大光面红耳赤，心跳加速，偷看看父亲。

"走吧，咱们看戏去。"徐大本拉着大哥、二哥道。

三人走出了上房门，来到大门口，徐大任停下脚步道："三弟，让大哥陪你去吧，我回屋看看。"

徐大本笑道："你回吧，明天我再去看嫂子。"

徐大任点点头，向二道院走去。

徐大本拉着大哥徐大光的手道："咱快点儿吧，世福叔早把桌椅放好了。"

一阵咿咿呀呀的落子腔或高或低婉转悠扬传遍伯延的各个角落，徐家大院笼罩在月朗星稀的夜色中，显得空旷而朦胧，徐敬修放下旱烟袋，压低声音道："老婆子，难为你了。"

穆四妮含泪道："你知道就行，跟你过了大半辈子，有过几天让人安心的日子。"

徐敬修把穆四妮拉进怀里，拨弄着她的发际，道："知道，知道，你是我老徐家第一功臣。"

"当然是功臣了！你不在家，我也让东三省各处分店顺利营业了！"

"啊？"徐敬修竖起大姆指，"夫人真是巾帼不让须眉！"夫人呀，你猜我在天牢里遇到谁了？"

穆四妮问道："在天牢里能遇到谁？"

徐敬修附耳道："遇到张将军了。"

穆四妮一跃而起，吃惊地盯着他："啥？你遇到张将军了？"

"嗯！"徐敬修回道。

穆四妮急道："那你咋不用免死金牌把张将军救出来？老爷，张将军可是咱的救命恩人啊！你不用免死金牌救他，丢着这破牌子干吗？你是不是老糊涂了？"

徐敬修瞪眼道："你真当我傻呀？"

穆四妮含着泪道："这么多年了，张将军肯定在里面受了不少罪。咱不知道他的下落也就罢了，既然知道了，无论付出多大代价咱也得救！"

徐敬修只是一个劲地抽烟，没有言语。

穆四妮呛得咳嗽几声，随手撩了撩烟雾，急道："你倒是说句话呀，是不是舍不得花银子？"

徐敬修眼珠子变得血红，把旱烟袋往小桌上一摔，道："你真是白跟我过了这么多年，在你眼里我就把银子看得那么重？我是什么样的人，你不清楚？我这颗脑袋可是人家张将军从刀下拉回来的，我会不用心相救？别说用银子，只要能把张将军救出来，用我的命去换我都愿意！可他是慈禧太后下旨关进天牢的人，没有太后懿旨，谁敢放人？"摇摇头，接着道："我为啥要到京城开铺子？你以为我只是为了做生意赚钱吗？我就是想时刻掌握朝廷动向，看看能不能找机会把张将军救出来。"

穆四妮平生第一次见他对自己发这么大的火，吓得不敢再说话，只是呆呆地看着他。

徐敬修静了一会儿，长叹一口气，从怀里掏出绣花鞋，递过去道："给，这是我在大栅栏给你买的，试试合不合脚。"

穆四妮看着他的脸色，慢慢地伸手接过绣花鞋坐在床边穿上。

徐敬修问道："合脚吗？"

穆四妮没有回话。

徐敬修愣怔了一下，道："生气了？"看穆四妮还不理睬他，心中酸楚，眼中泛着泪意道："我也想用免死金牌把张将军救出来，当时在宫门外把头都磕出血了，也没用。"说着眼眶中已有泪花闪现。

穆四妮看他如此伤心，借着灯光仔细一看额头还有淤青。深吸口气，强打起精神，下地走了几步，低头看着自己的鞋面，向他感激一笑说道："你看，不大不小正合脚，挺绵软，颜色稍微暗些，花朵不大不小挺好看。"

徐敬修拭去眼角的泪，朝她苦涩一笑，道："喜欢就好，你穿上挺合脚，这鞋是一位公主在内联升鞋店定做的，人家看我在京城找不到这么大的女人鞋，又急着走，就先卖给了我。"

穆四妮惊讶道："这么说公主也不裹脚？"

徐敬修慢慢躺下，闭上眼睛回道："我哪知道，是店里小伙计这么说的。我感觉真的累了，睡会儿啊。"

穆四妮爬上床，娇嗔道："来，我给你捶捶背。哎，你给我说说，慈禧太后长啥样儿？是不是很漂亮？宫里的妃子是不是长得都跟仙女似的？"一边捶背，一边好奇地问个不停。

徐敬修应付了几句，一会儿就打起了呼噜。

"哎……真是累坏了，话还没说完就睡着了？"穆四妮见他已经酣睡，拉过棉被为他盖上，默默端详着他的脸庞，脑海里再次浮现那天他被带走的一幕幕。一声高亢激情的唱腔将她拉回了现实，捋捋头发，轻轻下地整整衣服，拉门而出。

第十六章 戏场惊艳 再续前缘

徐家大门外：

戏台下人山人海，就连戏台两侧边缘也坐着人。垫场戏《完璧归赵》刚刚收尾，锣鼓咚咚响，唢呐声声吹，《五女拜寿》正式拉开序幕，台下即刻爆发出一阵掌声。顷刻，胡琴响起，只听幕后的戏子们合唱道："牡丹竞放笑春风，喜满华堂寿烛红。白首齐眉庆偕老，五女争来拜寿翁。"继而一对老夫妇摇晃身子甩了衣袖步向戏台。

杨继康：一生谨慎立朝堂

杨夫人：夫荣妻贵寿而康

杨继康：疏远严嵩思告老

杨夫人：还乡安度好时光

老家院（白）：老爷——禀老爷夫人，扬州苏州大小姐大姑爷，二小姐二姑爷；杭州四小姐四姑爷、五小姐五姑爷带来各式各样寿礼，一齐给您拜寿来了！

杨继康（白）：快快有请。

老家院（白）：老爷吩咐，有请各位小姐姑爷。

……

戏台下，观众中间坐着与众人不同的徐大本。他并不着儒雅长袍短褂，而是一身笔挺西服，脚踏锃亮皮鞋，往上瞧去，一张五官甚是精致，秀挺鼻梁上架着一副做工讲究的金丝眼镜。

侧面一位少妇扭头瞟了徐大本一眼，对身边的少女耳语道："你看那个人，他就是徐家三少爷，听说近日才从英国留学回来。回家给你爹娘说说，让他们快点找媒婆去徐府给你提亲。"

少女闻言，顿时羞得满面通红，随即含笑低头轻轻推了少妇一把。

徐大本举止动作间带了西洋人的优雅风度。留学数年，许久未近乡音，今日这一台戏既是为了贺父亲的平安归来，亦是为迎接他从英国荣归故里。只见他微眯双眸，细长白皙的指尖，在桌台上地轻轻敲打着拍子。

"大哥。"徐大本转向身旁徐大光，笑道，"这次请的戏班水准很高啊！"

徐大光亦有一张儒雅俊颜，微微一笑道："那是，母亲知你和父亲都爱听戏，特地嘱咐我找最好的戏班。你大概不知，这孙家戏班可是现在省城最红的班子。"

徐大本一双琉璃黑瞳流光溢彩，唇边笑意渐浓，道："是吗？"

徐大光点点头。

这时，台上锣鼓声声，旦角粉墨登场，水袖飘甩。但见三春款款到来，唱道："爹爹母亲啊，与官人专程拜寿心意诚，空手而来有内情。女儿我夜夜千针与万针，为爹娘寿鞋两双早绣成。只道是千里来把鹅毛送，礼薄情重奉严尊。谁知晓昨夜郊外投宿店，可恨窃贼盗衣银。身无分文缓步走，一路安慰我官人。只要人到心意到，定能得父母原谅两三分。"开口吟唱间，迎得满堂喝彩。

徐大本极力遥望着戏台，自言道："像，太像她了！"他回头向徐大光问道："哥，你可知扮演三姑娘三春的演员？"

徐大光看看他笑答道："嗨，谁能不知道她的芳名？她是孙家戏班的台柱之一，名叫闫肖肖。"

徐大本不禁一愣，心言道："果真是她？"

徐大光看弟弟不语，又道："此人文武都行，打功同样了得，改日我带你去见识见识她的武生扮相。对了，听说她也是见过大世面的人，也留过洋。"

徐大本激动地拉住哥哥的手道："择日不如撞日。"拉起徐大光向戏棚后台挤去。

俗话说，台上一分钟，台下十年功。到了后台，适方才台上风风光光的戏子们忙前忙后地卸着妆，赶着下一场戏，乱作一团。这时候有眼尖的戏子识得徐大光，忙去将班主请来。

班主是位六旬老人，体形富态，一支烟杆握在手里，来到二人面前，露出场面笑容，"大少爷，您对今晚的戏可满意？"

徐大光微笑回道："班主真是爱说笑，你们孙家戏班的戏谁敢说不满意？"

回头拉过徐大本道："三弟，这是孙班主。这是我三弟，近日刚从英国留学回来，班主大概也有耳闻了吧。"

班主对徐大本躬了躬身，道："知道、知道，三少爷好！"

徐大本礼貌一笑，着急地看向他的兄长。徐大光会意，缓缓开口道："我三弟呢，想看看你的台柱子肖肖姑娘，不知孙老板可应允？"

班主想了想道："大少爷开口，自然是可以的。"

班主答话极有分寸，徐大光一笑。

正在三人说话间，闫肖肖返回幕后，两只眼睛目不转睛地盯着徐大本，道："我在台上就看到你了，来到你家大门外，也不说请我到你家坐坐。哼！"

徐大本一脸喜出望外，失声喊道："肖肖呀肖肖，你明知我家在伯延，来到我家门口也不说找我，你还有理了你！"

闫肖肖把手搭在他的肩膀上道："徐大本，有些日子没见了，真没想到你已回国。"

徐大本点头道："昨日刚回。"

徐大光惊讶地看一眼闫肖肖，再看看弟弟，道："你们这是……"

徐大本忙介绍道："这是我在国外的同学闫肖肖。肖肖，这位是我大哥。"

闫肖肖伸出手欲和徐大光握手。

徐大光客气地点点头，回头深挖弟弟一眼，道："人家唱得也累了，咱下去吧。"

闫肖肖扭身对着镜子道："徐大本，你回去吧，有事明天再说。"

众戏子面面相觑，带着惊诧齐看着她。

班主走过来低声道："咋跟三少爷说话呢？"

闫肖肖没有言语，开始对着镜子整妆。

徐大本站在原地没有动，痴情地望着她。

徐大光瞪他一眼拂袖离去。

闫肖肖回头望着徐大本俊秀的面容，道："回吧，你哥走了，明天请我吃饭！"

徐大本扶了一下鼻梁上的金丝眼镜，兴奋地点点头道："好！明天一块儿吃饭！"

徐家祠堂：

第二天，徐敬修一觉睡到天亮，起来吃了些穆四妮精心为他准备的早点心，正准备喝茶，拜访的宾客已络绎不绝，送走一拨又一拨，中午相继开了十几桌菜肴酒水款待。

午后，徐敬修感觉还有些疲累，赶紧上床休息，一觉醒来已经是夕阳西下，起来洗把脸漱漱口，穿戴整齐，带着妻儿来到祠堂，见祠堂院落依然整洁有致，姿态各异的瑞兽在高高的屋脊上翘首张望，正堂内烛光透过窗棂照在院子里。他满意地点点头，迈步跨入祠堂正堂，凝望墙壁上列祖列宗的画像，最后将目光落在正中堂的高祖徐三展画像上看了半晌，摆手让仆人将供案上的各种水果和糕点摆放整齐，双手接过仆人已经点燃的三支长香一一敬献于案前的香炉上，随后携妻儿跪下，道："先祖在上，玄孙敬修携妻儿给您老人家叩头了，如不是您老人家救治先帝有功，玄孙这次就魂断京城了，是您在天有灵，庇荫玄孙渡过了生死劫难。玄孙儿一定铭记先人恩德，本本分分做人，踏踏实实经商。"

叩罢三个头，徐敬修再次抬头看向高祖画像，仿佛看到画像中的高祖正在向他微笑，笑得很安然，笑得很欣慰。看着高祖的画像，徐敬修陷入了沉思之中，恍恍惚惚中感觉高祖离开画像向自己走来，越走越近，近在咫尺，伸手可及，一眨眼又好像离自己越来越远，远在天边。随即摇摇头，清醒一下，心想，可能是高祖的画像已深深刻在了自己心里的缘故吧。默默地在画像前站了一袋烟的工夫，才带着家人走出祠堂。

刚出祠堂门，就见世福急匆匆跑来，道："老爷，县老爷的随从已在入院等您多时了，说县老爷要请您过去吃饭。"

徐敬修听得微怔，瞟了穆四妮一眼，似笑非笑道："你看这事儿，我正想说，回家请他过来呢，他倒说前边了。"回头望着世福，问道："啥地儿？"

世福道："回老爷，万盛楼。"

徐敬修扭过头来看着穆四妮。

"唉！"穆四妮摇摇头，欲言又止，心里是一万个不同意，但还是挥挥手道，"去吧，去吧，回到了家就不得闲。"

徐敬修笑笑扭头喊道："叫来顺备车！"

世福应声向大院跑去。

世福前脚刚走，刘妈又心急火燎地边跑边喊道："太太！太太！少奶奶要生了！"

徐敬修听后一愣，停住脚步，扭头望着穆四妮。

穆四妮几乎不相信自己的耳朵，兴奋地道："快生了你还跑来干吗？还不快去请接生婆。"

刘妈回道："请了，请了，正接生呢。"

穆四妮四处打量了一圈，喊道："大任！大任！上哪去了？一眨眼就不见了？"

春燕道："太太，别喊了，二少爷早跑回府了。"

穆四妮一双灵动的眼珠落在徐敬修脸上。

徐敬修干咳两声，挺直腰身，说道："我这就让二春回话给吴明虎，改天请他到家里来叙。"

穆四妮斜睨了他一眼，咧嘴嘲讽道："别装了，还是去吧！你的心思我知道，答应了的事，咋能说变就变呢。"

徐敬修一乐，辩解道："他又不是外人，没有关系，我真的不去了。"

穆四妮稍微一想，道："不妥，这么做不妥，如果是以前也没啥，这次不一样，你如果不去，他还以为哪儿得罪了咱。"

徐敬修看着她，笑道："听你这么一说，不去还真是有些不妥。我就知道太太是通情达理之人，那我就听太太的话，去应付一下，一个时辰准回。"

穆四妮点点他的额头，莞尔一笑。徐敬修扭身提步就走，穆四妮目送着他大步流星而去的背影，摇摇头。

徐家庄园西二道院：

穆四妮带着佣人回到庄园进入二道院，见徐大任正焦躁不安地在院子里来回走着。他一看到母亲来了，急忙上前拉住她的手，道："娘！您看都多大会儿了，还没有生出来，会不会有事呀？"

穆四妮瞪他一眼，道："傻孩子，没事的，又不是头一胎，好生。"不大会儿，只听里面的接生婆大声喊道："使劲，使劲啊！快点儿使劲呀！孩子快出来了，孩子快出来了，我看到头顶了！"话音未落，就听见一声清脆的啼哭声。

徐大任掀开帘子就要往屋里闯，接生婆摇着手喊道："出去！出去！您身上有凉气不能进来。"

徐大任无奈地回头望着母亲，好像很是委屈的样子。

穆四妮走了进去，接生婆高兴地把婴儿包了包，抱给她："恭喜太太，贺喜太太了，少奶奶给您添了个千金。"

穆四妮接过孙女，笑得合不拢嘴地看着孩子的脸，道："好、好、好，前面都是男孩儿，千金好呀！等你爷爷回来给你取个好听的名字。"

世福来到了窗前，轻声道："太太，周老爷、朱老爷、赵老爷和其他乡绅们都来了。"

穆四妮柔声道："给客人们看茶了吗？"

世福道："看了。"

穆四妮冷静思索了一下道："去，派人去万盛楼给老爷送件衣服。"

"送件衣服？"世福不解，站在窗外没动。

"对，给老爷说一个时辰后天会变凉。"

世福突然明白了太太的意思，笑着回道："好，我这就派人给老爷送衣服去。"

穆四妮轻轻放下孩子，捋了捋头发，回头道："大任家的，我一会儿再来看你。"

徐白氏感动地点点头。

徐宅后正房：

穆四妮急匆匆地回到正房土厅，见周汝昌等人止围坐在八仙桌前喝着茶，谈论生意上的事，遂面带微笑走去道："惊动各位了！春燕，再给客人上些水果点心。"

春燕应声退去。

周汝昌放下手中的茶盏，笑道："小婶子呀！你就别客气了。我接到家里来信，就动身往回赶。这不，今天赶到家，听你侄媳说，小老叔回来了，我的心才吧嗒一下落了地。这个马继宗啊！不行！我要去趟天津卫，有些事情必须当面和他解释清楚。"

穆四妮无奈地摇了摇头。

朱老爷知道他们年轻时的事，带着一丝激动道："像他这种人，唉！能给他说清个啥？俗话说，能和明白人打架，不和糊涂人说话，当初是他姐姐马圆圆自己想不通上吊死的，又不是敬修害死她的，他为啥就一直不放过敬修呢？要我说呀，啥也别和他说了，直接给他找点儿麻烦得了。"

赵老板跺脚道："对，以其人之道还治其人之身，想法整治整治他！"

穆四妮心头泛过淡淡的酸楚，长叹一口气。

赵老板的嘴角带着一缕轻松的笑容道："这个马继宗和敬修一起长大，又一起读书，怎么连一点儿情分都没有？当初马家和徐家又没婚约，马圆圆只是一厢情愿，她不想活，这能怨着谁呀！"

年轻一些的乡绅们因不知道当初徐、马两家的事，无法接口，听着他们的议论只是点头。

说话间，徐敬修进得门来，高拱手，笑道："呵呵，各位都来了？我让各位受惊了！"

周汝昌眸中透着焦急、担忧的神色，起身一手扶住他的肩膀，一手握住他

的手道："我的小老叔啊！你让大家都为你担心死了。你呀，真是死里逃生！"

一丝不易察觉的黯然掠过徐敬修面上，却又瞬间消逝得无影无踪。他哈哈一笑，道："不死里逃生不行呀，我死了怕你们伤心，我必须活着回来！"

"看看，看看还吹嘘呢，你可是把我们吓了一大跳。"朱老爷道。

赵老板睨视徐敬修一眼，笑道："吓得我们接到信后，马不停蹄地往家赶，你倒跟个没事人一样。你呀，受了那么多的罪，咱得想法整治整治马继宗。"

徐敬修停顿了片刻，面色凝重道："他有毁谤刻薄之念，咱不能没有君子之度。如果狗咬咱一口，咱总不能也反咬狗一口吧！"

周汝昌竖起了大拇指。众人都敬佩地点点头。

大门外传来了鞭炮声响。

徐敬修皱了下眉头，目注着穆四妮。

穆四妮也感诧异，眼睛扫过徐敬修的脸，再看看大家，道："你们听听，这戏开演咋还放炮呢？"

大家都哈哈笑了起来，笑得徐敬修和穆四妮摸不着头脑，惊望着大家的脸。

孙子润银带着一群孩子跑了进来，喊道："爷爷、奶奶，快去看看吧，舞龙的到咱家门口了。"

徐敬修回头看着穆四妮，问道："咋，你还请了舞龙的？"

穆四妮瞪着大眼，一脸茫然地摇了摇头道："没有呀，我就请了戏班子。"

看着他们夫妻一脸迷惑，周汝昌、朱老爷、赵老板和各位乡绅们都哈哈大笑起来。

朱老爷向周汝昌看了一眼，对徐敬修说道："这是我和老周为祝你平安回来，特意给你安排的。"

徐敬修眼里顿时泪花闪闪。他绷紧嘴尽量使眼泪不掉下来，把手搭在周汝昌的肩膀上，百感交集道："啥也不说了，走！咱们一起看舞龙去！"他们手拉着手走出大院。

徐家大门外：

一轮皎洁的圆月高高地挂在天上。徐家庄园外人流涌动，热闹非凡，就连演戏的化着装也纷纷跑出来翘首观望舞龙表演。

徐敬修看着戏台上那些戏子们，眼前不由浮现了芸香的音容笑貌，心中是说不出的酸楚与悲伤。

"好看，真好看。"穆四妮笑得合不拢嘴，自言自语道，"真是三喜临门呀！"她不经意的一句话，让心细的周汝昌听到了，扭头问道："三喜临门？"

穆四妮脸上挂着忍不住的笑意道："你小老叔平安归来，三儿也从国外回来了，二小家的刚刚生了个千金。你说这不是三喜临门吗？"

周汝昌眼中闪现惊喜之色，拍拍徐敬修的肩膀，道："小老叔，怎么不早说？早说我也要送个红包去。"

徐敬修回过神来，大声道："你啊，想感动死我呀！你安排这个比送红包更让人开心呀！"

戏台背面，幕布朦胧中徐大本拥抱着闫肖肖，道："改天带你去见我父母。"

闫肖肖用手捂住他的嘴道："慢！你还没有向我求婚呢！"

徐大本重重亲她一口，紧抱了她一下，低声道："我现在就向闫肖肖小姐求婚。"说着低下头朝着她的嘴唇吻了一下。

闫肖肖一把推开他道："嘿，这样可不行，咱俩要按照西方国家的方式求婚。"

徐大本皱起眉头，苦着脸道："这可难住我了，这儿哪有钻戒呀？看来这个婚我是求不成了，拜拜。"他转身走了几步，突然转过身来，从西装口袋里掏出一个小方盒，单腿一跪，打开盒子，一枚闪光的钻戒出现在她眼前。

徐大本拿出钻戒，轻轻为闫肖肖戴在无名指上。

闫肖肖捶打着他的肩膀，跺着脚道："你吓我？你好坏，你好坏！"

徐大本起身紧紧地把她拥在怀里。

闫肖肖低声问道："我天天跟着戏班子到处游走，你父母能接受吗？"

徐大本想了想道："你放心好了，我会说服他们的。"

闫肖肖凝视着他，鼓着嘴道："我急着回国，就是为了唱戏，咱可先说好了，谁也别想阻拦我唱戏。"

徐大本神色肃然道："谁敢阻碍你唱戏，我给谁急！"

闫肖肖感动地伸手搂住徐大本的脖颈，踮起脚尖。正当两人吻得忘乎所以时，一个小戏子进来看二人在亲嘴，差得捂着脸转身就跑。

徐大本一看有人进来，轻轻拍拍闫肖肖的背，道："肖肖，我先回去。明天聊。"说完，放开闫肖肖跳下后台，从人堆里挤到前台，见各位乡绅正陪着父母看舞龙，忙上前拱手道："各位大伯、大叔、大哥好！"

大家点头示好。

周汝昌拉住徐大本的手，不可思议地上看看下看看，摸摸他身上的西服，拍拍他的肩道："真看不出来，这就是几年前的小三！兄弟，一晃几年不见，你也变成一个俊朗小伙子了。"

徐大本双手一搭："多谢汝昌老哥夸奖！"转头向戏台上望了一眼，只见闫肖肖正在后台偷看着他。

徐敬修嘴角带着丝笑道："可算是熬到他回国了，过一段日子叫他去南方。"

众乡绅都不住地点头。

徐大本走到母亲身边，拉住她的胳膊，把她拉到一旁附耳过去，小声道："娘，我给您说句悄悄话。"

穆四妮大声喊道："儿呀，啥事呀，不能在家里说，这外面乱哄哄的，娘啥也听不到！"

徐大本大声喊道："娘，我想跟您学武功！"

穆四妮一听，急道："小声点儿，别叫外人听到。"愣了一下问道："谁给你说为娘我会武功？"

徐大本哈哈一笑道："娘，这不用小声说，十里八乡的人都知道娘您身怀绝技、武功高强，还有人想跟娘学武功呢！我能不知道吗？"

穆四妮吃惊地看着儿子，道："真的吗？这还了得。咱家不行商，可以开武馆？让你爹知道非休了我不可！"说完板着脸摇了摇头。

徐大本摇着母亲的胳膊，撒娇道："娘，您就教教我吧，等我学会了武功，我爹要敢休您，咱母子就跟他大战三百回合。"说着做出了一个打斗姿势，逗得穆四妮大笑。

徐大本收回马步，微微笑着道："娘，您笑了，您笑了就表示同意啦。"

穆四妮点着他的额头道："我可没同意，你想学武功，恐怕你爹不会同意。"

徐大本哀求道："娘，那咱就不让我爹知道，您偷偷教我。"

穆四妮面带微笑，看了儿子一眼，没有回答他的话，扭头看起了舞龙。

周汝昌站在徐敬修旁边，见他看着戏台上的戏子发呆，轻轻推推他，附耳低声道："是不是又想起了她？"

徐敬修尴尬地笑笑，没有言语。

周汝昌摇了摇头，道："天长地久有时尽，此恨绵绵无绝期。痴情啊！"

"当初你把芸香安排到木渎镇，也是为了保我平安吧？"徐敬修问道。

周汝昌一愣，道："你都知道了？"

"你可真是用心良苦，够朋友，够意思。"

"您不恨我？"

徐敬修摇头道："我要是恨你，我就是'狗咬吕洞宾——太不知好歹'了。"

周汝昌叹口气道："就那样，最后也没能让您逃脱差点砍头的灾难。不过，这也是小婶子……"

"唉！不提她了！"徐敬修打断他的话，望一眼戏台上，眼睛一亮，看到戏台上一个身穿西装、头戴鸭舌帽的戏子正向这边看来。他不由得一惊，忙擦了擦眼睛，脑海里出现了在悦来客栈门前那一幕……

周汝昌顺着他的眼光看去，只见那戏子发现他们朝那边看，赶紧放下手中扶着的幔子，转身离去。

周汝昌扛了一下徐敬修的胳膊，道："嘿嘿，看啥呢？不就是一小戏子。"

徐敬修回过神来，嘿嘿一笑道："说啥呢？"回头喊道，"二春，二春！"

二春应声走过来。

徐敬修与他附耳一番。

二春抄手向后台走去。

周汝昌诧异地看看徐敬修，再疑惑地望向戏台。

第十七章 瞒天过海 三少迎亲

天津马府：

芸香柔弱无力地呆坐在床帏内，情与恨、爱与痛、担心与期盼，折磨得她骨瘦如柴、面容苍白，往日那个明眸皓齿一颦一笑动人心魄的美艳女子再也不复当日。见马继宗灰头土脸的推门进来，忙坐正问道："你把徐大哥救出来了吗？"

马继宗闻言，心如蝎子蜇了一般疼痛，看着芸香期盼的眼神，他嘴角含笑，疾走几步来到床边，扶住她的双肩，"救出来了，救出来了，你再也无须挂念了！"

芸香激动道："真的？"

"当然是真的了，我还能骗你不成？这事是因我而起，不把他救出来，我这良心也难安。唉！"马继宗长叹一声，摇摇头，凄然一笑道，"经你这么一闹，我想清楚了，过去的事就让它过去吧。你放心，以后再也不会找他事了。毕竟我俩是从小一起长大的朋友，自己人跟自己人闹得天翻地覆没啥意思。"说着还挤出两滴眼泪，一副很后悔、难过的样子。

芸香凝视着他，不像是在说谎，激动得眼含热泪，捂住他的手道："好好好，你终于想明白了。看到你们兄弟能化干戈为玉帛，我心里好高兴。"

马继宗听后，脸变得滚烫起来。他生怕芸香有所察觉，忙丢开她的手，把她搂在怀里，头压在她的脑袋上，低声说道："只要你高兴就好。"心里却对自己狂吼着：镇静、镇静，我一定要在她面前镇静！

徐家正房里：

二春呷了口茶，放下茶碗，道："你不是说老太爷临走时眼睛一直盯着你，好像还有什么话要说吗？"

徐敬修点点头。

二春继续道："当初很可能是秦有福威胁老太爷，让你离开天津卫，如若不然就告你仿建皇宫，将你送进监狱。"

徐敬修一拍脑袋，"噌"地一下从太师椅上站起来，道："对！你说得有道理，他们肯定是用宅子的事威胁了我爹，我爹连怕带担心，急怒攻心而死。"说着停下，疑惑道："我爹还说了'日本人'三个字，又是啥意思？"

二春接口道："他们应该是想借用日本人之手害你，可这么长时间过去了，也没见日本人露面啊？"

"是福不是祸，是祸躲不过。啥恩怨咱自己解决不了，还让日本人插手？"徐敬修越说越气，"啪"猛一拍桌子，怒道，"在苏州害我蹲大狱，送我上了一回断头台，还差点让我生意尽毁。如今又害死我爹，送我进了一回天牢。想逼我把生意撤出天津卫，门儿都没有！我不但不离开天津卫，我还要把生意做大做强。二春！准备一下，近日咱就去天津，看看铺子里还缺啥货，一定要把货备齐！要让他知道，挨着我做生意，叫他无生意可做！"

二春激动地望着他，点点头道："好嘞！"

徐敬修平复了一下心情，磕了磕已熄火的烟袋，突然想起，问："你打听清楚了没有，那个唱戏的是男是女？"

二春嘿嘿一笑道："你要是再不问，我就忘记给你回话了。她是个女子，在国外念过书，从小爱唱戏，回国后跟上了戏班。"

"啊！她在国外留过学？"徐敬修吃惊地问道。

二春接着道："听班主说，那女子姓闫名肖肖，在南方生活长大，还是个官府大小姐呢。"

徐敬修沉思良久，没有吱声。

"还听说……"

徐敬修问道："还听说啥？"

二春面露难色道："听说她跟三儿在国外是同学，可能还有那层关系。"

徐敬修一听，瞪眼凝视着二春道："消息确切？"

二春点点头。

伯延村外：

　　夜色渐渐笼罩了徐家大院，徐大本轻轻关上房门，转身急匆匆地往外走，边走还边左顾右盼，在大门口与准备出来巡夜的门子张彬几乎撞了个满怀。

　　张彬退后两步，惊问道："三少爷，这么晚了您这是要去哪儿？"

　　徐大本镇定了一下心神，淡然道："有点事出去一趟，一会儿就回，你干你的活去吧。"

　　"三少爷，那您早点回啊。"

　　徐大本点头向外走去。

　　张彬扭头看着徐大本离去的背影，喊道："三少爷，您手里拿的是啥？"

　　徐大本赶紧把大刀竖起来，道："没，没什么。"说着打开门就往外跑。

　　张彬摇摇头关上大门插好。

伯延西地：

　　徐大本心情激动，一路小跑来到了村外树林中的一块空旷地，左右观望，只见四周漆黑一片，哪有半个人影，突然，眼见数万条长长的特制长针"唰唰唰"地向自己飞来。他惊叫了一声："哎呀，娘啊！"本能下蹲向一侧闪去，错开飞物。

　　不待徐大本站稳身形，穆四妮收回暗器，手举九环大刀从树上一跃而下，飞身过去，九环大刀化作重重刀影，虚实相生，式式不离对方。徐大本只能防守，进攻不得，只听一连串"铮、铮、铮"之声响起。十招未过，徐大本脚下就乱了招式，提刀向后退出两步，目中露出骇异之色。

　　穆四妮长啸一声，九环大刀如破竹之势，一波又一波地疾砍而来，气势在瞬息之间到了最高境界。

　　徐大本心中怯意大生，但见九环大刀呼啸一声，直冲自己头颅砍来，他大声喊道："娘——"

　　穆四妮也不答应，九环大刀还是连连攻击。徐大本只有招架之功毫无还手之力，跳跃着虚晃几刀，提刀转身就跑。

　　穆四妮大喝道："哪里逃？"人刀合一，直入徐大本的后背。

　　徐大本扭头一看，吓得双腿发软，汗毛倒竖，举刀欲挡，穆四妮稍一用力，只听"当啷，嗖——"的一声，徐大本手里的刀脱手而飞。他惊惶大喊道："我的娘啊——"

　　穆四妮止步收手，摇摇头，笑道："儿呀，还想学吗？这可不是一时心血来潮闹着玩玩就能学会的。要冬练三九，夏练三伏，常年坚持、起早贪黑、持之以恒才能略有所成。你还是趁早打消这个念头吧。"

徐大本渴望地看着母亲，坚定道："不，我要学。"

穆四妮苦笑一下，道："好，那就把娘前几日教你的几招练练吧。"

徐大本点点头，跑去远处找回九环大刀，挺身站正，单手提刀，气沉丹田，镇静了一下心神，"唰唰唰"大刀前砍后劈，上砍下撩，上下翻飞，有板有眼练了起来。

"我儿，接招！"说时迟那时快，穆四妮大跨一步，刀光一闪，有若长虹掠空，隔空疾劈而至。霎间，刀锋凌厉，两条人影跳跃着直拔而上，两刀无数次交锋，爆闪串串火星，发出一串"铿、铿、铿"的锐鸣。不多时徐大本冷汗涔涔，湿透了衣襟。

穆四妮后退数步，跳出圈外，收刀走过来道："三儿呀，练得很好，累了吧？天儿不早了，咱回家吧？"

徐大本收刀仰头看向那轮明月，笑道："好。娘，明晚咱再出来练武吧？"

穆四妮点点头道："只要你能坚持就行，练武可不是一日之功，光会那些招式没用，关键是要打好良好武功根基。"

徐大本点点头挽着母亲的胳膊，边走边道："娘，我想给您说点事儿。"

穆四妮扭头看看儿子，道："有话不妨直说，娘洗耳恭听。"

徐大本微笑道："娘，我想给您介绍一下您的三儿媳妇，让您认识一下。"

穆四妮停下脚步，满心欢喜掩饰不住自己激动的心情，紧拉住儿子的手，"好好好！儿子真是大了，都会自己找媳妇了。跟娘说说，她是哪个村的？长得俊不俊？明天带家来，让娘看看。"

徐大本望着母亲的脸，语气很坚定道："她的长相，您肯定是满意的。"

穆四妮目光柔和地回视着他，"你就这么肯定？你娘我的眼光可是很高的啊！"

徐大本略微犹豫了下，道："您的眼光再高，也会相中的。"

穆四妮嘴角噙着丝笑意，神色淡定地看了儿子一会儿，收了笑，"快给娘说说，她是哪个村的，叫我儿这么自信。"

徐大本抬头飞快地瞟了母亲一眼，心想：我说她是哪个村的呀！说她是哪个村的娘还不派人到哪个村子去打听啊！想了想还是避开主题为好："她是我在英国念书时的同学，自幼喜好戏曲文化，回国后就跟着戏班到处游走……"

"啥？她、她、她是个戏子？"话还没有说完，穆四妮脸上的神色渐渐僵硬，瞪着一双大眼直直地逼视着儿子问道。

徐大本面带尴尬，赶紧强调道："她并非什么戏子，她只是爱好戏曲文化而已。"

穆四妮像泄了气的皮球一样，心一下子拔凉拔凉的。看着儿子摇了摇头，叹了口气，道："儿呀，你没听说过'婊子无情，戏子无义'？别说了，啥也不要说了，我不同意！"说着，她气呼呼大步向前走去。

徐大本摇摇头，明朗的面容瞬间被一层阴郁笼罩，深吸了口气，跟随母亲向村里走去。

徐家后正房：

第二天，日上三竿，阳光透过窗棂照射在屋里暖洋洋的，徐敬修抽着旱烟、喝着茶，与穆四妮拉家常，享受这难得的悠闲。

徐敬修深吸两口旱烟道："家里有啥事你就看着办吧，我想近日去趟天津。"

穆四妮俯身向前道："我陪你去？"

"你去干啥？杀人？放火？打架？"

穆四妮心跳加速，用疑问的眼神看回去。徐敬修又突然笑道："不可鲁莽，咱与他都是生意人，咱把生意做得比他强大了，他无生意可做，比杀了他还难受。"

穆四妮斟了一碗茶，双手捧到徐敬修面前。

世福急匆匆跑来，道："老爷，太太，同会村的李媒婆来了，说要见您和太太。"

穆四妮抬头"哦"了一声，迟疑一下，没有说话，扭头看着徐敬修。

徐敬修注意到穆四妮的神态，缓缓开口道："让她进来，不！请她请来。"

穆四妮点点头道："请她进来！"

世福得令，慌忙转身而去，不大一会儿，带着李媒婆进来。

李媒婆身穿花边对襟紫红袄，黑色大裆夹棉裤，头戴一朵红牡丹花，脚踩黑底紫花绣鞋，右手拿着长杆旱烟袋，左手拿着大花手帕，一扭一扭来到屋中，冲着徐敬修和穆四妮微微地行了一个蹲身礼，眉开眼笑道："见过徐家老爷、太太！"

徐敬修没有起身，用烟袋杆指了指座儿。

穆四妮从丝绒椅上起身道："快坐，快坐下。"回头喊道："刘妈，去，拿些京城的果脯，让李太太尝尝。"

"太太，知道了。"刘妈在院子里回道。

李媒婆腰一扭，手里的花手帕一甩，谄媚笑道："不客气，谢谢太太！"说罢，坐到丝绒椅上，把椅子往穆四妮身旁靠了靠，眉飞色舞道："徐老爷、徐太太，您们可知道同会村的程永才？"

徐敬修把玩着旱烟袋没言语，穆四妮摇摇头。

李媒婆接着道："哎……您不知道呀？"

穆四妮又摇了摇头。

"程永才是个小财主，他家姑娘长得可俊了，这不，我想给府上三少爷说说。"

"姑娘芳龄多少？"穆四妮问道。

李媒婆道："乙卯年出生，属兔。"

"啊！比我儿还大两岁，不行！不行！我儿是丁巳年出生，属蛇，'蛇缠兔——没出路'！这不合适。"穆四妮道。

李媒婆媚笑道："徐太太耶！金蛇配玉兔，活脱脱一个天赐良缘，珠联璧合。常言道玉兔是天上祥物，金蛇乃是地上小龙。玉兔下了凡，定能保小龙成就大业，一帆风顺，富贵吉祥，子孙兴旺。乃是上上姻缘！"

李媒婆不愧是有名的口吐莲花，巧舌如簧，快言快语真是能把死人给说活了。经她这么一说，穆四妮目光中带着犹疑看看徐敬修，只见徐敬修脸上露出了满意的表情。

穆四妮释然，微笑道："姑娘真如你说那么俊俏，就给我儿说说吧，只要姑娘识大体，温柔娴淑就好。"

李媒婆一抖手中的花手帕，喜悦道："放心太太，姑娘心灵手巧，知书识礼，是千里挑一的好姑娘。您家家大业大，公子俊俏，还在外国读过书，如果姑娘不好，我哪敢给您府上说呀。您看，是不是选个吉日……"

徐敬修在痰盂上磕了磕旱烟袋，从怀里掏出烟丝，边装烟丝边道："不急，怎么着也得打听打听吧。"

李媒婆暗暗吃了一惊，默默出了一会儿神，嘴角的那丝僵笑最终变成了一个笑脸，"徐老爷子，您还信不过我？放心吧，人要是不俊呀，我也不敢往您这府上说是不？"

穆四妮转头紧盯着徐敬修。

徐敬修点着旱烟深深地吸了一口，面色沉静如水道："两天后你再过来。"

媒婆一听有希望，赶紧站起身，躬身道："好好好，徐老爷子真是个痛快人，我两天头儿上再过来。"

穆四妮站起身，和颜悦色注视着李媒婆道："吃过饭再走？"

李媒婆眼睛盯着徐敬修手中的旱烟，道："这饭嘛，我就不吃了，我闻着徐老爷子这烟味，肯定是好烟丝！"

徐敬修和穆四妮相视一下都笑了。

李媒婆眼中含着丝丝笑意道："也不知道徐老爷子从哪儿买的这烟丝。"

徐敬修挥挥手道："世福，去，带李太太包点儿烟丝去。"

穆四妮看了李媒婆一眼，转脸吩咐道："多包点！"

世福不情愿地瞪了李媒婆一眼道："跟我去吧。"

李媒婆躬身谢过徐敬修和穆四妮，笑嘻嘻地跟世福出了正上房。

徐敬修静默了一小会儿，凝视着穆四妮的双眼道："她娘呀，你叫二小家的回她娘家走一趟，打听打听这户人家，是不是像李媒婆说的那样。"

穆四妮一听，才想起二媳妇娘家就是同会村的，"哎呀！你不说我还真忘了，你心眼真多。"

徐敬修吸了一口旱烟，含着一丝笑意："不多长个心眼能在商界混？"

穆四妮轻叹了口气，道："你从天牢回来满身晦气，娶娶媳妇也好冲冲喜。"

"你的意思给三儿办了事我再去天津？"

"你一走说不准啥时候才回来呢，三儿也老大不小了。趁你在家，咱要是满意就连定婚再娶一起办！"穆四妮那双灵活的眼珠，在他脸上绕了一下，接着说道："对了，还真的要快给三儿办了事。前天他给我说他相中个戏子，还谎称是他在国外念书时的同学，你说这孩子气人不气！"

徐敬修嘴角的笑意渐渐消失，突然醒悟，与她对视一眼，吸了口气道："有这事儿？"

穆四妮点点头道："你别急，我当时就一口回绝了，无论如何也不能让他给咱娶个戏子回来。这门不当户不对的。"

徐敬修望着院内，心里慢慢地琢磨起来。回想起刚才自己提到要打听打听对方时，李媒婆吃惊的神态，突然，他意识到了什么，抬头道："既然有这事，那就不要叫二小家的回娘家打听了，快点定下来，选个吉日让他成亲算了。"

"那可不成！不打听娶来，万一不满意咋办？还是先打听打听为好。"穆四妮道。

西二道院：

徐白氏听了徐大本一番话，惊得目瞪口呆。怔了半天，连摆手带摇头道：

"三弟，这可不行，不是嫂子不帮你，这要是让爹娘知道了，我可是担当不起。"

徐大本乞求道："二嫂，你就帮帮小弟吧，小弟求你了。"

徐白氏担忧道："三弟呀，瞒得过一时，瞒不过一世，有一天爹娘要是知道她根本就不是同会村的，那可咋办？"

徐大本朝徐白氏看了一眼，低声说道："嫂子，到时生米已经做成了熟饭，还有什么可怕的？"

徐白氏道："你不怕我怕，娘让我回娘家去打听的，我骗了她，她能饶得了我？"

徐大本抓住徐白氏的胳膊轻轻摇晃着，道："求求二嫂了，二嫂最疼小弟。到时候爹娘怪罪下来，小弟一人承担，要打要骂随他们，绝不让二嫂为难。"

徐白氏看看他那副可怜样，心一软，点点他的额头，道："小三儿呀小三儿，我真拿你没法。"

徐大本一看二嫂答应了，深鞠一躬道："Thank you 二嫂！"

徐白氏怔怔望着他道："叽里咕噜，说的啥呀？"

徐大本嘿嘿一笑道："我说谢谢二嫂！"

徐白氏瞟了他一眼，莞尔一笑道："少在我跟前叽里咕噜的，你说得再好听，我也听不懂。"

徐大本扶了扶金边眼镜，一派斯文儒雅的学者风范，机灵的大眼睛透着无比真诚道："嫂子，等你把我的好事给我办成了，我天天教你说英文。"

徐白氏撇嘴说道："你那叽里咕噜的话，我才不学呢，只要你有时间教我写字就行了。"

"ok！"徐大本着打了个榧子。徐白氏举起手佯装打他，徐大本捂着头笑着向外跑去，跑了几步又笑笑回过身来，从西服口袋里掏出一个小瓶，朝着她身上"噗"一喷，顿时满身清香。

徐白氏惊喜道："三儿，这就是你身上的味道？"

徐大本点点头，把小瓶往她手里一塞，道："送给你了，这是法国巴黎香奈儿。"

徐白氏接过小瓶闻了闻，往他胸前一递，道："我不要，你这是在收买我。"

徐大本笑着把她的手往回一推，"二嫂，这不叫收买。"

徐白氏瞪他一眼道："我给你办事，你给我礼物，这不叫收买，叫啥？"

徐大本想了想，边转身向外走，边笑道："这叫贿赂。"

徐白氏望着徐大本消失的背影，低头看着手里的香水，纳闷地站在屋内，自言道："贿赂？这贿赂是啥意思？"

徐家大院门外：

徐家大院门外又搭起了高高的戏台，道路两旁，戏场周围各色小贩叫卖声此起彼伏。徐家里里外外，张灯结彩，欢声笑语，一派喜气洋洋的景象。门外整个徐家巷，拴满了骡、马、牛、驴，红轿、绿轿、蓝轿从西头一直排到东头。

徐敬修自三十八岁从南方回来赶上中原一带闹灾荒，在自家门外搭建粥棚支义锅赈济灾民起，十几年来就再未间断，每天都煮几大锅小米稀饭、蒸几大笼窝头，供乞丐、难民们充饥，徐家宅院外的粥舍也就成了武安及外乡落魄之人的避难所，得到了底层民众的交口称赞，都夸徐老爷是大善人。

徐家办喜事，更是招来很多乞丐，一个个眼发绿光挤到宅院门口往里张望，远道而来的客人都无法入门，纷纷摇着头躲得远远的。看门的张彬不知如何是好，赶紧找世福，问道："管家，老爷平时热心扶贫救弱，煮义粥赈救灾民。今天这大喜的日子，又来了好多灾民，都堵在门口，客人们进不了家，您看这可咋办？"

世福瞅了他一眼道："给他们说一声就行了！"

张彬愣怔了一下，蹙着眉头，道："这……这咋说？他们能听我的？"

世福撇了他一眼，道："看我的！"说罢，精神抖擞地向大门走去，张彬紧跟着他。

世福来到大门口，拱手大声喊道："各位，今天是三少爷的大喜日子，你们先去粥棚里或者去墙根蹲会儿。老爷说了，等客人先吃过就赏你们吃。"

乞丐们一听，一齐高喊："徐老爷功德无量，谢谢徐老爷！"

这时，从灾民中走出一个十四五岁的小乞丐，脏兮兮的脸上两只透着机灵的眼睛滴溜溜转，上身穿着一件肩、袖都露着老棉絮的破棉袄，腰系草绳，下身穿着一件烂单裤，赤脚拖着鞋片。小乞丐一手拿竹板，一手拎着一个豁了口的破碗，唱道："嘿，嘿，说竹板，打竹板，今天有福赶到这儿，老爷府上办喜事，我这叫花子也能香香嘴儿。这户人家真富贵，丫鬟长得也很美；有心上去拉拉她，得罪了丫鬟了不得。老爷心地真善良，帮俺叫花子度饥荒；来生变成犬和马，帮你种地又看家……"

徐敬修听到门口有人打快板唱着，走到门口看了一眼，不由眉头一皱，回头附耳交代二春一番，转身回了大院。

小乞丐望着身穿华丽衣衫的徐敬修，吃了一惊，心道："是他？"

二春指指小乞丐，招手道："你过来，过来！"

小乞丐扑闪扑闪大眼睛，指着自己的鼻子道："叫我？"

二春点点头。

小乞丐挤出人海，来到二春面前，睁大双眸看着他，透出天真纯洁的眼神，问道："老爷，您叫小的有何事？"

二春耸了耸肩膀道："我可不是老爷，老爷想让你给他跟班儿，你可乐意？"

小乞丐双脚一蹦，高兴道："好好好，太好了，只要管我吃饱，老爷让干啥都行。"

二春道："跟我来！"

小乞丐拿着破碗跟着二春从侧门进了徐宅。

二春把小乞丐带到偏院侧房，在炕旁站定道："你以后就住这儿，一会儿我给你拿几件新衣服，你从头到尾给我洗干净了换上，我告诉你府上的规矩。过几天再带你去见老爷。"

小乞丐顿时脸上漾起甜甜的笑容，忙点头道："好，我听您的。"

二春接着道："你都看到了，这几天府上办喜事，记住，不懂规矩别到处乱跑。"说罢转身走了几步，又停下，回头问道："你叫啥？"

小乞丐眨巴眨巴眼，想想道："我……我姓干名成。"

二春审视小乞丐，微笑道："哎！你这孩子。"

小王成调皮地做了个鬼脸。

二春道："好了，好好洗干净。"

小王成道："知道了。"

徐家后正房：

徐敬修背着双手屋回到屋里，隔窗望着院子里跑来跑去的忙客，和前来贺喜的亲朋好友、街坊邻居们，脸上挂满了欣慰的笑容，默默出神了一会儿，突然想起这段时间没见徐老四的身影，走到门口，对正在院子里忙碌的管家喊道："世福，你去看看四爷来了吗？"

世福刚要转身，徐敬修又补充道："如果四爷没过来，你让大本去请。"

"是，老爷！我知道了。"

徐敬修看着世福离去，回身坐下抽了一袋烟，端起茶碗掀开碗盖刚要喝，世福带着新郎官徐大本走了进来。徐大本身穿红色大袍，头戴桂冠礼帽，两鬓插着金翅，身上横披大红绣球彩缎，脚蹬朝靴，进门道："爹，我四伯哪还有脸来呀！"

徐敬修瞪眼喝道："咋就没脸来了？都是一家人，过去的事就过去了。快去把你四伯请来。"

徐大本嘟囔道："爹，我今天可是新郎官，我不去。您让世福叔去吧。"

世福一听，把脸扭向了一边。

徐敬修重重地放下茶碗，剑眉一挑，起身怒斥道："你这小王八羔子，新郎官咋了？新郎官就可以不要长辈了？就让你去请，你去不去？"

徐大本见父亲发火，连声道："去去去，我去还不成吗？"边说边转身往外跑，刚跑出房门几步，徐敬修又跟出门口，大喊道："三儿，把你四大娘也一块请过来，不给我请过来，今儿就别想去娶媳妇。"

"知道了！今天我就是把头磕破，也把四伯、四大娘请来，行了吧！"徐大本头也不回，委屈地抱怨道。

第十八章 路遇邪风 一见钟情

徐家大院门外：

乡亲们都在议论着徐家的生意，这个说："苏州、杭州、上海、南京、西安、包头、宁夏、蒙古全国各地都有徐家绸缎庄。"

那个讲："徐家不光南有绸缎庄。他在北方还有好多药材生意呢！他现在可是东北三省的大财东。"和发魁"，就被当地药界称为"南霸天"，在哈尔滨以南地区，没人能比！"

"你咋知道的？"

那个人自豪地仰起脸道："我儿子在徐家铺子里做劳金！"

"啊！那赶明儿把我家侄女给你儿说说……"

有人捂着耳朵边往后靠，喊道："别说了，快后靠！要放炮了。"

人们说的没错，徐敬修历尽世间风雨沧桑，现在不但南方绸缎、布匹生意蒸蒸日上，在北方也逐步成为东北三省的大财东。他在东北沈阳的药堂号为"徐和发""和发徐""和发泰"、新民有"和发同"铁岭有"和发昌"，法库有"和发久"，营口有"和发盛"，哈尔滨有"和发魁"等等，在东北全境有"和发"字样作商号的七十二家总柜和不计其数的分柜。在附近城市和镇开有多处分店，少者十几家，多者甚至几十家，在一个地域处于垄断地位。譬如"和发魁"，就被当地药界称为"南霸天"，在哈尔滨以南地区，没有对手堪与抗衡。徐敬修始终坚持以"诚开金石，信步天下"为信念，宁舍万贯，不舍诚信。一点一滴培育诚信，一生一世成就事业。经过不懈努力，"和发"日渐兴旺发达，

不断发展出新的分号，徐家的生意像滚雪球一样，越滚越大。人们常说，在东北，你操着乡音往北走，只要有冒烟的地方，到处有徐家铺子，有人和你认老乡。

随着"咚咚咚"震天炮声响起，前面鸣锣开道，四名旗牌执事分别手举肃、静、回、避牌匾，八人手持金瓜、斧钺、朝天镫高高举起，直指天空；锣鼓、唢呐队伍紧随其后；新郎官徐大本披红挂绿心情激动地骑在高头骏马上，身后红、蓝、绿三色大轿，分前、中、后次序排列。红色大花轿前后有八个人抬着，四名小童身穿长袍，头戴礼帽，双手平举大红灯笼与八名丫鬟跟在轿后；蓝色大轿中坐着本家族长，伴着新郎前往程家娶亲，行斟盅之礼；绿色轿子里坐的是媒婆。庞大的迎送亲队伍一字排开，在鞭炮轰鸣声中浩浩荡荡向同会村驶去。

徐家庄园内，大红灯笼高高地挂满了门庭和走廊，一眼望去，除了红还是红。下人们来去匆匆，忙里忙外；男男女女，进进去去，穿梭在红色海洋里，个个喜气洋洋，笑逐颜开。作为喜堂的中厅亲戚朋友更是络绎不绝。

二春更是忙得脚不沾地，他边走边喊道："怎么那么慢，快点，快点，没见前院人已经站满？还不赶紧去候着……把礼单都给写清楚了，礼品对上号摆放好。别弄错了，将来回礼有个分寸。"

"哟，宋老板您路途辛苦了，里边请，里边有请！"

"啊！这不是赵老板吗？您老里边上坐！"

"哎呀，李大老板，白大老板，你们咋这时候才来呀？快点，快点，里边请！"

"三掌柜，白掌柜没来？"

"来不了，生意太忙。"

"是吗？太好了！"

"白掌柜一直念叨，这都是你的功劳。"

二春谦虚地摇摇头，"受之有愧，受之有愧啊！这都是你们经营有方的结果。"

"东家呢？"

"东家在后院，快给他说说去。"

三掌柜连全点点头提袍向里院走去。

"啊！大掌柜。"二春扶着他的肩膀往后看看，"就你一人儿？其他掌柜们呢？"

"总掌柜让我全权代表了。"

"啊哈，你的责任重大啊！你一人代表东三省所有铺子掌柜？"

大掌柜郑庸点点头，"可不是的？咋整呢，都忙。总掌柜只好派我过来了。"

"那你今天要多吃多喝点儿，把东三省所有铺子里掌柜的酒菜都替他们享用了！"

大掌柜边往里走，边扭头点着他道："你想撑死我呀！"

一个小伙计急急跑来："二春叔，二春叔……"

"跑啥？没看见这么多人吗？赶紧去里面招呼着，今儿多大的日子啊！"二春呵斥着。

"二春叔，管事把老板们都已经安排好了，太太让我过来问问这花轿咋还不回来？这拜堂的时辰可是到了呀！"小伙计定了定神忙说道。

"啥？拜堂的时辰到了？"二春跑到门口看了看，又转身回到院子里手搭起凉棚看看天，急道："哎呀，可不是。快！快！快到村西头迎迎去！"小伙计点点头跑出门外。

迎亲路上：

同会村通往伯延村的路上，新娘闫肖肖头戴凤冠，身披霞帔，缨络垂旒，百花裥裙，大红绣鞋，头蒙红盖头，端坐在雍容华丽的八抬大红锦绣轿中，听着悦耳动听的乐器，心里暗暗欣喜。

迎亲队伍眼看就要进入伯延村头时，突然，右前方一股狂风卷成螺旋状在田野上呼啸盘旋而起，刹那间，席卷起田间的尘土、枯叶、麦秸秆旋转成一根黑柱子，腾上天空，遮暗了太阳。紧接着不远处，又飞旋来了一股大旋风，发出阵阵"呜呜，呜呜"怪啸声。旋风把大路旁的一排排杨树树枝"咔咔"地拧断，两股旋风都朝着迎亲队伍方向狂转过来，像恶魔一样席卷着大地。一股旋风飞上去超过了另一股旋风，随后另一股旋风又愤怒地飞了过去，两股旋风在空中互相扭住了，仿佛在决斗般，怪啸声让人感觉到一种地动山摇之势。

迎亲的、送亲的、抬轿的、敲锣的、打鼓的、吹唢呐的、小童和丫鬟、媒婆都吓得抱头蹲在地上。两股旋风拧着麻花冲着花轿扑来，花轿被刮得直晃，吹开了轿帘，新娘闫肖肖紧抓住盖头一角咬在嘴里，整个人东倒西歪，吓得战战兢兢，脸色苍白。

徐大本的心猛然一沉，本能地勒紧马缰绳。马匹惊吓得发出阵阵嘶鸣，前蹄往上一掀，差点把他摔下马。世福死死抓紧缰绳，嘴里喊着："嘘，嘘，嘘"汗水像小溪似的顺着脸颊流下来，有几滴落到眼睛里。

两股旋风卷着花轿就要离开地面，徐大本一看吓得不轻，好在听说过一些这类事情，定了定神，飞身下马。世福一只手抓着马缰绳，另一只手上前拉住他的大袍，摇摇头，狂风吹得叫人透不过气来。徐大本甩开世福的手，不顾自个儿安危，踉踉跄跄走进旋风里，艰难靠近花轿前，把新娘闫肖肖从花轿里拉了出来，搂在怀里。他俩相拥走出旋风圈，闫肖肖把盖头的四角放在嘴里紧紧咬住，身子晕乎乎地倒在徐大本怀里。此时，徐大本的礼服早已凌乱不堪，头顶上的帽子也被狂风无情地刮飞了。

闫肖肖双手紧搂住徐大本的腰，狂风刮开了她的礼服，露出了她胸前的十字架。只听得两股旋风一阵阵凄苦的声音。这声音似狼嚎，似远处的马嘶，又如人们在大难之中的呼救声。狂风似乎没有得逞什么，叫着，吼着，回荡着向田野坟地飞去。

旋风过后，众人个个灰头土脸，新娘的花轿已被旋风卷到了路边的田地里，蓝、绿两顶轿子也东倒西歪地滚在路边。

徐大本紧紧抱着闫肖肖，看着狂风吹断的树枝。

徐家大院：

在家等候的人们看下轿时辰已到，新娘还没有娶来，都坐立不安起来。

正房里，徐敬修和穆四妮也都急得问了管事的又问二春："这是怎么回事？怎么回事？"

大厅里有人小声说道："这时辰吉时已到，为啥还……"有人应声道："是啊，花轿再不回来就耽搁良辰了。"话音未落，只听外面有人喊了一嗓子："大花轿回来啦！大花轿回来啦！"

气氛一下子活跃起来。紧接着爆竹喧天，人声鼎沸，锣鼓、唢呐声由远而近，亲友们涌到大门外，娶亲队伍前簇后拥回来了。

二春赶紧过去扶徐大本下马，小声埋怨道："我的三少爷呀，天都啥时候了咋才回来？都等急了。哎呀！你的帽子呢？"

徐大本整了整衣衫，小声道："路上出了点事儿，回头说。"

二春一脸茫然看看狼狈不堪的徐大本，再看看迎亲的队伍个个灰头土面，不禁倒吸一口凉气。

丫鬟和媒婆搀扶着新娘下了轿。红盖头下的闫肖肖已是疲惫不堪，穿过炮竹蓝色迷离的烟雾，走过红地毯，迈过了火盆，直入"天地朝"前面。只见正中方桌上挂着桌裙，上首并列两张半圈椅子，都搭着椅披，桌上摆放着一对大红蜡烛和三个果碟，地上铺了一条红毯。

徐敬修和穆四妮在二春和刘妈的搀扶下，来到"天地朝"前坐下。穆四妮抬头望天看看时辰，不耐烦地瞪了世福一眼。

世福满头大汗，提袍小步来到徐敬修身边附耳把路上的经过简单说了一遍。

徐敬修听后一脸的惶恐。

穆四妮看着徐敬修吃惊的样子，再看看儿子徐大本衣衫不整，知迎亲遇到了麻烦，将了将额际碎发，语中带着气道："不要说了，时辰已到，快拜天地吧。"

世福点点头，大跨一步，站到院中间，大声喊道："新郎、新娘拜天地——一拜天地。"

徐大本和闫肖肖面朝外，背朝"天地朝"一拜。

"二拜高堂！"

徐大本和闫肖肖转过身对着父母跪下叩拜。

"夫妻对拜！"

徐大木和闫肖肖站起身面向对方深深一拜。

"送入洞房。"

徐大本拉着红绣球的另一端就要往新房走，小字辈们"嗡"地一下子过来，想把新郎和新娘拥进新房。

"慢着！回来！"徐敬修站起身，大声喝道。

徐大本吓得没敢扭头，拉着闫肖肖的手渗出了汗。

闫肖肖拉着他那颤抖的手，小声道："先别慌。"

人群中的徐白氏吓得腿一哆嗦差点歪倒，瞪眼望着公爹和婆婆的脸。

徐敬修见徐大本拉着新娘返回，喊道："还没拜你四伯、四大娘呢。世福！快点儿把四爷和四奶奶请上来，让他们接着拜长辈！"

徐大本松了一口气，拍着自己的胸脯，小声嘀咕道："哎呀，爹呀，吓死我了！"

闫肖肖"咯咯"的笑声飘出盖头外。

徐大本赶紧拉了一下红绣球的一端，闫肖肖才止住笑声。

世福迟疑了一下，看了一眼三少爷徐大本。徐大本眉头一皱，张了张嘴没敢说话，心头一阵翻搅。

徐敬修看着世福，挥着手催促道："去呀，快去！"

世福点点头向前院跑去。

不多时，就见徐老四低着头不好意思地带着太太徐李氏来到后正院。

徐敬修淡然一笑，拉起徐老四的手道："四哥，快点儿坐下，接受孩子和媳妇的跪拜。"

穆四妮也将徐李氏拉过来往坐上扶。

徐老四泪眼模糊，红着脸摆着手道："不了，不了，我不配孩子们的跪拜，我不配……"

徐李氏也眼含热泪，略有尴尬道："这跪拜就免了吧！能看到孩子婆媳妇，我俩已经很开心了。"

徐敬修一手按住徐老四的肩膀，一手按住徐李氏的肩膀用力往座位上一按，诚恳道："四哥、四嫂，他是我徐敬修的儿子，也是你们的儿子，今天是他大喜日子，也是咱徐家的大喜日子，你们啥也别说了，安心坐在这儿接受他们跪拜吧！"

穆四妮看看光线从树杈间隙洒下来的树影，已是日渐西斜时分，心头不由得一紧。

徐大本望了一下母亲的脸色，赶紧整理了一下礼服，手拉着红绣球一端，拍拍闫肖肖，一起站到徐老四和徐李氏面前，跪下道："四伯、四大娘，请受晚辈一拜。"

徐老四脸上出了汗，眼睛湿润了。看着侄儿如此懂事，再想想徐敬修和穆四妮如此大度，心感愧疚，颤抖着双手把徐大本和闫肖肖搀扶起来，道："好了，好了，四伯看到三儿也成家了，高兴，都起来吧，起来吧！"

徐大本起身，走过去为徐老四擦了擦脸上的泪水，道："四伯，今天是小侄大喜之日，您要高兴才是。"

徐老四拍拍徐大本的肩膀，含泪笑道："高兴，高兴，看着你们一个个都长大成人娶了媳妇，四伯能不高兴吗？"

徐李氏眼含热泪走过来道："老头子，别说了，小字辈们都等闹洞房呢！快让孩子入洞房吧。"

徐老四擦干泪水，高兴地推着徐大本道："好好好，进洞房！快进洞房吧！"

徐大本弯腰抱起新娘闫肖肖，小子辈们一拥而上把他俩拥入洞房。

徐白氏长长地出了一口气，拍拍自己的胸脯。

徐大任用肩膀扛扛她，小声道："三弟婆媳妇，看把你紧张的，比我娶你时还要紧张。"

徐白氏低声道："吓死我了，吓死我了，回屋再给你说。"

徐大任不解地望着她那惊吓后的脸，感觉很是奇怪。

徐敬修见孩子们涌进了洞房，走过去拍拍徐老四的肩膀道："四哥，走！咱们回房吃席！"

徐老四惭愧道："兄弟、弟妹，谢谢你俩如此大度，让我……让……唉……我……我……我当初……"

徐敬修呵呵一笑道："四哥，啥也别说了。一家人不说两家话，再怎么着咱都是一家人。你说是不是？"

徐李氏感激地连连点头道："是是是！你俩为孩子的婚事忙了好几天，回房休息会儿吧，我俩去前院陪客人。"

徐老四尴尬地看看穆四妮，又看看徐敬修，道："对对对！我俩去前院陪客人，你俩回房休息。"

穆四妮脸上堆着笑，说道："四嫂，走，进屋里一起吃，客人由孩子们陪着就行了。"

徐敬修瞪大眼道："光叫孩子们陪可不妥，还是叫四哥和四嫂陪比较好。他俩能代表咱俩，这孩子们能代表咱俩？"

穆四妮幡然醒悟，点头道："是是是，孩子们可是代表不了咱俩。他们经历的事少，有些规矩不一定懂。"

徐李氏拉住徐老四的胳膊，粲然一笑道："走呀？快点儿到前院陪客人去。"

徐老四擦着眼泪道："好好好，陪客人去！"说着与徐李氏一同向前院走去。

穆四妮心事很重，茫然地站在原地看向洞房。

徐利平笑着走过来道："爹、娘，你们回屋吃席吧，我到前院玩会儿啊！"

穆四妮回过神来，瞪了女儿一眼，喝令："多大的姑娘了还到处乱跑，给我回绣楼去！"

徐敬修瞅着她道："今日大喜的日子，难得热闹，你让孩子回绣楼干吗？"

徐利平将头靠在父亲肩膀上，看着母亲的脸道："还是爹疼女儿，爹，您真好！娘，您太古板了，没一点开放思想，不进步，哼！不和您说了。"说完噘着小嘴向前院跑去。

"看看，这都是你惯的，闺女都这么大了，还让她到处乱跑，还说我思想不开放。"穆四妮回过头，见女儿的丫鬟杏儿傻傻站着不动，沉声道："你愣在这儿干啥？还不快去看着小姐！有啥事及时向我禀告。"

杏儿愣了一下，急忙应道："是！太太。"跟着徐利平跑向人群中。

徐敬修望着杏儿的背影，神情微变："走，回屋，我给你说件事。"

回到正房，听徐敬修如此这般述说后，穆四妮大吃一惊，注视着他的脸，惶恐问道："在路上遇到旋风了？"

徐敬修点了点头。

穆四妮想想因路上遇到旋风，耽误了拜天地吉辰，感觉心里越来越乱。她十指牢牢扣在一起，在屋子里转来转去，眼神中带有紧张不安，道："迎亲路上遇到这样的怪事，耽误了拜堂吉辰，这可不是好兆头啊！"

徐敬修呆坐在八仙桌旁，目光直直看向院内忙碌的佣人，没有说话。

伯延村的大街上：

一个半大小伙子挡住一位七旬老者，耍笑道："哎！我说孔老爷子，您这心急火燎要干啥去啊？"

"一边玩去，浑小子！你这不是明知故问吗，俺大老远的从罗义村赶来，能干啥？不就是为了'满堂红'嘛！看你小子这傻样儿，人家老徐家婆媳妇也没你啥事，你高兴个啥？赶明儿让你老子给你找房娘们再傻高兴吧！"孔老头拨开小伙子，拄着拐棍摇晃着继续往前走。

小伙子揣着手紧跟两步，一撇嘴道："落子有啥好看的，您老听没听说徐家三少爷娶的是个戏子吗？"

孔老头心中大惊，瞪眼看着小伙子，问："不能吧？我听说徐家媳妇是同会村的。"

小伙子瞟了他一眼，不屑道："啥同会村的，那是骗徐家老爷的。"摇摇头，接着道："不跟您说了，您啥都不知道。"说完转身而去。

孔老头呆愣一下，忙扭着头喊道："如真像你说的那样，老徐家可就热闹了，他们家大业大，岂能容个戏子进门？只怕你是胡咧咧哩。"

小伙子扭回头来，道："您爱信不信！"

徐家大院前朝：

前院宾客满座，一个个年轻力壮的小伙子端着托盘往来穿梭于席间。婚宴席面上，山里的走兽，江河的游鱼，林中的飞燕，可谓应有尽有。眼看着精致的凉菜，热腾的佳肴，陈年的古酿，渐次上齐。众人吃喝着，相互推杯换盏，随意看去，一张张油汪汪的嘴在红衣绿衫间频繁闪烁。

徐利平进入前院，忽闪着一双灵动的大眼睛扫视一圈桌上的人，忽然眼前一亮，瞅见大哥徐大光身边坐着一位面容俊朗、举止潇洒而不失儒雅、浑身上下透着一股灵气的少年男子。

那男子正好也向她这边看过来，两人目光碰到了一起。徐利平心里"咯噔"一下，心想：世上竟有如此脱俗、灵动秀逸的少年，犹如蓝天上随兴飘动的云絮，又好似挟带着淡淡叶香的一缕清风，纤尘不染，云淡风轻。

此人姓周，名书太，是周汝昌弟弟的儿子，常年驻扎东北替大伯周汝昌照料药材生意，前些时才随大伯回到老家探亲，正赶上徐家婚宴，特地前来捧场。

此刻，周书太也被眼前美丽娇艳的徐利平吸引，两眼一眨不眨地盯着她看呆了。就见她身穿粉色长裙，除了用一条淡蓝的丝带将青丝束在头后，头上再无任何多有的装饰，身后长发随风在空中轻轻飘荡飞舞，几缕发丝还调皮地在额间飞来飞去，瓜子脸、柳叶眉、大眼睛、双眼皮，笑脸白里透红，红红的小嘴微微翘起，煞是可爱迷人。

紧跟徐利平而来的丫鬟见小姐看着少年发呆，拉拉她衣袖，轻声打趣道："小姐，看够了吗？"

"死丫头，看够啥了？"徐利平顿时羞得满脸通红，拉着杏儿转身就走，走了几步又不由得回头瞧瞧周书太。这一瞧正好迎上周书太灼人的目光。徐利平被他看得心跳突然加快，捂脸向绣楼跑去。

回到绣楼，杏儿对徐利平吐吐舌头，道："小姐，您是不是相中人家了？"

"死丫头，再胡说八道，看我不撕烂你的嘴！"

杏儿假装生气道："没相中就算了，算杏儿多嘴。我还想着，如果小姐相中人家了，我就去打听打听他是谁家的公子，姓甚名谁。既然小姐没有相中，那就算我胡说了。"说着，低头绣起牡丹花来。

徐利平坐不住，在楼上走来走去，不时站到窗前向院中望望。

杏儿抬起头，眼珠一转，说道："小姐，您别老在我眼前晃荡好不好？耽误找绣花儿。"转头向外看看，惊讶道："啊！外面咋这么乱，是不是吃喜宴的人要散席了？"

徐利平本就心急如焚，一听更加心慌意乱，脸一红，吞吞吐吐道："杏儿，要不……要不你去找个人问问他是谁家公子？有没有定亲。"

杏儿用掌心托着脸，歪头看着她道："我不去，问这干啥？小姐又没有相中他，无缘无故的，问人家这个，人家还以为我脑子有病呢！"

徐利平红着脸，嗫嚅道："让你去问，你就去问，咋这么多事儿哩？"

杏儿眨眨眼，脸一红，撒娇道："小姐，要我去问也行，那等您嫁了好夫婿，也给我找个好婆家啊！"

徐利平"扑哧"一笑，道："杏儿，你好没羞！"

杏儿面露委屈之色道："小姐，您不乐意？那我今天就不下楼为您打听人家了。"

徐利平纤手打着她的后背道："好好好，我答应还不行吗？快去吧，我嫁

了好夫婿后，也给你找个如意郎君。"

"这不就成了，您等着啊，我马上就回来。"杏儿笑着跑下楼去。

徐利平双手合十前胸，做了个深呼吸，双膝跪地求神灵保佑自己能得配佳婿。

杏儿慌慌张张下得绣楼，一脚跨进前院门槛，与侧面跑过来的少年撞在一起，她踉跄了一下差点向后摔倒，待站稳脚根，正要生气时，只见那少年深施一礼道："对不起小姐，我不是有意的。"

杏儿眨巴眨巴眼，急忙摆手道："我不是小姐，我是丫鬟，是我不小心撞了你。"

看着这位胖墩墩的小丫头，红扑扑的脸蛋上有一双水灵灵的大眼睛；头上粉红色的发带打了蝴蝶结，像两只展翅欲飞的彩蝶，小辫儿朝天翘着，走起路来一颤一颤的，煞是让人喜爱，遂赶紧道："小的是周家的书童，名景春，敢问姐姐芳名？"

杏儿不好意思地低着头，嗫嚅道："我叫杏儿。"

景春追问道："是吃的那个杏儿的杏吗？"

杏儿抿嘴一笑，点了点头。

"杏儿，你今年多大了？"

"我今年十六岁。"

"那你以后见到我要叫哥了，我今年十七。"景春喜道。

周书太看他俩有说有笑，走过来问道："景春，你俩认识？看你俩说得挺投机。"

景春不假思索回道："认识，认识。"

杏儿立刻睁大了眼睛，紧张地摆着手，道："不认识，不认识。"

周书太拱手道："这位姐姐，在下周书太有一事相求，不知姐姐能否帮忙？"

杏儿赶紧还礼道："我只是个丫鬟，我能帮你什么忙呀？"

周书太道："敢问刚才和你在一起的小姐，芳名如何称呼？"

杏儿有意逗他，皱着眉头道："今天府上来了这么多的小姐、夫人，杏儿不知公子指得是哪一位？"

周书太微微一笑道："穿着粉色衣服，刚才还与你在一起的，那是不是你家小姐？"

杏儿眉头微微一蹙，点点头笑道："那是我家小姐。"

周书太自言道："徐家小姐长得好妩媚呀！"

杏儿自豪道："我家小姐长得美吧？这可是十里八乡公认的。"

"敢问你家小姐芳名？"

"我家小姐叫利平。你问这个干吗？"

周书太喃喃自语道："好好好，我记住了，利平，这名字真好听。谢谢丫鬟姐！谢谢丫鬟姐！"

杏儿瞪着一双大眼，红着脸儿问道："哎！你是哪家的公子？你定亲了吗？"

周书太被她问得一愣，随即明白，心中暗暗高兴，深施一礼道："在下姓周，名书太。我大伯与徐家乃是世交，我常年跟随大伯在外地经商，尚未定亲，还望姐姐帮忙。"

杏儿拍手笑道："没定亲好，没定亲好！"

景春疑惑地看着她，忍不住问道："杏儿，我家少爷没定亲，有什么好的呀？"

杏儿扑闪扑闪大眼睛，一指他的额头，道："我家小姐也没有定亲啊！"

周书太一听，兴奋不已，搓着双手道："好好好，没有定亲太好了。"说着疾步向外走去。

景春紧追了几步，叫道："少爷、少爷，这酒席还没有散呢，您急着回府干吗？"边走边回头看着杏儿。

"赶紧回府！"周书太头也不回，微笑着离开了徐家庄园。

景春回头无奈地望着杏儿，恋恋不舍地离去。

徐家后院绣楼上：

杏儿上得楼来，看到徐利平在地上跪着，惊喊道："小姐，您这是为何？"

徐利平吓了一跳，慌忙站起来，红着脸道："死丫头，吓死我了！你上楼也没个动静。"

杏儿压低声音道："我的大小姐，老爷和太太楼下说话呢，我敢大声吗？小姐，您刚才在念叨什么呢？"

徐利平嗫嚅道："我……我在祈求全家平安。"

杏儿笑道："小姐，您肯定是祈求人家没定亲吧？"

徐利平脸儿一红，道："死丫头，尽胡说，再胡说看我不打烂你的嘴。"说着举手作势要打她的样子。杏儿跑到绣花案后，双手捂面道："您不想知道那个人是谁了？"

徐利平急忙停下脚步，道："快告诉我，他是谁家的公子？"

杏儿嘻嘻一笑道:"他姓周,是周老爷弟弟的儿子,他常年跟着他大伯在外面做生意。"

一听此人姓周,徐利平内心燃起了希望之火,因为徐家和周家是世交,自然是门当户对。她满脸绯红,很郑重地问道:"杏儿,他婆亲了吗?"

杏儿装作一副垂头丧气的模样,道:"哎!可惜人家已经定亲了。"

徐利平闻言,顿时像泄了气的皮球,沮丧着个脸,喃喃自语道:"他……他……他为何要定亲呢?"

"人家既有才又有貌,看上人家的姑娘肯定很多,人家为何就不能定亲呢?"杏儿打量着徐利平的表情,忍不住"扑哧"一笑,"小姐呀,俺是给您闹着玩的,我打听了,他呀,还没有定亲呢!可是,说媒的不少。小姐,周公子也向我打听了您。"

徐利平神情微微一愣,那种喜悦的感觉无法遮掩,轻轻拍打着杏儿道:"死妮子,敢逗我?快说,他向你打听我什么了?"

杏儿不解看着她道:"他问你芳名如何称呼?还说徐家小姐真妩媚。小姐,妩媚是啥意思呀?"

徐利平一听,羞得面红耳赤,抿嘴笑道:"妩媚就是妩媚,没啥意思。"接着红着脸儿又问道:"你给他说我叫什么了吗?"

杏儿看着徐利平的脸,装着惊讶道:"啊!小姐,您发烧了?"走过去摸了摸她的额头,道:"这也不烧呀,可脸咋这么红呢?"

徐利平羞得抬手打掉她的手,瞪她一眼道:"死丫头,还不快说!"

杏儿一着急,忘记刚才小姐问啥了,眨巴眨巴眼问道:"小姐,您让我快说什么呀?"

徐利平气急道:"死丫头!啥时候学会气人了。我问你,有没有对周公子说我的名字?"

杏儿这时才恍然大悟,道:"说了,说您叫利平。"学着周书太的动作和语气道:"这名字真好听。谢谢丫鬟姐!谢谢丫鬟姐!"

徐利平害羞地用手帕挡住了面。

"小姐,您快点儿让太太请媒婆去周家提亲吧,如果提晚了,等人家定了亲,可就真完了。"杏儿道。

这话说得徐利平脸色羞红,心里惴惴不安起来,轻轻摇了下杏儿的胳膊,柔声道:"杏儿,我一个大姑娘家,咋去给我母亲说呀?"

杏儿一副事不关己的神情,看着徐利平道:"小姐,那咱可先说好了呀,让人抢走了我可没辙啊!"

徐利平与杏儿说得正欢，却不知隔墙有耳，她们的对话被窗外的穆四妮听了个一清二楚，她蹑手蹑脚下了楼，回到西里屋点着徐敬修的额头，小声责怪道："老东西，我说让女儿早点回绣楼吧，你偏说大喜的日子，让女儿玩会儿，看看玩出事了吧！你女儿看上周汝俊的儿子了，你说咋办吧？真是女大不中留啊！"

徐敬修闻言愣了一下，随即面沉似水，无任何情绪波动，沉思一下，凝视着穆四妮，穆四妮似乎也突然反应过来，睁大眼睛与徐敬修对视了片刻。徐敬修道："难道这样不好吗？他家的生意不比咱家小。虽然他是周汝昌兄弟之子，但他家在汝昌那儿的股份也不少。那孩子你也见过，精明伶俐、能吃苦耐劳。当初在南方周汝昌可是没有少帮咱啊！我看这是天意，是缘分，只要我女儿乐意就行。不如趁着我在家，把这门亲事定下来，我也就放心了。"

穆四妮点点头道："这样也好。"

徐敬修想了想，起身向外走去，边走边道："我这就去找汝昌。"

穆四妮赶紧上前一步拉住他，学着他平时的口头禅，低声道："我的老天爷啊！我说你也太心急了吧！周汝昌这会儿肯定会喝高，再说，这事你能亲自去说？哪儿有当爹的给自己女儿做媒的？要是人家不同意多难堪，回头找个媒婆夫说吧。"

徐敬修听她说后，也觉得自己是有些心急了，捻须道："那好，明天你去找个媒婆来。"

穆四妮点点他的额头。

徐敬修突然醒悟，激动道："哎呀，现成的媒婆不就在咱家吗？"

穆四妮一拍双手，道："对呀，李媒婆正在前院吃喜酒呢。"

徐敬修侧着脑袋想了一会儿，道："等她吃得差不多了，你让刘妈把她叫过来先给她提提。"

徐家东二道院：

徐家庄园东二道院子安静异常，沿甬道行走，进得东院正房屋，但见中堂正中间，靠近墙边安放着一个楠木制作的长形台案，台案精雕细刻，给人以富有、端庄、稳重与庄严之感。台案之前下端，安放一张极为规整的方案，也为楠木制作，因桌肘各方雕有八位仙人图案，乡里人称为"八仙桌"。八仙桌上面摆放着灯盏和茶壶，东西两侧，各有一把玲珑剔透雕刻精美的太师椅。抬头见中间挂着范成大的田园风光佳句："昼出耘田夜绩麻，村庄儿女各当家。童孙未解供耕织，也傍桑阴学种瓜。"

徐大光吃过宴席，强颜欢笑送走前来道贺的亲朋好友，心情很糟地回到正上房，气呼呼地一屁股坐在中堂内的太师椅子上。

见他脸色不好，丫鬟秀儿赶紧提起紫砂茶壶，手拈茶杯斟上茶，轻声道："大少爷，您喝茶。"

心不在焉的徐大光，接过来茶杯，刚吸了一口，"噗"吐了出来，烫得他蹦起来。把茶杯重重地扔到了桌子上，恶狠狠地瞪眼道："你想烫死我呀！"

秀儿吓得向后一退，眼泪汪汪地看着他，几乎要哭出来似的："大少爷我、我……"

徐大光跺着脚原地转了一圈，抄起桌上的茶壶，猛地摔在了地上，茶壶碎片溅射了一地。

秀儿吓得捂脸退到墙角，随后惊恐地跑过去，流着眼泪蹲下身捡拾地上的碎片。

徐赵氏听到他在客厅里大喊大叫，轻步走到客厅，挥了挥手，轻声道："重新拿个茶壶过来。"

秀儿眼中闪现泪光，下蹲施礼道："是，大少奶奶。"

徐赵氏怔怔看向徐大光，疑惑问道："这是咋了？谁惹你了？好好的生的哪门子气？"

徐大光勃然大怒道："我能生哪门子气？还不是让老三这婚事给气的！你看看老三的婚事多气派，又是请戏班又是摆大型婚宴，把整个伯延的人差不多都请过来了，武安的名流士绅就更别提了！这得花多少银子？我们那时候简简单单只摆了十几桌，爹娘也太偏心了。我一年到头忙了生意又忙家事，给家里做了多大贡献，老三这些年不但没帮家里一点忙，还在外国读书花去那么多银子，回来娶个媳妇节俭点办办就行了，他们不但不节俭，反而还这么奢华！这明摆着是爹娘偏向老三嘛。都是亲生子，咋就差别这么大？真是气死我了！"

徐赵氏斜视他一眼，苦笑道："你这心眼咋就这么小呢？你当大哥的跟弟弟争这个有意思吗？此一时彼一时，我们成亲的时候是爷爷当家，爷爷一生节俭惯了，又恰逢扩展东北生意家里紧张。现在咱家生意越来越大，如不好好大办一下，外人都会笑话爹娘小气。都是父母身上掉下来的肉，爹娘也不是那不明事理的人，能偏谁向着谁？我看爹娘挺信任你重视你的，把彰德府和西安生意都交给你打理，你权力还小吗？"

徐大光挥挥手，眼睛中夹杂着哀伤和恨意道："你懂个屁！彰德府和西安才有多少生意？咱家大部分的生意都在东北三省和南方，你看爹啥时叫我去过东北和南方？他压根儿就不想让我插手东北和南方的大生意！"

徐赵氏冷冷瞧了他一眼，道："你咋连这点事都想不明白，爹让你管彰德府和西安的生意，是便于照管家里，你是长子，家里的事，你不管谁管？让别人管你不也得有意见啊！谁管哪儿的生意有那么重要吗？到头来还不是把银子都承兑到咱家的账簿上？别的我不知道，彰德府和西安的生意，大掌柜哪年不得清清楚楚地把账交给爹，管哪儿的生意有何区别？叫我说离家那么远，管那么多生意，除了多操心，多费力吃苦，没啥好处！你可别不知好歹，因为这点事惹爹娘不高兴。"

徐大光聆听完媳妇一番话，恨意渐渐消散，想了想，又说道："可老三办喜事，用的都是公银啊！"

秀儿端着茶托盘走过来，轻轻放到桌子上，徐赵氏回身去拿紫砂茶壶。秀儿忙用手挡住，小声道："大少奶奶，开水，小心烫着您。"

徐赵氏摆摆手，示意秀儿退下。

秀儿手揎托盘低头退下，轻轻关上房门。

徐赵氏把茶杯中剩下的茶水倒掉，又用开水烫了杯子，斟了一杯茶，解下衣襟上的粉红手绢，擦一擦杯口的茶渍，双手捧到徐大光面前，道："三弟成亲不用公银用啥？让你这当大哥的掏？你就更不乐意了！你这心眼咋比针尖还尖呢？你看看人家二弟说啥了？你看看村里人都过的啥口子？你又过的啥日子？如果不是爹挣下这么大的家业，恐怕三弟成亲，你这当大哥还真的要出一份银子呢！好了，好了，不管花多少，爹娘高兴就好。学会睁只眼闭只眼，别惹爹娘生气。"

徐大光身形微顿，清了清嗓子，接过徐赵氏递过来的茶水，张了张嘴没有发出声音，低下了头。

第十九章　女儿定亲　暗查儿媳

徐家后正房：

晚膳时分，见李媒婆端着旱烟袋扭着大屁股向正上房走来，穆四妮急忙迎上前去，拉住她的手，满面喜色问道："快进来坐，事情办得怎么样？"

李媒婆一甩手里的手帕，兴奋地拉着长声道："恭喜太太——贺喜太太——照太太的吩咐，事已圆满办成！周家太太也正要找媒婆过府来提亲呢。"

穆四妮惊奇道："此话怎讲？"

李媒婆深吸两口旱烟，得意地回道："您是不知道呀！周公子喜宴没吃完就回家了，央求他父母找人来府上给他提亲。周家太太考虑到您这府上正办喜事，怕你们顾不上，说明天就去找媒人过来府上提亲。他们正说着这事，我就进门了，真是无巧不成书啊！缘分，缘分！这是周公子和您家小姐的缘分。我说明来意，周家太太一听，顿时喜上眉梢，说你们两家是世交，这门当户对的多好呀！"说着话，李媒婆从怀里掏出一个红包，在穆四妮眼前一晃，脆声说道："这不，把媒钱都给了。周家老爷子说，过几天就派人过来下聘礼，这是人家第一桩事儿，不能让徐家小瞧。"

穆四妮"扑哧"一乐道："知道周家老爷也是个爱面子的人。"回头喊道："刘妈，你去给李妈拿几匹，咱上海铺子里的好绸缎，让李妈回去做几件衣服。"

李媒婆顿时眉开眼笑，施个蹲身礼道："谢谢太太！那我就不客气了，我还真的想做件绸缎小棉袄呢，哈哈哈……"

刘妈领走李媒婆后，徐敬修一掀门帘从书房中走出来，埋怨她道："看看，你又心急了不是？"

穆四妮眼睛一瞪，道："不心急行吗？如果让别人把你那女婿给抢走了，看你咋给你那宝贝闺女交代？"

徐敬修点着她的额头，眼中充满得意之光。

穆四妮抿嘴笑道："我上楼吓唬吓唬咱那闺女去。"

徐敬修看她兴致颇高，摇着头道："都这么大年纪了，还跟个小姑娘似的，拿自己女儿寻开心，你可别吓着女儿了。"

穆四妮上前一步，抱住他的脖子，猛地亲了他一口，嬉笑道："你就放心吧。"

徐敬修还没回过神来，穆四妮提起裙幅"咚咚"上绣楼去了。徐敬修捂着被她亲过的脸，幸福地站在原地，笑容满面，自言道："还真跟个小姑娘似的。"

正在窗前绣花的杏儿一看太太上来，赶紧起身行礼道："太太好。"

穆四妮摆摆手道："罢了，罢了。"

徐利平正坐在床边发呆，见母亲上来，忙起身道："母亲。"

穆四妮走到绣花案前，瞟了一眼，道："有长进，但是绣的这牡丹花瓣都绽开，太艳丽了，你应该让这朵花收敛点儿为好，那样才会让人感觉到有种待放的意境，你说对不对？"

徐利平吃惊地望着母亲道："娘，您太有才了！"

穆四妮看着桌子上的绣撑道："利平，这绣的是什么呀？"

徐利平赶紧用身子挡住绣撑，脸一红道："娘，女儿没绣什么。"

穆四妮已看到女儿在绣红盖头了，莞尔一笑道："不害羞，连婆家还没有呢，就绣盖头了？"

杏儿这时跟着起哄道："不害羞，不害羞，小姐没有婆家就做嫁妆了。"

徐利平柳眉倒竖，指着杏儿让她闭嘴。

穆四妮缓步走到梳妆台前坐下，杏儿忙提起茶壶，倒上一杯茶，双手捧上。穆四妮端起茶杯，小小啜了一口，道："利平，今天有个媒婆来家给你做媒了。"

徐利平一愣，惊诧地望着母亲，连问都没有问是哪户人家，就激烈地反驳道："娘，女儿还小，不想嫁人。"

穆四妮把茶杯重重地放到桌子上，道："你爹已应承了人家，人家说过几天就把聘礼送过来，聘礼到了，这日子嘛也要定下了。"

徐利平一听，脱口而出道："娘，使不得，使不得呀！"

穆四妮低"哼"一声，道："使不得？这婚姻大事父母之命媒妁之言，由不得你做主。"

徐利平一看大事不好，赶紧跪到母亲脚下，沮丧着脸道："娘，女儿还小，女儿离不开娘亲。"

杏儿在一旁撇撇嘴，嘀咕道："心里有话不直说。还不快给太太说！"

穆四妮面上装着吃惊，眼睛里却全是笑意，压着声音问道："难道女儿心里有人了？"

徐利平连忙摆手，争辩道："没有，没有。娘，您别听杏儿乱说。"

穆四妮平静地言道："没有正好，男大当婚，女大当嫁，哪有一辈子不出嫁的老闺女？这次媒婆说的这户人家不错，我和你爹就做主为你应承下来了。"

徐利平急得眼中流露着哀求，道："娘，女儿不想出嫁。"

穆四妮故意装出为难的样子，想了半天，摇摇头起身道："唉！既然我女儿不想嫁人，那娘就做一回主，让女儿在家多陪娘几年。好了，你也起来吧，娘这就让你爹把周家这门亲事给推掉。"

徐利平闻言一惊，抬头看着母亲，嗫嚅道："母，母亲，您刚才说是哪家？"

"周家呀！"穆四妮瞟了女儿一眼，微微叹了口气道，"虽然咱家与周家是世交，但为了我女儿的幸福，也顾不了那么多了。我这就下楼给你爹说，让他把这门亲事推掉。"

徐利平忙站起来，脸一红，头一低，拉住母亲坐回原地，道："既然父母已经答应人家，孩儿就不为难父母了。"

穆四妮站起身，摇了摇头道："不为难，不为难！"提高嗓门喊道："杏儿，扶我下楼！"

徐利平忙拽着母亲的大襟，娇羞道："娘——"

杏儿一脸恍然大悟的样子，不禁笑了起来，也跟着顽皮道："推掉吧，小姐嫁了人我就不能和小姐做伴了。"

徐利平狠狠瞪了杏儿一眼，悄声道："你住嘴吧，到时，我给你说个好婆家。"

杏儿吐吐舌头，做了个鬼脸。

穆四妮点点女儿的眉心，嘴角溢出一丝冷笑道："死丫头，跟娘还耍心眼？"

徐利平摇着母亲的胳膊道："娘，女儿不敢，女儿愿听爹娘安排。"

穆四妮抽出胳膊，看了她一眼，边下楼梯边道："绣嫁衣吧。"

徐利平害羞地瞟了一眼桌子上绣撑，轻声道："孩儿听母亲的。"

西二道院正房：

夜静更深，徐大任听完妻子的话，吓得酒劲醒了一半，瞪眼盯着妻子，道："你疯了？竟敢做出如此大逆不道荒唐之事。"

徐白氏愁眉苦脸道："这明天新媳妇要给爹娘端茶的，这可咋办？"

徐大任无奈地低下头来，静心想了半天，长出了口气，道："反正这堂已经拜了，洞房也已经入了，爹娘就是知道了又能如何？到时候只要我站在你这边，爹娘最多骂你几句，也不会将你咋样。"

徐白氏听了丈夫一番话，终于松了一口气，把头轻轻靠在他那宽大的怀抱里。

徐家后院正房：

第二天清晨，徐大本牵着闫肖肖的手，来到后院，进父母门前，徐大本向闫肖肖使使眼色，闫肖肖赶紧把大步换作小碎步，嘴角含笑，提起裙裾，二人一前一后跨过门槛。

徐敬修和穆四妮端坐上首。穆四妮双眸间闪过一丝精明，颇有些含威不露的气势。与她相比之下，徐敬修就没有那么精神了，他毕竟已经年过五十的人了，再加上这几天连日熬夜，早上又要早早起来接待宾客，脸上透着疲惫憔悴。他们左手边坐着长子徐大光与次子徐大任，右手边坐着大儿媳徐赵氏与二儿媳徐白氏。

徐大本见闫肖肖傻站着不言语，知道昨晚上教她的礼节，她都忘得一干二净了，赶紧捅捅她的后背，小声说："儿媳给爹娘请安。"

闫肖肖立即笑笑上前下蹲，轻启朱唇道："儿媳给爹娘请安。"

徐赵氏眼睛忽地瞪大，站起来指着闫肖肖，惊呼道："我、我好像在哪儿见过你！"

徐大光闻言一愣，疑惑地看向闫肖肖，也是吃惊不小，瞪眼望着弟弟徐大本的脸。

徐敬修看到闫肖肖，也不由得一惊，"噌"地站了起来。

穆四妮吃惊之余沉下心来，拉拉呆站着的徐敬修后袍。徐敬修微微一笑，慢慢撩袍坐下。

徐白氏吓得半站起身，而后又慢慢坐下，眼睛紧紧地锁住婆婆的脸，没敢半分移开。

一道道惊异和探究的目光直直射来，闫肖肖掠过一丝慌乱，看看徐大本。就在她忧心之际，徐大本把她搀起，嘻嘻一笑道："都是三里五村的，大嫂看着能不眼熟吗？"说着向旁边的二嫂徐白氏使了一个眼色。

徐白氏双眸含笑，起身一把拉住闫肖肖的手，回头瞪了徐赵氏一眼道："对呀，这么近的邻村，大嫂肯定看着眼熟。"

闫肖肖朝着大家柔柔地笑着点了点头。

徐赵氏低头想了想，一拍脑子，大喊道："哎呀，我想起来了，三弟妹像咱门口那个唱戏的！"

众人听后都吃惊地望着她。徐白氏丢开闫肖肖的手，走到徐赵氏身边，拍着她的肩膀向她挤挤眼，扶她慢慢坐下道："大嫂，看你说的这是啥话，三弟妹咋能像唱戏的呢？"

"润金他娘！"穆四妮严厉地看着她道。

徐赵氏立即闭上了嘴，眼睛向上偷偷看去，见公爹两道锐利目光正逼视着她，心头一颤，委屈地看看身边的徐白氏，徐白氏向她眨了眨眼睛。她好像一下子明白了，略带忧悒的神情，道："啊，我看错了，三弟妹咋会像唱戏的呢。"

闫肖肖慢慢地抬起头，感激地望着二嫂徐白氏。

穆四妮用迷惑的眼光看向徐大本，无声地询问着。徐大本低下头，不敢与母亲对视。

闫肖肖清雅的脸上带着淡若秋水的微笑，拖着镶着金边的红纱裙，款步走到春燕身旁，双手接过春燕手中的茶托盘，双膝跪到地上，道："公婆在上，儿媳给您二老敬茶了。"

穆四妮抬眼望着闫肖肖的脸，皱起了眉头。

徐大任看着母亲怔愣地望着闫肖肖忘记了接茶，忙起身走上前去，拉拉母亲的手，道："娘，快接喜茶呀！"

穆四妮双手端起茶杯，小抿了一口，看了一眼跪在地上的闫肖肖，挥挥手道："礼节到了就行了。"

徐敬修端起喜茶，摸摸胡须，一副不可思议的神情望着徐大本。

闫肖肖偷偷打量了一眼婆母娘，深呼吸一口气，站了起来。

徐大本举目和父亲对视，父子眼神交汇，眼里均是一笑。他回扫了一眼母亲，只见母亲柳眉紧锁默然不语。

礼节终于行完，儿子和儿媳们都说笑着走出正上房。穆四妮急忙关上屋门，挽住徐敬修的胳膊，小声道："老爷，我咋看咱这三媳妇，咋像芸香呢？"

徐敬修从腰间掏出烟袋，看着她一笑道："可能是有点像吧。"

穆四妮皱着眉头想想，忽然瞪起吃惊的大眼，道："她不会是芸香的女儿吧？"

"这话从何说起？"徐敬修甩开她的搀扶，点着旱烟吸了一口，道，"人家是同会村的！"

穆四妮一拍前额，做出茅塞顿开的姿态，大喊道："不对，她不是同会村的！"说后，她呆呆地看着徐敬修，一脸诧异。

徐敬修吸了半口烟，听她这么一说，猛然停下，惊愕地望着她。

穆四妮愤怒地指着他道："是不是你们合伙骗我一个人？你得不到芸香，就想方设法找到她女儿，弄到家里做儿媳？"

徐敬修瞪着眼，急道："嘿嘿，别乱七八糟往人身上栽赃啊，这哪有的事？"

穆四妮猛然回神，握紧双拳，面露惊色道："哎呀！难道这个程肖肖就是三儿给我说的那个戏子？"

徐敬修沉默了半晌，挤出一丝笑容："你咋会这样想？有啥地儿让你怀疑她是个戏子？"

穆四妮双眉紧锁，双手叉腰道："你们都当我是个傻子呀？从你们的眼神中我就可以断定，她肯定是那个戏子，而且你也认出来了。"

徐敬修斜睨她一眼，问道："我认出来啥了？"

穆四妮眨了眨眼睛道："你惊得都站起来了，你还不承认？老大家的也说她像那个戏子。"

徐敬修嘴角泄出一丝得意，含笑道："你呀！我也是看她长得像一个人，有些意外。"

"她长得是不是像芸香？"

徐敬修诚恳地点了点头。

穆四妮有心想要试探他，看着他说道："要是芸香还活着啊，我定会拉她过来，让她看看咱三媳妇是不是她的女儿！"

徐敬修无奈地摇摇头笑笑，没有言语。

见他还是不想把芸香在天津的事说出来，穆四妮不禁皱起眉头，微微摇了摇头，叹口气道："这个小三儿真是气死我了！竟然与一个戏子拜了堂，过了夜，你说这要是让外人知道，咱这脸面可往哪儿搁呀！"

徐敬修把旱烟袋往鞋底上磕磕，插在腰间道："那就不要说出去，知道他们拜了堂，过了夜，就不要生气了，生气也于事无补嘛。"

穆四妮点点他的额头，冷哼了一声："你们这是合着伙地气我！"

徐敬修伸出双手，半搂着她的腰，笑道："我可是没有啊，不管这个儿媳是不是同会村的，现在生米做成了熟饭，别再纠结了，就这样吧。刚才你做得很对，虽然怀疑这里面有秘密，但还是能冷静对待，继续发扬啊！"

穆四妮长叹口气，道："我还不是出于无奈，要是让大媳妇和二媳妇知道了多难看呀。"说着，她突然一拍头，大叫道："这是二小家的与小三儿串通好的！不行，我这就去前院，看她平时老老实实的，没想到她也会骗我，这还得了。"

徐敬修紧搂着她的腰没有放开手，嘴角含着笑，道："行了，行了！冷静点，你也不想想，如果小三儿不去求他二嫂，他二嫂能这样做？你去问，她承认了，你又能拿她怎样？还不是闹的都不好看？"

穆四妮仔细想想也是，去问清楚了，无非是自己发泄一通骂骂她，解决不了什么问题，反倒会让婆媳之间有了隔阂。她稳定了一下心绪，道："你说得有道理，你说这事咱就到此结束？"

徐敬修幽幽地叹了一口气，痴情地望着她点点头，道："翻页！"

徐家喜宴后第三天，徐大本带着闫肖肖去同会二嫂娘家转了一圈，也算是新媳妇回了趟娘家门。

穆四妮早早就带着几个老妈子、丫鬟去给本家族回谢礼。剩下徐敬修总算清闲下来，坐在正堂中悠闲地喝茶抽烟，二春带着小王成进来，道："我把王成给你带过来了。"

徐敬修放下手里的茶碗，抬头目不转睛地凝视着小王成那弧度优美的脸形，回忆起了救程玉琪的那一幕……

小王成见徐敬修盯着自己不语，看看桌上的茶碗已空，上前提壶满上茶水，恭恭敬敬端到徐敬修面前，道："老爷，请用茶！"

徐敬修回过神来接过茶碗，道："你叫王成？"

王成轻声道："是是是，小的叫王成。"

"以后你跟着我，你可愿意？"徐敬修端着茶碗仔细打量着小王成。

"我愿意，只要能天天让我吃饱饭就行。"

徐敬修道："我好像在哪儿见过你？"

王成眼珠一转，微微一笑，道："我天天在您家大门口吃您的饭，您当然看着我眼熟。"

徐敬修看王成一举一动都有程玉琪的影子，摇摇头，叹息一声，喃喃道："可惜人死不能复生。"

王成眨巴眨巴眼睛，问道："老爷，什么人死不能复生？"

徐敬修没回答王成的问话，挥挥手道："去看看院子里还有哪儿没收拾好。"

王成点头，向外退去。

徐敬修摇摇头道："真是计划赶不上变化，越想早点去天津事越多。"

二春道："孩子的婚姻是大事，别的事可以往后推推再办，有的是机会。"

"你这几天想想还有啥事要办的，趁早办。把利平的婚事定下来，咱就去天津。"徐敬修想了想道，"你去前院把大本叫来。"

二春应声提袍角去了。不一会儿，徐大本西装笔挺的，走进来问道："爹，您叫我？"

徐敬修起身，拍拍徐大本的肩膀，微笑道："三儿，你相信爹吗？"

徐大本一愣，不解地看看父亲，笑道："爹！看您这话问的，儿子不相信爹还能相信谁？"

徐敬修道："好！那爹问你话，你要如实说。这屋里就咱父子，不论是啥结果，爹都不怪你。"

"爹，您请问。"

"你媳妇……她……她到底是哪里人氏？"

徐大本先是一愣，然后松口气道："苏州。"说后仔细观察着父亲的神色，见他没有生气发火，才放下心来。

徐敬修面带笑容，盯着他的眼睛追问："她姓啥？"

"姓闫。"

徐敬修轻轻"哦"了一声道："你可知道她父亲叫啥？"

徐大本摇摇头道："这个倒是不曾问过，只听她说过，她爷爷当过大官。如爹需要，我这就去问问。"

徐敬修控制住心中惊喜和兴奋，忙摆着手道："没必要问了，确定她姓闫就够了。"

徐大本低垂着头道："爹，是孩儿对不起您，事先没有与您说清楚。儿与肖肖在英国相爱已久，可我娘对肖肖的爱好又特别鄙视。儿子没办法，才求二嫂帮忙，骗了您和娘，您千万别怪我二嫂。"

徐敬修听了儿子的话颇感欣慰，一脸和气道："没啥，只要你们幸福快乐就好。"

徐大本见父亲没有怪怨自己，非常感激地望着父亲的脸。

第二十章　商机泄露　反掌还击

天津卫马府：

　　当从"义和发"白掌柜口中得知，因徐敬修治好慈禧太后的足疾才被放出。芸香回到家躺在床上辗转反侧、面色冰冷，怒气难消。不禁喃喃自语道："真是知人知面不知心。不要以为就你自个聪明，别人都傻子，任你欺任你骗。"

　　马继宗醉醺醺地回来，往里推了推床上的芸香，脱下长袍就要上床，芸香心中有气，再加上马继宗满身酒气，感觉心里一阵恶心，立即起床下了地，在床边低头一看，地上有张纸，弯腰捡起，马继宗急忙起身抢过来，掖到枕头下，道："别动，这是与南洋签的合约。今年又能赚一大笔。"

　　芸香坐到桌子旁倒了杯水，边喝边想心事，不一会儿就听床上响起了鼾声，她轻手轻脚走到床边，慢慢从枕下抽出那张合约，来到客厅蜡烛前仔细看了一遍，又悄悄放回原处。折回客厅桌案前，提笔写了一封信，折叠装好，出门找到哑女，把信递给她交代了一番。

义和发铺子内：

　　天津卫的清晨空气清爽，艳阳高照，微风吹拂，街面上人头攒动，贩夫走卒卖力地吆喝。

　　徐敬修为三子徐大本办完婚事、又为女儿定下亲，便与二春赶回天津卫，大掌柜白鹰见他二人进得门来，客套一番进入账房落座，道："您快看看账簿。"边说边急不可耐地拿出账簿，让他二人翻看。

徐敬修摆着手道："不必看，三掌柜已给我汇报过了。"

二春边翻看着账簿，边递到徐敬修脸前道："大户不少啊！"

徐敬修嘴角泛起一丝笑意，接过账簿合上，望着二春道："要不是前段时间及时进货，我一走这么长时间，这铺子肯定就趴下了！二春，这里面可有你不小的功劳啊！"

二春挠挠头道："有我啥功劳？主要是你的策略好，用人有道，白掌柜经营有方。"

白鹰清清嗓子，道："主要是你二春下药准确！"

徐敬修嘴角微扬，带着一缕促狭的笑意道："唉！是我这病人病得太重。"

二春欣慰道："你的病好了，这生意也就不愁蒸蒸日上、日进斗金了。"

徐敬修双眸溢满神采，得意道："老虎不发威，他以为我是病猫呢！"

三人哈哈大笑起来。

"白掌柜，现在咱铺了还缺啥货？用不用我再调银子过来？"徐敬修停止笑问道。

"货缺的不少，上月三掌柜带镖局去进货了，估计这两天就要回来了。银子暂且不用调。"白鹰边说边坐下，从怀中摸出信一封，双手递给徐敬修道："东家，这是马太太托人给您送的信。"

"哦！"徐敬修一愣，起身接过信。二春也赶紧站起身凑过去头看。徐敬修笑笑拆开，轻声念道："速去山西收购黄芪，有多少收多少，南洋大量要货，马已签约。"徐敬修念完已是欣喜若狂，激动得双手颤抖，一把将二春搂进怀里拍打着他的后背："太好了！太好了！"静了静心神，扭头问道："白掌柜，这信送来多长时间了？"

白鹰想了想道："有半个多月了。"

"啊！这么久了？"

白鹰挠挠头道："我不知道这封信这么重要。"

徐敬修想想，离收获黄芪的季节还早，马继宗应该还没有下手，遂笑笑道："无妨，往后有我的信，如我没在天津卫，您不妨先打开看看。"

"是！是！"白鹰点头作揖。

二春急道："那咱赶快动身去山西收购黄芪吧？"

徐敬修捻须道："是要尽快动身去山西，要先下手为强。等三掌柜回来咱就出发。"

白鹰不解地说道："东家，现在离挖黄芪的季节还早着呢。"

徐敬修道："为防意外，咱必须提前驻扎山西，雇人秘密找种植黄芪的农

户协商，看看啥价位能提前预订，如果价位合适，就交订金把今年的黄芪全部预订了。"

二春兴奋地双手一击道："好！咱把黄芪全部预订了，等他去了大局已定。到时，我看他怎么给南洋交货！"

徐敬修沉思后道："二春，你想法去问问芸香，看看马继宗是否也提前去了山西，"

"好！"没等徐敬修把话说完，二春撒腿向外跑去。徐敬修疾追两步，喊道："回来！话还没有说你就跑。"二春跑回来笑笑。徐敬修继续说道："顺便再问问芸香，当初马继宗把两个女儿卖给了谁。"

二春一副受惊的神态，问道："你怀疑她是……"

徐敬修重重地点点头，沉吟道："再问问她，其中一个女儿眉心是否有颗美人痣。"

"明白了。"二春刚要转身离去，一位头戴一顶黑色小礼帽、鼻梁上架着圆圆的小墨镜，提一个藤条编织箱子的人走进铺子。二春回头看了一眼来者，向外跑去。

白鹰一看有客户进来，急忙走出账房，双手一搭道："客官，请问想要什么货？"

来者望着徐敬修，用一口地道的天津话道："我要的货太贵重，需要与徐老板里屋长谈。"

白鹰回头望了徐敬修一眼。徐敬修微微一愣，点了点头，做出"请"的手势。

走进里屋，双方客气一番落座。来者开门见山道："徐老板，我想用这箱子里的东西，换取您的皇宫秘方。"说后，他双手打开箱子，里面竟然是一箱黄灿灿的金条。

徐敬修惊愕地抬起头，稍作休整，微微一笑道："你从哪儿得此消息？"

"这么大的事情，都传遍了整个天津卫药行，随便一打听，怎么会不知道？"来者面带微笑道。

"这？嘿嘿……俺可是不知道，俺有啥皇宫秘方？"徐敬修干笑了两声。

"徐老板，您我都是生意人，开个价吧！我一定会让您满意的。"

没等他说完，徐敬修已在不断摇头。等他说完，徐敬修随即用冷峻的声音答道："抱歉！皇宫秘方我真的没有，怕是令你失望了。"

"您做生意不是为的这些？"来者指指一箱金条，"我买走您的方子保证不在这里使用。"

徐敬修眼睛一亮，谜团似乎一下子从脑海里跳了出来。他十分气愤地质问：

"你不是中国人？"

来者眼底闪过一丝惊恐，道："我当然是中国人，我是说我买到此方不在此地使用，不会影响到您的生意。"

"哼！"徐敬修冷哼一声，一甩衣袖，响亮地回答道，"我确实没有皇宫秘方！谣言不可信。"说着他扭头朝外大喊："白掌柜，送客！"

"别别别，徐老板，有话好说，咱再谈谈。"来人急忙拉住徐敬修的胳膊道，"徐老板，您不卖也行，可否把皇宫秘方拿出来让在下掌掌眼？"

徐敬修冷笑一声，毫不客气道："送客！"

"哼！"来者也冷哼一声，瞪眼望着徐敬修道，"没见过你这么做生意的，有金条不要！"说罢，气呼呼地走了。

徐敬修看着来者走出药铺，心道：金子有价，祖宗秘方无价！转身问道："白掌柜，你看这个人是中国人吗？"

白鹰沉思半晌，向徐敬修跟前靠靠，低声道："咋看都像是日本人。"

"无耻！想把中国的东西弄到日本去，门儿都没有！"徐敬修从腰间掏出旱烟袋，装上烟丝，白鹰赶紧为他点上。他连吸了两口，皱着眉头想想，道："是他？"

"哦！"白鹰疑惑地问，"东家，您认识他？"

徐敬修点点头道："没错，就是这个人在京城老跟着我，原来是想寻机会夺取我的秘方！"

二春回来禀告说：马继宗没有离开天津卫。两个女儿一个小时夭折，一个卖给了闫姓官府人家，大女儿眉心确实有一痣。

徐敬修心里有着说不出的兴奋，但也乱得厉害，双手抱头躺在炕上。

紫竹林松昌洋行：

山崎高三郎气呼呼地回到紫竹林松昌洋行。石川一看他的表情便知任务失败，给他斟了一杯煎茶道："作为一名武士，你难道连抬头的勇气都没有吗？"

山崎高三郎低着头，有点惭愧地低声说道："我今天已尽力了，他不但不卖，还用讥笑的眼神蔑视我。"

"骨头还挺硬！"石川微微一笑道，"我这人喜欢硬骨头，骨头越硬，越喜欢啃。我相信你也能把这个硬骨头拿下。"

"嗨！"山崎高三郎应声，道，"谢谢您的信任，要是要我用武力，很快就能让他乖乖地交出秘方。"

"不不不，现在还不是动用武力的时候，要稳中求胜。"石川透过圆圆的镜框打量了他一眼，平静地说道，"刚刚接到参谋本部密令，清国的山川土地、人口分布、民生贫富、风俗人情、军营位置、中医中药、粮秣运输……都在这次考察之列。情报在战争领域、经济领域都起着至关重要的作用。我们只有搞到情报方可知己知彼，百战百胜。而中国由于不重视情报，所以往往会处在被动的位置上。"

"嗨！三郎受教。"

石川面色一沉，目光盯视着窗外，道："秘方只是我们行动的小插曲，等时机成熟，大清国都是我们的，小小药方还不是手到擒来？这事先放一放，你去执行新的任务。"

山崎高三郎立即起身，情不自尽地用手扶住腰刀，"啪"立正行了个军礼，低头道："请下命令吧！"

石川眯眼看看山崎高三郎，嘴角带着一丝轻蔑的微笑，不愠不火道："马继宗马上就到，从今天起你跟着他，查清他进货地点。"

"嗨！我一定做到。"

马继宗如约而来，彼此寒暄落座后，屋里响起了日本人喜欢听的樱花音乐。

石川拍拍手，进来一个身穿和服、手拿扇子的日本女人，跳起了日本传统舞蹈《花柳流》。

马继宗不耐烦道："不知石川先生请在下过来有何事？"

石川回道："没什么特别的事，只是好久没见继宗老弟了，请你过来喝杯煎茶。"

马继宗皱皱眉头，看一眼他的神情，随即笑着问道："不会这么简单吧？"

石川笑笑，边为他倒茶边道："聪明的继宗老弟，听说你近日要外出采购？"

马继宗一愣，道："哦，前些日子接了笔生意，准备下月底动身去进货。"

"恭喜老弟发财！需要帮忙别客气。"

马继宗心道，黄鼠狼给鸡拜年没安好心。刚要开口，突然感觉不对，他怎么知道自己做的这笔生意？

石川看马继宗欲言又止，明白他心里有疑问，也没解释，摆手让歌伎退下，喊道："三郎！"

屋外的山崎高三郎"嗨"了一声，怀抱木箱推门进来，将木箱轻轻放在他面前的桌上。

石川伸手打开箱盖，马继宗看着箱子里的东西两眼放光。石川看一眼他那贪婪的目光，道："这是我的一点心意，还请继宗老弟收下。"

马继宗回过神来，呵呵一笑道："中国有句俗话'无功不受禄'，我未给老兄做什么，这银子我不能收。"想了想又问道："是不是想让我去找那徐疯子将皇宫秘方买过来？如果是这件事的话，恕在下无能为力，你也知道我们之间有仇。"

"继宗老弟！"石川打断他的话道，"皇宫秘方的事不劳你的大驾了，我自有办法让他乖乖地把皇宫秘方交给我。"

马继宗歪脑袋看着石川，疑惑地问道："那这银子……"

石川看马继宗一眼，又看向山崎高三郎，神情慢慢地严肃起来，"下个月进货时，麻烦你带上三郎，这是报酬。"

"带他？"

"请多多关照！"山崎高三郎立即行了个日本军礼。

马继宗诧异地看着山崎高三郎，陷入惆怅不解之中。

石川把装满银子的木箱推到马继宗面前。

义和发铺子：

第二天傍晚时分，三掌柜连全带着车队从安国进货回来了。他边安排伙计们卸货入库，边扭头对徐敬修说道："东家，安国药市上鹿茸、虎骨、三七、麝香，都断了货。咱家药丸是没法配了。"

徐敬修皱着眉头想了一会儿，道："回头我想办法。"

山西：

徐敬修带着众人到山西后，每天带着小王成游走田间，查看每家农户的黄芪长势情况。二春与三掌柜连全马不停蹄地进东家去西家，与种植黄芪的农户协商签订购买协议，天天累得是腰酸腿疼。

经过一个月的辛苦全部搞定，此时已到了黄芪成熟时期。二春与三掌柜连全每天坐在地头看着老乡们采挖，生怕他们挖折挖断每一株黄芪。徐敬修坐在客店里喝着茶水，检验老农送来的一车车黄芪，小王成也是挽起衣袖，安排劳金们轻拿轻放装麻袋，天天忙得不亦乐乎。

事已完毕，货已装车，徐敬修从怀中掏出一封信交给王成，与他交代了一番，让三掌柜连全带着王成押运黄芪回天津"义和发"。而自己则为了女儿的婚期和二春快马加鞭回了武安。徐敬修回到武安一个月头上，王成也赶回武安伯延徐家大院，与徐敬修耳语一番。

第二十一章　利平出嫁 隔窗认女

徐家后正房：

　　清晨，徐家大院挂起红灯笼，全家上下忙碌，呈现一派喜庆景象。

　　后院正房里大大小小的箱子、包裹摆了一屋。此时，穆四妮正带李媒婆欣赏女儿的嫁妆，李媒婆指着满屋的嫁妆道："啧啧，看您给小姐准备的这嫁妆真丰厚，这要抬出去多气派，我保了这么多媒，从来没见过谁家小姐出阁陪送这么多东西的！看看这，看看那，啧啧，徐太太您可想得真周到！"

　　穆四妮笑得合不拢嘴，亲自点着大包小裹，生怕丢漏了什么。

　　正在二人说话间，徐大本手拉着闫肖肖走了过来。只见闫肖肖头戴着金色大波浪假发，脸上化了浓妆，上身着白色衬衫，外搭黑色无袖夹克；下穿马裤，脚蹬马靴，怀里抱着白色婚纱，一进门就大喊道："婆婆，小妹结婚我没啥送她的，把我没穿过的婚纱送给她穿吧！"

　　穆四妮一见穿戴另类的闫肖肖就气不打一处来，更过分的是怀里抱着一件白色纱裙，忙挥着手道："你的好意，我和你妹妹都心领了，快点儿把你那白雪雪的洋玩意儿收起来！"说着，瞪了徐大本一眼，道："快把你媳妇带走，今儿你哪也别去，就在屋里陪着媳妇，只要她不出来，你就算帮你妹妹的大忙了。"

　　徐大本捏捏闫肖肖的手，看着母亲欲言又止。

　　闫肖肖倒是跟没事人一样，笑笑唱起了《大祭桩》里的"打路"一段："婆母娘且息怒，站在路口，听儿把内情事细说根由……"没等她唱完，穆四妮就被气得一甩袖子迈出房门。

徐大本望着闫肖肖无奈的表情，小声道："母亲生气了，走，回咱屋唱去。"

闫肖肖却甩开徐大本的手，跟着婆婆走出来，大喊道："婆婆，这洁白的婚纱代表着纯洁！"

徐敬修从外边回来看到这一幕，摇摇头，走过去道："三儿呀，今天是你妹妹的大喜日子，你们也要按咱大清国的规矩打扮。明天我想让你陪我去趟彰德府。对了，去时带上她。"

徐大本带着探究的眼神盯着父亲沉静的面色，似乎从他脸上找寻着什么，"孩儿听从爹的安排。"

"让我去彰德府？太好了！"闫肖肖来了精神，走上前去搀住徐敬修的胳膊，脸上立刻露了无比灿烂的笑容，大喊道："谢谢爸爸！还是爸爸对我好。"

这一举动，惹得满院子的家丁和丫头们都笑着向这边看来。徐敬修的脸"唰"一下通红，赶紧抽出胳膊，摆着手："不用谢！不用谢！"红着脸捷步向正房走去。

徐家东二道院正房：

徐家庄园东二道院正房内，徐赵氏洗漱罢，在妆台前梳理着长发。秀儿神情慌乱焦急，在首饰匣中东翻西找了半天，诧异地"咦"了一声。

"丢了啥东西？"徐赵氏问道。

秀儿急得快哭要出来，红着眼圈回道："老太太上次给您的金簪，昨天还明明在的，现在怎么找都找不到。奴婢好没用，连东西都看管不好。"

徐赵氏虽然也很着急，却安慰她道："不要紧，慢慢找就有了，越急越找不着。咱这院里没遭过贼，不会丢的。"

徐大光坐在客厅八仙桌旁的太师椅上吸着旱烟，听到贼字心里"咯噔"一下，不耐烦地朝里屋喊道："啥又丢了？天天乱七八糟的丢啊扔的！"

徐赵氏梳妆整齐，走出里屋："娘给我的金簪不知放哪儿了。走吧。"

徐大光脸色凝重端坐那儿，赌气道："不去，出嫁个闺女还要花这么多的银子！爹娘这是成心不想多给我们留下家业！"

徐赵氏脸带怒气看着他道："妹妹这么大的事，你这当大哥的不去咋能行？三弟娶媳妇时你就不高兴，现在妹妹出嫁你又不高兴，至于吗？"

徐大光看了徐赵氏一眼，徐赵氏立刻噤了口。徐大光面无表情，眉头紧锁，自言道："我明明看到往家祠里搬家时，没有多少银柜子，为啥到办事时，爹娘出手会如此大方？"

徐赵氏柳眉含怒，凌厉的目光似乎可以穿透他的心，惊道："你想盘查爹娘的底？"

徐大光低头摆弄着旱烟袋，没有言语。

徐赵氏看着他，冷声道："你费那劲干吗呀，我看你是吃饱了撑的，该给咱的爹会给咱，不该给咱的，你再查也没用。爹娘给妹妹办个嫁妆，你也嫌用的银子多，真是小肚鸡肠！"

徐大光瞪她一眼，火冒三丈道："谁叫他们不分家！如分了家，他们爱给利平多少陪嫁我都没意见。没有分家，不查清家里有多少银子能行吗？"

"不分家多好呀，给咱分了银子还管吃喝，你呀，别再费心查家里有多少银子了。爹才不糊涂呢，爹不可能把银子都放在家里等着贼来偷！"徐赵氏道。

徐大光一听这个"偷"字，脸"唰"一下子红了。

徐赵氏沉声道："走吧，待会等爹派人过来请，可就不好看了。"

徐大光冷冷地"哼"了一声，脸色极难看。

徐赵氏照着镜子，拉拉小衫道："快点儿换上我给你做的那件紫色大袍。二弟、三弟可能早到后院了，亲戚都到了咱还没有去，爹娘会生气的。"

徐大光极不耐烦，拿着烟斗往痰盂上"当当"磕了两下，站了起来。

徐家后正房：

傍晚时分，徐大任夫妻送亲归来，进门看到父母对坐在中堂喝茶聊天，道："爹、娘，我们送妹妹回来了。"

穆四妮点点头，放下茶碗，道："真是一个闺女一门亲戚啊！再好的闺女长大了也是别人家的人。"

徐白氏碎步走过去，偎依在婆婆身旁，甜甜地道："娘，您别难过，过三天妹妹就回来看您了。"

穆四妮摸着徐白氏的手道："娘知道，可这心里还是空落落的，嫁出去的闺女泼出去的水，以后就是人家的人了。"说着，往屋外看了看，问道："你大哥、大嫂呢？"

"大哥喝高了，大嫂陪着回东院了。"徐大任回道。

穆四妮"哼"了一声："明知酒量不行，还强喝！"

徐大任问道："爹，咱啥时候去沈阳？"

徐敬修望着院内，捋了捋胡须说道："等你妹妹回过了门儿，咱就动身。"

徐大任望着父亲的脸，慢慢坐到他的身旁。

"二哥、二嫂，你们啥时候回来的？"话音未落，闫肖肖跟着徐大本大步跨进门，接着道："我想去妹妹家看看，可咱娘不让。妹妹家可好？"

穆四妮一看闫肖肖进来，马上把脸扭向一边。

徐白氏轻轻拍拍婆婆的手，迎上前拉住闫肖肖的手，坐回婆婆身边的椅子上，赔笑回道："不是娘不让你去，到处都是尘土，娘怕把你的衣服给弄脏了。"

闫肖肖看看婆婆，微笑道："没事，衣服脏了有大本给我整理。"

穆四妮一听，狠狠地瞪了徐大本一眼，"哼"一声再次把头扭过去。

徐敬修瞟了穆四妮一眼，知道她看不惯闫肖肖所为，赶紧岔开话题道："三儿，我有个想法。"

"爹，您有什么吩咐？"

"你回来时间也不短了。我想让你过几天，跟你二春叔去南方学做绸缎、布匹生意。"

徐大本撩袍坐到闫肖肖身旁，看着父亲的脸，点点头："我也很想去南方看看肖老师。"

徐敬修笑笑道："这次就是为了让你顶替肖掌柜去的。"

"咋？肖老师要离开咱家铺子？"徐大任和徐大本异口同声瞪眼吃惊问道。

"你们的肖老师要去干大事。你去了他才能腾出手来大展宏图。"徐敬修道。

徐大任愕然地看着父亲，道："我从小就感觉肖老师与众不同。"

闫肖肖拉住徐大本的手急问道："肖老师是个什么样的人物？"

徐大本狡黠地笑笑，道："他是一个了不起的大人物。"

闫肖肖一头雾水，似懂非懂地直视着徐大本，眼神里充满疑惑。

徐敬修眼角带着丝笑，紧紧地盯着徐大本的眼睛，道："现在国家有难，国家很需要你们这些有文化的青年去爱国救亡，爹希望你跟着肖掌柜，能干一番对国家有益的事。"

此刻，徐大本感觉父亲的眼神中布满了玄机。

穆四妮气呼呼地瞪他一眼，脱口道："你这老头子，给孩子说的这是啥话？你要知道，咱只是商人，国家大事咱管不了！"

闫肖肖闪着一双大眼道："娘，您说得不对，天下兴亡，匹夫有责，国家的事就是咱老百姓的事，国强才能民富，国泰才能民安，国家有事咱有义不容辞的责任。国家是和咱同呼吸、共命运的！"

徐敬修笑看着穆四妮，道："你听听，还不如孩子呢。"

穆四妮一脸不高兴，眼中夹着隐隐的恨意道："男人在说话，女人少插嘴！"

徐大本带着丝丝无奈看着闫肖肖，微笑着摇摇头。

闫肖肖困惑不解地看着丈夫。

徐白氏看着婆婆脸色不好看，轻轻拽拽闫肖肖的后衣襟，给她使使眼色。

徐大任见状，忙打圆场道："娘，弟妹说的不是没有道理，国泰民才能安。国家要是打起仗来，咱想踏踏实实做咱的生意是不可能的，说不定还得到处逃难。"

徐敬修为了让穆四妮在儿子、儿媳妇面前不丢面子，继续说道："三儿，我看你娘教你的功夫，你已学的不少了，出远门爹也能放心了。"

徐大本一愣，"这您都知道了？"随后又疑惑地看着母亲。

穆四妮得意地把脸转过来，轻轻摇摇头。

徐敬修笑道："这还用你娘说吗？你这强壮的身板儿大家都能看到。你能学好武功，但不见得你能学会做生意。到了南方你要从学徒做起。"

徐大本凝视着父亲，微微挑起眉，嘴角挂上了一丝淡淡的微笑，连他自己都不曾察觉。用大拇指指着自己道："爹，我可是少东家呀！咋让我做学徒？"

闫肖肖也难以理解地问道："爸爸，大本可是少东家啊！"

徐敬修板着脸道："没说他不是少东家！"

徐大本看看父亲的脸，欲言又止，挠挠头道："那您还让我当徒工？"

徐大任道："兄弟，这你就不知道了，爹新立的规矩是少东家进店铺与小劳金一样的待遇，也要从抹桌子、扫地、打杂做起。"

徐敬修与徐大本对视了一眼，道："在咱家店铺里，除了我这个东家大，就是各地总掌柜、大掌柜、掌柜。不管是谁，有能力就当掌柜，没能力就是伙计，咱家各地店铺里的人都是精挑细选，千锤百炼挑选出来的具有卓越禀赋和才华的能人，他们忠诚可靠、经验丰富、善抓商机、随机应变能力强、懂经营会管理。就是伙计也要懂得如何以德聚财、以义制利、买卖公平、童叟无欺、行而有信、言而不妄、行而不诈。你说我让你管他们，你能管得了吗？你有能力管吗？你能让他们服你吗？他们看在我的面子上，可能不得不听你的，可那样对咱家的生意有百害而无一利啊。"一番肺腑之言说得徐大本哑口无言，羞愧地低下了头。徐敬修语重心长道："儿呀，你有理想有抱负，有壮志凌云之志，爹很欣赏，但想要实现，就必须脚踏实地从头做起，等真正有能力了，不用我说他们也会服你，也会听你的，到时候你才是真正的少东家，现在只是挂名而已，如果不想当个挂名少东家，去了南方就给我低头做人，好好学，好好干。"

徐大本抬头吸了口气，瞅瞅父亲，道："孩儿惭愧。孩儿听了爹这一番情真意切之言，才知道自己是多么无知，仅凭书本上学的那一套理论，一腔热血是做不成事的。我想好了！到南方我不做学徒……"

大家闻言，都惊异地看着他。徐大本接着坚定地说道："到了南方我要从提便壶开始，吃常人不能吃之苦，忍常人不能忍之辱，先苦心志磨筋骨。等我学到真本事，再做我的少东家，把咱家生意做大、做强、做专、做精。"

徐敬修和穆四妮听了儿子这番话，相视一眼，露出欣慰而赞赏的笑容，仿佛看到了这块金子未来的光辉，徐家未来的辉煌。

穆四妮看着徐敬修满意而慈祥幸福的脸庞，微笑道："这下你放心了吧！"

徐敬修得意地捻须道："我当然放心了，看着儿子一个个成长起来，能替我分担，继承徐家基业，是我最大的幸福与快乐。"

徐大木趁父母高兴，急忙道："爹、娘，孩儿有一事相求。"

穆四妮爽快道："说！"

徐大本不好意思道："我去南方时，想把肖肖带上。"

闫肖肖激动不已，兴奋道："我早想回苏州看看那个家……"半句话出口，已知失口，赶紧用手捂住了嘴。

众人都瞪眼望着她。

穆四妮用吃惊的眼神望着她，皱着眉头问道："你早想回苏州看看哪个家？你倒底是哪里人氏？"

闫肖肖被婆婆抢白了一句，不知所措地瞪眼望望公爹徐敬修。

徐敬修一时也不知该如何替她圆场，干咳两声，低头吸起了烟。

闫肖肖见公爹不替自己说话，求助的眼神看向二嫂徐白氏，徐白氏微微摇摇头表示无能为力。

徐大本思索一下，说道："娘，我给肖肖说过苏州山塘街有铺子有家。"

"是啊，是啊！"闫肖肖尴尬地笑笑，说道，"大本给我说他是在那儿出生的，我早想让大本带我去看看他出生的地方。这回爹让大本去苏州，我也想跟着去看看。"

穆四妮不屑地瞟了她一眼，沉声道："不害臊！这话你俩也能说出口？哪有带着媳妇出门做生意的道理。"

闫肖肖忙起身到穆四妮身后，轻轻按摩着她背膀，道："娘，这很正常呀，我们刚成亲不久，他是我的老公，他去哪儿我当然要跟到哪儿了，他做他的生意，我做我的事，这有什么可害臊的。"

穆四妮刚想用肩膀甩开她的手，可感觉她按得还真是地儿，挺舒服的，慢慢脸色就变得柔和起来，道："没这规矩，自古以来都是男人出门做生意，女人在家安稳守着。"

闫肖肖边按摩边辩解道："婆婆，我是不承认男女天赋本能有等级差别的，男子所能做的，女子也能做到。凡男子所做的各种事，女子也都能做好做成。男女表面上所表现出来的差别只是智慧之开与不开耳，并不是天生的；男女都是躯体峙立，首函清阳者，其聪明必不甚相远，但是女子被摒除在教育的门外，造成了智识上不如男子的现状，女子与男子一样，完全可以去尝试做自己喜欢的事。就像您一样，别的女人都裹脚，而您却知道裹脚带来的诸多不便……"她的话还没有说完，穆四妮脸一红，甩甩肩膀，摆手打断了她的话，道："得、得、得，你别给我说这么多的大道理了，你爱跟着大本走就走，反正你别天天在我眼皮底下转悠就行。"

徐敬修暗自发笑，装着若无其事地挥挥手道："愿意去就一起去吧。"

闫肖肖拍着双手，高兴得大呼道："公爹万岁！公爹 I love you。"

徐白氏情不自禁地低声问道："弟妹，你叽里咕噜说的啥？"

闫肖肖高声说道："我说，公爹我爱你！"

大家都是一愣，扭头瞅着她。

徐白氏不敢置信地捂着嘴，瞪大眼睛看着闫肖肖。

徐敬修的脸"唰"地红了，赶紧起身向里屋走去。

徐大本笑看着父亲红脸离去，再回头看看闫肖肖和母亲，嘴角渐渐泛起一丝笑意，然后扩散向整个脸庞，而后大笑起来。

穆四妮瞪眼看着徐大本，带着怒气道："无法无天。"说后看看他们，她也"扑哧"笑了。

闫肖肖捂嘴，笑道："不允许吗？"

彰德府：

次日，徐敬修带着徐大本和闫肖肖从武安伯延出发，一路赶到彰德府城（安阳）已是日上三竿。

两辆驷马高盖车轱辘轱辘融入街道两侧高低错落有致的商铺和人流中。

走到老城厢西大街，坐在高盖车上的闫肖肖兴趣浓厚，掀开蓝色布帘，好奇地看着车外热闹街市。但见人群熙攘，车马不绝，宽阔的街道上，商肆作坊林立，酒家客栈鳞次栉比，旗幡彩带飘扬。再一看，进入深秋时节，市井小民们多半穿着窄袖棉布长袍，打扮还是那么轻便简约。

到了德聚诚铺子门外。车夫把车停了下来，赶紧跳下车掀开车帘，伸出一只手，徐敬修搭手走下车。

坐在后面车上的徐大本见状，拉起闫肖肖跳下马车走到铺子前停下脚步，只见店铺上方高悬"德聚诚"三个黑底金字，下书"百年老字号"五个小字牌匾。瞅着铺子两侧，右手边写着：参茸燕窝；左手边写着：丸散膏丹。

徐大本望着店铺点点头，道："好！好！一看便知咱是做什么生意的。"

正在店里忙碌的大掌柜宋连生一见东家等人来到店铺门外，赶紧迎出门，大声道："东家、少东家、少奶奶一路辛苦，快快回后院休息。"看徐大本和闫肖肖只顾看铺子两侧字，走到徐敬修跟前，压低声音道："东家，事已安排妥当。"

徐敬修点点头，跟着宋连生向后院走去。

闫肖肖跑进铺子里面东瞅瞅、西看看甚是好奇。

徐大本把她带进柜台里，边拉开一个个小抽屉，边给她介绍各种药材的药名、功效。

闫肖肖惊叹道："真是赋草木花卉以生机，寄丸丸膏汤以沾力！"

徐大本竖起了大拇指道："说得好！此句用到此处那是太恰如其分了。"

闫肖肖从两个抽屉中各抓了一把药材，问道："这些果果壳壳都能治什么病？"

徐大本拿起她手中的两种药材，道："这些是白芍，是常被用到的一味中药，是很多中药方子中必不可少的一种配药，在我国中药市场上需求量很大。它味道略呈酸性，是属于凉性中药。它对于人体具有补气、滋养调理血气，疏通人的肝部平复肝部虚火，止痛消炎，对人体阴气尤其是女性具有很好地治疗作用。这些是枳壳，它可以与其他的中药材一起配伍使用，用来治疗浅性胃炎、溃疡病、咳嗽等，可以说枳壳的功效和作用是非常多的。"

闫肖肖道："你知道的还真不少。真是令我刮目相看！来来来，你再给我讲讲这两个抽屉药材名字与它的功效。"

徐大本呵呵一笑，拉拉她道："爹去后院了，咱也赶紧去吧！以后有时间再给你讲。"

闫肖肖跺着脚，扭着身子，道："不去，我就要你给我讲药材。"

徐大本只好笑笑，又给她讲："这是藏红花，主要功效：活血化瘀，散郁开结。治忧思郁结，胸膈痞闷，吐血，伤寒发狂，惊怖恍惚，妇女经闭……"

德聚诚铺子后屋内：

徐敬修与芸香见了面彼此寒暄几句，简单地把闫肖肖的情况给她说了一遍。

芸香未待听完已是泪流满面，啜泣不已，待徐敬修说完，擦把眼泪隔窗看着闫肖肖。

徐敬修低声道："是不是很像年轻时候的你？"

芸香哽咽着点点头，含泪道："徐大哥，谢谢，真是太谢谢你了！她是我女儿没错。"

徐敬修笑看着她，道："她现在可不单单是你的女儿，也是我儿媳。"

芸香用袖子胡乱抹干眼泪，抬头尴尬地一笑道："我现在真的不知说什么才好，我太激动了。"

徐敬修道："你如现在想认，我马上把他们叫过来。"

芸香泪眼迷蒙地摇摇头道："不不，我没有尽到母亲应尽的责任。还是让她在你府上快乐地生活吧！能看到女儿好好的，我已经心满意足了。千万不要让她知道，她有个狼心狗肺的爹和一个卖过唱的娘。"

徐敬修挑挑眉毛，凝视着芸香道："其实你没必要担心啥，这孩子性格开朗、天真活泼、心地善良，又接受过西方教育，思想比较开放。而且还继承了你之所好，很喜欢戏曲。"

芸香眼泪汪汪地摇摇头，道："那是因为孩子心里没有阴影。我现在还没做好心里准备，我回天津后好好想想再说吧。"

徐敬修非常理解作为一个母亲此刻的心情，点头道："啥时候想好了，你告诉我，你想啥时候认就啥时候认。也可以直接去苏州找她，过几日，她就跟着大本去苏州铺子了。"

芸香望着徐敬修点点头，呢喃道："要是小女儿也活着该有多好，可惜给了刘梦虎没几天就夭折了。"

徐敬修闻言微微一愣，问道："啥？当初他把小女儿给了刘梦虎？"

芸香含泪点点头。

徐敬修凝视着芸香追问道："是谁告诉你小女儿夭折了？"

"秦有福。"

"啊！"徐敬修瞪眼道，"秦有福的话你也能信？刘梦虎是他表哥，还不是他表哥让他咋说他就咋说。我让张诚好好查查，看刘梦虎有没有女儿。"

芸香顿时恍然大悟、激动地一下子拉住徐敬修的胳膊，道："哎呀！对呀，我咋就信了秦有福的话。好好好！那就麻烦张掌柜好好查查。"

徐敬修郑重地点点头。

徐家后正房：

徐敬修嫁女第三天，周汝昌领着侄儿周书太小夫妻来到徐家。一进门，就嚷嚷道："亲家！咱这事办得咋样？满意不？"

穆四妮笑逐颜开地迎上去，道："你主事儿，我们还能说不满意吗？"

徐敬修从书房出来，笑道："谁敢说不满意，看我不抽他。来来，快坐，正好品品南方刚给我捎来的新茶。"

穆四妮拉着徐利平的手欲回里屋，临走时徐利平还不忘回头示意周书太坐下。

周汝昌与周书太入座后，徐敬修亲自执壶沏好茶递给他和周书太各一杯，道："来，品品。"

周汝昌端起茶杯，凑到鼻子下闻闻，然后小啜一口，缓缓下咽再回味一番，道："有点淡淡的清香，入口甘醇，回味幽香，好茶！"

周书太也微笑着点点头。

徐敬修也端起面前的茶杯，慢慢抿了一口，笑道："我这没孬茶。"

周汝昌摇摇头笑笑，自己要动手再倒一杯。二春提着铜壶进来，笑着把壶放到地上，"来来来，让我给你倒上。"

周书太赶紧站起身，放下手中茶杯，端起徐敬修和周汝昌面前的杯子，并排放到一起，道："二春叔，给晚辈个机会。"

"这就对了！你老丈人就喜欢你这八面玲珑的乘龙快婿。"二春笑笑道。

徐敬修站起身，笑着点点二春，端起茶杯，拽着周汝昌的衣袖道："来来来，杀一盘。"

周汝昌坐着不动，摆手笑道："小老叔，就你那臭棋篓子还是算了吧！赢了你，怕今天连饭都不管了，不下！"

二春边笑边开始摆起了棋盘。

徐敬修见状，问道："二春，小王成呢？这些杂事以后交给干他就行了。"

"王成到厨房看菜去了，顺手的事，没那么多讲究。"二春不在乎地说道。

周汝昌端起茶杯，看看徐敬修，打趣道："让个马，照样杀你个落花流水。我看，我们还是喝会儿茶，等着喝酒吃饭吧！"

徐敬修回身放下茶杯，双手拽着他胳膊，瞪眼道："我还真不信这个邪！不要再耽搁工夫了，下一盘棋才给开饭。"见周汝昌还赖着不动，一把将他手里的茶杯夺过，放到桌上。

二春微笑道："我东家现在棋艺大长，可不比从前了。不信，你下一盘试试。"

周汝昌嘴角一撇，道："吹，你就替他吹嘘吧。近朱者赤近墨者黑！"

二春笑笑不说话，只管摆棋子。

徐敬修捋捋胡须，哈哈一笑道："你今天要是敢轻敌，非杀你个片甲不留！来来来，不信我下不过你！"说着强拉起周汝昌走到棋盘前，摁在座上。

周汝昌无奈，扭头对周书太道："侄儿呀，看你这老丈人多不讲理，到他家喝个茶都不得安生，想喝他点酒，吃他顿饭，还得先和他下盘棋。过来，看大伯咋把你老丈人杀个落花流水，看二春还替不替他吹嘘了。"

徐敬修盘起辫子，一撸袖子坐下，盯着周汝昌道："我吹嘘？我啥时候吹嘘过？谁赢谁还两说呢。"

周汝昌看一眼徐敬修，道："下就下！这回非让你在你新女婿面前难堪，输了可别说我不给你面子！"

徐敬修嘴角漾起一抹笑意道："别光吹嘘了，走吧！"

"你们下，我给你们沏茶。"二春道。

周汝昌一把拉住二春的手道："不用你沏茶，你就坐在这儿，好好看着我是如何赢他的。咱可先说好了，观棋不语真君子。"

徐敬修胸有成竹道："好好好！二春，你就坐下看咱如何赢他。"

二春扭头拿过一个小凳子坐下，笑道："行行行，观棋不语！我就坐这儿给你俩做个输赢见证。"

周汝昌瞪眼道："赢我？小老叔，我看你别的本事没学会，吹牛水平倒是见长，咱先讲好，落子无悔大丈夫，我让你先走。"

徐敬修嘿嘿一笑道："让我先走我就先走，你就等着输吧。先走马。"

周汝昌也挽起袖子道："当头炮。看我三下五除二就解决了你。"

徐敬修瞪眼看着棋盘，道："攻卒，你敢过来我就用马踩死你。"

周汝昌把辫子往后一甩，道："上相，我看你小卒子咋过河，想过河当车使？没门儿！"

徐敬修双眸里闪烁，道："上车，三步不出车说明棋艺低。"

周汝昌瞪眼盯视着棋盘惊愕不已，道："啊哈！棋艺有长进了？"指着棋盘，大喊道："你看这，我也要出车了，我这车一上，可就要开吃了。"

二人你来我往互不相让。眼看徐敬修就要兵败如山倒，再有一步就被周汝昌将死了，可徐敬修仍不知。急得一旁看棋的二春抓耳挠腮，站起身来咳嗽摇头。可又不能直接开口提醒，事先说好的观棋不语啊！

徐敬修见二春坐立不安，知道不好，手里拿着棋子迟迟不肯落下。

周书太心想：如真的叫老丈人输了，可能会影响到他今天的情绪，不由喊了句："撑士！"

一语惊醒梦中人，徐敬修立即放下手中棋子，顺手一推士，化险为夷。呵呵一乐，看着周汝昌。

周汝昌气得蹦起来，骂道："你个没良心的东西，看我不打你，这才几天就向着老丈人了，白让你跟我这么长时间。事先我说没说观棋不语！"边说还边转着圈找东西。

周书太赶紧跑到徐敬修身后，笑看着他大伯道："说了，您是说了观棋不语真君子，但后面还有一句恐怕您还不知道。"

"谁说我不知道！下句是落子无悔大丈夫。"

周书太摆着一根手指，道："非也，非也！下句是见死不救非丈夫。"

"看我不打死你这个非丈夫！"周汝昌探着身子欲打周书太。

徐敬修站起身，伸开双臂护着周书太道："看你那样儿？算了、算了，输了就输了呗，着啥急呀？想喝酒不想了？来来来，跟我到书房，看看我珍藏的好酒。"

徐利平在里屋听到周汝昌大骂周书太，急忙拉着母亲从里屋跑出来，摇着母亲的胳膊，娇声道："娘，您看我大伯！"

穆四妮用食指点点她的脑门，然后笑道："哎呀！好了，好了，看你俩这都多大岁数的人了，下个棋至于吗？也不怕晚辈们看笑话。你不喝酒最好也别吃席，给我省一顿。"

周汝昌停止动作，笑道："我就等你这丈母娘说话呢！哈哈哈，丈母娘开始疼女婿啦。"回头瞪着周书太"哼"了一声，道："看在你丈母娘的面子，暂且饶了你，回去再收拾你！"说罢，边往书房走，边压低声音问道："听说你把山西的黄芪全收购了？"

徐敬修看着他，忽而嘴角带笑道："你的消息真灵通。"

周汝昌笑笑道："我是干啥的，消息不灵通能做生意？"

"啊！你疯了？黄芪又不是畅销货，别压到手里卖不出去！"穆四妮不知从哪儿突然冒出来，望着徐敬修大喊道。

徐敬修先是愣了一下，但没有回头，边抱酒坛边说道："放心吧，现在有人为了要这批货，估计都快急疯了！"仔细看去，他那脸上浮着诡秘的笑容。

"啊！"穆四妮和周汝昌诧异地看着他，仿佛弄不懂他的意思，当他在说笑话。当然不会是笑话！徐敬修说生意上的事，向来是不说笑话的。

徐敬修抱着酒坛侧着身子迈过门槛道："放心吧，南洋商家有多少要多少！"

听他说得如此有把握，周汝昌关切以外不免好奇，问道："你给南洋签合约了？"

徐敬修走到客厅放下酒坛，摇摇头，道："我还没见过他们，如何签约？"

穆四妮急道："你没见过人家，没与人家签约，你咋知道人家要货？"

徐敬修想了想，都是自己人，跟他们也没什么好保密的，道："我没与南洋人签约，可有人签了。"

周汝昌追问道："谁？"

"马继宗！"

穆四妮惊喜地道："啊！你抄了马继宗的后路？"

周汝昌这才明白咋回事，玩味地笑笑道："小老叔，你这是要给马继宗唱一出大戏啊！"

徐敬修心情异常舒畅，微微一笑道："是该让他尝尝哭天天不应、叫地地不灵的滋味了！"

穆四妮听了他的话，既高兴又狐疑，高兴的是徐敬修终于肯出手反击马继宗了，狐疑的是他的消息是从哪里得到的。定神想了一会儿，忍不住问道："你怎么知道马继宗与南洋客商签了合约？"

徐敬修一时语塞，望着客厅桌子上父亲的牌位，道："天机不可泄露！"

穆四妮见他不说，知道这里面肯定有芸香的功劳，对着周汝昌不便多问，也就放过了。

"开——饭——了——"世福一声长长的声调，打断他们之间的对话。

只见丫鬟、老妈子们鱼贯而入，不大工夫餐桌上已摆满了红的、绿的、荤的、素的，蒸的、炸的各式精致菜肴。

周汝昌连声赞叹道："不要说吃了，单是看着，也是种极致的视觉享受啊！"

徐敬修微笑道："那还不赶紧坐。小王成，斟酒。"

周汝昌也不客气，挨着徐敬修坐下。徐大光、徐大任、徐大本兄弟三人相继进来，拱手道："周哥好！"

周汝昌拍着身边的椅子道："来来来，快坐下跟我喝几杯，今天咱们要喝个痛快！"

徐敬修拍拍酒坛子道："这坛女儿红我都保存二十多年了。"说着，"噗"打开盖，顿时酒香四溢充满了客厅。

小王成来往穿梭，在每人面前摆上瓷杯，依次斟满酒。

周汝昌端起酒杯嗅一嗅，抿一口，赞道："酒色橙黄清亮，酒香馥郁芬芳，酒味甘香醇厚。果真好酒！"

徐敬修夺过周汝昌手里的酒杯一口喝干，道："二春，给汝昌换咱的好碗！王成，把这些酒杯都换成瓷碗。"

周汝昌兴致勃勃道："古人云'兰陵美酒郁金香，玉碗盛来琥珀光。但使主人能醉客，不知何处是他乡。'快把千年玉碗拿出来，没有玉碗，对不起这坛女儿红！"

徐敬修哈哈大笑道："一生大笑能几回，斗酒相逢须醉倒。"

"好！今朝有酒今朝醉，莫使金樽空对月。"周汝昌应道。

二人说话间，二春把周汝昌面前的瓷杯换成玉碗，王成也撤掉桌上所有酒杯，摆好了瓷碗，抱起酒坛斟满酒。

周汝昌拿起玉碗，瞅上面花纹图案，外描八仙醉酒，内绘仙女献桃，八仙憨态可掬，仙女婀娜多姿。边欣赏边道："这是文人骚客的讲究，咱一个商人还是习惯用粗碗。不过，能享受到这高级待遇，也不虚此行啊！"

徐敬修见他兴致勃勃的表情，也不言语。周汝昌鉴赏了半天，抬头凝视着他，道："小老叔，你这碗可是宝贝呀！别说有美酒了，光看着这碗就让人垂涎欲滴。"

二人相视而笑，举碗同饮。喝干碗中酒，周汝昌还不舍得放下玉碗，拿在手里转过来转过去仔细地欣赏。

徐敬修微蹙眉头，紧张地盯着自己的玉碗，生怕他一不小心掉在地上。

周汝昌瞥了一眼徐敬修紧张的神情，心中暗笑，突然手一松。

吓得徐敬修"啊"地大叫一声道："我的老天爷啊！"急忙伸手去接，惊出一身冷汗。

周汝昌在玉碗脱手滑落的瞬间，又马上抓住，哈哈大笑道："看把你吓得那样，我可能让它掉下去吗？不过是想逗逗你而已。"

徐敬修拍拍前胸道："你老是吓唬我，这可是我好不容易得来的宝贝，能不紧张吗？我胆小，吓着了你可要负责给我开药。"

众人哈哈大笑起来。

二春摇摇头，端起棋盘刚要出门，徐敬修道："二春，让小王成收拾！快过来坐。"

二春放下棋盘，嘿嘿一笑，挨着周汝昌坐下道："坐就坐，我也正想喝几碗呢。"

周汝昌拍拍他的肩膀，微笑道："这就对了！这座位就是给你留的！"

徐敬修道："虽说在外你叫我东家，但从内心我一直把你当亲兄弟，以后在家里随意些，别见外。"

"我咋能不知道。要不是你这么多年的帮衬，我二春岂能有今天，我那两个不争气的儿子能走上正道？我二春不会说啥好听的话，可我心里清楚得很！"端起面前的酒碗，道，"来，我敬你一碗！谢谢你这些年来的照应。"

徐敬修端起酒碗，郑重说道："二春，说严重了，这都是你自己努力换来的。再说，大毛和小毛都是有出息的孩子。俗话说'浪子回头金不换'，他们这几年在南方不是干得挺好吗！我可没有白养他们，他们可没少出力。这些我心里都有数。不说了，不说了，来，咱一起跟汝昌碰一碗。"

王成收拾好棋盘，看他们已喝干了碗中酒，赶紧抱起酒坛为他们满上。

徐大光见父亲跟二春、周汝昌都喝过了，端起酒碗道："周哥、二春叔！今天高兴，多喝点儿。来！晚辈敬您二位三碗。"

二人点头，连连饮尽。

周汝昌喝完了三碗酒，扭头看着二春，笑道："二春，你占我便宜不是？"

二春不明所以，问道："我……我占你啥便宜了？"

"大光喊你叔，喊我哥，你说这不是占我便宜是啥？"

二春拭去嘴角淌下来的酒，哈哈一笑道："咱各论各的，各论各的。"

徐大任笑笑，端酒起身道："对，周哥，咱各论各的，我妹妹的事让你费心了。来！我敬你三碗酒，二春叔，您给作个陪！"

周汝昌嘴角含笑，把刚要送到嘴边的家乡熏肉又放回盘中，道："咋？要轮番轰炸？这样下去我不一会儿就'不知何处是他乡'了。"

众人大笑，三人各喝三碗酒。

周书太因是新女婿回门，与岳丈和几个大舅哥坐在一起有些拘束，只含笑端坐在大舅哥身边看他们喝酒也不参言。

"不知何处是他乡没关系，知道此处是伯延就行，知道这是咱家熏肉就好。"徐敬修嘴里吃着熏肉，用手中的筷子点着盘子说道。

"咱家的熏肉比什么地方的熏肉都好吃。"说着周汝昌又把熏肉夹起来，放到嘴里使劲地嚼着。

徐敬修给徐大本递个眼色，道："三儿，你大哥、二哥都敬过你周哥和你二春叔了，该你了。"

徐大本忙端起酒碗，刚要开口，周汝昌不干了，咽下口中熏肉，瞪眼道："咋？又要敬？不行，不行！这么下去我今天非让你的美酒佳酿灌醉不可。"

"大光、大任敬的酒你都喝了，咋？三儿的酒你能不喝？"

周汝昌摇摇头，无奈道："今天你还非想法把我灌醉是吧？"

徐敬修笑道："张诚来信说肖云龙要出山，让我尽快派人去接替他。我想你这次回南方时，让二春和三儿跟你一起走，你说你们是不是应该喝三碗！"

周汝昌听了此话并不吃惊，他早知道徐敬修想让徐大本去南方接管绸缎生意，便说道："我当初就给你说过，肖云龙绝非池中物，你这小水潭，不是他长待之处。"

徐敬修喝口茶润润嗓子，道："三儿从国外回来日子也不短了，该帮着家里做点事了。不过，得让二春带一段时间，等上路了我才能放心。"

徐大光闻言一惊，眉头一皱，呆呆地坐着，满心忧痛。

二春瞪眼看着徐敬修，道："天津的事可还没算完呢？"

"二春，你就把心放肚里吧，口袋已张开，咱就是不催他，他也会乖乖往里钻。"徐敬修说罢，看着周汝昌道："我给你说，这回他马继宗不给我下跪磕头，我就不收这个口。"

周汝昌点头道："是啊！是该给他一个深刻的教训了，该让他服软时就必须让他服软。二春，你放心带大本去南方吧，时间不短了，这出大戏就留给他两个主角对唱吧。"

徐大本疑惑地望着父亲。

周汝昌看着徐大本笑笑："你去南方做你的事，你爹去天津唱你爹的大戏。"说着端起王成刚满的酒，对着徐敬修举举道："哎，小老叔，演员不够时叫上我啊！"

徐敬修端起酒碗与他的酒碗碰一下，一饮而尽，道："一言为定！"

周汝昌放下酒碗，边夹熏肉吃，边道："大本年轻，又在国外读了几年书，知识渊博见多识广，真的不能一直窝在咱这个小山村里，是应该去外面闯荡一番了。大丈夫理当志存高远，即便不驰骋沙场报效国家，也不能碌碌无为荒度年华。"

徐敬修聆听了这一番话，很是欣慰，这才是肺腑之言，看着徐大本道："知识渊不渊博，见识广不广谁知道？是骡子是马拉出去遛遛才知道！"

徐大本眸光闪亮地望着父亲道："爹，您看您说的这是啥话？用语不当。"

徐敬修看徐大本疑惑的眼神，才发觉自己顺嘴说错了，便强词夺理地瞪眼道："嘿，你这小子，敢说你爹用语不当？反了你了，你爹我说错了也是对的！"

周汝昌一听此言，抬手向徐敬修身上一拍，微笑着道："小老叔，你说得不对就是不对了，干吗说不对也是对的？"

徐大本看着父亲的样子，突然有些自责，心想：不该当着这么多人指出父亲的错，自己这样说，似乎伤到了父亲的自尊。随即摇摇头，笑道："对呀，人生在世谁无错，有错就改嘛！"

徐敬修看着徐大本学的全是西方一些不良习惯，长叹口气道："我真后悔当初叫你出国，学的这是啥呀，连长辈都敢教训。"

周汝昌筷子上夹了一片熏肉，也不往嘴里送，瞪眼望着他笑道："我的小老叔呀，是你的心态太陈旧了，年代不一样了，谁说得对就要听谁的。"

徐大本很是高兴，向周汝昌竖起大拇指。

徐敬修古铜色的面庞绽开笑容，摇摇头道："暂停、暂停，不说这个了。大本！快敬你周哥和你二春叔三碗酒，在南方遇事要多跟你周哥和你二春叔请教。"

徐大本立即端起酒碗起身，斩钉截铁道："周哥、二春叔，我敬你们三碗！以后还请多多指教。"

周汝昌和二春相视一眼摇摇头，端起酒碗，三人"咕咚、咕咚、咕咚"连干三碗。周汝昌打了嗝，拍拍肚子，道："酒都把肚子填满了，这饭可咋吃啊！"

"周老爷，饭天天都要吃，美酒可不是天天有啊？有美酒不喝岂不可惜？您就喝吧。"小王成边说边抱着酒坛又给他满上。

"说得好！"徐敬修赞赏道："小王成说得对，我这美酒可不是谁都能喝上的，喝了这碗，再让王成给你满上。"

"你这孩子真会拍你老爷马屁！想把我灌醉？没门儿！"

周书太见岳丈徐敬修人很随和，颇感欣慰，也没有刚才那么拘谨了，起身举碗，道："爹、大伯、二春叔、三位大哥，我也不会说啥，往后咱就是一家人了，我有什么做得不好的请多多包涵。来，我敬大家一碗。"

众人端酒起身相互一碰碗一饮而干。

此刻，个个都变成"锯了嘴的葫芦"滔滔不绝，只有徐大光沉默无言。

周汝昌给二春使使眼色，对徐敬修道："你现在不仅把儿子交给了我，把女婿也交给了我，我这责任……"

徐敬修赶紧截住周汝昌的话，对周书太和徐大本道："你俩还不快敬酒！往后就跟着人家混了，不好好敬酒，小心人家到了外面给你们算账。"

徐大本和周书太赶紧端酒，周汝昌无奈地摇摇头。

第二十二章　徐府鬼影 雄战魍魉

天津马府：

　　天津卫街道两旁的树叶秋红与金黄交织，伴随着寒风吹过，枯叶一片一片飘落在地上。一片萧瑟沧桑的景象。

　　马继宗抬头看了一眼光秃秃的疏落的树干和枝丫，长叹一声，推开大门，穿过一道道院落心急如焚地走进正房。见芸香正在穿着戏装对镜子演唱，气急道："唱唱唱！就知道唱，烦死人了。"

　　芸香抖抖水袖走上前，用戏文道白腔调问道："为什么如此气愤？"

　　马继宗提起桌上的茶壶，对着壶嘴猛喝一口，"噗"地喷了出来，急道："烫死我了！"一抬手，"啪"地把水壶重重地扔在桌子上。

　　芸香却不在乎，眼睛里全是笑意，道："啊，忘记给你说了，这壶茶水是哑女刚端过来的。"

　　马继宗急得如热锅上的蚂蚁一般，焦躁不安得在屋中来回踱步。秦有福匆匆忙忙跑进来，一看马继宗这样，吓得心里"扑通扑通"乱跳，硬着头皮问道："听三掌柜说您回来了。这才刚开始收，咋就没货了呢？"说完，看了一眼一旁的芸香。

　　马继宗察觉到秦有福的眼神，一招手道："走，咱去书房说。"

　　芸香瞪了秦有福一眼，道："你们也别麻烦了，我走，我去给鱼儿喂食去。"

　　等芸香离开，马继宗跺脚道："去晚了，让别人收完了！"

"啊！"秦有福情不自禁地脱口惊呼，道，"这可咋办！咱跟南洋可是有合约的，按合约到时候交不上货，可是要按货款价的三倍赔人家违约金的，咱就是倾家荡产也赔不起啊！"

马继宗急得抓耳挠腮道："可不是咋的，这……这……这可咋办！"说完无力地坐在了椅子上。

秦有福纳闷道："这不合情理啊！山西黄芪种植面积那么大，这才刚挖出来，就都被人收走了？谁有那么大的财力，能一下把山西的黄芪全都收走？"

马继宗单手握拳，捶着桌子道："谁知道啊！"

秦有福低头琢磨了一会儿，咬咬嘴唇，半眯着眼睛道："不会是他吧？"

马继宗浑身打了个冷战，瞪眼盯视着秦有福，道："你说谁？"猛然，他一拍脑袋："啊！徐疯子？"

秦有福靠进马继宗，谨慎道："有天晚上，我听到街上车响马叫，出去一看，对面铺子前停了好几十辆马车。"

马继宗一下子站起，急道："你可看清车上拉的是嘛货？"

秦有福摇摇头道："天黑，看不清。"

马继宗垂目想了一下，摇头道："不可能，不可能的！我与南洋签订合约后，人家就坐船回南洋了。"说着，他心中一震，觉得双腿发软头脑发晕，脸色阴沉地冷哼一声，道："肯定是徐疯子，别人没有那么大资本！"他恶狠狠瞪了秦有福一眼："叫你早早把他从天津卫赶走，可你，唉！要你何用！"

秦有福愁眉苦脸道："咱什么法都想尽了啊，用日本人把他爹活活吓死，您又把他送到天牢，可他就是不离开天津卫！"

马继宗凝视着院内，突然，他想起当初在伯延徐家和苏州地界殴打徐敬修时，穆四妮一把拉住他的手，使他动弹不得的那一幕；又联想起那天夜里黑衣人杀他放火的场面。反复琢磨了半天，道："他做什么事都是出乎人的意料。那批西洋参、还有那晚的黑衣人，我想很可能是他那土匪老婆子干的！"

秦有福吃惊地望着他问道："您说他的婆娘是土匪出身？"见马继宗黑着脸没有言语，接着说道："您要说他的婆娘是个土匪，那天夜里来府上打您、放火的人，很有可能就是她！但西洋参的事绝对不是她干的，当时他家铺子也上当了，他们还派人去追赶了，急得那白掌柜把人参摔了一地。"

马继宗眯起眼睛，感到万般迷惑。突然，他眼睛一亮，看着秦有福道："有人泄露了商机！"

秦有福猛然一惊，想了想道："您的意思……"

马继宗伸手一把抓住秦有福前胸道："我与南洋签约的事，你都给谁说过？"

秦有福吓得摆着手摇头道："没，没，没有给任何人说过。这事只有你、我、阮掌柜咱三人知道。"

"阮掌柜肯定不会说出去！"马继宗想了想，猛然"啊"地惊叫一声，丢开秦有福。

秦有福瞪着吃惊的双眼看着他。

马继宗摇摇晃晃扶住八仙桌，愤怒道："快把哑巴给我叫来！"

秦有福跑出去，不多时把哑女拉了进来。

马继宗怒气冲天，用手指比画了半天，狠狠道："太太可曾出去过？"

哑女懵懵懂懂吓得直摇头。

马继宗一脚把哑女踹倒在地，厉声道："滚！没用的东西！"

秦有福不解地看看马继宗，再看看连滚带爬到了门口的哑女，问道："您怀疑太太？"

马继宗回想起那天喝醉酒回家，合约掉落在地上被芸香捡起一幕，阴沉着脸，道："不是她还有谁？真是家贼难防啊！"

秦有福眨巴眨巴眼，狐疑地向大厅侧门方向看了一眼，道："东家，自从姓徐的在天津卫开了药铺，我就让门子多留意太太和哑女了，如果她们出门，门子就会立即通禀，不太可能是太太。对了！您给日本人说过没有？"（他们哪里会想到芸香早用银子买通了门子！）

马继宗回想起那天石川的一句话来：皇宫秘方的事就不劳你大驾了，我有办法让他乖乖地把秘方交出来。想到此，他脸色一惊，懊恼地走到一旁的椅子前坐下，龇牙吸口冷气，道："你说是日本人将信息透露给了徐敬修？"

秦有福道："日本人一直想要徐疯子的皇宫秘方，他们会不会用商业机密，去换取那徐疯子的皇宫秘方？"

马继宗道："很有可能。"

"他们为什么叫那个三郎死死跟着您？事情肯定是这样的，狗口的把您进货的地点与买家透露给徐疯子，他们好从徐疯子那儿换得皇宫秘方。"

一句话说得马继宗哑然了，他逼视着秦有福道："是呀，这次石川为什么让山崎高三郎死死跟着我呢？他们怕我怀疑他们，所以才派人跟着我。我被他们利用了！他们用我的商业机密，去换取他们日夜想要的皇宫秘方！"他停顿了一下，猛然一拍桌子道："什么也不要说了，你快点儿想办法弥补！"

秦有福忽然露出一抹坏坏的笑，神秘兮兮地附在他耳边道："东家，有个办法能弥补。"

"说！"

"咱可以从对门把货买回来呀。"

马继宗瞪眼急道："你这也叫办法？从他家买货，他会把货卖给咱？就是他发善心卖给咱，到咱手里也赚不到银子了！"

秦有福尴尬地看他一眼，替他解忧道："东、东家，那也比没有货强，再有三个月南洋就要来收货了，到时咱要是交不出货来，那三倍的违约金足以让咱倾家荡产的！"

马继宗闻之一愣，吸口凉气，定定地凝视着他，道："你抓紧时间去办理此事，我去找日本人理论。这些狗日的太狡猾了，敢给我使坏！"

紫竹林松昌洋行：

马继宗气呼呼地走进紫竹林松昌洋行找到石川，劈头盖脸道："哼！真是'害人之心不可有，防人之心不可无'啊！万没想到你会背地里与姓徐的勾结出卖我。"

石川已听山崎高三郎禀告过了，马继宗赶到山西没有收到货，但他万万没想到马继宗会怀疑到自己。站起身来，瞪圆了小眼睛问道："此话从何说起？继宗老弟，你想想，如果知道你收不到货，我还会出重金让三郎跟你去吗？再说了，我跟那个姓徐的从未谋面，更无交情可言，怎么会出卖你？"

马继宗脸色变幻多端，犹疑不定道："你们东洋人无处不在，这事还用你亲自出面？"

石川平静地答道："你这样子，我很心痛。咱们是多年的老朋友了，你怎么不相信我呢？"

马继宗脸色一时惊、一时痛、一时疑，默默沉思着道："你肯定是用我的商业机密，换取了你们想要的皇宫秘方！"

"天地良心，我绝对不会那样做的。"

"那请你给我解释一下，你为什么无缘无故地出重金让你的人跟着我？"

"天机不可泄露！"石川定神想了一会儿，"有句话我想问你，你想不想要他的命？"望着马继宗的脸，他略停一停又继续说道："如我杀了他，能让你相信我，我会那样做的。"

石川这句话很厉害，犹如当头一棒，震得马继宗七荤八素，阵法大乱，有些气馁了。

"为了证明我与他没有关系，我这就派我的武士去把他杀死好了。"

马继宗脸色发白，连声冷笑道："他回老家去了。"

"这个不是问题，我可以派我的人，去他老家杀死他。"

马继宗想了想，换了副神色，满脸疚歉，低声下气地说："石川君，我言语冒犯，你在生我的气是不是？"

石川微微冷笑一声："我怎么敢生继宗老弟的气？"

马继宗抓抓头皮，做出那万分伤脑筋的神气道："我向你赔罪，你千万不要生气。"

听他这样说，石川把脸色放缓和了道："没有，我说的是真的，如你需要我除掉他，我一定做到。"

马继宗想起当初姐姐为徐敬修殉情，又想起如今芸香还为徐敬修一哭二闹三上吊，不觉脸上浮起一阵报复的快意。他心境霍然开朗，道："好！我需要你派两名武士，我要亲自带他们去趟武安。"

石川颇感意外地看看马继宗，沉思一下，道："你稍等，我去去就回。"

石川出去找到山崎高三郎和歌伎身份的间谍幸子，低声吩咐道："为了消除他的疑心，你俩明天陪这个笨猪走一趟。切记不要暴露身份，更不要闹出人命，你们的主要任务是伺机盗取皇宫秘方。"想了一下，接着道："伯延是个落后的小乡村，村民最敬仰的是神，最怕的是鬼。你们明白？"

"嗨！明白！"

武安城内：

马继宗、山崎高三郎、幸子从天津出发，到达武安后，进了一家饭馆吃饭，刚坐下就听饭馆的食客们正在议论：徐家女儿出嫁，那规模、那排场、那嫁妆真是多得前无古人后无来者。

马继宗一听，后悔不迭，连连埋怨山崎高三郎和幸子两个人：如果不是你们一路走走停停打听风土人情、庙宇古迹，早几天到就好了，趁着他家办喜事，正好行动。埋怨的话太多也没有用了，他们三人找了一家好一点的客店住下。当天夜里马继宗画了一张图纸交给了幸子，幸子换上夜行服，揣好图纸，悄悄出了客栈。马继宗和山崎高三郎喝了点酒一头栽倒就睡了。

东二道院：

徐大光得知三弟徐大本近日要赴苏州，心里很不爽，独自一人跑到武安城喝了二斤白酒，醉醺醺地雇了一顶马拉轿子回到家已是二更过后。迷迷糊糊趴到凤穿牡丹四柱床上，拉住妻子的手吐着满口酒气，道："爹偏心眼儿，爹偏心！我早想到爹会把南方生意交给三弟管，看看是真的吧？是真的呀！哈哈。"

他哭笑两声，道："果然不出我的所料，我这心里难受呀！你说爹咋这么偏心，咋这么偏心啊！"说着竟然"呜呜"地哭起来。

徐赵氏起身倒了碗茶回到床边，以平静柔和的语气说道："今天又去哪儿喝了？喝这么多，来，快点儿起来喝口茶水消消酒劲。"

徐大光抡着胳膊推开她的手，怒道："你才喝多了呢，我没喝酒，我没喝多，我没喝多，我清醒得很！是爹娘偏心，天下老的向小的，这话一点不假。现在我是领教了，我是领教了呀！"

"嘿嘿！你这是说的哪门子歪理？"徐赵氏挑起眉说道，"爹叫三弟去南方有啥不好？给你说过多少次，谁管理哪儿的生意都是一样的。你喝多了，不喝茶就早点儿睡吧！"

徐大光咧嘴哭声道："天天让我在家边围着锅台做生意，我也想出去。我也想出去啊！"

徐赵氏轻轻摸着他的后背，目光不知不觉变得温柔起来，道："守家待地多好，可以经常回家，傻瓜。"

徐大光胳膊一抡，看着徐赵氏翻了个白眼，道："不好，不好。我才不想经常回来看你这个黄脸婆呢！我要出去，我要出去！"

徐赵氏惊愕地一愣，仿佛不认识丈夫一般，直直地盯着他，内心一阵酸楚，咬咬嘴唇质问道："你既然不喜欢我，当初为何要娶我？为何还要和我……"话说到一半，她已有几分怒意，双眸直射出凌厉的光芒逼视着徐大光。

徐大光带着几分凄然的冷笑，冰冷地说道："那只是生理欲望，跟我喜不喜欢你没关系。当初要不是爹娘做主，我才不会娶你！我从来就没有喜欢过你，你是个自作多情的傻子，我是个软弱听话的懦夫。"

徐赵氏听后，木然无力地瘫坐在床边，茶碗掉在地下也不知，内心伤痛欲绝，脸色苍白、目光呆滞，眼泪吧嗒吧嗒掉落在前襟上。

夜色幽暗，一层乌纱般的云雾掩着了半边的月亮。

突然，屋外一声女子的尖叫划破夜空，紧接着，一阵哭声清晰地响起。

"是秀儿！"徐赵氏浑身打了个战，赶紧下地打开房门："秀儿，你怎么啦？"

"少奶奶！"秀儿见主人开了门，慌慌张张跑过来，吓得连看都不敢看，低头指着墙角，道，"少奶奶，那，那，那儿有人！"

徐赵氏大着胆子瞪眼看看墙角，道："哪里有人？没有啊？你是不是做噩梦了？"

"不是！不是！我明明听见有个女人在哭，哭完了还唱歌，您听，您听——"

二人怔了片刻，正要说话，忽然一阵轻轻地啜泣响起，静夜中听来，声音犹在耳畔。

徐赵氏看着秀儿，只见她神情惊恐，颊边泪痕未干，但她并没有发出任何声音。

那哭声是从墙角传来的。似乎是年轻女子的声音，戚戚地哭了几声，略一停，接着又移到近处，变为凄凄的尖笑声。

二人顿时毛骨悚然，吓得浑身发抖，额角沁满了冷汗。

"难道真的有……"徐赵氏喃喃地说，不敢道出那个"鬼"字。突然，她吓得扭身大步跨过门槛。秀儿赶紧跟着她跑进屋里，转身插上了门闩，也顾不得礼节规矩，跟着主子进了主卧，站在床边浑身发抖。徐赵氏甩掉绣花鞋，爬上床，大喊道："鬼、鬼，有鬼呀！"

"哪有鬼？"睡梦中的徐大光被惊醒，不耐烦地从被窝里抡出胳膊，大喊道，"胡说八道！烦人！有完没完？哪儿有什么鬼！睡觉，睡觉！"

"你听听，你听听有鬼在哭。"徐赵氏哆里哆嗦钻进他的被窝，紧紧地抱着他，蒙住自己的头。

徐大光爬起身瞪着发红的眼睛，看看站在床边打哆嗦的秀儿，又看了看怀里浑身战栗的妻子，蹙着眉头，静静地听了听没有什么动静。咳嗽一声，道："哪儿有鬼呀？回房休息去！"

秀儿吓得心惊肉跳，战战兢兢，"扑通"一下跪了下去，哭泣道："大少爷，求求您开恩，让秀儿就在这里跪一宿吧。"

"胡闹！起来，回房休息去！"

徐赵氏吓得上牙打下牙道："不、不能让秀儿回去，就让她在这儿吧！真的有……"

"谢谢大少奶奶！谢谢大少奶奶恩德！"秀儿头碰地像捣蒜一般碰得咚咚作响。

"快起来，这样跪着睡了会着凉的！"徐大光从一旁拉出一条没有着过身儿的新被子，扔到地上："坐到椅子上睡吧。"

秀儿颤抖着声音道："谢谢大少爷！谢谢大少爷！"

徐家后正房里：

徐敬修和穆四妮正半躺在床上叙家常。徐敬修一只手摸着床檐雕刻的硕大蝙蝠，一手拿着旱烟袋，欣然道："孩子们的事咱都给办了，赶明儿二春和三

大商号

儿他们走后，我也带着二小去趟沈阳。"

"你要去沈阳？那天津的黄芪……"

"不着急，不着急，我算着日子呢，误不了事。从沈阳带上掌柜就去天津。"

"带上掌柜去天津？"

徐敬修点点头，道："我打算从沈阳选定掌柜后，一起去天津，把天津的事办妥善后，直接带着掌柜去京城定铺子。在京城定好铺子，我就回来。"

穆四妮点点头，眸子里闪过一丝欣慰之色，柔和地问道："是不是应该把生意都交给孩子们了？"

徐敬修吸口旱烟，深情地望着头发已花白的妻子，道："还得等几年，等他们熟练掌握了生意之道，才能放心地交给他们，到那时我就天天在家陪你享受天伦之乐。"

穆四妮嗔怪道："都老夫老妻的了，我能理解，你还不都是为了这个家。"说着说着，突然问道："哎，老爷，我咋发现这个小王成有点面熟，好像在哪儿见过？"

徐敬修挑眉道："是吗？"

"可不是嘛！"

"你当然见过了，他天天在咱门外吃咱的饭，你能没见过吗？"

"我不是说在咱家门口见过。"

徐敬修吸了两口没有冒烟，起身看看烟袋锅中的烟丝已燃尽，把烟袋轻轻放到小桌上，道："除了在咱门口见过外，还能在哪儿见过？睡吧，睡吧，别想了。"说罢"噗"地一口吹灭油灯，拉拉被子回身躺下。

在这万籁俱寂的深夜，躺在被窝里的徐敬修久久没有睡意，就在终于有一丝朦胧睡意的时候，恍惚中见一个披头散发黑影出现在窗外，黑夜中看不清她的容颜，只能模糊地看到一个披头散发的人似乎在轻轻啜泣。他立刻睁圆了眼睛，没错，是有个黑影，细细的，长长的，正在慢慢蠕动，仔细一看，黑影正在从窗台下面伸出一只手臂。徐敬修刚想起身，穆四妮轻轻拉住他，食指竖唇："嘘——"

徐敬修转过头来，悄声道："什么东西？"

"鬼！"穆四妮压着声音边说边慢慢爬起身，从衣柜后拿出九环大刀，轻轻下地踮着脚尖准备出去，徐敬修坐起来死死盯着窗外。正在这时，外面一道闪电划过夜空，接着就是一阵轰隆隆响雷。电闪雷鸣的刹那间，徐敬修和穆四妮清楚地看到一个白衣女子站在窗前。

"别在外面装鬼，有本事进来说话！"徐敬修边说边点燃油灯，从床上站直了身子穿衣下床。多年到处奔波的生活将他打磨出一身铮铮铁骨，即使现在年迈力衰，仍然能看出当年坚挺有神的气质。

穆四妮猛地打开房门，举起九环大刀沉声喊道："他奶奶的！不管你是人还是鬼，今天都让你做鬼！"

白衣女子脸色煞白，猛抬起头，露出了流着鲜血的双眼，一下子把长长的舌头吐到了胸前，伸出双爪似厉鬼一样想抓人。

西三道院屋内：

帷幔飘荡，凤穿牡丹四柱床颤动，新婚燕尔中的徐大本亲吻、抚摩着闫肖肖，激情中一跃爬到她身上，两具赤裸的身子交合在一起。

闫肖肖突然双手扶住徐大本胸脯，道："你听，好像有人哭泣……"

徐大本停止动作，伏在闫肖肖身上，侧耳细听片刻，道："好像是有动静，待会儿我去看看。"说着亲了闫肖肖一口，双手撑床就要接着动作，闫肖肖一把推开他，道："不行！你快穿上衣服去看看。"

徐大本无奈地摇摇头，笑道："真是的，什么人深更半夜也不让我尽兴。"

闫肖肖瞪了他一眼，道："少废话，等会儿回来你想咋地都由你。"

徐大本立即答应道："好好好，我去瞧瞧。"说着穿上睡衣拖着便鞋，踢踏踢踏打开通往后院的小门。

徐家后正房：

白衣女子听到后面有响声，扭头见后面房里出来一个人，冷笑两声，仿佛哭冤喊魂的幽灵一般，想上前去抓徐大本的脖子。

徐大本禁不住浑身战栗了一下，后退两步，愣怔片刻后，一撸袖子，哈哈大笑道："女鬼！你来得正是时候，我正想练习一下这几天学的功夫呢！找人练，打死了要偿命，找鬼练，打死了不用偿命吧？"

说着双拳紧握冲向女鬼。

穆四妮大喊道："儿子，先不要取她性命，看看她是何方妖孽！"

徐敬修手提马灯站到屋门口，道："对！看看鬼到底是用啥做的。"

白衣女鬼见寡不敌众，没敢出招，身影逐渐变得迷离，化为淡淡的剪影，与周围的黑暗渐渐融合，消散在空气中。

穆四妮刚想去追，见家丁们鱼贯而入。收住脚步道："咋都起来了？"

众人都瞪着吃惊的眼睛，纷纷说道："我们听到这院有动静，以为有贼。"

徐大任和徐白氏也衣衫不整地跑过来，见父母、兄弟、家丁全在后院，瞪

着一双惊恐的大眼，问道："爹、娘，这是咋了？出啥事了？"

徐敬修挥挥手道："没事、啥事没有，都各自回屋睡吧。"

众家丁相互看看，窃窃私语地离开了后院。

徐大本见家丁们都离去，随着母亲回到正上房，道："爹、娘，刚才那个肯定是人，世上根本就没有鬼。"

"鬼？三弟！刚才咱家闹鬼了？"徐白氏不禁心中一紧，惊望着徐大本问道。

徐大任拉拉徐白氏，道："别乱说。"

徐敬修转身坐到大厅太师椅上，道："我们当然知道了，要不你娘一刀下去就把她给劈死了。"

穆四妮向外看了一眼房檐，道："不然！她的武功也很了得。"

徐敬修一惊，望着穆四妮道："你咋知道的？我看她并没出招啊！"

徐大本嘴边浮起一丝笑容，道："行家一出手便知有没有，爹，这个您不懂！"

徐白氏脸色惨白，惊异地看看婆婆又看看公爹，搀扶住穆四妮的胳膊，问道："娘，刚才真的有鬼来咱家了？"

穆四妮盯着她看了几眼道："哪儿有什么鬼呀！她肯定是有目的而来。"说着她停顿了一下，皱着眉头道："她有什么目的呢？"

徐敬修想了想，道："我读过一本书，书里有一个故事是这样的，有姓李的一家，家里突然闹鬼，搞得鸡犬不宁。一到夜里，要么有人抛掷砖瓦，要么听到鬼怪惨叫呜咽，要么无端着火，如此折腾了一年。请道士来开坛捉鬼也无济于事，没办法，只好买新宅子搬家了事。一个老儒生不相信有这回事，出很低的价钱买了这处凶宅，没几天就迁了进去，却安然无恙再也没有闹鬼。所有人都说老儒生有德行能镇住鬼，其实不然，闹鬼的人正是这个老儒生。"

"有人想要咱家的宅院？"穆四妮道。

徐大任满脸疑惑地道："对！我也听说过，有人相中了人家的院子，就闹鬼把人家吓走，他再低价购买。"

"既然她有目的，肯定还会再无休止地来闹。"徐敬修停了一下道："大任、大本，咱们都晚点出发。睡觉机灵点儿！恭候她变着花样来闹。"

徐大本道："爹，您老放心，儿明白！"

"这事儿只有咱几个人知道就行了，免得让大家心慌意乱。"

穆四妮和两个儿子都朝着徐敬修点点头。

徐白氏全身一个哆嗦，抑着发颤的声音问道："啊！她还会变着花样再来？"

徐宅后正院：

早上的徐家庄园晨曦熠熠，令人炫目的日光透过树隙，在地上投下斑驳碎影。大树下，穆四妮与徐敬修正在碎影下低着头瞅来瞅去。

徐赵氏带着丫头秀儿慌慌张张走进后宅正院，徐敬修赶紧喝住她们："后退，别过来，别过来！"

"爹、娘，您们在找啥？可用儿媳帮您找？"

穆四妮头也没抬，摆着手道："不用，一会儿就好。"

徐家院落甬道铺地面是青石，墙是青砖，又经过昨夜雨水冲洗，二人找半天也没有找到一点痕迹。徐敬修摇头道："别找了，就是留下啥痕迹也早让雨水冲没了。"

"不找了，不找了，"穆四妮抬头看了一下脸色惨白的徐赵氏，问道："啥事儿？走，进屋说去。"她捋捋额前的碎发，提步先向正上房走去。

徐赵氏上前拉住穆四妮的胳膊，惶恐不安道："娘，昨夜我见到鬼了！"

徐敬修听后不觉一愣，坐到太师椅上，从后腰抽出旱烟袋，左右摸摸身上没有火柴，抬头问道："小王成去哪儿了？"

"老爷，王成去库房取茶叶了。"春燕边答话边端着盆子进来放到盆架上，试了一下水温，开始服侍太太穆四妮洗手，洗好后拿手巾替她擦干，又从窗台上拿起油膏脂给她抹后，端起水盆向院子走去。穆四妮闻了闻手背，坐到徐敬修右侧太师椅上，看了徐赵氏一眼，不紧不慢地问道："鬼？哪来的鬼？长啥样？你是不是做梦了？"

徐赵氏摇头道："没有，我一夜都没睡。那个鬼……"

徐敬修把旱烟袋插入腰间，询问："你除在这儿说，还给谁说了？"

徐赵氏眼神充满焦虑，摇摇头道："我昨夜给大光说了，可他不信，我这才过来告诉爹娘。"

徐敬修抓起桌上的健身球，攥紧拳头一咬牙，道："咱家这宅院有很多讲究，乱七八糟的东西进不来。"话虽这么说，但他清楚白衣女子也去过东院。现在不知她用心何在，只能先安慰儿媳，不能让她慌乱和声张出去。

穆四妮看着徐赵氏和秀儿，道："你今天做得很好，有啥事不要给别人乱说，给你爹和我说就行了。回去吧，今夜让徐大个子负责东院巡逻。"

徐赵氏心中一紧，手心渗出了冷汗，努力使自己平静一点，狐疑地看着公婆点点头。

徐敬修看着儿媳和秀儿出了屋，低声道："他娘，如果她再来，你得想法让她露出原形。否则，这事就会传开，会闹得人心惶惶、鸡犬不宁。"

"好！"穆四妮爽脆道，"如她敢再来，我一定不会放过她。"

好事不出门，坏事传千里。第二天，全村大街小巷就议论纷纷了，都在闲谈着徐家庄园闹鬼的事。

这个神秘地说："你们知道吗？听说徐家昨天夜里闹鬼了，差点把徐老爷子给吃了。"那个故弄玄虚地道："听说徐家娶媳妇的时候，路上就遇到了大旋风，把拜堂时辰都耽误了！他们家可能是得罪了鬼旋风了。"一个老者叹息道："看来徐家这新宅子盖得有问题，自从徐家搬进这个宅子后就没消停过，接连发生事。"说完还摇摇头。

村里的人纷纷谈虎色变，本来出来进去要路过徐家大院的，这回都绕着走，看到徐家人就像遇到瘟疫一样躲开，生怕给自己带来祸患。

武安城客栈内：

马继宗和山崎高三郎醒来时已是日上三竿。马继宗嘀咕道："咦，伯延离武安城也就二十来里地，按说早该回来了。咋到现在还不见人影？"

山崎高三郎笑道："用不着担心，幸子办事向来稳妥。"说话间，幸子轻步上了楼，进屋把昨夜去徐家的情况简单地说了一遍。

"哦！"马继宗一惊，低声道，"他们都不怕鬼？"

"是！不过，我出了徐家没有立即返回，而是留在村里看看徐家和村里人的反应，效果还算不错，村里人见了他们家的人，就像见到鬼一样远远躲开。还听说徐家娶媳妇的时候，旋风差点把新娘的花轿刮跑，村里人都说徐家宅院有问题，要不了多久，姓徐的全家老少就要弃宅走人。"

"哈哈哈，"马继宗看着山崎高三郎干笑了几声，突然间提高了声音，道，"好！这个效果也不错！"

幸子看看山崎高三郎，用日语道："他的目的已达到，咱们回天津吧！"

山崎高三郎不解地看看幸子，用日语回道："他的目的达到了，可咱的任务还没完成，怎能回去？"

幸子道："他们都会功夫，我怕不是他们的对手。"

山崎高三郎腰一挺，道："我们大日本武士岂能被几个山村野夫吓倒！今夜我与你同去，最好能抓一个关键人物，逼他交出秘方。"

马继宗听不懂日语，用充满疑惑的眼神看着他们，道："你们在说什么？"

山崎高三郎改用天津话道："我在和幸子说，今夜我陪她再去徐家大闹一回。"

马继宗一听甚是高兴,拍着山崎高三郎的肩膀,"好好好!今夜里你俩一起去,要大闹,要闹得他鸡犬不宁,无处可走,最好把他干掉才解我心头之恨!"

徐宅后正房:

山村的深夜静得令人窒息,房屋错落有致的伯延村寂静地沉睡于丘陵低洼中,偶尔能听到几声狼嚎。徐家大院在柔和的月光下,树影婆娑地映射窗棂上,四道院正房里跳动的烛光明明灭灭。

"屋外有人!"徐敬修忽地站起身走到屋门口,隐隐约约看到院里站着两条身影,沉声道:"又来了?"

两条身影缓缓移近,昏暗中显出两具阴祟的骷髅,"你不是想看看我是用啥做的吗?"

徐敬修哈哈大笑道:"好!那就请进屋吧。"

白衣女子披头散发、脸色煞白,吐着一尺多长的血红舌头张开利爪,瞪着一双鲜血流淌的红眼,盯着徐敬修,恨不得一口将他吞掉,但就是不肯进屋。

穆四妮与徐大本想要徐敬修引两个鬼人进屋,给他们来个瓮中捉鳖,看样子两个鬼人不敢轻易进来。

穆四妮把徐敬修推到一旁,与徐大本各提一把九环大刀跨出门外,一声怒吼:"看刀!"震得人心里一颤,举刀朝着二鬼劈头砍来。

男鬼身高丈余,一袭黑衣,腰扎牛皮带,正虎视眈眈地盯着徐敬修,见突然从屋里冲出两个人举刀向自己劈来,立即退后几步抽出大刀与穆四妮和徐大本战在一起。

白衣女鬼一愣,随即缓缓走向徐敬修,想要将其拿下,穆四妮早有防备,大喊道:"三儿,你拖住他!"话音未落,举刀转身砍向白衣女鬼,白衣女鬼甩头避开穆四妮大刀,趁其立足未稳之际,一招二龙抢珠直捣穆四妮双眼,穆四妮仰头避开,挥刀横劈,白衣女鬼侧身退步避开,快速从腰间掏出一把铁扇,二人你来我往斗在一处。穆四妮九环大刀势大力沉,刀法纯熟,越打越勇,一招一势动作连贯紧凑,招招直取白衣女鬼要害,女鬼铁扇短小灵活,但力度不够,只能靠身法灵巧东躲西避,没一会儿就已手忙脚乱、衣服破烂、头发飘落,只能堪堪保命。

徐大本这边,虽然男鬼仗着打斗经验丰富占优势,但徐大本仗着年轻力壮猛冲猛打,男鬼一时也奈何不得。男鬼见女鬼不是穆四妮对手,几次想要摆脱徐大本过去帮忙,可徐大本都凭着一股狠劲冲劲牢牢将他缠住。

家丁、丫鬟、老妈子等听到后院激烈的打斗声，都纷纷起来趴在通往后院的门上，透过门缝向院里观望着穆四妮和徐大本大战二鬼。

徐大任趁着徐白氏熟睡，也悄悄起床，来到后院门口，见下人们都围在门口向后院里窥看。皱皱眉头，轻咳一声，见众人回头，才"嘘"了一声，低声道："别怕，是我！"

众人见徐大任走过来，立即让开，道："二少爷，您快看，太太和三少爷跟两个鬼打起来了。"

穆四妮与白衣女鬼打了半天，尽管占尽优势，但女鬼仗着年轻灵活左躲右闪，穆四妮知道这么下去一时半会很难将其拿下，后撤半步一咬牙改劈为刺，奋力刺向白衣女鬼，白衣女鬼正要举扇格挡大刀，哪想到穆四妮突然变招，慌乱中把铁扇往胸前一横想挡住刺来的大刀，只听"咔嚓"一声，手里的铁扇骨被大刀戳断，巨大的力量震得白衣女鬼手臂发麻，"蹬蹬蹬"后退几步，心有余悸地盯着穆四妮。

男鬼一看不好，无心再与徐大本恋战，闪身退后数步，迅速从腰间拔出一把匕首甩向徐大本。穆四妮见男鬼将暗器掷向儿子，立即腾空而起，人刀合一在空中一个旋身，用九环大刀刺向暗器，"当"的一声，匕首折转方向钉在院墙边的榕树身上。

穆四妮落地提一口气，腾空飞起，举刀刺向男鬼背后，男鬼转过身想要迎战，就见大刀飞速冲自己刺来，慌乱中边举刀格挡，边叫道："すごいですね！"

"啊！"徐大本一愣，道："你会日语？"

男鬼虽逃过一刀，但穆四妮顺势一脚踢在他脸上，疼得他呲牙咧嘴，见事不妙，顾不上多说拉起白衣女鬼欲落荒而逃。

穆四妮见状大喊："哪里逃！"大步追上，一把拽住男鬼辫子，仍然见男鬼拉着女鬼冲到院子一角，向下一蹲奋力飞上屋顶。

徐大本疾跑几步，双袖使劲一甩，就见"嗖嗖嗖"无数银针天女散花一般飞向二鬼，只听屋顶上"啊"的一声惨叫，男鬼一个趔趄差点掉下屋顶，白衣女鬼一看不好，回身拉起他就跑。

穆四妮见儿子使出了飞镖，不觉愣了一下，顾不得言语，提刀顺着房前榕树，"嗖、嗖、嗖"上了屋顶。手提男鬼的骷髅，大喊道："头都掉了还跑？看老娘今天不把你们大卸八块！"她轻功相当地好，飞奔起来如谪仙一般飘逸，欲追赶男女恶鬼。

众家丁都吓得浑身打战，惊看看对方，轻声道："太太好厉害呀，连鬼都要大卸八块！"

只听一屋内浑厚的声音喊道："穷寇莫追！快快下来。"

穆四妮站在屋顶上看着男女二鬼的身影迅速消失在夜色之中，纵身落入院中，稳稳站住，道："不追咋知道他们是什么人？"

徐大本道："娘，儿知道他们是什么人。"

小王成搀扶着徐敬修走出房门。徐敬修指着穆四妮手中的骷髅道："他的头在你手里，还怕不知道他们是谁？"

"走！进去看看是啥玩意儿！"徐大任推开大门，众家丁跟着他一拥而进。

世福走上前道："太太，大家都想过来看看，这鬼到底长啥样？"

徐敬修心想这是消除他们恐慌的机会，爽快道："那就都进来吧，让大家开开眼，看看这鬼到底是啥玩意做的。"从穆四妮手里要过骷髅，带着家丁们进了上房。

众人跟进屋后，徐敬修把骷髅头交给他们，道："你们看，哪是什么鬼，就是一个骷髅面具。"

穆四妮看了徐大本一眼，道："看来你的武功长进不少啊！飞镖扔得不错！"

徐大本擦了一下额头上的汗道："娘，他们是日本人！"

"何以见得？"

"在您刀砍下去时，他说了句'すごいですね'！"

"我也听到他叽里咕噜了一句，不知道他说了句啥。"穆四妮也学着徐大本硬着舌头，一个字一个字地蹦出："'す—ご—い—で—す—ね'，是啥意思？"

徐大本哈哈一笑道："他说好厉害呀！"

徐敬修看她母子在院子里又说又笑，不耐烦道："快进来呀！快看看这是啥玩意！"

"来了，来了。"穆四妮带着徐大本向堂屋走了两步，又回过身来，跳跃了一下，从榕树身上拔下匕首。

徐敬修接过穆四妮手中的匕首，坐在灯前细细观看着这把匕首和骷髅面具。

徐大本从父亲手中拿过匕首，细看了看道："爹，我敢肯定这两个是日本人！"

"啊！他们是日本人？"大家都瞪眼睛吃惊看着徐大本。

徐大本道："我见过这种匕首。"

徐大任问道："三弟，在哪儿见过？"

"我留学时，有一个日本同学，他身上时常带着这样一把匕首。"

徐敬修深深吸了一口气，道："是吗？你再仔细看看是不是和这个匕首一样？"

徐大本又翻过来掉过去看了半天，肯定道："没错，一样的！爹，他俩就是日本人。"

穆四妮慢慢坐下，望着徐敬修道："日本人来咱家装神弄鬼作甚？"

徐敬修细琢磨了一下，不由得吃了一惊。他想起父亲临走时的一句话：儿呀……速把天津的生意撤回……你要当心日本人……又想起在天津铺子里，那个提着金条买秘方的人。

"老头子！想啥呢？一句话都不说，发什么呆？"

徐敬修喃喃自语道："又是日本人！"

穆四妮猛地从椅子上站起，惊道："你说啥？又是日本人？"

徐敬修怔怔发了会儿呆，点头道："前段时间，我在天津铺子，有个日本人想用金条买咱的秘方。"

穆四妮惊道："啊？日本人咋知道咱家有秘方？"

徐敬修咬了咬嘴唇，道："继宗有日本朋友，很可能是继宗告诉他们的。"

徐大任狠声道："姓马的好狠毒的心，与日本人勾结欺负咱。"

穆四妮难以置信道："老头子，你是说，日本人在替马继宗办事？"

徐敬修喃喃道："日本人不会无缘无故地听他使唤，应该是相互利用。"

徐大个子愤恨道："这姓马的心眼也太坏了，与日本人合着伙儿欺负咱！老爷！咱得想法子整整他！"众家丁点点头，道："对！老爷，咱得想法子整整他！"

穆四妮长吸了口气，打起精神道："这些事老爷会处理好的，请大伙儿放心。天儿不早了，都回房休息去。"

众家丁应声拥着向外走去。不知谁喊了一声："鬼又来了！"话音未落，只见一个白衣人飞奔过来。

胆小的几个丫鬟吓得抱头跑回屋，躲到穆四妮身后。

穆四妮顺手抄起桌子上的大刀，跳起来做出了打斗的架势。

白衣人大步跑进上屋喊道："鬼在何处？"

"啊！是三弟妹！"徐大任松了一口气道。

徐大本笑得前仰后合道："鬼就是你！"

闫肖肖进屋一脸不解地东瞅瞅西看看，跑到徐大本跟前挽住他的胳膊。

穆四妮狠狠瞪了一眼闫肖肖，不耐烦道："半夜三更的穿一身白衣不说，还弄个白脸，你这是要干啥！"

"娘！我……我在做面膜。美白效果可好了，改天我也给您做一个？"闫肖肖道。

"打住，打住！你给我记住了，往后做着这白脸不能出门，特别是夜里！"

徐大本释然一笑，道："还不快点把面膜摘下来！"

闫肖肖嘟着嘴道："贴个面膜你们怕什么？真是胆小鬼，这世上哪里有鬼呀，都是人吓人！"

徐大本道："知道人吓人，你还贴着面膜出来？"

闫肖肖撒娇道："谁让你出来时不叫我！"

"好了，好了，再出来一定先叫上你！"

闫肖肖摘下面膜，抱住徐大本的脸，亲了他一口，道："这才是我的好老公。"

丫鬟们羞得赶紧捂住了脸。

徐敬修把脸扭到一边。穆四妮喊道："大本，快把她带回屋去。"停了一下，喃喃道："真不知道害臊。"

徐大本尴尬地看看母亲，道："爹，我不去南方了，我要陪您去天津，让二哥去南方吧。"

"啥？你还打上瘾了？"徐敬修扭回脸来瞪着他道。

"老头子，三儿还不是怕你吃亏？"

"吃啥亏？日本人是冲秘方来的，没拿到秘方前他们不会把我咋样。我死了，他们去哪儿找秘方去？天儿不早了，都回屋睡觉吧！"

小王成问道："太太，那俩鬼再敢来咱府上，您真的会把他们大卸八块？"众家丁们都瞪眼望着太太穆四妮。

武安城客栈内：

黎明时分，县城客栈里，"咚咚，咚咚"一阵急促的敲门声将睡梦中的马继宗惊醒。他爬起床打着哈欠拉开门闩，山崎高三郎与幸子衣冠不整满身血污撞了进来。

"啊！"马继宗一下子清醒了，瞪大眼睛道，"你们受伤了？"

幸子一脸不屑："你倒安稳，头都睡大了吧？"

"哈，你们日本武士不是很厉害吗？怎么连他们那些家丁也打不过？"马继宗讥讽道。

山崎高三郎一边为自己包扎伤口，一边道："家丁？是他家主子！"

"啊？他家主子？"

"那个女人是武林高手！"幸子不耐烦地说道。

"那个女人？"马继宗急道，"——土匪婆子！"

幸子脸色一怔，惊异地问道："土匪婆子？"

山崎高三郎包扎好伤口，收拾起行囊，拉着幸子"吱呀"一声打开房门，临出门时又扭头责问马继宗道："她有功夫，你为何一直瞒着我们？"

幸子杏眼一瞪，急道："你知道不知道这样会害死我们的！"

山崎高三郎道："别理他，咱回天津卫！"

幸子道："咱的任务还没完成？"

山崎高三郎道："先回天津卫再说。"

马继宗呆滞了一会儿，才反应过来，疾走两步追到门口，喊道："你们就这么走了？不要他命了？"

"要他命？再不走我俩就没命了。我俩不是她的对手，想要他的命，你自己去吧，告辞！"说罢，山崎高三郎拉起幸子就走。

马继宗望着离去的山崎高三郎和幸子，心里说不出的无奈与懊恼。他恨自己无用，因徐敬修身边有武功高强的穆四妮在，他拿徐敬修无可奈何。

徐家大院：

徐家父子在家等着日本人再来，可接连几夜都安然无事，左思右想断定日本人暂时是不会来了，又等了几天还是没动静，还有许多事情等着他们去办，不能这么一直在家等待。

临行前一天夜里，徐敬修拥着被子靠在床上望着窗外道："日本人现在虎视眈眈盯着咱家的秘方，来者不善，善者不来，他们这次没达到目的，一定不会善罢甘休，你的责任重大啊！"

"我知道。"穆四妮点亮桌上的灯，眼里闪耀着坚毅的目光，看到丈夫布满血丝的眼睛和憔悴的面容，心疼道："你放心吧，我在秘方在，我不在秘方也要在！"

徐敬修愕然地看了她一眼，道："这是说的啥话？秘方要在，你也必须在。"

穆四妮笑笑，从怀里摸出一块观音玉佩挂饰，道："我给你选了一块和田羊脂玉佩，'男戴观音女配佛'。来，我给你戴上，图个吉利平安。我不在你身边，你可要警惕着点，虽然秘方在我手里，但日本人不知道，其实你的危险更大。"说着亲手为徐敬修戴在脖颈上。玉佩椭圆温润，上刻观音菩萨手持如意造像，模样细腻、神态安详，一条红绳穿过顶部的小孔。

徐敬修满是皱纹的脸上挤出几丝笑意，眼皮却疲惫地耷拉着，感激地将穆四妮紧紧拥在怀中。

第二天，穆四妮带着佣人们将徐敬修、徐大任、徐大本、闫肖肖、二春送到村外。周汝昌早已等候在村头了。

徐大本与母亲少不了一番恋恋不舍，父母也少不了对儿子与儿媳一番叮嘱。

周汝昌推着徐敬修道："好了，好了，有我和二春在，你有啥不放心的！"

徐敬修挥挥手道："走吧，走吧。"

徐大本将妻子闫肖肖扶上马背，他和二春也踩镫翻身上马跟在周汝昌马后催鞭南去。穆四妮手摸着高盖车久久不愿离去，不放心地看着徐敬修，叮嘱道："这车子走在路在太抢眼，路上一定要注意安全。"

"现在老了，骑马吃不消。放心吧！天不黑我就住店，人多了再赶路。"徐敬修说罢，上了马车。

来顺慢慢走到车前，手扶驾辕向里轻声喊道："老爷，您是不是嫌我老了，不让我给您赶车去东北了？"

"不是，太太出门也要坐车，别人给她赶车我不放心。"

"哦，是这样啊。"来顺放下手，不放心地拍了一下赶车的老杨头。

穆四妮站在村头，望着驷马高盖车越来越小渐渐成一个小点，眼眶盈满了泪水……

第二十三章　出了人命　机智解围

天津松昌洋行：

　　石川见山崎高三郎一瘸一拐地回来，踏着木屐上前，问道："你受伤了？"

　　山崎高三郎点点头，有点惭愧地低声回道："属下失职，我们不是人家对手。"

　　石川拉着山崎高三郎坐下，端起茶碗喝了一口，茶碗溢出几滴水挂在山羊胡子上，晶莹闪烁着珠光，清了清嗓子，道："他会武功？"

　　"他妻子和儿子都会武功。"

　　"哦，这事我不知道。"

　　"他妻子是土匪出身，功夫相当了得。"

　　"哦，看来这个硬骨头还真有点不好啃。"石川想了想道，"现在别节外生枝了，暂且放弃徐家皇宫秘方行动。昨天接到陆军参谋本部荒尾精中尉密函，目下急需侦察北洋舰队动向。为了避免清国方面注意，荒尾精中尉在信中制定了一套周密暗语，你看看。"说着，从怀里掏出的密函递了过去。

　　山崎高三郎展开密函，见上面密密麻麻写道："'上等品'代表'旅顺口附近兵'；'中等品'指'大连湾附近之兵'；'谷类'代表'步兵练勇'；'杂货'指'炮兵'……"

　　山崎高三郎看完信上的暗语，将信件放到忽明忽暗的烛苗上烧掉。

　　石川愕然地看他一眼，道："都记住了？"

　　"嗨！"

石川哈哈一笑道："三郎君好记性。"

沈阳法库：

沈阳法库县城十字街西北角有一家坐北朝南老药店，店面一门四窗，店门上悬"和发久"金字牌匾，牌匾左下是徐和发分店几个小字，店门两侧各挂一个膏药幌子，在风里猎猎飘拂。

走进店内，靠东一道墙将店面分隔成西四间东一间，西四间摆满药架、药柜。药柜后有一条通道直通后院，东一间是账房，也是大掌柜临时休息的地儿。后院有车马圈、仓库和供伙计们食宿及客人临时休息的房屋。

徐敬修带着儿子徐大任、小王成等人从武安来到东北驻足在此。当天夜里，徐敬修与店中的大小掌柜们痛饮一番后，由王成搀扶着回到寝室，屁股刚挨着炕边就躺下了。王成摇摇头，弯腰从桌下取出洗脚盆，去伙房舀了两瓢凉水兑点锅里热水试试水温，返回屋里边为徐敬修脱鞋，边道："老爷，您太累了，给您洗洗脚解解乏再睡。"

"好好好，洗脚！"徐敬修揉揉眼坐起，看着王成的脸，又想起了太平天国的程玉琪，想起给程玉琪缝治伤口，想起芸香智救程玉琪时的喊声，想起和程玉琪畅游玄武湖、攀登紫金山、醉饮夫子庙的情景……当时程玉琪的年龄比现在的小王成也大不了几岁。

王成为他洗好脚擦干后，抬头见徐敬修发呆，叫道："老爷，您哪儿不舒服吗？"

徐敬修沉浸在回忆当中，呆呆地坐着，面色淡然地凝视着前方没有回过神来。

王成站起来轻轻地推了推他，道："老爷，您咋了？"

徐敬修被他从回忆中推醒，道："王成啊，给我倒杯水，我口渴得不行。"

王成忙洗洗手，拿起桌上的茶壶欲沏茶，徐敬修打个了哈欠，道："倒点开水就行了。"

"茶水解酒，您还是喝壶茶水吧。"王成边说边把茶叶放入茶壶中，提起火炉上已滚烫的开水沏入茶壶中，顺手从茶盘中拿过茶杯，倒出茶水涮过茶杯，又斟满后双手递过去，仰起稚嫩的脸，看着徐敬修发呆的脸问道："老爷，您在想啥？"

徐敬修双手捧着茶杯，嘴角溢出丝笑，凝视着他抿了口茶水，道："我在思念一个人。"

王成问道："您在思念什么人？看您挺想他的。"

徐敬修没有直接回答王成的问话，而是叹了一口气，搁下茶杯，说道："和你在一起，我更会想起他。"

王成扑闪着大眼睛，面带微笑，问道："为啥？老爷。那个人与我有关吗？"

徐敬修淡然道："因为你的面相很像他。"

王成脸上顿时溢出惊喜的神情，大眼骨碌一转，嘻嘻一笑，道："是吗？老爷，那我很荣幸呢。"

徐敬修沉默半晌，挥挥手道："天不早了，你早点去休息吧，明天还有很多事要做。"

"老爷，您也休息。"王成端起洗脚水轻轻地走了出去。

西厢房的大掌柜姚宪章躺在炕上刚刚有点睡意，就听到一阵急促的敲门声，爬起来一看，见门房刘老头屋里的灯亮了，接着刘老头问道："来了，来了，谁呀？"

"我是今天在你家药店买药丸的张炳山。"

"张炳山？"

"少啰唆，开门！开门！快开门！"

"这么晚了有啥急事？"刘老头手里打着灯笼，把灯笼插到门框上，打开了门闩一看，门外黑压压的围着一群人，个个手拿家伙。

为首的是一个黑大个子，高举棍棒嘶吼道："害人偿命！"

张炳山二话不说一把推开刘老头，手拿铁棒闯了进来，大声嚷嚷道："叫你家大掌柜出来！"

"你们这是想干啥？有啥事好好说。"刘老头惊问道。

张炳山怒吼道："少费话，人命关天的大事，跟你说没用，快叫你们大掌柜出来。"边说边心急火燎往里闯。

刘老头大惊失色，心惊胆战地看看这些人，疾走两步拦住张炳山等人道："你们稍等，我马上去通报。"

"滚一边去！"张炳山一脚踢在了刘老头的身上，举了举手中的铁棒，怒吼道，"通报个屁！"

大掌柜姚宪章在西屋闻言，倒吸了一口冷气，脑袋嗡嗡作响，赶紧披衣下炕，喊道："有话这屋来说。"

张炳山这会儿急红了双眼，带着众人大步走了过去，用手中的铁棒猛地将门推开，气势汹汹道："我媳妇吃了你家和发久的补气养生丸死的！你们要偿命！"

众人举着手中的铁棒、木棍，一齐怒喊道："偿命！偿命！一命抵一命！"

此话一出，姚宪章大吃一惊，看着这些来人，询问道："吃补气养生丸咋会出人命？别急，坐下慢慢说。"

张炳山举起铁棒"啪"打在桌子上，怒吼道："慢慢说？你的媳妇死了，你还有心情坐下慢慢说吗？"

身体疲倦的徐敬修刚刚入睡就听屋外大呼小叫的，披衣起来打开房门。见二掌柜朱魁、三掌柜马德带着铺子里的伙计们都手拿棍棒站在西厢房门外。他们一看东家打开了房门，赶紧围了过来。

徐敬修疑惑地问道："你们这是干啥？"

二掌柜朱魁上前一把拉住他的胳膊，小声道："东家，出大事了，您快快回屋去！"

"出啥大事了？"徐敬修惊讶的问。

刘老头过来，压低声音道："他们说咱家药丸吃死了人。来了好多人，看来是难以善罢甘休啊！"

徐敬修听后顿时一惊，想了想，道："我去看看咋回事。"

二掌柜朱魁边往屋里拉徐敬修，边急道："东家，您听我一句劝，您不能去。现在这些人都在气头上，只要您一露面，肯定会把矛头转向您。"

二掌柜马德点点头，接口道："东家，二掌柜说得对，您不能去。不管事有多大，大掌柜都会处理好的。"

众人连推带拉把徐敬修拉进屋里，刘老头有些担忧地小声道："东家，他们手里都拿着家伙呢，咱是秀才遇上兵，有理说不清了。"

众人举举手中的家伙，愤然道："实在不行就跟他们拼了！"

朱魁道："大家都不要说话，听东家的。"

徐敬修皱着眉头思索一会儿，才说道："没事咱不惹事，摊上事咱也不能怕事。要真是咱家药丸子吃死了人，咱不能推卸，该负责咱就得负。你们都在这屋里待着别动，我去看看。"

朱魁与马德对视一眼，欲言又止。其他伙计也都闭上了嘴，看着徐敬修出门去了西厢房。

进得屋来，徐敬修看到满屋子的人，顿时一怔。大掌柜姚宪章看他进来，怕这些人对他不利，赶紧说道："你来得正好，快快给乡邻们看茶。"

人群中有人大喊道："我们不是来喝茶的！我们是要你们偿命的！"众人也都跟着一齐喊道："对！害人偿命！害人偿命！"

徐敬修当然明白大掌柜的意思，走到众人中间，道："众位老乡，别着急，咱们有事说事，你们这样你一句我一句的，就是说到天亮咱也说不清。这样吧，

你们找个代表，把事由经过给我说说，咱看情况商量着办。你们放心，该我们负责的，我们一定不会推卸负任。"

张炳山一听，顿时怒发冲冠，指着徐敬修道："废话少说！给你们两条路选择，一是一命抵一命；二是用银子摆平。"

姚宪章心里一惊，用疑问的眼神看回去道："只要是我们的错，我们绝不推卸责任。你媳妇除了吃补气养生丸，还吃了什么药？"

张炳山冷哼一声，大声喊道："别的什么也没吃，我媳妇就是吃了你家药死的！"

徐敬修双眼顿时半眯，脑海中的问号不断，吃补气养生丸肯定不会死人的，事情怎么会是这样？

姚宪章愣住，随即问道："坐诊大夫还开药了吗？"

张炳山用手中铁棒指着姚宪章脑袋，怒瞪着大眼道："没有，咋的？想不认账！"

徐敬修听张炳山说别的什么药也没吃，心里有了数，走过去将他的铁棒慢慢推开，道："你放心，只要是我们药的问题，我们绝不赖账。"

张炳山又把铁棒指向徐敬修，怒道："不赖账就抵命！一命抵一命！"

人群开始骚乱起来，纷纷举起手中的家伙儿，喊道："对！抵命！"

这时，徐大任带着王成衣服不整慌里慌张走进来，看到这么多人用铁棒指着父亲，顿时一惊，欲要上前。徐敬修向儿子微微皱了一下眉头，摇了摇头。徐大任当然明白父亲的意思，知道事情很严重，站在一旁静观其变。

徐敬修瞥了一眼四周的人，慢慢推开张炳山的手，沉声道："一命抵一命对于你来说是不公平的，你就是打死我们一条人命，你媳妇也不能生还，而且你还会引来杀人偿命的官司，到时你有理反而变为无理了。事情没有水落石出之前，要我们用银子摆平，对我们来说也是不公……"

"住嘴！"张炳山截住徐敬修的话，脸色铁青地怒吼道，"你们开药铺子害死了人，用银子摆平是理所当然的事，有啥不公平的！"

"你先别着急，听我把话说完。我们不明不白地用银子摆平，传出去我这铺子受损不说，还会毁了你们东北人爽爽耿直的名誉。这样吧，为了公平起见，你们还是报官吧，如果官府查明是我们的责任，不管是什么后果，我们都会毫不犹豫地承担。"徐敬修此话一出，场上的气氛顿时便冷静下来。你看看我、我看看你不再言语。张炳山回头看看身后的老者，见老者也不言语，回头道："好！报官就报官！"

徐敬修把张炳山这微妙的动作看入眼中，凝视着他，心平气和道："你知道，我家铺子是多年的老字号，不会不知道对症下药这起码的常识，补气养生丸是补药，专给女人补血气的，吃了不会要人命。对了，我多问一句，可是你媳妇来我铺子拿的药？"

"不是，是我亲自来你们铺子拿的药。"

"为何不让你媳妇来找坐诊郎中诊脉后再拿药？"

张炳山一听无言以对，一肚子的火憋了回去，嗫嚅道："我媳妇前天小产，产后小腹疼痛不止，我想可能是流血过多所致，给她吃点补血气的药就能好，可是……谁知道吃了你们的药……"话音未落就流下了眼泪。

徐敬修一听就知道他老婆是因为流血过多而亡，与吃什么药没半点关系，默想一下，道："你可带来未吃完的药丸？"

"带了。"说着，张炳山从怀里掏出用布包裹的药丸。

徐敬修刚要伸手接过药丸看看是不是自家的。张炳山急忙缩回手，重新包好，揣进怀里道："这些药丸子可是证据。你们今天不给我个说法，我明天就拿这些药丸子上公堂告你们去。"

人群闻言，呼应道："对！这药丸子就是证据，不能给他，不能给他！"

徐敬修面对这件棘手之事，一时也没什么好办法，张炳山手里拿的药丸子的确是自家的，也知道他老婆肯定不是因为吃这药死的，见官虽说不怕，但阎王好见，府门难进，能不见官就尽量不见官，多一事不如少一事。默想片刻，装作毫不介意地说道："你想告官就去告吧，这药丸子的主要成分是当归、川芎、炙甘草、炮姜、桃仁、大枣，有病无病吃了都会对妇人有好处，不会吃死人。如果你不信，可以拿去别的药店查验比对。你媳妇的病主要是因为你没有及时让郎中对症下药，止住产后出血而亡，与吃这些药丸子没有半点关系。这药丸子是用我老祖宗传下来的秘方配置的，要是能吃死人，我这药店早该关门大吉了，我还能站在这儿跟你说话？"

徐大任走上前，面对张炳山等人道："如若你们不信，把药丸给我，我现在就吃给你们看，要是我吃死了，就算我给你们偿命了。"

众人听了徐大任的话，都扭头看向张炳山身后的老者。

老者把拐杖往地上一触，摸着胡须道："好，炳山，把药给他，让他吃。"

张炳山点点头，再次从怀里掏出来用布包裹的六颗药丸递给徐大任。

徐大任接过药丸，道："你媳妇吃了几颗？"

"两颗。"

"好，我多吃一倍，吃四颗中不中？剩下两颗你还能交给官府告我们。"说着递回张炳山两颗。

老者点点头。

徐大任刚要把药丸放进嘴里，王成上前一步，道："给我，让我吃！"

徐敬修一把拉住王成，摇了摇头。

徐大任看着老者，问道："老人家，您说我是嚼着吃呢，还是一口吞下去？"

老者心想，如让他一口吞下，等我们走后，谁敢保证他不会想办法吐出来。念及此，一字一句道："慢——慢——嚼着吃。"

徐大任点点头，含笑把四颗药丸吃下一颗又一颗。

众人见徐大任慢慢把药丸嚼烂咽下肚，都惊讶地看着他，顿时屋里寂静无声，随着时间的推延，见徐大任仍然一点异常都没有，开始交头接耳起来。张炳山的脸色变得越来越难看，面如土灰，他自己心里也清楚，媳妇的死跟吃了"和发久"的药丸子可能没啥关系，但毕竟媳妇没了，咋也要讨个说法。

姚宪章一看张炳山不吭声，走上前道："我们已经给你说了这药丸里的成分，我们的人吃了也没事。你要不信咱可以到公堂上验成分、验尸，要是经官府验出来你媳妇不是吃我'和发久'的药死的，我相信大老爷会给我们主持公道的。"

一炷香时间过去了，徐大任还是一点事都没有，跟着张炳山来闹事的人已经明白他老婆的死，跟吃"和发久"的药丸子没啥关系。来人之中有个中年小个男子眼珠子一转，心想：报官肯定对炳山不利，大声喊道："炳山！咱不报官，不管是啥原因，你老婆是吃了他家药死的，让他们赔银子。"

张炳山一抢铁棒，急道："对！我不报官，我要你们赔银子。"

为首的黑大个看看老者，低声道："七爷！他们不赔银子咱们开打吧？"

徐敬修听有人喊了一声"七爷"，暗吃一惊，但神色没有丝毫变化，心想：这老者莫非就是威震东三省的"一把刀"赵七？

徐大任和王成一看不好，赶紧用身子护在徐敬修身前。

听到喊声越来越激烈，二掌柜朱魁和三掌柜马德带着铺子里的众伙计手拿家伙儿，从正上房跑了出来，站在了西厢房门外，眼看一场血腥之战就要拉开序幕。

徐敬修抬头瞟了一眼屋外，见朱魁和马德带着伙计们手拿家伙站在门外，心想：今晚一旦打起来，后果不堪设想，即使打赢了日后也会麻烦不断，东北这么多店铺也将受到牵连，不能因为这事影响大局。念及此，眉头一皱，想到了一个化解办法。拨开徐大任和王成，平静说道："事大事小有人管才好。这样吧，明天请德高望重的赵七爷来给咱调解，你们看如何？"

"七爷?"众人一愣,纷纷扭头瞪眼看向老者。

老者微微一愣,捻须道:"你认得他?"

徐敬修朗声道:"我与他老人家素未谋面,但七爷的名号在东三省谁人不知?谁人不晓?他老人家可是出了名的刚正不阿、公正无私。徐某有心拜见,可惜没有机会,我相信他老人家会秉持公道让我们双方都满意的。"

老者深深地看了徐敬修一眼,沉思片刻,道:"生气归生气,但不能没有理智,东北人的性格就是直来直去,有啥说啥,但绝不会做讹诈人的事。我说句公道话,不管他老婆是因为什么原因死的,但生前吃过你家药是事实,既然这事巧遇到了一块,你们吃点亏,他也解点气,下葬银子你们出,这不能说我们东北人不讲道理吧?"

话音一落,徐敬修接口道:"好!啥也不说了,就听这位老爷子的,下葬银子我们出。"

姚宪章看看徐敬修,再回头看看老者,问道:"出多少?您老人家说个数。"

人群中有人高喊道:"一千两!"

"谁在瞎闹?下个葬跟人家要一千两银子,反了你们了,三百两!"老者坚决而果断道。神色之间带有一丝怒意看着张炳山。只见张炳山很是满意地点头:"听您老的!"

众人一看主家都同意了,都不再说什么。

"好!三百两就三百两,但有一个条件,还要请这位大哥给打个收条。"徐敬修看着张炳山郑重说道。

众人一听都又喊了起来,这个说:"为啥要给你们打收条?你们这是偿命银子,又不是炳山借你们的。"那个道:"对!不能给他们打收条。"

姚宪章急忙摆手,道:"你们误会了,收条必须打,不然我们不好下账。"

徐敬修道:"只是让他打个收条,又不是借条。"

老者想想道:"我明白了,你们是担心我们拿了银子,下葬后,回头再来找你们闹事?"

姚宪章点头道:"老爷子您真是个明白人。"

"你们的担心也有道理,不过,你们放心吧,东北人干不出那种事。"老者说后,叹口气道,"说实话,你们能将就炳山帮他下葬了媳妇,他应该感激你们,哪能做那昧良心的事。你们在东北开铺子也有些年头了,你们还不知道我们东北人?都是说一不二的人。炳山,给人家打收条!"

"爽快!"姚宪章二话没说,回身打开柜子拿出三百两银子交给张炳山,又把笔墨纸砚准备好。

张炳山写完收条，回头看着老者吞吞吐吐道："我……我……我，我家有两个孩子，一个十四，一个十二，您看能不能让他们收下，来他们铺子打杂挣点银子。要不，我这……这可咋过？他娘没了，我这当爹的……"

"炳山！得寸进尺了不是？人们能给你银子，就已经是发善心了，咱不能没完。此事到此为止！"老者看着张炳山不高兴地说道。

姚宪章扭头看看徐敬修，心想看来人家还真不是故意来找碴的，如果是故意来找碴，拿了银子就会赶紧走人，不会想着把孩子交给铺子。

徐敬修当然明白姚宪章的心思，微微点了点头。

姚宪章瞟了张炳山一眼，琢磨了一下，道："我这儿还真缺两个碾药的，就让孩子来试试吧。不过，先说好了，进店先做学徒，不勤快可以随时辞退，三年以后吃劳金，吃住全包，学徒年薪十二两，看本人才能表现每年分档次增加，按二、四、六计算。你可乐意？"

张炳山眼含热泪，躬身道："行行行，我一定让孩子听你们的话，等我明天把孩子他娘安葬了就让他们过来。"

老者竖起大拇指，道："好好好！你们武安人做事真仗义！我们这么给你们闹，你们还能不计前嫌收留他儿子，令老夫佩服！往后在东北地盘上，有什么摆不平的事，告知老夫一声便可。老夫就是你说的赵七。"

"啊！您就是大名鼎鼎七爷？"徐敬修装着大吃一惊，赶紧弯腰拱手，"七爷的名号如雷贯耳，久仰久仰！在下徐敬修，失礼了！请七爷见谅。"

赵七与徐敬修仿佛什么事也没发生过一样，一番客套后告辞离去，众人见主角退场，也都跟着散去。

徐修敬轻轻叹了口气，看看窗外，天已经微微发亮，回屋让小王成打水洗了把脸，漱漱口，换上大袍。

姚宪章仔细打量一番徐敬修，诧异道："东家！您咋知道那位老者是'一把刀'赵七的？您以前见过他？"

徐敬修边照镜子梳理头发边道："我听人群中有人喊了一声七爷，我猜想他可能就是威震东北三省的'一把刀'赵七。"

"啊！爹，我明白了，所以您就奉承了他两句？"徐大任道。

"也并非纯属奉承，东北人大都很仗义，你只要给他讲出道理来，他们一般不会欺生。"

王成竖起大拇指道："老爷，您真厉害，这么大的事让您三言两语就给摆平了。"

姚宪章重重地点点头，道："厨师把早饭做好了，咱们吃饭去？"

徐敬修道："好，吃饭！"提步走出门口，回头道："大任，饭后咱们就去徐和发总店。"

第二十四章　以德救人　绝境逢生

沈阳徐和发总店：

徐敬修带着徐大任和王成来到"徐和发"总店门前下了驷马高盖车，一只脚刚迈进去，小伙计一见，就兴奋地跑向通往后院的门口大喊："总掌柜，总掌柜，东家和少东家来了。"

总掌柜武伦凯一手提着袍角，急急忙忙从后院走出来，拱手道："昨天听分店的小伙计说您已到法库。"边说边做了个上楼手势。

徐敬修头前，武伦凯、徐大任随后上了二楼，坐下少不了一番客气寒暄。

小伙计忙提起水壶，烫好茶壶，加入茶叶，注入水，每人面前放了一个茶杯，倒好后，做了一个"请"的手势，双手背后站在一旁。

徐敬修微笑着端起水杯，小小啜了一口，静静品了一会儿，朗声道："好茶！"

武伦凯哈哈一笑，也端起茶杯抿一口，道："这是大本成亲时，您让大掌柜给我带回来的龙井。"

徐敬修笑了笑，又喝了一口，道："是吗？您还没有喝完？"

武伦凯笑着摇了摇头。小伙计又为他们各倒一杯，笑笑道："我师傅不舍得喝，他说您最爱喝这一口，要等您过来一起喝。"

徐敬修敬意地看了武伦凯一眼，向他举举手中的茶杯又喝了一口。

王成接过小伙计手中的茶壶，为东家、总掌柜、少东家各倒了一杯。

徐大任扭头看看楼下，给王成递个眼色，喝完杯中茶，征询道："爹，我带王成下去看看？"

"去吧，去吧！"徐敬修挥着手道。

徐敬修顺着徐大任的背影向下望去，突然眼睛一亮，看到了李相才。想起了上次演蹦蹦戏一幕，感觉这孩子头脑灵活、思维敏捷，仪表口才俱佳，回头看着武伦凯，道："小李子上次的蹦蹦戏演得挺好，如果您也感觉他是块料，得机会好好培养培养。他也是龙泉村人吧？"

武伦凯点点头："知道了。"喝了一口茶，回道："是的，他和我是一个村的。"

徐敬修随口问道："他来铺子几年了？"

武伦凯微笑道："到铺子十三年了，这孩子做事挺用心。"

徐敬修吹了吹杯子里的茶沫，喝下一口："您从家里出来也有两年半了吧？"

武伦凯叹口气道："是呀，新发展的分店刚走入正轨。等忙过这阵子就回家看看。"

徐敬修点点头，苦笑道："真不舍得您离开铺子一天啊。唉！准备何时动身？"

武伦凯转着手里的茶杯，道："没什么意外的话，给大掌柜交代好就走。"

徐敬修双手捧着茶杯，道："回去时除了劳金和住家费，额外再多带点儿。顺便把小李子也带上，路上管他吃住，出来这么多年也不容易。"

武伦凯点点头。

二人说话间，就听楼下有人喊道："先生！先生！快救救这位老人家吧，也不知为何？她走着走着就晕倒了！"

武伦凯不敢怠慢，放下手中的茶杯，起身"蹬蹬蹬"就往楼下跑。倒茶的小伙计很机灵，紧跟总掌柜武伦凯身后也下了楼。

徐敬修站起身，手扶楼栏杆向下望去。只见一群人围着一位昏迷不醒的老太太。坐堂先生齐义廷走过去，挽起衣袖蹲下仔细给老太太切脉，随后返回坐位提笔开方子。

武伦凯下楼拨开众人，看着昏迷不醒的老太太，喊道："小年轻的！快拿药去！"

小伙计从齐义廷手中接过药方，看着送老太太来的那几个人，问道："你们谁跟我去拿药？"

几位相互看看，纷纷摇头，其中一人道："我们也不认识这位老太太，见她晕倒在路上，就抬你们药铺来了。"

第二十四章　以德救人　绝境逢生

281

小伙计一时语塞，不知如何是好。

武伦凯挥着手，果断道："啥也别说了，先拿药。"

齐义廷把武伦凯拉到一边，耳语道："武掌柜，她脉搏很弱，灌点儿清火解热的汤药，过一会儿应该能醒来。"

武伦凯瞪眼道："那就赶紧熬药吧！快！不要耽搁。"说罢指挥众人把老太太抬到病床上。

小年轻转身把药方交给抓药小伙计。小伙计抓好药一路小跑去后院熬药。

一炷香时间，小伙计端着药汤来到病床前。武伦凯扶起老太太，慢慢灌她喝下药。老太太悠悠醒来，睁开眼环顾一下药铺子，"呸呸"吐两口，皱着眉头咧嘴，道："我嘴咋这么苦？呸呸。我咋跑你们这儿了？"

齐义廷道："老太太，您昏倒在路上了。"扭头指指几个年轻人，道："是这几位好心人把您抬过来的。刚给您灌了药汤，嘴苦喝点水漱漱口就好了。"

小王成赶紧把端过来的水递给老太太，老太太漱漱口吐掉，长出了一口气。诧异地看着众人道："啊！我晕倒了？"

齐义廷见老太太没事了，才说道："您是忧思太深，致气机闭塞不通，伤及诸筋，使筋弛纵不收，而不能随意活动了。"

老太太摸摸自己身上，不好意思道："我……我……我喝了你们的药，可我身上没带银子，我这就回家给你们取去。"

小伙计把抓好的药包递向武伦凯，武伦凯拿过药包往老太太手里一塞，道："没带银子不要紧，您先拿药回去吃。您的气色很不好啊！"

老太太推着药，尴尬道："这……这……这，我喝了你们的药还没给银子呢，这又拿你们的药。"歉意地看着武伦凯等人。

齐义廷颇为体恤道："您现在血随气升而淤积于上，与身体其他部位阻隔不通，才导致晕厥。如再不吃药调养调养会要了您的命。"

老太太心里"咯噔"一下，眼里涌出泪花，咬咬嘴唇道："唉！这都是让我那不孝的儿子给气的，早晚有一天我会被他活活气死。"

武伦凯注视着她那虚弱憔悴的病颜，安慰道："老太太，气大伤身呀，您可千万不能再生气了，回去好好调养吧。"

老太太接过药，脸色铁青道："我那挨千刀的不孝儿子呀！这、这没带银子这可咋整呢？"

武伦凯指着墙上条幅，道："老太太，您看那是啥？'救死扶伤，行善积德'这是我们的店规店约，也是东家要求我们行商的宗旨，既然让我们碰上您了，有没有银子我们都要先给您治病。"

老太太忙躬身行礼，道："你们都是好人哪，你们武安商人心地善良，做买卖诚信。"

武伦凯颇感意外，道："老太太，您知道我们是武安人？"

老太太点头道："知道，知道，咋能不知道呢！以前就听人说你们武安药商仁义、诚信，我这回算是见识了。谢谢，谢谢！"

武伦凯对老太太一阵叮咛嘱咐，直到老太太抱着药走出了店门，他才轻轻舒了口气。

送老太太过来的人见状，也纷纷竖起拇指夸赞道："你们武安商人做到了义字当先，不是只把'救死扶伤，行善积德'挂在墙上挂在嘴边，而是实实在在地在做啊！"

武伦凯拱手道："过奖，过奖！救死扶伤是我们的职业，我们只是做了我们该做的事。你们见老太太晕倒路上，能伸出援助之手都是仗义之举。你们东北人仗义，我们武安人更要厚道啦！"

徐敬修看到这一切，非常欣慰。

武伦凯处理好下边的事，重新回到楼上陪徐敬修坐下："东家，您看这——"

徐敬修看着他点点头，从心里感谢他对铺子打理得巨细无遗，呷了一口茶水，道："总掌柜，您做得很好，咱作为商人是为了利，但也不能忘了做人的根本，更不能忘了咱这一行救死扶伤的道义。"

武伦凯嘴角噙着笑，朝他眨了下眼睛道："这都是东家平日教导有方呀！"看到徐敬修咽下茶水勉强的样子，忙唤来小伙计，重新换了壶热水。小伙计为他俩各倒上茶水，做出"请"的手势，还是双手背后站在一旁。

徐敬修转换话题道："我想去趟京城。"

武伦凯一愣怔，惊疑问道："宅子的事不是已经清了吗？"

徐敬修凝视武伦凯片刻，低头边端茶边道："什么事也瞒不过你。我想把咱家店铺开到京城去。"

武伦凯端起桌上茶杯，喝了一口，看不出他的心思，只好试探着问道："现在到京城去开铺子？中吗？"

徐敬修捻须道："中不中我都要在京城开铺子，因为……"斜眼瞄了一眼身旁的小伙计，停了一下道："有机会给您细说。再说，我还想给天津铺子带点儿货过去。"

武伦凯马上意会，挥手让小伙计退下，道："咋不从安国进货？"

徐敬修放下茶碗。道："天津铺子里的三掌柜说，上次去安国，鹿茸、虎骨、三七、麝香，药市上已断货。"

"这……"武伦凯看着他，眼里几丝惊诧，犹豫了一下道，"带这么贵重的货出关。您想定哪家镖局出马？"

徐敬修淡淡回道："不必动用镖局，随身少带一部分，应该不成问题。"

"打算让谁跟您一起？"

徐敬修不好意思地挠挠头道："原本打算请您和李相才，我忘了您该探家了。"

武伦凯明白了他的心思，放下茶杯，干脆道："那啥也别说了，您早点休息，明天几更起？"

徐敬修惊望着他道："您还是探家吧？不行，叫上三掌柜和我一起去，要是在京城能顺利定下铺子的话，还要留在京城，把徒弟培训得出师了才能离开。"

无须多言武伦凯早已心领神会，抬起头："啥也别说了，'养兵千日，用兵一时'，这个道理我还是懂的，万事开头难，还是我去吧。现在兵荒马乱的，您再带着这么贵重的货出关，这山高路远的，我要是不和您一起去，就是回到老家，我这心里也不踏实！"

徐敬修感动道："那就太委屈您了，五更起。等咱们处理好京城的事一起回武安。"

武伦凯起身道："看您说的，委屈啥？"

徐敬修也站起充满歉意地点点头。

晚饭，徐敬修特地派伙房做了武安特色宴席"三道饭"，与店里所有人痛饮一番，然后由王成搀扶着昏昏沉沉回屋睡觉了。

柜头扶着醉醺醺的武伦凯回到楼上，安置他躺下，轻轻关门下楼。武伦凯猛然坐起身，光着脚扶着门框，大喊道："柜头！去，把李相才叫到我屋里来。"

柜头应声下楼向后院走去。不一会儿，李相才"蹬蹬蹬"上楼推门进来，边为武伦凯倒水，边问道："师傅，您叫我？"

武伦凯晃晃脑袋，接过水杯，喝了一口，醉眼望着他，犹豫了下，道："本来呀！你我都到了回家探亲的时候，东家看你机灵，想带你一起去天津送趟货，再到京城，东家想到京城开铺子。这可是个良机呀，这个机会不是任何人都有的！"

"啊？这……这太好了！"李相才不敢相信地望着师傅武伦凯，高兴之余亦不免有些感动，"一日为师，终生为父。听师父傅的。"

武伦凯欣慰地点点头，放下水杯，道："那明日五更起。我要睡了，你去吧。"

李相才边为武伦凯脱掉大袍，边痛快地应着，"是，徒儿遵命！"

凌晨五更时，徐大任打着哈欠睡眼惺忪地起来送父亲，见父亲一行人已经整装待发，走上前道："爹，我和您一起去吧？"

徐敬修沉声道："大任啊，爹不能跟你们一辈子，总有一天你们要独立，爹走后你可要勤快点、放下少东家的架子，虚心跟掌柜们好好学做生意，以后咱家的生意可要靠你们兄弟三人了。"

徐大任很伤感地低下了头。

徐敬修拍了拍他的肩膀道："有武总掌柜、相才、王成他们和我一起，你就放心吧。"

徐大任深深明白父亲的良苦用心，父亲这一生坎坷不平，东奔西走为徐家开创基业，现在年岁大了，让他们三兄弟各去一方，就是要历练历练他们。

山路上，暴雨过后的天空骤然放晴，群山逶迤，碧空万里。远远望去，雨水搅和着黏土的泥泞山径间，一辆驷马高盖车和一辆马拉轿子车上下颠簸左右摇晃，赶车的老杨头和老张头不停地用鞭子抽打着马匹一路前行。

马拉轿里仰面朝天躺着王成和李相才，身后是徐敬修用祖传秘方配制的两箱中成药，虽然货不多，但都是价格不菲的珍品。李相才在车轮"吱扭吱扭"的悠扬声中，回想起了和春燕在一起缠绵的情节和临别时的不舍。自己曾向春燕许诺，等挣了银子就不让她再做丫头，要把她娶回家生几个孩子，陪爹娘在家享福。这次东家要带自己去京城开铺子，看来离出人头地已不远。暗下决心，一定要好好干，争取得到像师傅一样的身股，到那时不但不愁吃穿，也能让爹娘和春燕过上好日子。

王成见李相才半天不吭声，时不时还露出笑容，瞟了他一眼问道："相才哥，想什么好事呢？"

李相才闻言，脸色"唰"地一下红了，不自在地摸摸鼻子道："我……我……什么也没想。"

王成伸手扳过李相才的脸，笑道："哼！才不信你的鬼话呢，心思都写在脸上了还不承认。"

李相才赶紧摸一把脸道："有吗？哪有？这脸上什么也没有。"

王成噘起嘴，满脸的失望："不想说就算了，不把我当朋友！"

李相才呵呵一笑，道："给你说了吧，我在想一个姑娘。等我有了我师傅一样的身股，我就把她娶回家。"

王成翻身坐起来，摇着他的胳膊，问道："快告诉我是哪位姑娘？我认识吗？"

李相才得意而幸福道："认识，当然认识了。"

"快说说是谁？"

"咱府里的春燕。"

王成惊道："啊！春燕姐？"

李相才一骨碌爬起来，道："不行吗？"

"行！咋能不行，我是说春燕姐那么好，咋会喜欢上你？"

李相才伸手拧住王成的耳朵，道："你的意思是说哥不好！"

二人正打闹间，马车突然停下来，就听车外有人厉声喊道："都给我绑了！"二人还没反应过来发生了什么事，就被人拖下了车。王成奋力挣扎中看到几个大汉持刀架在东家和武总掌柜脖子上，一下愣住了。

只见一匪首手提一把斧子拨开众匪走出来。此人像生铁铸成一般，宽大的肩膀上，披着一件补丁破蓝布夹袄，内穿粗布对襟，露出毛茸茸红铜似的胸膛，饱经风霜的黑四方脸，满是青丛丛的胡茬子。他大喊道："此山是爷开，此树是爷栽，要想从此过，留下买路财！大爷我乃是杀富济贫、替天行道的大侠！要命的就乖乖把银子交出来。"

武伦凯哆哆嗦嗦地颤声道："大王呀，我们是丁门小户的小本生意人，身上只有零用的碎银子。"

匪首一把抓住武伦凯衣领，厉声道："哼！不老实，不老实老子一斧子下去砍死你！"说着扭头喊道："弟兄们给我搜！"

众匪们一听，轰一下冲上来围住徐敬修等人七手八脚地把他们捆绑起来，在他们身上乱摸乱搜，劫匪搜了半天只从徐敬修身上摸出两把杀猪刀和一兜银子，懊恼地喊道："大当家！大当家的！这长脖（商贩）身上有杀猪刀！"说着递给匪首。

匪首接过小土匪递过来的杀猪刀正反看看，冷笑两声道："哈哈，老实说，你是干什么的？为何身上还带着杀猪刀？"

"防身用的。"

"挺锋利嘛！"

另一个土匪提着银布袋，喊道："大当家！就搜到这么点儿碎银子，还不够弟兄们喝顿酒呢！穷酸鬼。"

一个头上留有一朝天小辫的土匪跑来道："大当家的，后面车上有两个箱子。"

"真他妈的一群笨蛋，还不快给老子撬开，银子肯定都在里面！快，快打开！"

武伦凯见土匪要撬箱子，吓了一跳，心道：虎骨、鹿茸、山参肯定是保不住了，一脸担忧地扭头疑望着徐敬修。

土匪把箱子打开一看，一箱子全是中药材，一个箱子是药丸子和半成品药材。

小辫土匪抓起闻闻，皱着眉头，咧咧嘴，一脚把箱子踹翻，道："什么破玩意？真难闻！"

另一位虎头虎脑的小个土匪爬进徐敬修的驷马高盖车里东看看西摸摸。

李相才哭腔道："大王，我们是小本生意人，来东北做生意，结果银子没挣着连本也赔了，想带点药材出关顺便挣几个小钱，您就行行好放我们过去吧！"

那位虎头虎脑的小个土匪在高盖车里没有找到银子，跳下车眉毛一挑，举着大刀，怒道·"给你们行行好？谁给我们行行好呢？他妈的几天都没有碰着兔子了，放了你们我们吃什么喝什么？"

众土匪纷纷抢着手中的兵器，嚷嚷道："对，让他们回去取银子去！"

匪首凶相毕露，一手掂着斧子，一手掂着那一兜银子，怒发冲冠道："我这把宝斧可是出自名匠之手，削铁如泥，杀人不见血的，这点儿银子太少了。"他用斧子指着李相才的鼻子道："你回去！把银子给大爷我三天之内送过来，否则，你们就一起去见阎王吧！"说着把斧子架到徐敬修脖子上往上举了举，做出要砍的样子。

徐敬修闭着双眼，做出听天由命的姿态，心想：如果四妮能出现该有多好啊！

王成一看不好，身子往前一挡，大喊道："住手！不要杀他，先杀了我吧，我才是东家。"

匪首打量着王成，心底佩服他的胆识，口中却喊道："哼！你这小子能是财主？我才不信呢！我一看你就是个跑腿儿的，不过，你小子还真有胆，死到临头了还用心保护你家主子，够义气，够爷们儿，哈哈哈……"笑声未完，他猛地将王成推倒在地上，又要举斧子砍向徐敬修。

李相才大喊道："大王！大王！据我听说，你们不劫行医的。"

"对！我们是不劫行医的，但你们不是行医的，你们是倒卖药材的，做大生意的！"匪首甩斧过去，"扑哧"砍了李相才一斧子，李相才膀子上顿时涌出鲜血。

老杨头和老张头吓得面色苍白、哆哆嗦嗦地躲在一旁心里暗暗叫苦。

"相才！相才！"徐敬修和武伦凯喊着赶紧跑过去，武伦凯双手被反绑没法给他包扎，只好用下巴摁住李相才的肩膀。徐敬修用膀子抵着李相才身子怕他倒下。

匪首大声喝道："你们当我这斧子是泥捏的呀！看看快不快？竟敢给老子耍嘴皮子，那只有一个字——死！哈哈哈……"说着他举着手中的大斧朝着徐敬修砍来。

徐敬修用膀子抵着李相才，根本没有注意到身后匪首举斧子的凶相。

王成一看不好，"啊"地叫了一声，从地上跳起来，赶紧用膀子去扛匪首的身子，匪首的身子被王成的肩膀扛得歪了一下，匪首猛然回身，斧子头尖划破了王成的额头，顿时鲜血顺脸流下。王成的举动把这个山大王吓得连连后退。嘿嘿几声冷笑道："好小子！"

众土匪一时面面相觑，都呆在那里。

匪首粗着嗓门道："嘿嘿！今天这是怎么了？遇见不怕死的了！"

"王成！王成！"徐敬修转过身来，赶紧过去用身体顶住王成的头，心疼地看着王成，哭泣道，"王成——"

小辫土匪跑到匪首跟前，放低了声音说道："大当家的！这药不是银子，但咱可以把它换成银子呀？"

徐敬修与武伦凯听后吓了一跳，瞪眼望着这群野兽。

匪首捻着胡子想了想，点点头道："好主意，好主意！"转念又一想，瞪眼急道："好个屁！咱拿着药材去换银子，不是等于到官府自投罗网吗？草包！"

徐敬修与武伦凯相视一眼，松了一口气。

虎头虎脑的小个土匪走到匪首跟前，小声道："大王，那辆驷马轿子坐进去可舒服了！您再下山时就不用骑马了。"

匪首走过去，跳上驷马高盖车，坐到里面，自言道："有钱人真他妈的会享受！真舒服。"

王成刚想与徐敬修说话，只听那个小辫土匪厉声道："想要花招？我这大刀可是等着伺候你呢！"

王成胆怯地望着那个小辫土匪，气若游丝道："老爷啊！不能来硬的，您应叫武总掌柜回去拿银子。"

徐敬修瞪着大眼，失望地看着王成。

那小辫土匪一听，是在劝说他的东家回去取银子，有意离开了他们身边，任他们商量。

见众匪暂时躲开他们在一旁候着，王成低声道："咱们拿银子是假，报官是真……"

徐敬修听后吃惊不小，心想：王成人小心机不少。

王成瞅见众匪又围拢过来，喘着气改口道："老爷，银子乃是身外物，保命不能保财啊！您还有……很多事要做，您不能死啊！武安那么多……的穷人……还在家……门口等着……吃粥呢。没有了您，他们……也活不成，老爷，我知道……您是好人。"听王成一番真真假假的话，使徐敬修心胸开阔，计上心头。

这时，李相才的脸色已变得苍白，疼得满头是汗。武伦凯用身子顶着李相才的肩膀，跺脚哭喊着："相才！相才呀！"

匪首跳下驷马高盖车，双手掐腰，瞪眼大声喊道："不回去取银子是吧？好！众兄弟们，咱们就来个杀富济贫，替天行道！给他们来个痛快的。"

武伦凯看着李相才慢慢闭上了双眼，扭头哭喊道："东家！您快看呀，相才不行了！"

徐敬修用身体顶着王成的头，分不开身，急得眼睛血红，青筋突起，虎视怒颜，大喊道："身上的银子全给你了！你也不放过我们，说什么杀富济贫，说什么替天行道，我看你们就是一群打家劫舍、无恶不作、伤天害理、危害一方的狗土匪。来吧！要杀就杀好了，不要再说什么好听的说辞了！"

不料，这匪首倒哈哈大笑起来，道："今天这是咋了？你们这些人都有胆量啊，我喜欢！你说我不是杀富济贫、替天行道？说说你的见解？我倒要听听。听出个里子表子来，我可以放你一马——"

徐敬修毫不畏惧道："你要是杀富济贫、替天行道，你就不应该劫掠我！"

"哦？"匪首吃惊问道，"此话怎讲？"

徐敬修用身子顶着王成的头，满腔怒火道："你今天杀死我，就是我不恨你，也会有上千人恨你。"

"你！你、你什么意思？"匪首用斧子指着他。

"我在武安老家门口常年施舍大锅粥食专供穷人，只要有我吃的，就有穷人们吃的。如果你今天杀死了我，就等于你把他们都杀死了。老人和小孩子没有了那一碗粥，会饿死、冻死在我家大门外，他们都会恨你这无恶不作的狗土匪！我在东北开药店多年，以救死扶伤为执念，以积德行善为原则，向来是贫穷的人来了，没有银子，照样给药。我从来没有见死不救过，做个人来到这个世上，不能光为自己活着，人活着要有活着的价值，活到啥时候也是死。给你这强盗说这么多道理，你也不会懂什么叫江湖道义！"他咽口唾沫，又激动地说道，"你杀死我吧！你杀了我徐敬修就算杀富济贫了？你杀了我徐敬修就算是替天行道了？商有商德，盗有盗义，你杀人越货，如此狠毒，必然会招来官兵清剿，即便你躲过官兵，客商们知道你的凶残后也会绕道而行，你的山寨再大，

你们也只能等着饿死吧！对你这个狗强盗说这些又有什么用呢，我真是对牛弹琴！"他一口气说完，狠狠地啐了一口，释放了心中的怒火。

匪首听后一愣，大喊道："什么，什么？你再说一遍你是谁？"

"哼！我东家就是东三省赫赫有名的药商徐敬修！"说罢，武伦凯把头一仰，感觉很自豪。

"本人坐不改名行不改姓，在下就是多年在东北开药铺子的徐敬修！要杀要剐随你，本人一向救死扶伤，安分做人，今日死在你这个土匪手里有点冤哪！"

匪首疑惑问道："徐和发？您知道吗？"

武伦凯把眼一瞪道："徐和发乃是我东家开的，我就是徐和发的总掌柜！"

匪首惊呆了，丢掉手中的斧头一把拉住徐敬修的胳膊，大声喊道："您就是徐和发的东家？"

徐敬修听后一惊，但他马上又冷静下来，把脸一仰："是又怎么样？反正是快死的人了，我还不敢承认？"

匪首激动道："哎呀呀，我的恩人呀！你差一点让我后悔终生啊！"

徐敬修被眼前的匪首弄得很是莫名，眨巴着眼睛盯视着匪首。

匪首拍着徐敬修的肩膀道："哎呀，我的娘呀！俺今天要是杀了你呀！俺娘非杀了俺不行。"众人听后猛然一惊，纷纷用惊奇的眼睛望着他。

徐敬修微微皱着眉头，疑惑不解地望着他，道："大王，此话从何说起？"

匪首颇为激动，回头冲众匪们大叫道："他娘的，还不快给恩人松绑！"

众匪们不知所措，赶紧为徐敬修他们松了绑绳。匪首"扑通"跪在了地上，吓得小喽啰们都赶紧跪了一地。

"我的老天爷啊！大王，您这是为何？"徐敬修忙把他搀扶起来。

匪首面红耳赤，激动地看着徐敬修，站起来颤声道："俺娘、俺娘……"他越急越结巴得说不出话来。

徐敬修把自己身上的内衫撕下，蹲下身边为王成包扎伤口边道："大王，不急，您慢慢说，我洗耳恭听。"

匪首颤着声道："俺、俺姓刘，名叫西山，在此山上拉杆子一年半，俺娘前几天上山来找俺，叫俺把兵解散了回家好好过日子，俺说回家也是个穷，再说了，还有这么多的弟兄跟着俺混呢，俺想下山就下山？都是生死之交的兄弟，俺不能光为俺自己一走了之。俺娘不容俺说完，就怒不可遏一巴掌打过来，打得俺是眼冒金星，俺拉也拉不住，俺娘就气呼呼地下山去了。她老人家下山后，俺很是不放心，就派人暗中跟着她，回来的人给俺说，俺娘气晕倒在大街上，是徐和发药铺子救活了俺娘，还分文没要。俺昨天才打听到，徐和发的东家姓徐名敬修。正说有机会下山去感谢您呢，这不，您就自己送上门来了！"说完，他很不好意思地挠挠头，偷眼看着徐敬修，嘴里嘟嘟囔囔地说着："今天差点办了糊涂事。"

徐敬修给干成包扎好后，诧异地望着刘西山，长叹一口气道："你娘那天可是气血攻心呀，要是被人发现得晚了，可就没命了！"

刘西山静下心来，大喊道："这世上还是好人多呀！徐东家，如不是您人好心好，俺此时已与母亲阴阳两隔了。刚才险些闯了大祸，俺会悔恨终生的……徐东家，往后如您需要我刘西山，让俺上刀山、下火海，粉身碎骨，俺也在所不惜！请受我一拜！"说着他又重重跪下去。

徐敬修用力将他搀起来，道："这是我应该做的，别说是我，就是换成你，你也不会见死不救的。"

刘西山听徐敬修这么一说，面耳皆赤，回头大喊道："快给徐东家把车装好！"

徐敬修暗想，这个山大王还是个大孝子呀！

不一会儿，众匪们把车装好，大喊道："大当家的，车已装好。"

此时，武伦凯也为李相才包扎好了伤口。李相才慢慢地醒了过来，看到眼前一切的转变，不知所措。他纳闷地看看东家和师傅，嘴里喃喃自语道："这是怎么了？"

武伦凯搀扶着李相才走过来，拽拽徐敬修的衣裳。徐敬修当然明白他的意思，他想快点儿离开这是非之地。

王成低声道："老爷，天色不早了，咱赶紧赶路吧。"

刘西山有点儿急了，双眉怒竖，打了个嗝道："呃，走？现在就要走吗？那可不行——呃。"

武伦凯、李相才、王成、车夫等人一听，吃了一惊，神情尴尬地望着徐敬修。

徐敬修却是哈哈一笑，拱手道："天下没有不散的宴席，刘兄，我们还是赶路要紧，眼下世道混乱，民不聊生，做商人也不容易啊！"

刘西山眼看夕阳西下，眉头一皱道："呃，你们到前面一百里开外的山海关，可能还会凶多吉少，呃——"

徐敬修等人听后，一阵心慌。他们知道刘西山说的是什么意思，说明前面还有土匪挡道。

刘西山连续打着嗝，道："呃，这样吧，俺给您——呃——写个便条——

呃——盖上俺的印鉴，到危难时刻——呃——你们拿出来——呃——试试，也许管点儿用——呃——"

众人点点头，等刘西山写好便条，从怀里掏出自己的印鉴盖上，双手递给徐敬修。

徐敬修接过来看了看揣进怀中，拱手告别。刘西山突然上前，面带惭愧道："不能走。"

众人又是一愣。

刘西山摇着头只是打呃，一手扶住了徐敬修的肩膀，一手举起手中的银兜，过了一会儿，才挣扎出几句话来："呃，给您的——呃——银子——呃——差点忘了给您——呃——"

徐敬修慨然笑道："给兄弟们喝酒吧。把那两把刀还给我就行了。"

"呃——给刀。"刘西山边说着，边从腰间掏出那两把杀猪刀交给徐敬修。他提着银兜笑笑，沉声道："——呃——喝酒这些也不多，你们到路上还有用——呃——您收着吧——呃——"

就在徐敬修回头接银子时，突然发现此山风景秀丽，山下有一片湖，湖水清澈透底，碧波荡漾。他拍着刘西山的肩膀道："刘兄呀，你们闲时，可在此山上开辟一片田地，自种自收，也可以种点药材，如枸杞子、艾蒿、甘草……你们种了我们来收，价格给高点儿，岂不更好！"

刘西山没有说话，只是挠挠头。

徐敬修看着刘西山在犹豫，又劝说道："种药材或者种茶来银子也特别快，你们种吧，如种药材的话，我们来收，如种茶的话，我会叫朋友来收。我说的这几种都好成活，收成也高。"

见刘西山对徐敬修的劝告有些犹豫，众匪们一下炸了锅……

首先是迎门梁（炮头），他是绺子中的急先锋，江湖上"管直"（枪法准）百发百中，在和对手交锋时，要"前打后别"，能在关键时刻一枪定砣。看着刘西山有点心动，他望着徐敬修道："你没有听说过吗？'当响马，快乐多，骑着大马把酒喝，搂着女人吃饽饽（乳房）。'"

接着托天梁（二当家的）也站不住了。望着刘西山在低头犹豫，他拱手道："大哥！骑马挎枪打天下，马背上有酒有女人。你可不能动心啊！"

那个转角梁（扳舵先生）更是心眼多，在绺子里担当军师、幕僚分子，他也拱起手道："大当家的！你可不能拔香头子啊！"

刘西山最听不得"拔香头子"这一说，因为"拔香头子"是一项充满血腥味的规则，如果没有事关身家性命或事关家人安危的大事，一般是不会选择走这条路的。它意味着背弃和叛变，对胡子的安全是极大的威胁，是最为胡子所痛恨的，常常出现"拔香头子"未成，先横尸血泊的场面。

听了弟兄们一番聒噪，刘西山终于定下心来，抬头对徐敬修道："当胡子容易，拔香头子难，你们走吧。"

对刘西山的回答，徐敬修并不新奇，因为他发现他打嗝次数一再减少，最后干脆不打嗝了，这正是他深思熟虑的结果。

第二十五章 再遇劫匪 黄芪之争

山海关：

第三天中午，徐敬修一行人行至山海关，长寿山一带的一个三岔路口，果不出刘西山所说，突然四周响起了一阵喊杀声，山坡上冲下一伙土匪迅速把他们包围，二话不说就开始搜身、搜车。

不远处一个身材高大、面相粗犷的汉子手提一把钢刀，在几个小匪们的簇拥下向徐敬修等人走来，近看此人虎背熊腰，反穿着羊皮袄，头戴狗皮帽子，满脸络腮胡子，四方大脸上还有一道刀疤，双眼喷射恶芒，十足一副土匪头子恶人形象，目光凶狠地扫射着徐敬修他们。

一个小土匪见大汉来到跟前，赶紧上前道："大当家的，都搜过了，车上没见银子，只有一些药丸子和草药。"

大胡子厉声道："仔细搜搜身上有没有银票，别放过任何一个地方。"

徐敬修忙从怀里掏出那兜银子放在地上，道："好汉，银票没有，我身上就这点碎银子，给弟兄们喝酒吧。"

一个豁嘴土匪从徐敬修身上摸出两把刀，口齿不清，说话漏气，叫道："杀猪刀！他身上有两把杀猪刀！"

"收下！"大胡子土匪用刀尖挑起地上银袋子，在手里颠颠，道："就这么点碎银子也想保命过山？你也太小看我这山大王了。众兄弟们，给我把他们拖到后山就地解决！"话音刚落，众劫匪轰地一拥而上，就要推搡着徐敬修等人往后山走。吓得赶车的老张头尿了一裤子，老杨头捂着头哭道："求大王饶小老儿一命吧！小老儿就是个赶车的苦力，家中还有八十岁的老母，我不能死呀！"

王成惊慌地抓住大胡子土匪的胳膊，大喊道："大王，我看您挺仁慈的，您就行行好，放了我们吧。"

大胡子土匪用力把王成甩出去，将手中大刀一抡，满脸横肉凶光毕露，恶狠狠道："妈了个巴子小兔崽子，活腻歪了不是，敢消遣老子。没银子休想过老子这一关，除非三天之内能拿一万两银子来。否则，都给老子扔山沟里喂狼。"

众匪一听，欲再次推搡他们走。

武伦凯吓得脸都黄了，赶紧带着哭腔求道："好汉，我们是从沈阳过来的，这路途遥远，三天返都返不回去啊！"

其中一个三角眼鹰钩鼻土匪，白眼珠子一转，大喊道："给你们十天时间。"

王成道："好汉！让他们回去取银子，把我留下，他们如送不来银子，您就一刀砍了我出气。"

大胡子土匪微眯双眼看看王成，突然转身一刀砍断一棵碗口粗的大树，徐敬修等人吓得浑身发抖，两腿发软再不敢多言，惊恐地看着大胡子土匪。就见大胡子土匪一步一步地走到王成跟前，一手抓住他的脖领子，用粗犷而浑浊的声音："哼！给老子我过来吧！"像提溜小鸡一样把王成提到了断树旁。

武伦凯一看，吓得晕了过去。

千钧一发之际，徐敬修突然想起了刘西山给的条子，赶紧喊道："好汉！手下留情！手下留情！"

大胡子土匪将举起的刀在空中旋了个圈收回，盯视着徐敬修道："怎么？你想先上路？这可由不得你，你想先死，我偏不让你死，我就喜欢先要这小子的命。"

"不……不……不是。好汉，我这里有张条子，请好汉看过再杀不迟！"徐敬修慌忙道。

王成也赶紧接口道："对对对，我们有条子。"

大胡子土匪瞥了他一眼，"哼"了一声，道："有条子？什么条子？"

"是刘大王给您的，刘大王说我们路过贵地，您看过条子就会放我们过去。他说您是他的朋友。"徐敬修说着忙在怀里摸条子，半天也没摸到，喃喃自语道，"条子呢？条子哪去了？"越急越是找不到条子。

王成也顾不上害怕了，挣脱开大胡子土匪的手，跑到徐敬修跟前一起在他身上胡乱摸着，找了半天就是找不到条子。

李相才转身双腿跪地，拍着吓晕过去的武伦凯道："师傅，师傅，您快醒

醒。刘大王给咱的条子呢？"

武伦凯慢慢睁开双眼，一骨碌爬起来，跪下道："求求好汉，您就大发慈悲饶了我们吧。"

李相才拉着武伦凯的胳膊，急道："师傅，师傅，我是相才。"

武伦凯惊恐万分地看着李相才道："相才，他们肯放咱走了？"

"师傅，刘大王给咱的条子呢？快点儿拿出来让这位大王看看。"

武伦凯这时才清醒过来，道："条子？条子不是在东家身上吗？"

大胡子土匪见他们半天也拿不出条子来，已经不耐烦了，凶神恶煞地冷笑两声，道："嘿嘿，想用这个办法拖延时间等人来救你们？老子实话告诉你们吧，磨蹭到天黑也没用的！"

大胡子土匪话音未落，王成兴奋得大喊道："条子！条子！找到条子了。"

徐敬修拿过条子双手递给大胡子土匪，道："好汉您看看，这就是刘大王给您的条子！"

大胡子土匪有些意外地瞥了徐敬修一眼，接过条子，见条子上歪歪扭扭写着几个字，摸摸头喜上眉梢，自语道："刘西山啊刘西山，你终于用得着老子了，这回老子欠你的人情可算能还给你了。"抬头看看徐敬修他们，忽然转了口气道："有条子不早点拿出来，害老子白费半天劲。"

徐敬修胆颤心惊地看一眼大胡子土匪，心道：你哪里容得我们说话呀！

王成赶紧点头哈腰道："大王您太威严，把我们吓傻了。"

三角眼鹰钩鼻土匪道："大当家，这是谁的条子？"

"里码人（土匪黑话同行的意思）！"

皮子（刚入伙的小土匪）瞪眼望着他们不知所措。

李相才紧咬嘴唇，双拳紧握，心里万分担忧地盯着大胡子土匪。

皮子大声道："大当家的，咱欠刘大王什么人情？"

"去年他劫了我的平头子（媳妇），我派人去要，一提是我的人，他二话没说，摆了酒席盛情款待，临走时，还给银子说是要为她压惊。"大胡子土匪说完，转身拍拍徐敬修的肩膀道："好嘛！既然你们是刘大王的扯，也就是我的扯，吃好，喝好，放人。从今往后路过我的地盘你放心地过，谁也不敢说二话，只要说是我的扯就行了。"

徐敬修没少听穆四妮给他说这些土匪的黑话，知道"扯"就是朋友的意思，点点头拱手道："谢谢大王看得起我徐某人，把我当朋友看待。"

大胡子土匪一惊："你懂行？"

"不瞒您说，我内人和大舅哥原来和您都是里码人。"

大胡子土匪听得目瞪口呆，随即哈哈大笑道："啊！他们原在哪里拉杆子？"

王成和李相才闻言，瞪着吃惊地双眼看着徐敬修，好像从来不认识一样。

"在武安西山。"

"啊！武安西山？他们姓氏名号如何称呼？"

"我大舅哥姓穆名三，内人四妮。"

"啊哈！"大胡子土匪激动地握住徐敬修的手："真是大水冲了龙王庙，一家人不认一家人。"

徐敬修疑视着他，问道："难道大王，您也在武安西山……？"

大胡子土匪点点头道："跟山过了半辈子了。我大哥和姑奶奶可安好？"

"唉！我大舅哥去世多年了。内人安好。"

"大哥啊……谁知武安西山一别，竟然永无见面之日。"大胡子土匪说着流下了眼泪。

徐敬修摇摇头，轻轻拍拍他的肩膀："大王节哀。"

大胡子土匪擦干眼泪："不打不相识，往后在我这一亩三分地上我保你畅通无阻。"

"一言为定！那我就真的不客气了啊？"

大胡子一仰脖子，"哈哈哈，男子汉大丈夫吐口唾沫都是钉儿！"

"我还没问大王尊姓大名呢，路过贵地咋提起您呀？"

"路过此地大喊三声，我是铁蛋的朋友，里码人要过山了！我保你平安过山！"

徐敬修点点头谢过大胡子土匪刚要提袍上车，大胡子土匪看着他挠挠头，不好意思地道："你这高盖子车不错，真气派。"

徐敬修笑笑放下大袍，爽快地说道："既然老兄喜欢，那兄弟就送给老兄好了。"

大胡子土匪上前拍着徐敬修的肩膀，哈哈一笑道："你的性格我喜欢。如果你不是我大哥的亲妹夫，我就是能看条子放人，也不会看条子放车。这车子我太喜欢了。哈哈哈……"

"老兄喜欢我就把车留下，别给我客气。"

大胡子土匪边推徐敬修上车，边道："快点上车走吧，这车我不能要，大哥妹夫的东西我也敢要的话，传出去就不能在这一行混了！"

徐敬修笑着跳上高盖车坐下，掀开窗帘向大胡子土匪挥挥手，大声道："下次再路过贵地，你就准备好接车吧！"

一路无事，驷马高盖车和马拉轿咕隆咕隆进入天津地界，武伦凯才忍不住道："东家，我有一事不明。"

徐敬修不紧不慢道："总掌柜是想问，鹿茸、虎骨、三七、麝香哪儿去了吧？"

"东家所言极是。"

"那么贵重的货我岂敢放在箱子里。在相才坐的车下面，我把放马饲料的地儿隔成了两半，一半放马饲料，另一半放药材。"

"啊！那您为何不放在咱车下？"

徐敬修长叹一口气道："这辆车能否安全到达天津卫，我心里也没把握呀。"

"啊！东家做出来的事，真是别出心裁，佩服！佩服！"

"老杨！回家别给太太说咱们被土匪劫过。"徐敬修掀开车帘吩咐道。

"知道了，老爷。我回去只报喜不报忧。"

天津义和发铺子：

太阳落山前，他们总算到了"义和发"铺子门前，李相才刚要下车，突然想起了什么，又回身从包袱里拿出一块布片把头脸包了个严实。

王成一看哈哈大笑，感觉李相才太滑稽了，取笑道："相才哥，你这是刚坐完月子怕见风呀？"

李相才瞪他一眼，道："傻小子，你懂啥？"

徐敬修回头看了他们一眼，笑笑道："他是怕他那蹦蹦戏被人揭穿。"

王成一头雾水，充满疑惑地看着李相才道："啊！相才哥，你还会演戏？"

武伦凯脸上浮现诡秘的笑容，道："你相才哥从小就是戏班出身，能不会演戏吗？"

李相才道："师傅，您咋也跟着取笑我！"

武伦凯摆摆手道："不说了，不说了，来，师傅扶着你。"

徐敬修笑笑，迈步进了铺子。

"义和发"店铺柜台外围着一圈买药的顾客，抓药伙计不断地开合抽屉称药，旁边捣药、切药的伙计不间断搞出"咚咚"的声响，药堂两侧还坐了六七个等候的患者。

坐堂郎中任先生坐在桌案后给一个少妇切脉，轻声问："月经也不大正常吧？"

那少妇脸色微红，小声道："是，有时候两个月一次，有时候一个月两次。"

任先生再看看少妇面色、舌苔，随手拿起笔边写方子边道："暂时问题还不大，但一直这么下去会容易引起别的病变，我先给你开点儿熟地、当归、川芎、白芍、人参、茯苓、白术、甘草、黄芪、肉桂。这是三天的药，吃了这服药就好了。"

少妇点头道谢，前去柜台掏银子拿药。

一个四十岁开外的粗壮男子坐过来，伸出胳膊。

任先生把脉后道："你肢体可感觉麻木？"

那男子点点头。

任先生道："我给你开点儿苍耳子、桂心、川芎。"

男子道："不知吃几服？"

任先生道："今日吃两服，明日两服，后天再来复诊。"

男子又问："药金请教几何？"

任先生道："药金我已给您写到药方上了，到柜台拿药便知。"

男子点头，离开桌面，前去柜台。

大掌柜白鹰正在小桌旁陪客户谈生意。见徐敬修他们走进来，便让客户稍等，回头拉徐敬修进了套间，吃惊地望着他们道："一个包着头，一个包着膀子，这是为何？"

徐敬修深吸口气，心中含着酸楚道："路上遇到了点小麻烦。"

白鹰惊恐道："路上遇到土匪？"说后一直静默地看着他。

徐敬修回避着他的目光，努力忍住了滚到眼眶边的眼泪，点点头道："险得很。咋没见二掌柜和三掌柜？"

白鹰表情微微一愣，道："二掌柜和三掌柜今天一起去行单了。您受惊了，现在路上很不太平。"

徐敬修紧锁眉头，吸一口气道："没事，都过去了。"

白鹰知道他紧锁的眉头里藏着很多辛酸。

徐敬修立在窗前，静了会儿，淡淡道："对面可有动静？"

"有！动静可大了，秦有福每天死皮赖脸想要买走那批黄芪。"

徐敬修笑笑道："你没有给他说，咱没有货？"

"说了！可他硬说他见咱拉货了。"白鹰满脸喜色道。

因徐敬修在路上已经给武伦凯说了黄芪一事，所以他很有把握道："鱼上钩了，请放心，必有喜讯。"

"啊！"徐敬修自己也觉得好笑，"扑哧"笑出声来，挑着眉头道："我在想一件心事，想得出神了。武总掌柜，咱们进后院喝茶去。"

白鹰刚要招呼他们去后院，见小伙计端着茶盘进来，忙吩咐道："把茶端

到后院去。"回头道："东家、总掌柜，您们先去后院喝茶，我谈完生意就过去。"说罢，送他们几个去了后院。

义和发后院：

徐敬修等人来到后院，小伙计放下茶盘，伺候他们洗脸后，为他们斟好茶站立一旁待命。王成知道他们有要事相商，走过来拉了一下小伙计的衣角，两人轻轻走了出去。

徐敬修坐定后马上吩咐李相才，赶紧给东北总店去信，让总店告诉东北三省所有铺子的掌柜们，路过山海关长寿山时，记着大喊三声"我是铁蛋的朋友，里码人要过山了"！

武伦凯看着徐敬修点点头，道："真有你的，你这一招相当于给大胡子要了一张长期通关证。"

徐敬修嘿嘿一笑，"咱们经常走这条道，不想办法不行啊！"

白鹰谈过生意，手提袍角匆忙来到后正房，还未落座就问道："要不，我去趟南洋？"

徐敬修与武伦凯交换了下眼色，摇摇头道："目前看，此事已成功一半，不妨静观其变，先照原计划行事。"

白鹰揣摩了一下徐敬修的意思，点头赞同道："也好，那咱就来个姜子牙钓鱼。"

武伦凯把腰挺一挺，身子凑前些，凝神地听着。

李相才迅速把信写好，道："东家，您看看这样写行吗？"

徐敬修瞟了一眼，点头道："简单明了就行。"

正说话间，听到小伙计向后院喊道："师傅！宗盛达秦管家到。"

李相才一听，拿着信赶紧起身边往里屋跑，边道："哎呀！千万不能让那老狐狸看到我！"

大家闻言哈哈大笑起来。

白鹰欲起身迎去，徐敬修按住他的肩膀，轻轻摇摇头，对外面喊道："让他进来。"

秦有福表情甚是尴尬，强压住心里的恐惧，走进来先是一愣，皮笑肉不笑地故装惊讶状，高拱手道："啊！徐东家来了？各位都在？"

徐敬修凡事都要占上风才十分够味，整整衣服，端起桌上的茶杯小抿一口，又慢慢地把茶杯放回桌子上，问道："您是？"

武伦凯心里窃笑，不便明劝，端起茶杯挡在脸前做掩盖。

秦有福一愣，心想：要是现在提起在苏州见过面，会很难堪，不如将计就计假装不认识，想到此，忙拱手道："在下是马家的管家，姓秦，名有福。"

徐敬修心想：扒了三层皮我都认识你，念头转到这里，皱着眉头问道："马家？哪个马家？没听说过。"

秦有福道："就是与您一起长大的发小马继宗啊！"

"啊！"徐敬修顿时眼睛发亮，"噌"地一下站起身来，上前两步搭着他的手："继宗在天津？他真是让我好难找呀，马大老爷府上的秦管家！来、来、来，快请坐，喝杯茶。"他的样子虽然做作，但显得很亲切。当秦有福的屁股刚刚挨着椅子时，徐敬修上看看下看看，仔细打量了一番，突然惊诧道："我咋看你那么眼熟呀？好像在哪儿见过面。"

吓得秦有福心惊肉跳急忙又站了起来，心想：不说出来更显得没有诚意，避重就轻吧。忙点头哈腰道："您苏州不是有绸缎铺子嘛，我表哥在您家铺子对面王家铺子做掌柜，我当初在王家铺子里帮过忙。"

徐敬修一拍脑袋，道："啊！想起来了，我在苏州南营见过你。当时就是你和刘梦虎买通孙小川，用次品布换走我的正品布欲加害我，不料我在布上做了暗记，让你们的移花接木之计原形毕露。"

"这这这……"秦有福张口结舌面红耳赤无言以对。

徐敬修进一步逼问道："你可知道我被推上过砍头台？"

秦有福想说不知道，但想想当时那可是轰动全苏州的大事，说不知道也交代不过去，忙点头道："知道，知道，听说过。"

徐敬修冷哼了一声，双手背后边踱步边道："秦管家，你可别说你不知道是哪个狗娘养的诬陷我，说我与长毛勾结，想借用官府势力将我除之而后快。"

秦有福想推说不知道，但人家已挑明，再说不知道接下来的事就没法谈了，只得硬着头皮，辩解道："是王长庚与您过不去，派我表哥刘梦虎去南营诬告您私通长毛，我可没参与此事。"

徐敬修冷笑一声，坐下来盯了秦有福一眼。慢慢端起桌上的茶喝了一口，又猛地把茶杯往桌子上用力一蹾，吓得秦有福一激灵，徐敬修拿过抹布擦擦溅在桌子上的茶水，把抹布往他面前一扔，吓得他差点跳起来。徐敬修这才不紧不慢地说道："既然当时你在王家铺子里帮忙，那你就该知道我与王家铺子赔钱做生意的事？"

秦有福心慌意乱，连连点头道："知道，知道，最后还是您把货给王长庚追回来的。徐东家，您真是个大善人，他那样对您，您还帮他。"

徐敬修连连冷笑，笑得秦有福是毛骨悚然，额头直冒冷汗。

"我是善人？我是善人为什么一直有人想害死我呢！善人就该受恶人欺凌？三番五次地陷害我，想方设法置我于死地！秦管家，你给我说说这都是为什么？"他气得口干舌燥，说不出话来。略一停顿，嗓音嘶哑问道，"你可知道当初我被闫世雄抓到大牢之中，经历九死一生才被救出？"

王成进门见徐敬修说得嘴角起了白沫，赶紧倒杯水双手捧上，却被他推开了。

秦有福傻呆呆地点点头，心想：看来以前所做的事，他全知道了。反正我表哥也不在这里，都推到他身上得了。念及此，拱手道："徐东家，您消消气，那是梦虎出的馊主意，要闫家父子把你们都抓进大牢，好引诱穆壮士出来。与我没有半点关系啊！"说到此，他停顿了一下，抬头看着徐敬修的脸色道："听说您也出这口气了？"

"嘿嘿，你可别认为是我想出这口气！那是你表哥刘梦虎想贪图王家的财产，咎由自取。"

秦有福连忙点头道："是是是，我表哥就是那样的人。"

"想加害我，有能耐就冲我明来，别使那些见不得人的勾当。想尽办法把我打入天牢不算，还与日本人勾结装神弄鬼，使的全是一些卑鄙下流无耻的阴招，更过分的是竟然连一个七旬老人都不放过！"徐敬修顺手摸起桌子上的茶杯"啪"地狠狠摔在地上。

茶杯摔碎溅起的碎片差点打到秦有福脸上，吓得他心惊肉跳真想马上拍拍屁股走人，但想想黄芪的事还没有着落，只能忍气吞声厚着脸皮待在原地不动。

武伦凯和白鹰相视一眼站起来，一人拉住秦有福一条胳膊，道："你们竟然与日本人勾结残害自己人，出去！出去！快出去！"

徐敬修摆摆手，武伦凯和白鹰才放开他，坐回原处。

秦有福弯着腰站在那里真想找个地缝钻进去。

徐敬修长出一口气，道："我只是顾念往日之情，顾念经商之道，不愿自相残害，更不愿使那一些卑鄙无耻见不得天日的手段。跟你说这么多，让你见笑了，我知道你只是个跑腿的。"

秦有福擦擦额头上的冷汗，连忙点头哈腰道："是是是，秦某知道徐东家是个开明人，您行得正走得端，哪能跟一般人见识。"

徐敬修见秦有福已服软，平复了一下愤恨的心情，语气平和道："你不是在马家做管家吗？当初怎么会去苏州给王家铺子帮忙？"

秦有福看徐敬修把心中的话都说了出来，火气已消不少。心中暗暗松了口气，摇摇头道："唉！当初我东家两个女儿在苏州地界丢失，东家派我前往苏州去寻找，这一去就是几年，闲着没事，我表哥就叫我去王家铺子里帮忙，真惭愧没有阻拦他们的所作所为呀！"

徐敬修吸了口气道："当初马继宗身在何处？"

秦有福没想过徐敬修会突然问这个问题，一时不知如何回答，吸了口气，答道："那时……那时他在天津做药材生意。"

王成见徐敬修心情平复下来，拿起桌子上的茶杯重新满上热茶，小心翼翼地双手递上。

徐敬修瞪秦有福一眼，接过王成递来的茶水，喝了一口道："啊，是这样啊，要是他也参与了害我之事，那他就太没有人性了，当初我收留他的女人在铺子，全是看在与他一起长大的情分上。"

秦有福急忙道："那是、那是，马东家说过，有时间要我安排酒楼，请您过去坐坐，报答您收留太太之恩情。"

徐敬修重重地放下茶杯，看着他道："别想着法地害我，我就念他的好了！"

秦有福拭去额头上的汗珠，道："哪能呢，再没有人心，也不能那样做嘛！"

徐敬修望着武伦凯和白鹰，道："你俩看看我真是老糊涂了，怎么忘了让秦管家坐下呢？秦管家，坐下咱俩说说话。王成，还不快给秦管家倒茶？"

秦有福一下子红了脸，顿时觉着坐也不是站也不是，慢慢地在椅子边儿上坐了下来，看样子坐着比站着更难受。

徐敬修道："马大老爷现在可好？"

秦有福自惭地拱拱手，道："不好。"

徐敬修装着震惊道："为何不好？他马大老爷一向不都是春风得意智机在握吗？咋还有不好的时候？"

武伦凯看看白鹰，心想：咱俩今天就是看戏的。

白鹰看着武伦凯笑笑，心想：你没有听说过，演戏的是疯子，看戏的是傻子吗？咱俩就当一回傻子吧。武伦凯会意地笑了。

秦有福突然从椅子上滑下去跪在地上，哭求道："徐东家，您救救我东家吧！"

徐敬修递个眼色过去，武伦凯和白鹰笑笑，上前把他搀扶起来。徐敬修装着很吃惊，道："秦管家，我一宫里没有亲戚，二没有日本朋友，何德何能救你东家？"

秦有福哭泣道："徐东家，您大人不计小人过，您就把黄芪卖给我们吧，"他张嘴想说下句，突然住了口，心想：如给他说我们已经给南洋签了合约，就

等于告诉他说南洋要货，这样他定会抓紧时间去南洋联系，我们就更没有戏了。想到此，他哭道："你们把山西的黄芪都收光了，我们今年可咋做生意啊！"

白鹰迟疑了一下道："哎！秦管家咋能这么说呢！那么多药材，没有黄芪咋就不做生意了？"

武伦凯提醒他道："哎呀！今年山西黄芪可是抢手货啊，老白，你可能还不知道，听说南洋要大批收购黄芪呢！"

徐敬修语声很急地问道："武总掌柜，您咋知道南洋要大批收购黄芪？"

武伦凯故意放出很豁达的神态，仰着脸说道："您呀！消息太不灵通了。"

一听人家早就知道了，秦有福想了想，一咬牙道："徐东家，我给您实说了吧，南洋早给我们签了合约，可我们到山西才知道，您已经把山西的黄芪收光了。我们如按时交不了货，要赔付三倍违约金的！"秦有福失望无奈的神色，徐敬修自然看得出来。

白鹰诧异道："啊！我说秦管家为啥这么着急往我铺子里跑着买黄芪！原来你们已经给南洋签了合约？"

秦有福哭丧着脸，好半天说不出话来，只是点点头。

"哦！这赚银子的事儿，"武伦凯有意停顿了一下，接着说，"谁不想自己赚。要是把货卖给你们，不如我们直接卖给南洋赚得多呀！"

王成拽着秦有福的大袍道："走吧，别做梦了，我们要是有黄芪，我们不会自己卖南洋？还会卖给你们，让你们再卖给南洋多赚银子？我们傻呀！"

徐敬修潇洒地将手一挥道："大人的事儿，小孩子家别乱讲话！有生意给谁做不是做。"王成领会了东家前句话与后句话截然不同的意思。

秦有福回味着徐敬修的这句：有生意给谁做不是做！终于肯定了徐家铺子里果真有大量黄芪，心想：有这句话就好办了，只要货在天津就行。想到此，他硬着头皮道："赚银子肯定要叫您赚了，咱生意人都知道过个门扒层皮。徐东家，您说句痛快话，这层皮，您想扒多少？"

徐敬修左看看武伦凯右看看白鹰，道："唉！秦管家说这话可就见外了，我与马老爷的关系那是没的说，咋能说扒皮呢。"想了想接着道："这样吧，等我有时间亲自去拜访马老爷时再说吧。"

秦有福在商界也是个熟透了的人，一听这话就知道，徐敬修是要马继宗亲自登门，他才肯放货。想想再缠下去也是梁山好汉"无用"！于是，起身拱手道："好、好、好，你们见面谈谈，你们见面谈谈。我先告辞。"

徐敬修看着秦有福灰溜溜走出门，心情舒畅地长长出了口气，走到门口一脚跨出门槛，又停下，手扶门框沉思片刻，摇摇头暗自笑笑，抬起头看看门外灰暗天色，坚定而极有张力地道："白掌柜！让厨房准备家乡宴席'三道饭'！今晚要来客人！"

李相才很少看见东家有过这种样子，不免诧异。

武伦凯暗中猜测着徐敬修，不便明劝，万一猜得不对，便成了无的放矢。他知道凡事明说不如暗示，旁敲侧击的效果最好，于是略想一想，有了一套说辞："俗语道得好'旁观者清'。不在其位，不关得失，看事情比较清楚。"

这句话，细细玩味，果然大有道理。"说得一点不错。"徐敬修朗声答道，"我正要总掌柜您多多指点呢。"

武伦凯欣然说道："指点不敢！您今天做得很好，凡事适可而止方好。"

王成脸色有点不高兴道："怎么？这么快就给他货？不是说好的要他马继宗亲自过来，叩头后才给他们货吗？"

武伦凯摇摇头，神色严重地道："忍气吞声是君子，得饶人处且饶人啊！"

"嗯，嗯！"徐敬修被提醒，回想起他与马继宗姐弟从小住一起玩耍的情景，回想起芸香去彰德府看到闫肖肖的那一幕……思来想去，长叹一口气道："跟宗盛达斗气，是犯不着，咱的招牌能在天津卫打响，才算是咱的本事。马继宗实在可恨，但做生意绝对不可以斗气，当初在苏州，我就做了人生第一件错事，拿生意与王长庚斗气，结果两败俱伤，险些叫我两家都赔得一无所有。"

武伦凯很兴奋地竖起大拇指，由衷夸赞道："对！要收服他，必得先苦后甜，叫他苦头吃过尝甜头，服服帖帖就行了，斗气，结果只会两败俱伤。"

白鹰也点点头道："做生意讲究利人利己，万不可损人不利己，徒然搞垮宗盛达，对咱也没有太大的好处，反而会叫同行们看不起。"

徐敬修想了想道："看秦有福今天那个熊样儿，咱也就对马家的资产有所了解了。"

李相才不解，脸色慢慢转为深沉，好久才蹦出一句话："他家的资产大不大与咱没有关系吧？"

武伦凯放低了声音道："徒儿呀，你啥时才能让师傅放心呢！"

李相才挠挠头道："师傅的意思？"

白鹰笑着打断他的话道："相才呀，你师傅是在教你，做到知己知彼，方能百战百胜啊！"

徐敬修大为倾服，朝着白鹰点了点头。

李相才一面听，一面点头，细细体味着他们的话，悟出来许多道理，惭愧地低下了头。

第二十六章　直面交锋　跪地求饶

马府：

正在焦急等待音讯的马继宗，见秦有福耷拉着脑袋回来，急忙上前两步，问道："咋了？莫非……"

秦有福像斗败了的公鸡一样，垂头丧气道："打探清楚了，货就在对门。"

马继宗闻言，惊怒道："啊！果然是他！越怕是谁，越是谁！"说罢，牙齿咬得嘎吱嘎吱直响。

秦有福无奈而又诚心劝说道："东家，您就别生气了，眼前不管用什么办法都得把黄芪弄到手才行。明天南洋客商就要来取货了，事不等人啊！原先那白掌柜一直不承认他家收了黄芪，现在既然他们承认了有货就是好事。"看着马继宗，犹豫了一下说道："东家，说不定您一去他就把货卖给咱了。"

"让我去求他？除非公鸡学狗叫！"马继宗愤愤地道。

秦有福神态一惊，似乎微有怒意，瞬间又平静下来，说道："东家呀，您要是不去求他，这三倍违约金会叫咱赔得一败涂地啊！转眼之间家业都要……"看着马继宗的脸，他把后半句咽了下去。

马继宗明白他意思，要是不去求徐敬修后果是什么，喃喃自语道："我去求他，他要是不卖给我，我这脸面往哪儿搁？"

"不会。"秦有福的语气极其坚定，"经过这次与他面谈，我认为他不是那样的人。"他知道马继宗的脾气，这句话说明他已动了心，想了想道："给不给面儿是他的事，求不求人是咱的事。如果您不去求他，明天咱倾家荡产！

他看热闹，同样难堪。如您求他成功了，咱不但不会倾家荡产，而且还会有一笔可观的进账，您仔细想想。"秦有福语气坚定有力，令人有种可信赖的感觉，使马继宗难以反驳，很快冷静下来，吸口气道："你说的不是没有道理，但我这脸……"

秦有福一听，知道马继宗已经服软，打断他的话道："东家，大丈夫能屈能伸，才能干一番大业！韩信还能受胯下之辱，为何您就不能委屈一下自己？先把脸面放在咱府上，回来再要脸嘛。只要您今晚能做到骂不还口打不还手，这事就能成。"

马继宗听后大吃一惊道："你的意思他还会骂人、打人？"

秦有福道："打倒不至于，骂是有可能，咱在苏州做的那些事，王长庚可能都给他说了，他今天话里话外都带山来了。"看看马继宗犹豫了一下，道："还有……"

马继宗愣了一下，问道："还有什么？"

秦有福踌躇了一下，道："让日本人去武安吓死他爹，您表哥把他弄进天牢，日本人去他家闹鬼的事，他好像也猜到都是咱干的了。"

"啊！"马继宗瞪大双眼，道，"别看他整天疯疯癫癫的，心眼鬼得很！"

秦有福想了想道："不过，今天他把心里话都说了出来，心中的气也消了不少。您想想，当初咱与王长庚联手把他送到了砍头台上，他为了报复王长庚，把王家铺子整得一败涂地，但到关键时刻，他又能放下恩怨出手救了王家铺子。这次咱的情况与王家铺子当时的情况很相似，所以，我想只要您能放下身段，咱就能度过这一关。虽然看他很强势，但他心软心善，这就是他的弱点，只要抓住他这个弱点，总有一天能击败他。"

"弱点？"马继宗听完秦有福的话若有所思，"有了！让太太去求徐疯子。"

"让太太去？"秦有福琢磨了一小会儿，道，"好主意！"

马家后正房内：

芸香斜靠坐在床上发呆，马继宗推门进来，挥挥手让哑女退下。见芸香看都不看他，轻轻干咳两声走过去拉起芸香的手，芸香扭头厌恶地瞥了他一眼，缩手把脸转向一边，马继宗忙抓紧她的手，道："别动！"说着从怀里掏出一个晶莹剔透的碧绿玉镯套在她手腕上。

芸香扭头瞪了他一眼，欲言又止，侧过头不再看他。

马继宗嘴角似笑非笑地看着她，"嗯，嗯！"清了清嗓子："今天为什么不起来写字？是不是屋子里有点冷？"

芸香摇了摇头要抽回手。马继宗手一紧，把她揽在怀里，脸含悲凄："我想求你去趟徐家铺子。"

芸香闻言一愣，不明白马继宗是什么意思，扭头看着他。

马继宗轻叹口气，道："你去求求徐敬修，让他把黄芪卖给咱吧。南洋客商明天就来取货了，如果不能按时交货，就得赔付人家一大笔违约金。"

芸香嘲弄地看着他，淡淡地说道："我听不懂你的意思，你有银子还怕进不来货？"

"夫人啊，现在真的是有银子在别处也进不来货，山西的黄芪都让徐敬修给收光了。"

芸香心想：让我去求徐大哥把黄芪买回来，反过来你再污蔑我和徐大哥有私情，这一箭双雕之计想得倒是美。不过，休想让我芸香再上你的当！念及此，道："有货你就做这笔生意，没有货就别做这笔生意，干吗让我去求人家？"

"太太呀，这笔生意现在不是做不做的事，咱明天要是交不上货，就得赔人家南洋客商违约金。"

芸香苦涩地笑笑，尽量克制着心情，淡淡道："那你去徐家铺子进货不就得了？"

马继宗深吸口气，强打起精神，道："如果你不去，恐怕他不会把货卖给我。"

芸香闻言，慢慢坐起来盯着他，带着几丝冷笑道："为什么他不卖给你？是不是你对人家做的亏心事太多了？"

马继宗一听，猛地站起来，怒气冲冲道："你……你……你别蹬鼻子上脸啊！"

芸香的脸色大变，眼睛像含了泪水，脸上一阵青、一阵白，毫不示弱道："我蹬鼻子上脸？哈哈哈，还不知道谁在蹬鼻子上脸？你拍着自己的胸膛想想，这些年你对人家都做过什么你自己心里清楚，一次次地陷害人家，现在遇到劫难了，你自己不去求人家，让我去，亏你能想得出来！"说着说着她停了下来，深吸口气，道："马继宗，你不要逼我，我帮不了你！"说罢，含泪慢慢闭上双眼，感觉全身冰凉。

义和发铺子：

傍晚，果不出徐敬修所料，马继宗独自来到义和发，进门见一小伙计在院里，低声问："你东家在吗？"

小伙计看看他，回道："在！"

马继宗一脚刚跨进后屋门，突然闪出一个青面獠牙鬼影，大叫道："嗷！可让我逮住你了，你让我找的好苦啊！"

吓得马继宗"啊"了一声跳得老高。站稳身形定睛一看，拍拍胸口，道："别闹了，这么多年没见，你还是那么爱闹。"

徐敬修哈哈一笑，摘下面具道："我戴着这个吓着你了？"

"真是的，吓我一跳！"

"为人不做亏心事，不怕半夜鬼敲门，我这人不怕鬼。"徐敬修把手中面具举起道，"这个骷髅面具你可认得？"

马继宗一愣怔，思索一下，避开徐敬修的目光道："街上有卖的。"

徐敬修摆弄着手中的骷髅面具道："这是日本人到我家装神弄鬼用的面具，我把它留下来，等闲时我也戴着去吓人，非把那龌龊小人吓死不可。"

马继宗闻言心里发慌浑身打一冷战，呵呵一笑掩盖自己的心虚。

徐敬修看看马继宗的神态，上前拉起他就往屋里走。马继宗进屋一看酒菜已备好，人已坐齐，不禁皱眉暗道：看来一切都在人家的算计之中，真是棋差一着满盘皆输，这次低头已是必然，既来之则安之吧。心中叹息一声，应徐敬修要求挨着坐在下手。作陪的还是总掌柜武伦凯和义和发大掌柜白鹰，王成倒酒斟茶后，背手站在一旁，准备看大戏。

李相才仍是躲在隔壁里屋听热闹。

因王成头上有伤口，这些天来一直戴着一把揪小帽头。徐敬修咋看他咋像个店小二，不由得笑了一下。

武伦凯与白鹰相视一眼笑笑，心道：今晚没咱啥事，继续接着装傻充愣看戏就行。

徐敬修见一切准备就绪，咳咳两声打破尴尬局面，端起酒杯道："马大老爷，自从苏州一别就再没见到你的踪影，你藏得可真够深的呀！今晚能屈尊来我这小店，真是令我倍感荣幸。来！马大老爷，请恕接待不周，我先敬你一杯。"

马继宗端起酒杯尴尬地笑笑，道："啥大老爷！师兄说这话真是折煞师弟我了，咱是一起长大的好伙伴，你永远是我师兄，我永远是你师弟。"

徐敬修"扑哧"一笑，摆摆手说："你还承认我这个师哥？"说着他从怀中掏出当年马继宗撕下的断袍，心内苦痛至极，脸上还装作闻之开心："你早已与我割袍断义了啊！哈哈哈……"看他一愣，徐敬修又说道："你是四品官员，我是一介平民，我见了四品顶戴，不称呼你大老爷，称呼你啥？"

看到这么多年来，徐敬修身上还揣着当初的断袍，马继宗不由暗吃一惊，知道徐敬修始终没有忘记他们童年的友情，随即装得可怜巴巴地说道："唉！

都怪我当初年轻无知，一时冲动不计后果，做出这种亲者痛仇者快的糊涂事，每每想起都令我后悔不已。"

徐敬修僵着脸，想了想道："吃酒！"杯中酒仰头饮尽，照了一下空酒杯，道："马大老爷，咱边吃边谈。"

马继宗尴尬地看他一眼，欲言又止，一口喝完杯中酒道："好了，好了！师兄你就不要寒碜我了。那只不过是我爹给我掏银子捐来的，又不是真本事考来的。啥屁大老爷！只不过是个空壳子！"

徐敬修亲自为他斟满酒，心想：算你还知道自己是啥身份，能上道咱就好说。

马继宗端着酒杯起身朝武伦凯和白鹰举举，扭头道："师兄！我借花献佛敬你和两位掌柜一杯。"说罢一口喝干，再为自己倒上，道："前些日子才听秦管家说是你把生意做到了我铺子对门，我还不信！我想真要是师兄把生意做到了我对门，我怎么着也得过来给师兄说说话嘛！"拿起筷子，夹块熏肉放进嘴里，嚼了嚼，一脸兴奋道："好吃！这熏肉做得好，肥而不腻！"

徐敬修从白鹰和武伦凯面前把酒杯一一拿过来，边满酒边不紧不慢道："味道熟悉吧？这是咱伯延村的熏肉。"马继宗听后一愣。徐敬修接着说道："我在此开铺子也不是一天两天了，你真不知道？恐怕是躲还躲不及吧？哪会想着见我，你马大老爷眼里哪有我们这些平头小民。"

马继宗道："看师兄说的这是啥话。我只知道棺材铺不干了，换了一家同行，哪知道东家是师兄你呀！"

"是吗？"徐敬修把声音放得很低，强自按捺住怒气，冷笑一声，瞪眼歪头直视着他。

"真正是！"马继宗拍着胸说，"我要知道是你，我、我、我不是人！"

说到这里，徐敬修发觉自己的态度有些过分，便笑一笑，站起身说："好了，好了！我也不知道你在天津卫，要是知道你在天津卫，我怎么着也得厚着脸皮去府上拜访拜访你马大老爷啊！就是你不认我这个师兄，我也得认你这个师弟呀！今天你能到我这儿来，还能喊我一声师兄，来，我自罚三杯酒！"徐敬修把酒一一喝下，坐下竟然发现自己眼眶中有些泪水。

"慢慢喝，边吃边谈，边吃边谈。"武伦凯看出端倪，急忙拉了一下徐敬修的胳膊，抢在前面做和事佬。

马继宗见徐敬修站起身连饮下三杯酒，赶紧咽下口中肉，放下手中的筷子，端起面前的酒，也站起身举了举一口饮干，照照空杯，坐下道："师兄话语严重了，要说到拜访，也是我这个做兄弟的先拜访师兄才对嘛！自从我的管家说，你在我家对面开了铺子后，我就一直跟管家说，有机会找个馆子坐坐，可是一直都忙于生意，不是我不在家，就是你回武安了，就是一直碰不了面！"

"是啊！铺子天天碰着面，人却碰不了面。"徐敬修说着顿了一下，仰起头，不让眼泪从自己沧桑的脸上滑下。伸手从盘子里拿起红烧猪蹄大口大口吃起来，回想起当年带着身怀有孕的穆四妮初到苏州，两人跪在盐运使司府衙大门外想取得马家父子原谅；马恒昌始终不肯出来见面，马继宗不是派人往身上泼脏水，就是派人出来驱赶，最后还侮辱他钻裤裆……他脑海里回放着当初的画面，嘴里咀嚼着肉道："只要你马大老爷不让我钻裤裆，我就阿弥陀佛了！"

马继宗一听这话，脸上火辣辣的，嗫嚅道："我、我那时做事太鲁莽，让师兄受委屈了。"

徐敬修吃得满嘴流油，呵呵一笑，笑得比哭还难看。

马继宗见他光吃不说话，知道他的心思不在猪蹄上，而在心上，但不知道他今天这葫芦里又会卖什么药？心想：既然我敢独闯你这鸿门宴，我就不怕你能把我给吃了！不过，我还是要见机行事为好，他疯起来可是天不怕地不怕的，实在不行我就溜之大吉。念到此，他笑着大喊道："你们都听见了吗？他又喊我马大老爷了，你们说该罚他吃酒不该？"

徐敬修吃着猪蹄，看着马继宗的脸，心想：今天治不服你这畜生我就不姓徐！

一直没有说话的白鹰从徐敬修面前拿来酒杯，让王成倒上酒，道："这杯酒，我替东家受罚。"

武伦凯也站起来，后退两步道："我也替东家受罚，自饮一杯。"说着他俩仰头喝下杯中酒。

马继宗竖起大拇指道："好样的，你二位能替东家受罚，够仗义！"

徐敬修一听，好，来了！就从这里开始！"啪！"他把手中的猪蹄狠狠摔到桌子上，顿时，猪蹄砸得菜碟和酒水四射"哗啦"掉落到地上，菜碟摔得粉碎，酒菜茶水溅得马继宗满脸满身。因白鹰和武伦凯要替徐敬修受罚，离开了座位，茶水没有溅到他二位身上。

只听徐敬修怒吼道："仗义？仗义又有啥好的结果！到头来还不是任人陷害，九死一生！玩阴的？没种！有种正面来，害一个束手无策的老人，算啥玩意儿！借用日本人装神弄鬼对付自己人！无耻！"说完，恨恨地啐了一口。

马继宗"唰"地头上冒出了汗珠。

武伦凯见状，赶紧放下酒杯去拿王成手里的毛巾，王成立即把毛巾藏于身后，武伦凯点点他的额头顺手抄起桌上的抹布，边给马继宗擦拭身上的酒菜茶

水，边赔笑道："喝高了，他又喝高了，酒量不行还逞能。"

马继宗忙辩解道："日本人去武安跟我没关系，他们是冲着你的皇宫秘方去的。"

"跟你没关系？跟你没有关系你咋知道日本人是冲着我的秘方去的？我与日本人从来没打过交道，他们怎么会知道我有皇宫秘方？"徐敬修厉声质问道。

马继宗不禁打了个冷战，无言以对，愣在那里看看徐敬修低下了头。

徐敬修心中一酸，眼泪顺着脸颊滑落下来，道："你也知道我一直把圆圆当亲姐姐对待，如果当初她跟我明说，我无论如何也不会让她上吊自缢！"

马继宗想想当初自己年轻气盛，把所有责任都推到他身上也确实有些过分。

徐敬修含泪接着说道："圆圆姐为我上吊自缢，你以为我的心里就好受吗？咱们都是从小一起长大的好姐弟，圆圆姐走了那一步，你可知我这心里有多自责、多难受吗？我父让我身披重孝，一步三叩到你家谢罪，结果马叔已带你离开。我不想因我断送了咱两家那么多年的交情，带着四妮连夜追赶你们，想求得马叔和你的原谅。到得苏州，你说只要我敢从你胯下爬过，你就可以原谅我！要不是马叔出来制止，我也同意了呀！"

"啊！当初他那样羞辱您，那今天您也要他从您胯下爬过！"王成指着马继宗急道。

武伦凯拉了拉王成的后衣襟，王成后退了一步。

马继宗"唉"地长叹，摇摇头无话可说。

徐敬修泪流满面说道："你也不想想，我为啥要收留芸香？我还不是看你马家的面子！如我徐敬修不是自责愧对你马家，我怎能随意收留一个女人在我铺子里？"

"啊！"马继宗故意装作误会了一场，忙为徐敬修倒上一杯酒，自己也倒了一杯。叹一口气，举着酒杯用歉意的口气说道："谢谢！谢谢师兄当初收留她之恩，我替代她向你敬上一杯酒。"说着他一口将酒倒进嘴里，咕咚咽下。

徐敬修苦笑一下，双眼一眨不眨盯着马继宗道："谢我？谢我啥？谢我好心不得好报？想起当初在苏州被人陷害，差点要我一命呜呼，我却不知对手是谁。我好傻啊！"说罢一口将杯中酒喝干。

马继宗听着真想一走了之，可想到自己目前的处境，耳旁响起秦有福的话："大丈夫能屈能伸，才能干一番大业！韩信还能受胯下之辱，为何您就不能委屈一下自己？先把脸面放在咱府上，回来再要脸嘛。只要您今晚能做到骂不还口打不还手，这事就能成！"想到此，忐忑不安的心又安定下来，端着空酒杯望着徐敬修，几次三番想张口，却又静默了下来。

徐敬修说完见马继宗端着空酒杯，扭头喊道："王成！给马大老爷倒酒！"

王成手拿酒壶走过来，马继宗端着空酒杯迎上去。王成趁倒酒这个机会，瞪他一眼，狠狠地把酒给他倒溢出来，洒得顺手往下流。

马继宗知道王成是有意捉弄他，赶紧把酒杯举高道："谢谢！谢谢！"

王成才停手离开。

马继宗望着杯中酒，沉默了好半晌，咬了咬嘴唇道："我听秦管家说师兄在南方吃了不少苦头，大难不死必有后福。来！干了这杯酒，祝师兄今后万事顺利。"

徐敬修静静凝视着他，眼中似乎还夹着隐隐的恨，苦笑了一下道："万事顺利？天天有人背地里算计我盼着我死，如何万事顺利？不过你放心，我不怕！把我送上断头台，把我抓进巡抚大牢，把我送到天牢我都能活着出来，你说我还怕啥？"说到此，他突然哈哈大笑道："不知我死了对他有啥好处啊？要是我死了，对朋友有好处，那么我真会考虑的。"说着心痛得再次流下了眼泪。

王成赶紧过去为他拭去脸上的泪水。

马继宗再不敢看他，低下头，闭着眼睛，知道没有回旋余地了，因为徐敬修真的知道了自己所做的一切。他又一次想提步走人，再也不想听他这样暗语辱骂了，秦有福的话又在耳边骤然响起：给不给面儿是他的事！求不求人是咱的事。如果您不去求他，明天咱倾家荡产！他看热闹，同样难堪。如您求他成功了，咱不但不会倾家荡产，而且还会有一笔可观的进账。想到此，马继宗脸上勉强作出笑容，道："姐姐上吊自缢后，我心里真的是接受不了，觉得都是你造成的，对你真是怀恨在心，做出了一些过分的事，现在想想真是后悔不已。师兄，对不起，我现在给你赔罪了！来！敬你这杯酒，向你赔个罪。你若喝了我这杯酒，咱哥俩以后还是生死之交的好兄弟！"

徐敬修听出马继宗真有悔过之意，如再不给他个台阶下，把事情做过了头不太好。想到此，他侧头看看武伦凯和白鹰。

武伦凯和白鹰都微笑着点点头。

徐敬修端起酒杯与马继宗击杯而干，脸上流露出无限感慨，道："能挽回咱两家的交情，我受那些罪值！只要你能忘掉以前的恩怨，我愿冰释前嫌，与你同心协力，危难之时相互扶持，共图大业。"说罢，两人都笑了起来，只是笑得有点凄惨，有点悲伤。

马继宗见徐敬修接受了他的道歉，担心瞬间消散，从王成手中要过酒壶，自斟自饮连干三杯，再倒第四杯酒时，徐敬修一把按住他拿壶的手，道："咱有的是酒，兄弟，慢慢喝。"

徐敬修这一拉，马继宗的戏倒是出来了。他马上泪流满面，"扑通"跪倒在地上，道："老哥哥，我对不起你呀！"

"这可使不得！起来，快起来！咱兄弟之间有话起来好好说。"徐敬修没想到马继宗会来这一出，赶紧弯腰就拉。

"师兄，你若不原谅我，我今晚就跪在你面前不起。"

徐敬修彻底松了口气，急忙说道："快起来，快起来！原谅你了，我原谅你了。"边说边给武伦凯和白鹰使使眼色，二人过来一起把他搀扶起来。

马继宗坐下抱住徐敬修的胳膊哭泣道："师兄啊！你可得帮帮我啊！如果你不帮我，我可就完了。"

"啥事？你说，只要我能帮上忙的，我一定帮。"

"师兄呀，我早已跟南洋客商签订了合约，要与他们做这笔黄芪生意，可是……"

"嘻！我以为多大的事，不就是要黄芪吗？小事儿，小事儿。"

马继宗哭声道："大事儿，大事儿呀！你能帮这个忙，就算帮我大忙了。"

"师弟，你不必说客气话，哥帮你。"徐敬修很恳切说道。

马继宗瞪大了双眼望着徐敬修，等候他下句的神态，透着"问条件"的意味。

徐敬修想想条件自己不能提，提高了显得自己没诚意，低了又感觉吃亏，干咳两声没回应。

王成在一旁大喊道："条件就是从我家老爷胯下爬过去！"

徐敬修听王成这一喊，笑着看了王成一眼，心里想：我也让他从胯下爬过？哈哈，那是不行的！现在都成亲家了，还要给他留下个脸面呀！条件我自然有，但绝不能说，说了就是草包。同时他也觉得如果这一说，未免使马继宗看轻了和自己的交情。徐敬修心里好笑，自然也得意，笑笑道："啥也别说了，明天看进货单过秤拉货！"

马继宗没有想到徐敬修这么痛快，什么条件都不提就答应了自己，可看他的神情也不像是假话，立即起身作揖道："师兄真给我面子，啥也不说了。来！喝酒，不醉不归！"

徐敬修报以谦虚的微笑，举起酒杯道："来！总掌柜、白掌柜一起，咱们今晚一醉方休！"

白鹰和武伦凯看徐敬修神情舒坦，心里也十分快慰，都频频举杯喝了起来。

徐敬修难得这样轻松愉快，不知不觉喝得酩酊大醉，最后连怎么上的床都不知道了。

只有身在隔壁的李相才心情很是矛盾。

一阵嘈杂声把熟睡中的徐敬修惊醒，他揉着醉酒酣睡后的眼睛走出里屋，见武伦凯和李相才二人在大厅围桌喝着早茶，侃谈生意上的事。

"嘿、嘿，喝早茶也不叫醒我。"徐敬修挨着武伦凯坐下道，"开始过秤了？"

武伦凯点点头。

王成忙跑过去端温水服侍他洗脸、漱口、梳辫子。一切整理好之后，转身斟了一碗茶，双手捧到徐敬修面前。

徐敬修喝了口茶，笑道："看来他真是心急如焚、急不可耐了。"

武伦凯刚要说话，铺子里的小伙计跑过来道："东家，东家，马东家和南洋客商来咱铺子里了。"

徐敬修吃惊问道："这是为何？"

小伙计摇摇头道："不知道，南洋客商先进来，马东家随后就跟着就来了。"

"白掌柜呢？"徐敬修道。

"正在过秤记账。"

"给他们看茶了吗？"

"没有。"

徐敬修道："那还不快去。"

小伙计摇头道："把生意都让给他了，还要伺候他喝茶？美的他，我不去。"

小王成眼珠一转，计上心头，笑笑道："你不去，我去！"说着他提步向外走去。

徐敬修想了想，向外喊道："不要多话啊！"

"晓得了。"

铺子内：

王成跑到伙食房，提了茶壶来到铺子内，为马继宗和南洋商人都斟上茶道："二位，请慢用。"

马继宗怕王成多言，赶紧挥挥手道："去吧，你去忙你的吧。"

王成头一歪，道："我东家常言，做生意不能儿戏，一定要规规矩矩。"

"这里没你的事了。去吧。"马继宗打断他的话，瞪眼看着王成道。

王成并不看他，接着说："我东家常说，做生意的'意'字很有讲究，'意'

字上边一个立字，就是说见到买主，一定要立着对买主讲话，不能随意乱走乱动；中间一个'曰'字，就是要主动、要和颜悦色；下边是个'心'字，就是说做生意要和买方共心，讲信誉，生意才会越做越大。"

南洋客商听着不住地点头，细细品味后不由得一惊，看着王成道："你东家？"扭头看看马继宗再看向王成。

王成摇摇头道："我东家在后院呢。"

"明白了，马老板，这不是你的铺子呀？你这是现买现卖？"南洋老板起身看着王成道，"走！带我见你东家去。"

正在记账的白鹰抬起头道："老板，您先拉货。容后有机会您再与我东家见面也不迟。"

王成急道："白掌柜！咱东家走得正行得端，为什么就不能与人家客商见面？"说罢扭头望着南洋客商道："您稍等，我去通报一下。"

马继宗干吧唧嘴无话可说。

后院，徐敬修听王成说南洋客商要见自己，看看武伦凯和李相才二人，好半天才用埋怨的口气问道："王成！你给南洋客商说啥了？"

王成急忙胡乱地摇着双手道："没有。我给他们倒茶后，站在他们身后没有言语。"

徐敬修挠挠头道："这时我与南洋老板见面不合适吧？"

武伦凯点点头道："是啊！您现在跟南洋客商见面的确不合适。"

徐敬修心里痛快，大声道："王成，你去跟南洋客商说，有缘定会相见。"

武伦凯听他这一说，心中暗暗佩服，到底是东家，说话办事滴水不漏，这事做得漂亮。

李相才想了想道："此事过后，您不妨亲自去趟南洋。"

徐敬修摸着下巴看着武伦凯没有言语。

王成不乐意地低着头走进铺子，道："我东家说了，有缘定会相见。"

南洋客商把徐敬修的话体味了一遍，点点头道："告诉你东家，他海纳百川的度量令人佩服。"

马继宗在一旁听了，知道自己吃了亏还要感激徐敬修，真的是哑巴吃黄连有苦难言，把一腔怒火化为凶狠的目光狠狠地瞪一眼王成。

王成向他瞪瞪眼，向后院跑去。

后院内：

徐敬修听了王成的汇报，心里畅快无比，情不自禁地手在桌子上拍打着节奏，唱起了戏曲《收姜维》里面的一段子，诸葛亮唱段：

> 四千岁你莫要羞愧难当
>
> 听山人把情由细说端详
>
> 想当年长坂坡你有名上将
>
> 一杆枪战曹兵无人阻挡
>
> 如今你年纪迈发如霜降
>
> 怎比那姜伯约血气方刚
>
> 虽说你今一天打回败仗
>
> 怨山人我用兵不当——

（呵呵呵）你莫（呵——）放在心上……

武伦凯、李相才、王成看着徐敬修开心之余唱了起来，都全神贯注地听他往下唱着。

徐敬修见白鹰满脸兴奋地走进来，立即住口起身问："白掌柜，过完秤了？"

白鹰回道："过完了，让伙计们帮着阮掌柜给南洋客商装车呢。"

"好好好！"徐敬修拉着白鹰的手坐下，道，"待会儿还得麻烦您去联系一家酒楼。要天津卫最豪华的，我想宴请天津卫的同行们。"

李相才有些愣怔，不乐意地小声喃喃道："到嘴边的肥肉不吃，还要花银子请人吃酒！"

白鹰想了一下，问道："请多少人？"

"越多越好，如果能把天津卫有点名气的药行东家、掌柜全部请来，那就再好不过了。"徐敬修道。

王成冲上开水，给他们一一斟上茶。

白鹰朝徐敬修、武伦凯轻轻点点头，道："我明白了，请不请马继宗？"

武伦凯端起茶喝了一口，看着徐敬修微微点下头。

徐敬修道："请！一定要请。"

李相才有点儿迷惑了，愤然道："他当初那样对您，您不但把货拱手相让，还请他吃饭？要是我呀，我才不请他这样的小人呢！"

徐敬修和武伦凯相视一眼，笑笑摇摇头。

白鹰笑笑道："东家的花样胜诸葛，你就把心放在肚子里吧。"

李相才赶紧抢着问道："你们去喝酒，我能不能去？"

武伦凯欣悦地笑了："能，咋不能去？咱又不请小人物！"

李相才语气中带着怨气，道："马继宗来咱家喝酒，为啥不叫我出来？"

众人哈哈大笑。白鹰嗔怪道："没人不让你出来呀？是你自己躲到里屋的！"

李相才红着脸，气鼓鼓地噘着嘴道："我还以为他会带着秦有福来呢！"

"我主要是考虑你身上有伤，认为你在里屋休息一下也好。"徐敬修道。

李相才点了点头。

徐敬修想了想，说道："相才，今晚替我给太太写封信，告诉太太说，我在外一切都好。这个大年不回武安过了，家里一切就辛苦她了。"

武伦凯百思不解问道："您的意思？"

徐敬修道："这个大年咱们去京城过。"

"对，对！"武伦凯笑道，"年关一过，市面萧条，肯定有人转让门面房。"

徐敬修点点头。

李相才道："我这就去给太太写信。不过，我有一要求。"

徐敬修道："你啥要求？说来听听。"

武伦凯、白鹰、王成都瞪眼望着李相才。

李相才道："您把收姜维段子唱完。我还没有听过瘾呢！"

白鹰、武伦凯、王成都拍着双手喊道："对对对，必须唱完。"武伦凯笑着说道："我只知您会唱咱武安落子，没想到您唱越调也唱的这么好听。"

徐敬修一听，可就挂劲了！呵呵一笑，扭头从桌上拿起一本书，当作诸葛亮的鹅毛扇子，边扇边唱道：

冀城县你去搬那姜维的老娘

带人马攻冀城一路喧嚷

诱姜维出天水我另有（吼）主张

见姜母替山人把那好话多讲

你就说姜伯约降顺汉王

那姜母她若肯随你前往

不用杀不用战那

（白）四千岁

管叫他自来汉降。呵呵呵

第二十七章　宴请同行 六哥现身

酒楼：

三日后，天津卫各家药铺东家、掌柜骑马的、坐轿的、乘人力车的纷纷驻足盛世酒楼前，在武伦凯、白鹰恭迎下鱼贯而入。

酒楼大堂，徐敬修头戴黑狐帽，身穿貂裘大袍，满面春风恭候着。

临午时，大堂里十几桌酒席已基本座无虚席，王成跑过来，低声道："邀请的客人已到齐。"

徐敬修扫视一圈大堂，端酒杯干咳几声，朗声道："诸位东家，诸位同僚大家中午好！在下徐敬修，谢谢诸位的光临。忙忙碌碌的一年即将过去，趁大家还没有回家之际，我把大家请过来聚聚，一是在下在天津卫比起诸位来算是新人，想跟大家认识认识；二是感谢这一年来对义和发给予支持和帮助的朋友表示感谢；三是相互交流增进感情，希望今后大家在生意上多多合作，同心协力共同发展。来！请大家举杯同起！预祝大家新年合家欢乐、万事如意，来年发财！"说罢他先一饮而尽。

众人纷纷起身喝干杯中酒，七嘴八舌道："好！谢谢徐东家，徐东家太客气了。""在家靠父母，出门靠朋友。"

坐在徐敬修身旁的朱德贵端着酒杯起身，道："在下借花献佛敬大家一杯，都说同行是冤家，我看也不尽然，大家都是吃的同一碗饭，我希望大家不搞恶性竞争，而是在竞争中提高自己的经营能力水平，相互借鉴、相互支持，相互帮助，共同把天津卫的药材生意做得越来越红火。非常感谢徐东家给我们提供

了这次相互交流了解，联络增进感情、增强大家凝聚力的机会。今年徐东家带了个好头，明年的今天我做东。来，干杯！"说罢他也一饮而尽。

紧接着周汝昌驻天津药栈的周掌柜，也端着酒杯起身道："大家都是出来混的，都是一家人。往后就把每年的今天作为我们药材行的聚会之日，大家轮流做东，聚会后再回家过大年！"

众人便都附和起来："好，好，好！往后咱们团聚一下，再回老家过大年！"

徐敬修笑着呼应道："来来来，大家共同举杯！"众人再次喝干杯中酒。

朱德贵坐下看着徐敬修悄声问道："我听说日本人想用金条买您的祖传秘方？"

徐敬修愣了一下，随即笑道："谁说的？我要有祖传秘方，别说金条了，就是银条我都卖。"

挨着朱德贵的周掌柜也是武安伯延人，从小就听说徐家先祖是御医，徐家就是靠祖传秘方起家的。见徐敬修不想让别人知道他有秘方的事，捅捅朱德贵，端起酒杯道："四海之内皆兄弟，九州方圆是一家，大家难得聚一起，别说什么金条银条的了，那都是身外之物。来，一切都在酒里，干杯！"周掌柜站起身与众人喝完杯中酒。看了一眼挨着徐敬修坐着的马继宗，问道："听说你把到手里的黄芪生意让给马东家了？"

大家一听，立即安静下来疑惑地看着徐敬修，都想知道这里面有什么蹊跷。徐敬修见大家都盯着自己，略一沉思，搂住马继宗的肩旁道："恐怕大家都不知道，我和马东家是一块长大的好兄弟、好朋友，还是……"犹豫了一下改口道："其实事情是这样的，马东家先前就跟南洋签了合约。钱财乃身外之物，我不能为了自己赚银子，不顾兄弟情义，看着自己兄弟损失惨重而不管。"

马继宗狠狠瞪了周掌柜一眼，心里骂道，他奶奶的这哪是酒宴，分明是又给我摆了一场鸿门宴。我就是告诉大家，是我磕头才把货求来的，不仅得不到同情反到会丢人现眼，让人耻笑无能。哼！就让你给自己戴几天高帽吧！想到此，端起酒杯笑道："在利益面前师兄能把情义放在了前面，实在令我佩服。师兄费心费力把山西的黄芪全部收回来，自己却放着银子不赚让给了我，如此高风亮节，我是万万不及的。谢谢师兄给我面子，不然师弟我这回恐怕真要穷得流浪街头了。"

徐敬修一听这话，心里"咯噔"一下，眉毛拧成了疙瘩，慢慢把手从马继宗肩上拿下。

周掌柜知道徐马两家因为马圆圆的死结下了不解之仇，而自己东家和徐敬修又是亲家，这时候肯定要站在徐敬修这边说话，他瞪了马继宗一眼道："老马，做人可要懂得知恩图报。这次你如不能按时交货，流浪街头不流浪街头咱不知道，赔偿南洋客商的违约金指定不是小数。"

大家纷纷点头道："是呀，这赔偿的违约金不说让你倾家荡产，也会让你伤筋动骨。你可要记着徐东家的好啊。"

武伦凯听着马继宗那句话很不顺耳，看着他那副可恶的嘴脸，心里的火有些压不住了。心想：这马继宗也太心胸狭窄了，不想自己对别人都做了什么，光想别人的不是，也就是东家心软，换了别人非让你家破人亡不可，到现在都不知悔改，真是无可救药了。既然你不识好歹，那就干脆给你点难看吧。于是说道："马东家，做人要知道好歹，埋怨别人之前先要想想自己都做过啥？说实话，如果不是我东家重德守义，我们完全可以甩开你，直接与南洋客商做这笔生意。"

白鹰望着武伦凯点了点头，竖起了大拇指。众人也纷纷点头称是。

周掌柜也听说过一些马继宗对徐敬修所做之事，不耐烦地瞪了马继宗一眼道："是呀，要不是徐东家重情重义有商德，人家就是直接与南洋交易，别人也说不出啥来。商场如战场，像这样拱手把生意相让的不多见，不说后无来者，最起码是前无古人。"

马继宗尴尬得无地自容，犹豫了片刻，还是点了点头。想着自己这会儿寡不敌众，再说什么，大家更会认为自己不识好歹，不会博得一丝同情。于是，端起酒杯向众人示意道："那是，那是！为何我师兄不直接与南洋商人交易？还不是因为师兄仗……"义字没说出口，脑海中忽然闪现那天晚上徐敬修因为自己一句仗义，怒吼："仗义？仗义又有什么好的结果！到头来还不是任人陷害，九死一生！玩阴的？没种！有种正面来！"

徐敬修看在眼里，明白马继宗此时的心思。心想，自己好不容易才与他关系有所缓和，再加上还是儿女亲家，不宜过于逼迫让他下不来台。为了打破尴尬局面，他忙端着酒杯与周掌柜碰了一下道："来、来、来，不谈这些了，这都是咱们商人应该做的！"他站起来端着酒杯向其他桌子走去。

众人也不好再说什么，纷纷举杯一饮而尽。

徐敬修正在大堂里的十几桌酒席间挨个敬酒，同行之间相互寒暄喝酒交流，突然，来了一批荷枪实弹的官兵将酒店门外围了一圈。领头的侍卫带着几个手下进入酒店大堂，高声道："都察院右副都御史兼津卫巡抚大人贾大人携夫人驾到——"

徐敬修一惊，回头看看白掌柜，白鹰看看身后的小伙计，小伙计摇摇头。王成和李相才赶紧用身子堵在徐敬修前面。正在徐敬修愣神间，就听周掌柜道：

"巡抚大人好！夫人好！"他回头拉拉徐敬修的袍角。

徐敬修才反应过来，拨开王成和李相才，低头上前，拱手道："在下徐敬修欢迎巡抚大人偕夫人驾到！"

巡抚闻言一愣怔，打量着徐敬修道："你说你是谁？"

徐敬修仍然低着头回道："在下徐敬修。"

巡抚惊道："抬起头来说话。"

徐敬修闻言惊出一身冷汗，胆颤心惊地慢慢抬起头。

巡抚一看，不由大喊道："啊！你是？"

巡抚夫人疾走过来，下蹲道："老爷好！"

徐敬修轻喊一声："我的老天爷啊！"吓得差点儿趴下。

王成和李相才赶紧搀扶住了他的胳膊，徐敬修揉揉眼看看巡抚大人，张着嘴半天说不出话来。

众人一片哗然。

王成拽拽他的胳膊，小声道："老爷，巡抚夫人还在那儿蹲着呢。"

徐敬修回过神仔细一看巡抚夫人是小丽，抬头再看看巡抚大人真是贾六，眼里立即盈满了泪水，赶紧双手扶起小丽。

贾六一把将徐敬修紧紧抱住，眼含激动的泪水道："你呀，连你六哥都不认识了？"

徐敬修流着眼泪点点头道："认得，认得，咋能不认得六哥呀！只是太突然了，不敢相信这是真的。你们怎么到天津来了？我上次去苏州时，张掌柜说你去浙江做官了。"

贾六松开手，擦把眼泪道："我刚从浙江调任天津。"说着看向周掌柜，道："是那位老兄跑我府上说汝昌有个老乡在天津做生意，请我过来关照一下，他也没说是谁，没想到会是兄弟你呀！"

小丽含泪道："没想到能在天津见到老爷。太太还好吗？"

徐敬修激动地点头道："好好好，一切都好，她经常提起你。"

众人见徐敬修居然与天津巡抚称兄道弟，一个个看得目瞪口呆。王成更是不敢相信眼前的这一切，自己跟了东家这么久，也没听东家说过有这么个当大官的六哥，心里不知不觉就发生了莫名其妙的变化。

徐敬修激动得话都说不出来了，只顾握着贾六的手。

李相才上前小声道："东家，是不是该给大家介绍一下？"

徐敬修这才反应过来，丢开贾六的手，转身从桌上端了两杯酒，一杯递给贾六，激动万分道："我给大家介绍一下，这是我六哥，分别二十多年没见了，没想到能在此……"哽咽得说不出话来。

贾六抹去眼中泪，拍拍徐敬修的肩膀，举杯道："诸位，这是我兄弟，你们都是天津药界同人，望大家今后多多关照！"说到此瞟了一眼马继宗，提高嗓音道："来！我借此机会敬诸位一杯！希望诸位能和谐共处，同心协力把天津卫的药业做大做强，为天津卫、为国家富强百姓安康出一份力。"说罢率先一饮而尽。

王成赶紧走上前再为贾六斟满酒。

大堂里的各药铺东家、掌柜你看看我，我看看你，都没想到徐敬修还有一位巡抚六哥，暗暗打定主意，今后要跟他搞好关系，万万不可得罪。朱德贵站出来高声道："我说诸位，贾大人是徐东家的六哥，咱们都是徐东家的朋友，望大人今后多多关照咱们药行，你们说对不对！"

众人纷纷喊道："对对对，望巡抚大人多多关照药行。"

贾六点点头朝大家举起酒杯笑笑，与大家共同干了一杯。

徐敬修心中高兴，喝干杯中酒后又让王成满上，高举起酒杯，大声道："来！诸位给我徐敬修面子，今天来给我捧场，我敬大家一杯！"喝干杯中酒，见马继宗已退到了远处，脸色阴沉看着自己和贾六，举了举手中的酒杯，穿过人群走到马继宗跟前，歉意地小声道："师弟，别见怪啊！我也不知道他们是咋知道的，与南洋客商货物交接得还顺利吧？"

马继宗闻言心道：好你个徐疯子，跟我来这套，别猫哭耗子假慈悲了，本该是我的生意，却让你抢了近一半利，这个仇我一定要报！藐视地看了徐敬修一眼，随即笑着低声道："谢谢师兄承让！我承情不尽。来！我敬你一杯！"将酒猛地倒进嘴里，咬牙咽下。

徐敬修下意识地瞟了他一眼，正好迎上他怨恨的目光，不由心头一紧。心想：你还不满足？如果不是看芸香和我儿媳的面子，我直接与南洋客商交易，你又能如何？算了，不跟你这小人亲家一般见识。如果有一天你知道你的女儿已成了我的儿媳，不知作何感想。一仰头喝干杯中酒，与马继宗相视一笑转身离去。

马继宗盯着徐敬修的脊背冷笑几声，猛地一甩袖子坐下。

徐敬修走回贾六跟前，低声道："王成！把好门儿，我和六哥到里面一叙。"走了两步回头吩咐道："相才，你照顾好六嫂。"

"是，东家请放心。"

徐敬修把贾六拉进一个单间雅座，悄声道："六哥，我在天牢见到张将军了。"

"啊！你见到了张将军？"随即贾六瞪着大眼，凝视着他问道，"天牢？你怎么进过天牢？"

徐敬修挠挠头，不好意思道："让马继宗告进天牢的。"

贾六心中一紧，惊疑道："他告你什么？"想想又道："他怎能有本事把你告进天牢？"

徐敬修苦笑道："他表哥是皇宫里的太监。"

贾六满脸诧异小声问道："谁？"

"王公公。"徐敬修犹豫了一下道，"告我私建皇宫。"

贾六腾地一下站起身来，吃惊道："啥？你敢私建皇宫？"

徐敬修摇摇头道："我哪敢建什么皇宫啊！只不过是仿照皇宫格局盖了一处宅院。"

贾六长出了口气，慢慢坐下问："他与你有仇？"

"唉！说来话长，我与他姐弟从小一起长大，因我娶了四妮，他姐一气之下上吊自缢，为给他姐报仇，这么多年来他处处与我为敌，苏州的事也是他在背后捣鬼。还有就是当年他贩卖鸦片和私盐，被上面追查，连夜携妻丢妾逃离苏州。他的小妾芸香无依无靠，我将她收留铺中，他为此也醋意大发。"

"啊！还有这事？"贾六回想了一下，问道，"就是当初在你铺子里的那位姑娘？"

徐敬修点头道："正是。"

"哦，原来是这样。"贾六丢开这个话题，盯着徐敬修道，"兄弟，你好大的胆子呀！"

"六哥，您是说我收留他的女人？"

"不不不，我是说你私建皇宫的事儿。"

徐敬修笑道："六哥，胆子小能进天牢？不进天牢咋能见到张将军？我再给您说件事。"

"说，还有什么惊天动地的大事？"贾六好奇问道。

徐敬修看着贾六，探着身子小声说道："六哥，太后懿赐了我一块免死金牌，您看您能不能到京城活动活动，用免死金牌把张将军救出来？"

"啊！"贾六微怔半晌，半信半疑道，"金书铁券？拿来让我看看。我只是听说过，还不曾见过。"

王成低头站在门口，听着里面的谈话。

"那么重要的东西，我咋能带在身上。放在武安老家了，等下次回去我给您拿来。"

贾六扫了他一眼，点头道："好，你给我拿来，我去试试。可真有你的。"

"六哥，我咋能跟您比呀，二十年不见您当了这么大的官。可我呢，这二斤半都差点儿搬了家。"徐敬修说着摸摸自己的脑袋。

贾六瞟了门外一眼，收敛笑容道："兄弟，往后就不用怕了，只要六哥我在天津卫，你就放心大胆地做生意，马继宗若胆敢再有一丝不轨之举，哥定不轻饶他。不过，咱可先说好了，不能仗着我在这儿你就欺行霸市、横行霸道。"

徐敬修苦笑道："六哥，您兄弟是那样的人吗？您放心，兄弟做生意，一向遵循商德为天的原则。"

贾六欣慰地点头道："好，一定要做到崇商而不奸。"

徐敬修拱手道："兄弟一定记住六哥的教导。"

贾六凝视着他问道："你还记得那个闫罗峰吗？"

徐敬修吸口气道："我咋能记不得他呢！前些年他还三番五次地找上我，想要我的命呢。"

贾六闻言吃惊地看着他。

徐敬修继续道："要不是每次四妮救我，我早就见阎王了。我去苏州的路上遇到过他，要不是四妮及时赶到，我就命丧他手了。后来他又找到武安，四妮下刀要取他性命时，我叫四妮放他走了。他来找咱报仇，咱把他给杀了，他的儿子来找咱报仇，把咱的人杀了，咱再去找他报仇。人生这么短暂，咱们啥事也别干了，就来回找着报仇吧。咱既然来到这个世上，就要在这世上干点儿有意义的事儿。这样才能对得住自己，对得住别人。"说着他停下来瞪眼道："六哥，您咋突然想起了他？"

贾六望着他打了个寒噤，面色沉重，叹口气，悠悠道："你心善我不反对，但要分人。听说他现在正在上面活动，你还是小心为好。"他无奈的神色，徐敬修自然看得出来。

宗盛达店铺：

马继宗跟跟跄跄回到店铺，进门抄起桌子上的茶碗愤怒地摔到地上，大发雷霆道："真是气死我了，这笔生意还不如不做呢！"

秦有福早已算出他今天在酒桌上会受气，紧跟进来，见状吓得一句话都不敢问，低头站在一旁。

见秦有福那个样，马继宗气不打一处来，指着他的额头道："事情走到这一步跟你有直接关系！叫你想法把他赶出天津卫也就算了，你非要去武安，把他爹活活吓死；又说他家宅子有犯上之意，叫我表哥把他弄入天牢。他出来不给我作对才怪呢！现在事情越闹越大了。他娘的不知道这徐疯子和巡抚大人还有这层关系，你说咋办？"

秦有福没听懂他的话，小眼睛眨巴眨巴，尖嘴猴腮面庞上的黑痣抽动两下，摸摸下腮边稀稀拉拉的赤须，愕然道："他和巡抚大人有嘛关系？"

马继宗气急败坏地一脚踹飞身旁的椅子，骂道："嘛你个头！巡抚大人是徐疯子的六哥。"

秦有福脸色一变，哆哆嗦嗦道："啊！巡抚大人咋成了徐疯子六哥？"

马继宗气得抄起桌上的茶碗冲秦有福脸狠狠泼去，怒喊道："你是干啥吃的？啥都干不好！"

秦有福心里暗暗叫苦，心想：这次可是你自己带着日本人去武安的！关我屁事。跟了这么个主儿，实在是……嘴上却又不得不应承道："是，是我不好，我没有把事情办好。"

"鬼！他就是个缠人的恶鬼，魔鬼、疯鬼！"马继宗咬牙切齿，一字一停道："徐——敬——修，咱们走着瞧！"眼中凶光毕露，狠狠地补了一句："不能与他明争，就跟他暗斗，我就不信斗不过他。"

秦有福这时连大气都不敢出，脸上流淌着茶水，小心翼翼地听着马继宗训斥。

"你又想和谁暗斗？"门外一声质问，芸香带着哑女掀帘走了进来。

马继宗一脸怒气，瞪着芸香道："你不在家里好好待着，来铺子做嘛？"

芸香看了一眼狼狈不堪的秦有福，道："我上街买点纸张，顺便来看看你为何中午没回去吃饭。"

马继宗一听"吃饭"二字，刚刚发泄出去的火顿时又引燃，怒发冲冠地大叫道："哑巴！我给你说过多少次了，没有我发话，不准太太走出大门半步。你是干什么吃的！"

芸香把哑女往身后一拨，怒道："我是个大活人，我连出门儿的自由都没有吗？"

马继宗恼羞成怒："敢给我顶嘴，反了你了！都是因你生的祸根！"抬手一巴掌甩了过去。

打得芸香"蹭、蹭、蹭"倒退几步，顿时嘴角渗出了鲜血，泪水不由潸然而下。这么多年来紧紧压在她心中的那根弦断了，弦丝如刀，割得她疼彻心扉，一只手按住心窝，木然地看着马继宗道："你打我？"

马继宗沉声道："我不让你出门是有原因的，别以为我不知道你在南方的丑事。只因我太爱你，才没有过于去追究，没有想到我对你这么好，你还是会背叛我！"

芸香愤然道："我天天大门不出二门不迈，被你囚在家中……"

"住口！"马继宗气得面如土色，怒火冲天打断芸香的话，厉声道，"你这贱人，还嘴硬！你敢说我与南洋客商签订合约的事，不是你透露给徐疯子的？我没有戳穿你，是念在你我夫妻情分上才放你一马。别以为我什么也不知道。你一再说你与徐疯子是清白的，但你为什么为了他去跳崖？为什么为了他去上吊自缢、撞墙自残？"

芸香见他又一次提起当年之事，悲痛欲绝道："是！是！是！你说得没错，我承认我喜欢他，那是因为他为人豪爽大度、是非分明、有情有义，不像你小肚鸡肠、好歹不分、阴险毒辣，整天挖空心思算计别人陷害别人！"眼角挂着一滴摇摇欲坠的泪珠，痛恨地瞪着马继宗和秦有福。

"啪"又是一巴掌打来，把芸香打倒在地。马继宗把眼睛瞪得溜圆，眉毛倒竖，怒吼道："自从把你从南方接进府来，我既往不咎，天天养着你、哄着你、疼着你，你却一而再再而三替他说话。他害得我不够惨吗？差点让我倾家荡产，害得我低三下四地去给他磕头要货。"

芸香趴在地上，嘴角流着血，怒视着马继宗和秦有福，冷笑道："哼！倾家荡产也活该！想想你们都对人家做了些什么吧？总有一天你会后悔的。"说罢起身流着眼泪带着哑女跑出了铺子。

马继宗气得满嘴白沫，牙齿咬得"咯咯"作响，脖子上青筋暴凸，拳头捶得桌子砰砰响，眼里闪着一股无法遏制的怒火，喃喃道："后悔？哼！我后悔什么？"琢磨着芸香最后一句话，回头直视秦有福道："快！快回府，别让她再做出傻事来。"

武安县城：

临近年关，十里八乡的人们，赶车的、骑马的、骑驴的、骑牛的、挑担子的、推独轮车的，或扶老携幼或夫妻相伴地涌入县城。无论是粮市的半壁街、骡马市的城河街、杂货市的小西门，还是求香拜佛的澄漕沟闹市，都是人山人海，挤得水泄不通。

徐老四穿着裘皮大衣，揣着手迈着四方步随着人流闲逛被一个缩着脖子揣着手的男子撞了一下肩膀，徐老四拍拍肩膀，怒道："急着转生去啊！"

男子回头刚要发火，一看是徐老四，嘿嘿一笑道："呀！这不是徐四爷吗！"

"六的！"徐老四有些意外道。

张六的上下打量了一番徐老四，边伸手摸着徐老四的衣服，边道："哈！四爷鸟枪换炮了？最近发大财了？这是啥衣服？真滑溜，值不少银子吧？"

徐老四一把拨开他的手，抖抖肩道："别乱摸！这是裘皮知道不？摸坏了你赔不起。"

张六的呵呵一笑，揣起手道："四爷，走！暖和暖和去！"

徐老四当然知道张六的说的暖和地儿就是赌场，把头摇得像拨浪鼓，道："不去，不去，我穿的这是裘皮——暖和着呢。"

张六的拥着他道："走吧！赌两把碰碰运气去。"

"不必了！"徐老四摇着手说道："要去你自个去，我还想好好过日子呢。"

"嘿，四爷，啥时候改好了？走吧，别装了。要不这样，你陪我去，赢了分你一半！"

徐老四摸摸心爱的裘皮大衣，略为想一想：反正闲着也是闲着，去赌场逛一圈显摆显摆，让赌友们羡慕羡慕自己的裘皮衣服也好。想到此，看着张六的道："说好了，我就去看看，不参赌啊！"

张六的呵呵一笑，"不参赌，不参赌。"

赌场：

徐老四走进赌场神气地逛了一圈，发现每张赌桌前都围满了人，赢的高兴，输的沮丧，不输不赢的表情各异，围观的或引颈垂涎、或跟着唉声叹气、或兴奋喊叫。见惯了赌场风云的徐老四来到一赌桌前，见一个瘦小精明的小个子庄家，手里的骰子罐上下翻飞往赌桌上一扣，他便停下脚步眯缝着眼一眨不眨地盯着骰子罐，随着稀里哗啦的押注声和吆喝叫喊声过后，赌徒们个个瞪大眼盯着骰子罐，高喊"开开开""大大大""小小小"。随着众赌徒的喊叫声庄家掀开骰子罐，围着桌子的赌徒个个唉声叹气，徐老四近前一看是鸡胡，庄家通吃。

张六的回头一看徐老四在身后，伸手道："四爷，来！借给点儿，他奶奶的，我非捞回来不可！"

"去！看你那臭手，借给你也是输。来，让开，看我的。"徐老四赌性大发，一头扎进烟雾缭绕的赌场中。

徐家后正房：

徐家大院正房里穆四妮心情烦躁郁闷，几日来总是在客厅里踱来踱去。

春燕提着壶进来，边倒水边笑道："太太，您别着急，老爷年前肯定会回来。"

穆四妮心焦道："这年关眼看就到了，照理说这时也该回来了。你说这是咋了？是不是遭难了？"

春燕摇摇头道："太太，老爷经常这样，一走就是好几个月不回来。您放心，老爷没事，说不定这两天就回来了。"

穆四妮皱着眉头道："这京城的人都想法往外逃命，他却要往里钻。唉……真叫人担心啊！"

春燕端起倒好的茶水双手递给她，道："太太，老爷是大福大贵之人，您就放心吧！坐下来喝口菊花茶水静静心。"

穆四妮满面愁云接过茶碗又放下，道："春燕，老爷和我心有灵犀，我这心里难受，他肯定有难。不行，我得去找老爷！"

春燕哭笑不得道："太太，我的好太太，您就别折腾了，安心地在家等着吧，说不定老爷正往家里赶呢。"

穆四妮带着几分凄凉道："春燕，你不要阻拦我，我有预感，老爷肯定有事，我必须找老爷去。我的脾气你又不是不知道。"

春燕知道再劝也没用，摇摇头道："这样吧，太太，您再安心在家等十天，如果老爷第十天头上还没回来，您再去找，行吧？"

穆四妮仰着脸，童真般地还价道："不行！我最多再等三天，如三天老爷还回不来，我就去京城找他。"

春燕明眸一笑道："您呀，真叫人无奈！这样吧，从中间砍，五天，您就再等五天好吗？"

穆四妮鼓着嘴，神色微嗔道："就听你一回吧，第五天早上一睁眼，如果老爷还没到家，我起身走人。"

春燕笑地趴在了桌子上，半晌才起来道："说来说去，您只是在家等四天呀，早上睁眼就走，那也能算一天？您呀，到老了这脾气也不能改改。"

"太太，太太，信，老爷来信了。"门子张彬手里举着信跑进来。

穆四妮虽认字不多，但也认得几个，拆开信看了一遍，急道："倔驴！过年也不回来，急死我了，再忙也得回家过年呀。"

春燕见太太生气，忙岔开话题道："太太，您看今儿天气不错，这年也快到了，要不我陪你去集市看看年货？"

穆四妮无奈地点点头。

武安城：

武安城塔西街上的舍利塔，在阳光照射下塔尖虚幻般直插云霄，塔身阴影覆盖了熙熙攘攘的半条街。

穆四妮带着春燕逛到半壁街时，看着人群突然愣住了，只见人群中有一个穿着裘皮大衣的中年汉子，疾走几步跟上去，上下打量起来。

那中年汉子长得稀眉小眼，看着她抖抖肩，自豪道："咋了？没有见过吧？这叫裘皮！"

穆四妮嘿嘿一笑，冷声道："是没见过这么高档的衣裳，不知您这衣裳是从哪儿买的？"

中年汉子得意地笑笑，吹吹肩膀上的貂绒道："这件衣裳在咱这儿可是有银子也买不到的，这是我赢来的。是伯延村的徐老四输给我的。"

穆四妮闻言，怒火袭上心头，扭转身愤怒道："春燕，跟我回去！"

第二十八章　京城立铺 父子相聚

京城：

三月的京城，春暖花开，万象更新。俯瞰前门大街，但见纵横交织的巷道上，一眼望去人山人海摩肩接踵，卖冰糖葫芦的，摇拨浪鼓卖针头线脑的，担担子卖河间火烧的……叫卖声响彻整条街道。

徐敬修带着武伦凯、李相才、王成在京城转了两个月之久，才终于在大栅栏西侧租赁下三间铺面。药栈开业之日，徐敬修精神焕发红光满面，月亮门儿油光发亮，大辫子齐整地背在身后，上穿着波斯青对襟细布便褂，脚踩白底黑帮牛头布鞋，站在店堂中央迎接前来祝贺的宾客。店铺内挤满了前来道贺的京城同乡周家、朱家、武家、白家等分号掌柜，店铺外也围满了围观的人群。

时近中午，随着"噼里啪啦"鞭炮声，徐敬修拉开店铺门头上方的红布，露出"徐记药栈"四个大字的黑底金字招牌，前来祝贺众宾客纷纷拱手道："恭喜徐东家，恭贺'徐记药栈'在京开业！"

徐敬修满面春风抱拳回道："谢谢！谢谢！还请各位乡亲多多帮衬！徐某为了感谢诸位前来捧场，特在豫家酒楼设宴款待，敬请诸位小饮几杯！"

周家药栈刘掌柜笑道："徐东家客气了，都是自己人没必要这么客气，不吃不喝该帮的也要帮，都是同乡哪有不帮的道理！"说完，近前小声道："徐东家，年前我东家给您安排的那场戏惊奇吧，可让您大出了风头吧？"

徐敬修哈哈大笑道："是是是，是场惊奇的戏，真是太惊奇了，惊奇得太好了！"

刘掌柜看他神态，听他话里有话，疑惑问道："惊奇得太好了？徐东家您的意思？"

徐敬修拉着刘掌柜的手，感激道："汝昌为我请去的，是我多年失去联系的六哥，能说不惊奇吗？"

刘掌柜惊道："是吗？这个没听东家提起，可能是东家有意给您安排的惊喜吧！"

徐敬修点头笑道："这个周汝昌有点意思。哈哈哈，真所谓四海皆兄弟，走遍天下还得靠朋友啊！"

众人纷纷点头道："徐东家说得是，出门在外就需要朋友帮衬。"

正在大家你一言我一语攀交情套近乎的时候，大街上行来一位翩翩俊俏公子，就见这位公子三十岁有余，一袭青袍干净利落，神情高傲清冷，头发虽有发巾束着，前额却有刘海儿扑散下来，丹凤眼柳叶眉，小巧的鼻头微微往上翘，嘴角内凹，面容白皙，很是俊俏。眨眼间，俏公子来到徐记药栈外，挤进人群中细细打量徐敬修一番，暗叫："是他？"

徐敬修想起刚到苏州经商遇到周汝昌时的情形，好半天，才接着道："多结识一些朋友是给自己多一条宽阔的大道。当我们一筹莫展、走投无路的时候，也许一个普通朋友稍微帮衬一下就可能为我们扭转乾坤，成为我们生意场上的贵人。咱们都来自五湖四海，能走到一起，这就是我们的缘分！"

俏公子听完徐敬修一番话，也跟着众人拍手叫好！

徐敬修的眼睛被俊俏公子响亮的叫好声吸引过去，朝他点点头示好。

白家药栈程掌柜道："都说同行是冤家，我看非也，我们同行既可以相互学习借鉴，还可以合作。"

朱家药栈大掌柜道："可不是嘛，人气就是商气，人缘就是商机。咱们同行间千万不能恶性竞争，相互拆台，而要相互帮衬，有银子大家赚才能和谐共处，合作共赢。这个道理我想大家都明白。"

众人纷纷呼应道："朱大掌柜说得好，人气就是商气，人缘就是商机！"

程掌柜哈哈一笑道："对对对，汇集了人气、聚旺了商气，有好的人缘，就会赢得许多商机。"说罢，他靠近徐敬修小声问："徐老板，啥时亮出您的皇宫秘方也让咱开开眼？"

俏公子在一旁不经意间，听到程掌柜小声问徐敬修皇宫秘方的事，一双水灵清澈的丹凤眼敏锐地上下打量着徐敬修。

徐敬修一愣，随即微笑道："没有的事儿，别听他们胡扯。"

程掌柜道："咋能呢，同行都知道。"

"真没有，那都是传言。"

"你呀，谁不知道您用秘方配的药，能让死人遗体保存万年不腐。我还听说日本人用一箱金条去买您的皇宫秘方，您都不卖，有骨气。"说着程掌柜伸出大拇指称赞道："真有骨气！"

徐敬修想想如何回答他这句话都不合适，挠挠头笑笑，回身拍拍武伦凯的肩膀道："众位同人，我给大家介绍一下，这位是我东北铺子"徐和发"总店的武总掌柜，同会村人。今天新店开业，我特把武总掌柜聘请过来襄助料理。"

武伦凯笑笑，抱拳行礼道："请诸位同人今后多多关照，多多帮忙！武某感激不尽！"

徐敬修又把李相才拉到众人面前，道："这位是我京城药栈的大掌柜李相才！"

李相才赶紧拱手道："诸位都是我的前辈，今后请多多指教，相才谢过各位前辈！"

有人小声议论道："看此人年龄不大啊！"

程掌柜瞪着眼道："有志不在年高，成事不在年少！"

刘掌柜低声道："能让徐东家相中的人，应该能耐不小。"

有人应声道："那可是，要没两把刷子，徐东家能把店铺交给他？""从徐家铺子里出来的人个个都是精英。"

徐敬修见众人低声议论，有的赞同、有的表示怀疑，大声道："相才呀，今后京城的铺子就靠你了。一定要谦虚谨慎，多多向诸位前辈请教，学他们'重信义，除虚伪，贵忠诚，鄙利己'的经商为人之道。千万要记住'崇商而不奸，好客而不卑，重德而轻利，为人要和善'，遵循'在商言义，商德为天'的商德道义。"

李相才眼含热泪，拱手道："谢谢东家栽培，相才会牢记东家的教诲，不辜负东家的信任，做到诚信经商、仁义做人，尊敬前辈爱护后辈，把客户当作衣食父母！"话音未落，响起了雷鸣般的掌声。

徐敬修微笑着大声道："好了！大家难得在此一聚，光这么站着说话，肚子该有意见了，走，咱们去豫家酒楼边喝边叙吧！"

众人跟着徐敬修、白鹰、武伦凯相携着向前走去，俏公子站在原地看着离去的人们有些失落。

徐敬修走了几步，回头望了一下俏公子没跟上来，便大喊道："小老弟！快跟上！"他看俏公子站在原地不动，回走几步搂住他的肩膀道，"客气啥，走！一起吃酒去！"

俏公子不好意思地偷望他一眼，道："走着？"

徐敬修立即回道："当然要走着了！"

宗盛达店铺：

马继宗独自坐在账房想着心事。虽然年前与南洋客商的生意，在关键时刻徐疯子把黄芪让出来帮自己渡过了难关，不但没有赔付违约金还赚了一笔。但那是自己觍着脸乞求来的，是用自己有生以来最大的屈辱换来的。宴会上那一张张令自己难堪讥讽的面孔是那么可恶，最可恨的是芸香至今还留恋着那个自己最讨厌恨不得杀之而快的人。想想当初自己是何等威风，从三品盐官之子，弱冠之年捐了官，吃喝穿戴张嘴就来，想女人芸香成了胯下美人，想报复将徐敬修几次玩弄于股掌之间任自己羞辱，那时一切都是顺风顺水。忆往昔，如今颓丧极了。徐敬修在天津卫，就像横亘在自己心里的一堵墙，堵得难以痛快起来，但又始终没办法置他于死地，几次行动打虎不成反被虎伤。

正在马继宗左思右想也理不出个头绪的时候，山崎高三郎化装成当地农民模样进入宗盛达店铺，望着阮掌柜问道："马老板可在？"

阮掌柜正不知如何作答，马继宗掀帘出来，见是山崎高三郎，皱皱眉头道："有事进来说吧！"

山崎高三郎跟着马继宗进屋，低声道："石川先生请你过去一趟。"

马继宗迟疑了一下，道："请您转告石川先生，我现在有点事脱不开身。"

"去不去是你的事，话我转达。不过，石川先生给你准备了银票，希望你在不忙时去拿。"

马继宗想了想回道："您请先回，等我忙完手头的事就去。"

松昌洋行：

傍晚，马继宗行色匆匆地走进松昌洋行，进门躬身道："石川兄！"

这粗门大嗓打断了石川的沉思，抬头看着马继宗，笑道："马老弟！快请进，快请进！这段时日生意可兴隆？"

"一般般。"

石川微笑着，责备道："一般般还不早来接我的大生意？"

"大生意？"

石川点点头。

马继宗是一个见利忘义、欲求不满的人，而石川是一个老谋深算不见兔子不撒鹰的人。石川很重视马继宗这条线，这些年精心策划，许以重利，从马继宗身上得到不少有价值的情报。而马继宗每次也能得到他想要的女色和钱财。偶尔也可借助日本人的势力做些见不得人的勾当。

石川也不跟他客气，直截了当道："我想化装成当地农民模样，欲经芝罘（今烟台）前往威海。"

"哦？你想去威海？"马继宗瞪着吃惊的双眼望着石川，心里很清楚他的用意，他想调查北洋水师的布防情况。想了想，放言道："威海是北洋舰队的主要基地，从芝罘到威海之间的陆路被严密封锁着，去不成。"

石川点点头道："我知道那是条'死线'，我想穿越死线。但我需要你的帮助。"说着他往前推了推银票。

马继宗暗暗吃了一惊，看着眼前的银票心想：看来这些银票我还是不要为好。这万一打起仗来，他们真的从渤海湾一带沿岸登陆，我就成个千古罪人了。这事不能办。

石川看着马继宗望着小桌上的银票不作声，知道他心里在盘算，笑笑道："我们日本人充满兴趣地注视着中国发生的一切。你别考虑得太多。就是你不帮我，这么多的银票也会有人帮我。"

马继宗听他这么一说，心想：是啊，这么多银票，我不去别人也会抢着去，与其让别人挣了这些银子还不如自己挣呢。想到此，问道："说说你打算怎么走？"

"我想由山海关沿洋河、滦河、北塘河、白河至大沽口一带，走上一个月。"

"啊？走一个月？那我咋做生意呢！"

石川看看桌子上的银票示意道："难道这不是生意吗？"

马继宗摸摸胡须，心想：最后再干一票，往后再也不能干这卖国的事了。念到此，他犹犹豫豫地道："这样吧，这一次出门时间太长，等我把生意上的事处理一下，咱再出发行吗？"

石川无奈点头道："好吧！给你三天时间。"

京城：

徐敬修和武伦凯每天不是安排进货，就是商量从别的铺子抽调熟练的柜头、伙计、劳金过来京城。整整忙了三个月，"徐记药栈"才打开局面，总算松了口气。这天，快近午饭时间，徐敬修掏出怀表看了一眼，起身道："走，咱今天去外面吃。"

武伦凯疑惑道："您想吃点啥让王成给买回来不就行了？"

徐敬修摆摆手道："不，咱俩去吃炸酱面。"

武伦凯不解道："想吃炸酱面，我让王成买去，用不着自己跑去。"

徐敬修上前拉起武伦凯。道："走吧！吃炸酱面是其次，主要是想与您出去坐坐。"

武伦凯道："就咱俩？不叫王成？"

徐敬修摇头道："让他在铺子里多学学做生意吧，不能让他一辈子当跟班。"

武伦凯微笑着点头道，"那好吧！您想得真周到。小王成机灵懂事，过不了几年又是一个好掌柜。"

"哈哈哈，"徐敬修笑道，"那要看他自己了。"

徐敬修和武伦凯走出药栈，没一会儿，天忽地阴了下来，大雨瞬间便倾盆而泻。人们纷纷疾走避雨，眨眼工夫，刚刚还人声鼎沸的街上便空寂下来。临街的商铺房檐下挤满了躲雨的人。

徐敬修透过房檐坠下的雨帘，静静地看着这场突如其来的大雨，道："京城这天气真奇怪，出门还是晴空万里，眨眼工夫就暴雨连天。"等他把这句话说完，天空出现了彩虹，随着太阳的出现，雨也停了下来。

武伦凯扭头看着他，笑道："嘿，您倒是早说呀！就等您说这句话呢，您刚说完雨就停了。"

前门大街又恢复了之前的热闹，乘车的、步行的，成群结队，南腔北调，议论纷纷。他们二人边走边说走进老字号炸酱面馆，小伙计见有来客，急忙招呼道："两位客官，里边请了您哪。"

徐敬修扫视一圈，找了个靠窗的位置坐下，道："来两份小菜，一壶老酒。"

"二位客官您稍等。"小伙计立即冲里喊道："两份小菜，一壶老酒！"

小伙计回后厨取菜，店掌柜一手提茶壶一手拿着酒壶过来，徐敬修抬头看看店掌柜，店掌柜盯着徐敬修看了片刻，惊道："啊？是您呀！"

徐敬修点头道："不愧是生意人，好记性！好记性！"

店掌柜展颜欢笑道："您真的又来京城吃我的炸酱面来了？"

徐敬修瞪眼道："是啊，你的炸酱面忒好吃了，要不我能吃三大碗？"两人哈哈大笑起来。

武伦凯疑惑不解看看二人道："您二位早认识？"

徐敬修呵呵一笑道："认识，认识。"

店掌柜略有踌躇道："这位是？"

徐敬修回道："这位是我的总掌柜！"

店掌柜不禁有些诧异道："总掌柜？啊！您真的来京做生意了？"

"难道不能吗？"

"能能，太能了，您做何生意？"店掌柜问道。

"跟您这生意差不多，药材生意。"

"开药铺？那我这小店咋能跟您相比，您可真会说笑。宝号何时开张？"

徐敬修淡淡一笑道："开业三个月了。"

"三个月？前几个月大栅栏有家徐什么药栈开张，难道……"

徐敬修和武伦凯相视一笑。

"这么说那药栈是您开的？"

武伦凯微笑道："就是我东家开的。"

店掌柜赶紧拱手道："失敬，失敬！以后欢迎您常来照顾我这小店。"

徐敬修道："那是自然，那是自然。"

店掌柜见小伙计端来了小菜，与徐敬修、武伦凯二人打声招呼离开。

武伦凯拿过酒壶满上酒，徐敬修端起酒杯示意一下武伦凯，仰脖一饮而尽，放下酒杯"唉"地长叹一声。

武伦凯喝下，皱眉问道："有心事？"

徐敬修摇摇头，愁云满面，低声道："我在想天牢之中的张将军，要想办法把他从天牢里救出来才行啊！"

武伦凯愣怔一下，低声道："要是一般的大牢还有可能拿银子救出来，这天牢，您就不要想了，想救出来比登天还难。要不咋能叫天牢呢！"

徐敬修愁眉不展，端起酒碗，一口喝干："他是为了救我才被关进去的，救不出他，我于心难安呀！"

武伦凯神色凄凉地看看他，道："我现在才明白，现在京城人心慌乱，纷纷逃离，而您为何非要在这儿开铺子。"

徐敬修长吸口气，道："还是您最知我心啊！咱把生意做到京城，挣银子多少尚在其次，您在这儿要时刻关注着宫里情况。现在的大臣昏庸，乱世督战不力、闻风溃逃、擅许割地，会造成'民心先离'，咱们国家将有土崩瓦解之患。只要有风吹草动，我们一定要想办法把张将军救出来！"

武伦凯脸上掠过一丝遗憾，却仍然安慰道："您放心，我会让人时刻关注宫里和官府动向，一有异常立即派人回武安禀告您。"沉思一下，问道："他还有家人吗？"

徐敬修无奈地摇摇头道："有一双儿女，按张将军说的地址我派人去找过了。据乡邻说，他夫人得知他被关进天牢后，生活无望上吊自缢了。"

武伦凯惊讶道："啊！那两个孩子呢？"

徐敬修摇摇头，自倒满酒端起酒碗"咕咚"一口猛地灌下去，武伦凯忙夺

过酒碗。徐敬修无力地往椅背上一靠，道："两个孩子下落不明，你说这茫茫人海我上哪找呀。"

武伦凯想想道："您可认得那两个孩子？"

徐敬修摇摇头。

"这……这咋找？别说找不到，就是两个孩子在咱眼皮子底下咱也不知道呀！找孩子的事就别想了，有机会能救出张将军再说吧。"武伦凯说着提起酒壶，各倒了半碗，端起酒碗，转移话题道："来，祝我们京城药栈生意兴隆。"

徐敬修摇摇头，悲伤而又无奈地端起酒碗与他碰一下，一口将酒倒进肚子里。

就在这时，只听面馆外人声鼎沸，有人领头高喊："台湾是'祖宗底定之疆域，非所得以予人者也'。宁战死失台，绝不拱手让台！"

众人也都跟着高喊："台湾是'祖宗底定之疆域，非所得以予人者也'。宁战死失台，绝不拱手让台！"

接着另一个人慷慨激昂道："我君可欺，而我民不可欺；我官可玩，而我民不可玩！众人一心，兵民一气，不计生死，共御倭夷！"

徐敬修扭头往外一看，大吃一惊！

徐记药栈后院：

当夜月明星稀，半弦月柔柔的光线洒落下来，徐记药栈后院窗棂上树影婆娑。

徐敬修盘腿坐在炕上，深吸一口旱烟，扫视一眼激情昂扬的儿子徐大本、儿媳闫肖肖和昔日的大掌柜肖云龙，道："就你们这几个人？"

肖云龙道："目下十八省举人及数千学子聚集'都察院'门前请愿代奏，按分工我们负责后勤和宣传。"

徐敬修觉得儿媳妇受了委屈，不免袒护，看了徐大本一眼，在炕沿边磕磕旱烟袋，扔到炕桌上，不满道："你们后勤宣传就后勤宣传吧，还带上她？"

闫肖肖明白公爹的意思，开口解释道："爸爸，时代不一样了，男女都一样。现在国家到了濒临灭亡的边缘，还能用老思想讲论男女之别？我们现在要不计生死，共御倭夷！"

肖云龙将徐敬修的一言一行、一举一动尽收眼底，执壶添茶往他面前推推茶杯，道："日本逼迫清政府签订丧权辱国条约，将我国台湾割让给日本。西方国家轻视、侮辱我国人民，称我们为'东亚病夫'，说我们国家'正躺在死亡之榻上'，对我国家虎视眈眈，时时刻刻想着如何'瓜分这个病夫的遗产'。

我们国家现在是危如累卵，亡国大祸迫在眉睫，如果我们再不醒来，就真成了他们所说的东亚病夫。"

徐大本点点头，也激愤道："是呀，西方国家争做中国债主，图谋商品输出、掠夺原料、土地、劳动力，争夺修筑铁路和开采矿山的权利、开设银行等买卖，强占租借地和划分'势力范围'，想来瓜分我国大好河山。"

徐敬修气极，"啪"一拍炕桌怒道："真是岂有此理，欺人太甚！"把小炕桌上的旱烟袋震到了地上，徐大本看看父亲的脸赶紧弯腰拾起放回原处。

闫肖肖心想：趁此时机劝说公爹效果更好，想了想愤慨道："可不是吗！屈辱太甚则国体不存，抑勒过深则人心思变。咱们都要众人一心，兵民一气，共御外敌！"

徐敬修闻言，皱着眉头沉思半晌，道："你们代奏的要求是什么？"

徐大本接口道："我们主张废弃条约，力图自强；反对卖国求荣，主张迁都抗战。"

肖云龙凝视着徐敬修，点头道："割地、赔款不仅是财产经济上的损失，更重要的是民族气节的丢失，是国家主权的丧失，这是任何一个有良知的国人都不能答应的。"

"今日老夫可谓茅塞顿开，大受启发啊！"徐敬修呐喊，"真是国不强，民遭殃啊！"他对肖云龙、徐大本、闫肖肖三人越发欣赏起来，更对心爱的儿子不得不暗暗赞赏。

肖云龙道："国家地位的进一步沉沦，将面临严重的亡国危险，海峡两岸的民众在民族危亡的关头，我们要同呼吸，共命运，互相鼓舞，互相支持。"

徐敬修点点头，默思半晌，才道："你们现在住哪儿？吃的住的够用吗？"

"够用，够用。"肖云龙忙回答道。

徐大本避开父亲的目光深吸口气，刚想开口说话却被闫肖肖递过一过眼色制止了。心想也罢，今日肖老师在场，确实不适合说这些，如说出实情，爹一旦不给面子驳斥了，肖老师颜面何在？还是日后有机会再说吧。显然他自己也有所疑惧，只是忧愁地看着父亲。

闫肖肖想了想，郑重其事地说道："爸爸，国家有难匹夫有责，您说是不是？"

徐敬修点点头。

闫肖肖以询问的眼神看向徐大本，不知道是否应该如实说。看到他微微点头，她才开口继续说道："爸爸，我们没有与您商量，用了您点儿银子。"

徐敬修连连点头，显得十分欣慰，道："用吧，放心大胆地用，只要能把银子用在刀刃上，再多不惜！"

"爹，您能这么明大义，实在令儿敬佩！"徐大本高兴地拉住父亲的手道。

肖云龙一直在一旁观察着徐敬修的神态，不知如何开口，见闫肖肖已开了头，徐敬修还很赞赏，才嗫嚅道："老板，我瞒着您做了一件不该自己做主的事，现在必须给您交代清了。"

徐大本尴尬地看向肖云龙，张张嘴欲言又止。

徐敬修看看儿子、儿媳，再看看肖云龙心中猜出七八分，恐怕不止用了些银子这么简单，笑着鼓励道："何事？肖掌柜说来听听，拘泥顾忌可不是你肖掌柜的作为。"

肖云龙看着徐大本，寻思着不如都说了吧，反正已经先斩了，后奏又有何妨呢！他无奈地笑了下，道："老板，实话给您说了吧，为了来京支持上书，我们把杭州和苏州东城的铺子给您卖了。"

徐敬修闻言心神一愣，瞪大了眼睛，认为自己年纪大了听错了，他望着肖云龙和徐大本，问了一句："啥？肖掌柜你说啥？我没听清楚。"

肖云龙、徐大本、闫肖肖怕他接受不了，都赶紧趴伏在地上道："我们为了筹集来京上书的费用，把杭州和苏州东城的铺子给您卖了。"

徐敬修身子歪了一下，一手扶住桌角，一手捂住额头，几乎支撑不住。徐大本和闫肖肖赶紧起身，上炕跪在他身旁搀扶住他。好半天，徐敬修才微微皱起眉头，望着他们，道："如果不够，你们速回苏州再把山塘街的铺子也卖掉。"

这话一出口，大大出乎肖云龙意料，看来老板是被他们气急了，在说气话给他们听。肖云龙哭声道："对不起啊！老板，您对我恩重如山，我肖云龙不该气您呀！"

徐敬修晃了晃脑袋，吸了口气，平静地说道："肖掌柜呀，你个肖秀才！你以为是你气得我在说胡话吗？"摇摇头沉声道："大本，还不把你老师扶起来。"

徐大本和闫肖肖赶紧下炕，把肖云龙搀扶起来，坐回原处。

徐敬修心里酸酸的，一只手扶着肖云龙的肩头，往他身边靠了靠，继续道："你以为我在心疼我的铺子吗？不不不，我在心疼我的国家呀！亡国大祸迫在眉睫，我说的是真心话。杭州和苏州东城的铺子，都是因你肖掌柜而生，为何就不能因你肖掌柜而亡呢？我不要铺子，我要我完整的国家！"

徐大本和闫肖肖惊喜地望着父亲，父亲的形象在他们的眼里顿时高大起来，他们想过多种结果，甚至都想到过被父亲怒打一顿，但从未想过会是这样一种结果。

送别了肖云龙、徐大本、闫肖肖之后，徐敬修静坐在屋内，内心却难以平静，可以说是五内俱焚，望着余留下的满桌餐具，久久不语。自己白手起家，多半生的精力都投入了经商中，经历了多少风雨、多少坎坷从不与人道，为此多次险死还生都无怨无悔。自己一生的信条是远离官场，从不愿与官场接触，可造化弄人偏偏让自己不得不跟官府打交道，张将军的事还不知道如何下手。现在心爱的儿子、柔弱的儿媳和昔日的大掌柜又参与进一个前途未知事件中，自己还不得不支持。唉！既然这潭浑水不得不蹚，那就不管前面是崇山峻岭还是万丈深渊都硬着头皮坚持下去。

徐敬修尚沉浸在难以言说的心境中，武伦凯带着李相才轻轻走进屋，看着东家悲伤与决然的神情摇摇头，低声道："刚才我和相才耳闻了一切，东家呀，啥也别想了，咱们岁数大了，国家事咱管也不了，您给他们一些经济上的支助就算尽到力了，往后国家是啥样儿，就看他们的了。"

徐敬修深深吸了口气，拍拍炕沿示意他俩坐下，道："孩子们做得对！我没什么想不通的，只是国家的前途和命运关系到我们黎民百姓的生死啊！我既为孩子们的前提担忧，也为生活在这片土地上的苦难百姓担忧。我们能做的实在是太少了。"

李相才见师傅武伦凯的眼睛瞟了一下小桌上的茶壶，急忙上前给师傅和东家各满了一碗茶水，双手递上。

武伦凯小啜了一口，而后一饮而尽，道："如果这样下去，人心背离，国家大有亡国灭种的危险。国家的安危，真的就靠他们在此一举啊！"

徐敬修把碗里的茶水咕咚咕咚喝干，长出一口气，抛开沉重的心情，轻声道："相才，我过两天回武安，回去派人把春燕给你送过来，先圆房，有机会再回家给你们补办礼节。这次开业比较仓促，人员上调配不到位，过些时我再从沈阳调配几个三年以上的熟手来帮你。等人到齐了，就让你师傅回武安探亲，这里的一切就都靠你了。"

李相才感动地含着眼泪道："东家，您的好意相才心领了，我知道咱店里的规矩——不喝花酒，不捧戏子，不逛窑子，不带家属……"

没等他说完，徐敬修挥手打断他的话，果断道："相才，啥也别说了，你年龄已不小，该成个家了，再不成家，别人还以为我这个东家不通情理呢。"说着，眼睛瞟了一下坐在对面的武伦凯，继续道："规矩是规矩，但事急从权，不能因为规矩不通人情，你到现在还未成家，不也是为了咱的生意吗？这事我做主就这样定了！"

李相才眼含热泪看看师傅武伦凯，武伦凯微微点点头。

徐敬修见状，取笑道："娶个媳妇也得请示师傅？"

武伦凯放下茶碗，道："我可是一句话都没说呀！"

"是，你是一句话都没有说，这叫此处无声胜有声。"徐敬修道。

王成手拿抹桌布走进来，边收拾菜碟，边撇了撇嘴，笑瞪了李相才一眼道："好好干吧，新媳妇马上要来了，要成大男人了。"

徐敬修和武掌柜笑笑，李相才脸色"腾"地红了起来。

王成看着一脸慈祥的徐敬修，收拾完毕菜碟，往茶壶里续上开水，向屋外走去。

徐敬修看着李相才，沉声道："有些事我必须提醒你，做生意一定要做到诚信、货真、价实。咱家药栈离同仁堂这么近，记住，咱只有在药材品种质量上下功夫，价格还不能比别人高，才有生意可做。"

李相才目光从武伦凯脸上扫过，停顿在徐敬修脸上，疑问道："咱是不是离同仁堂太近了？"

徐敬修淡然说道："咱虽与同仁堂是同行，但经营方向不同，咱是以中草药材批发为主，同仁堂是以成品药为主，咱进来药材首先要让跑街的去同仁堂推销。选这块地儿，就是看中离同仁堂近好往来，如果能给同仁堂供上货，那以后生意就有得做了。"

武伦凯面沉如水，眼眸中满是期待道："相才呀，你现在知道姜还是老的辣了吧？做生意看起来一进一卖很简单，其实里面处处是学问。"

徐敬修笑看着武伦凯，接口说道："这话是说您自己吧？这地儿可是您相中的。"

"哦，原来如此。"李相才兴奋而佩服道，"东家、师傅，你们真神，选铺子的时候就想到这么多，我要学的地方真是太多了。咱要真能给同仁堂供上货，那就太好了！"

武伦凯挑眉道："以后京城的生意就靠你了，做伙计腿脚勤快就是好伙计，当掌柜主要靠脑子，善于把握机遇是关键。可别老婆来了不用心。"

李相才谦虚地笑笑，自信道："放心吧师傅，你们如此看重我，我首先要做到重信义，贵忠诚；货真价实，和气生财，至于把握机遇我会用心去做。"

徐敬修双手抱头倒在炕上，望着屋顶，很欣慰地说道："有你这句话我就放心了，我相信你一定能做得更好。"略一停顿，接着道："今后这里的一切都交给你了，我不管了。"

"这……"李相才兴奋之余，有些惶恐不安道，"您全部甩手不管，这副担子我怕挑不起来。"

　　"很简单！"徐敬修拧着眉头，闭着眼道，"你只要多用心思，凡事想停当了去做，就是冒点风险也不要紧。没有冒风险的生意，人人都会做；只要值得，冒点险怕啥？你尽管放手去做。"

　　"我懂了！东家。"李相才深深点点头。

第二十九章　公主装病　另有玄机

徐记药栈：

　　京城的清晨，晨曦刚刚洒向大栅栏，同仁堂乐家药铺、瑞蚨祥孟记绸布店、长盛魁干果店、东兆魁帽店、一品斋鞋店、东鸿记和张一元文记茶庄等店铺相续开张，李相才也早早打开了徐记药栈的大门，不一会儿，街上的人群已是熙熙攘攘。

　　徐记药栈开门不到半个时辰，一顶华丽的轿子停在了药栈门前，只见一位二十岁出头、皮肤白皙、气质高雅脱俗、一身淡紫色绢衣的女子掀开轿帘走出来，抬头看看徐记药栈的牌匾，跨台阶而上翩然进入店铺，看到正在忙活的王成，轻声问道："请问徐东家可在？"

　　王成抬头打量女子一眼呆愣住，心中暗吃一惊，这女子长得实在太漂亮了，仿佛从天上掉下来的仙女。

　　女子见王成愣着不回答自己的问话，再次提高声音道："请问徐东家可在？"

　　"谁找我呀？"话音未落，徐敬修肩上搭着一块毛巾走了出来。

　　女子见要找的人出来，立即行蹲身礼道："先生，我家主子病了，请您到府上走一趟。"

　　徐敬修微笑着道："姑娘，你走错地儿了，你要请的是郎中，我开的是药栈，不给人瞧病。"

　　女子可怜兮兮地央求道："先生，您就走一趟吧，不把您请回去，我要挨骂的。"

徐敬修面露疑惑之色，道："姑娘，我这是药栈，只做药材批发生意，不聘请坐诊先生，更不给人治病，你还是到别处去请郎中吧。"

女子一听急得要哭，胡乱地摇着手道："不……不行的，您不去主子会要了我的小命。"

"我的老天爷啊！世上有这么厉害的主子？那这样吧！"徐敬修回头喊道："武总掌柜！武总掌柜，您带相才跟这位姑娘走一趟？"

武伦凯听到喊声从里屋出来，看了姑娘一眼，心道：杀猪焉用宰牛刀，嘿嘿一笑道："让相才去便可，我还得把需要进的药材写下来。"说着扭头就要喊李相才。

女子急忙摆手摇头道："不不不，我家主子点名要徐先生亲自去。"

徐敬修嘴角露出一丝苦笑，问道："你家主子哪儿不舒服？"

女子摇摇头很吃力地回答道："我不知道主子哪儿不舒服。"

徐敬修皱眉道："不知道你家主子哪儿不舒服，我带什么药过去呀？"想了想扭头道："王成，背上药箱跟我走。"

"好嘞。"王成转身往里屋跑去。

女子低头嗫嚅道："我家主子说了，只允许您一个人过府。"

"不行！我东家上哪儿我都跟到哪儿。"王成背着药箱从里屋出来道。

徐敬修看着为难中的女子道："王成，不要说了，把药箱给我。"

公主府：

徐敬修背起药箱跟着女子的轿子来到一座幽深的府门前，见府门两侧石狮、灯柱、拴马桩、上马石一应俱全，门里面有一幢偌大的影壁墙。抬头往上一看，不由得吸了口凉气，只见大门正上方高悬金碧辉煌的"和硕公主府"御赐匾额。

女子这才道："我主子是和硕公主。"

徐敬修惊讶道："我的老天爷啊！你倒是早说呀，早说我就不来了。"

女子嘻嘻一笑道："你不来我怎交差呀！"

徐敬修心想：罢罢罢，'既来之则安之'。跟着女子进得府院，呈现在他眼前的是一系列回廊曲径。跨过月门，先是前殿、后寝、后照房和东西配殿纵向有序，一律面阔五间。庭院周围环绕连房，最西一组为五进大宅院，中间二组为库、厩等附属用房。每处庭殿楼阁用彩色绘饰，门窗枋柱用黑漆油饰，门上有金漆兽面锡环，屋脊的瓦兽、梁栋、斗拱和檐角装饰得活灵活现。

穿过五进院落来到后院，院西宽敞的花园里假山、亭台、花厅，一应俱全，环境优美安静；宅院东是一汪水池清澈见底。

徐敬修边走边欣赏美景，正当意犹未尽时，只听一声清脆女音道："全部退下。"话音落，一个个小仙女般的女佣低头轻步从他身边翩翩而过。

徐敬修循声望去，见不远处鱼塘边坐着一位身着淡粉衣裙，长及曳地，细腰云带约束，更显出不盈一握，发间一支七宝珊瑚簪，映得面若芙蓉。面容艳丽无比，一双凤眼媚意天成，却又凛然生威，一头青丝梳成华髻，繁丽雍容，那小指大小的明珠，莹亮如雪，星星点点在发间闪烁。

带领徐敬修前来的女子，看他见到公主不拜，推了他一下，他才明白过来，赶紧搭躬道："草民见过公主。"

"免了，抬起头来。"

"小民不敢。"

"见到病人，你不抬起头来，如何看病？"

徐敬修仍然低着头道："小民长得丑，怕吓着公主。"

和硕公主侧身看着徐敬修，见他天庭饱满、地阁方圆、鼻梁高挺、星目剑眉，虽年过五十，但仍不失英俊洒脱，柔声道："我不怕，快过来给我切脉吧。"

徐敬修低头躬身，谨慎问道："请问公主要不要金线吊脉？"

"不要！"

徐敬修微微一愣，片刻后，大胆道："不知公主让小民过府为谁看病？"

"丫头没给你说吗？我病了。"

"公主身体安康，病从何来？"

"你怎知我没病？"

"公主可知郎中给病人诊断病情，主要靠望、闻、问、切？"

和硕公主瞪了他一眼，扑闪着一双风情娇媚的大眼，似笑非笑道："略知一二，还望徐东家指教。"

"望，指观气色；闻，指听声息；问，指询问症状；切，指摸脉象。"

和硕公主明媚一笑，道："可你进来就一直低着头，并未望、闻、问、切啊？"

徐敬修干咳一声，笑道："我闻了。"

"何时'吻'我了？"

"这不正在闻吗？"

和硕公主一抖衣袖："你吻到什么了？"

"我闻出公主身体非常安康。"

和硕公主纳闷地看着他，道："你是如何吻的，说来听听。"

"人生病一般都会有气无力、声音微弱、精神不振、说话声音沙哑。而您声音清越、底气十足、音如莺啼、婉转动听。这能说您身体有恙？"

和硕公主想了想，点头道："不愧是二品顶戴御医之后！"

徐敬修暗暗吃了一惊，心想：看来她已掌握了我的老底。我要小心从事，万不敢马虎大意。

和硕公主见他不言不语，柔声道："你抬头看看我是谁？"

徐敬修慢慢抬起头，细看了一会儿，惊讶道："我的老天爷啊！你是小老弟？"

和硕公主嘻嘻一笑点头道："对！"

徐敬修吓得赶紧跪趴到地上道："小人有罪，小人有罪，小人不知您是女儿身！还、还搂……"

"不知者不为罪，本公主恕你无罪。今天我把你请来，是想帮你引见一个人。"和硕公主打断他的话道。

"帮我引见一个人？"

"同仁堂的郭掌柜。"

徐敬修惊喜得不知所措，望着公主搓着手道："哎呀，太好了，谢谢公主恩典！那啥时与郭掌柜见面？"

和硕公主款步上前，伸出纤纤玉手将他扶起道："别急，我已让奴才们备好了酒菜，咱边喝边谈。"

两人推杯换盏交谈甚欢，酒足饭饱后，公主亲自带他在自家花园，观山望景。享尽奢华风光，他俩坐下继续畅谈不休，不知不觉已到了夕阳西下，公主才恋恋不舍的派婢女把徐敬修送回药栈。

三日后，和硕公主府内，公主薄唇轻启微微勾勒出一抹淡笑，道："郭掌柜，我给您介绍的这个人，您可得出手帮他，没您帮，他在京城可站不稳。"

"公主说笑了，没我同仁堂相帮，人家就不做生意了？"郭掌柜笑道。

和硕公主轻飘飘睨他一眼，不紧不慢道："如没有您同仁堂照顾那可大不一样，您照顾他，他生意保证好，您不照顾他，那就很难说了。"微微一笑，轻启朱唇抿一口茶，想了想继续说道，"给您说他个小秘密。"

郭掌柜端着茶杯俯身向前，瞪眼望着公主等待着下文，和硕公主神秘一笑，低声道："他有一秘方，能让死人遗体保存万年不腐。"

郭掌柜闻言一惊，喝到嘴里一口茶水呛了嗓子，咳嗽了两声，道："我也

听同行说过此事，此人姓徐。"停了一下，惊诧地问道："难道您说的是他？"

"对，就是这个徐东家，他姓徐名敬修。我还听说日本人用一箱金条买他的秘方，他都不卖。"

郭掌柜点头赞赏道："有骨气，郭某佩服！秘方乃是国宝，别说一箱金条，就是十八箱也不能卖。"

"郭掌柜说的一点不错。"和硕公主深以为然地道，"我也是看他有骨气，才想求您帮他一把。"

"甭说了，他这样的人，我帮！"郭掌柜停顿了一下，笑望着公主道，"不过话又说回来了，做生意讲究的是货真价实，说句实话，只要他的货真、价也实在，咱进谁家的货不是进呀！"

"这个您放心，他来了我一定让他当面向您保证。"和硕公主掩抑不住内心的喜悦道。

郭掌柜疑惑不解的目光扫了一眼和硕公主的神态，微微一笑道："恕我冒昧地问一句，不知这位徐东家对公主您有何恩情，值得公主如此费心？"

和硕公主心想：总不能告诉你，我对他一见钟情吧！想了想，微微含笑道："不瞒您说，他救过我的命。"

"啊！救命之恩？那就什么也甭说了，我明白了。"郭掌柜与和硕公主互相敬过茶后，笑着询问道，"不知道这位徐东家什么时候能到？"

"应该很快……"和硕公主爽朗应道，边说着边抬头向窗外望了一眼，笑道，"来了！说曹操曹操便到了。"

和硕公主话音刚落，婢女带着徐敬修走了进来。走到离方桌两米之处，徐敬修拱手道："公主、郭掌柜，真不好意思，让你们久等了。"

和硕公主目不转睛地看着徐敬修那棱角分明的脸庞，暗道：他到底好在哪里？我为何如此欣赏他？

"这位就是徐老板了？"郭掌柜回头看着和硕公主问道。

站在一侧的婢女见公主只顾不动声色地看着徐敬修，轻轻拉拉公主衣袖，公主这才回过神来，朝郭掌柜笑道："是，这位正是我要给您引见的徐东家。"

郭掌柜转过脸来盯着徐敬修道："你就是传说中的徐敬修？"

徐敬修不知这话是什么意思，只能微笑着望向和硕公主。郭掌柜仔细打量了他一番，继续道："今日一见，徐老板果然气度非凡，幸会幸会！听说日本人用一箱金条买你的秘方，你都没有卖给他？"

徐敬修不知该如何回答这个问题，说是吧，就等于承认自己确有秘方，传扬出去更会引起别人的嫉妒，有害无益；说不是吧，又怕郭掌柜觉得自己不够诚实，接下来影响自己与同仁堂的生意。最后，他睿智地做了一个不好意思的笑容，表示默认。

郭掌柜见徐敬修冲自己微微一笑，不说是也不说不是，想想自己冒昧问人家这事确实不太合适。含笑做个请的手势，转移话题道："看徐老板年纪不大，竟然经营这么大的药栈？"

徐敬修见郭掌柜换了话题，才心情放松下来，坐下笑道："都年过五旬，不年轻了。"

和硕公主端起酒杯，娇声道："郭掌柜，徐东家初到京城，今后生意上还望多多提携。"

"这没说的，公主一句话的事儿！"郭掌柜小抿一口茶水，笑笑说道。

徐敬修望着郭掌柜那茶盏中犹如玉液的茶水，氤氲着清新的香气，便知是上等好茶。

"那我就先谢谢您了！"和硕公主边说边朝徐敬修眨了眨眼，示意他敬酒。

徐敬修赶紧起身，给郭掌柜满上酒，双手端起自己面前的酒道："今日得见郭掌柜，徐某真是三生有幸，请郭掌柜多多关照。今日我借花献佛敬您一杯。"

郭掌柜接过徐敬修递过来的酒杯放下，笑望他一眼，端起桌上茶杯，向他示意一下，慢条斯理地轻啜一口，而后才缓缓说道："甭给我客气，你的事儿，公主都给我说了，是新开的徐记药栈吗？"见徐敬修点点头，又接着道："改天让跑街的上同仁堂找我，让我看看你那儿都有什么货，货品如何？"

和硕公主看一眼徐敬修，笑着说道："郭掌柜，我替徐老板谢谢您啦！"

徐敬修受宠若惊道："好好好，我回去就让跑街的去找您。我真是做梦都期盼着能与宝号合作。"

"先甭给我说好听的，只要你能做到货真价实、信守承诺，我同仁堂愿与你长期合作。"

"这您尽管放心，我在东北有七十二家总店，做生意咱讲的就是诚信。"徐敬修谦虚的只说出了总店七十二座，没提分店多少。

郭掌柜就吃惊道。"什么？你在东北有七十二家药材生意？"

和硕公主更是瞪大眼直视着徐敬修。

天色渐渐暗了下来，一盘盘山珍海味仍然摆满八仙桌，盘中菜基本没动。

威海：

　　在马继宗的帮助下，石川和山崎高三郎登上去威海的小船，在海上漂泊了二十多天。因北洋舰队是军事重地，对军外人员防范很紧，石川情报搜集一时收效不大。

　　马继宗躺在船舱里望着蓝天白云，不耐烦道："咱什么时候能回天津？"

　　石川从刘公岛海域居高跳远，俯瞰整个北洋水师的布防情况，心不在焉地对马继宗笑笑道："快了，快了，很快了。"石川是话里有话，马继宗却认为他说的"快了"是快要回天津卫了。

大商号

第三十章　世事难料　萍水相逢

徐家后正房：

徐敬修仿佛踩着穆四妮心中约定的诺言，如期回到了武安老家。

穆四妮见丈夫安然回来，多日牵挂的心终于落了地，仔细打量一番徐敬修的面庞，发现天庭饱满的脸上多了几道皱纹，很是心疼。吃过饭，刘妈收拾完菜碟泡好茶，知趣地退下。

穆四妮才问道："你把谁安排到京城坐铺子去了？"

"李相才。"

"哦，那孩子不错，办事挺机灵。"

徐敬修边摆弄烟袋边道："四妮，我有四件事需向你汇报。咱可先说好了，高兴的事儿你也别太高兴，败兴的事儿你也别太败兴。"

穆四妮瞪他一眼，"扑哧"一笑道："看你那张糟脸还装嫩呢。说吧，我记着了，我也只是听听而已。"

徐敬修不紧不慢道："先说一件你不爱听的吧！你儿子为了支持秀才、举人们上书去京城请愿，把杭州和苏州东城的铺子给卖了。"

"啊！他把杭州和苏州东城的铺子给卖了？你咋知道的？"穆四妮一听大为震惊，瞪着她那双清丽的大眼看着徐敬修。

"我在京城遇到他们了。"

穆四妮愤怒道："他疯了？这么大的事也不跟你商量？你当初让他去南方我就不同意，就是怕他跟着肖云龙学不了好，你就是不听。看看出大事了吧？

有那个戏子，天天疯疯癫癫的没个女人样，不把三儿带坏才怪。"

徐敬修蓦然脸色一沉，"啪"地把旱烟袋往桌上一撂，瞪她一眼，道："说啥呢！开口戏子闭口戏子的，你给我记住了，她是咱家儿媳妇。你呀，知道个啥，肖掌柜和孩子们干的都是正事、大事！"

穆四妮原本气得有些发红的嘴唇，这下发了紫，怒声喊道："哼！咱是商人，商人只要本本分分、安安稳稳做生意就行了，别的咱管不了！"

徐敬修冷冷说道："你想安安稳稳做生意，就能安安稳稳做生意了？多个国家都虎视眈眈地盯着咱国，大肆掠夺资源，欺凌民众，国家都面临亡国灭种的危险了，咱还咋做生意？"

穆四妮听了他的话，半懂不懂，似乎觉得有道理，但又有些不明白，只得沉默不语。

徐敬修见她冷静了一些，才接着道："西方国家说咱是东亚病夫，想要瓜分咱的国土。你说咱能允许他们这样欺负吗？"

穆四妮愕然道："啥是东亚病夫？"

徐敬修咬牙切齿道："就是说咱们都像病人一样，正躺在死亡之榻上。"

穆四妮闻言，瞪大眼睛急道："他们竟然这么欺负人？他奶奶的！那咱就跟他们打，跟他们拼，把他们赶走。"

"这下你明白了吧！肖掌柜就是带着咱儿子和儿媳在京城做这样的大事呢，他们在阻止朝廷接受西方国家强逼朝廷签的丧权辱国条约，唤醒和激励国人起来反抗，开展救国救民运动。"徐敬修道。

穆四妮吸口气，看着徐敬修这次回来已经有些苍老的面容，心中几丝怨气散去，只余满腹伤悲，问道："那孩子们在京城有没有危险？"

徐敬修沉默了一会儿，道："他们只是负责举人们上书请愿的后勤保障和宣传动员，不会有危险。"

"那就好。"穆四妮松了口气，道，"这是啥年代呀，都让咱遇上了。他们年轻人能看清是非，咱们老了，往后就靠人家了。"

徐敬修一面揉着右肩膀，一面点点头。

穆四妮上床跪到他身后为他揉捏着肩膀，说道："我说我这些日子咋老是心慌不定呢，原来是这两个小冤家把咱两座铺子给卖了。再说说后三件事。"

"咱京城的药栈刚开业就给同仁堂供上货了，这往后的生意可就有的做了。"徐敬修道。

穆四妮搂着他的脖子，头靠在他肩上道："这么顺利？"

徐敬修张嘴刚要说这是一位公主从中帮了忙才会如此顺利，想想怕她听后吃醋，话到嘴边又咽了回去，只是默默地点了点头。

穆四妮把靠垫放他背后，扶他靠好，回身坐到他身边，问道："那另外两件事呢？"

徐敬修瞟了她一眼道："把黄芪让给继宗了。"

"啊！你疯了？为何不直接卖给南洋？"穆四妮有些纳闷地盯着他，弄不懂他有何用意。

徐敬修摇摇头，半晌才开口道："人呀，得饶人处且饶人，不能把他逼到绝路上，服软了就行了。"

"他给你下跪磕头了？"

"谁给你说我要让他磕头了？"

"我听到的，那天你和汝昌、二春，还有孩子们喝酒时说的。"穆四妮接着道，"再说说最后一件事。"

"我在天津遇到贾六哥了。"

穆四妮愣了一下，才问："贾六哥？"

徐敬修扭头看着她道："你忘了？在苏州与咱哥常在一起的贾六。"

"啊！我知道，六哥不是做官了吗？"穆四妮感觉有些意外。

徐敬修起身倒了杯茶，很舒畅地喝了一大口，接着道："是的，他还和小丽成亲了。"

穆四妮想了想："哪个小丽？"

徐敬修点点她的额头，道："你呀！啥记性，带利平的那个丫头。"

"咦！"穆四妮惊喜之余，仍有些不敢相信，"上次去南方也没听大哥说他俩结为夫妻的事呀？"

"可能是大哥忘了说吧。贾六哥在天津做了督察院右副都御史兼巡抚。"徐敬修道。

穆四妮道："你说了这么长，我也听不懂，官不小？"

徐修修点点头，接着又摇摇头道："这个周汝昌，他有意让我吃惊，不提我的名号，让他的大掌柜把六哥和小丽请到我的宴会上。"说着，停下来看着穆四妮道："对了，你记着我再去天津时把免死金牌给我，六哥说有机会用免死金牌，试试看能不能把张将军救出来。"

穆四妮："好好，再去天津时给你。往后就好了，有六哥在天津，我在家也就不用天天为你提心吊胆了。"

徐敬修顺手拿起桌上的旱烟袋搋了搋烟丝，从怀里掏出洋火点着，深深地吸了两口，瞬间烟雾缭绕掩盖了他那张挂满心思的脸。

穆四妮看着他久久不言，轻声道："我也给你说件不好的消息。"想了想又说道："不过，咱先说好了，你听了可不许生气。"

"说吧，有啥不好的消息？"

穆四妮道："是南院四哥家的事。"

徐敬修闭着眼问道："是不是又输光了？又来闹着要他那点儿股银了？"

穆四妮怯怯地道："不是，咱先说好了，你可不准真生气，事情已经过去几个月了。"

徐敬修睁开眼睛，直直盯着她道："嘿！你今天这是咋了？说话吞吞吐吐，这可不是你的性格。他那样子我都习惯了，还生啥气呀。"

穆四妮犹豫了一会儿，嗫嚅道："四哥他……他死了。"

徐敬修闻言，"腾"地一下坐起来，猛抓住她的手，惊诧道："你说啥？四哥死了？"

"你弄疼我了。"穆四妮甩开他的手，皱着眉头道，"还没说完呢，四嫂也死了。"

"啊！"徐敬修面如土色道，"我的老天爷啊！你不是开玩笑吧？"

穆四妮吹吹被他抓疼的手，道："我能拿这事跟你开玩笑？是真的。"

这消息对徐敬修来说无疑是晴天霹雳的噩耗！"怎么回事？"他大眼圆睁，急道："快说啊！急死人嘞，怎么死的？"

穆四妮长叹了一口气，犹豫着说道："他的赌友说他在赌场输光了，感觉无脸再回村，就跳了井，当我赶到南院后，嫂子也上吊自尽了。"

"唉！你咋不早告诉我？"徐敬修无力问道，"尸体打捞上来了吗？"

"打捞了，没打捞上来。我派家丁打捞了一天也没打捞上来，那是口废井，年久失修谁也不敢下去。没办法，我买了口棺材装了点他生前的衣物，算是与四嫂合葬了。"

徐敬修茫然地叹口气，眼眶渐渐湿润，泪水顺面颊滑落下来，道："赌，这回把命都赌没了！"

穆四妮凝视着他想了想，改转话题道："你把二小丢在东北行吗？他知不知道学做生意？"

徐敬修回道："他又不是第一次去东北！"

"以前都是跟你去跟你回来，这次你把他自己留那儿……"

徐敬修听院里有声音，转头看了看窗外，见春燕正在院子里洗衣服，回头道："放心吧！二小腿脚勤快没有少爷架子，跟掌柜、伙计们相处的都挺好，白天跟掌柜学做生意挺上心，晚上不是看《本草纲目》《黄帝内经》，就是背《十八味反》《汤头歌》……"

"是吗？这孩子从小就懂事，学啥像啥。我记得他刚上私学馆时，他哥和他弟弟只需三五天就可以通背一部《三字经》，他十天还背不到一半。可是到小考的时候，他哥和他弟弟往往只会背不会写，他不只能通背一遍，而且字字会写。教书先生问他：为啥你背书比别人记得牢？他回答说：我背书不只用眼用口，而且用耳用手，眼和口都忘了，而耳和手记忆犹存。"

"三岁看大，七岁看老，一点不错，二小虽做事慢，但很稳。"徐敬修深吸两口旱烟，叹口气道，"老婆子，跟你商量点儿事。"

穆四妮用手撩着烟雾道："啥事？还这么客气？"

"我想过两天派人把春燕送京城去，再给你买个丫头。"

穆四妮惊讶地看着他，片刻后又平复情绪，问道："你知道春燕看上相才了？"

"你当我是瞎子！"

"你想得挺周全，把春燕送过去，好让相才踏踏实实地在京城做生意。"

徐敬修瞟了她一眼，狠抽一口烟，道："唉！目前我最不放心的是大光，他对生意不上心，像个小磨拨一拨转一转，不求进取，性格还贪婪。我得和他去彰德府看看。哎，我走后你配了几次药？"

穆四妮迟疑一下，想了想道："配了三次，咋了？"

徐敬修欣慰地点点头，低声道："现在同行都知道咱有皇宫秘方，树大招风，你要谨慎保管。"

穆四妮点头道："这你就放心吧，秘方不离我身。"

徐敬修推开窗户，向外喊道："世福！世福！你给大光说，明天跟我去趟彰德府。"

穆四妮一听不愿意了，凝视着他，道："这才刚回来，也不知道休息几天，真是的，说风就是雨。"

"咦……"徐敬修瞪眼道，"不说风就是雨行吗？这么一大家了要吃要喝。再说，把这边的事办完，我还得早点回天津呢。"

一夜无话，第二天清晨，徐敬修早早起来，王成帮他梳洗完毕，吃过饭，迈出房门，活动了一下四肢，喊道："王成！走，去彰德府。"

"好嘞！"王成应声从屋里跑了过来，上前搀扶住他的胳膊。

徐大光匆匆忙忙从东院跑过来。

徐敬修的眼神凝视在儿子的脸上道："大光呀，最近彰德府的生意咋样？"

徐大光的眼神中透出一丝坚定，说道："挺好，我前几天刚去过，货都齐。"

徐敬修点点头。

徐大光注视着父亲慈祥的脸，问道："爹，天津生意咋样？"

徐敬修嘴角漾起一抹笑意，看着他道："还行。"

徐大光仰视着父亲脸上的笑容，感觉父亲是那么地亲切温和，随父亲向大门口走去。

门子张彬望了一眼徐敬修身边的大少爷徐大光，低声道："老爷，借一步说话。"

徐敬修皱眉望着他，走了几步，问道："啥事？说。"

张彬转身回到小屋，从怀中掏出一封信，声音低到仅仅有两个人听得见："苏州铺子张诚来信一封。昨儿人多眼杂，我没把信给您。"

"啊！啥时来的？"徐敬修随即问道。

"一个月零八天了。"

徐敬修边拆信边问道："你咋不交给太太？"

"老爷的信我只能交给老爷。"张彬小声道。

听了这句话，徐敬修对眼前的这个张彬另眼相看了。他看着信的内容，笑着点头："好、好，很好。下月给你加银一两。"

张彬开始以为他是说信中内容好，听完下半句后醒悟了，惊喜道："谢谢老爷！谢谢老爷！"

来顺的儿子小三儿，一看老爷和大少爷走了出来，机灵地搬下板凳、打开车门，伸出了胳膊，支撑着徐敬修上车。关好车门，坐在驾辕上高兴地歪着头问道："老爷，坐好了吗？"

徐敬修带着一丝笑容，粗着声音大声回道："坐好了！"

王成弯腰拾起一条树枝，也"噌"地一下，坐到小三儿的一侧。他双眸灵动地扭脸望着小三儿道："今天我学你赶车。"

小三儿笑笑，甩了个响鞭："嗬嗬，驾！这是最笨的活儿了，不用学，你长大了要为老爷坐铺子做生意，哪能学我赶车呢！"驷马高盖车不紧不慢地往前走着。

王成脸上漾起甜甜的笑容。

徐敬修坐在车里透过车窗远眺无际的田野，道："小三儿，你爹身体还好吗？"

小三儿眼望前方的路段，朝着马身上打了一鞭道："谢谢老爷！我爹的身体好着呢，他在家老提起当年去南方找您回家的事儿。"

一句话将徐敬修的思绪带回了当年被父亲逼出家门，一气之下带着穆四妮闯荡江南的经历，望着窗外远方的蓝天白云，随意说道："是吗？你爹为找我可是没少吃苦头。"

小三儿继续道："我爹说当初骗您回家是老太爷的意思，老太爷交代我爹，要想尽一切办法把您带回家。"

徐敬修沉浸在回忆中没有再理会小三儿的话，想起离家出走时父亲年富力强，而从南方回来再见父亲时，他老人家已是老态龙钟，心中掠过丝丝阵痛，不由得泪光莹莹。

徐大光坐在父亲对面，看着父亲的神情变化，久久无语。

王成能感觉到老爷此时的心情，歪身打了小三儿一下，向他努努嘴。

小三儿赶紧闭嘴，回头看了车里一眼，不再言语。一路上，沉闷的气氛中只听到车轱辘"吱扭吱扭"的声响。

彰德府：

驷马高盖车进入彰德府城。徐敬修撩开车窗，宽敞的石板路两旁店铺林立，珠宝店、丝绸店、酒楼、钱庄、药店，甚至还有棺材铺，绵延三里长。这里生老病死吃穿用品一应俱全，不时传来几声卖首饰、水果、蔬菜的小摊贩叫卖声。

"大光！"徐敬修叫醒打瞌睡的儿子，吩咐道，"往后你要常来照看铺子，不能老在家里待着。"

徐大光揉揉眼，有气无力地像蚊子一样"嗯"了一声。

马车行到陈记茶馆前，徐敬修叫小三儿把车停下，王成急忙跳下车搬下板凳、搀扶他下车。徐敬修手搭凉棚，望了一眼头顶上的太阳道："大光呀，天儿还早，进去喝点儿茶水？"

"中！"徐大光点头道，"我也有些口渴了。"上前挽起父亲的胳膊拾阶而上跨进陈记茶馆，进店门一看，悠闲聊天喝茶的人还挺多。

徐敬修扭头道："小三儿，你也来吧。"

"老爷，不用，我不渴。我在外面看车吧。"小三儿回道。

"来吧，把马拴好就行。"

小三儿不好意思地笑笑。

徐敬修见王成无精打采的，一路也没咋说话，关心问道："你这是咋了？谁惹你不高兴了？"

"老爷，我没事。"王成无力地回道。

徐敬修伸手摸摸他的额头，道："哦，受风寒了。"

王成被徐敬修这一摸，顿时感到一股父爱的暖流涌上心头，眼里溢出了泪花。

徐敬修再仔细看看王成脸上，轻声道："内里有火，路上受了点风寒，待会儿到铺子给你开服药喝。"

王成含泪点点头。

徐敬修扫视一圈茶馆，找了个靠窗户的空桌坐下，左手放在桌子上，将身子斜靠在上面，看着街上的行人，道："就这里吧。"

柜台里走出来一个头戴西瓜皮帽、穿着土色对襟衫的四十多岁堂倌，面带微笑，拱手道："稀客、稀客，徐老板您里边请！里边有雅间。"

徐敬修一愣，打量了一下堂倌，道："你认识我？"

"哎！看您说的，谁不认识您'德聚'诚的徐东家呀。里边请！里边请！"

徐敬修带着大光跟着他来到雅间，在墙边一个半圆桌前坐下。堂倌把西瓜帽摘下，拿到手里，笑容可掬道："徐老板，您喝啥茶？"

"不知你这里有啥好茶？"

"龙井、普洱、毛尖、铁观音，上等的茶咱们店都有，看您喜欢喝啥？"

徐敬修想了想，道："那来壶龙井吧。"

"好嘞！"堂倌回身儿掀帘朝外喊道："小燕！给客人上壶龙井。"

"来了，来了。"不一会儿，门帘一掀进来一个手托茶盘的姑娘，只见这姑娘上穿白底红花衫，下着白色百褶裙，乌黑发亮的头发上绾了个公主髻，额前留着刘海儿，肌肤细腻柔滑，白净的脸庞上一双水汪汪的大眼睛，高挺笔直的鼻梁下有张樱桃小口。

姑娘进门打量一眼徐敬修，放下茶盘对堂倌道："您去前厅招待其他客人吧，这二位爷我伺候着。"

堂倌点头笑笑，道："好好伺候着。徐老板，您慢慢喝着。"

徐敬修挥挥手道："您忙您的去吧。对了，给外面桌上也上壶龙井。"

"好好好，您放心，我马上去泡茶。"说着堂倌拱手退出。

姑娘边倒茶边柔声道："龙井产于杭州西湖，已有一千多余年历史。茶品色泽翠绿，香气浓郁，甘醇爽口，形如雀舌，即有'色绿、香郁、味甘、形美'四绝的特点。"

徐敬修听着姑娘讲解龙井茶，看一眼儿子痴痴地盯着姑娘的脸，摇摇头，干咳一声，问道："听姑娘讲的可是一口流利的京城话儿，姑娘应该不是本地人吧？"

姑娘边低头沏茶，边回道："是，我是从京城来的。"

徐敬修闻言，再仔细观看姑娘的面容不由一愣，这姑娘的面容看着好像在哪儿见过，刚想问询。

"这位爷，您去过京城？"姑娘沏好茶抬起头，用一双会说话的大眼看着他爷儿俩问道。

徐大光眸中闪烁着光彩，傲气地说道："我父亲何止去过，我家的宅子就是我父亲三进京城，照京城皇宫布局建造的，你没听说过武安小皇宫？而且，现在京城就有我家的生意。"说完，瞪着大眼睛了不起地看着姑娘。

徐敬修看儿子那副表情，心里有些生气，冷冷扫视他一眼，压低声怒道："你呀，往后再也不准提起宅子，还嫌事情闹得小？"

徐大光赶紧低下头，嗫嚅道："是，孩儿再也不提了。"

姑娘听徐敬修这么一说，知道今天来的是大人物，手不禁一抖，把茶水倒到了茶杯外面。

徐敬修教训儿子后，心情有种烦闷的感觉，道．"姑娘，你出去吧！我们自己来。"

姑娘不好意思地点点头，提步离去。

看着姑娘被父亲辞令退去，徐大光再也无心喝茶了，时不时扭头往外张望，暗想：此女本应天上有，不知为谁落人间？

一壶茶喝完，徐敬修冷冷看着无心品茶的徐大光，摇摇头道："大光，咱走吧？今晚还要请掌柜们去喜来顺吃饭。"

徐大光忙从桌上端起茶杯，喝了一小口茶水，皱着眉头道："爹，我还有点儿口渴，咱再喝会儿？"

徐敬修瞪了他一眼，欲言又止，站起身来，扭头甩袖而去。

王成和小三儿一看老爷出来了，赶紧放下茶碗，起身跟着老爷走出茶馆。小三儿"蹬、蹬、蹬"跑过去从大树身上解下马缰绳，把高盖车拉了过来，卸下板凳。

徐大光急忙付了银子，喊道："爹，等等我。"

徐敬修没有停下脚步，王成搭手扶老爷上了车，自己又坐到了前面。徐大光也利索地跳上了高盖车。

车子慢慢向前走着，徐大光不规矩地坐在父亲的对面，不时地回过头看着那家茶馆。心想：刚才那京城来的姑娘为什么那么美，她和当地的姑娘有何不同？我今天怎么了，老想这个干吗呀，不就是个丫头嘛。他内心"嘿嘿"一笑，自己忍不住摇摇头。

徐敬修观察着儿子的一举一动，心里有种不祥的预感，想着心事自然也不

会注意到经过了哪些地方。就在恍惚之中，蓦地一个影子经过他的车窗口，他一愣，急忙喊道："停车，停车！"

"吁……"小三赶紧刹住车。

徐敬修将头探出窗外，睁大了眼回头看着路上行走的一位姑娘。

徐大光循着父亲的眼光望去，惊道："爹，那不是三弟妹吗？"

王成回头低声问道："老爷，要不要我去把三少奶奶请过来？"

徐敬修皱眉凝望着走近的姑娘，情不自禁地绷紧了嘴，眼看着姑娘从车旁走过，才轻声道："跟着她。"

小三儿放开紧拉的马缰绳，轻轻打了一下马脊背，慢慢跟在姑娘身后，跟了一会儿，姑娘有所察觉，扭头看看身后马车上的徐敬修和徐大光，继续往前走。

徐大光见她看了他们一眼又走了，急忙跳下车，边追边喊道："弟妹，你不是陪三弟去了苏州吗？咋会在这儿？"

姑娘白瓷般光洁的脸庞，泛着一层淡淡的红晕，眨了眨眼睛，显然听不懂，愣了一下，不解地看着徐大光。

徐敬修坐在马车上仔细打量着她。

徐大光冷冷说道："三弟妹，你这是咋了？"

徐敬修惊讶地看着姑娘，眼里满是不可思议，暗想：她眉心没有那颗美人痣，她真的不是闫肖肖，难道她是……

姑娘有点不高兴了，责怪道："谁是你的三弟妹？你认错人了！"

徐大光又仔细打量她一下，看她的穿衣打扮也不像闫肖肖，顿感失态，带着笑意摇晃着脑袋，道："你真的不是我家三弟妹？"

姑娘凝视着他的眼睛，解释道："我是苏州人，我姓刘——"说完扭头就走。

徐敬修一听她是苏州人，姓刘，倒吸一口冷气，忙跳下马车喊道："刘姑娘，请留步！"

刘姑娘停下脚步转过身，歪着头道："我已说了我不是什么三弟妹了，还喊。"

徐敬修迟疑片刻，道："听姑娘刚才说，你姓刘，是苏州人。我年轻时在苏州经商十多年，对苏州感情颇深，听到刘姑娘的声音倍感亲切，不知刘姑娘是来投亲还是访友？"

刘姑娘丝毫不给他面子，噘着嘴道："我一不投亲二不访友。你这老头真奇怪，这么爱问！"

徐大光在侧旁冷声道："嘿嘿嘿，你这丫头咋给我爹说话呢！"

徐敬修摆手打断徐大光的话，呵呵一笑道："不是我这老头爱问，只因我家现缺少个丫头……"话还没有说完，姑娘倒是嘴快，接过他的话茬道："哦，我明白了，你想要我去你府当丫头？"

徐敬修捻须点头道："老夫正有此意。"

刘姑娘仰头看了一眼天上的云朵，再看看徐敬修坐的驷马高盖车笑了起来，忽又收敛笑容道："你府上就在这儿吗？"

徐敬修嘴角露出一丝笑，回道："我家不在这里，但离这里很近，在武安城伯延村。"

姑娘听到"武安"二字，惊愣了一下，但很快就稳定下来道："武安？你府上在武安？"

徐敬修重重地点点头。

刘姑娘便一口答应："好！我去。"

第三十一章　落入圈套　坠入爱河

京城徐记药栈：

一转眼，徐敬修从京城回来已经两个多月。这天，突然接到京城大掌柜李相才来信，信中说公主有急事要见他，请他马上回京。徐敬修心里念着能给同仁堂供货，全仰仗公主情面，公主有急事，自己必须马上回京。他把信揣入怀中，向外喊道："王成，让太太给我收拾东西，咱明日去京城。"

第二天清晨，老杨头早早备好车等在大门外，徐敬修带着王成坐上驷马高盖车出发，三人经过几天路途一路平安抵达京城。徐敬修一只脚刚跨进徐记药栈，李相才就急忙迎上前道："东家，您快点去趟公主府吧，公主天天让她的婢女来找您，说有急事请您过去。"

徐敬修放低声音，皱眉问道："是不是给同仁堂那边供货出了啥差错？"

"不会，前天刚给同仁堂送去一批货，郭掌柜很满意。"李相才回道。

徐敬修皱着眉头想了一下，脸上不由得露出喜悦，道："是不是公主又要为咱引荐大客户？"

"啊！"李相才不断点头道，"说不定，这么心急火燎召见您，应该是好事！"

徐敬修回头道："王成，跟我去趟公主府，让你小子也开开眼。"

王成一听，高兴道："老爷，您等会儿，我去换件干净行头！"

徐敬修微笑着点点头。

王成刚穿戴好出来，就见公主的贴身婢女跨进药栈门。婢女进门见徐敬修在，脸上立即露出笑容，行个蹲身礼。道："徐老板，您可回来了，我家公主有请！"

王成上前两步，双手搀扶住徐敬修的胳膊道："老爷，咱们走。"

婢女瞪着王成有些紧张地摆手道："你不能去，公主只请徐老板一个人去。"

李相才咧嘴一笑，拉拉王成，道："快把衣服换下干活儿去吧，公主没有请你。"

王成眼睛盯着婢女，紫涨着脸，几分急，几分怒，更多的是几分哀求。徐敬修嘴角带着笑，挠挠头道："王成，你在铺子里准备酒菜，等我回来与李掌柜喝两盅！"

王成噘着嘴点点头，狠狠瞪了婢女一眼。

婢女长袖挡脸，偷笑一下道："徐老板，您今晚要在公主府用膳的。公主不知道您几日回京，每天都备一桌酒宴，等待与您一起用膳。"

徐敬修受宠若惊道："我的老人家啊！公主如此厚爱，让徐某如何担待得起。那咱赶快走吧！"

婢女头前带路走出了徐记药栈。

李相才和王成望着徐敬修离去的背影，呆立半晌。王成转头看向李相才，笑道："老爷真是遇到贵人了？"

李相才这才"啊"的一声回过神来，看着王成道："这不秃子头上的虱子，明摆着吗？"

和硕公主府：

徐敬修跟着婢女来到公主府，见到和硕公主，彼此客气一番，和硕公主将他领入内室。徐敬修进去一看，酒席已准备停当，感觉实在有些不妥，迟迟不肯落座，和硕公主连着催促了几次，他才提心吊胆地坐下。

酒桌上，和硕公主频频跟他对碰，徐敬修无法推脱只得硬着头皮喝下。几杯酒下肚，和硕公主话渐渐多了起来。从宫中琐事说到宫外趣闻，从西洋文化谈到昔日国情，从海枯石烂的爱情谈到了坟墓婚姻，最后谈到她英年早逝的驸马。徐敬修认真听着公主的侃侃而谈，渐渐忘了顾忌，面部表情一会儿带着惊讶，一会儿又带着欣赏，一会儿又随着公主的悲伤而悲伤，二人还不忘时不时地敬酒碰杯。

和硕公主越聊越觉得与徐敬修十分投缘，只感相见恨晚。最后说到兴奋时，喝退身边的婢女，端起酒杯深情凝视着徐敬修，娇嗔道："帮了你那么大的忙，你就一走不回头了？"

徐敬修闻言，"唰"酒醒了一半，避开和硕公主的目光，闪烁其词道："要不是老家有点急事，在下肯定会及时答谢公主恩典，还望公主海涵。"

"净说好听的，没见你有一点儿实际行动。"和硕公主再次端起酒杯与徐敬修的酒杯碰了一下，红着脸一口喝下。

徐敬修见公主把杯中酒一口饮尽，自己也不敢含糊，立即端起酒杯喝干，心想：公主这是啥意思？难道是想要些好处费？不过，要也不过分，如果不是她引荐，自己也不会这么快就给同仁堂供上货。念及此，笑道："我回去让李掌柜算算，看给同仁堂供了多少货，随后就把您那一份……"没等他把话说完，和硕公主哈哈大笑道："俗气！你以为我帮你，是缺那点银子吗？"

"那……"徐敬修瞪眼望着她。

和硕公主瞥了他一眼，亲自满上两杯酒，端起酒杯深情地看着徐敬修，道："傻瓜！来，一起干了。"

徐敬修举着酒杯没动。和硕公主一口喝干了，将酒杯重重放下，见徐敬修不动，一只手搂住他的腰，一只手夺过他手中的酒杯道："不喝？来，我喝！""咕咚"一下子将杯中的酒喝下，反身坐到徐敬修大腿上，醉眼迷蒙地摸着他的脸道："我想要你给我好处，今晚就要，哈哈哈……"

徐敬修顿时感觉头大，暗叫一声：我的老天爷啊！他忙推开公主，"噌"地一下站起身来。公主说出这样的话，那其中的含义自然是再清楚不过了！

和硕公主借着酒劲一下子从后面紧紧抱住徐敬修的腰，柔声问道："今晚能不能别走？"

徐敬修这下不知该如何是好了，逢场作戏以前在江南也干过，那是没有负担的，这情况下要非常慎重的。虽然公主为自己的生意铺好了路子，但自己也不能为生意不择手段，坑害她的感情；什么也好偿还，感情债是很难偿还的，所以过去自己很少在感情问题上出差错，即便是和芸香情到深处，两人也还没有走到那一步。他心里嘀咕：真要跟公主有了这层关系，那就纠缠不清了。可要是今晚不留在此，狠心拒绝了，那样刚与同仁堂建立起来生意路，很快就会"咔嚓"一声断开！留还是走？徐敬修一时间脑子乱极了。

和硕公主悄然转到了徐敬修的面前，见他紧闭双眼，便伸出一双纤纤的玉手摩挲着从他脸上、颈上、胸前，慢慢滑落下去……

徐敬修的身体一下子起了反应，眼中顿时冒出了一丝火热的光芒。当和硕公主的玉手摸到他的腰间时，他一下子清醒了，慌忙推她的手："公主，您喝多了，公主，不要这样！不能……"徐敬修声音有些沙哑，脸色有点害怕。

和硕公主抬起头，双目迷蒙，脸颊红润，仿佛能掐出水来，温柔地呢喃：

"我没有喝多，我喜欢你，我愿意做你的女人！你就成全我吧！"

"我有我的太太，我给不了您什么的！"徐敬修喊道。

"我不求你给我什么，我只求你让我做一回真正的女人！"和硕公主不依不饶回道。

徐敬修被她的回答噎住了，好半天才说道："公主，以您的才智和美貌，不愁找不到一个好的归宿，您不应该把感情放在我这个有妇之夫身上。"

"我相信一见钟情！我第一眼看上了你，眼中还能容得下别的男人吗？"

"公主，我家儿孙满堂，您应找一个与你年龄相宜的人……"

"我三十已过，徐老板也不过五十有余，怎么能说你我年龄不相宜？"公主说道。

徐敬修有些脸上发热，不时擦一把汗。

"你把手放开，让我做一回真正的女人！"

"不要，公主！"徐敬修鼻子上直冒汗。

和硕公主猛地搂紧他的腰，道："徐老板，我以诚心待你，你为何如此？你就成全我吧！"

"公主，您起来，恕我不能成全于您！"徐敬修道。

和硕公主经过这一番折腾，酒也醒了一些，瞥一眼桌子上的水杯，顿时眼前一亮，站起身，摸了一下徐敬修鼻子上的汗珠，道："看把你吓的，都出汗了。来，喝杯水解解渴。"

徐敬修点点头，刚要转身倒水，和硕公主动作极快，从桌上端起早以备好的水杯端至他嘴边。徐敬修不得已被公主灌下了一口。

"公主，您让我喝的什么水？"徐敬修感觉不对，心中大骇，这个女人早有预谋。

"徐老板，对不起了！你刚才喝了我的迷魂药。"说着，她把徐敬修推到床边，"你躺好了，让我好好伺候你吧！"和硕公主一跃而上，整个人便压了上去！

"公主您……您别乱来！"看和硕公主要来真的，徐敬修真的慌神了，连声音都在微颤着。徐敬修用尽全身力量想把她推开，却是枉然。

清晨，一缕阳光从树梢洒落，透过公主府寝室的窗棂徜徉在公主床上，"还睡呀？快醒醒起来洗洗吃饭。太阳晒到屁股了。"

徐敬修被一声含嗔带娇的声音惊醒，摇摇发蒙而混沌不清的脑袋，感觉到身边温热而柔滑的肌肤，一下子彻底清醒过来。

和硕公主半边身子趴在他身上，脸色微红娇艳欲滴地看看他，披披被角把头枕在他胸口上。

徐敬修脑子嗡地一下，一片空白，自己一时不慎落入了圈套，这以后可如何是好。镇定了一下心神，推开和硕公主，迅速起身慌乱穿好衣服下地欲离去。

和硕公主黑眸微微眯起道："就这么一句话都不说就走了？何时再来？"

徐敬修用低沉略带着警告的声音道："我再也不会来了。您就是杀了我，剐了我，我也不会来了！""哐啷"关上屋门走了。屋里留下和硕公主凄惨的笑声……

彰德府：

徐大光送走父亲几天后就急不可耐地来到陈记茶馆，望了一眼东升的太阳，又看了看陈记茶馆的招牌，自嘲般笑了一下，提袍上了台阶。进入茶馆，一位身材矮胖、肤色黝黑的姑娘见有客来，立即迎上去殷勤地接待，徐大光皱着眉头，让姑娘给他找了个雅间落座，姑娘刚想开口问他喝什么茶，他一挥手不耐烦道："叫你家掌柜过来。"

小姑娘见这位爷板着个脸不高兴，也不敢多说话，道："请稍等。"说罢，转身出了包间。

不多时，陈掌柜提着袍角进来，笑嘻嘻地拱手道："啊！贵客呀贵客！好久不见了。"

徐大光拱手道："陈掌柜，您的生意还好吗？"

陈掌柜拱手道："托您的福，还行。徐老板，您对啥茶比较顺口啊！我马上叫人给您泡上一壶？"

徐大光五指轻轻敲打着桌子，镇定了一下心神，看看陈掌柜，犹犹豫豫道："陈掌柜，上次我与家父来喝茶时，给我们上茶的那位姑娘可还在店内？"

陈掌柜闻言一愣，想了想，嘿嘿一笑道："您说的是哪位？您看我这记性。"

"眼睛大大的，说得一口京城话，您唤她小燕……"

"哦，"陈掌柜恍然大悟，眨眨眼道："您说的是小燕姑娘呀！在、在、在。您稍等，我马上唤她过来。"

转眼工夫，陈掌柜领着一位姑娘进来，满面笑容道："徐老板，您看看可是这位小燕姑娘？"

姑娘把头垂得低低的，只看到秀发中分的发线和那轻轻摇晃的耳坠子。她慢慢地抬起头来，一双水汪汪的大眼睛略带羞涩地望着徐大光。

徐大光看到姑娘这般娇羞模样，配上那双水汪汪的大眼睛，感觉更加动人，一时看得发呆，忘了回陈掌柜话。

陈掌柜见状，干咳几声再次问道："徐老板，您看这可是您要找的小燕姑娘？"

"是是是，就是这位姑娘。谢谢陈掌柜！"徐大光尴尬而惊喜地道。

"小燕，看徐老板爱喝啥茶，好好伺候。"说罢转身而去。

小燕凝视着徐大光，眼中蕴藏着几多沧桑几多无奈，芳唇点缀着丝丝哀愁笑意，上前几步低声问道："老板，您爱喝什么茶？"

徐大光的眼睛始终紧盯着小燕那精致、清丽、娇媚的脸没有放开。只见她身材苗条，垂首燕尾形的发簪，身着浅绿色的罗衣长裙，淡然自若，清逸脱俗，犹如不食烟火天界下凡的娇娥仙女。在他炯炯目光的注视下，小燕很不自在，低下了头，声音略带着颤音问道："老板，您要用什么茶？"

徐大光满脸钦慕打量着她，带着恬淡和蔼的笑容，没有回答她的问话，而是问道："小燕是你的真名吗？"

小燕见他一直火辣辣瞅着自己，更是心里打鼓，一眼也不敢看他，低着头把手中的茶盘放到桌子上，嗫嚅道："可以说是，也可说不是。"

徐大光诧异问道："此话怎讲？"

小燕靠近桌子，提壶倒出点水，用左右手指各蘸了点水，灵巧地在桌子写起来。

徐大光眼睛一眨不眨地盯着小燕的双手，见桌子上写出了"张君燕"三个字，目现异彩，惊讶道："你能双手写字？"

张君燕满面通红，略带自豪道："随手涂鸦而已。"

徐大光目射赞赏光芒，道："跟谁学的？"

张君燕顿时眼里充满了忧伤，声细如蚊回道："小时跟家父学的。"

徐大光看着眼前的张君燕，一时不知该如何搭话。

张君燕道："家父乃文武双全、样样精通之人。"

徐大光仔细端详着她那若凝脂的面容，关心问道："那你为何流落到此？"

一句话问得张君燕如打翻了五味瓶子，辛酸的眼泪一涌而上。她慢慢抬起头，一句话都没有说，那对漆黑漆黑的眸子，慢慢地潮湿了。她闭了闭眼睛，成串的泪珠，更加像泉水般涌出到面颊，迅速地滚落下来，幽幽说道："家父为朋友杀了一个狗官，打伤狗官家丁多名，皇太后知道后怒把我父打入天牢之中，母亲伤心至极悬梁自尽，丢下我和弟弟在京城无亲无故、无依无靠。我把母亲的丧事操办后，带着弟弟来河南投靠远亲表舅。就在我姐弟二人快走到彰

德府时，遇到了土匪，在慌乱之中我与弟弟走散。来到彰德府城才得知表舅全家搬走，多亏好心的陈掌柜，看我孤苦伶仃，把我收留在他的茶馆之中。"张君燕边抽泣边诉说着。

徐大光双眸透着亮光，起身牵过张君燕的小手，拉她在自己身旁坐下，问道："你父亲救的朋友身在何方？姑娘为什么不去投靠他？"

张君燕顿时泪如雨下，摇摇头道："自父亲出事以后，我就没再见过父亲的面，我一个弱女子，无权无势咋进得去天牢？"

"是、是，是呀！"徐大光充满怜悯地看着张君燕，起身低头踱着步，不知说什么才好。他走到洗脸盆儿旁，拿来毛巾，拧了一把递到她手中，顺势握住她的双手道："你们在哪儿遇到土匪的？"

张君燕脸腮绯红，目光低垂，道："彰德府北磁州镇。"

徐大光握着她的手，在她身旁坐下，安慰道："只要张姑娘相信我徐某，我会想尽办法帮你找回弟弟。"他想了想，接着说道："国家面临亡国危险，京城现在乱不可挡，说不定你父还能出来呢。"

张君燕抬起尖尖的下巴，用恳求的眼睛望着他道："真的吗？"

徐大光见她情绪稳定下来，半搂半拉住她，重重地点了点头。

张君燕羞得满脸通红，轻轻推开徐大光，楚楚可怜而羞涩地看看他，带着担心与期望哽咽道："谢谢徐老板！您我非亲非故，您若能帮我找回弟弟，君燕就是当牛做马也会报答您的恩情！"说着跪在了地上。

徐大光赶紧起身把她扶起，双手紧紧握住她的手。

张君燕就让他握着手，双颊渐渐泛起红晕，加上那双泪水汪汪的眼睛，平添了几分妩媚。

徐大光双眼痴情地看着眼前如花似玉的张君燕，看得两眼发直，完全丢了魂魄。他突然展开双臂，紧紧把她搂进怀中，颤音道："君燕，我……"

张君燕头低垂到丰满起伏的胸脯上，心里"扑通扑通"跳个不停。自己长这么大，何曾受过别人如此拥抱，她感觉身子开始发软。徐大光将脸慢慢地向张君燕靠近，嘴唇接触到了她那火热的嘴唇上。他的心醉了……

彰德府德聚诚：

彰德府德聚诚铺子外，徐大光看看夕阳西下已近黄昏，笑笑提袍走进铺子，在前堂转了一圈儿。见伙计们都在忙碌，看病的买药的也不少，坐诊先生正在给病人切着脉。

小伙计看到徐大光，忙打招呼道："少东家好。"

徐大光点点头，急奔后院。

大掌柜宋书堂紧跟随其后，见他心中有事，关心地喊道："少东家，怎么？有何心事？"

"唉！"徐大光长叹一口气，进屋重重地坐在椅子上，眉宇间掠过一丝难测的神情，摇摇头道，"在陈记茶馆碰见了一位漂亮的姑娘。那气质、那长相，彻底把我迷住了，心都让她给掏走了。您说我该咋办？"

宋书堂闻言一愣，脸带惊色道："少东家，这可使不得啊！这要是让东家知道了可不得了。"

徐大光犹豫了一下，道："大掌柜，给您说实话吧，我想娶她做二房。"

宋书堂一听，震惊得说不出话来，呆愣片刻后，连连摆手道："少东家啊！这婚姻大事，你得跟东家好好商量，可不能善作主张。"

徐大光顺手拿起桌上的茶壶，对着壶嘴儿就吸。

宋书堂上去一把夺下茶壶，道："凉了，这茶是昨儿泡的！你要是口渴，我这就给你再泡上一壶去。"

"商量？商量个屁！我爹不会同意，我家有祖规，不许纳妾。"徐大光道。

宋书堂阴沉着脸道："你既然知道，那就不要自寻烦恼了，忘了她吧！就当啥事都没发生过。"

徐大光急道："不行，我必须和她在一起。我想今晚请她来咱铺子吃饭。"

"啥？你要请她过来？"宋书堂吓得连连摆手道，"不行，不行，绝对不行。"

徐大光瞪眼愤愤说道："咋不行？我偏要娶她做二房。"留下一句话，起身一阵风似的跑了出去。

宋书堂愣怔原地，不知道该如何制止，看着他的背影摇了摇头。

陈记茶馆：

徐大光晃晃悠悠跑进了陈记茶馆。　进门，小伙计忙招呼道："徐老板，里边请，里边请，给您上啥茶？"

徐大光进了雅间甩袍坐下，道："来壶龙井，再来两碟小菜。"

"好嘞，您稍等！"小伙计回身喊道："一壶上好龙井，两碟小菜！"

徐大光又接着说道："请陈掌柜过来，我请他喝茶。"

小伙计转身出去。

不一会儿，陈掌柜掀门帘走了进来，双手高举，拱手道："徐老板太抬举我这小店了，上午喝茶，晚上又来。谢谢捧场！"

徐大光起身拱手道："陈掌柜坐下说话。"

陈掌柜看他一眼，笑道："您是客人，我不能坐，需要啥尽管开口。"

徐大光俊美的面容浮现一丝微笑，双手搀扶住陈掌柜的胳膊，说道："别客气，坐下，坐下说话。陈掌柜，我有一事相求，不知您是否能答应？"

"哦？"陈掌柜有些意外地看看徐大光坐下。

徐大光刚要开口，小伙计一手提着茶壶，一手托着菜托盘进来，摆好菜倒上茶，站到了他们身后。

徐大光看看小伙计，再看看陈掌柜，陈掌柜会意，挥手示意小伙计下去，开口道："徐老板，您别客气，有事请讲，只要我能帮上忙的，是我的荣幸。"

徐大光盯视着陈掌柜犹豫了一下道："那我可就直言了啊！"

陈掌柜目光与徐大光对视着道："您请讲。"

徐大光避开陈掌柜目光，低下头红着脸道："我看中了您店里的小燕姑娘，我想把她带回去，不知您意下如何？"

陈掌柜闻言，笑笑道："对不起，徐老板，小燕姑娘不是我女儿，我是看她无亲无故挺可怜，才把她收留在店里帮忙，这事我做不了主。您要是相中了她，我得去问小燕姑娘，看她是否乐意跟您走。她若愿意跟您走，我没有意见，她若不愿意，我也不能撵她走。"

徐大光点点头。

"燕子，燕子！"陈掌柜起身掀开门帘喊道。

张君燕走进来，见徐大光也在，羞涩地低下了头。

陈掌柜意味深长地看了徐大光一眼，微笑道："燕子，这位徐老板府上想请一位丫头，看你愿意不愿意去，你在这儿也挺累的，如跟了徐老板也不是件坏事儿。但反过来说呢，我这店里也缺像你这样勤快能干的人手，你不乐意去也行。不是我想赶你走啊！你想想乐意去呢，就去，不乐意去，还在咱的小店里干活儿。"说到此，他有意停了一下，继续道："不过呢，徐家是大户人家，多少人想巴结这个差事，还不一定巴结得上，进了徐家门就等于一步登天了。我不能为了我这小店，耽误了你的大好前程。"

张君燕的脸一下子红了起来。她重新抬起头来，瞪着妩媚的眼睛看向徐大光，意思在问：你会对我好吗？你能爱我一辈子吗？

徐大光明白她的心思，肯定地点点头，眼睛里充满着情欲之火，直视着她的脸，心想：我能，我会一辈子对你好的，君燕，跟我走吧！

张君燕避开徐大光炙热而祈求的目光，沉默半晌，低声道："我也不知道如何是好，还望陈叔您说句话，我听您的。"

陈掌柜看看她的神情，心想，看这模样分明是想走，还不想从自己嘴里说出来，想要我说，还挺有心机。无奈道："燕子，这茶馆的门永远为你敞开着，你乐意啥时回来就啥时回来。"

张君燕闻言，感动得眼泪掉了下来，蹲身行礼道："谢谢！君燕永远不会忘记您的大恩大德。"

陈掌柜扶起她，目光中却流露出关怀之意道："你回屋收拾一下吧。"

张君燕点点头，扭身回她的房间，抱了个小包袱出来。

徐大光欣喜若狂，走到张君燕身边，紧紧拉住她的手，跟着陈掌柜来到柜台前。陈掌柜笑道："两碟小菜儿，一壶龙井，共三百文钱。"

徐大光从怀里掏出五十两银子放在柜台上。

陈掌柜愣住，连声道："徐老板，多了，给多了。"

徐大光微微一笑，说道："不多，不多！"拉着张君燕急匆匆离开了陈记茶馆。

陈掌柜跟到门口，呆望着他俩的背影，摇摇头。

彰德府北大街：

夕阳西下的阳光透过薄薄的云层照射在洹河之上，水面波光粼粼水天一色。一会儿，夜色逐渐笼罩了彰德府。

老城厢北大街的四合院堂屋里，张君燕娇羞地望着徐大光，怯怯道："我怕。"

徐大光双眸火热："君燕，不要害怕，我喜欢你，我会一辈子对你好的。"话未说完，一把搂过张君燕，喘着急促的粗气脱去她的外衣，露出绣着两朵并蒂莲的贴身红肚兜，张君燕害羞地捂着前胸往后退着，退到了炕边。徐大光将张君燕的最后一道防线给她拆除，把她的小肚兜扔到了炕边，将她轻轻抱到了炕上，轻吻着她的眉，她的眼，她翘翘的鼻尖，她温软的唇，她细腻的颈项，她柔软的胸，吻着她那一寸一寸的细腻肌肤……

外面骤然风雨交加、雷电轰鸣。一阵狂风暴雨过后，被雨水打下来的树叶，顺着地上的雨水无着无落地漂着。

徐大光躺在张君燕怀中微闭着双眼，闻着她身上的芳香，柔声道："君燕，你把一切给了我，我会一辈子对你好的。"似乎意犹未尽，手指依然在抚摸着她柔软的身子。

张君燕推着他的手，羞涩地说道："今晚我把女儿身给了你，望你珍惜。"

徐大光搂着张君燕赤裸纤细的腰肢，眼中流露出宠溺的眼神，回道："你放心，从今晚起，你就是我的太太。咱俩就住在这儿，过咱的小日子。"张君燕抚弄着他坚挺的胸膛，环顾了一下屋子，虽不大，但干净整洁、装饰非常豪华。低头吻了一下徐大光的额头，深情地抚摩着他有些纷乱的发丝，拭去他额上细密的汗珠道："你不打算把我带回家？"

徐大光边抚摩着张君燕柔嫩的大腿，边道："你不知道老爷子的脾气，家法很严。咱先在这儿住着，有机会我会想法给娘说。再说了，在这儿没人打搅咱，多清静！"

张君燕娇柔的腰肢轻轻扭动着，轻声道："这房子是租的吗？"

徐大光再次血脉贲张，一翻身爬到张君燕肚上，边动作边喘着气道："不是的，这房子是咱的，我平时来彰德府配药时住。放心吧，没人敢赶你走。"

第三十二章　割腕断情　商家退货

京城公主府：

　　和硕公主府外不远人声鼎沸，街上人来人往，时不时夹着小商贩的吆喝声，而府内却寂静无声，婢女、婆子们连走路都踮着脚尖生怕弄出一点声响，府院里一棵古槐上乌鸦"啊，啊"不时叫几声。

　　连日来和硕公主丢了魂似的，整日无精打采，头发散乱面无血色，天天不是派人去喊徐敬修过府，就是写书信打发婢女送去。她绺了一把披散的头发，咬牙伏案又写了封书信，摔在婢女面前："再去！把这信件再送过去！"

　　婢女想要开口说话，可看看公主的脸色话到嘴边又咽了回去。

　　和硕公主抓起桌子上的茶碗猛灌一口，抬头见小厮还没动，把茶碗狠狠摔到地上，怒道："怎么？不想去？"

　　"不不不，奴婢不敢。"婢女吓得赶紧跪地求饶。

　　和硕公主冷声道："那还不赶紧去？"

　　婢女胆怯地望着公主那凶神恶煞般的样子，起身嗫嚅道："公…公主，再送就是一百封了。"

　　和硕公主凄惨地一笑，道："这封信不一样，他看了肯定会来。"

徐记药栈：

　　一炷香后，婢女再次走进徐记药栈，对徐敬修道："徐老板，公主给您的信。"

徐敬修不耐烦地看了婢女一眼，双手接过信，回到里屋把信打开，气得双手颤抖道："断货！用断货来要挟我？真卑鄙！"

"断货？"李相才听到他的气愤声，从外间急走进来，望着他手里的信道，"东家，您还是跟着这个丫头去吧，别再犹豫了。公主都给您这么多信了，若您不去，她真的叫同仁堂给咱断了货，咱往后的生意，可就不好做了呀！"

"断货就断货！不能为了生意，丢了人格！"

"别生气，您再想想去与不去的利弊？"

徐敬修嘴角微微抽动了一下道："不用想，不去。她爱咋的咋的！"说后，他走到李相才身边，小声道："李掌柜啊，这公主是团火，我不想惹火上身，你明白吗？"

李相才好像一下子明白了过来，点点头。走出里屋，看着公主的婢女摇摇头。

那婢女已经在屋外听得很清楚了，点点头，向外走去。李相才手扶门框，大喊道："慢走啊！"

没过一个时辰，药栈外来了一顶银顶黄盖红帏八抬大轿，轿夫刚把轿子放下，就从轿子里走出一位衣着华丽女子来。

正在药栈忙碌的徐敬修定睛一看，眼中瞬间略过一丝惊慌，但毕竟是经历过世面的人，很快便镇定下来，强忍怒火对已经跨进门的公主单腿跪地道："小民叩见公主。"

李相才与王成震惊的瞪眼呆愣了一下，吓得赶紧双膝跪地，不敢抬头。

和硕公主带着几分渴望的眼神望着徐敬修，款步走过去，把他搀扶起来道："走！跟我回府去。"

"不去！"徐敬修把脸转过去道。

和硕公主满脸的委屈，强忍着汪在眼中的泪，道："我可是说到做到，你如今天不跟我回府，同仁堂绝不会再与你合作！"

徐敬修非常坚定地说道："随公主所愿吧！京城是您的地盘。"

和硕公主薄唇紧抿，沉默半晌，似有些疲惫地劝说道："走吧，还是跟我回府吧。"

徐敬修急道："你就喜欢做这种强迫别人的事情？士可杀不可辱！再逼我，我就死在您面前。"

和硕公主气得冷哼一声，怒道："你……你真的不想活了吗？"

李相才战战兢兢地道："公主，有话慢慢说，您保重玉体。"

徐敬修心想：她这样缠着我，不但生意无法正常做下去，甚至还会要了我的小命，看来我不弹压弹压她是不行了！于是，他突然从腰间拔出准备对付日本人的杀猪刀，猛地向自己手腕处划去……

"老爷！不要呀！"王成起身一个箭步冲上前，夺过他手中的杀猪刀。但已晚，鲜血瞬间从徐敬修手腕处喷出！

在场所有人都用惊愕的目光望着徐敬修。

李相才跪爬过去把徐敬修搂在怀里。

和硕公主看着徐敬修手腕喷出鲜血，慌了神，哭着喊道："不……不……你这是为什么呀！"

徐敬修靠近李相才的耳朵，低声道："让王成带我离开京城，去天津！"说后，悠悠合上了双眼。

药栈的柜头、伙计们慌乱跑过来，赶紧为徐敬修上药、包扎，有的小劳金吓得呜呜呜哭起来。

和硕公主泪眼婆娑看着徐敬修，感到很是愧疚。

婢女面带儿分恳求道："公主，您看这，咱还是回府吧。"

和硕公主的泪水模糊了视线，呢喃着："他为什么宁死都不愿跟我走呢？"

天津卫：

徐敬修带着满怀忧伤回到了天津，将包扎着的手臂托在胸前。站在窗户前凝神望着对面宗盛达，回头对店里的二掌柜杜云说了句："你看，对面又进货回来了。"

"我看老半天了，就是看不明白，他们到底是在进货还是卖货？"杜云注视着对面，轻声说道。

徐敬修又仔细地看了一眼，道："应该是刚进货回来吧？你看都在往店里搬货呢。"

"进货就更不对了。您看，站在车队旁揣着手的那几位，都是他家的老客户，怎么会送货给他们？"杜云的话中带有讽刺和冷硬。

徐敬修心中起了疑惑，皱眉问道："啥？那几位是他家的老客户？"

杜云凝望着对面道："是呀，那几位我都认识，他们常来宗盛达进货。"

徐敬修的心猛然抽了一下，沉思了半晌，问道："那几位真是他家老客户？"

杜云肯定道："这不会错，那个马老板以前跟我说过话，还说有机会希望能跟咱合作呢。"

徐敬修仁立在窗前望着对面，思索半天，自言自语道："难道他们是在给宗盛达退货？"

这时，大掌柜白鹰从后院过来，徐敬修转身一把将白鹰拉过来，隔窗指着对门道："白掌柜，您快看看，对面玩的这是啥把戏？"

白鹰望着宗盛达道："这是刚进货回来吧？"

杜云上前道："大掌柜，您看那不是前几天还来过咱店里的山东人马老板吗？"

白鹰仔细看后，大吃一惊道："啊！还真是那个马老板，不是前几天才从宗盛达进了货吗？怎么又退回来了？"

王成拿着扫帚过来，看看对面，道："活该！"

徐敬修瞪他一眼，沉声道："不准胡说。"不待王成说话，便转身扬长而去。

王成心中充满不解与疑惑，呆呆地站在原地，高兴的心情顿落千丈。

徐敬修呆立在后院正房中，眼中闪烁着复杂的眸光，问跟随而来的白鹰和杜云："这几天咱家货走得咋样？"

白鹰见他神情郑重，不解道："走得不错呀，又该进货了。这几天，东北野山参、人参、鹿茸、牛黄、野艾、野菊、野菱、蛇肉、蛇蜕、蛇莓、蚯蚓、银杏、银耳、银花、银翘都走得很好。"

徐敬修眼里略过几丝惊诧，神情微愣，用赞赏的目光看着白鹰道："好好好，都说您好记性，果不其然，把您说的这些药材记下来，马上派人去进货。"

"夸奖，单子我已经写好了。"

徐敬修顺手倒了一杯水送到唇边，道："送您两个字，利索！"

白鹰嘴角嘀笑看向杜云道："这主要是二掌柜、三掌柜能及时了解市场行情。"

杜云谦虚一笑道："主要是大掌柜管理有方。"

徐敬修"咕咚"咽下口中水，点点头道："你们都是八仙过海，各有其能。"放下茶杯，道："我去趟巡抚府。"

"天儿这么晚了。"白鹰道。

徐敬修边往外走，边说道："晚上说话清静。"

宗盛达铺子：

马继宗带着石川和山崎高三郎在青岛、威海等东部沿海海岸漂泊了一个多月，才回到天津卫。进门他安插在铺子里的眼线就向他汇报，山东老客户退回了大批的药材和药丸。

马继宗带着秦有福和阮大掌柜急匆匆来到后院库房一看，顿时身子凉了半截，愤怒道："我走一个多月了，这些货还没卖出去？"

秦有福的神情显得有些紧张不安："卖、卖了……"

马继宗指着满屋的货责问："卖了？卖了为啥这些货还在？"

秦有福低着头："卖、卖给马老板和白老板他们了，昨天又给退回来了。"

马继宗"啪"使劲一拍桌子，怒道："他们为什么要退货？"

秦有福见阮掌柜站在一旁不说话，唯唯诺诺，道："他们说……"

阮掌柜接口道："虎骨上半年还将就着够用，下半年再配药时就不够了。山参和鹿茸早没有了，炮制药丸时只好马马虎虎，药效当然就差了。"

马继宗矍然一惊道："你咋不早说？"

阮掌柜双眼望着远处，是那种说不出来的茫然落寞："早说过了，您说这段日子没时间，等从山东回来您要与三掌柜一起去进货。谁知您这一去这么长时间，人家催货又急，都是多年的老客户，我们也不想丢掉，没办法只能将就，"停了一卜，继续道，"这就是他们'退货'的主要原因。东家，我要递辞呈。"

马继宗大为诧异，瞪他一眼，道："辞呈？还没说你两句你就递辞呈，把生意做成这个样子，我说两句都不成吗？"

阮掌柜转过脸来盯着马继宗，仿佛要跟他吵架，道："我要是嘛本事没有，您嘛说我也行。东家，我憋屈了这么长时间，早想与您开诚布公好好谈谈了，您自己说句良心话，您当初与秦管家常住南方时，我在家生意做得如何您是知道的。自从您带着秦管家回来，这铺子里的生意我还做得了主吗？既然您已信不过我，我还觍着脸待在这里，您说有意思吗？"

马继宗狠狠瞪了秦有福一眼，道："秦管家！你给我听着，往后生意上的事你少插手。"

秦有福冷汗直流，赶紧躬身作揖道："是是是，往后生意上的事我不参与。"

阮掌柜见状，气消了一半，板着脸道："要是没别的吩咐，我先回屋歇着去了。"

马继宗看着阮掌柜离去的身影，憋着一肚子气无处可发，回头看看桌子上的座钟，长针与短针都到了12，向秦有福挥挥手，出门见侧房中阮掌柜在走来走去，自言自语道："真是捡了芝麻丢了西瓜，都是日本人给搅的。唉，不妙呀！"

秦有福锁好库房门屁颠屁颠跟上去，讨好道："东家，依我看您是丢了芝麻抱回个大西瓜。这次日本人给的银票也不少，比卖货赚的还多呢。"

马继宗气呼呼道："你懂个屁！"

秦有福拍马屁拍到了马腿上，被骂得一愣，眨巴眨巴一对小眼，望着前面的马继宗瞠目结舌，过了片刻又跟上去。

马继宗低声道："往后店铺的事你就别管了。你的任务就是在家看好太太，不得让她走出家门半步，更不得让"义和发"的人接近她。我近日和三掌柜去趟安国，必须快点进山参、鹿茸回来。"

秦有福想了想，说道："日本人不是乐意跟着您吗？何不带上日本人，这样镖局的费用也就有了。"

"你知道日本人为啥想跟着我吗？你知道他们目的是什么吗？"

"知道，他们都是日本间谍，想了解中国的中医药。咱不管他们想干吗？只要能赚银子，他们爱干吗干吗，与咱何干？"

马继宗盯视着秦有福，道："你的意思，我这次去安国带上日本人？"

秦有福点点头。

马继宗将秦有福的话仔细琢磨一下，觉得自己是不是顾虑太多了，日本人想干吗跟自己有何关系，自己不带他们去，自会有人带。现在自己缺的就是银子，只要能赚银子，别的跟自己有啥关系，自己只不过是带带路，只要不直接参与他们的行动就没事。

秦有福见马继宗半天没言语，小声道："外传日本人提着金条去徐家铺子，想重金买他的皇宫秘方。"

马继宗悠悠地说道："这些狗日的，鬼点子多得很，真后悔当初把秘方的事告诉了他们。"

秦有福闪过一丝轻蔑的神色，不温不火地问道："也不知徐疯子把皇宫秘方卖给他们了没有？"

马继宗瞥了秦有福一眼，道："以徐疯子的脾气性格，就是给他座金山，他也不会把皇宫秘方卖给日本人的。改日我去找日本人探探口风。"

义和发铺子：

早晨，徐敬修在铺子后院练了一会儿陈式太极拳，一抖晨服回到上房。王成忙把桌上一套紫砂茶具往桌心拉了一下，提起壶，烫好茶壶，加入茶叶，注入开水，直至溢出，然后第一遍的茶水只是用来洗杯子，第二遍的茶水才真正用来饮，倒好做了一个请的姿势。徐敬修目注着他的动作，笑着拿起茶杯，小小啜了一口，静静品了一会儿，然后一饮而尽，笑着说："看来你沏茶的动作越来越熟练了。"

王成嘴角带着笑："老爷每天必备，我不学会怎行？"

徐敬修放下茶杯，从桌子上拿过一封信道："你去趟马府，看机会，把这封信当面交给马太太。"

王成点点头，双手接过信揣入怀中，侧身拎起茶壶，打算为他斟上一杯茶再去马府。徐敬修见白鹰向正房走来，挥了挥手道："别倒了，你这就去吧。"

王成点点头，提步而出。

白鹰额头上渗出细密的汗珠，走进来道："东家，奇了怪了，这几天看病的人怎么都是同一种病状？"

"来，坐下来边喝茶边谈。"落座后，徐敬修亲自为白鹰倒了一杯茶，看向他的脸，"别急，说说看，都是啥症状？"

白鹰端起茶道："大多患者都是疲乏不支，气胃郁勃，上振囟门，下窜腰际。重者反复发作，夜不能合目。"

徐敬修不禁打了个寒噤，"腾"地站起来，眼神中无比的震惊与意外，怔怔出了一会儿神道："去年是个暖冬，饶有望云思雪而不下雪，似烟非烟，一片阴霾。天气奇暖，河道未见冰凌，气候很不正常，加之七月七日的水灾罹患，有可能导致冬瘟病症。这种病发病之猛，停留时间之长，恐怕要来一场可怕的瘟疫。"

这时，三掌柜连全也急匆匆地跑了进来，喊道："东家，东家。瘟疫，有瘟疫！"

白鹰惊讶道："我说这几天的病人咋怎么多呢？"

徐敬修急问道："你发现得这种病的病人有几天了？"

白鹰想了想道："前天来过两个，昨天来了七个，今天就更多了。"

"这种病才刚刚萌发，一旦蔓延开来就不可收拾。如药跟不上，会出很多人命！"说着徐敬修转身坐下来，拿起毛笔，蘸点墨汁，顺手写了几种药名："三掌柜，你快去进这几样药材。"

连全接过药单给白鹰看。白鹰看过药单后一惊，问道："进这么多货？人、人参也要进这么多？"

"是的，人参能调节中枢神经，梨汁润肺止痰，对付这次的瘟疫是大好的良药。这两种药要多进些，千万不能断货，断了货就相当于断了人家的命！"

连全眼神隐隐藏着探究和困惑，打量着徐敬修道："东家，真的有这么严重吗？"

徐敬修仿佛看出了他们的疑惑，解释道："何止一般地严重，这病如不及时控制，会很快蔓延到全国。"

连全莫名地紧张，把单子揣进怀里，拱手道："我这就去准备进货。"

徐敬修挥挥手道："快去快回。对了，咱这次进的货多，要请名声比较大的镖局，我不希望路上出啥差错。"

连全不敢再作停留，疾步离开，耳朵里隐约听见徐敬修喊道："快去快回！"

徐敬修望着连全离去的背影，轻叹口气道："这是一场灾难，也是一场搏斗。今夜全体劳金加班熬药，明天在铺子大门前放一张长桌，把熬好的药都放到桌上，病人来了好直接饮用。"

白鹰不解地望着他道："怎么着，您要义捐药？"

徐敬修点点头道："不错，我要捐药。"

"您可想好了呀，这么多病人，可能会用掉好多药呀！"

"再多不惜！这里人手不够，等配好了这批药后，我回老家再去找几个打杂的过来，对付瘟疫万不可掉以轻心！"

"嗯、嗯！"白鹰深望了徐敬修一眼，"东家，您放心，我会安排好的。"说着匆匆向前店走去。

白鹰刚出门不久，又折转回来，身后带着京城药栈的小伙计四儿。

徐敬修抬头吃惊地看着白鹰身后的四儿。四儿目光直直盯着徐敬修的脸，满头流着汗，急得说不出话来。

白鹰道："四儿，说话呀。"

徐敬修温和道："不要着急慢慢说，看你这汗珠，白掌柜，快给他倒碗水。"

四儿接过白鹰递过来的茶碗，"咕咚、咕咚"喝了几口，说道："东家，不好了，京城闹疫病了，曾国荃和工部尚书潘祖荫得了同一种病死了。听说皇上的生父醇亲王奕譞也快不行了。大掌柜叫我来给您说，这病可能会蔓延到天津，让白掌柜早点备药，得了这病的人耽搁不起！"

徐敬修听后点点头，沉思片刻，问道："李掌柜让你来送信，他备货了吗？"

四儿擦了下嘴角的水，把碗搁回桌子上，定了定神，为难地看向他道："备了，昨天又给同仁堂送了不少货。别的药铺子也都急着要货，就是人手不够，忙不过来，大掌柜要我看看从这边能不能带几个伙计过去。"

白鹰摆着手，反驳道："我这儿人手还不够呢！"

徐敬修凝视着四儿，道："让他不要慌，要沉着。人手嘛？我过几天回老家去带，一定要他稳住。"

四儿点点头道："东家，公主的丫鬟来咱铺子了，说公主也患上了疫病，问您能不能看她最后一眼。"

徐敬修"哦"了一声："你先赶回去，我随后回京一趟。"

夜深时，王成才跑回后院，道："马府门口有家丁把守，人家不让进。"

徐敬修看着王成一时不知道说什么好，只好望向屋外天空，漫天璀璨星斗，银色月光洒落一地凄清。过了一会儿，他转回头强笑了两声，摇了摇头。

第三十三章　瘟疫来袭 公主染疾

苏州：

　　苏州的盛泰兴已经焕然一新，门面已装修，门板上黑漆熠熠闪光，当初的那块旧招牌也换成了鎏金匾额。铺子大门两边的上下联分别是：五光十色盛园丽，万紫千红泰兴新。黑底金字，出自徐大本之手。经过几年的磨炼，他笔法里还真有点郭尚先的风韵。

　　前店里的伙计们一律为簇新的洋蓝布长衫，个个喜气洋洋、笑迎宾客。

　　后院上房内，张诚、徐大本、二春、王长庚四人悠闲地围着茶桌喝着茶。

　　身为统管总掌柜的张诚精神焕发、满面笑容，喝了口茶道："少东家，你看今年丝业丰收，咱要不要储备点货？"

　　徐大本身穿西装、红光满面，闻言忙起身过去给张诚续上茶水，道："大舅，给您说多少次了，叫我小三儿。"

　　张诚哈哈一笑道："好好好，大舅知道了。小三儿。"

　　"这就对了。"徐大本笑笑道，"大舅，今年丝业丰收，丝缎很可能会大量下跌，在这下跌之际，我想还是不要多进货为好。不是有句古话，叫买涨不买落嘛。"

　　二春深吸两口旱烟，道："我倒有个想法，你们看行不行？"

　　王长庚看向他，说道："二春，你就别卖关子了，有什么想法，就快说出来吧。"

　　二春眼中略有得意之色道："我想咱应该把去年的一些陈丝缎处理掉，趁今年丝市丰收之际，进新货。这样货色新颖，更能吸引顾客。"

张诚端着手中的茶杯，没有言语，徐大本定眼向他望去。半晌，张诚喝了一口茶水道："依我之见今年丝产业丰收，丝缎会大量上市，咱现在就是处理库存的货，价格也卖不上去。咱不如趁丝缎大量上市之际，多囤积货物，歉年或青黄不接之际，再抛售出去。"

徐大本凝视了张诚半晌，忽而一笑，道："大舅，恕晚辈直言，假如明年的蚕丝再丰收，咱不就赔大了？"

王长庚起身拍拍徐大本肩膀，道："三儿呀，你大舅现在是在运用'人弃我取，人取我予'的经营之道，他能够'出常人之所不意，为常人之所不为'，在市场并不迫切需要某项物资时，提前准备货源，从而掌握了今后市场大量需要该项物资时经营主动权，在竞争中取胜。这么多年了，总掌柜预测物价的高低变化还是有水准的。"说完向徐大本挤挤眼，暗示他应放手，这样才能让张诚正常发挥才干。

二春竖起了大拇指，道："时贱而买，时贵而卖。利用这种手段做买卖，关键就是要抓住有利的购销时机，时机一到则不能犹豫，要'趋时若猛兽鸷之发'，当机立断，我认为总掌柜说得对。"

张诚暗自思忖，看来大本对我还不了解，没有足够的信心，这样下去他会让我举棋不定。虽然他是少东家，但他毕竟还嫩，我不能跟他赌一时之气，错失良机，到最后无法向老板交代。现在不是瞻前顾后的时候，必须当机立断按我的思路去做，等赚了银子，到时候他自然心服口服。念及此，摆摆手道："不敢当，不敢当。承蒙二位夸奖，我的思路是商品的贵与贱，是相对的。当某一商品奇缺时，它就奇贵；当某一商品奇多时，它就奇贱。当某一商品奇贵时，必然刺激它的生产和流通，它的价格未来必然下跌；当某一商品奇贱时，必然减少它的生产和流通，它的价格未来必然上升。因此，任何商品都遵循着这样的规律：贵上极则反贱，贱下极则反贵。不是有句话叫贵出如粪土，贱取如珠玉吗？就是这个道理。再说，别人看来危险，照我看，风险不大。"

徐大本挠头想想，道："你们是说因为今年蚕丝丰收，蚕丝价格必然很低，会导致明年不管气候如何，蚕农都会减少养殖，明年产量会大大减少。"停下看看三人接着道："这就是虽贵已贱，虽贱已贵。看来我还是出不了师呀，可是咱要大量进丝缎，资金方面……"

张诚满意地笑笑道："没关系，今年棉花歉收，棉织物价格上涨，咱现在可以把去年库存的棉织物抛售出去。"

听着张诚一番话，徐大本用充满敬意和激动的眼神看着他，内心感到久久不能平静。

王长庚面对张诚，哈哈一笑道："不是我恭维你，你这手法真正是暗力用在刀刃上啊。三儿呀，知道什么是厉害了吧？你大舅的想法，总比别人来得深一层。"

徐大本着愧地点点头，道："大舅，今晚您的便壶有我伺候着。"

众人先是一愣，而后都哈哈大笑起来。

这时，小伙计急匆匆跑进来道："少东家，少东家！此人要找您。"徐大本往外一看大吃惊。

徐家庄园东二道院：

徐家大院东二道院，树上鸟儿分外地卖力，"啾啾"的鸣叫声不绝于耳，扰得人心烦意乱。

徐赵氏在屋里不耐烦地跺着脚喊道："回来就乱翻，你到底要找啥？"

徐大光回头摸摸鼻子，干咳一声，道："你把银票都放哪了？"

徐赵氏怨怒地瞪着他道："我没放！这几年分的银票都让你花光了。"

徐大光一听火冒三丈，"啪"地把柜盖放下，喝道："闭嘴！我的银子三辈子也花不完！拿出来，反了你了。没有家教的贱人，再不拿出来看我不打死你！"

徐赵氏想不到丈夫会说出这样的话，顿时心凉了半截，悲愤道："你打，打吧！打死我得了，这日子是没法过了。"

徐大光光着脚跳下床，举着拳头，厉声道："再说，看我不打死你！"

徐赵氏低头向他怀里撞去，边撞边口中嚷嚷道："你打、你打，打吧，你就这点儿本事，就会打媳妇，你看看两个弟弟谁打过自己的媳妇！"

徐大光气得一把将徐赵氏推到一边，回身从床上抄起扫床用的笤帚向徐赵氏打去，吓得徐赵氏抱头退到了墙根。

房门被人推开，徐白氏轻盈地走了进来。

徐大光看到弟媳进来，脸一红，拿着笤帚腾地一下跳到床上。

徐白氏把蹲在墙根的徐赵氏拉起，转身盯着已坐到床上的徐大光，道："大哥，咱家可不兴打媳妇，有啥话不能慢慢说？幸好娘去了地里，要是让娘听到，肯定又要生气。"

徐大光听后愣了一下。

徐赵氏神情凝重道："娘去地里了？谁陪着去了？"

徐白氏瞟了一眼坐在床沿上穿鞋的徐大光，眼光落在徐赵氏身上，道：

"世福、盈盈还有刘妈。"

徐大光穿好鞋，整整衣衫，走出了屋。

徐家后正房：

中午时分，穆四妮带着世福、刘盈盈、刘妈从地里回来。门子张彬赶紧把大门打开，点头道："太太回来了？"可能是有点儿累了，穆四妮只是点了点头，向大院里走去。

世福推开正房门，刘盈盈和刘妈搀扶着穆四妮迈过门槛时，穆四妮猛地一惊，两手往后一甩，把刘盈盈和刘妈甩到身后，沉声喝道："谁？出来！再不出来休怪我不客气了！"

刘盈盈瞪眼惊望着穆四妮。

世福急忙从门后拿起顶门棍，紧紧握在手中，准备好架势和屋里的人搏斗。

徐大光惊惶至极，双腿簌簌发抖，从里屋慢慢走出来道："娘，是……是我。"

"大——光？"穆四妮惊道。

世福惊道："大少爷？又是你？"

穆四妮回头惊异地看着世福道："又是他？你啥意思？"

徐大光用乞求的目光看着世福。

世福心中一动，有些惭愧地低头道："没……没啥。"

穆四妮进屋一看，柜箱盖都大开着，里面的衣服布料翻得乱七八糟，床上地下也堆得到处都是。震惊之余，她回身怒指着徐大光喝道："大光！你……你……你在我屋里翻腾什么？"

"我——我——娘！"徐大光"扑通"跪倒在地，面如死灰，"娘……我想看看咱家有多少银票。"

穆四妮神情悲哀至极，脸色"唰"地一下煞白，颤声道："你……你……你想偷银票？"

徐大光急忙摇着双手道："不是，不是，我只是想……"

穆四妮双眸怒瞪着儿子，厉声喝道："这是你该知道的吗？该分给你的，你爹没有分给你！"

徐大光双腿簌簌抖动着，惊惶至极道："爹该分给我的已经分给我了，我只是想看看……"

穆四妮被气得肝胆欲裂，指着他的手在发抖："你……你……逆子！只要你爹和我还活着，就轮不到你管这个家，家里有多少银票也不需要你知道！"

徐大光红着眼，颤声道："娘，儿子觉得您和爹不公平，啥事都偏向二弟、三弟，对我漠不关心。爹让二弟管东北三省的大生意，让三弟去管南方的绸缎庄，就让我管彰德府和西安这点生意，这是为啥呀？我哪里不如他们？"

世福气得也是浑身发抖，指着徐大光颤声道："大……大……少爷，你……你……你，嗐！"失望地放下手臂，沉声道："大少爷，不是老奴说你，到现在你还不知悔改，认识不到自己错误，那就休怪老奴对不住了，我如再不实话实说，就太对不起老爷和太太了。"

穆四妮闻言，惊望着世福，刘盈盈和刘妈也同时惊异地看向管家。

世福避开穆四妮威严的目光，哭声道："大少爷呀！你上次在家祠里查银箱时，我就跟你说过了，虽然这些年各个铺子挣的银子不少，但这几年武安旱魃为虐，灾情尤重，流民遍地，老爷舍粥放饭，赈灾捐款，支援修渠铺路、重盖家院、扩大生意，招聘伙计、家丁，用了不少的银子，你咋就不信呢？大少爷啊！当初我看你已经认识到错了，就再没有向任何人提起过此事，谁知你……唉！"

穆四妮听完，双眸露出骇异之色，抬手"啪"一掌将徐大光扇到墙角，愤怒道："你……你……你早有居心？"转头怒视着管家世福，厉喝道："老奴！你……你……你既然早发现他居心不良，为何不向我禀告？老爷相信你才让你管这个家，你是咋管的？居心何在？"她愤怒欲狂的表情，令人心惊胆战。

世福"扑通"跪在地上，哭泣道："太太呀，老奴知错了，老奴只是想给大少爷一个改过自新的机会，谁知反而助长了他的私欲。我该死！我该死！"说罢，痛哭流涕地"咚咚"直磕头，头都磕出了血。

穆四妮大喝一声："来人！"那声音如洪钟一样地响亮。

家丁们听到她的怒喊声，立即从前院纷纷跑来，"太太。"

穆四妮搁在桌上的拳头青筋跳动，死死盯着世福，大声喝道："把世福给我拉出去，重打二十大板。叫你有事不报！有一天他杀了人，你也不报才好呢！"

家丁们傻傻地看着满脸流着鲜血的世福，哆嗦着手将他拉了出去。

徐大光吓得面色惨白，眼看家丁们就要把世福拖出去重打，赶紧爬过来搂住母亲的腿，哭泣道："娘！娘！别打世福叔了，要打就打儿吧，都是儿的错，儿甘愿受罚。"

穆四妮抬腿一脚踢开徐大光，心中一阵撕心裂肺的剧痛，全身血脉贲张直涌头顶，眼泪再也忍不住地滚落下来，呵斥道："我们偏谁向谁了？谁管哪儿的生意跟偏不偏心有啥关系？能偷用铺子里一两银子？你爹认为你是长子，家里离不开你，才让你管彰德府和西安离家较近的生意。你管的生意少不假，可每年分给你屋里的银子比你两个弟弟少一两吗？你个没良心的东西，你们哪个不是我身上掉下来的肉，我能偏哪个向哪个？你二弟和你三弟为了这个家，一走这么长时间都没有回来，你可知我这当娘的心里有多难受？我这心可是天天七上八下的呀。你爹为了这个家，长年东奔西跑，路上不是遇到土匪就是遇到强盗，还要担心这家排挤那家陷害，整日提心吊胆的容易吗？你看看大门外，多少难民都在等着吃一口饭，你再看看家里多少人等着花销。你爹一生胸怀大志，心胸宽广，我怎么就生出你这么个小肚鸡肠的人！你真是太让我失望了。滚！给我滚出这个家门，永远别让我再看见你，权当我没生你这么个逆子！"说罢，紧咬嘴唇，无力地闭上眼，心中伤痛欲绝，两行热泪顺着脸颊缓缓地滑落下来。

徐大光慌了神，赶紧爬到母亲脚下，边"咚咚"地磕头边流着眼泪哭求道："娘，孩儿知道错了，孩儿真的知道错了，您就饶过儿这一次吧，饶了世福叔吧！我再也不敢这么想了，往后好好孝敬您和爹。"

半晌，穆四妮抬起泪眼手抚胸口，心痛得难以忍受，好似一把尖刀贯穿胸口，无力说道："如再有下次，我一定把你逐出家门！"

徐大光打了个寒战，哽咽道："行，如儿再犯，您把儿赶出家门。"

穆四妮擦了擦眼泪，喊道："来人！"

两个家丁进门，拱手道："太太。"

穆四妮背手伫立桌前，仰望老祖宗的画像，道："把他送到禁闭室。"

两个家丁不敢犹豫，过去拉起徐大光就走，还没走出门，就见穆四妮双肩抽动，深吸口气镇定了一下心神，颤声道："大光，不管啥时候，你都要记住，你们都是娘身上掉下来的肉。"

徐大光哭泣着点点头道："娘，儿知道错了。"

穆四妮眼神坚定似铁，却又夹杂着心疼怜惜，挥挥手道："拉走！面壁思过三天。愿你能彻底悔过。"

被家丁拉出了正房门口的徐大光，涕流满面地回头道："娘，请允许我到账房看看世福叔吧？"

穆四妮慢慢转过身点头示意。看家丁拉着徐大光向外走去，想了想道："刘妈、盈盈，走，到账房看看他要干什么。"说着，顺手从桌子上拿了跌打药膏，来到账房窗外停下了脚步，只听屋内徐大光哭泣道："世福叔，我对不起您！"

世福嘶哑着嗓音道："大少爷，今天你要是能真正认识到错了，我就感到受这点儿疼值。"

徐大光心疼地扒开世福的衣服，看着他身上一道道伤痕，眼泪一滴一滴地落下来，俯头贴着他的肩膀抽泣着。

世福轻轻拍拍他的后背，颤声道："你们都是一母所生，她咬咬哪个手指头不是钻心地痛啊！老爷、太太为了这个家太不容易，不要再惹他们生气了。每年给你们屋分银子的账都在我这儿。你要想看，我给你账簿。"

徐大光泪流满面地摇着头。两个家丁为难地看向徐大光，拱手道："大少爷，时间不早了。"

世福拭去眼角的泪水，问道："大少爷，要去哪儿？"

徐大光抹把眼泪道："我娘把我关禁闭三天，要我面壁悔过。我下定决心把猜忌之心从我心里赶走，再不惹我娘生气。"

世福含泪点点头道："值！看到大少爷有这样的决心，老奴的板子挨得值啊！"

穆四妮听着他们的对话，眼泪止不住地流了下来。

世福听外面有动静，喊道："谁在外面？进来吧。"

徐大光出门看看左右没人，见窗台上放着跌打药膏，返回屋交给世福，世福双手颤抖地接过药膏，老泪纵横道："太太呀，老奴知道您心好。大少爷，你有这么一个好母亲，你就知足吧！"

徐大光眼含热泪重重地点点头。

京城公主府：

躺在病榻上的和硕公主，发丝微乱，玉颊潮红，一双丹凤眼没有了往日的精神。见徐敬修日夜为她精心配药、熬药，感动得热泪盈眶，颤动着嘴唇，拍拍床沿道："来，别净忙了，坐下，让奴才们干吧。"说后她才发现屋内一个佣人也没有，随口喊道："来人，来人！"

徐敬修端着药碗道："别喊了，由于疫情肆虐，人染疫病，十丧八九，亲友都不敢相探。人家恐怕染病，都走了。"

和硕公主大惊，瞪着可怜的双眼道："那……你不怕被瘟疫传染？"

徐敬修摇头道："不怕，我是郎中。"

和硕公主嘴角逸出一丝轻蔑的微笑，掏出手帕，擦了一下眼泪道："你可知道那天我为什么那样做？"

徐敬修低着头没有言语。

和硕公主偷眼向他望去，不过他也在窥伺她，视线相接在一起。徐敬修倒不在乎，她却慌忙避了开，道："我想把你的心占有后，再把皇宫秘方占为己有。"

徐敬修一句话也没说，但脸上满是欣慰的表情。过了好一会儿，才说道："只要公主想要，我可以把本应属于皇宫的东西还给您。"

和硕公主冷笑道："是吗？开个价吧！"

徐敬修笑了一下，尽自摇头，不肯答话。

和硕公主面色微怔，与他彼此对视了一眼道："说吧，想要多少？"

徐敬修摇摇头道："我分文不要。"

"哦？"和硕公主心里一惊。她倒没有想到这一层，脸上露出欣慰之色："真的？"

"公主，您看我是不是脸上有胡子？"徐敬修笑看着和硕公主问道。

和硕公主懂得他的意思，"扑哧"一乐，问道："听说日本人用一箱金条买你的皇宫秘方，你都不卖？"

"是的，因为那是咱中国人的东西。黄金有价，老祖宗给咱留下来的东西无价啊。"

和硕公主露出心满意足的神态："有骨气！"略停了一下，缠绵地望向徐敬修，"其实那天夜里你我之间什么事也没有发生。"

徐敬修长叹一口气道："别说了，我是郎中，吃迷魂药后的症状，我比你清楚。"

和硕公主心头一紧，有些失望而又不甘地问道："这么说你一开始就知道我们之间是清白的了？"

徐敬修没有言语，只是点了点头。

和硕公主脸色异常苍白，宛如坚玉，波光流离含了泪花道："那你为何还不顾瘟疫传染，日日夜夜陪在我身边？"

"商有商德，医有医道；医者仁心，当治则治。徐某一心继承祖业，造福八方。"

和硕公主羞红了脸，轻声说道："好！好！好！好个商有商德，医有医道。"

徐敬修端着药碗，躬着身道："来，药不能太凉，我喂公主喝药。"

和硕公主深吸了口气，强打起精神，柔弱无骨地坐起，向他感激一笑，依偎于徐敬修臂腕间，慢慢张开樱桃小口，望着他一勺一勺喂自己汤药。喝完最后一小口，推开他的手道："当初我在皇宫救你一命，如今你救我一命，你我互不相欠了。你走吧，去做你该做的事吧。"

徐敬修闻言大吃一惊，端着药碗的手抖了一下，道："公主，此话从何说起？"

"当初，要不是我请太后去看戏，太后准备下旨把你塞进乱党之中，拉到菜市口斩了。"

"我的老天爷啊！"徐敬修身子不由得一颤，急忙放下手中的药碗跪到地上，手扶在和硕公主胳膊上，看着她道："公主对我恩重如山，我却全然不知，我真该万死。"说后不由冷静下来，赶紧收回手问道，"在下斗胆问一句，我并未对公主有恩，当初公主为何会出手相救？"

"问得好！"和硕公主盯着跪在地上的徐敬修道，"当时，太后派我夫领兵迎敌，战死沙场，留下我孤苦伶仃、度日如年，我把心中的不满全都撒在她的身上。凡是她认同的我就反对，她反对的我就认同；她想斩的人，我就要求留，她想留的人，我就要求斩。"

徐敬修一时被这个无理取闹、刁蛮任性，而又单纯可怜的公主闹得糊涂了，半天才回过味来，道："哦！我明白了，您就这样无意之中救了我的命。"

和硕公主怔怔出了一会子神，心中泛起阵阵疼痛，眼中又泛出泪意来，扭转身子急急抹干，叹息一声。

徐敬修琢磨了下，试探地问："那后来，公主为什么要帮我与同仁堂做生意呢？"

和硕公主朝他苦涩一笑道："被你的义气和骨气感动了。"

徐敬修为她掖了一下被子角，眼带困惑，微微笑着问道："此话怎讲？"

和硕公主一脸的忧伤，眼角流露出一丝疲惫，平静地望着他道："我好不容易才求得太后赐你金书铁券，你倒好，想用金书铁券救别人，我亲眼看着你，为救张良磕头磕得满额流血。后又听说日本人用一箱金条，买你的皇宫秘方你都不卖。我想，你这么有义气、有骨气的人，我一定要帮帮。"

"原来免死金牌是您求皇太后恩赐我的？"徐敬修脑子麻木，好似想了很多，又好似什么都没有想过。他满腹的愁思，不知如何开口，而后请求道："公主，我现在还想用免死金牌救张良，不知公主可否乐意帮我这个忙？"

和硕公主看着他，紧了紧嘴角，凄然一笑说道："起来吧！别跪着了，金书铁券你还是留下自己到关键时刻用吧，张将军的事，我一直都挂在心上。等时机成熟时，我定会想办法救他出来。"

徐敬修起身恭恭敬敬地给她一揖到地，道："公主的大恩大德我没齿不忘！"

日本松昌洋行：

马继宗揣着手，心事重重地走进了日本松昌洋行。石川连忙起身，将他迎进书房。

马继宗虽然一万个不相信日本人能从徐敏修手中买到皇宫秘方，但还是客套一番落座后，忍不住问道："石川兄，一直没有听你提起皇宫秘方之事，你是不是已弄到手了？"

石川很机警，看了一眼马继宗的神情，回道："没有你的帮助，我怎能得到？"

马继宗哈哈一笑道："石川兄，你真能取笑兄弟，明知我与他有仇……"

"继宗老弟，是不是又有新消息给我？"石川打断他的话。

马继宗摇摇头道："我准备近日去药市看货，今天闲着无事，过来与你喝两杯。"

石川自然听出马继宗话中意思，一双小眼睛滴溜转动，想了一会儿，问道："不知老弟要去哪里看货？"

马继宗一看石川已上道，默想了下回道："安国。"

石川苦笑道："安国药市已在我们掌握之中。要是去别的药市，我肯定会派人随你去的。"

马继宗碰了一鼻子灰，微感诧异，摇了摇头没有言语。

看马继宗低下头没有说话，石川知道自己说的话没能让他满意，便笑着安抚道："不过，如老弟要我们跟着再去一趟，也是可以的。"

马继宗抬起头道："何必？不要勉强自己。"

"不勉强。不过，我有一个小小的要求。等你回来，再陪我去胶州湾、山东半岛、辽东半岛、塘沽汉沽等地看看。"

马继宗不耐烦了："还要去呀？上次不是去过了吗？"

"我的任务没有完成。不过，这次再去，银票还是大大的。"

马继宗打了个寒战，暗叫一声：不好！他们这样频繁去山东半岛，是不是想要打仗了？先不要答应，等回头好好想想再说。念及此，他哀叹一声，摇摇头。

石川知道马继宗阴柔奸险的性格，满口应承："这事先不谈，等你进货回来，咱俩再商量。"故意停顿了一下道："我派山崎高三郎与你同去安国，路上一切费用由我来出。"

这句话使得马继宗肃然起敬，把刚才的不愉快一扫而空了。

　　马继宗哪里知道，自十九世纪六十年代末起，日本开始高度注意谍报活动，几乎在与日本人生活有关的所有领域搜集情报，陆军、海军、民政机构、教育、工业、医学等无所不包。在世界历史上，可以说从来没有一个国家建立过如此包罗万象、有着如此广泛基础的谍报系统。他们绝不放过所在国的任何事情，尤其是对一海之隔的中国窥视已久，也不容许任何草率行事的行为。他们猎取到的一切情报，都是有条不紊地循序渐进获得的，有些来自公开的渠道，但是大部分则是尽可能地避人耳目，通过实地探访秘密活动搞到的。

　　在石川引诱下，马继宗一步步上了石川的贼船。

第三十四章　怒打长子　刺杀老爷

彰德府北大街：

异常寂静的彰德府北大街四合院内。徐大光坐在椅子上，一手搂着张君燕，一手端起桌子上的茶水试了下温度，自言道："为什么在娘的柜子里翻遍了，也没能找到免死金牌？"

张君燕脸色一紧，吃惊地望着他道："免死金牌？什么免死金牌？"

徐大光喝了一口茶，把茶杯放回桌上，一只手捂着，道："就是可以免人一死的牌子，慈禧太后懿赐的！"

张君燕立刻站起身，眉头微微蹙着，望着他道："能免人一死？胡说吧？"

徐大光望着她，郑重其事道："我家真的有慈禧太后懿赐的免死金牌。我想把它偷出来，好让你回京去救你的父亲。"

张君燕甚是惊讶，双手扶在徐大光肩膀上，半信半疑道："真的？那你快点拿来我看看。"

徐大光双手搂住她的腰道："我明明看着娘把免死金牌放柜子里了，我咋就找不到呢？"

张君燕一听徐家真的有慈禧太后懿赐的免死金牌，激动地望着徐大光说不出话来。

世福推门走进院子，干咳两声，喊道："大少爷在吗？"

徐大光心中一紧，赶紧放开张君燕，一个箭步跨到门外，见世福已到门口，看看来不及关门，忙用身子挡在门口，故作镇定道："世福叔，您咋来了？"

393

世福压低声道："老爷回来了！你这事让老爷知道了，正在家生气呢，叫你马上回去。"

"啊！我爹回来了？"徐大光疾走两步，来到院中，搓着双手，低垂着头道，"完了，这下完了，回去我爹非打死我不可，我不回去，不能回去。世福叔求您给我想个办法。"

世福摇摇头道："你想想，这是能躲过去的事吗？不回去让老爷找来更不得了。你还是赶紧跟我回去给老爷认个错，兴许老爷骂一顿打几下，消了气也就过去了。不回去你能躲哪儿？能躲一辈子吗？"

徐大光脸色微白，犹豫了半晌，抬起头道："好吧！听您的，我现在就跟您回去。"他转身向屋走去。

张君燕一听他要回武安，忙从里屋拿来了一件大袍，服侍他穿衣。徐大光静静地站着任由张君燕帮他套衣服，系扣子，翻领子，最后她仔细打量了一下，才向他点点头。

徐大光目视着张君燕，低声道："我去去就回。"

张君燕无奈地点点头。

在转身时，世福低头偷看了一眼相貌端庄秀美的张君燕，心想：这姑娘长得的确很俊，一派大家风范，难怪迷住了大少爷！

徐大光走了两步，回头不放心地看了一眼站在屋门口的张君燕。见她从屋里走出来将大门关上，才提袍上了高盖车。

小三儿快马加鞭向伯延村而去，车后尘土飞扬。

徐家后正房：

近午时，驷马高盖车停在徐家大院门口，下了车世福边往院里走边交代："好好给老爷认个错，不论老爷是打是骂，你千万别争辩，等老爷把气消了，慢慢再说。"

徐大光心中突突乱跳，神色慌恐地摇头道："怕是没那么简单。您跟他多年，他那脾气您还不知道？"

世福带着徐大光进了通往各个院落的甬道，徐大光见妻子徐赵氏带着儿子润金、润银，站在通往自己院子的门口，微微一愣，低头避开徐赵氏的目光，进了第四道院。

徐赵氏望着他，心中紧紧地抽痛着。

徐敬修坐在客厅的太师椅上，手拿旱烟袋，脸色极其难看。见徐大光进来，瞪着威严目光，使劲拍着桌子厉声道："跪下！"

徐大光惊慌失措，紧走几步上前"扑通"跪在地上。

徐敬修双眸怒视着他，怒声道："给我如实交代，敢说一句瞎话，看我不打死你。听说你在外面养女人了？"

徐大光战战兢兢地道："是。"

徐敬修得到徐大光肯定回答，心中一阵隐隐绞痛，勃然大怒道："多长时间了？"

徐大光身躯一震，抬头偷看父亲一眼，低声嗫嚅道："半年多。"

徐敬修气得浑身颤抖，面色惨白得可怕。压低了声音，却掩饰不住内心深处的怒火，道："你想咋办？"

徐大光颤声道："我……我……我想纳她做小。"

一听如此回答，徐敬修气得把手中的烟袋狠狠摔到地上，烟杆摔成了两截。嘴角抽动，十指紧扣椅把，强撑起身子，拿起桌子上的木板，扬手向徐大光打了过去，边打边呵斥道："一派胡言，大逆不道！祖规都让你给破坏了，别人给我说我还不相信呢！原来这都是真的！你给我滚，滚出去我的宅子！"

徐赵氏听到徐大光说他和一个女人在一起待了半年之多，愕然望着他，泪水迷蒙了眼睛。半晌，她从迷茫中清醒过来，拭去脸上的泪水，拉着润金和润银走进屋，跪到桌子前，颤声哭道："爹——您消消气，我想好了，要不，就让他娶二房吧。"

润金和润银也边哭边道："爷爷，爷爷……"

徐敬修怒火之中听她这么一说，略微一愣，猛然挥起手中的木板，怒道："不行！咱家祖规上第一条，就是不准纳妾。祖宗规矩不能在我手里给坏了。"

徐大光见媳妇都同意自己纳妾了，顿时有了底气，哭喊道："爹，祖规都是人定的！您改了不就行了。"

"住口！混账东西。祖规你都敢藐视，我打死你这个不争气的败家玩意儿！"徐敬修说罢，对徐大光又是一顿暴打，打得他满地乱滚乱爬，抱头求饶。

徐赵氏跪在一旁哭着替徐大光求情，屋子里哭打声混成一团。

刘盈盈搀扶着穆四妮从外面进来。徐大光就像看到了救星一样，哭泣着跪爬过去，搂住母亲的腿道："娘——您叫我爹饶恕我吧。"

穆四妮一把抓住徐敬修手中的木板，摇摇头，搀扶着气得全身哆嗦的徐敬修慢慢坐下，回身道："大光，让你爹饶了你也行，但这事儿总得有个了断，咱不能和一个不明不白的女子在一起，你看看你的媳妇和儿子对你多仁义啊！你犯了如此大的错，他们不但没有怨恨你，还一个劲地为你求情。他们能这样宽宏大量原谅你，你就知足吧。你是身为人父的人，往后做事要前思后想，不能感情用事，从此与那姑娘了断一切来往，我叫你爹今天饶了你。如若不行，你趁早离开这个家！"

徐大光呆愣，心中隐隐抽痛，静静地垂着头。半晌，一行泪水从眼角慢慢地流了下来，无奈地点了点头。

徐敬修冷冷地看了他一眼，拂袖走出上房门。

徐大光看着父亲离去，回头惊愣地望着母亲，哭声道："娘，我爹咋突然就回来了？"

"天津、北京都开始闹瘟疫了，店里人员不够用，你爹回来请劳金。"

"啊？是这样！"徐大光摸着被打的地方，龇着牙望着母亲。

穆四妮心痛地看着他道："儿啊，世道这么乱，你爹常年为这个家奔波不容易，不要老惹他生气了，回头与那女子断了，啊？"

徐大光望着母亲点点头。

穆四妮转身对院里门口围观的下人，道："都散了吧！该干吗干吗去。"看下人散去，走上前拉起徐赵氏，为她擦擦眼泪、捋着额前乱发，轻声道："媳妇啊，大光对不住你，徐家对不住你。都怪娘没管教好，让你受委屈了。"

徐赵氏眼泪夺眶而出，摇摇头，带着润金、润银快步向东院走去。

烛光下，徐敬修斜靠着棉被一言不发地抽了一袋又一袋烟，穆四妮默默地在一旁看着。

门一响，刘盈盈端着菜盘推门进来，穆四妮心里"咯噔"一下，板着脸道："怎么是你来送菜？刘妈呢？"

刘盈盈惊诧地看看穆四妮，心里万分紧张，低头避开她的视线道："刘……刘妈有点儿不舒服。"

穆四妮冷哼了一声，沉声道："你给我记住了，这端饭送菜的活儿是刘妈干的。"

刘盈盈端着盘子，低声回道："知道了，太太。"

穆四妮走过去，双手接盘时摸了一下盘底，随口"嗯"了一声道："退下吧。"

刘盈盈低着头目视地面退了出去。

穆四妮轻轻把菜放到小桌上。

徐敬修瞪她一眼道："人家送道菜，看你把人家吓的！"

穆四妮带着笑意，摇晃着脑袋道："你呀！不明不白地就给我带来一丫头，不知根知底，我敢心交心地用吗？我咋看这孩子深不见底的眼睛里藏有杀机呀？"

听穆四妮这么一说，徐敬修心里也"喀噔"沉了一下，想了想，点点头道："你这贼婆子点子真多！不过，注意点儿也好。"

穆四妮走近床边紧挨着他坐下，定地定注视着他，微带怒气道："你找个什么样的丫头不行，非要找个长得像她的人来府上，你明知我心里不耐烦她！"

徐敬修明知穆四妮说的"她"是指三儿媳妇闫肖肖，还故意问道："她长得像谁？"

"像谁你不知道？装！"穆四妮心里有点生气，仰着脸把腰一挺，道，"她长得多像咱家三媳妇。"

"啊！"徐敬修立即愣住，吃惊地看着她，"她长得像咱三儿媳妇？"

穆四妮冷冷的瞥了他一眼："你看着不像吗？"

"不像！我看一点儿也不像，她眉心没有痦子！"徐敬修看着她回道。

"她眉心要是再有痦子，就成一个人了！我咋看这两个孩子都有点像芸香。"说着穆四妮睁大了眼，点着徐敬修的额头，提高了嗓门，道，"你这没良心的，你若敢把芸香的两个孩子给我弄到府上，我跟你没完！"

徐敬修知道她又在拈酸吃醋，狠狠地猛吸两口旱烟，眸中立刻流露出愤恨之意，不耐烦地说道："瞎说啥！天天瞎猜疑。都想气死我呀！"

穆四妮一看他动了气，往里坐了坐，紧紧依偎着他，问道："你生气了？"

"你多厉害啊！我哪敢生你的气，我是在生我儿子的气！"

"真是的，打也打了，骂也骂了，他改了也就算了，别生气了。""喀喀喀"，穆四妮连续不停地咳嗽起来，边用手帕扇着烟雾，边道，"抽！不是说好不抽了？"

徐敬修把旱烟袋重重地放到小桌上，从怀里掏出金书铁券往床上一扔，急道："到外边，外边不顺；回到家，家里叫人生气。真是气死我了！"

穆四妮从床上拿起金书铁券，看着他愣了一下道："咋了？没用着？"

徐敬修把背后的棉被拿去，双手抱头，平躺下来，两颗泪珠慢慢滑过他的面颊，道："六哥说了，慈禧太后说这免死金牌，还是等我到关键时候用吧，别人的事少操心。你说这慈禧太后，我还满心希望这块东西，能把张将军救出来呢。看来是没有用了。"说着他就起身，从穆四妮手中夺过金书铁券，举起手，欲朝地上摔去。

穆四妮一看不好，赶紧把金书铁券夺回来，捂在胸口，瞪大眼睛看着他道："老爷！这块牌子就是现在救不出来张将军，咱也不能把它摔坏了！我看这个牌挺好看的，摔坏了怪可惜的，还是让我把它包起来吧。"

徐敬修瞟了她一眼，长叹了一口气，平躺下身子，面庞露出疲惫之色，闭上眼睛再也不想说话。

徐家私塾馆：

　　徐家大院东院三进院为徐家私塾馆，正五间是教书堂，西厢房三间为先生寝室，东厢房三间为农忙时节短工住所。每天凌晨，早早就从私塾馆飘出孩子们的琅琅读书声，也预示着整个庄园上下开始了新一天的忙碌。

　　徐敬修经过一夜休息，精神好了很多，吃过早饭带着穆四妮、世福、刘盈盈来到私塾馆，走到塾馆窗外停下了脚步。透过半开着的窗户，只见戴着老花镜的张先生双手背后，从讲堂前到讲堂后慢慢来回巡视着润金、润银、润福、润寿、润延、润年在写字、画画……

　　张先生抬头见徐敬修等人站在窗外，轻轻开门出来，道："东家，您有事？"

　　"没事，没事，过来看看。"徐敬修笑笑抬脚迈进了塾馆，走到前排润金桌前，轻声吟诵道："关关雎鸠，在河之洲。窈窕淑女，君子好逑。"满意地点点头，夸赞道："这字写得大有长进。"又来到润银桌案前，见润银写了一个大大的"梦"字，远看似一个侧身而卧的老翁托着下巴在树下乘凉。徐敬修满面笑容道："远看似画，近看是字，这个'梦'字写得很有神韵，寓意一个人在做美梦，不错，不错。不要打扰他，让他继续做他的梦。"润银重重地点点头。

　　徐敬修随后走到润福桌前，见纸上画了一棵千年老参王，捻须哈哈大笑道："好好好，好孙子，知道咱就是靠这吃饭的。不愧是我的孙子！"轻轻揉揉润福脑袋，又走到润寿身后道："这个'寿'字很有气魄，为何旁边还有六个桃子？"

　　润寿高兴道："这是我给爷爷过六十大寿准备的礼物。"

　　徐敬修喜出望外地摸着润寿的头，道："好好好，爷爷没白疼你，真是个有孝心的孩子。"说罢，瞬间脑海中浮现过五十岁大寿时的情景。

　　穆四妮见他突然变了神色，快步走到润延桌前，指着润延的画，惊喜道："他爷爷，你快来看，这幅画多好看。"

　　徐敬修被穆四妮的喊声惊醒，甩甩头从回忆中走出来，来到润延桌前，不由得眼前一亮，欣喜道："要说这画儿，真是一幅极品好画，谁画的？"

　　穆四妮笑道："当然是润延画的。"

　　润延童声童气说道："爷爷，我画的，等我长大了带爷爷、奶奶去画里的竹林小路去玩儿。"

　　徐敬修笑得合不拢嘴，道："很有想象力，竹林边绿荫遮映，繁竹林外花盛开，争奇斗艳，一条小溪清澈见底，水中鱼儿欢快地游来游去，空中蝴蝶飞舞。微风吹得竹叶唰唰直响。小溪在哗哗流淌，路边盛开的鲜花真香！"他做出一副令人陶醉的样子，把刚才惊心的回忆抛于脑后，哈哈大笑道："我的好孙子呀，真是爷爷的小宝贝，来！让爷爷亲一口。"

穆四妮知道他过事不记，忍不住在心底偷笑，上前拨开他的脸，嗔怪道："你这胡子拉碴的，别扎着孙子的小嫩脸儿。"

徐敬修摸着胡须笑笑，转身到了润年跟前，看看润年写的字，忍不住道："硬功夫，好字体，福如东海，寿比南山！写得好！"

润年抬起头天真道："爷爷，这是我给您准备的寿诞礼物。"

徐敬修捻须大笑道："好好好，爷爷喜欢，爷爷寿比南山，爷爷还想再活五百年啊！哈哈哈……"看完孙子们的作品，与先生辞别，边走边自言道："如能在村里办个学堂，让村子里的孩子都能读上书就好了。"

穆四妮在他身后听到，小声嘟囔道："能顾得上吗？你有几双手啊？"

正在这时，王成跑来，目光扫过跟在徐敬修身后的刘盈盈，不由一愣，感觉她眸中带有凶狠的杀气，皱了一下眉头，拱手道："老爷，周老爷从南方回来了！"

"是吗？"徐敬修的心情顿时高昂起来。

王成点点头。

徐敬修高喊道："世福！快去周家把汝昌给我请来。说我得到一棵千年山参，让他过来开开眼。"

徐宅后正房内：

不一会儿工夫，周汝昌洒脱地走进徐家大院，迈进后院门就大声喊："小老叔呀，你这消息倒是灵通，我回来不过才一个时辰，你就知道了！"

徐敬修忙从屋里跑出来，一把拉住周汝昌的手进屋，"你回来了，我不给你接风洗尘，你能行吗？我非常感谢你给我唱了出好戏啊！坐下，坐下，好好聊聊。"回头喊道："王成，上茶！"

周汝昌撩袍坐下后，哈哈大笑道："小老叔啊！不跟你们开个玩笑，你们能惊喜到落眼泪？"

徐敬修在他对面坐下，刚要开口说话，周汝昌立即摆手打断，道："不用问了，我自己说好了。"

徐敬修笑道："你呀，还是老样子，快说说。"

周汝昌哈哈一笑说道："三儿这能耐大，刚把铺子重新装饰了一番，说这

样能吸引客户。去年丝产丰收，人家都不要的货，他储存了一大批，这不，今年货源紧缺，各个铺子货都不多。我来时，洋人正在你家铺子与三儿谈钱价呢。咱武安的商人们都说三儿肚子里墨水多、见识广，你就等着在家搂银子吧！"

徐敬修听后甚是高兴，"这里面有你不可磨灭的功劳啊！"

"这可不是我的功劳，这全是三儿和张诚的功劳。你聘用了一位好掌舵啊！他非常会利用'人弃我取，人取我得'的经商哲理，从不与人抗衡，善于把握时机，在别人甩卖时低价购进，在市场奇缺时高价售出。张诚可谓睿智沉稳，甚有谋略；行事大胆，作风诡异。他可是当今生意场上极神奇的人物，一心一意地在为你挣银子啊！"

徐敬修点点头道："我信他能够'出常人之所不意，为常人之所不为'。在市场并不迫切需要某项物资时，他能提前准备货源，从而掌握了对今后市场大量需要该物资时的经营主动权，在竞争中取胜。要说他的缺点，就是不爱表现自己，以前有我在南方的时候一切都由我做主，他没机会表现。别人都夸奖三儿，也都是张诚极力推崇他的结果。不过，三儿没被别人夸奖得得意忘形擅作主张，能保持清醒的头脑，知道自己吃几碗干饭，能听张掌柜的话，这就让我很欣慰了。对了，肖云龙现在怎样？"

"人家现在是报社社长，天天忙得不可开交。"

徐敬修脸色极为深沉道："现在国家有难，国家很需要他们这些有知识、有能力、有抱负的年轻人勇敢地站出来担当重任啊！"

周汝昌从徐敬修脸上扫过，道："那可是的，舆论导向很重要的，没有他们天天出报纸，穷苦大众有几人关心国事？又有几人知道我国家已到了生死存亡的边缘？"

徐敬修用迷茫的眼神望着周汝昌道："现在那儿排挤现象还厉害吗？"

"自从有了咱们的商会好多了，有啥事给商会说，商会摆平。再说了，咱武安商人在南方已形成气候，没人敢排挤咱。"

徐敬修点点头道："是呀，只有抱成了团，才能增强咱商人之间的凝聚力，发扬互相帮助的协作精神，才能使咱们的生意越做越顺手，越做越兴隆。"

周汝昌激昂道："是呀，独木不成林，咱武安人不管到哪儿都是一片森林。"

徐敬修点点头道："你家二小也该回国了吧？"

周汝昌眉宇间隐然浮现一丝担忧的神色，道："是该回来了，可他想留在国外，我不同意，落叶还知归根呢。"

"是不能让他留在国外，现在国家有难，必须要他回国效力。这片土地不能白养他，国家不能白养他，咱不能白养他那么大！来，我叫你开开眼，看个宝贝。"徐敬修起身拉起他的手来到书房。

"啊！这可是参王呀！"周汝昌双手托着参王上看看，下看看，惊讶道，"小老叔，你在哪儿得到的这个宝贝？难得呀，难得的宝贝！多少银子？卖给我吧？"

"卖给你？想也别想。"停下来看着周汝昌失望的神色，"扑哧"一笑，道，"卖是不卖，不过你要是喜欢，拿去好了。"

周汝昌圆眼一瞪，道："小老叔，你说的可是真的？那我可就不客气了。"说着，抱着参王佯装向门外走。

徐敬修面朝书架上，看也不看他一眼。

周汝昌走到门口又折回来，小心翼翼地把参王放回盒子里，伸手摸摸徐敬修的胸口，笑道："小老叔，你这胸口'扑通扑通'跳得厉害，吓坏了吧？"

徐敬修满不在乎道："不跳行吗？不跳了还得费你二尺白布呢！"

周汝昌拍着徐敬修的肩膀，两人笑得眼泪都掉了下来。

徐敬修擦了擦眼中的泪花，道"这棵参王是从一个放羊的老人手里得到的。他要十两银子，我一看这可是棵宝贝，老人家不懂，要价钱低，但咱不能昧良心，我给了他一百两，老人家感激不尽，可咱知道，这棵千年参王远远不止一百两银子，咱还是占了人家很大便宜。"

周汝昌嘴角带着丝丝笑意，盯他看了几眼："到你手里一捣鼓就赚大了。小老叔呀小老叔，又让你占便宜啦！要不人家都叫你老占呢。"两人哈哈大笑，笑过周汝昌又问："你这次准备在家住些日子？"

徐敬修释然地长吁口气道："不，我这次回来招收六七个小劳金就走。"

周汝昌嘴角露出一丝笑，说道："啊！人手又不够了？看来你的生意真是如日中天了。"

徐敬修瞅了他一眼，问道："你的大掌柜没给你说？天津、北京都开始闹瘟疫了。"

周汝昌点点头道："知道，大掌柜给我来信说过了。这真是场灾难啊！看来又要在这场灾难中丧生不少，听说曾国荃和工部尚书潘祖荫得了同一种病死了。"

"是啊！"徐敬修指了指椅子让他坐下，"我的药栈刚在京城开业不久，就遇到了这场瘟疫，京城那儿人手不够，我想把小劳金送到京城后，回东北收药材。今年土匪为患，商家大多不敢轻易踏入关东。商家少了，这药材价格也就上不去了，我想趁机多存点儿牛黄、麝香、甘草、艾蒿、虎骨、人参、鹿茸。"

王成提着水壶走进书房，拿起桌上的茶盒，向紫砂壶倒入茶叶，冲进开水涮洗过茶杯，为他二位各倒上一杯。

周汝昌打量了王成一眼，端起茶杯抿了一口："我也想这样做，但看这势头不稳，存的货少了，赚不了大银子，存得多了，商家过不去收购又怕压货。"

徐敬修端起茶水，坐在他对面椅子上，喝了一小口道："我的意思还是多备货比较好，不要怕压货，今年药材泛滥，是因为运不出去，明年紧缺的可能性很大。要想把生意做大，就要敢为人先，机不可失时不再来，咱作为商人，除了智慧外，更需要勇气。"

周汝昌双手捧着茶杯想了想，直视徐敬修道："你也认为这是大好机会，明年能上涨？"

徐敬修放下茶杯，道："那是当然了。趁着商家进不去，药材大降价，尽可能多买进储存起来，这场瘟疫肯定会使京城、天津及其周边一带药材更加紧缺。肯定会有大胆的商家不惜代价闯关东收货，到时价格自然会上涨。那时咱就毫不吝惜地抛出去，切不可贪图过高的利润而延误时机。"

王成又给他二人添上一点儿茶水，做了一个请的姿势，恭恭敬敬又站在一旁。

周汝昌想了想，像下定很大的决心一样，豪爽道："贱取如珠玉，贵出如粪土！好！听你的，在家小住后，我也去东北大量收货。"

"咱要学会运用张诚常用的'待乏'战术和他们大战一场！"徐敬修兴奋不已，扭头喊道："王成！快点布阵，我要先把他杀个丢盔卸甲、落花流水、片甲不留。"

王成点点头，机灵地弯腰从书桌下拿出象棋。

周汝昌气定神闲地呷了口茶，双眸闪烁着笑意道："我不给你下棋，你这个臭棋篓子，还想杀我个片甲不留、丢盔卸甲、落花流水？小老叔啊，你赢过我几次？哪一次不是我杀得你无处藏身？最后把你将死。"

徐敬修笑道："上次我不是赢过你一次？"

周汝昌一听此言，猛地站起身盯着他，瞪眼道："哪一次？我咋记不起来？"

徐敬修也站起身道："我姑娘三天回门儿时。"

周汝昌把手中的茶杯重重地放回桌上，点点他道："那一次要不是我侄儿、你的女婿帮你，你能赢得了我？"一句话说得徐敬修无言以对。

王成摆好了棋局，看着老爷无话可说，赶紧解围道："老爷，棋局已摆好，快点儿下棋吧。"

徐敬修自顾自地走到棋桌旁坐下。

周汝昌看看王成，摇摇头，也无奈地坐到徐敬修对面，低声道："小老叔，你这个小跟班长得挺帅气啊。"

徐敬修看了一眼王成，笑笑道："那是，因他长得像我一个朋友，才让他跟着我的。"

王成边擦抹桌子上的茶具、茶水，边侧耳细听他俩窃窃私语。

周汝昌有些意外，问道："是吗？看来那个人对你很重要。"

徐敬修深吸口气，边伸手拿棋子边道："是啊，他在我心里与你一样地重要。"

周汝昌急忙伸手拦住他的手，道："又是你先走？"

徐敬修瞪眼道："不是每次都是我先走的吗？"

"唉！"周汝昌摇摇头道："真拿你没法，再让你一次吧。"接着继续问："那人是谁？对你这么重要，咋不把他弄你身边来？"

徐敬修先走一步棋，看着周汝昌手里的棋子："可惜人已经不在了，是那边的一个丞相。"

周汝昌放下手中的棋子，抬头看着徐敬修，知道他说的那边是指长毛，笑道："你还认识那边的丞相？你就吹嘘吧。"

徐敬修盯着棋盘看了半天，把老将歪出了头，勉强一笑道："我吹嘘？我吹嘘行了吧？来！不吹嘘了，来、来，赢了你看我是吹嘘不是吹嘘的。"

周汝昌一时愣在了那儿，自言道："怪不得当初你敢去南京开铺子！"

说者无意听者有心，王成听到徐敬修说那边的丞相长得像自己，不由得心"腾"地一下紧了起来，心想，老爷说的不就是自己父亲吗？可是，他跟提督大人又称兄道弟的，还说要救天牢里的人，天牢里关的又是何人？

正在这时，刘盈盈手托着菜盘进来，王成丢下抹布，赶紧迎上去伸手就想接过。刘盈盈慌忙把托盘卷入怀中，扭身想躲开王成，不成想托盘正好擦过王成的手，王成感觉手指被什么东西划了一下，迅速收手一看，手指被划破，鲜血已流出，疼得龇牙咧嘴眉头紧皱。刘盈盈见势不妙，端着托盘转身仓皇而逃。

王成大惊失色，捂着流血的手指追了出去。

周汝昌见状，埋怨道："看看你这个小跟班，酒菜都上来了，他怎么又给截回去了？咋？不想让吃饭了？"

徐敬修一炮打过去，哈哈大笑道："我那小跟班是想让我赢了这盘棋，才让你吃饭。哈哈哈……你看我这马后炮厉害吧。"

徐宅下房：

　　王成出门跟到下房，关上房门，一把抓住刘盈盈的前胸，眼带疑惑问道："你到底是谁？为什么要这样做？老爷哪儿得罪你了！"

　　刘盈盈被王成推到桌前，低着头一句话不说。她深深呼吸，想让自己平静下来，在心里对自己说，报仇第一，报仇第一，千万要嘴紧！

　　王成气急道："我没有当场揭穿你，是因为我相信你会给我个理由。"

　　刘盈盈怒视着王成，道："那要让你失望了，我什么都不会给你说。"

　　王成气得浑身打战，指着刘盈盈的脸，怒吼道："你看看大门外，老老少少男男女女的难民们，他们可都眼巴巴等着老爷那一碗粥。你知不知道，老爷今天要是被你一刀刺死了，那些难民们将会都饿死、冻死在徐家大门外！我不知道你与老爷有什么不共戴天之仇，但我绝不允许你刺杀一个天天为别人付出的老人！如你非要刺杀老爷，那你今天就先把我杀了吧！"说着，抓着刘盈盈的手将刀刺向自己的胸膛。

　　刘盈盈心慌意乱，手中刀"当啷"一声掉在地上，转过身去。

　　王成察觉到她情绪有些松动，双手扶住她的肩膀，以不容置疑的语气道："盈盈，请你相信我，我会为你保密的。"看不到她的脸，只见她的肩头轻轻地颤动着。怎么？她在哭？于是，他柔声道："来，坐下，说给我听听。"

　　刘盈盈慢慢地转过身来，脸上布满泪痕，看着王成真诚的神情，心里莫名的委屈骤然又多了几许。眼泪如断线的珠子一般，一串串落了下来。

　　王成从未见过女孩子如此委屈无助的模样，心中隐隐作痛，轻轻叹息一声，道："别哭了，我知道你有很多委屈，说出来我帮你。"

　　刘盈盈突然变得有些激动，这一刻，一股无名怒火在心里蹿起，烧得噼啪作响。她想克制，却是徒劳，像个孩子似的扬起下巴，负气地说道："我是苏州人，我爹叫刘梦虎，老爷替王长庚出面，将我爹关进牢狱之内，我潜入徐府刺杀老爷是想替我爹报仇！"

　　王成听后大吃一惊，瞪眼望着刘盈盈看了半天，才问道："东家为何要替王长庚告你爹？"

　　刘盈盈不知该如何回答。

　　王成见她半天不吱声，催促道："你倒是说呀？不知道缘由我如何帮你？你要再不说我问老爷去。"

　　刘盈盈闻言，一把拉住王成，嗫嚅道："是……是……是因为……"一咬牙将自己父亲与徐敬修的恩怨情仇轻描淡写地叙说了一遍。

王成顿时急道："这都是你父亲的过错。我原以为你知书识礼，明辨是非，原来你也是个好坏不分的人。换作我，我也得帮王长庚告你爹。"

刘盈盈尽管心里很不甘，但实在无言以对，低下了头。

第三十五章 又进赌场 棒打鸳鸯

苏州赌场：

徐老四为逃脱赌债，把自己的鞋子放到村头井口边沿，伪装成跳井假象，讨饭来到苏州，找到了三侄儿徐大本，谎称是徐敬修让他过来看看铺子。游手好闲不务正业的他，天天不是赏虎丘美景，就是去大街、河畔、码头溜达闲逛。

这天，徐老四在大街闲逛，见远处一家店铺门前人来人往，进进出出的人很多，好生热闹。于是，停下脚步手搭凉棚一看，有一赌场幡子在风中摇曳，咽了口唾沫决意扭头走开。但他走了几步还是忍不住返身向赌场走去。

赌场里，一张张桌子围满了赌徒，烟幕环绕充斥着浓重的汗臭味和烟油味。赌徒们引颈翘首、七嘴八舌议论着下一轮的开局……

徐老四第一次见到如此豪华奢侈的赌场。心情大好，早已把欠一屁股赌债的事忘到了九霄云外，一头钻进人群向赌桌前挤去，只见庄家正在靠多年赌博经验听骰子。

一个头戴小帽，松鼠脸上挎一墨镜的人挤过来，望他一眼道："这位兄弟，既来之，则安之，为何不赌赌运气？"

徐老四瞟了他一眼，挠挠头道："我只是看看你们南方赌法与北方有何不同，我不赌。"

小帽男子面色沉静，笑道："笑话，不赌来此作甚？上场吧，南北方赌法都是一样的。我观你五官红润，只要你赌肯定能赢。"

徐老四凝视着小帽男子，摸着兜里的银子，犹豫起来。

"怎么？信不过我？"小帽男子将了徐老四一军。

"不是信不过，只是……"徐老四见赌法非常简单，不好意思地笑笑，道，"我侄儿给的银子不多。"

小帽男子朝他会心地微微一笑，道："输不了，听我的话准没错。"

徐老四从怀中掏出二两银子，压在大上，倒是赢的时候居多，不一会工夫二两银子变成了几十两银子。他暗自高兴，接着又赢了两把，桌子边上的人越来越少，赢到二百两时，桌子上就剩下他和庄家了。没有想到的是，他点点赢庄家，几盘下来，赢到了四百两。徐老四暗想真叫那位老兄说对了，我今天的运气这么好！抬头看看庄家气得脸色发紫，窃喜道："输的滋味不好受吧？"把银子装进袋子里，轻轻扯开嘴角，给庄家一个感激的微笑，拱手道："天色不早了，我还有点儿事，明儿再玩好吗？"

庄家毫不在意道："这位老兄好运气，欢迎再来。"

徐老四揣好银子，刚要抬脚走人，忽见那个小帽男子正朝着他微笑。

徐老四心想，此人真乃高人也，赶紧上前，拱手道："谢谢老兄吉言！今天还真赢了。"

小帽男子上下打量他一番，摇摇头，微笑道："我观你红光满面，就知你今天定有鸿运。"

徐老四疑惑地看看他，道："老兄会卜卦？"

小帽男子一副高深莫测的模样，笑笑道："你说呢？"

徐老四只是随口一说，哪里想得到这人所言皆不假！他喜出望外，一把拉住小帽男子的手道："走！今天我请你喝酒去，咱俩边喝边谈！"

二人来到一家小酒馆，找个清静的位置坐下，彼此客气介绍一番，徐老四才知道这位小帽男子叫刘梦虎，苏州当地人，两人越谈越投机，吃喝完，刘梦虎热情地请徐老四到自己住处接着聊。接下来几日，二人不是你请我就是我请你，徐老四被刘梦虎的热情大方打动，很快二人就成了铁哥们，出来进去形影不离。

大毛和小毛奉张诚总掌柜之命出来办完事经过此地，小毛一路东张西望看街上的各色行人和店铺，突然眼前一亮，惊道："哥，快看，前面那人不是刘梦虎吗？"

大毛顺小毛手指方向定眼一看，道："可不咋的，他就是烧成灰我也认得，他娘的，差点让咱俩害了东家。"

小毛突然又惊叫道："哥，你看他身旁那人是谁？"

"啊！四爷？他怎么和刘梦虎在一起？他们是怎么认识的？"大毛皱眉咧

嘴道，"真是臭味相投。"

小毛低声道："哥，这二人在一起肯定没好事，走，看看他们去干啥？"

大毛点点头，兄弟二人若无其事地从桃花坞跟到阊门，哪知道过了阊门，一眨眼就不见了刘梦虎和徐老四的踪影，无奈只好回店铺交差。

苏州盛泰兴铺子：

果不出张诚所料，还没等第二年新蚕丝大量上市，就因洋人大量收购蚕丝，造成机坊蚕丝严重不足，紧跟着市场上的丝缎也紧缺起来。经过数日间的价格磋商，张诚将去年储存的大宗丝缎顺利出手卖给了洋人，盛泰兴赚了个盆满钵满。等洋人把货全部拉走，徐大本不知疲倦，高兴地给张诚沏上一杯极品龙井，双手奉上，激动道："大舅呀，我明白了您为什么总会出其不意。当大多数人不想存货的时候，您去存货；而大多数人都急于存货时，您则卖出。这是因为，市场上的某种货物价格上涨，就会刺激人们生产出更多的这种货物，生产这种货物过多，供过于求，价格就会跌落下来。相反，如果价格太低，就打击了人们的积极性，他们不愿生产，市场的货物供不应求，又为价格上涨创造了条件。此时，就要利用'有余'和'不足'与价格的高低之间的关系，决定卖出买进。真是个好商机！大舅，您真是叫我佩服得五体投地啊！"

张诚接过徐大本递过来的茶水，笑笑道："常言道'薄利多销，不敢居贵'。我认为'薄利'是手段，'多销'是目的，以'薄利'促'多销'，使资金加速运转，才是制胜之道。在商人手中，闲置的资金就是无用的资金，如果整个脑袋都钻在钱眼里，为一时的价格而斤斤计较，这样的商人成不了大气候。只有遵循货物'一贵一贱，极而复反'的规律，适时买入或卖出，使钱币像流水一样运转流通起来，才可以从贱买贵卖的经营中获取丰厚的利润。"

王长庚和二春脚跟脚走进门，立足听他俩谈话后，王长庚笑着点点徐大本的眉心道："三儿，你不想想你大舅要是没有两把刷子，你爹能这么放心，把南方和西北所有的绸缎、布匹生意都交给他掌舵？"

张诚把空杯放下，笑着拱手道："那是老板对我的信任，我怎能辜负他的一片苦心。不过，大本你要记住，事事没绝对，咱知道货物充盈低价存、货物短缺高价抛这个道理，但别人也不傻，只是大多数人不敢冒险、爱抱团跟风，以为多数人干的事就风险小。其实不然，做生意最忌讳跟风，当有很多商家在货物充盈低价吸存时，那就隐藏着极大的风险，我们就不能被利益冲昏头脑跟着走了。所以判断能不能冒险，不但要看天时、地利，还要看人和。"

徐大本重重地点点头。

二春望王长庚一眼，做出请坐手势，道："总掌柜每次都能出其不意攻其不备先占商机。"

徐大本看二春和王长庚都已坐好，赶紧提壶要为他二人倒茶时，看茶水已不多。忙转身提起火炉上的铜壶，注入茶壶，为王长庚和二春各倒了一杯，端到他俩面前。

张诚谦虚道："其实我也只是比别人胆大，对待顾客童叟无欺、态度和蔼、殷勤招待、价位放宽而已。"

王长庚扫一眼忙碌的徐大本，将目光落在张诚脸上道："这就足够了。你真的做到了'待人以诚，执事以信'。我送你四个字，智、勇、仁、强，都集中在了你一个人身上。"

张诚连忙摆手道："不敢当，不敢当，承蒙王东家夸奖。"

徐大本看看他们杯中都有了茶水，也给自己倒了一杯，坐了下来，深吸口气道："我自愧不如啊！您每次都能审时度势，善于把握机会。而我……唉！"

张诚端起茶杯，喝一口茶，道："别急，慢慢来，做生意既要有百折不挠、勇于冒险、肯于吃苦、敢为人先的精神，还要懂得把握人心，了解货物丰产规律，以及气候、国家和各地的形势变化，只有了解清楚这些，才能准确把握机遇。既要有把握机遇的能力，还要有把握机遇的勇气，二者缺一不可。"

徐大本重重地点点头。

王长庚咽下口中的茶水，扭头道："三儿，肖肖该回来了吧？"

徐大本笑笑，道："她比咱还忙呢，这几天他们正在宣传女子放足的事，回不来。"

张诚嘿嘿一笑，道："等报社资金短缺时，肖云龙就会派肖肖回来了。"

二春看看张诚和王长庚，最后将目光落在徐大本身上，担忧道："变革祖制可是比改朝换代还难，他们要改的可都是延续了几百上千年的老规矩，在人们心中已根深蒂固，这能改得了吗？"

张诚和王长庚都摇摇头，看着徐大本。

徐大本抿嘴笑笑，道："新则壮，旧则老；新则鲜，旧则腐；新则活，旧则板；新则通，旧则滞，物之理也。只有维新变法，才能挽救中国所面临的危机，以图自强。历史发展就是废旧立新，没有改不了的规矩，慢慢等大家尝到改的好处，自然就会改了。"

张诚点头道："对，只要对大家有利益，就能改变。"想了想问道："肖肖一直从铺子往外拿银子，这到三年头上，可咋给老板交账？"

徐大本沉吟片刻，无奈道："现在他们的宣传工作很急，来不及通信得到父亲同意，只能先斩后奏了。"

二春抬头满不在乎道："偷卖了两座铺子，他都没说啥，用点银子应该好说吧？"

徐大本微微皱起了眉头道："好说不好说，都是咱自家的事儿。"说着他突然扭头问道："二春叔，我四伯呢？"

二春放下茶杯，"昨天出去了就没有回来。谁知他又上哪儿去了。"

王长庚脸色颇为凝重道："三儿呀，派人去找找吧，他对这儿不熟。"

二春看看徐大本的神色，愤慨道："要是依着我，早该让他回武安去了。他这一天到晚无所事事，老往外跑，可别给咱惹出什么事来。"

徐大本握拳一捶桌子，道："我也想让他回去，可老是张不开嘴。"

张诚起身看看王长庚，又扭头看着徐大本道："这话不该我说，咱天天忙碌生意，顾不上管他。这儿烟馆、赌场、烟花院甚多，以他的秉性，可别……"

徐大本低头沉思片刻，抬头坚定道："二春叔，就依您说的办，等他回来，就让他回武安。"

从桃花坞跟踪到阊门，一眨眼大毛哥俩不见了刘梦虎和徐老四踪影。赶紧大汗淋漓地跑回盛泰兴，大毛喘促着气道："少东家，少东家！我俩在大街上遇到刘梦虎了！"

徐大本若无其事道："我知道，他出狱后开了家赌场。"

小毛拭去额头的汗道："他和四爷在一起呢！"

"什么？"徐大本吃惊地瞪着大眼，怔怔地望着大毛和小毛，锁紧了眉头。

王长庚听后气得浑身哆嗦："不怀好意！"

二春的眼睛里漾起讶异之色，一把拉住小毛的手，问道："你俩没有看错？"

小毛眨眨眼："爹！咋能看错了呢？我们跟了他俩一上午，想看看他俩到底想干啥。"

大毛点点头，接过小毛的话道："他们从赌场出来又去了烟馆，从烟馆出来就不见了。"

徐大本满脸惊愕。

二春丢开小毛的手，凝视徐大本的脸，道："我一直感觉不像他说的那样，东家怎会让他来看铺子？我感觉四爷的到来，里面肯定大有文章！"

王长庚的目光扫过二春，落在徐大本脸上，点点头道："他要只是过来看看铺子，现在已经看了，恕我直言，还是让他早点回武安吧。"

徐大本双眉紧皱，目无焦点地向着前方，脸上无限凄苦，突然"啪"地一拍桌子，急道："等他回来必须给我说个一二三！说不出个道理，马上送他回老家！"

徐家庄园东院：

闪过徐家庄园正院门，徐大光进入东二道院，"吱扭"一声门响，又回身随手把门虚掩上。里屋的徐赵氏睁开双眼，喊道："秀儿？"

徐大光掀帘走进里屋，瞪一眼坐在床上的徐赵氏，边脱大袍，边嚷嚷道："老子天天在外面忙碌，你倒会清闲，连床头儿都不下了！"

徐赵氏抬头凝视着他，夹杂着恨意的目光道："你一天到晚不沾家，我一个人，不躺着起来干吗？"

徐大光坐到床旁的椅子上道："药材都涨价了，正好我前几天刚进了货，涨得好啊！"说着他突然停下来，瞪眼道："东北药材肯定会涨得更高。这次东北各个铺子又会赚不少银子。老爷子会不会一时高兴，背着咱多给二弟点儿私囊？"

"你……"徐赵氏端坐起身子，"就你心眼多，爹和二弟那样辛苦在外奔波，你还在家疑神疑鬼！"

"笨猪！"徐大光打断他的话，瞪圆眼道，"书生不出门，便知天下事。这几天忙得我够心烦了，回到家你也不知道心疼我，还一个劲儿地替别人说话，我就怀疑你到底是不是我媳妇？咋就不知道和我一心？"

徐赵氏板起脸，狠狠地瞪了他一眼道："是，我不知道和你一心！我不给你一心，有人给你一心不就成了！这段时间你又老往彰德府跑，小心再跑出事来。离家这么近也不回来，在那儿一住就是七八十来天。那儿就那么忙吗？别记吃不记打！"

徐大光一看她又要搬老账，急道："你这笨猪瞎嚷嚷啥？前几天我不是去安国进货去了？瞎操心！"

徐赵氏也不想再让自己想起那伤心事，瞪他一眼坐到床沿上，边穿鞋边转开话题道："二弟妹给润金说了门亲事，正好你回来了，我去叫二弟妹过来，你听听看合不合适。"

徐大光不耐烦地摆着手道："你看着合适就行了。"

屋外，狗尾巴花上有只小蝴蝶，秀儿小心翼翼踮着脚尖，蹑手蹑脚地走到蝴蝶旁，猛地一弯腰，双手把花朵上的蝴蝶捧住。她把双手露出点缝，把头靠在手缝上看，一不小心让蝴蝶飞出了双手。她又急又气噘着小嘴，双手叉腰，

生气道："跑了、跑了，又让它跑了！"徐润金看着那只小蝴蝶又飞回来，笑笑弓着腰，身子向前倾斜着，极慢极慢地向前移动着脚步，两个手指一掐把小蝴蝶捉住了。

秀儿乐得又蹦又跳。

徐赵氏走出来看了秀儿一眼，冷冷说道："嘿嘿，看把你开心的。"

徐润金捏着蝴蝶翅膀，见母亲过来，收起笑脸。

徐赵氏道："都多大的人了，还天天跟个下人疯。去，回屋去！"说着她向前急匆匆走去。

秀儿扭头无助地看向徐润金。

徐赵氏走了几步又停下来，回头道："润金啊！前几天你二婶子给你说了门亲事，人家要来咱家叫你看看，相中了就定亲，赶年过事。别整天疯疯癫癫的了。"说着她转身向西二道院走去。

一句话说得徐润金和秀儿都愣在了那儿。秀儿惊讶地看着徐润金，徐润金无奈地望着秀儿摇着头，他抬头想跟母亲说"不"，可母亲已经拐弯进了西二道院。

秀儿红着脸儿跑开了。

徐润金看看手中蝴蝶，蹲在原地。

徐家祠堂：

午后的阳光，强烈地照射着壮阔的徐家庄园。徐白氏带了丫鬟，走出西二道院，进入东二道院，喊道："大嫂——大嫂——"

徐赵氏应声拿着针线从屋里走出来。

徐白氏几步走过来，夺下她手中的针线放到石榴树下的小石桌上，拉起她的手："大嫂，快点儿，小三儿把人家接过来了。走！带润金到我那儿去看看？"

徐赵氏面带笑容整理一下衣服，捋了一下前额的碎发道："弟妹，你看我这身衣服行吗？"

"人家相的是润金，又不是相你，走吧！"

"好好，走！"徐赵氏回身喊道："秀儿，秀儿！"喊了几声没人应答，她望着徐白氏不好意思道："你看，这死丫头，又去哪儿疯了？润金，润金！"喊了几声，也没人应答。她边喊边来到东侧房内，看看屋里没人，回到院中，心急如焚跺脚道："这个小兔崽子干吗去了？"

徐白氏瞅了她一眼，道："大嫂，您快点儿找找，我先回去陪人家说说话。

找到润金快点儿来啊。"

徐赵氏为难地蹙着眉头，严肃着脸挥了挥手道："你先回，我去找找，找到了，马上带他去！"

"好，那我就先回去了啊！"徐白氏带着丫鬟回了西二道院。

徐赵氏皱着眉头沉思着。她前前后后想了又想，实在想不出儿子会去哪儿，在院子里打转转。突然，她双眸闪亮，自言道："润金没在，秀儿也没在，是不是他俩又在一起了？"想到这儿，她心里"咯噔"一下感觉不妙，急匆匆奔向徐氏祠堂。她轻轻地推开大门，慢慢地走了进去，果然听到里面有女人的呻吟声。她的心突突跳动得厉害，像是自己在偷别人家东西一样，感觉很不舒服。自言道："不可能，不可能，不是我的儿子。"她轻手轻脚走到窗户根下，用手把窗户纸捅破往里一看，惊得她像触了电一样，捂嘴站在那里。

屋内，徐润金赤裸着身子，趴在秀儿身上，抱着秀儿的身子。秀儿发出了"嗯啊嗯啊"的叫声，徐润金急促地喘着粗气，满头淌着汗珠。

徐赵氏猛地闭上眼睛，不敢再看，好半天才清醒过来，一股怒火燃烧起来。她像一头发了疯的狮子，猛地一脚把门踹开，厉声喊道："奴才！你这个小贱人！"一声恐吓，吓得两个正在忘乎所以的人不知所措，徐润金急忙从秀儿的身上爬下来。

她仿佛看到徐大光在彰德府与张君燕在床上的情景，每一个动作仿佛都历历在目。她大跨一步，一把揪住秀儿的头发，顺手抓起身边一条拴马绳，去抽打秀儿。一打下去，秀儿"哎呀"一声惨叫，倒在地上打滚。徐赵氏手中的绳子加快了速度，雨点般地追打着秀儿翻滚的身子，骂道："你这个骚货！叫你叫，叫你叫！看我不打死你这个小贱人！"

秀儿浑身簌簌发抖，心中充满了苦涩。她痛中有痛、悲中有悲、泪中有泪，难堪、羞恼、无助地往前跪行了两步，哭喊着："大少奶奶，让我穿上衣服您再打，我求求您了大少奶奶。"

徐赵氏冷笑一声，边打边道："你还知道羞耻？你这个不要脸的东西！你们啥时候厮混在一起的？"

徐润金趁机穿上衣服，将眼泪忍了回去，跪爬到母亲脚前，大喊道："娘！娘不要打她，您要打就打我吧！"

徐赵氏停下手，用憎恨的双眼看着秀儿。她这时才发现身边这个小奴才，啥时候把身体长起来了，长得如此地蓬勃饱满。显然，她的眼中掺杂了许多的妒忌。

徐润金惴惴不安，紧握着秀儿冰凉的手道："娘，我们不是厮混，我要娶秀儿。"

徐赵氏甩绳打了过去道："你给我住口！你这小畜生，看我不打死你！"说着又朝着徐润金的身上乱打起来。

徐润金大喊道："娘！您就是打死我，我也要娶秀儿。不让我娶秀儿，您今天就打死我好了！"

徐赵氏的眼里霎时布满了惊愕，声音有些颤抖："好好，我就让你去死！去死，去死吧！"

秀儿哆哆嗦嗦穿好衣服，跪伏在她脚下，眼泪簌簌而落，乞求道："大少奶奶，大少奶奶不要打小少爷了，您还是打我吧。我该死！我该死！"

徐赵氏双眸直射出凌厉的光芒，逼视着她暴怒道："给我闭上你的臭嘴！你这不要脸的东西，看我今天不打死你。"她又举起高高的手想去打秀儿。

徐润金"腾"地站起来，一把将母亲手中的绳子夺了过来，怒声道："娘！不要打了，我不是我爹。我会一生只娶秀儿为妻，我要用我的一生，去爱我一生所爱的人，我不会放弃的。除非，除非您今天把我俩都打死！"说罢，他又把绳子还给了徐赵氏，两个人抱着跪在她面前，等着她打。

徐赵氏似乎有些恐惧，手也颤抖不已。这时，她才想到儿子再也不是小孩子了，他长大了，他开始知道吃女人了。她这样想着，狠狠地骂了一句："小兔崽子！"回过神来，看着他俩那诚恳祈求的眼神，沉声道："你们这样做，让我如何向老太太交代啊！这门不当户不对的。"突然，她感到一阵悲哀，竟然坐下来"呜呜"地哭起来，哭声是那么地无奈和伤感。她哭够了，站起来问道，"秀儿，你今年多大了？"

秀儿心头一惊，怯怯道："回大少奶奶，我今年十九岁了。"

徐赵氏慢慢站起身来："是呀，也到了伺候男人的年龄了，赶明我给你找个好主儿，多给你点银子。"

徐润金猛然抬起头来，怒视母亲急道："不行！她已经是我的人了，您不能把她嫁出去。"

秀儿惊愕地跪在那儿不知道何去何从，她知道再说什么也没有用的。

徐赵氏目光掠过秀儿的全身，语气愈加冰冷道："这事到此为止，还想要脸的话，就不要让第四个人知道。润金，走，去你二婶屋，人家在那儿等着呢，你过去看看，年底过事儿。"说着她伸手去拉徐润金的胳膊。

徐润金紧紧地拉着秀儿的手，秀儿满脸的泪水流到了嘴角。突然，秀儿把他的手掰开，起身跑了出去。

徐润金站起来欲追秀儿去，却被徐赵氏一把拉住。她含着眼泪摇摇头道：

"儿呀，不要追了，你俩是没有结果的。让她走吧，你生在这个家庭，就没有你自己的选择。"

徐润金泪如雨下，猛甩开母亲的手，道："娘，那儿子离开这个家好吗？儿愿意放弃这个家庭，儿放不下秀儿。"

"天哪！"徐赵氏绝望地闭上了眼睛，哭泣道，"你这个没良心的，娘怀你十个月，养你二十年，你就能放弃娘吗？"

徐润金哭声道："我娶秀儿也没有想放弃娘啊！是娘您不能接纳秀儿。"

徐赵氏泪流满面道："儿呀，你爷爷、奶奶那儿就行不通！你是长孙，怎能让你娶个丫头为妻？这门不当户不对是不行的。娘求你了，求你为娘想想吧。你爹那样地不争气，你又这样地叫娘说不出话来，娘活着还有什么脸呀！你要是再逼娘……你再逼娘，娘只有死给你看。"说着她手拿绳子快步向外走去，绝望地喊道："作孽啊！亲生儿子不要我，丈夫背叛我，我活着还有啥意思呢，眼看要骨肉分离，我生不如死……"

"娘啊——不要！"徐润金狂喊一声，追了过去，伸手夺过绳子，哭道，"不可以，不可以的！娘……娘……爷爷娶奶奶时，奶奶还是土匪呢，爷爷不照样娶了奶奶？为啥我就不能娶秀儿？娘，您不要为难，我去给奶奶说。"

徐赵氏听后，冷声道："不要说了，你和这个贱人是没有结果的！"

"娘，她是我心之所牵、魂之所系，她是我一生中最重要的女人！我不管她是丫头还是啥，我都要娶她为妻！"徐润金痛哭流涕，说罢把绳子摔到地上，起身跑了出去。

徐赵氏脸色惨白，眼睛瞪得大大的，"蹬蹬蹬"后退两步道："大胆逆子，反了你了！"

虎丘湖湾赌场：

刘梦虎带着徐老四七拐八拐进了虎丘湖湾赌场。虎丘湖湾赌场是姑苏城最大的赌场，在整个江南也是久负盛名的娱乐场。场子外观的宏大及内部豪华的装饰自不必说，单是玩法就有很多徐老四见所未见闻所未闻的。

徐老四见一个赌桌前格外人多，好奇地挤过去，见庄家坦然高坐在竹椅上，把棋子抓在手中，在袖子里数数，往桌上的铜盘中一扔，立即用茶碗扣住。徐老四引颈目不转睛地盯着庄家的手，看了好一会儿也没大看明白，回头问刘梦虎，"他们赌的这是摇摊？"

"这可不是摇摊，这是'抓摊'儿。"刘梦虎回道。

徐老四一听是"抓摊"，暗暗吃了一惊，他以前听赌友说过，就是没见过，听说这种赌法会倒脱靴（倒脱靴系赌场上的行话，指几个人合伙儿串通作假去赢一个人的钱，也叫"翻天印"或"抬轿子"）。随即问道："抓摊？是不是庄家随意抓一把棋子扔在盘子里，用茶碗扣住，再在茶碗上横搁一根筷子，等大家押定，然后掀开茶碗，用筷子拨着数那棋子的数目，决定胜负？"

刘梦虎道："一点儿也不错。"接着笑笑继续说道："简单得很，你看，这种玩法不过就是分为一、二、三、四进门，以庄家为起点，往逆时针方向数，分别为一、二、三、四门，也就是庄家自身为'进门'；庄家的右手为'顺门'，也称'白虎'；对面为'出门'；左手为'倒门'也称'青龙'。"

其实，赌场采用这种赌法都是合伙骗人，庄家把棋子扣进茶碗里面以后，拿一根筷子横搁在倒扣的茶碗上，庄家在放这根筷子的时候，就会用事先约好的暗号通知下注的同伙。一般用两个手指头拈筷子，做的就是么门；用三个手指头捏，就是二门；四个指头捏，就是三门；五个指头捏，当然就是四门了。同伙一看就明白，外人不知道底细，肯定会输得一塌糊涂。

徐老四看了半天，也没看出啥门道，心想：我可不能让人给倒脱靴了。回头道："这'抓摊'赌法，我可从来没玩过，这里有没有玩大小点的？"

刘梦虎看徐老四的神色，明白他大概是知道这种赌法多半都会作弊，便道："那咱们去里边看看？"说着，不容徐老四开口，拉着他就向里走。徐老四进里间一看，见一大胡子赤裸着上身，摇着手里骰子罐，四周的人个个瞪眼瞅着大胡子手里的骰子罐，待骰子罐一落地，众赌徒有直接下注的，有交头接耳一番下注的，也有光喊叫不动手的。大胡子等了片刻见无人再下注，喊道："还有没有下的了？没有开了！"

顿时，不管有没有下注都红着眼，大声喊："大，大，大""小，小，小""快开，快开，快开"。大胡子掀起骰子罐，结果是个鸡胡，庄家通吃，一桌银两全归了庄家，赌徒们无不摇头叹息。

徐老四看了两局，也忍不住开始下了起来，一开始还非常谨慎，只押个一两二两的，结果赢的多输的少，感觉今天手气好，逐渐地加大了赌注，不料赌注押得大了，输的次数反而多了，到后来，竟然是全输无赢。输红了眼的徐老四进入了忘我的境界，开始就十两、二十两押起来，不到一盏茶的时间，等再到了押注的时候，徐老四往怀里一摸，哪还有半张银票、半两银子。顿时急得满头大汗，脸色十分难看，扭头一伸手道："来！刘兄，先救救燃眉之急。他娘的又输了。"

刘梦虎心想，想来这儿发财？哼！门儿都没有！心里冷笑几声，从怀里掏出一兜银子道："徐老弟别慌，给，再给他们赌，咱有的是银子。"

第三十六章 担当重任 足智多谋

东北沈阳徐和发总店：

　　徐敬修派世福带七名劳金去京城，自己和王成各乘坐一辆驷马高盖车向东北方向驶去，他们有意拐弯到山海关长寿山，亲自把王成乘坐的那辆驷马高盖车奉送给了大胡子铁蛋。铁蛋看到他梦寐以求的驷马高盖车自然是欢喜不尽。

　　一些客气的闲言碎语咱不讲，单说徐敬修带着王成马不停蹄赶往沈阳"徐和发"总店，进得门来，大掌柜郑庸和二掌柜刘合祥就把他请上了二楼。把需要进货的事项向他做了交代。大掌柜郑庸道："总掌柜不在，我俩不能离开铺子，您看这次派哪个分店去进货？"

　　经过一番思量，徐敬修最后决定派法库和发久的二掌柜朱魁和三掌柜马德前去安国进货。郑庸和刘合祥留在铺子里大量收购野山参、鹿茸、麝香、虎骨、老山参等一些贵重药材。

　　夜里，徐敬修见大任房间里的灯还亮着，推门进去见儿子还在捧着书看，道："早点休息吧，天儿不早了。"

　　徐大任打了个哈欠，伸伸懒腰起身，道："爹，您咋还没睡？"

　　徐敬修想了想，道："大任，爹这几天老是不能安卧，你说这是为啥？"

　　"爹，您是不是哪儿不舒服？"徐大任一怔惊疑问道。

　　徐敬修摇摇头，眼中闪过几丝笑意，道："每夜都是翻来覆去睡不着，身体倒是不难受。"

　　徐大任想了想，道："那是卫气不能入于阴分而经常滞留于阳分的缘故。

417

没有大碍，明天我给您开个方子喝两天中药就好了。"

徐敬修听得这一说，将胡须点点头笑道："我这两天老是健忘，你说说这是啥原因形成的？"

"噢！"徐大任一拍前额，做出茅塞顿开的姿态，起身走了两步，胸有成竹道，"由于人的上部之气不足，下部之气有余，也就是肠胃气实而心肺气虚，心肺气虚，就使营卫之气稽留在下部，久而不能按时上行，所以发生健忘。"

徐敬修捻须道："若有点饥饿，但又不想吃东西，这又是啥原因形成的呢？"

徐大任看看父亲的神色，眨眨眼摸摸头，笑道："爹，您在考我？"

徐敬修哈哈一笑，道："看看我儿够不够资格出师。"

徐大任双瞳带着一丝愉悦的笑意，连声说道："好！爹，您听着啊！看儿说的对吗。您饥饿了不想吃东西，是因为您的精气停滞于脾，热气蕴着开胃，胃热太甚就易于消化水谷，水谷易消所以容易饥饿。由于胃气上逆，胃脘塞而不通，所以又不想吃东西。"

徐敬修赞许地看着儿子，道："有些人不是经常好睡，有一天突然出现多睡现象。这是啥原因所致？"

徐大任干咳一声，神态严肃起来，一脸诚恳、自信地说道："那是邪气留滞在上焦，使得上焦闭塞不通，若在饱食之后，又饮汤水，使卫气久留在阴分而不能外达，所以会突然发生多睡的现象。"

"很好！"徐敬修满意地点点头道，"讲得好，那治疗这些病变要用哪些方法呢？"

徐大任受到激励，瞪大了眼睛脱口说道："在治疗前，首先明确疾病所属的脏腑，祛除轻微的邪气，然后再营卫之气，实症用泻法，虚症用补法。必须首先了解形体和情志的苦乐情况，然后才能进行治疗。"

徐敬修微微松了口气，面上浮现淡淡的微笑，审视着他："大任呀，这段时间你掌握的医药技术已不少，在管理上也有不少的长进，你能担当重任了。"

徐大任心有所悟："爹，您的意思？"

徐敬修沉言道："我想让你跟着二掌柜、三掌柜去安国进货。"

徐大任神情略带激动之色，声音有些异样，分明是强自按捺着心中情绪道："是吗？我正想去药市看看呢。"

徐敬修打了个哈欠，伸了个懒腰，带着几分欣慰道："天不早了，睡觉吧。"

徐大任兴奋地望着父亲点点头。

第二天傍晚，法库分店二掌柜朱魁和三掌柜马德前后脚来到"徐和发"

总店。

朱魁进门就从怀中掏出一纸张，双手递给徐敬修，道："东家，您看，这是郑掌柜给的进货单。"

王成将各色菜肴端来一一摆到桌上，又给他们把酒满上，才轻轻退出去。

马德看看一桌面的美味佳肴，笑道："喝两盅？"

"对，喝两盅。"徐敬修看着着单子道，"坐，坐下。"

说话间，郑庸和刘合祥也都忙完铺子里的事并肩进来。徐敬修把进货单还给朱魁道："来来来，快都坐下。"

待大家依次落座后，徐敬修道："武总掌柜不在铺子，郑掌柜和刘掌柜还要留在铺子里大量收购贵重药材，处理各处铺子的事。我思来想去，只能辛苦你们二位一趟了。"

郑庸和刘合祥向朱魁与马德高拱手道："辛苦二位！"

马德笑着摆摆手道："辛苦谈不上，一般都是你们总店掌柜去进货，这次让我俩去，我还真有点受宠若惊呢！"

徐敬修沉默了一会儿，神情认真地看着朱魁和马德，道："没有啥受宠若惊的，往后有你们自己进货的时候。今天除了为你二位送行，还有点事需要拜托。"

朱魁嘴角浮起一缕微笑，道："东家，有事您尽管吩咐就是了。"

徐敬修道："这次进货，我想请你们带上大任，让他出去见见世面，跟二位学学本事。"

郑庸与刘合祥相视一眼笑笑摇摇头。

马德往前拉一下椅子，拿起桌上的酒壶闻了闻，谦虚道："哪里，哪里，少东家比我们懂得还多呢。"

徐大任端着最后一道伯延熏肉进来，放到各道菜中间，才慢慢坐了下来听他们说话。

徐敬修朝各位举了举酒杯，然后一饮而尽，道："谦虚了不是？"

"岂敢，岂敢！"朱魁摇摇头，看东家饮完，也一饮而尽，放下酒杯，夹起盘中熏肉放进嘴里嚼了几下咽下，看着徐大任道，"酒后少东家收拾收拾，咱明天一早就出发。"

徐大任赶紧给他们满上酒，端起自己面前的酒杯，道："给二位前辈添麻烦了，我敬二位一杯酒！来，郑掌柜、刘掌柜您二位作个陪。"见他们四人举杯喝下，自己仰脖"吱"地一干而尽。

朱魁和马德喝了杯中酒，朱魁道："少东家，客气了。实际上，你这杯酒应该先敬郑掌柜和刘掌柜。"

刘合祥喝完杯中酒，笑笑道："朱掌柜，此话怎讲？"

马德道："朱掌柜说得不无道理，如不是郑掌柜和刘掌柜您二位承让，哪能轮到我们出去遛遛腿儿？"

郑庸摇摇头："出去进货并非马掌柜您想得那么轻松。如不是实在离不开铺子，我们也不会把这副重担强加于您二位头上。"

"外出进货本来就是辛苦差事。"徐敬修边说边亲手替他们斟上酒，用筷子点点菜道，"边吃边谈。"看着朱魁道："待会儿让大任陪你去趟镖局，看他们准备得咋样了。"

朱魁马上放下手中筷子，起身道："我们这就去。"

"不慌，吃过酒再去也不迟。"徐敬修道。

徐大任接过话道："爹，我们还是现在就去吧，我怕喝过酒有点迟。"

徐敬修摇摇头道："还早呢，坐下来，喝酒。"

马德端着酒杯，一口喝下道："东家，现在进货用的都是银票，走时不用带镖局。等到安国进了货，在那儿再找镖局护送回来，这样咱就能省下一些不必要的开支。"

徐敬修想了想，道："我也想过这个问题，但总觉着不太合适。一是咱不了解那里镖局能力；二是等你们进好货再雇镖局，人家看你们急用，难免会坐地起价高；三是咱们进货一直用龙门镖局，关系都不错，这次突然不用他们，不太好。就别想着省那点银子了。"

马德打了个饱嗝，道："我总觉着太浪费。实际上不请镖局也没有大碍，大掌柜交代过了，路过山海关长寿山时，大喊三声'我是铁蛋的朋友，里码人要过山了！'就没事了！"

郑庸摇摇头道："不怕一万就怕万一，我认为咱还是不可掉以轻心。"

朱魁点点头道："郑掌柜说得对，咱不能因小失大。"

徐敬修顺手端起茶碗，小抿一口，道："虽然咱与这些胡子有点关系，但世道这么乱，说不定会突然冒出新帮来。还是慎重点好。对了，带着外人路过刘西山地盘和山海关长寿山时，切记不可大喊，要提前悄悄派人上山通报。他们是靠山吃饭的。"见众人点头后，他才接着说道："如遇到新帮，就去山海关长寿山上找铁蛋，他定会出手相帮。"

徐大任边听他们说边思谋，待徐敬修话音一落，立即说道："爹，反正怎么着也得请镖局，咱不如把这儿库存的野山参、鹿茸、麝香、虎骨等贵重药材带上一些，这样来回都有利润，雇镖局的费用就不算啥了。"

郑庸、刘合祥、朱魁、马德都吃惊地望着徐大任，同声道："把咱的货带过去？"

徐大任重重地点点头，道："现在路上大胡子太多，多数商家都不敢来关东进货，因此，这几样贵重药材，今年关外价格肯定都涨了不少。不如趁这次进货，顺便把咱家库存药材带出关，肯定能卖个好价钱。"边说边起身给众人满上茶水。

马德喷着酒气，学着徐敬修的口头禅道："我的老天爷呀！这哪是让他跟我们学艺，让我们跟他学艺还差不多。"

郑庸和刘合祥相视一眼笑笑。刘合祥道："马掌柜，慢慢学吧，他的花样多得很！"

徐敬修也暗暗吃了一惊，端起茶碗暗道：好小子，不愧是爹的好儿子，这么久我只想着带点货到天津、北京，从没敢想过把货带到安国，双程不跑空。沉默半晌，从腰间抽出旱烟袋，徐大任忙起身从怀里掏出火柴给父亲点上。徐敬修深吸两口旱烟，道："虽然龙门镖局很有实力，但我还是有些担心，要把山参、虎骨、麝香、鹿茸这么贵重的药材带着出关，可不是件容易的事。这跟从安国进的普通药材不一样，这些药材太昂贵，风险太大，搞不好会弄得人财两空啊！"

烟雾缭绕了满屋，大家沉默不语，都瞪眼望着徐敬修。半晌，徐敬修深吸几口烟，抬头继续说道："这样吧，咱们赌一把。这次先少带一部分货出关，探探路，如顺利的话就先让他们订货，咱再按订单分部分把货运到天津。"

众人都点点头。

徐敬修道："你们走时把那棵参王也带上，到药市上去捏捏价，看看有没有识货的主儿。"

朱魁和马德点点头。

徐大任带着几丝笑意望着父亲道："爹，我把那颗参王包装了一下。"

徐敬修微微摇头，抿嘴笑道："哎，包不包装没有关系，参王不愁买主儿。"

刘合祥道："东家，您还别说，经过少东家精美包装后，明显着参王上档次多了！"

马德打了个嗝道："东家，少东家的想法很新颖，兴许这样做真的能卖个高价。"

朱魁看了徐大任一会儿，面带微笑道："我认同少东家的做法。参王包装得好了，更能显出它的珍贵。"

郑庸笑着说道:"让少东家拿出来,您瞧瞧?"

徐敬修摆摆旱烟杆道:"让我看看与平时有何不同?"

徐大任转身从身后拿出一个精美的长方形盒子,嘴角噙着笑道:"爹,您看这盒子好看吗?"

徐敬修忙将旱烟在鞋底下"橐橐"敲了两下,放到桌子上,双手接过锦盒,上看看下看看,嘿嘿一笑道:"这是海南黄花梨?"

徐大任点点头。

徐敬修边看边道:"好看!做工精致,材质也好,看着是感觉挺上档次。"含笑把盒子递给朱魁。朱魁接过来细看着,满意地点点头。

徐敬修想了想说道:"你们提前走,我在此帮着郑掌柜、刘掌柜收山货,等货收得差不多了,我也带上一部分去天津,你们回来时路过天津咱再会合。"

安国药市:

安国古称祁州,中药材交易已有千年历史,始于北宋,盛于明清。传统的中药材加工技艺精湛,曾以"祁州四绝"名扬天下,赢得了"草到安国方成药,药到祁州始生香"的美誉。

徐大任跟着朱魁和马德经过长途跋涉终于来到安国,找了家客栈,安顿好镖局的人马。他们三人吃饱喝足去了药市,一进入市场,繁华热闹场面就映入眼帘,市场两旁是一眼望不到边的摊位,操着各地口音的药材商贩吆喝声此起彼伏,往来的客商摩肩擦背、往来不断。有的四处张望寻找自己心目中的药品;有的走走停停、不时地看看摸摸摊位上的药材,与商贩交谈一番;有的直奔目的地痛快成交;有的背着、扛着、抱着买来的药材包离开市场……

三人一路走来,不时有摊贩招呼,有的手拿药材上来揽生意,有的干脆过来拉着他们去自己摊位介绍药材品种、质量……他们是只看、只听,微笑应对,就是不出手,摊位的药贩子摇头叹息。当他们在一座规模很大的布棚前停下脚步时,药材老板立即满面堆笑地拿出牛黄递给徐大任看,徐大任仔细看看,把牛黄递到朱魁、马德面前。药材老板道:"这可是上等的天然牛黄。"

朱魁拿过牛黄,掂了掂分量,看着药材老板,似笑非笑地道:"你这牛黄是不是有点儿重啊?"

药材老板从朱魁手中拿回牛黄,不耐烦道:"这位老哥不识货,别乱说影响我生意。"说着,从大块上抠下一点蘸点水在指甲上磨开,道:"您看看这挂甲好不好?"

马德用手捏了一下牛黄没有碎粒,使劲才抠下少许,放入口中感觉有滑腻感。摇摇头笑笑，离开了布棚。

"嘿！您这是什么意思呀？这可是天然牛黄，再找到比我家好的，如有我就白送给你。"那药材老板还是不死心地跟着他们，手里捧着自家的牛黄给他们看。

马德头也不回地说道："味苦而难于嚼碎，有这样的天然牛黄吗？"

他们又走到一个大棚下，马德顺手拿了一块牛黄，捧在手里以手摸、擦、捏进行鉴别后，问道："老板，捏捏价？"

老板把大辫子往后一甩，直视他们，把袖笼放下。

马德把一只手伸进摊主的袖口内，攥住摊主的手，二人一言不发，只见两个人的袖筒里像有蟒蛇行走一样轻微晃动。顷刻，二人松开手，这一系列举动让初出茅庐的徐大任大开眼界。

马德抬头扫过徐大任惊呆的脸，落到朱魁脸上，摇摇头道："价位太高，再说这货也不太理想。"

徐大任回过神来，拿过牛黄学着朱魁的样子在手里掂掂，心想：看朱魁和马德的言行举止，这应该就是真正的天然牛黄了。

朱魁与马德相视一眼，又继续往前走去。

徐大任心想：为什么有好牛黄他们不定？价位到底有多高？

后面一帮人一下子围住了徐大任，争抢着道："我这里有牛黄，我这里有牛黄，捏捏价？"

徐大任不禁摇头一笑道："我不买，是他们买。"

一个老板摆着手："散了吧。他不是买货的主儿。"

徐大任回头瞪了他们一眼，追上朱魁和马德，停在另一家布棚前，见马德将少许牛黄放在舌尖舔舔，摇头道："你这货可不咋样。"

老板赶紧起身道："这可是真正的天然牛黄。"拿起一块递给朱魁道："这位老哥您瞅瞅。"

朱魁接过，抠下一点放嘴里，感觉气味清香而荤腥，入口无清凉感，且味微甜而后留有苦涩，望着马德摇了摇头。

徐大任从朱魁手里拿过一点牛黄，在纸上擦了一下，也摇摇头。

马德转身走的时候，揣着手随口道："好货价高点儿也行，如果都是这种货色，白给也不能要。我今天主要是来进牛黄的，要的很多，可惜没看到好货。"

徐大任微微皱起眉头，不解地望着马德。

药材老板立即面带微笑道："好好好，算你们识货，不过，上等天然牛黄价位可不低，几位稍等。"回头对小伙计道："去，把咱家上等好牛黄搬来，让这几位识货的主儿过过眼。”

朱魁和马德嘴角略带着几丝嘲笑，微微摇了摇头。

不一会儿，小伙计怀抱着一小箱子回来了，药材老板从腰间掏出钥匙，打开箱子，拿出一块递到他们面前，道："三位，好好看看这成色？来！您放入口中试试。"

朱魁取出一点点牛黄放入口中，果然是苦后微回甜，有清凉感，具有牛黄特异香气，嚼之不粘牙，慢慢溶化，口内无残留渣粒感觉。

"来来来，咱再用水试试。"说着，药材老板端起碗，加清水调和，涂于指甲上，"您看我这指甲染黄了吧？"他使劲擦拭了几下道："你看这挂甲多好！我使劲擦也擦不掉的。您要是诚心要货，咱捏捏价？"

朱魁张开手掌摸、擦、捏鉴别一番，把手伸到徐大任面前，道："少东家，您看这货还行吧？"

徐大任捏了一下，点点头道："我看还行，捏价吧。"

朱魁伸出手插入药材老板的袖笼里，上下来回地捏了一番，笑着瞟了他一眼，抽回手道："货是上乘天然牛黄，但价位我要与少东家商量一下。"他回过头捂住徐大任的耳朵，嘴巴动了几下，扭身拱手道："少东家对这个价位不满意！我们再到别处看看去。"

徐大任满脸疑惑，心想：就捂了一下我的耳朵，什么也没给我说呀！咋说我嫌价位高？真是岂有此理！

药材老板一看大客户要走，心里着急，立即跟过来道："价位不合适，咱再捏捏？"

药材老板说要重新捏价，朱魁和马德又回身抓起牛黄看了看，相视一眼。马德掠起袖子，把手伸进药材老板的袖笼里，一轮游动，马德抽回手，整理一下衣袖，回头嘴对着徐大任耳朵嘀咕了几句。嘴角嘲笑地看着药材老板道："不行、不行，少东家说价位还是太高。"

徐大任呆愣地看着二人，在一旁欲言又止。

药材老板摇头道："那是最低价了。不是我吹牛，这么好的天然牛黄你上哪儿找去？"

马德道："牛黄是天然的好牛黄，就是价位有些高，货多吗？"

"就这些，全在这儿了。"

"太少了，不谈这个了。"朱魁随手抓了把甘草和艾蒿，道，"说个价吧？"
药材老板有些失望地拿起算盘拨了一个珠儿。

朱魁给马德递个眼神，马德道："甘草二百斤，艾蒿五百斤。下午把货送到同福客栈结账。"

药材老板问道："牛黄呢，你们要多少？"

朱魁道："我们要得多，你的货少，价还有点高。"

药材老板还是不死心，道："给你们说吧，这市场上就我一家卖的是天然牛黄，你们再也找不到第二家天然牛黄了。"

马德和朱魁相视一眼摇摇头，大步走出他家布棚，徐大任感觉不可思议，不情愿地跟了出来。

三人在市场上转了一圈回到客栈，徐大任疲惫地挺身躺在炕上，心里犯起了嘀咕：他们两位是咋了？一会儿说货好，一会儿说货少，光捂我的耳朵不说话，还说我嫌价位高，啥意思！

马德、朱魁笑着看了他一眼，轻轻带上了门，退了出去。

连续两天，他们都是早早来到药材市场，从东到西，由南至北转几圈，马德、朱魁还是不慌不忙的样子，光说货好，就是不订货。

第三天，他们又是在药材市场转悠。眼看着太阳上了头顶，马德、朱魁干脆拉徐大任进了一家高档饭馆。

饭馆陆陆续续进来不少人，他们都是一些进货的和卖货的商人。马德、朱魁带着徐大任找了个中间的地儿落座。马德大喊道："掌柜的，掌柜的，过来一下。"

店掌柜扒拉开摩肩接踵的人群走过来，拭去脸上的汗珠，道："客官，您要吃些什么？"

马德大声喊道："来份儿烧猪手、烧驴大肠，来份儿小鸡炖香菇，再来盘手抓羊排，再来份儿……"

店掌柜瞪圆眼睛看着他们，嗫嚅道："客官，算我多问一句，您几位？"

朱魁一愣，大声道："咋？就我们三位呀。"

店掌柜尴尬地笑笑，道："客官，这就不少了，够您吃了。不是我这饭馆不乐意卖给您，是怕你吃不完，剩下了岂不是可惜？"

徐大任狠狠地瞪了他俩一眼，心想：我父亲叫你们来进货，不是让你们出来吃喝的。拿着我家的银子不当银子，以后我要是当了家，可不能再用你们这样的人出来进货。

馆子里熙熙攘攘的人都扭头过来纷纷议论着。

饭馆一角，马继宗和他的三掌柜还有乔装打扮成商人模样的山崎高三郎，也朝这边看来。

马德也不介意，仍大喊道："掌柜的不让点菜了，那就再来壶好酒吧！"

店掌柜面上浮现一丝无奈的笑容，摇摇头准备去了。

不一会儿，酒菜已上齐，马德抓起羊排大口地咀嚼起来，朱魁也拿起个猪手吃得是顺嘴流油。

大吃大喝了一阵子，马德满脸红光，满嘴喷着酒气，一抹嘴，甩手大喊道："少东家，你去结账。结完后咱们就回同福客栈！"

朱魁看着他大喊道："不行，咱们下午还要订货呢！咋能说回同福客栈呢？你喝高了吧？"

徐大任看看满桌菜肴，抬眼直直瞪着他俩，冷冷说道："现在就回客栈？咱今天又不订货了？"

马德长叹一口气，摇头一笑道："今年市场行情不好，市场货少，不回去休息咋？"

徐大任一脸怒气："咱们带的货何时外定？"

马德抡着胳膊，大喊道："少东家，咱的货多缺呀，不愁没人要，回去休息！明天我带你去个地儿，保把咱带的货都定出去！"

徐大任心中更加迷惑了，神色间隐隐透露出焦虑，结完账回来，一屁股坐到那里，看着一桌没吃完的酒菜沉默起来。

朱魁走过来推着他，似笑非笑说道："少东家，走，他说回同福客栈咱就回同福客栈，看来他真的喝高了。"

马德已是脚下踩坑了，徐大任皱着眉头和朱魁一起搀扶着他跟跟跄跄走出了饭馆。

第三十七章　大显身手　冒死进货

安国客栈：

　　他们回到客栈还没坐稳，就听见客栈掌柜大喊道："楼上三位客官，有人找——"

　　马德"腾"地一下坐起来，与朱魁相视一眼，点点头。

　　徐大任凝视着马德，挠了挠头。

　　马德手扶楼梯向下面大声喊道："掌柜的，请客人上楼说话。"

　　话音刚落，就前天那位卖牛黄的药材老板"蹬蹬蹬"跑上来，气喘吁吁，拱手道："这市场除了我这有天然好牛黄，别人都没有，咱再谈谈？"

　　马德不假思索道："看看货？"

　　药材老板回头喊道："小六，把货抱上来。"说话间，小伙计怀抱小箱子上来。

　　朱魁手指轻轻捏了一下牛黄，牛黄碎了三分。

　　药材老板看着朱魁道："放心，还是那天的货。"

　　马德将带水分的牛黄颗粒在白纸上擦几擦，出现淡黄色的痕迹，这种颜色不一定很深，但能较长时间地保留不变。他有意找对方碴子，道："这也不太好啊！价位？"

　　徐大任手里拿着一块牛黄，茫然望着他俩。

　　药材老板带着探究盯着朱魁道："就按前天您捏的那个价位行了吧？"

　　朱魁嘴角一挑道："前天市场牛黄多少呀？今天可不同了。今天市场上的牛黄，多得如牛毛了，我还能用前天那个价位买你的货？"

427

"要多少？"药材老板一咬牙道。

"有多少要多少！"马德回道。

药材老板伸出手道："来，再捏捏？"

马德微笑道："屋里就咱两家还捏啥？比前天的价少一个数，咱就成交。"

药材老板犹豫不定起来。

这时，又听店家喊道："三位客官，楼下有人找——"

朱魁有点不耐烦道："老板，你出的价不合适呀。这不，又有人带牛黄过来了，我下去谈谈，货比三家。咱下次再合作。"说着就要起身下楼去。

药材老板一看慌神了，忙上前一把拉住朱魁，犹豫了片刻，像是下了很大决心似的："就按您说的价位成交！"

朱魁和马德满意地点点头，道："成交！"

徐大任的眼睛里漾起讶异之色，笑着深看了朱魁和马德一眼，明白了两位掌柜的用心良苦！

就这样三人在客栈里忙了一下午，把需要的货全进齐了，还省了不少银子。

三人忙完坐下来，马德捧着茶水，笑道："越是想进货，越是先说货太少，质量不好，这叫挑刺。等他们都大批进来上好的货以后，咱反过头再买，就能买到既便宜、质量又好的上等货了。"

徐大任惭愧地看着二人，拱手道："佩服，佩服，二位真让我开了眼界，没想到进货还有这么多道道。那咱的货啥时往外放？"

马德瞟了他一眼，把杯中茶一饮而尽，道："咱的货不能在这儿往外订，咱们的货要去……"

朱魁接口道："这儿档次太低，明天让你见识见识真正大场面。"

徐大任一听来了精神，激动道："还有比这场面更大的？"

马德点头道："山参、鹿茸、虎骨等贵重药材都在最里头的东北角。"

徐大任不解地看着他二人。

朱魁和马德看着他那迷惑不解的样子，相视一笑，摇摇头。

安国药市：

东方刚刚发亮，马德就把徐大任喊起来，洗漱、吃过早饭，三人一人背了一个大包袱进了药市，一路这儿看看、那儿瞧瞧，不知不觉进入药市东北角，徐大任两眼放光，只见道两旁摊位不大，但摊位上摆的药材明显上了一个档次，高丽参、西洋参、党参、黄芪、红景天、灵芝、雪莲、当归、何首乌、龙眼肉、黄精、石斛、枸杞子、天麻、杜仲、山茱萸、冬虫夏草……

徐大任只觉得两眼不够用，东瞅瞅西看看，一会跑到这边摊位问问，一会又跑那边摊位摸摸，只恨少生了几双脚。

朱魁和马德摇摇头，开始慢慢悠悠地边走边看。

徐大任走了多半个市场也没看到野山参、鹿茸等珍贵药材，走到一位面容慈祥和蔼老翁摊位跟前问道："老伯，这市面上为啥不见野山参、鹿茸、麝香、虎骨等贵重药材呀？"

老翁瞪着无奈的眼神道："那药材能进来？眼下国家面临严重的亡国危险，府衙天天忙得焦头烂额，哪能抽出时间剿匪？那片黑土地上可谓是'土匪王国'，到处都是土匪，谁敢去关东进货？东北的货过不来啊！"

徐大任闻言，得意地笑笑。

老翁看看他的神态，疑惑问道："小伙子，难不成你有货？"

徐大任看着老翁点点头。老翁一愣，不敢置信地看着他。

徐大任见老翁不信，转身找到朱魁和马德，寻了一块空地，把他们各自身上的包袱解开放下。来进货的客商和摊位老板见状，纷纷围过来，七嘴八舌地嚷嚷道："小伙子，快打开包，让我们看看你有什么货？"

马继宗一行三人正好也在这儿转悠，见前面突然围了一圈人，紧走几步上来就往里挤。

一位中年人被人挤得站不稳，不耐烦道："你别挤我呀！"

他身旁的愣头小伙子瞪眼道："谁挤着你了？是后面的人在挤我呀……哎哟喂，好大的一棵参王呀！喂，是不是真货？"

徐大任抬头生气地瞪他一眼，慢慢打开长盒盖，里面躺着一棵全须全尾硕大人参，就见参体被红绿丝线扎捆，旁边一张烫金纸上写着"极品吉林野山人参"八个字。

"这黄花梨盒子挺大气。"前排一位老者蹲下身盯着盒子里的参王，道，"小伙子，给我看看里面的野山参。"

徐大任双手把盒子递过去道："俗话说，千年人参治百病。从人参的芦、艼、体、须、珍珠点上就能判断出人参的年龄。您老仔细看看这棵参上有多少珍珠点。"

老者接过盒子，凑近眼前仔细看看，惊叹道："好一棵千年参王，难得呀难得！这是我见过最大、生长年龄最长的老山参。人参的芦通常一年长一个芦碗，芦碗密集程度越高，说明人参生长年龄越长。"

马继宗的三掌柜挤进来看到老者手里的人参，吸了一口气道："真是难得一见的参王。"

山崎高三郎伸着脖子看了一下，扭头看着马继宗问道："这真是千年参王？"

马继宗低声道："你少说话。"

徐大任接过老者的话道："野山参的芦头大体上分为三段，需要三十年以上的生长期，才能显示出最底端的圆芦形状，这也是野山参的典型特征。年限特别长的人参芋上会长出环纹，因此，芋上如果长出环纹，可以判断人参的年限不短。人参的外皮和一般事物一样，经历的时间越长则越皱，参体上的皮越老，色泽越暗，人参越老。另外，你们看参体上的铁线纹是千年野山参的特征之一，它形状似铁线匝扎，又细又密又深，圈圈相对，互不相连，这种铁线纹越密越多，就说明人参也就越老。"

愣头小伙子插嘴道："你这参须太稀少了些吧！"

老者抬头瞪他一眼，道："小伙子，这句话就外行了吧？参须是人参用来吸收养分的，人参越老，参须越稀少，因此，老参的须简洁、清爽。人参在地下生长几十年，会有许多参须腐烂又生长出来，腐烂的参须会留下一个个伤疤，也就是珍珠点了，珍珠点越多，人参也越老。像这种长得类似'人'样子的人参，市面上出现十分罕见的，李时珍在《本草纲目》中说：'肖人形者神，类鸡腿者力洪'，讲的就是这种罕有的'人'字形人参。这种人参生长特别缓慢，体内淀粉含量少，但药用成分积累多。"

众商家都哈哈笑道："小伙子，不懂就听，别乱插言惹人笑话。"

小伙子闹了个大红脸，挠挠头不吭声了。

马继宗给他的三掌柜使使眼色，他的三掌柜赶紧往徐大任跟前挤，可等他挤过去脚还没站稳，就听那位老者道："小伙子，捏捏价？"

徐大任不好意思地看着眼前识货的老者，扭头求助似的看着朱魁和马德。

马德道："货卖识家，既然老爷子您识货，捏价吧？"

老者捋了捋胡须，抬起手就把手伸到了徐大任面前。

徐大任面有难色地看着朱魁和马德，朱魁示意，让他捏价。

徐大任脸唰一下红到了脖颈，皱着眉头，心道：这不是成心要我难看吗？

马德见状，拨开老者旁边的愣头小伙子，伸手道："老人家，来！我与您捏？"

老者微微皱起眉头，有些难以置信地望着徐大任。

徐大任朝他微微点头道："老前辈，这是我家掌柜，给他捏价也是一样的。"

老者笑了笑，把自己的手缩回去，让马德的手伸进袖中，二人一言不发，只见两个人的袖子下轻微晃动。顷刻，马德脸上突然一惊，忙抽回手，走到朱魁身边耳语一番，叫他上场捏价钱。

朱魁上场一捏价，果然也是吓了一跳，对方以为出的价位低了，就再往上捏。朱魁抽回了手，大喊道："停！老人家，就这个价了。"顿一顿，挽起袖口道："不是我嫌价低，我感觉价位已经中了。您出的价太高，那样咱就违背商德道义了。"

老者哈哈大笑道："不高，不高。不瞒你说，这棵参不寻常，这是棵千年野参王。小时候听我爷爷说过有这样的千年参王，但一直无缘得见，这次既然让我遇到了，说明我与这棵千年参王有缘，我是无论如何都要买下。价位高点儿我不在乎，这是机缘呀！"

在场的人听了他俩这一番话，无不拍掌赞赏。

愣头小伙子一看，千年参王马上就与自己无缘了，伸出手道："来！来捏捏？"

徐大任拍拍衣服上的土，朝他微微摇了下头，道："我这棵参可是假的呀！"

在场的人绷住，一时间又哈哈大笑起来。

愣头小伙子微蹙着眉头看了徐大任一眼，向后站了站。

刚开始和徐大任搭话的那位老翁被挤到了后面，想往前却挤不进来，生气道："这是我先知道的，为什么呀？真是的。"他在一旁生着气还不舍得离开，希望他们走了，他能过来捏捏价。

马继宗心急自己三掌柜没有抢了先，不死心，自己挤到徐大任身后，拍拍他的肩，道："小伙子，来，咱捏捏？"

徐大任合上参盒盖，回头道："对不起老前辈，这棵参王已被这位老爷子买了，不能捏了，一女不能嫁二夫呀！"

老者一把拉住徐大任的手道："小伙子痛快！走，去我店里，把银子过过？"

徐大任看身边这么多的人，想了想道："换成银票吧，这样方便路上带。"

老者哈哈一笑道："行，还是年轻人有远见，银子带在路上，既不方便也太不安全。"

有位昨天卖给他们货的中年掌柜挤进来，大喊道："你们倒是不跑空呀，来时订你们的货，走时带我们的货，这买卖都让你们给做了！"

马德笑道："不行吗？这叫物流四海，货通天下。"回过头对徐大任道："少东家，你和朱掌柜在这儿继续，我跟这位老兄去办银票。"

徐大任和朱魁点点头，马德怀抱参王和那老者挤出人群。

中年掌柜哈哈笑道："高，实在高呀！等你们再过来时，先给咱家打个招呼，给个公道价位，有多少货我全要。"

朱魁看看徐大任，豪爽道："好啊，到时咱们一定合作！"

众人见状，纷纷嚷嚷道："下次咱们合作！下次咱们合作！"

后面一位小个头掌柜好不容易才挤到里面，望着徐大任道："你们还有参王吗？"

"没有了，参王只有一棵，刚才已卖出。"

小个头掌柜一脸失望道："多少银子卖的？"

朱魁抬眼望着这位小个头掌柜道："这生意场上的价，能说出来就不用在袖筒里捏了。"

小个头掌柜点点头道："是是是，我说多了，我说多了，别见怪。"

"没有关系，都是同行嘛。我这里虽然没有了千年参王，但还有东北的野山参、虎骨、鹿茸、麝香，不知在场的掌柜们有没有兴趣？"说着从包袱中拿出一个长方盒，打开盒子里的鹿茸，一寸多长一段共两段、上面长着细细白毛的鹿茸展现在眼前。徐大任大喊道："这可是刚长出来的新角，懂货的来看看。"

中年掌柜接过盒子拿在手里，仔细打量一下鹿茸，自言道："好！这真的是刚长出来的新角！来，捏捏价？"朱魁把袖口往下一放道："来，捏捏。"

中年掌柜把装有鹿茸的盒子递给徐大任，豪爽地伸出了手，朱魁与他的手在袖笼里高高低低，低低高高，最后捏得两个人脸上都露出了笑容。朱魁大声喊道："成交！"

中年掌柜抽出手，边整理衣袖边转过身子挡住别人视线，从怀里掏出银票递给朱魁。朱魁接过银票细看了一眼，揣进了怀中。

围观的掌柜们都相互挤着，有人大喊道："我也要鹿茸，咱俩捏捏？"

"鹿茸没了，想要的话，可以先交点定金，改日去铺子里取货。"朱魁道。

有人喊道："你们铺子里有货，来时咋不多带点？"

朱魁笑笑道："这兵荒马乱的，谁敢带那么贵重的药材出门？货都在店里。今天只是带了些货样。"

"现在东北这条路不好走，土匪太猖獗，谁敢去取货？"有人在身后喊道。

朱魁道："我们的药栈在天津。到天津'义和发'药铺子去取就行了。"

众药商点着头道："到天津去取还行。"

马继宗一听天津"义和发"三个字，不由地"啊"了一声，睁大眼望着朱魁和徐大任。

小个头掌柜目中略有忧虑之色，微微皱眉道："你能保证店里的货跟你带来的货一样吗？"

徐大任以斩钉截铁的语气道："老前辈，您放心，没有诚信能做生意？能在商界混吗？货色好坏，日子一久，总会有人知道的；一传十，十传百，口碑就出去了。我骗您一次坏了我家口碑，您说我值得吗？"

小个头掌柜点头道："那倒是，那倒是的，把货都摊出来，让我看看都有什么货，合适我就全把你的货要了。"

众药商一听说他们还有货，又是一阵的拥挤。

马继宗看着众药商们都在拥挤着订货，他却望着徐大任愣愣地被挤在人海后。

天津卫：

马继宗从安国没有进到想要的药材，空手返回天津。天色慢慢黑下来，街上人越来越少，沿街望去，只见"义和发"铺子前挂着两个写有"徐药"的大红灯笼非常醒目。望着这微风中飘动的两个灯笼，他不由得想起在药市，偶遇徐大任推销千年老参的场面，自言道："真是倒了八辈子霉！"

秦有福轻手轻脚推门进来，见马继宗坐在榻上生闷气，大气也不敢喘地走上前，低声道："东家，不是您进不来货，老客户过来都说了，今年土匪为患，有钱的怕绑，有姑娘的怕抢，走路的怕劫，出门的怕攘，所以野山参、鹿茸、虎骨这些贵重的货从东北运不到安国，市场早就断货了。"

马继宗脸色很是凝重，一直以同一个姿势坐着，连抽几口大烟。

秦有福心神绷紧，琢磨了一会儿，试问道："东家，我听老客户说，对门徐家铺子里正在往外订货。"

马继宗"啪"地一下把大烟锅扔到小桌上："别说了，我知道！"

秦有福吓了一跳，像犯了什么大错一样不敢正视他。

马继宗瞪了他一眼，冷哼了一声道："我在药市遇到了他儿子，那小子比他更会做生意，很快就有安国的大客商来'义和发'拉货了。他当时在安国药市订的货不少。"

"啊！他儿子去安国订货了？"秦有福小心翼翼道，"您看咱要不要也去对门订一部分货？"

"他有本事能弄来货，我也能弄来。为什么要从他那儿进？你忘记当初那批黄芪了？进了他家门，剥了咱多少层皮不说，最后连生意也给咱抢过去了！南洋客商为啥不从咱家进货了？不长记性！安国市场没有货，咱自己去东北进货！"

秦有福愣在一旁，不知该如何回话，想了想，硬着头皮道："今年东北匪

患四起，到处回响着土匪的脚步声、马蹄声、枪炮声，山林里有胡子，江河里有胡子，闹市里有胡子，全都是胡子。上半个月何家大掌柜带车队去东北，没有进了关东口，就被胡子劫了；还有那李家，刚进入东北地界就被人给截住'咔嚓'了。"说完，不由低头缩了缩身子。

马继宗瞪了他一眼，道："胆小鬼，那徐疯子为什么能进来货？"说着，脸色阴沉地盯着秦有福。

秦有福被他看得完全不敢和他对视，低垂着头道："听说他和土匪有关系，他走那一条道很顺利。"说到此，他猛然抬起头，眼中闪烁着光芒，"东家，您看咱是不是告他通匪？这个罪名也不轻啊！足以治他个死罪。"

马继宗狠狠地瞪他一眼，道："你真是不长记性，那个巡抚大人咱能惹得起？"

秦有福忙上前两步道："东家，巡抚大人前几天调到浙江去了。"

"真的？"马继宗双眸顿时闪现骇人的寒光。

"真的，现在天津卫没人给他撑腰了，放心吧！"

马继宗抬头飞快地瞟了他一眼，犹豫了一下道："要学会把事情干得漂亮点，利索点，别老找后账！"

秦有福从他那疾言厉色之中明白了他的意思，狠狠道："知道了，我就是弄死他，也不要他留一点后患。"

马继宗忽然想起了那个晚上的黑衣人，浑身打了一个冷战，道："你呀，别再偷鸡不成蚀把米，弄不死他，反倒让他那个土匪婆子把我给弄死了。"

"不会的，放心吧！"秦有福低下头，偷偷望望马继宗的面目表情，道，"听说他家有棵千年参王，弄过来肯定能卖个好价钱。"

"别想了，人家已经卖了。"

"卖了？"

马继宗眼中显出几丝疲惫，沉思半天："去去去，去请'民生堂'的张掌柜来，让阮掌柜把咱的订货单给他，叫他明天去义和发订些货。"

秦有福点点头刚要转身出去，马继宗又补了一句："明天去请万大镖局。"

秦有福猛然抬头，惊讶地看着他道："东家，您可想好，要是请万大镖局出马，咱进的货少了，赚的银子还不够付他押镖费呢！"

马继宗心里面一阵翻腾，皱着眉头咬牙道："少废话，把库存的银子全拿出来。"

秦有福看着他的脸色，低三下四道："要不，还让日本人跟着？路上费用不就有了？"

"不要！日本现在给咱闹得越来越紧张了，我看他们狗日的要给咱打仗了。"

秦有福点点头，犹豫着轻声道："咱去年盖房子用去库银不少，现银不多了呀！"

马继宗急道："你去请张掌柜时给他说说，先从他店铺里借些过来，再到王家、李家铺子借些。这次我要大批进货。"

秦有福凝视着他，劝说道："东家，现在世道这么乱，能大量进货吗？说不准真的像您说的那样，就要打仗了。"

马继宗瞪圆眼，摆着手道："借借借，快点借去，废话少说！"

秦有福嗫嚅道："这万一真要打起来……"

马继宗挥手打断他的话，道："打仗就不做生意了？打仗人就不生病了？就不吃药了？恐怕到时药材生意会更好做。笨蛋！再不想法把货进来，咱就干瞪着眼看对门赚银子吧！你不看看，现在连安国市场都没货了？咱要是能进来大批的货，安国那些大商户过来，不到两天就会被抢购一空。等我进了货，把价位压到最低，看对门还咋往外卖？"见秦有福还在犹豫着站在原地没动，斜靠在榻上，道："不管从对门多高价位进来的货，也要低价卖。"

秦有福不解地瞟了他一眼，问道："高价进，低价卖？这不赔定了？"

"赔不了，只要能拉住老客户就不会赔。"

秦有福会心地一笑，道："好！东家高明，这样咱就是没货，对面也别想卖高价，让民生堂去他家进货，徐疯子也不知道是咱进了他的货。"

马继宗素来不喜欢听秦有福这些言不由衷的奉承话，只是淡淡一笑，并没有接口。半晌，微闭着眼睛"哼"了一声道："我怕他知道我进他的货吗？他卖货，我买货，天经地义的事，我怕嘛我？"

秦有福微微撇撇嘴，心道：哼！天经地义？天经地义为何不让阮掌柜去"义和发"进货？

马继宗闭着双眼，拧着眉头，问道："有没有姓闫的下落？"

秦有福摇摇头道："还是没有。不过，我给梦虎打过招呼了，只要姓闫的一回到苏州，他就会及时给咱来信。"

马继宗接着问道："你表哥出来了？"

秦有福回道："出来了。"

"这段日子有个奇怪的现象，你可发现？"

秦有福细观察了一下他的面色，道："您是不是说太太心情比以前好多了？"

马继宗猛地睁开双眼，面露惊色："你也有此发现？"

秦有福点点头。

马继宗用小指头挠着头："为啥这些日子她突然不问孩子的事了？"

秦有福摇摇头，一脸迷惑地望着他。

苏州土地庙：

苏州城外，暮色苍茫中，徐老四背负褡裢，手里拄着一截柳树棍，路过一座土崖子时，突然从上面跳下两个人，一闷棍打在他头上，另一个人拿麻袋利索地套在他头上，二话不说扛起来就走。

在一处破旧的土地庙里，门前站了几个举火把的土匪。一个三十五六岁，光头浓眉的匪首，正在霍霍磨刀，然后举起刀在灯光下照照，凑过来道："老哥，知道这是为什么吗？"

徐老四坐在那里看着他，好像盼着他快点动手。

光头匪首见他面容平静，有些为难道："老哥，我们是阎王不死帮，咱俩无冤无仇，好说好散。你的家人也等着你回去呢，这样，你快点给你侄子写信拿银子来，别逼兄弟动手！"说着，拿起刀朝着刀刃吹一口气，道："你看这荒郊野外的……"

徐老四替他解忧道："兄弟，我是个死过的人，你这一行我见过，当初我还差点和你成了同行。就是因为我年纪大，跟不上趟，人家才没要我。"说着往前凑了凑，接着道："兄弟，咱这么说，各行都有各行的规矩，我身无分文，你捅死我，哥不怪你，你这也是买卖。"

光头匪首愣了一下，有些哭笑不得，"嘿，有点儿意思啊！头一回遇见。"

刘梦虎在庙外听得沉不住气了，冲进来道："徐老四，快把欠的银子还给我！"

"啊呸！"徐老四狠狠唾了一口，急道，"你们做了翻天印、倒脱靴的勾当，还敢找我要银子？门儿都没有。"

刘梦虎顿时火冒三丈，厉声道："好一个无耻小人，还敢倒打一耙？今天我要不好好教训教训你，你就不知道我刘梦虎是什么人。逼急了老子，银子我也不要了，一刀宰了你，让你他娘的充硬汉。想当初徐敬修多管闲事，把老子送进大牢，让老子在里边受了多少罪！今天老子不亲手宰了你，我就不是刘梦虎。"说着，一脚把徐老四踹的倒在地上，转身就去夺光头匪首的刀。

光头匪首抬手将大刀抡向空中，把眼珠子一瞪："刘梦虎！撕票可不是这个价，要杀，我放了他，你自己去杀。"

刘梦虎瞪一眼光头匪首，嘟嘟囔囔退到一边。

徐老四趴在地上，急道："呸！你这无恶不作、无耻的东西，那是你咎由自取。你想霸占别人家产，还怪我兄弟多管闲事呀？我兄弟那叫路见不平拔刀相助。"

刘梦虎听他这么一说，气恼地走过来又踹他一脚道："你这个鸭子转的，死到临头了还嘴硬！"

光头匪首见状，给门口的两人使使眼色，把刘梦虎拽到了门外。

光头匪首蹲在徐老四跟前，拍着他的腮帮子道："我看你是条汉子，不忍下手，想交你这个朋友。这样吧，你给你侄子写封信，让他送一千两银子过来，咱不伤和气。"

徐老四叹了口气，道："大兄弟，你还是杀了我吧，别说一千两，就是一百两我也要不来。我天天赌、天天抽，他们都烦死我了，都巴不得我早死呢。给你说实话吧，我在老家就欠了一屁股赌债，没法擦了，才装死躲到苏州来。求你给我个痛快就行，反正我早已有了坟墓。"

光头匪首看着这么个汤水不进、死皮赖脸、还不怕死的家伙，也无奈地直摇头。

徐老四见匪首不动手，面带微笑道："大兄弟，你要是下不去手，把刀给我，让我自己动手。"

光头匪首连气带怒，一时又想不到该如何反驳徐老四，咬着牙，怒瞪着他，站起来冷笑了两声："好！你算是让我开眼了。来人，把刀再、再磨两下！"

小土匪接过光头匪首的大刀，在石头上磨了两下，用手刮了刮刀刃。

光头匪首亲自为徐老四松开绳子。

徐老四自己把衣裳扒下来，赤裸着上身，和颜悦色地问道："大兄弟，这样行吗？"不等光头匪首回答，过去一把从土匪手里拿过刀，往自己脖子上一横。

几个土匪们不忍心再看他，把脸扭过去，有的闭上了眼。

就在徐老四回刀欲使劲的一瞬间，光头匪首急忙喊："住手！"

第三十八章　落入敌手　狱中救夫

苏州盛泰兴：

徐大本一连十多天都没见四伯的踪影，在店里坐卧不宁，无心做事，不管徐老四多不争气，他都是自己四伯，倘若四伯真在苏州出了事，自己难辞其咎，没法向父亲、向四伯母交代。二春看在眼里，明白徐大本的心思，也为徐老四捏了把汗，于是，暗中派两个儿子悄悄盯住刘梦虎，查探徐老四的下落。

一连几天，大毛和小毛早出晚归，都没查探到什么结果。

夜幕降临，关了店门，徐大本、二春、王长庚正在屋里说着话，大毛和小毛气喘吁吁地跑回来，道："我……我们把苏州几家赌场、烟馆、妓院都找遍了，没见四爷一点踪迹。刘梦虎天天在赌场看场子，也没见他外出过。"

"他就是没出过赌场，四爷的失踪恐怕也跟他脱不了干系。三儿呀，刘梦虎可是个心狠手辣之人，什么事都干得出来，你四伯会不会真出事了？"王长庚担忧道。

"要不咱明天再多派几个伙计去找找？"二春道。

徐大本气恼地脱口道："不找！他又不是小孩子，爱咋咋的。自从他到了苏州，我就没见他在铺子里好好待过一天。真不知道我爹是咋想的，为啥让他来找我。"

王长庚走过来，轻拍了一下他的后背道："三儿呀，别生气了，既然你爹让他来找你，就有你爹的道理。你就多派几名伙计去找找他吧，找回来把他安安全全送回武安也就是了。"

二春细细思量一下，深吸口气道："我一直感觉四爷话里有假，东家明知四爷的为人处世，怎么能叫他来苏州？等找到他后，我带他回武安证实一下。"

说话间，张诚急匆匆地带着一个小孩走了进来，道："三儿，你快看，这个条子是不是你四伯写的？"

徐大本急忙从张诚手中接过条子，看后大惊，一屁股坐在椅子上。

苏州虎丘赌场：

徐大本接到条子后，没敢耽搁，立即带着二春、大毛和小毛来到赌场。进门远远就看到偌大的玄关前，一位小个子赤膊卖力地摇着骰子，徐大本皱皱眉头领着二春父子三人在赌场里逛了一圈，换了一些一百两的筹码，来到小个子的赌桌前，这时赌徒已押好注。徐大本使使眼色让二春挤进去，见小个子庄家轻轻把手放在骰子罐上，周围的赌徒一边喊："开，开，开"，一边啸叫："大，大，大""小，小，小"。小个子庄家抓着骰子罐的手迅速抬起，结果是鸡胡，庄家通吃，赌徒们纷纷摇头叹气。

一个输光了的赌徒哭丧着脸离开，二春见状立即坐下，等小个子庄家再次摇了半天骰子，二春不动声色地掏出五十两的筹码押在大上，其他赌徒跟进押上。周围赌徒再次叫喊起来，小个子庄家见无人再下注，贼眉鼠眼地瞟一眼四周，见无人留意，把手掌放在骰子罐上，刚想动作，"嗖"地飞来一枚小石子打在他手背上，"嗯"地吃疼之下收回手掌，抬头警惕四周瞧瞧，心想：是谁竟会识破我要出老千，不可能呀，我出千技术在苏州城敢说第二就没人敢说第一。哪会识得破？又想打开骰子罐，他忽然想到，糟了，还没来得及调换骰子呢。他定了定神，又开始做小动作，想趁机把骰子换过来……又一枚小石子打在小个子手背上。他看着四周，想揪出那人。周围的赌徒们看小个子庄家这么久还没有打开，都大喊道："快开，快开，快开！"

小个子脑门上全是汗，只好颤抖着手打开，"是大耶，是大啊！"押中的人高兴地大喊大叫。小个子与开赔的人，相顾失色，而赌赢的则皆大欢喜，庄家在这一遭赔了两千多两银子。

徐大本他们用这种方法连续赢了好几次。每次赢的银子，二春都会累加在一起继续进行下轮的赌注，不一会儿，赢了赌场大部分的银子。也有不少聪明赌徒看出了门道，开始跟着二春下注，而就在这时候，二春发觉有人拍一拍他的肩，回头看时，是徐大本在向他使眼色，接着努努嘴，示意他离开。二春掏出金表看了看，点点头，然后一把抓起筹码，站起身来。

在赌场混场子的人，一看二春赢了银子，便包围上来献殷勤。二春以前在赌场干过事，自然懂"规矩"，到账房里去兑现时，顺便买了一百两的小筹码，一人一枚，来者不拒，散给了那些混子。他一面"分红"，一面便有怨言道："你不该催我，赌就是赌个运气，好不容易碰到千载一时的运气，再玩一会咱就发大财了！"

徐大本笑望着他道："就因为今天你的运气好，我才催你走。大家都跟着你开局，再有两下，就把赌场打塌了。"

大毛望着徐大本，赞赏道："您要是行走江湖，口碑肯定不错，够义气。"

小毛心里不服，低声道："这种地方，早一天关门就少害一些人。"

二春怀揣银票跟着徐大本离开赌场，大毛、小毛紧随其后。不一会儿，身后跟来一辆马车。开始徐大本没在意，可过了几道路口身后的马车仍然不紧不慢地跟着，徐大本几人加快脚步，马车也加快速度，而且越跟越近。当他们来到一个僻静之处时，突然从车里跳出几个蒙面人，手握寒光闪闪的大刀将他们团团围住。

徐大本停下脚步镇定自若地看看几个蒙面人，冷声道："识相的就把人交出来，银票你们拿去，从今以后咱们井水不犯河水。"

带头的蒙面人道："银票本来就是赌场的，交出银票今天就放过你们，明天按约定拿银子赎人。不然……"说着用手摸摸刀刃。

二春狠声道："你们这帮丧尽天良的赌棍儿，用翻天印、倒脱靴的勾当，都不知害了多少人了，今天在我面前搞这一套算你们瞎了眼！算计我之前，你们也不打听打听，我二春可是好骗之人？想当初在上海时，那里赌场的庄家神通何等广大，尚不敢在我的面前做手脚，何况是你们这些没用的蠢材。"

徐大本、大毛都同时惊愕地望着二春。

小毛目光停留在一位蒙面人身上，"嘿嘿"一笑，举起手中刀指着那个人，喝道："刘梦虎，别以为蒙着面我就认不出你来，你就是烧成灰也休想逃过我的眼睛。我们在赌场没揭穿你们出老千，已是给足了你面子。别不识趣，快把四爷交出来！"

徐大本的年纪不过二十五六岁，却给人一种老练深沉的感觉，更有一种目空一切的气势，似乎无论他所面对的对手是谁，他都绝不会示弱或者退缩。大声喝道："刘梦虎！我今天解了赌场一个大厄，你还不识趣？今天我完全可以把你的赌场打塌，叫你倾家荡产！你做了这样的圈套害人，按理说本该把你送官究治。如今看在你也是穷苦出身的分儿上，算你出于无奈，我也不想跟你做这个冤家。不过，我替你想了，你人也聪明，本来可以好好做你的本行，谁知你偏偏要做这种翻天印、倒脱靴的勾当。要知道，凡是骗人勾当，一百回中即便得手九十九回，总有一回失手的时候。你行骗，将来总有一天要被人家看破，如你再犯了案子，再次送进监狱，从此再也就没了出头之日。你仔细想想，到了儿还是自己吃亏。"说到此，他想了想，继续道："你把我四伯藏起来，给我写条子，你可知道这叫绑架、勒索。这罪名可不轻。我希望你就此洗心革面，痛改前非，绝不再做这行生意，要是还要强词夺理，死不改悔，你的手迹在我手中，只要我告官，准把你抓起来法办。到那个时候，你依然要招认，还要坐班房。你自己琢磨琢磨吧，我也没时间来跟你作对。你要是感觉我说的是个道理，赶紧把人给我放了，如不然，晚辈就对不起了！"

这一番话，说得刘梦虎低下了头，感觉徐大本口口声声，都是为他着想。他不由得也有些良心发现，十分惭愧。

十几个蒙面人听后，大喊道："少废话！看刀——"举刀对着徐大本砍过来。

二春急喊道："三儿，小心！"

徐大本闪身躲过刀光，人喝道："大毛、小毛，你俩保护二春叔！"说着他后退两步双袖甩出，蒙面人的兵刃瞬间纷纷掉落。

徐大本眨眼间抽出腰刀迎了上去。他单刀飞舞，威势势不可当，片刻工夫，将蒙面人打倒了一片。惨叫声中，有一大半人起了逃走之意，想尽快离开。

刘梦虎一看徐大本武功如此厉害，举起手，大喊道："且慢！"

徐大本收刀站稳，吃惊地望着刘梦虎。

刘梦虎思考徐大本说话虽然强硬，但道理确实不错，他早已了解过徐大本对法律了如指掌，现有把柄落在他的手中，肯定还会有牢狱之灾。刘梦虎本想说句软话，但面子上又实在下不来，抬头看看徐大本，脸上一阵红一阵白的，不知如何是好。无奈之下，他脸色憋红，舌头也不听使唤起来，哀求道："贤侄，我混了三十多年，三十多年里，看过、听过的也不少，狠的有，忠厚的也有，像你这样又狠又忠厚的人，我还是第一次见到，今儿甘拜下风！我真服你了，我马上叫四爷回去，这事就算了吧，改天咱爷们摆一碗去？"

徐大本与刘梦虎相视一笑，回头喊道："现在是什么时候？"

二春掏出怀中的金表看了看，回道："申时。"

徐大本兴奋地说道："择日不如撞日，咱们现在就去阊门摆上一桌！"

苏州盛泰兴：

解救徐老四回到盛泰兴，小毛拉住二春的胳膊道："爹，您也真够神通广大的，原来您在上海赌过？还认识上海的赌棍儿？"

二春挠挠头道："我哪认识上海的赌棍儿，我只是吹给他们听听而已。"

大毛道："爹，我看您不像是说说罢了，我看您在赌场上，赌得可是得心应手啊！"

二春摇摇头道："我哪会赌呀！当初我来到苏州无事可做，在赌场给人家扫过地，送过茶，学了那么一点儿，没想到还真派上了用场。再说，如少东家不在跟前，我就神通不起来了。"

徐老四蹲在地上惭愧不已，回头看看二春，再看看徐大本，央求道："三儿，你就原谅四伯这一回吧，别生气了啊！我真的改了。如四伯再不改邪归正，叫天打雷轰了我！"

徐大本气得跺着脚，道："四伯呀四伯，肯定是刘梦虎见您整日里不务正业，估计您身上一定有油水可榨，才想方设法地要去结交您。"

二春看着徐老四沮丧的样子，长叹口气道："你呀，苟且偷生来到苏州，安分守己也行啊，可是你……你做的这叫啥事呀！你知道这刘梦虎是啥人吗？他是咱的仇人，人家是有意接近你，想寻机报复咱。"

王长庚接口道："刘梦虎本是租界上犯过案子的人，混不出模样来，只好纠合了一班赌棍儿，专做那翻天印、倒脱靴的勾当。城里有好几个初出茅庐的乡绅子弟，都吃了他们的亏。"

徐老四愧痛不已，道："我不知道这一切都是刘梦虎设计好的圈套啊！"

徐大本望着可怜巴巴的徐老四，把他搀扶起来，为他拭去脸上的泪水，长叹口气道："四伯呀，叫侄儿我咋说您好呢？咱出门在外做生意容易吗？您好好在铺子里待几天，咱爷儿俩说说话就不行？天天往外跑个啥呀！净找事。二春叔，明天陪我四伯回武安！"

徐老四闻言愣了一下，哭声道："三儿，你明天就叫我回武安？让我在这儿住下吧。"

"不行！其他的都好说，只有这事没得商量！"徐大本语气坚决，不容置疑。

二春满面怒容道："四爷，你是不是还嫌惹事惹得小啊？"

徐老四追悔莫及，脸一下子红到脖子根，嗫嚅着："不是，我、我是无脸再回武安呀！"

王长庚连忙打圆场道："那是你自己的家，能在外面躲一辈子不回去吗？把脸面收一收，回去好好做人就行了。"

徐老四尴尬地看了徐大本一眼，欲言又止。

天津知府：

马继宗通过贿赂知府书办，得书办引荐安排，秦有福才获得面见知府机会。

这天傍晚，秦有福怀揣银票在老听差的引导下进入知府后堂。知府大人一身便袍从屏风后慢步走出。秦有福一看，不觉一愣，心道：咦，这人怎么看着这么眼熟，好像在哪儿见过？

知府大人见他看着自己发愣，心中不悦，甩袍坐到太师椅上，顺手端起桌上的茶水漱漱口，吐到脚旁的痰盂中，打着官腔道："你深夜求见本官，有何重要的事？"

秦有福浑身一震，连忙躬身道："大人，小人得知估衣街"义和发"的东家与土匪有勾结，望大人明查。"说着，从怀里摸出皮夹，取出二百两银票，瞅一眼知府大人，轻轻上前放到桌上，道："不成敬意，望大人海涵。"

知府大人瞟一眼桌上的银票，道："这个嘛，公事公办，明天我会派人去核查。"

秦有福皱着眉头，吞吞吐吐道："小的……看大人有些面熟，不知大人是……"

"嗯，嗯。"知府大人不满地清了清嗓子，审视的目光快速扫过秦有福的脸道，"是吗？我倒是不看你有眼熟的地儿。"

秦有福尴尬地咧嘴一笑，露出两颗大门牙道："那是，那是，您贵入官府，我咋能见过您呢。"

知府大人打了个哈欠，问道："你还有别的事吗？如没别的事，本官要休息了。"

秦有福唇边露出一丝诡异的笑容，忙躬身道："那就不打扰大人您了。"点头哈腰退出后堂。

老听差带路在前，秦有福在后边走边拍着脑袋想，眼看快走到大门口了，抬头问听差道："请问老哥哥，您老可知知府大人是哪里人氏？"

老听差不耐烦道："苏州！"

秦有福"啊"了一声，自言道："就是他！"马上想要转身回去，想想又觉不妥，就地转了一个圈向外疾步走去。

马府：

秦有福急匆匆从知府回来，直奔马继宗书房，进门就激动地将自己去面见知府的情况说了一遍。

"啊！你说的是真的？"马继宗失声而呼，一把拉住秦有福的手。

"是！真的是闫罗峰。"

"那快走，咱去把我的女儿要回来。"

"东家——"秦有福把他的手拿下，声音很平静，但也很冷峻道，"您想想咱现在去府衙要小姐合适吗？"

"我的女儿，我想要回来有啥不合适的？再说，我与他家老爷子早先交情也是不错的，我想要回我的女儿他还能说不给？"

"东家呀，咱现在要不合适，只要小姐在天津卫，想把小姐要回府，有的是机会，但现在不行。咱现在要想法利用他，借他的手把徐敬修除掉才是！"

这句话说得马继宗后悔不迭，"啊哟哟"地搓着手，吸着气："有福呀，你提醒的是，我倒没有想到，这、这、这真是个好机会。闫家本来就与徐家有杀父之仇！"

"这不就对了！"秦有福扬起脸来，"咱就等着坐山观虎斗吧！"

马继宗通前彻后思量一遍，心中充满无比的宽慰："对！让他们仇人相见，哈哈哈……"

天津府衙：

大堂正中设公案，公案后屏风上悬"明镜高悬"四字牌匾，两侧列"肃静""回避"牌及其他仪仗。知府大人端坐公案后的座椅上，四个衙役押着双手反绑的徐敬修进来，推倒在地。

徐敬修趴在地上，喊道："大人，草民冤枉啊！"

知府使劲一拍惊堂木，大声喝道："大胆刁民，见了本官还敢狡辩，还不如实招来！"

徐敬修摇着头，喊道："大人，草民向来安分守己，确实没有通匪呀，望大人明察。"

知府怒道："难不成是本官冤枉你？本官已派人查明，你确有通匪之实，再不招来，小心大刑伺候！"突然他眼睛一亮，皱皱眉头，喝道："抬起头来。"

徐敬修慢慢抬起头，二人四目相对，不由得都倒吸了一口凉气，异口同声道："是你？"

闫罗峰冷笑两声道："真是冤家路窄呀，天堂有路你不走，地狱无门你偏进来！本来我看你几次诚恳让你太太对我手下留情，我也曾想把以前的恩怨忘掉。哈哈哈……是老天不让啊！是老天要我为我的父亲和兄弟报仇雪恨！叫你太太来救你吧，她来了我一并定罪。现在我是官，你是要犯，你有多少人都过来吧，我要通通把他们定成通匪死罪！给我用刑，给我往死里用重刑！"他话音刚落，四名衙役立即在徐敬修身上动起刑来。

被刑具折磨得鲜血淋漓的徐敬修，怒视着闫罗峰道："你这个狗官，你公报私仇！"

闫罗峰大怒道："徐敬修抗拒不招，还蔑视本官，给我往死里打！"

话音刚落，四名衙役不由分说冲徐敬修身上"噼里啪啦"就是一顿毒打。

徐敬修身上是血肉横飞，冷汗直流，奄奄一息，一歪头晕了过去。

闫罗峰让书办把早已写好的供词拿来，几个衙役抓着徐敬修带血的手指在供词上画了押，把他拖进大牢。

义和发铺子：

徐敬修被知府抓走，义和发铺子里已乱作一团。铺子里外挤满了人，有来打探消息的，也有来围观看热闹的，但大部分是闹瘟疫时接受过义和发恩惠，关心徐敬修安危的市民。人群中有一人摇摇头，叹口气道："我有一兄弟在知府衙门当差，听他说徐东家已经招供。"

白鹰多方打听，好不容易找到一个原在贾六手下当过差的老狱卒，打点了他一些银子，深夜偷偷带着他和王成进了牢房。只见已昏死过去的徐敬修满身血迹趴在乱草中。

"东家，东家。"白鹰和王成唤了好几声，徐敬修才缓缓地强睁开双眼。

王成忍不住，泪流满面道："老爷，我们想办法救您出去。"

徐敬修艰难地爬到牢狱栅栏门前，面色苍白地摇摇头："你们救不了我，这狗官是当年我在苏州时的仇人闫罗峰，当年我岳父曾带三百官兵到他府里杀了他爹，打伤他家丁三十余人。"

王成隔栏紧紧拉着徐敬修的衣袖哭泣着。

白鹰闻言大吃一惊，看着徐敬修浑身上下没一处好地方，心疼地哽咽道："东家，不是那姓马的告的您吗？"

徐敬修环顾四周没人，"嗯，嗯！"清了清嗓子，将声音压到最低道："这次不单单是马继宗想置我于死地，这个闫罗峰更想借机除掉我。白掌柜，您速回武安，让太太拿免死金牌来救我。"

"免死金牌？"王成停止哭泣，怔怔看着徐敬修，又扭头看看白鹰。

白鹰顿时眼睛发亮，道："咱有免死金牌？在哪儿？"

徐敬修点头道："在老家。"

王成由意外惊喜引起了激动，高兴得大喊道："太好了！谢天谢地，老爷有救了。"

白鹰警觉地向后看看，低声道："小声点儿！"

"哦，哦。"王成赶紧捂住嘴，缩了一下脖子。老狱卒颤颤巍巍地提着灯笼走过来，道："快走吧，如有人发现麻烦可就大了。"

白鹰和王成紧紧握住徐敬修的手不松。白鹰道："东家，您保重，您交代的事，我马上去办。"

老狱卒催促道："走吧，快走吧！"

徐敬修抽出手，含泪推开他俩，挥挥手。

白鹰拉着王成回头道："老人家，麻烦您多关照一下我东家。"

老狱卒哀叹一声，道："放心吧，能关照的地方我会尽力。"

白鹰和王成与徐敬修告别离开牢房。他俩走后，徐敬修嘴角噙着的笑意渐渐消失了。

白鹰回到铺子里与二掌柜、三掌柜交代，要他二人一个负责打听牢中情况，一个托人去给衙役打手送银子。安排停当后，他带着王成马不停蹄赶往武安。

武安伯延：

乌云密布，几道三角闪电后，隆隆的炸雷响彻徐家庄园上空。

世福快步跑到正后堂，见穆四妮正兴致盎然看着缸里的鱼儿。他把脚步缓了下来，小声道："太太！"

穆四妮吓了一跳，回头凝视着他道："啥事？"

世福颤声道："太太，大事不好了！老爷在天津出事了！"

穆四妮打了个寒噤，顿时思绪杂乱，诧异了一瞬，皱着眉头问道："出啥事了？"

"老爷被关进天津大牢了。"

穆四妮听后捂着前胸倒退了两步，难以置信地望着他道："你、你咋知道的？"

"白鹰和王成回来了。"

穆四妮一时间说不出话来，嘴唇哆嗦了半天，才开口道："白鹰和王成呢？"

世福道："他俩在前朝。"

"让他俩快来见我！"

穆四妮听完事情来龙去脉，带着刘盈盈、白鹰、王成立即起程，赶往天津。

天津义和发：

铺子里的掌柜、伙计这几天急得团团转，杜云见白鹰带着穆四妮等人走进铺子，急忙迎上前道："东家太太、大掌柜，你们可来了。"

白鹰顿时愣在那里，狐疑盯着杜云，道："又发生啥事了？"

杜云摇摇头，直视着白鹰那双充满疑惑的眼睛，道："我买通了小卒子，听那小卒子说，闫罗峰怕以后有人抓住他的把柄，要按正常程序把这案子办成铁案。就是……"

穆四妮心里"咯噔"一下，催促道："就是啥？快说！"

"就是这几天东家在里面受罪了。虽然衙役们收了咱的银子，但那狗官每天要动用大刑折磨东家。"杜云含泪道。

穆四妮愤怒道："他奶奶的！白掌柜，快，马上跟我去衙门！"

白鹰犹豫道："东家太太，那姓闫的与您冤仇这么深，您去了怕是不妥。"

"哼！"穆四妮把脸一沉，道，"我有免死金牌在手，他还敢不放人？"

"不怕一万，就怕万一啊！"

穆四妮想想仇人见面，心中的怒火会不由点燃，到时有可能会出现意想不到的事情发生。叹了口气，从怀里掏出免死金牌递给白鹰，道："白掌柜，那您就辛苦一趟吧。"

白鹰接过免死金牌揣进怀里，扭头看了一眼王成，道："走，你跟我去接东家。"

王成高兴地点点头，跟在白鹰身后离去。

穆四妮目送着白鹰与王成背影走出大门，回头望着杜云道："二掌柜，你去安排一下厨房，备两桌酒菜。"

"好！我这就办去。"杜云提袍走出上房。

眼看太阳就要从地平线上消失，白鹰和王成还没有回来，穆四妮在屋里急得团团乱转，杜云望着她那焦急不安的样子，安慰道："东家太太，您别着急，可能一会儿就会回来。"

穆四妮看看一桌子的酒菜已凉，重重叹了口气，望望窗外，"但愿吧。"

天色越来越暗，穆四妮久久仁立在窗前，不时地望望灰暗的夜空，自言道："天快黑了，他们咋还不回来。二掌柜，我有种不祥的预感。你快点儿去打探打探，看看是不是出事了。"

"好，找这就去看看。"杜云转身跨过门槛。

穆四妮想了想，喊道："二掌柜，无论发生啥事，你都要回来给我说一声。"

"东家太太放心，我打听到消息就回。"

穆四妮挥挥手，嘱咐道："切记，快去快回！"

杜云点头转身看到白鹰和王成一瘸一拐走进院子。

穆四妮忙跑出屋，望望他二人身后，惊异道："老爷呢？你们这是咋了？"

王成噙着一汪眼泪，颤音道："太太，我们都想得太简单了。"

白鹰气愤道："那狗官看了免死金牌，说是假的。"

"假的？"穆四妮大为诧异，心里残存着的一丝希望也化作了泡影，只剩下满心的悲痛，道，"免死金牌呢？"

"狗官给收走了。还把我们关起来打了一顿。"

"啊！"穆四妮顿时脑子一片空白，跟跟跄跄回到正房，手扶桌缘一屁股坐下，过了半晌才慢慢缓过劲来，气得咬牙切齿，心头如翻江倒海一样，感觉口中一阵咸腥，颤声道："这可如何是好？"

王成道："太太，您的嘴角流血了。"

刘盈盈忙掏出手帕欲为她拭去嘴角上的血，穆四妮挥手制止，忍住内心的痛苦摇摇头。

穆四妮眼神中那抹凌厉的光芒一闪而过，不由得又起了争强好胜之心。犹豫了一下，最后一跺脚，脸上露出了平日里决断的样子，道："大掌柜、二掌柜，你们回房休息去吧。"

白鹰与杜云相视一眼，拱手离去。

穆四妮等二人走后，低声道："王成，你给我细说说老爷被关押的地方。"

王成将徐敬修被关押的牢房地点详细叙述了一遍。穆四妮挥挥手，王成低头退出上房。

天津府衙大牢：

深夜，穆四妮来到府衙大牢外，看着监狱破败的院墙，感觉这腐朽的院墙和墙上的百年苔藓散发着一股阴森死亡的气息。她在大牢外转了一圈，纵身跳上大牢外墙，四下观望，大牢为一纵深三进的大院。按王成所述，关押徐敬修的牢房是位于院靠北侧一间单独牢室，穆四妮仔细把整个大牢的布置观测了一遍，方轻轻一跃跳到院中，猫着腰蹑手蹑脚向关押徐敬修的牢房靠近，来到牢房透过牢房门缝往里一看，偌大的大牢只关押着徐敬修一个人。一颗石头子儿，"砰"地投进牢房内。看看没有动静，穆四妮手提九环大刀，慢慢走近关押徐敬修的牢门前，借着微弱的烛火，一眼看到了遍体鳞伤脸色苍白的徐敬修。她快速走上前去，手扶栅栏压低声音，惨叫了一声："老爷！"话音未落，眼泪哗哗流下来。沉睡在乱草中的徐敬修，睁开双眼看着眼前的穆四妮，竭尽全力爬过去拉住她的手，叫着她的名字："四妮，我是在做梦吗？"

穆四妮含泪摇摇头，用暗器"砰"地打开牢门上的锁，扶他站起来，低声道："走，我救你出去！"

徐敬修握着她的手："夫人，明天你把免死金牌给他，他自然会放我出去。"

"今天已经给他了，他说免死金牌是假的。还把牌子给咱收走了。"

"啊！"徐敬修听后一愣，"岂有此理！皇太后的牌子他也敢不认？那可是死罪呀！"

穆四妮把他的手搭在自己肩膀上："不认叫他不认吧，走，咱先出去再说。"

徐敬修低头想了想："好！跑就跑。"

"想跑？"话音未落，四面的杀手一哄而上，衙役们手举火把，"蹬、蹬、蹬"都围拢了过来。闫罗峰提枪高声叫道："给我拿下！"

穆四妮又惊又怒，慢慢放下徐敬修，回过头来，眼睛因充血而变得通红，跳到栅栏门外，双袖欲甩。

闫罗峰倒退两步，大叫："小心暗器！"但此话已晚，只见穆四妮双袖甩出，无数银针如仙女散花一样飞出。众衙役们大叫道："哎哟！"脸上、身上、手上都被暗器打中，兵器纷纷掉落一地。

闫罗峰用长枪指着穆四妮，厉声喝道："大胆贼子，胆敢私闯我府衙大牢！该当何罪？"

穆四妮急道："狗官，你连皇太后懿赐的免死金牌都敢不放在眼里，我闯你府衙大牢何罪之有？"她越想越气，举刀过来。霎时间，她的刀法灵活多变，异常迅猛，一招一式，动作十分紧凑。

闫罗峰以左手为轴，右手内旋，枪尖对着穆四妮刺来，怒喊道："拿个假牌子也想来骗我？哼！你们一个平头百姓，哪里会有皇太后懿赐的免死金牌！"

"连太后的免死金牌你都不识，太后要你何用？今天我就替太后杀死你这个有眼无珠的草包！"说着穆四妮九环大刀用力拨开闫罗峰刺来的长枪，横跨一步，双脚一踩地面，腾空而起，在空中旋身，挥出一片绚烂的光芒，而后挥动九环大刀，宛如腾空的猛虎下山一般，闪烁幽光的大刀由上劈砍而下，那锋利无比的刀刃瞬间砍向闫罗峰的头颅。

"不要取他的性命！"徐敬修双手紧抓栅栏，望着穆四妮大喊道。

穆四妮听到他的喊声，愣了一下，落地收回九环大刀。

闫罗峰一看她已分心，端枪冲着穆四妮的胸膛刺来。

徐敬修大喊道："太太小心！"

穆四妮一看不好，仰头后躺，躲过一枪。闫罗峰一声断喝："衙役们齐上。"

"是！"八名衙役拾起各自兵器，四面朝向穆四妮杀来。

　　穆四妮知道今夜是无论如何也救不出徐敬修了，只能先冲出去再从长计议。奋力跃起，躲过前后左右兵刃，顺势踩着衙役们的头颅，嘴角挂着一丝冷笑，举刀虚晃一下，闪电般夺门而出，纵身一跃"噌噌"蹿上墙，消失在黑暗中。

第三十九章　母女相认　堵截法场

义和发后院：

　　穆四妮夜劫府衙大牢无功而返，呆坐在屋里反复思量，为何在她眼看就要得手杀死闫罗峰的紧要关头，徐敬修却让自己不要取他性命！慢慢地她明白了，自己确实有些冒失，如果真把他杀了，不仅救不了丈夫，还会把徐家人的性命全部葬送。

　　"太太。"

　　穆四妮微微一惊，从沉思中走出，抬眼望去，是丫头刘盈盈站在门口。如今她是穆四妮最信任的心腹，穿一件紫软缎小套夹，揉着惺松的倦眼，问道："太太，您深更半夜的去哪儿了？担心死我了。"

　　穆四妮道："给我倒杯水。"

　　这时，更锣又响，刘盈盈倒好水双手递给她，轻声道："太太，喝口水快睡吧，一会儿天就亮了。"

　　第二天午后，穆四妮、白鹰、杜云、王成等人正在屋里苦思冥想，下步该如何救徐敬修，店里的小伙计带着二春急匆匆进来。

　　穆四妮抬头一看，瞪眼惊道："二春？你咋来了？"

　　二春没有直接回答她的话，急得跺脚道："快去找贾大人呀，难道你们不知道咱与贾大人关系？"

　　杜云深吸口气，道："贾大人上个月调任浙江去了，要是贾大人在，他们敢这么做？谁知越是屋漏偏是遇上连阴雨，在知府衙门又遇上了东家在南方的仇家。他公报私仇，想借机把东家除掉！"

二春大吃一惊，"哦！闫罗峰？"

穆四妮点点头道："正是。"

"咱不是有免死金牌吗？咋不用？"二春看着穆四妮问道。

穆四妮摇头道："送过去了，他说是假的。给收走了。"

"啊！他胆子不小，敢藐视皇家免死金牌？疯了，他真的疯了。"二春定一定神，转念之间有了抉择，道，"看来只能找贾大人出面了，事不宜迟，只有找到贾大人，才能有把握将东家救出来。太太，你在这里观察情况，我这就去浙江请贾大人。如有不测，你无论想啥法子也要拖延时间，等我回来。"

"嗯，"穆四妮沉吟了好一会儿，才点头道，"也只有这样了，你准备何时动身？"

二春从口袋掏出打簧表看看，已经三点半，说道："我这就走。"

"王成，快去厨房给你二春叔备干粮。"穆四妮吩咐道。

自从二春走后，穆四妮每天都如坐针毡，心如刀绞，半个月来，很明显消瘦许多。王成是看在眼里急在心中，想想浙江离天津这么远，就算路上一点都不耽搁，估计来回最快也得个把月，现在兵荒马乱的，还指不定路上会发生什么事。不能把所有的希望都放在二春身上，万一路上出点事就完了。想到此，王成走上前用商量的语气说道："太太，要不我去趟京城？"

穆四妮一愣，道："你这时候去京城干啥？"

王成犹豫了一下，道："我去京城请个人来，我想这个人一来肯定能把老爷救出来。"

穆四妮听他这一说，问："难道这个人比免死金牌还管用？"

王成看看穆四妮很吃力地说道："我想这个人应该比免死金牌管用。"

"啊！"穆四妮惊奇地盯着他，道，"既然你认识这样的人，咋不早说？此人是谁？我可认得？"

"太太不认得，这个人……"王成说到此停住，心想：老爷肯定没有给太太提起过和硕公主，我要是说出和硕公主，太太会不会生气？老爷出来会不会埋怨我做事太粗心呢？想到此，他忙改口道："这个人物厉害得很。"

穆四妮当然不会相信王成一个小孩子所说的话，不过，只要有一线希望还是不能放弃，挥挥手道："那你快去请吧。"

王成高拱双手道："小的听令！"

王成离开天津的第五天中午，杜云搀扶着白鹰眼泪簌簌地提袍进屋。白鹰顿足哭声道："东家太太，事情麻烦了！从侧面得到消息，狗官明日要将东家斩首示众。"

穆四妮听后脑子"嗡"的一声，刹那间一片空白，只觉眼前一黑，浑身无力地瘫软在椅子上。她一只手紧紧地捂住胸口，一手搭在椅子扶手上，像被雷电击中，脸色惨白，神情萎顿，欲哭无泪，显然忍受着无比强烈的痛苦。

白鹰看她坐在椅子上，身如雕塑，半天没有反应，只得试探着喊道："东家太太，东家太太！"过了半晌，穆四妮流泪不止，自言道："你这是啥命呀？为什么会屡遭杀头之灾？尘世之间的缘分，冥冥之中皆有定数。难道这次真的是劫数已到？难道最后你真的就这样离开我？"

刘盈盈含着眼泪，边轻轻揉着她的后背，边小声道："太太，您要保重身体啊。"

杜云颤声道："东家太太，二春走时交代咱无论如何要拖延时间，等到他回来。"

穆四妮泪眼望着他，带些责备语气道："咋拖延时间？事情这么突然，现在只有一天时间。"说着，眼眸中闪现出逼人的寒光，"不行，我不能这样坐以待毙，我今夜要把他杀死！先把老爷救出再说。"

"啊！"刘盈盈听得此话，吓得双眼发愣，呆在了原地。

杜云打了个寒噤，低头避开穆四妮凌厉刺人的目光，心想：早听说东家太太武功盖世，原以为都是别人夸大其词，看这气势都是真的。俗话说双拳难敌四手、猛虎不敌群狼，东家太太独闯衙门，这太危险了，就算真能杀了狗官，也会给徐家带来灭门之祸。于是，赶紧提醒道："东家太太，万万不可呀！您要把狗官给杀了，暂时是解恨了，可这会给家里招来更大的灾难呀！"

穆四妮想想也是，自己还是太冲动了，这么做不但救不了老爷，弄不好还会牵连到孩子们。想到此心气一泄，再次无力坐到椅子上。突然，她眼前一亮，站起身，拭去脸上的泪水，拉起刘盈盈的手道："盈盈，你陪我去求个人。"

刘盈盈愣怔了一下，迷惑不解地问道："求谁去？我能起到作用吗？"

穆四妮抑着发颤的声音道："能。"顿了顿："如我猜得不错，应该能。"

白鹰皱眉问道："敢问东家太太，您要求谁去？"

穆四妮深吸口气，道："马继宗的太太！"

杜云连连摆手，道："求她？就是她家老爷告的东家，您现在去求她，她能帮咱？"

穆四妮肃声道："能！只要让她看到盈盈，她就一定会帮。"

"看到我？"刘盈盈疑惑地看着太太，心中滋味甚是复杂。

白鹰见穆四妮信心十足，点点头，提袍转身道："我陪你们一起去。"

这时，天空中漫天乌云黑沉沉压下来，轰轰雷声由远至近。店里打杂的小伙计急匆匆跑进来，道："东家太太，店里来了一位夫人说要见您。"

穆四妮闻言，皱眉想想，道："难道是她来了？"

白鹰不解问道："东家太太，谁来了？"

"马继宗的太太！"穆四妮镇定下来，坐下道，"掌灯，请她进来！"

小伙计大喊道："夫人！东家太太请您进屋说话。"

来人低头进屋，"扑通"跪倒在地上，哭泣道："大嫂，真的对不起啊！"

借着灯光望一眼芸香，穆四妮明知故问道："您是何人？"

芸香痛哭流涕道："我是芸香呀，大嫂！"

穆四妮装作惊讶的样子，像见到久别的好朋友一样，站起疾走两步上前，双手搀扶起芸香，为她擦去脸上的泪水，细声道："芸香妹妹，你能亲自过来我非常感动。"

芸香趴在穆四妮的肩膀上一阵痛哭。穆四妮一边轻轻拍着她的后背，一边轻声道："好妹妹咱不哭了。来，坐下来慢慢说。"料想芸香肯定有好多话要与自己深谈，示意白鹰、杜云等人退下。刘盈盈看他们都已退下，也想提步外出。

穆四妮扶着芸香慢慢坐了下来，喊道："盈盈，给马太太沏茶！"

芸香无意间瞟了一眼刘盈盈。"天哪！"她惊叫一声，站起身，难以置信地捂住了嘴，瞪大眼睛看着刘盈盈。刘盈盈的眼睛也触及到芸香的目光，明显两人都吃了一惊。二人在不同角度互相观看着对方。

穆四妮望着芸香的面目表情，介绍道："这是我的丫头盈盈，你俩长相有点儿相似……"她看刘盈盈站在原地不动，言道："还不赶快倒茶？"

芸香脸上闪过诧异，回过头来问道："她是您的丫头？她不是肖肖？"

刘盈盈闪动着眸子，涨红着小脸道："别人都说我长得像三少奶奶。"一边说着，一边为太太和芸香各倒了一杯茶。

穆四妮吃惊地望着芸香，问道："你认识我家三媳妇？"

芸香知道自己说漏了嘴，不知如何回答，努力挤出一个笑容，慢慢坐下。

穆四妮从她失言中明白，徐敬修已安排她见过了肖肖。静默了一瞬间，问道："妹妹，还没有两个孩子的下落？"

芸香的心猛地跳速加快，知道徐敬修并未给她说出肖肖的身世。低下了头，手里揉着手绢，不知道该不该说出来，微微犹豫了一下，抬头道："您家三媳妇肖肖，就是我丢失的大女儿。"

穆四妮的身子明显颤抖了一下，声音微带着颤道："是，是吗？你说咱还是亲家哩？"

芸香垂目看着地面，点点头。

穆四妮暗想：老头子呀老头子，你们合着伙地骗我一个人啊！那晚真的一刀下去把亲家翁给砍死了，今天可如何收场啊！念到此，她淡淡一笑道："你不是有一双女儿吗？小女儿可曾找到？"

芸香嘶哑着声音道："听秦管家说，我的小女儿被刘梦虎抚养了几天，我那可怜的女儿就夭折了。"

刘盈盈听到芸香说出"刘梦虎"三个字，一脸怔愣。蓦然反应过来，她的心"咚"地一下提到嗓子眼上，面庞瞬间变得苍白，瞪圆眼睛，怯生生问道："刘梦虎？他是哪里人士？"

芸香望着她轻叹口气，一脸茫然："他是苏州人，原在王家绸缎铺子里做掌柜。"

刘盈盈听后眼中不禁已有些泛酸，朝她慢慢跪下，一脸抱歉道："我就是刘梦虎的女儿。"

"啊！你是刘梦虎的女儿？"芸香一惊，扭头看看穆四妮，但见她是一脸坦然。穆四妮道："还不快快认下自己女儿？"

"我的女儿？"芸香扭回头怔怔看着刘盈盈，突然，双腿跪下用力将刘盈盈抱在怀里，咬了咬嘴唇，眼眶中含着泪水，"我苦命的女儿呀！"芸香忙转身施礼，道："您与徐大哥的恩情，我们母女一辈子会记着。"

刘盈盈抬起头，泪水立即涌了出来，哭道："娘——"哭了半天，她转身过来，朝穆四妮一面磕头，一面内疚说道："对不起太太，奴婢刚到府上时，是有心计的，看到老爷和您都是好人后，我放弃了。"

穆四妮俯下身子，一手拉住刘盈盈，一手搀起芸香，脸色平静地说道："孩子，啥也别说了，老爷为啥会把你带进我府？因为他已经知道了你就是芸香的小女。"说后她又自言自语道："真是女大十八变呀！"

刘盈盈听后，茫然地望着穆四妮："太太，您见过我小时候？"

穆四妮飞快地瞟了她一眼，犹豫了下："没……没有。"

刘盈盈看看穆四妮又看看芸香，道："我说你们咋都认错呢，原来我还有个孪生姐姐？"

芸香和穆四妮同时点点头。

芸香长长地松了口气，道："这些以后再叙，现在咱还是想想咋救徐大哥吧。"

刘盈盈摇晃着芸香的胳膊，央求道："娘，您快点回家给我爹说，让我爹撤回诉状，别告我家老爷不就没事了？"

芸香极力地摇着头，道："你那没人性的爹没在天津卫，他告了徐大哥，就去东北进货了。"

穆四妮闻言大惊，心中一片冰凉，呆滞地道："老天爷呀，这可咋办呀！"

刘盈盈灵机一动道："太太，您看这样好不好，明天我陪我娘去衙门，让我娘把诉状撤回来，不就行了？"

芸香点点头道："孩子说得有道理，明天我娘俩就去衙门撤状纸。"

穆四妮想了想道："那闫罗峰是铁了心想要他的命，就凭你娘俩去衙门，恐怕诉状撤不回来，倒有可能连你们也给关押起来。"

芸香沉思半晌，道："要不明天我带女儿去法场的路上堵截，让大家都知道我们不告了，看他怎么办？"

穆四妮道："如果是告别的罪状，也许能行。但继宗告他通匪，恐怕就是你们撤了诉状也没用。"

刘盈盈急道："那……那……那可怎么办？"

穆四妮摇摇头，无奈道："目前没啥更好的办法，只能用这办法一试了。"

刘盈盈搀住芸香的胳膊，望着穆四妮重重地点点头。

"那就委屈你娘儿俩了。"穆四妮道。

芸香眼中立即闪过一丝淡淡的苦涩，扭头看了一眼女儿，道："只要能把人救回来，受这点儿委屈算啥？"

穆四妮双手捧着芸香的手，道："妹妹，我知道你是个有情有意之人，徐家欠你的情，我代替老徐家谢谢你了！"

芸香摇摇头道："芸香与大嫂相比起来，乃有天壤之别。大嫂是位心地善良的好人，当初在铺子里，真是打搅了您的正常生活，我心有愧于您。"

穆四妮摇头搀扶芸香回到椅子旁，做了个请的手势，道："当初我也有些地方做得不好，伤了妹妹的心。"

芸香见穆四妮落座后，才慢慢坐下，摇摇头道："是大嫂的大度与宽容，羞得我不得不离开铺子。"

穆四妮心想：自己与芸香心界相差甚远，她明知当初是我叫周汝昌把她安排到木渎镇的，到现在还说是自己主动离开铺子，真不愧是江南才女啊！想到这儿，她的脸腾地红了起来，忙站起身，提起茶壶，想要亲自为芸香倒茶。

刘盈盈见状，急忙过来按住穆四妮的手，笑道："这茶凉了，我重新为你们泡一壶。"说罢，把壶里的茶倒掉，重新沏了一壶。为她俩各倒了一杯，做了一个请的手势。

天津官道上：

第二天午前，天津城通往法场的官道上，远远望去，黑压压的人群挤满了街道两侧。几声人叫马嘶，师爷带了府衙执吏、卒子们在前边清理着官道，囚车轰隆隆而来。来看执刑的人们顿时前呼后拥，引颈瞪眼盯着囚车里的徐敬修指指点点、交头接耳、议论纷纷。本来以徐敬修的身份根本不够坐着囚车去刑场，但因闫罗峰怕穆四妮前来营救，特意用囚车押徐敬修赶赴刑场。

闫罗峰得意地骑着一匹枣红色骏马打前阵，后面跟着双排侍卫，侍卫后面是囚车，囚车后面又是双排侍卫。马队、卫兵、囚车冲开了围观的群众。

刘盈盈搀扶着芸香挤出人群，当街跪下。芸香大喊道："大老爷，我是原告之妻，我丈夫告他是因为我们商家相互排挤反目，我们冤枉了好人，我要撤状纸，望大人开恩啊！"

闫罗峰"唰"地将目光落在芸香身上。当他看到芸香身边的刘盈盈时，不由得一愣，勒住了马缰绳。

刘盈盈见他死死地盯着自己，赶紧低下了头。

闫罗峰瞪眼凝视了刘盈盈好一会儿，才轻轻地摇了摇头。

芸香见闫罗峰盯着女儿不语，便又大喊道："我要撤状纸，望老爷开恩啊！"

闫罗峰缓过神来，大声喝道："大胆泼妇，敢在此胡言乱语扰乱公务。衙役们，把她拉过一旁！"几个衙役过来要拉芸香时，"哗啦"跪下好多人，纷纷呼喊道："大人，原告要撤诉，说明案子另有隐情，您作为地方的父母官，不能滥杀无辜呀！"

穆四妮头上裹着围巾挤在跪着的人群里，与"义和发"店铺的掌柜、伙计们也大声高喊："作为地方父母官，不能滥杀无辜呀！"特别是在瘟疫中得到义和发救助的百姓们，"哗啦，哗啦……"跪满了整条街道，纷纷大声疾呼："徐东家是好人啊，大人不能滥杀无辜！""徐东家是好人啊，大人不能滥杀无辜"……

看着跪了一地的百姓，都在为徐敬修喊冤，闫罗峰一阵头大。心想：没想到姓徐的在天津卫有这么高的威望，如果今天执行不了他死刑，恐怕以后再想报仇就更难了。他抬头看看太阳，已快到午时，气冲斗牛地大声喊道："快点儿把那泼妇给我绑起来。谁要再敢阻挡本官的道，格杀勿论！"

两个衙役拨开跪着的人群向芸香走去。

穆四妮双袖甩出，长袖之中倏地飞出两根长长银针，一阵"嗖嗖"的声响过后，只见那两个衙役的手臂"噗噗"溅出血来，疼得他俩捂着手臂跪在地上。

"哎呀！原来太太这么厉害？"刘盈盈心中暗道。

芸香用惊奇的眼神望着穆四妮。

闫罗峰见两个衙役受伤，知道是穆四妮所为，双目扫过四周，厉声喝道："出来，出来！我让你俩做一对死鬼夫妻！"看了看四周跪着的人，少顷，全场变得鸦雀无声。他没有发现穆四妮，大声吼道："你不出来，好！我就让你亲眼看着他人头落地！"

徐敬修泪眼望着穆四妮。

穆四妮将头低得很深。

闫罗峰目光终于在人海中寻觅到了穆四妮，厉声喝道："她在那儿！快点儿拿下那个围头巾的女人！"众衙役跑向他手指的地方。

穆四妮欲再次甩出暗器时，只见不远处马蹄声响起。官道的尽头卷起漫天的尘沙，骑马人旋风般地冲过长街。马背上的骑客形态强悍至极，来势凶猛，众人赶紧站起来让出一条道。

穆四妮抬头定眼一看，前面是四名挎刀侍卫，贾六紧跟在后，随后是小丽、徐大本、闫肖肖、二春、大毛、小毛。

闫肖肖老远就看到身穿官服骑在马上的父亲闫罗峰，一下子愣住，勒紧马缰绳，情不自尽地轻声喊道："爹！"

贾六等人快马飞奔到闫罗峰面前，倏地勒住缰绳，座下骏马一齐扬蹄长嘶。

前锋侍卫打马上前一步，大喊道："兵部侍郎兼浙江巡抚贾大人驾到——"

闫罗峰刚想下马迎接，一看是当初参与大闹府上的贾六，顿时心中升起一股怒火，强克制住心中炎焰，在马上拱拱手道："不知巡抚大人驾到，下官有失远迎。"

前锋侍卫又大喊道："请知府大人下马迎接巡抚大人。"

闫罗峰想了想，很不情愿地翻身下马行礼。

贾六骑在马上，沉声道："闫大人，你可知他有当今皇太后懿赐的金书铁券？"

闫罗峰愣怔一下，不服气地望着远处，道："下官不曾见过。"

白鹰挤出人群，怒指着闫罗峰，急道："我亲手将皇太后懿赐免死金牌交给你的！"

"大胆刁民，竟敢血口喷人诬陷本官。你说你将皇太后懿赐的金书铁券交给了本官，可有证据？"

"你……你……你这个狗官！我亲手交给你的，你竟然不承认！"急得白鹰指着闫罗峰跺脚骂道。

闫罗峰双手背后，冷哼一声，道："你竟敢辱骂朝廷命官，来人！把他给我绑了！"

贾六的侍卫见状，"噌噌噌"翻身跳下马，"唰唰唰……"拔出佩刀，站到了白鹰面前。

"闫大人，他说将皇太后懿赐金书铁券交给了你，你说他没有交给你。这样吧，咱先回知府，等事情原委弄情楚了，你回头再斩徐敬修也不迟。"贾六道。

闫罗峰气急，猛转回脸道："抚台大人，您要知道您是浙江巡抚，这是天津！你阻挠本府行使公务，未免管得太宽了吧？"

"哈哈哈……你还知道我是巡抚就行！巡视各地的军政、民政事务，是我分内之事。我在行使我'巡行天下，抚军安民'的职责，不应当吗？"

"这……这……这个嘛……"

徐大本"噌"地从马上跳下来，一把拉住闫罗峰的袍领，急得两眼直冒火星，咬牙切齿，恨不得立刻捅上他几刀，方能吐出胸中一口恶气。

贾六见状，赶紧翻身下马，拉住徐大本，摇摇头道："等回知府衙门查明事情原委再说。"

闫罗峰不经意间看到了骑在马上的闫肖肖，昂头轻喊道："肖肖？"

"肖肖？"徐大本狠狠瞪着闫罗峰，问道，"你怎认得肖肖？"

"肖肖，爹没有认错，你真的是肖肖！"闫罗峰皱着眉头直视着闫肖肖道。

徐大本"啊"了一声，丢下了他的袍领，扭头瞪大双眼望着闫肖肖后退了两步。

闫肖肖脸色惨白，原本红润的嘴唇变为青紫，泪流满面地从马上爬下来，拽着马缰绳，慢慢走过来，颤抖着手，指向囚车里的徐敬修，喊道："爹呀！您可知道他是谁？"

众人都吃惊地望闫肖肖和闫罗峰。

徐大本瞪眼望着闫肖肖，自言道："他是爹？"

闫罗峰疑惑地看向囚车里的徐敬修。

闫肖肖擦去脸上的泪水，指着囚车大喊道："那是我公爹！"

"啊！"闫罗峰倒退两步，盯视徐敬修。

徐敬修也瞪着大眼盯视着闫罗峰。

穆四妮紧皱眉头沉思着，前前后后地想了又想，理不出个头绪来，觉得一切恍如梦境。

芸香泪眼望着闫肖肖，颤抖着双唇说不出话来。

刘盈盈边为芸香擦泪边问道："娘，她就是我的孪生姐姐吧？"

芸香咬着下唇，含泪点点头。

闫罗锋深吸了口气，闭上双眼。

贾六也不解地望着徐大本，再看看徐敬修。

围观的群众都在议论纷纷。

就在这时，只见李相才与王成骑马在前，身后紧跟着一辆皇家驷马高盖车。驷马高盖车旁跑着一匹威风凛凛的高大白马，马上端坐着朝廷大臣刑部左侍郎廖寿恒。还没到跟前，就听到一个洪亮的声音大喊道："和硕公主驾到——"

第四十章　公主驾到　血溅蟒袍

天津知府大堂：

众人一听公主驾到，全都一愣，赶紧避让开路，单腿跪地。穆四妮内心极不平静，实在想不明白李相才和土成咋会把公主搬来。

坐在高盖车里的和硕公主见到囚车之中被反绑着的徐敬修，顿时一惊，欲起身下车。身旁的侍女轻轻拉了拉她，摇了摇头，道："公主乃皇家贵胄之身，不能掉了身价。"

徐敬修看到高盖车中的和硕公主不由得脸一红，低下了头。

和硕公主慢慢回身坐定。驷马高盖车来到闫罗峰等人面前缓缓停下。

"啊！和硕公主？"闫罗峰常听父亲说，宫里有一位骄横跋扈的和硕公主，作风狂肆，经常仗势欺人，令朝野侧目，朝中大臣、京城达官显贵尚且对这位粉侯畏惧三分，世人更是退避三舍。心中暗想，该不会就是这位吧！想到此，吓得全身颤抖，趴到地上道："下官不知公主驾到。下官有罪！下官有罪！"

只听高盖车内传来一声细腻的声音："回知府衙门！"

闫罗峰一听，哆哆嗦嗦站起来，回头喊道："回府衙！"

众官兵、衙役一听，赶紧调转头往回走。

天津知府大堂，刑部左侍郎廖寿恒坐在大堂之上，一抖马蹄袖，大喝道："闫知府，你可知罪？"

闫罗峰吓得一个激灵，赶紧跪下，道："大人，下官不知何罪之有？还望大人明示。"

廖寿恒"啪"一拍惊堂木，沉声："大胆！你明知他有皇太后懿赐的金书铁券，为何还要执意问斩？"

闫罗峰吓得如筛糠一般，颤声道："大……大……大人，我……我……我以为那金书铁券是假的，我……我……我不知道那是真的啊，我想……他……他一介商人哪里能来金书铁券？"

廖寿恒厉声道："大胆！你没查明金书铁券是真是假，就急着要将嫌犯问斩，是何用意？分明是藐视朝廷，藐视皇太后。你作为朝廷命官难道不知这是死罪吗？"

闫罗峰吓得后背直冒冷汗，咬牙道："大人，下官有不察之罪，但罪不至死。按大清律例金书铁券是赐给为朝廷立下不世奇功重臣的，他一介商人何德何能皇太后要懿赐金书铁券？因此下官才认为是假的。"

廖寿恒再次一拍惊堂木，怒喝道："大胆，竟敢质疑皇太后。来人！把他给我拿下，待禀明皇太后再行定夺。"

闫罗峰闻言，吓得瘫倒在地上，心想：事情到了这一步，是死是活已由不得自己，即使我死也不能让姓徐的好受。念及此，哭喊道："大人，下官误将皇太后懿赐的金书铁券当成假的，的确有罪。但徐敬修通匪也有罪啊！"

廖寿恒皱眉，道："他通匪？这话可当真？"

闫罗峰哭声道："卑职不敢欺瞒大人，徐敬修已招供画押。"

廖寿恒道："把徐敬修给我带上来，把供词呈上来。"

徐敬修被带上公堂，跪下道："草民徐敬修叩见大人。"

廖寿恒沉声道："徐敬修，闫知府说你通匪，可有此事？"

徐敬修心想：都成儿女亲家了，还不死心，真是无可救药了。想到此，回道："草民乃一介商人，只有土匪劫我的份儿，何来通匪之说？"

闫罗峰声嘶力竭地喊道："现有你画押的供词，你还敢抵赖？"

贾六在一旁怒道："你敢咆哮公堂？"

闫罗峰吓得赶紧低头道："下官不敢，下官不敢。下官只是提醒一句。"

廖寿恒扫一眼徐敬修，沉声道："你说你没有通匪，那这供词是怎么回事？"

徐敬修带着哭腔道："回大人，这供词是闫大人严刑逼供把草民打晕，等草民醒来就有了画押，草民也不知怎么回事。"

闫肖肖在知府大堂外听到父亲的话，急得直跺脚，为父亲一心要陷害公爹而深深地痛悔。徐大本在一旁紧紧抓着她的手。

廖寿恒厉声道："闫大人，可有此事？"

闫罗峰咬牙道："大人明察，这供词是徐敬修自己招供亲自画的押！"

正在这时，大堂外传来击鼓喊冤声。

廖寿恒大喊道："何人在外击鼓喊冤？给我带上来。"

芸香上堂跪下，道："大人，我乃状告人马继宗之妻，名叫芸香。我可以证明诉状中所述徐敬修通匪一事全是我家老爷杜撰。只因我家老爷马继宗之胞姐马圆圆，痴情暗恋着徐敬修，而徐敬修却娶了他现任太太，他胞姐一气之下上吊自缢。为此，我家老爷怀恨在心，把他姐姐的死全都怪罪到徐敬修身上，这些年，多次陷害徐敬修不成，这次又诬告陷害他通匪。"

廖寿恒听了芸香的供述，低头看着诉状皱皱眉头，抬头道："可这诉状的原告是秦有福，而不是马继宗啊？"

芸香回道："秦有福乃是我家管家，就是他出的诬告徐敬修的主意。"

廖寿恒大声道："把状告人秦有福带上来。"

秦有福被带上堂，跪下道："草民秦有福叩见老爷。"

廖寿恒拍惊堂木，道："秦有福，你状告徐敬修通匪可有证据？"

秦有福哆哆嗦嗦地道："没有。我告他通匪，是因为他在苏州抱打不平，将我表哥刘梦虎告进了牢狱，我想替表哥报仇，我东家也想替他姐姐报仇，我才出此下策。"

阎罗峰听完秦有福的诉说，低下了头。

廖寿恒惊堂木一拍，怒喝道："大胆刁民，没有任何证据竟敢诬告他人，拉下去重打五十大板！罚银五百两。"话音刚落，堂外又传来击鼓喊冤声。

廖寿恒道："将击鼓喊冤之人带上来。"

小丽轻步上得大堂来，跪下道："民女可证明阎罗峰是公报私仇！"

廖寿恒瞪眼疑惑地看着小丽，扭头看一眼贾六，道："哦？那说来听听。"

小丽想起当年的事，不由得悲从中来，含泪指着阎罗峰道："二十年前，阎大人胞弟阎罗罗在苏州城拦路调戏于我，我不从，阎罗罗一怒之下将我母亲打死。恰巧徐敬修内兄穆三路过，路见不平出手相助，打斗中失手打死了阎罗罗。穆三见出了人命，带我逃进山谷躲避。阎父当时是苏州巡抚，抓不住穆三，就将徐敬修和他太太，以及徐敬修苏州店铺的掌柜、伙计统统抓进大牢。穆三听闻，不想连累妹妹一家，带我投案自首，想要换出妹妹一家人。哪知阎巡抚不但没放人，还把穆三打得奄奄一息。当时驻扎苏州，清剿太平军的大帅杨荣盛为救部下穆三及其妹妹一家，带部属张良将军和三百官兵闯入阎府救人，阎巡抚不允，张将军一怒之下杀了阎巡抚，把我们救出。出牢后穆三因伤势过重不久就去世了。阎罗峰因此怀恨在心，一心想要置徐敬修于死地，这次就是借马继宗、秦有福诬告徐敬修通匪之机，在没有证据的情况下，明知是诬告，但他公报私仇心切，一心要处死徐敬修。民女之言句句属实，张良将军至今还关押在天牢之内。望大人明察。"

二春赶紧跪下道："大人，当时被关进闫府大牢中的人也包括草民，我愿意证明闫知府是公报私仇。"

贾六赶紧起身，拱手道："廖大人，卑职目睹了闫罗罗打死内人母亲的全过程。"

廖寿恒听后，大声喝道："闫罗峰！他们讲的可是事实？"

闫肖肖听了这些事，为自己的父亲羞愧难当，在门外泪眼望着闫罗峰，气得浑身发颤，刚欲转身迈步离开。刘盈盈挤过来，拉住她的手，低声喊道："姐姐！"

闫肖肖抬头一看，大吃一惊，愣立当场呆呆地看着刘盈盈。

刘盈盈见闫肖肖半天不说话，拉拉她的手低声道："姐姐，你我乃一母同胞的孪生姐妹。"回头指指跪在大堂上的芸香道："她就是你我生母。"

闫肖肖顺着刘盈盈手指方向看看芸香，再回头用探究的目光盯着刘盈盈，一时之间无论如何也难以接受这样的事实。

闫罗峰万万没想到徐敬修竟有这么大能耐，连和硕公主、廖寿恒都能专程为他而来。现在还有这么多人为他出面做证，自己一念之差竟惹下这么大的祸，看来今天自己的小命是无论如何也保不住了，这真是害人不成反误了自己性命。最让自己难以接受的是，心爱的女儿竟嫁入仇家之门，让自己稀里糊涂地成了仇人的亲家，真是冤家路窄呀！抬头扫视一眼两旁立着的带刀侍卫，回头看一眼大堂门外的女儿，重重叹息一声，脸上露出淡淡的微笑，突然起身冲向一个侍卫，侍卫还没反应过来，他迅速拔出侍卫腰间佩刀，反手插入自己胸膛。

"爹——爹——"闫肖肖甩开刘盈盈的手，不顾一切地冲进大堂抱住摇摇欲坠的闫罗峰，哭喊道："爹——您这是何苦呀？"

闫罗峰泪眼看着闫肖肖笑笑道："肖……肖……"一颗眼泪顺着面颊滑下，两腿一蹬倒在地上死了。

徐大本跑进来含泪看着闫肖肖。

廖寿恒一拍惊堂木，喊道："退堂！"喊罢，起身走出公案，拱手道："徐东家，咱是第二次见面了！"

徐敬修吃惊地望着他。

廖寿恒拉着他的手，绕过闫罗峰的尸体，走到知府衙门口，道："忘了？在宫里。"

徐敬修深深地望着廖寿恒，心震撼了一下："是您？"赶紧拉住穆四妮的手趴跪到地上，道："谢谢廖大人！"

众人一看徐敬修夫妇已跪下，都"哗啦"一下全部跪下了。

廖寿恒道："不要谢我，要谢你就谢公主吧，是公主让我过来公平断案的。"

这时，和硕公主轻步走过来。温柔地注视着徐敬修，嘴角噙着一丝笑意，道："徐敬修，你救了本公主一命，本公主救了你两命。你可要记着，你还欠着本公主一命。"

徐敬修回道："小民会永记公主大恩大德，不过，今生恐怕是还不了公主这一命了。"

和硕公主一愣，道："此话怎讲？"

徐敬修道："公主乃皇家贵胄，与天齐寿，我徐敬修一介草民，就是再转三生三世也还不了公主这一命啊！"

"哈哈哈……"徐敬修幽默、风趣、巧妙的回答逗得和硕公主开怀大笑，停止笑声娇斥道，"那我岂不成个万年不死的老妖了？我宁愿与你同生共死，也不愿做万年不死老妖。"

穆四妮听完公主一番话，心中一惊。徐敬修当然知道此时此刻穆四妮心中的感受，无语好半天，才道："多谢公主救命之恩！"

"不必客气，"话没说完，和硕公主的目光落在穆四妮身上，"这位就是你的夫人？"

"正是！"

"夫人可否抬起头来？"

穆四妮心想，抬起头就抬起头，虽然我不是出生于皇家贵族，但我的长相也不比你差，怕你不成！当她抬头一看，不由得两人都吃了一惊。穆四妮试着扯了扯嘴角，发现自己还能挤出笑容来，忙展开一个灿烂笑脸，暗叹：他奶奶的！这公主长得也太美了！腰如束素，口含朱丹，美目流盼，肤如凝脂，翩翩柔弱，这样美丽的公主，怎不惹人怜爱！

和硕公主也心中暗道，徐敬修咋有这么一位美丽的夫人，秀眉如弯月，眼眸似清澈的湖水，鼻子小巧玲珑，不高不低，唇红齿白含而不露，嘴不大不小，煞是可爱。虽已年过五旬，但身材不胖不瘦，凹凸有致，肌肤白嫩润滑，举手投足间高雅中还散发着一股英姿。接着又飞快地瞟一眼为徐敬修鸣冤的芸香，芸香此时也正偷眼观望公主，两人目光相对的瞬间，也是一愣，和硕公主皱皱眉头，心想：这女子眉目如画，神情淡然，柔若无骨，飘然若仙，仿佛离尘脱世不食人间烟火的仙子一般。

侍女见公主不眨眼地看看穆四妮，再瞧瞧芸香，近前低声道："公主，车马已备好。"

和硕公主摇摇头，笑笑，道："都起吧！"扭头看一眼刑部左侍郎廖寿恒，道："廖大人，咱走吧！"说罢，先起步向外走去。

廖寿恒轻点一下头，追了上去。

和硕公主走到高盖马车前停下脚步，回头道："救张将军的事我记在心里。"

"谢公主隆恩！"徐敬修双手伏地道谢。

廖寿恒与贾六客套了几句官场话，跨马跟着公主马车而去。

贾六、小丽把徐敬修夫妻搀扶起，贾六拍拍徐敬修的肩膀，道："兄弟，我们就此分别吧！哥要尽快赶回浙江。现在国家动荡公务繁忙，不敢稍有耽搁。"

徐敬修想给他一个灿烂的微笑，哪知扯开嘴角的瞬间却泪湿了眼眶。扬起头，努力不让眼泪落下来，故意装作一副淡然的神态。

贾六很理解他此刻心中那撕裂般的剧痛，走过来为他拭去脸上的泪，伸开双臂将他紧紧抱住。

徐敬修含泪哽咽道："六哥，保重！"

穆四妮走过来流着泪，躬身道："谢谢六哥、六嫂救命之恩！"

小丽笑笑道："太太，您还是叫我小丽吧，叫我六嫂感觉挺别扭。"

贾六放开徐敬修，转身道："妹妹，跟哥就别这么客气了。三哥不在了，保护妹妹是哥的责任。"

穆四妮听了这句话，大感宽慰，感动地流泪啜泣道："谢谢六哥！"

贾六拉着小丽走到芸香面前，深施一礼，道："我替妹妹谢谢你的勇敢善良，你的深明大义令我感动。"

小丽放低了声音说道："芸香姐，不，马太太，您真是个厉害角色。"

芸香羞愧难当地摇摇头。

贾六扶小丽上马，自己也上了马，拱手道："你们保重，后会有期！"说罢，带着侍卫打马扬尘而去。

芸香看着贾六夫妇走远后，转头痴情地望着徐敬修。

徐敬修避开她的眼神，走过来一把拉住穆四妮的手，站到芸香跟前深深一鞠躬，眼含热泪道："谢谢你芸香，哦不，马太太。"

穆四妮转身推了他一下，瞥他一眼，笑笑道："你又说错了，准确地说是亲家！"

芸香含羞一笑，点点头。

徐敬修挠挠头，哈哈一笑，道："是是是，是亲家，是亲家！"

刘盈盈过来挽住芸香的胳膊，下巴微挑，笑睨着徐敬修，得意地道："老爷，您还不知道吧？这也是俺亲娘。"

徐敬修点点她，笑道："你呀，我要不知道她是你娘，我会请你来我府上做丫头？"

刘盈盈惊道："这么说，老爷您早就知道了？"

徐敬修捻须呵呵一笑道："我能掐会算，早就算出会有这么一天。"

"啊！"芸香和穆四妮同时惊问道，"难道说这一劫难，你也是早算出来了？"

芸香和穆四妮同时问了同样的话题，众人感觉好笑，她俩自己也感觉有些好笑。

穆四妮看看芸香和众人，感慨道："亲家，今天真是太谢谢你和大伙了。走，咱找家酒楼请大伙坐坐，表表我的心意。"

芸香明白穆四妮的用意，苦笑一下，道："您的心意我心领了，现在咱可是一家人了，一家人不说两家话。您的大度令我很是佩服，如有来世，我芸香愿做您的亲妹妹。"

刘盈盈左手挽着芸香的胳膊，右手挽住穆四妮的胳膊，高兴道："您们现在就是好姐妹。"

穆四妮和芸香相视一笑，点点头。

徐敬修回头望了一眼知府衙门，喊道："二春，走，咱俩进去看看。"

"你身上有伤，就别去了。我去看看，帮他们处理一下。"二春道。

"徐大哥，你们都回铺子吧，我在这里等我的女儿、女婿。生恩没有养恩重，让她痛快地哭一场吧。"芸香道。

徐敬修紧皱眉头，道："是啊，毕竟是他养育了肖肖，就让她哭哭吧，等肖肖把事办完了，就让孩子们好好陪陪你。四妮！咱回铺子！"

刘盈盈扭过头望着提步要走的穆四妮，问道："太太，我回哪边？"

穆四妮笑笑道："你这孩子，当然要回你家陪你娘了。"

"啊哟哟！"芸香有些受宠若惊，"真正不敢当。大嫂，您要是喜欢这孩子，还让孩子跟着您。"

穆四妮摆摆手道："你们母女今日重逢，一定有好多的话要说，让孩子都回你家吧。"

芸香感激地望着她点点头。

穆四妮刚要抬脚走，突然想起来，扭过头一把拉住徐敬修，问道："对了，

我之前咋没听你提起过，公主啥时还救过你一命？"

芸香也瞪着大眼等待着徐敬修回答这个问题。

徐敬修从余光中感觉到了芸香的眼神，长叹一口气，望着穆四妮道："五十寿诞，天牢之灾时。"

"啊！那一次是公主把你救出来的？你不是说，是你为皇太后治好脚疾放回来的吗？"

"当时我也不知道是公主暗中相救。"

"她为啥会救你？你与公主倒底有啥交情？"

"啥交情也没有。当时她正好与慈禧太后闹意见，无意之中救下了我。"

"哼！那你啥时候又救过她的命？"

"嘻！是闹瘟疫的时候，公主也染上了病，生命危在旦夕时，吃了我开的药才逃过一劫。"徐敬修无奈解释道。

"她说愿与你同生共死，如何解释？"

"公主在的时候你咋不直接问她？"徐敬修急道。心想：要让你知道公主曾给我写过一百封书信，我还曾在公主床上睡过一夜，你还不得跟我闹翻天呀！

穆四妮指着他的鼻子，喊道："你这是啥意思？"

徐敬修拨开她的手，刚要张口说话，王成走过来道："太太，您看这么多人都在这儿候着呢，咱是不是回铺子再说？"

穆四妮心想：人家贵为公主，宫中御医成群，哪能用着你去为人家看病？这里面定有隐情。不管咋说，人已救下，当着这么多人争风吃醋会被人笑话。想到此，她笑笑扭过头来，大喊道："李掌柜、王成，没想到你俩能把这么大的人物请过来，走，回铺子领赏！"

义和发后院：

回到义和发铺子，李相才与二春坐在炕沿上，穆四妮、徐大本、大毛、小毛都围站在炕边。李相才端起茶碗，颤音道："您受惊了！"又望了徐大本一眼，摇摇头长叹一声："要早知道都是亲家，您就不用受这罪了。"

徐敬修眉头微蹙，道："是呀，谁能想到事情会这么巧。李掌柜，辛苦你了。"

李相才含着眼泪摇了摇头。

穆四妮看了徐大本一眼，张了张嘴没有言语。

徐大本抬头尴尬地看了父亲一眼，扶着炕沿道："肖肖只给我提起过她爷爷在苏州做过大官，家中遭过难，她父现在在京城避难；自从应着程小姐的姓嫁到咱家后，便与她父失去联系。我真不知道她的养父与咱有这么大的怨仇。"

徐敬修看着尴尬中的徐大本，摆摆手道："好了，都过去了，等肖肖回来咱们一个字儿也不能提。"众人都点点头，他突然想起来，问道："老乞婆，你咋知道盈盈是芸香的女儿？"

穆四妮盯着他，脸带怒气说："你这个老东西，你以为你天天背着我给张诚写信，我真的不知道啊！"

徐敬修一听此言，猛地一愣，看着她。

穆四妮面色沉静，瞟了他一眼："看来你真把我当傻子了！叫芸香去认肖肖也不与我说。哼！不知你心中还有多少秘密。"

徐敬修一看她想生气，忙扯了个笑，望着二春问道："我还没有来得及问，你咋突然从南方赶回来了？"

二春双手揣着茶碗，深吸口气道："我回来送四爷，回到家世福说你出事了。我来到天津，才知道你落入仇人之手。"

"四爷？"徐敬修"噌"地坐了起来，悲喜交加道："四哥？四哥他没死？他去南方找你们去了？"

"啊！"穆四妮大吃一惊，瞪眼望着二春和徐大本。

二春和徐大本点点头。

徐敬修眼神里充满了意外的惊喜，搓了一下手，从背后掏出旱烟袋，激动道："我就知道，我四哥他没有那志气，输点儿银子就跳井死了？你这个老乞婆啊！他也只能是骗过你而已！可惜啊！四嫂白白搭进去一条命。"

徐大本赶紧从怀里掏出火柴为父亲点着。徐敬修见儿子点烟的动作很顺溜，有些意外地盯着他看了看，眼中带着探究问道："你也学会抽旱烟了？"

徐大本摇摇头，慢慢坐到炕沿上道："这火柴是专门为我大舅准备的。"

徐敬修脸上露出一个淡淡的微笑。

穆四妮出了一会儿神，带有讽刺意味道："没想到你老徐家门里还有这样的人！真是人善被人欺，白白浪费了我一口上等棺材！"

徐敬修点了点穆四妮的额头，目光落在二春脸上，欣慰道："你咋把孩子们也带回来了？"

二春把茶碗放回桌上，盘腿坐于炕上，静静出神道："我去浙江请了贾大人后，顺路到铺子里一说，他们急得不得了，非要跟着过来不可。"

徐敬修指指穆四妮身后的椅子道："都站着干吗？坐下。"

大毛搀扶着穆四妮坐好后，自己也随意坐下来道："我兄弟的命是您给的。如果谁敢对您怎样，我兄弟绝不放过他！"

小毛退了两步坐下来，双手握拳道："我们没有啥好回报您的，只要能保

护好您，哪怕是用我们的命换您的命，我们也在所不惜。东家，您说过一句话'人活着不光是为了自己，更多的是为了别人'，这句话至今我记忆犹新。"

二春欣慰地瞧瞧大毛，再瞅瞅小毛深深地点点头，道："对，做人要懂得知恩图报。"

徐敬修心中含着酸楚，摆摆手道："严重了，有你们这份儿心，我就心满意足了。啥报恩不报恩的，看到两个孩子这么有出息，我这心里高兴啊！"

王成提着水壶过来，往茶壶注入水，一碗碗倒好后，瞪眼扫过大家的脸，做了一个请的姿势。

徐敬修把旱烟袋放下，顺手端起桌上的茶碗，看着王成道："你越瞪眼呀，越像我的朋友。"

王成咧咧嘴道："是吗？老爷。"

徐敬修喝了一口茶水，点点头。

王成嘻嘻一笑，端起桌子上的茶碗递给穆四妮，道："太太，好几天我都没看到您喝一口茶水，您喝一碗吧。"

穆四妮接过茶碗，微笑着仔细打量王成一番，道："你还别说，还真像程丞相。"

"又在乱说了！"徐敬修打断了她的话。

穆四妮不小心的一句话，把王成震了一惊。他镇静片刻，端了一碗茶，双手递给李相才。又回身为大毛、小毛各端一碗，满不在乎的样子，问道："哪个程丞相？"

徐大本也用惊奇的眼神看看父母亲。

大毛喝了一口茶水，好奇地问道："太太，王成像哪位丞相？"

穆四妮手端着茶碗，知道说漏了，还犟嘴道："都是自己人怕啥？像长毛丞相程玉琪。"

王成惊愣了一下，见徐敬修的茶水已喝完，嘿嘿一笑，边给他续水边道："我要是丞相就好了。"

小毛端着茶碗站起来，拍拍他的肩膀道："你要做了丞相也封我个官当当啊！"

"我要是做了丞相，封你当我的教头。"王成边说边为徐大本添茶。徐大本摆摆手，目光从父亲脸上扫过，望着母亲道："爹、娘，等有机会给我讲讲你们年轻时的事吧。我感觉爹娘有很多很多的故事我不知道。"

穆四妮怔了一会儿，长叹一口气道："等娘老了，坐下来慢慢说给你听。"

"你呀，你还以为你现在很年轻呢！"徐敬修看着穆四妮道。

听他这么一说，穆四妮起身把茶碗放到小桌上，摸了摸自己的脸，皱着眉头道："我老了吗？"

白鹰提袍走进来，扫过大家的脸，望着徐敬修道："东家，这几天对门好像有货了，比咱家货卖的价格还低。"

徐敬修听后一惊。

李相才放下手中茶碗，瞪眼望着白鹰。小伙计跑进来喊道："大掌柜，马掌柜来了，他还带来两位同行。"

白鹰道："哪个马掌柜？"

"就是山东的那个马掌柜。"小伙计道。

白鹰提袍向外走去。

徐大本从炕沿上站起来，给二春挤挤眼，跟在白鹰身后向外走去。

二春懂他的意思，忙把茶碗放回小桌上，下炕穿鞋道："我也去看看。"

徐敬修道："你累好儿大了，休息会儿吧。"

二春摆着手道："不累，我去看看情况。"

"随你吧！"

二春笑笑，整整衣袍向前店走去。

大商号

第四十一章 货硬客多 进货路过

义和发铺子：

走入铺子前厅，白鹰一眼就认出了马掌柜，赶紧微笑着拱手道："马掌柜您好，好久不见了。"

马掌柜拱手还礼，道："您还记得我呀？我以为您早把我给忘了。"

"看您说的，忘了谁也不能忘了马掌柜您呀！"白鹰望着马掌柜身后的二位掌柜，道："这二位是……"

马掌柜笑道："您看看，见了您只顾高兴，都忘给您介绍了。"说着转身扭头，介绍道："这二位可是我们山东有名的药商大户，今天带他们过来，就是想跟您见个面认识一下。这位是张老板，山西人，在我们山东开了三座药铺，一年需要进不少的货。这位是白老板，是我们山东德州一带赫赫有名的大财东，经常与我结伴进货。"

白鹰拱手笑道："幸会！幸会！"

马掌柜看着白鹰身后西装革履的徐大本，问道："白掌柜，请问这位是……"

白鹰扭头看着徐大本，道："哦，忘了给您介绍，这是我们少东家，在南方经营绸缎、布匹生意。"

徐大本拱手道："各位老板好！"

白鹰见二春进来，接着介绍道："这位是我们南方绸缎、布匹生意的总管。"

二春见白鹰有意在抬高自己的身份，对白鹰感激地点点头，拱手道："各位老板好！"

张老板、白老板、马掌柜异口同声地道："啊！你们在南方还有绸缎、布匹生意？"

二春兴奋道："何止是有？我们南方的绸缎、布匹生意可是不比北方的药材生意小，不但品质齐全，而且花色繁多，深得当地百姓的信赖。"

张老板三人闻言，佩服地翘起大拇指。

白鹰将三人请进会客厅落座，面对白老板，笑笑道："咱不仅是同行，还是同姓，一笔写不出两个白字，咱五百年前可是一家人。"

白老板笑道："是啊，往后还请老本家多多照顾。"

"一定，一定，还望白老板以后多多光顾本店。"

小伙计提来茶壶，给他们斟上茶，白鹰招呼三人喝茶后，疑惑地问道："马掌柜，我有一事不明，还请指教。我记得上次你们从对门进了货，没多久又给拉了回去，这是为何？"

马掌柜把送到嘴边的茶碗放下，叹口气，道："提起这事我就生气，真是一言难尽啊！您说我都是宗盛达多少年的老客户了，以前一直合作也挺愉快，没出过什么事。可那次北京、天津、山东等地闹瘟疫，我从宗盛达进了些中成药，结果好多客户都找回来说货不真，开始我还不信，用水泡开一验，不但药渣多，几味主药剂量还不足，质量太差了，没办法我才赶紧把货给他拉回去退了。少赚了银子咱不说，关键是耽误了病人，我这心里难受呀，让他把我多年树立的信誉都给毁了，人家说咱卖假药，您说气人不气人。原来马东家不常在铺子里时，一切都由阮掌柜做主，他们店里的货质量、价位也行，可自从这个马东家回来以后，他家货就不行了。唉！这个马东家真不地道。"无奈地摇摇头，接着道："这段时间听同行们说，从你家进的货纯，价位也公道。可跟你家对门合作了这多年，跟阮掌柜交情也不错，碰到了有些抹不开面儿，所以就想避开这门口去别处进货。可这几天转来转去其他店铺货都不全。我们这儿进一点儿，那儿凑一点儿的，价格不便宜不说，还怕货的品质不行。这几天倒是听说他家有货，还便宜，可再便宜咱也不敢从他家进货了，便宜没好货，我真是被他坑怕了。"

二春微微一笑道："那是他目光短浅，只图眼前利益，老想着一口吃个胖子，结果往往是因小失大，失去了长远的机会。我有利你无利生意不成，我小利你大利生意不干，我大利你小利生意不长，我有利你有利生意才会不败。我们做生意要给别人留下利润空间，自己能有银子赚，别人也有银子赚才行，如果生意只有自己赚，而对方一点不赚，这样的生意绝对不能干。重要的是首先得顾及对方的利益。在生意场上，大家共赢才是最完美的合作。"

众人敬佩地看着二春竖起大拇指，只有徐大本红着脸，低着头。

二春突然才想起马继宗现在是徐大本的老丈人，在他面前老说他老丈人不好，他心里肯定很不舒服，于是摆摆手，道："不说了，不说了。喝茶，喝茶！"

白老板喝了口茶，放下茶碗，道："是啊，生意场上，共赢才能合作。做生意必须为顾客负责，建立良好的信誉才能长久做下去，特别是我们这些做药材生意的，要为顾客的生命负责，可是来不得半点虚假。唉……他的货就是再便宜咱也不敢跟他合作呀！撑个铺子不容易，毁掉信誉就完了。"说到此，突然眉头一紧，俯身低声道："听说你们东家被马东家陷害了？"

白鹰无语地点点头。

张老板接过话道："真替你们东家捏把汗，马东家这人太不地道，太没商德了，大家都是同行，正常竞争难免不了，可再怎么也不能用这种歪门邪道的手法呀！太没商德了，他的货再便宜，咱也不能与他做生意！"

"这种人太阴险，我做了这么多年的生意，就没有见过他这号心胸狭窄、唯利是图的人。听说你们东家回来了，没事了吧？"马掌柜道。

二春扫了徐大本一眼，端起面前的茶碗举了举，道："回来了，没事了，我代东家谢谢你们关心。我以茶代酒，敬你们一杯！"

徐大本见状，也赶紧端起面前的茶碗，道："谢谢前辈们关心！"

马掌柜端起茶碗，小小啜了一口，愤怒道："真给我们马家人丢脸，他咋姓马不姓驴呢？我们马家怎出了个这种败类，真是气死我了。他也就是在天津卫，如果在山东，我非让他吃不了兜着走。欺行霸市！咱们都跟同行们说说，让大家都别进他的货，让他没有生意可做，看他咋办？关门大吉还差不多！"

徐大本顿觉脸烫，心想：不管马继宗为人再奸诈，但他毕竟是肖肖的生身父亲啊！

白鹰知道徐大本脸上挂不住了，急忙打圆场道："光顾着说话了，咱们还是去库房看看货吧。"

二春明白白鹰的用意，放下茶碗，起身道："对，三位去看货吧。"

白老板摆手道："不急，不急，我们对你家货放心。听说你们店里有棵参王，能不能一睹为快？"

白鹰笑道："参王原来倒是真有一棵，不过带去安国找行家捏价去了，捏的价钱合适就有可能会卖掉。店里现在还有些野山参和上等虎骨、鹿茸等珍贵药材，你们要不要看看？"

"真的？"张老板放下手中的茶杯，惊喜道："这些贵重的药材在安国药市都断货了。我们还正愁没地方进货呢。天津有你们这样的大铺子，今后不用发愁货源了。"

马老板和白老板也都高兴地点点头。

"请各位放心与我们合作，咱们第一货全，第二货真，第三价格公道。"白鹰承诺道。

、"我们都相信"义和发"，相信您白掌柜。做生意最讲究的货真价实，诚信待人。"马老板高兴地说道。

"我可是非常信赖老本家的，相信你们"义和发"的货硬，希望咱们合作愉快。走！看货去。"白老板道。

他们站起来刚要迈步，一位老翁颤颤巍巍地进店铺，喊道："掌柜的，听说你们东家回来了？没事了吧？"

白鹰忙过来搀扶住老翁，道："没事了，没事了，谢谢您老记挂。您老找我们东家有事吗？"

老翁双手颤抖着摇摇头，道："没事，我就是过来抓点药。我家就住在附近，跟你们是街坊，这个马继宗可真不是东西，我活了这么大岁数，还没见过这号人，这不丢天津人的脸嘛。我以前都是在他家店里拿药，以后再也不去了，不地道，不地道啊！"

义和发后院：

大毛、小毛搀扶着徐敬修，穆四妮、李相才、王成紧跟其后，他们在后窗听到了铺子里众人的一番话。徐敬修眼睛湿润起来，摇摇头，侧头望着穆四妮和李相才道："马继宗做人目光短浅，只图眼前利益，结果往往是因小失大，失去了长远的机会，导致再也没人与他合作，这实际上是非常不理智的做法。可见，杀鸡取卵的方式是经商的大忌，做人要地道为好啊！"

穆四妮、李相才、大毛、小毛都重重地点点头。

王成点头道："老爷说得对，做人要地道，做生意要守信。做人不地道，做生意不守信，生意迟早会败。您看看，这么快就遭报应了吧，便宜都没人敢要他的货，该关门大吉了。"

徐敬修一直就欣赏王成的聪明伶俐，腿脚勤快。听了王成这番话，感觉王成现在成熟多了，这几年跟着自己闯荡，在人情世故、阅历上也今非昔比了，这次又主动请缨，请来公主救了自己一命，心中也非常感激。感叹道："看看连小王成都懂得这些大道理，可咱那亲家翁就是弄不明白呀！"摆摆手，示意不进店铺了，转身要回屋休息。

穆四妮陪他坐在客厅的椅子上，心疼地望着他脸上隐约可见的伤痕，点点头道："这话也就咱们在屋里说说罢了，肖肖回来可不能再提啊！"

徐敬修点点头。

王成从里屋炕桌上端出来茶具，准备倒茶。徐敬修摆摆手，捻须想了想，侧头看着穆四妮道："我想把二春留在天津，感觉这边更需要他。"

穆四妮点点头道："我也正有此意，二春心眼多，留在天津防患于未然吧！"

这时，外面传来一阵嘈杂声，王成到门口向外一看，不禁惊喜万分，扭头道："老爷，太太，您们看谁来了？"

话音刚落，徐大任跨门进来，看到母亲吃惊地一愣，他望着母亲的脸有点不敢相信，擦了擦眼睛才跑过去，激动地喊道："娘！"

穆四妮拉住他的手，道："儿呀，你回来了！"

徐敬修像孩子似的，心中的酸楚瞬间爆发，赶紧把头扭向一边，擦去眼眶的泪水。

朱魁见李相才也在，走上去拍着他的肩膀，疑惑道："李掌柜，你咋也来天津了？"

"唉！待会儿再给你说。"

徐大任望着母亲鬓角的白发，双唇颤动了半天，才问道："娘，您咋来天津了？"

穆四妮紧咬下嘴唇，忍住在眼眶边打转的眼泪，颤声道："娘好久没出过远门了，你爹派人把我接过来，想让我开开眼界，宽宽心情。"

"娘，您瘦了，头上都有白发了。"

"娘老了，老了就瘦了，也该有白发了。"

徐大任转头看向父亲，不由愣住，自己与父亲分开不过才个把月时间，咋头发全白了，额头的皱纹也添了不少，脸色黝黑，瘦得颧骨都凸了出来。

徐敬修见儿子看着自己，赶紧把手往袖笼里缩缩，面对儿子的目光勉强露出一丝浅笑。

徐大任定睛细看，发现父亲脸上青一块紫一块，再看手上还有好多伤疤，心头一振，不由倒吸一口凉气，喊道："爹！"猛地从母亲手中抽出双手欲扑向父亲。

穆四妮忙一把拉住他的胳膊，脸上掠过一丝难以察觉的阴郁，道："儿子，给娘说说你们进货顺利吗？"

徐大任看一眼父亲，回过身来，眼里噙着泪花，道："顺利，无论是在路上还是进货都很顺利，不光便宜进了货，还高价卖出咱家不少货呢。"

朱魁接过话道："那棵参王卖了个好价钱，人家不单单相中了参王，对咱的包装也非常满意。年轻人就是想法多，意识超前！"

徐敬修瞟一眼徐大任，心中欣慰，嘴上却说道："他那点儿本事跟你们还差得远。马掌柜呢？咋没看见马掌柜？"说着指指身边的椅子，示意朱魁坐下。

王成又重新泡了一壶茶，给他们一一满上，静静地站在徐敬修身后，认真地听他们谈论生意上的事。

徐大任望着父亲，心中五味杂陈，忐忑不安，慢慢从母亲手里抽出手，回道："马掌柜跟着车队随后就到。"坐下来，看看大毛和小毛，道："爹，这二位是……"

"这是大毛和小毛，你二春叔的……"

"你们不是在苏州铺子吗？"徐大任不待父亲把话说完，就吃惊地看着大毛和小毛问道。

大毛和小毛相视一眼。大毛拱手道："我们也是刚从苏州过来。"

徐大任心中越发疑惑，皱着眉头看看他们，没有言语。

朱魁坐下，端起桌上的茶碗，喝了两大口，道："咱那参王遇到了真正的买家，他一抬手就捏价很高，我们吓了一跳，可他还往高里捏。他说是和参王有缘，很顺利就买下了。"

徐敬修满意地点点头，问道："在药市主要外订了哪些货？"

徐大任把脸往上一仰，自豪地道："他们主要订的是野山参和鹿茸。客户过些日子会来天津取货。"

穆四妮看徐大任兴高采烈地谈生意上的事，望一眼徐敬修，暗暗松了一口气。哪知道徐大任兴味盎然地谈论过后，突然起身跑到父亲身边，伸出战栗的双手摸着父亲的脸，道："爹，这是咋回事？发生啥事了？是不是马继宗又欺负人了？"

朱魁放下茶碗，站起身弯腰仔细一看，惊道："东家，您这脸上咋了？"

徐敬修扭过去脸，忍着悲痛道："前天走路不小心摔的。"

"你看看你爹，都多大的人了，走路都能跌倒，还磕成这样。"穆四妮说罢，再也忍不住落下了眼泪。

徐敬修瞪眼道："真是妇道人家，哭个啥！这不快好了。再哭，明天就让王成把你送回武安。"

朱魁看着穆四妮和徐敬修的表情，感觉不对，一把拉住身边的李相才，瞪眼看着他，低声问："出啥事了？"

李相才刚要说话，见白鹰带着徐大本和二春迈步进来。朱魁上前用另一只手拉住白鹰，三人向里屋走去。

徐大任吃惊地看着他们，起身道："二春叔，三弟；你们咋都来天津了？"

徐大本没有回答他的问话，而是疾走两步，一把抱住他道："哥！白掌柜刚才还说你这几天就要进货路过天津。"

徐大任推开徐大本，皱起眉头问道："为啥你们突然都从南方来到了天津？"

徐大本想了想，顺口道："我们回家送四伯，世福叔说咱娘来了天津，我们也就跟过来了。"

徐大任惊道："四伯？四伯不是早死了？"

二春道："他那是为了躲赌债，伪装成跳井的假象，偷偷跑南方找我们去了。"

徐大任目光扫过二春，盯着徐大本，质问道："三弟，给哥说实话，咱爹的脸到底是咋弄的？"

徐大本神情微怔，瞧一眼父母，不知该如何回答。

"喀，喀。"穆四妮清了清嗓子，道，"不是给你说了，出门跌倒磕的，你这孩子，咋连娘的话都不信了？"

二春呵呵一笑，道："前几天下了点儿小雨，东家出门不小心摔了一跤，脸磕地上就成这样了。实际上不严重，是我抹药抹多了，看着好像很重。"

徐大任将信将疑地看着众人，道："没事就好。"回头看着王成，责备道："往后多搀扶着点儿，再让我爹滑倒，我饶不了你！"

王成赶紧回道："是是是，我记住了二少爷。"

"三弟，南方生意可好？"

"还行，前几个月才与洋人做了一笔大生意。"徐大本道。

徐敬修和穆四妮见他两弟兄谈起了生意上的事，才放下心来。

里屋，朱魁听完白鹰和李相才的讲述，抹了把眼泪，道："放心，我会保密的。"起身走出里屋。

白鹰和李相才跟在朱魁后面也走出里屋，重新落座后，白鹰道："刚才山东那几位老板订了大批的人参、鹿茸、麝香、黄芪、虎骨、木通、阿胶等贵重药材。东家，咱铺子里存货可不多了呀，得抓紧时间从东北往这儿送货。"边说边把订货单递给徐敬修，道："这段时间要这几样药材的客商不少，咱要多备一些，不能断货。"

徐敬修接过单子，看一遍，抬头道："这咋还有一张民生堂的单子？"

白鹰点点头。

徐敬修皱皱眉头，神情凝重道："民生堂来订咱的货？"

白鹰凝视着他的脸，道："是啊！怎么了？有何不妥吗？"

徐敬修默想了半晌，道："他与继宗是朋友，为啥要进咱的货？"

徐大任道："爹，这没有啥奇怪的，市场上货紧，他们又不愿意冒险去东北进货，自然要从咱家进货了。这样既不用冒险，也不用花钱请镖局。"说着他从怀里掏出银票，双手递过去，"爹，您看，这是卖参王的银票。"

徐敬修接过银票，惊讶地望着徐大任与朱魁，道："比我预计的还高。"

朱魁从怀里掏出一沓订货单，递给徐敬修道："东家，您看，这都是安国药商的订货单。过些日子他们会来天津取货。"

徐敬修接过单子，一张一张地挨着看了一遍，皱着眉头道："订出去这么多货？"

朱魁点头道："都说国家面临严重的亡国危险，府衙天天忙得焦头烂额，抽不出时间剿匪，那片黑土地上是土匪王国，都不敢去关东收货。所以造成市场上货源紧张，那些人参、鹿茸、麝香、黄芪、虎骨很稀缺，几乎断货，有多少也不愁卖。"

徐敬修把单子放到桌上，抬起头扫过大家伙儿的脸，望着朱魁道："朱掌柜，等车队到了，你们先回沈阳，看看总店收了多少货。如不多要他们抓紧时间再收，价格适当高点也收。"

朱魁点点头。

徐大任不解地看着父亲，道："爹，您不一起走？"

朱魁张了张口与李相才对视一眼，心中一酸，强忍着泪水，走出门外。

徐敬修道："我暂时留在这儿几日，等你娘回去了我再走。"

其他人都没吭声。徐敬修心里清楚，自己内伤太重，必须留下疗伤。

第二天清晨，太阳刚刚升起，李相才就与大家告别，返回了京城。

中午时分，进货的车队，如期从安国抵达天津。徐大任长长地伸了个懒腰，出来看车队已经做好了出发的准备，拍拍王成肩膀，道："记住了，把我爹给照顾好了，再让我爹摔着，我拿你是问！"

王成朝他笑着眨了一下眼睛，道："请二少爷放心，我用人头保证，不让老爷再滑倒，当老爷快要滑倒时，我先趴在下面，做个垫背的。"

徐大任笑着点点他的额头，道："油嘴滑舌！"

王成吐吐舌头，站到徐敬修身旁搀扶住他的胳膊。

徐大本走过来，拥抱着徐大任："哥，路上注意安全。"

徐大任拍拍他的后脊背，道："三弟，你在南方也要保重。"

徐大本含泪点点头。

穆四妮含泪道："二小，路上注意安全，遇上土匪劫道千万别怕，要保持头脑冷静，该打点的就打点，命比啥都重要！"

徐大任放开弟弟，走过去为母亲擦去眼泪，告别了众人转身踏上了去东北的路。

朱魁回头看了徐敬修一眼，带着丝丝担忧和不安跟随车队离去。

徐敬修望着车队吱吱嘎嘎远去，回头道："二春，你就不要回南方了，留在天津吧。"

徐大本和二春都是一愣，不解地盯着他。二春犹豫了片刻，还是疑惑地问道："那南方……"

徐敬修望了一眼对面铺子，道："这里更需要你。"说完，不等二春回话，双手背后提步就回铺子。

二春困惑地看了徐大本一眼，匆匆追了上去。

徐大本皱着眉头看着他俩走进铺子，出神地想着心事，穆四妮过来拉住他的胳膊。

彰德府：

张君燕从护城河畔散心回来，已近黄昏时分，一手揞着肚子，一手轻轻推开街门，见屋门半开着，顿时喜上眉梢，快步走进屋里，左右看看没人，脸色瞬间黯淡，兀自叹口气，无精打采地往火上烧壶水，搬把椅子趴在窗台边，双手托腮呆呆地望着窗外出神。火炉上的水壶已经"咕嘟咕嘟"烧开，水蒸气充满了屋子，连窗玻璃都已模糊，张君燕仍然没有一丝反应，两眼直勾勾地望着大门。突然，院外街道上传来马蹄声，在自家院门口停下，张君燕顿时精神一振，欣喜地起身向外跑去。

徐大光牵着一匹骏马，笑盈盈地抬脚跨进门槛，转身关好大门，拴好马，拥着跑出屋的张君燕回了屋。

张君燕偎依在徐大光怀里，嗔怪道："咋这么晚才回来？等得我心焦发慌。"

徐大光半搂半抱着张君燕坐下，摸着她的秀发，笑道："前些日子爹在天津出了点事，娘和三弟去天津救爹刚回来。"

"啊！出什么事了？"

"唉！三弟妹的亲爹向三弟妹的养父状告咱爹通匪，三弟妹的养父与咱家有杀父之仇，就把咱爹抓起来打入大牢，欲借此报仇问斩咱爹，咱娘拿着免死金牌去救咱爹，结果三弟妹的养父借口免死金牌是假的，执意要处决咱爹。最后公主出面才救了咱爹，三弟妹的养父无法收场，当场自刭了。"

"你说的这是啥呀？又是三弟妹的亲爹，又是三弟妹的养父，还有公主？

我都听不明白了。"

　　徐大光也是一阵头疼，是太乱了，自己也是稀里糊涂的，皱皱眉头，道："等有时间再给你细说吧。这段时间我不能天天来陪你了，你要自己照顾好自己。明天，我去给你买个丫头来伺候你，等把孩子生下来，我再和爹娘好好说说，他们不会不要自己的亲孙子。"

　　张君燕理解地点点头，偎依在徐大光怀里。

第四十二章　发现漏洞　敲山震虎

沈阳：

徐敬修养好伤，送走穆四妮和儿子徐大本等人就急忙赶往沈阳。

沈阳城大街上，徐敬修头戴黑狐帽，身穿貂裘大袍，双手插在袖笼里，慢慢走在街道上。

徐大任同样戴着黑狐帽，但身上穿的鹿裘短袍与父亲的貂裘大袍相比略差了一些，他揣着手跟在父亲身旁。道："爹，今天咱又收了不少老山参、虎骨、鹿茸、麝香、木通。"

徐敬修边走边道："你们这次进的常用药材太少，再去进货时要多进一些，不要小瞧山楂、山药、川乌、大黄、甘草这些常用药材，虽然利润小，但缺少了它们也是不行的。客户都乐意在一家把货配齐，东拼西凑的他们嫌麻烦，缺了这些常用药材会影响其他药材的销售。你这次进的九香虫、刀豆、八角茴香、木香可是不少。这些药都是治疗胃寒胀痛、肝胃气痛、脾胃虚寒、呃逆呕吐、食少吐泻、心腹冷痛、积滞腹痛、泻痢不爽、胃肠道病症的药材。平时用量不大，往后要少进。"

徐大任往下拉拉帽子，微笑道："爹，这些治疗胃肠疾病的药材，新年前后都能用得上，不过要保密。"

"保密？"徐敬修一时没明白儿子的意思，疑惑地看着他。

徐大任见父亲质疑地看着自己，自信地解释道："爹，给您说了吧，新年前后肯定会有达官贵人和殷实人家子弟大吃大喝，导致消化不良，胃肠道疾病必然有很多，并且还会引发一系列的体内疾病，这些人对性命很在意，肯舍得花银子。我这些药，就是专门为他们准备的。"

徐敬修有些意外地朝儿子看了一眼，嘿嘿一笑道："如果你觉得可行就行。"他觉得儿子这么自信，也没有必要担心太多。想想大任考虑事全面、能从人们的生活习性上发现商机，并能马上大胆付诸实施，是个经商的好手，不由得颇感欣慰。

正在父子二人边走边聊时，迎面一人笑着快步来到徐敬修面前，拱手道："徐老板，您好！昨天我刚从您铺子进了一批益母草，就是量有点儿少。陈掌柜要让我过两天再去，他想法从别的铺子再给我调一些。要知道您在沈阳，说什么我也得找您再往下压压价。我可是您的老客户，要的货又多，不能跟新客户一样对待。"

徐敬修哈哈一笑，道："好说，好说，只要还有利润空间，下次一定给您优惠。欢迎老弟常来光顾。"

客商笑道："您家货全、品质好。不用您说，我也会常来的！"

徐敬修止住笑，问道："刚才您说哪座铺子没货了？"

客商道："和发泰。"

徐敬修点点头道："可能是这些天常用药材走得太快，陈掌柜一定能从别的铺子给您调货，您后天来取。放心，这些常用药材咱家缺不了货。"

"好好好，那听您的，后天我再去。"客商拱手告别。

待客商走后，徐敬修微笑道："生意就是这样，经常会出乎你的预料，你想着进的货不少了，结果还是不够。进吧，再去时要大量地进，压不住的。现在关内至关外土匪横行，导致两边市场都缺货，趁着咱与这帮土匪有这点交情，速把这边的货运出去，把安国市场的货拉进来。机不可失失不再来啊。"

徐大任频频点头道："是是是，爹您放心，我会紧紧抓住这次机会，打个漂亮仗。我听说有位外地大药商，也在大量收购贵重药材。"

徐敬修道："东北药材如此丰富，有药商来收购是很正常的事。安国市场上货源紧张，总会有大胆的客商冒险闯关来收货。有竞争未必不是好事。"

徐大任沉思片刻，迟疑了一下，道："爹，我感觉陈掌柜最近老是鬼鬼祟祟的，有点可疑。"

徐敬修把脸一沉，道："胡说！他可是咱家的老亲，在咱家铺子里多年了，人挺可靠的。"

徐大任看着父亲如此坚定认可陈掌柜，不服气地向远处望去。

沈阳和发泰：

"和发泰"药铺坐落于沈阳北城，外面看，店面为前后相连各三间的瓦房，门楣上方悬挂"和发泰药铺"五个大字的匾额，大字下方用小字书写"徐和发分店"；店门两边悬挂木刻白漆黑字长条标牌，上联为：本店纯正地道药材，下联是：批零丸散膏丹汤剂；屋檐外高竖木质药幌子，使整个药店显得富丽堂皇。进得店内，装修的露木，除柁、檩、椽头均加以彩绘，屋顶上的椽子均油漆成柿黄色，配衬适宜，大厅坚固耐用的栏柜一字形排列，中堂悬挂的黑底金字匾额，"和发泰"三字像似刘墉所书；书法用墨厚重，体丰骨劲，浑厚敦实，别具面目。匾额两边配有两根黑亮油漆立柱，各挂有木刻的金字，楷书"修合无人见，存心自天知"，是徐敬修亲手书写。

徐敬修父子二人跨进"和发泰"店铺，与大掌柜陈堂的和店里的伙计打过招呼客气一番。徐大任开口道："陈掌柜，总店过几天还要再去进货，把药库打开查验一下，看看需要再进啥货。"

大掌柜陈堂的，五十出头，个头不高，皮肤黝黑，平时话语不多。听少东家要去库房查验货物，他着实吓了一跳，但马上又恢复平静，装着若无其事的样子，摸摸腰间的钥匙，抬头看着徐敬修，做了一个请的手势："好好，东家，您先里屋休息。"

徐敬修面无表情地点点头向账房走去。

徐大任跟随陈堂的来到库房。当打开库房门的那一刻，徐大任惊呆了，刚进的那几包益母草不就堆在那儿吗？回头看看陈堂的，皱着眉头问道："陈掌柜，那里面装的是啥药材？"

陈堂的回道："你这次进的益母草。"

要说是别的药材，徐大任还真不在意，一说是他这次进的那批益母草，他脑袋"嗡"地就炸开了，明明白白那老板说把这批益母草全部买走了，怎么这批货还在？分明是陈堂的做了手脚。这时，徐大任才想起，他说要来库房查验货物时，陈堂的的脸色就有点不对劲。他"啊"了一声，提袍角向后院走去。

徐大任急匆匆地来到账房，进门激动地大喊道："爹，我说最近老感觉这个陈掌柜不正常，您还不信。您自己问问他吧！"

徐敬修敏感地看儿子一眼，放下手中的书，喊道："叫陈掌柜进来。"

陈堂的进屋头低得很深，看不到眼睛，看不到表情，只能看到他的脑门和他那稀疏的头发。

徐敬修拿起桌上的烟袋，慢慢装上烟丝点着，深吸两口，才开口道："陈掌柜，把账簿拿来我看看。"

东家说看看账，陈堂的自然无话可说，硬着头皮，亲自开锁，从柜子里捧出一大叠总账递给徐敬修。

"总账不必看，我看看流水。你的账不会错，我随便挑几页看看好了。"徐敬修瞟了陈堂的一眼，接着又说道，"就拿七、八、九三个月的流水给我看看。"

听这样交代，陈堂的大放其心，以为东家不过随便抽查一下，便将三个月的流水账找了出来，捧到他的面前。

徐敬修翻着七、八、九月的账簿略看了一遍，道："你再拿来这个月的账簿我看看。"回头看了儿子一眼，"大任，把屋门儿关上。"

陈堂的一颗心陡地提了起来，慌忙道："是不是现在用的那个账簿？"

徐敬修和颜悦色，道："是不是找起来不方便？"

"方便，方便。"陈堂的一边说一边把账簿找出来，双手递过去。

徐敬修一面说着闲话，一面慢慢随意浏览账簿，根本不像查账的样子。陈堂的却没有他那份闲情逸致，惴惴然站在账桌对面，表面是准备接受询问，其实一双眼只瞪在账簿上，稀疏的秃顶上冒出了汗珠。

徐敬修随意地翻了一遍，没看到卖出益母草的记录，抬眼瞧了一下陈堂的，再次翻看了一遍账簿，还是没看到卖出益母草的记录。

徐敬修皱了皱眉头，道："这几天没卖益母草？"

陈堂的闻言，暗暗吃了一惊，吓得脸色苍白、满头大汗，不知该如何回答，犹豫了半天才答道："没，没，这几天没有卖。"

徐敬修顿时火冒三丈，把账簿往桌上一摔，厉声道："陈掌柜呀陈掌柜！敬东这才去世几天，你就开始假公济私忙着往自己兜里捞银子了？我老徐家哪点对不住你了？枉费了我对你的信任！"

陈堂的知道事已败露，难再自圆其说，"扑通"一声跪倒在地，哭丧着脸道："东家，您就饶了我这一回吧。我忠心耿耿跟随您这么多年，从来没出过一点差错。我看这两年生意好做，只要有货就不愁卖，前天来了个上门送货的，我看品质跟咱家的也差不了多少，价格比咱进的还便宜两吊钱，就私自进了点儿，想着赚点银子，结果入库一比对才知道上了当，品质根本没法跟咱的比。我就想，这批货不上账抓紧时间卖掉算了。"

徐敬修听后心中陡然一痛，颤抖着手指着陈堂的鼻子，道："陈掌柜，进货是该你做的事吗？要是各店都能自己进货，还要总店干啥！擅自进货、以次充好、以假充真，你这算啥？是极其可耻的奸商行为！你不是不知道，咱们做药业这一行的，任何一点差错都是性命攸关的大事，万万不可心存侥幸！我让

你给徐家看铺子，就是对你的信任，我哪儿亏待你了？你竟敢在铺子里卖你的私货，还是次货。你是不是疯了？你这是想毁了我徐家多年的信誉，毁了我徐家在东三省这么多的药材生意！你这么干是不是太缺德了？"徐敬修越说越气，急得把桌子拍得"啪啪"响，抄起桌子上的书狠狠摔到地上，"给你的身股还少吗？还不够你用吗！还要打着"和发泰"的名义做你自己的生意，干脆把"和发泰"变成你的算了！我用'和发'二字做招牌，是啥意思你懂吗？你竟敢不顾店铺的利益和声誉，自己一个人独吞生意，反了你了！还亲戚呢，哼！我真是瞎了眼看错了你。说，你干过几次这样的事了？把次品药材都卖到了何处？都给我一一追回来。否则，我马上报官，你这是想砸我招牌，毁我家业啊！"

陈堂的被骂得毛骨悚然，眼中泛着泪花，一听徐敬修要报官，语无伦次地哭泣道："东家，我求求您了，不……不能报官呀，我家有八十老母，柱子他娘还一直有病在床，我罪有应得，可我要是被抓，可怜我那老母、妻儿无人照管，他们就是死路一条啊！我这是第一次，以后再也不敢了。"

徐敬修想起自己表妹常年有病在床，真要是报了官，陈堂的就得蹲几年大牢，那个家也就算是完了，"唉"地长叹一声，低头眯眼想想，板着脸道："交账！大任，你先接管和发泰。"

徐大任顿时有受宠若惊之感，走过来道："是，爹。"

陈堂的后悔得肠子都青了，低着头，汗如雨下。

徐敬修心想：他一个人在外，没有女人的时候也不好过。三年时间了，他没回家，不定时地偷去窑子放放他内心的火气，也是可以理解的，没有想到他竟然在店里做了手脚，要不是大任，恐怕自己还会被一直蒙在鼓里，如此下去，指不定会给自己惹来多大的麻烦。想到后果，不由得吓出一身冷汗，心如刀割般，沉声道："陈堂的，咱今天啥也不用说了，念在你这么多年在店里也没少操心，我可以不告官，也不罚你银子，你回家吧，永远别让我再看到你，你回去给我表妹说吧，说我辞了你。"

陈堂的含泪低着头，浑身颤抖，嘴唇哆嗦道："东家，我、我这就去写辞呈。"

徐敬修皱着眉头，没有理他。

徐大任盯着陈堂的背影，面色深沉，拳头紧握，青筋跳动，过了好一会儿，才缓缓松开了拳头。

"大任，家丑不可外扬。这事不能当着别人的面拆穿，一拆穿，无论如何会落个痕迹，这事你知我知就算了。"徐敬修嘱咐道。

徐大任咬着牙点头道："是，知道了爹，要是大伯健在，他绝对不敢这样做。”

徐敬修长叹一口气，凝视着窗外道："是，这人呀，说走就走了。儿呀，说不准哪一天我也会离你们去的……"

徐大任闻言，一丝丝的哀伤夹杂着恐惧从心里逐渐浸出来，泪珠在眼眶里打转，最终却被他硬逼了回去，颤声道："爹，您不要这么说。说得孩儿心里怪难受的。"

徐敬修慢慢地转过头，看着墙上的店规，道："人嘛，生老病死是自然规律，谁也逃脱不了，就是爹真的有一天去了，你也用不着太难受。往后你在东北的时候要多了，这儿的生意就全靠你了，要是你伯伯们在的话，就用不着你我操这么多心了。"说着说着，停了一下，问道："对了，你伯伯们留下的账簿，我给你了吧？"

徐大任望着父亲有些苍老的面容和悲伤的神情，道："给了。"

徐敬修清了清嗓子道："改天你到营口和新民那里去看看账，看看他们的账和你三个伯伯留下的账有没有出入。"

"知道了，爹。"徐大任静静站在那儿，眉头紧皱，犹豫了半天，道，"爹，咱就这么不声不响地把他赶走，也太便宜他了吧？咱是不是召集掌柜们开个会，给他闹个难看，顺便也给掌柜们提提醒，以防再出现这样的事。"

徐敬修想了想，道："算了，念他在店里这么多年，没有功劳也有苦劳，就饶他这一回吧，再说，他也是初犯。"

徐大任脸上隐隐有些悲愤，道："爹，咱开会也不指明了说他偷梁换柱的事儿。三个大伯都相继不在了，全国这么多铺子，您又不能在这儿常待，我年轻没啥威信，怕他们会效仿陈掌柜的做法，开个会整顿一下，便宜以后管理。"

徐敬修"哦"了一声，诧异地看看徐大任，点头道："明天去总店。"

沈阳徐和发总店：

总掌柜武伦凯正在后院看伙计们切药、碾药、炮制，一个小伙计跑进来道："师傅，东家和少东家来了。"

武伦凯赶紧迎出来，见徐敬修正站在药柜前手拿一把白芷给徐大任看。走过去做了个请的手势道："上楼喝茶？"

徐敬修放下白芷，拍拍手，跟着总掌柜武伦凯上楼在客厅坐下，从腰间抽出旱烟袋装上烟丝点着，深吸了两口，道："您从老家回来有三个月了吧？"

武伦凯见他脸色不好看，诚惶诚恐道："是，刚满三个月。"

徐敬修沉吟片刻，道："前些日子陈掌柜擅自做主进了一批益母草，本来

他也是好意，看人家的货便宜，结果入了库才知道自己看走了眼；他怕我知道后生气，就遮障耳目以赖充好卖了出去。可这是药材呀！这能掺得起假？吃出人命咋办？幸好那位是老客户，把货给追了回来，要是新客户咱上哪儿去找人家呀，想起来都后怕。这诚信何在？商德何在？搞不好就会让咱关门大吉。"

武伦凯听出他话里有所隐瞒，知道他不愿把此事扩大，不住地点头道："东家，这事也怪我，原本敬西、敬南两位东家在的时候，都是他们负责查货对账，我接手以后还没来得及查，就赶上去京城立店、回家探亲，回来以后又忙着收购药材，这就……"

徐敬修极力克制着心中的怒气，沉声道："我想与各个店的掌柜们见见面，开个会，以此为鉴，徐家药店绝对不允许以次充好、以假乱真，在我背后搞这一套，这是极其可耻恶劣的行为，药业关系性命，尤不可欺。"

武伦凯默默地瞅了徐敬修一会儿，道："您先消消气，我马上就去办。您想啥时候开会？"

徐敬修连吸几口旱烟，平复了一下心绪，道："今天初几？"

"初一。"

"定在初八，您看行吗？"徐敬修想了想道。

"行。"武伦凯低头自责道，"'和发泰'出了事，我有不可推卸的责任，我从老家回来一直在这边忙，放松了对各分店的管理，按规矩我也该交辞呈。"

徐敬修摆摆手，道："我知道您的为人。辞呈就有点严重了，只是以后要多操心，加强对分店的管控，勤查货、勤对账。"

武伦凯连声道："是是是。"说着，回身从柜里拿出了账簿双手递上。

徐敬修接过账簿草草翻了几页，道："做生意必须诚实守信、货真价实、广结善缘，如果抱着投机心理，见利忘义，欺骗顾客，只图近利，其结果必然就是失去顾客，失去市场，这是经商人大忌。咱与顾客是互惠互利、相互依存的，坑顾客最终坑的就是咱自己。"

武伦凯低头听着，脸色一阵青一阵白一阵红。

徐敬修继续道："经商以德才为本。在选掌柜时，我首先看重的是'德'。只有具备高尚品德的人才能在商业经营中'铢两不私'，才能与人坦诚相处。谁知他，唉……真叫我无法说话呀，您说，我用'和发'二字做招牌的用意何在！我还不是为了有银子让大家一起赚？"

武伦凯点点头，犹豫半天道："东家，您辞了他，让他回老家也在情理之中，但他毕竟在店里干了这么多年，年龄也大了，回去面子上也挂不住，要不……"

徐敬修把账簿还给他，道："我今天过来有两个意思，一是跟您谈谈我的想法，经过深思，我不但不想辞了他，还想给他加薪水，让他专管督察偷漏。经过这件事以后，我想他也不敢再有其他想法了，会死心塌地地做事。"

武伦凯和徐敬修相处多年，想法做事很有默契，听他这一说，精神一振有了笑容，立即会意。接过账簿，心道：东家的处置办法实在是用兵之妙。陈堂的掌管店铺多年，也是相当有本事的人，各方面经验也很丰富。闹出来则药铺信誉有损，生意亦有影响，所以东家决定重用此人，升他的职位，加他的薪水。这一来，陈堂的感恩图报，自然就不会再有什么偷漏的弊病发生。高明，实在是高明！念及此，武伦凯便越发对徐敬修刮目相看了，点点头道："好！恩威并用，这样是最好的办法。第二呢？"

徐敬修心情颇为复杂，长长地叹了口气道："我想让各个店独立账目，独立管理，这样他们就不会再有依赖，他们干得好与不好，就会一目了然。如三年哪个店效益一直不好，说明哪个店里的掌柜没有能耐，应叫掌柜写辞呈；如一年到头哪个店干得好，就重赏哪个店的掌柜，小伙计们也要适当犒赏点儿，提高一下积极性。这样东家、掌柜、伙计都捆绑在一起，只要生意兴旺发达大家都能得到利，他们自然会全心全意、竭尽所能做好自己的分内之事。您看如何？"

武伦凯频频点头道："是是是，我赞同您的想法。"

徐和发总店后房：

转眼初八已到，各地总店、分店大掌柜相继来到沈阳"徐和发"总店，总店后院客厅里，摩肩接踵，七嘴八舌，窃窃私语。

徐敬修正审定会议内容，一双手颤抖着递到眼前一个信封，抬头瞟了一眼，见是陈堂的，接过信封放到了一边，继续看会议内容。陈堂的看徐敬修一言不发，忐忑不安地退回去坐下，深深埋下头。

徐大任见各店大掌柜都到齐了，示意王成把门掩上。

徐敬修站起来，大声道："诸位掌柜们，大家辛苦了！这么多年来，大家任劳任怨、尽心尽责为徐家药材生意在东北发展壮大出了不少力，做出了很大贡献。我徐敬修在此先谢谢你们了！现在分店越来越多，问题自然会多了起来，而店里的规章制度，恐怕大家都记不全了。今天我首先重新给大家伙儿宣读一下，大家要熟记在心里，别以后自己犯了错误还不知道。"

顿时场内人头攒动，低声议论起来。

徐敬修高声读道："一、不准喝花酒；二、不准逛窑子；三、不准赌博；四、不准带家眷；五、不准强买强卖；六、不准擅自进货，总店进出货物要登记造册；七、账目要清晰；八、不准无故纳妾。如因无子纳妾者，须事前声明，经考察属实后方准许可；九、营业时间，不得擅离职守，不得交头接耳，妨碍营业，影响观瞻；十、严禁嫖赌和吸鸦片，违者立即出号；十一、对待顾客必须谦和、忍耐，不得与顾客争吵打架；十二、必须注重仪表，无论冬夏，一律穿长服，不得吃葱蒜，不得在顾客面前扇扇子，不得把回找零钱直接交到客户手里（须放在柜台上），不得用粗词俗语，不得耻笑顾客；十三、不得挪用柜上银钱、货物，有贪污盗窃行为，立即出号；十四、……"宣读完店规，环顾众人，接着道："前几天咱有座分店出了一件事，今天我要当众说说。"说罢，看着众掌柜。

顿时，会场里交头接耳议论纷纷，有人低声道："东家是在说"和发泰"的陈掌柜吧？""是呀，据说陈掌柜就常去逛窑子喝花酒，听说还擅自进了货。"

陈堂的如坐针毡，后背已被冷汗浸湿，头越埋越深，心道：真是丢人现眼，一大把年纪了还献这个丑。

徐敬修喝口茶，干咳两声，接着道："前几天，经总店同意，和发泰进了一批益母草，进货时，陈掌柜看走了眼，里边不仅有杂质还有点发霉，会后咱们当众全部烧毁。咱做人要光明磊落，做生意要有职业操守，只要是从咱家卖出的药材，无论贵贱都必须保证品质，绝不能以次充好、以假冒真，更不能以诈行商，心里时刻不能忘记'诚信'二字。这个家丑，今天在这个小圈子里说说就罢了，如若再有此类事发生，大家都知道是啥结果，我绝不会姑息手软。把生意做好不光是为了我，我出的是银股，你们出的是身股，你们自己也是股东，望大家不要要奸使诈、欺上瞒下、谋取私利。要想人不知除非己莫为，不要因一点小利，结果被查出来断了自己前程。那样做对不起我这个东家，也对不起一起做事的同乡伙计们。"

场内静悄悄的，大多数人都是看一眼陈堂的，也有个别人脸红心跳，偷偷看一眼徐敬修。

徐敬修瞟了陈堂的一眼，继续道："店规明确规定不准喝花酒，不准捧戏子，不准逛窑子，这些你们有没有做到，自己心里最清楚！"

众人目光再次聚集到陈堂的身上，陈堂的头上直冒冷汗，恨不得找个地缝钻进去。

徐敬修看看众人，接着道："我不光是说某个人，你们也扪心自问，店规你们都遵守了吗？我想这些店规你们可能都忘了吧！你们之中谁捧过戏子，谁逛过窑子，你们心里清楚，我心里也清楚，只是顾及你们的面子不想揭穿你们罢了。"

部分掌柜皆低头不语，一个个都出了冷汗，场内一时鸦雀无声。

徐敬修一拍桌子，厉声道："咱这制度是形同虚设吗？回去好好反思一下，有问题的马上给我纠正，谁要是敢知错不改，别怪我不讲情面，不念多年交情，不管任何人都必须按制度执行！"说后，他把语气降了下来，"我再说个新制度。"

众掌柜稍稍活跃了起来。

徐敬修道："我郑重宣布，从今天起，各店独立经营、独立核算，年底结账、奖优罚劣。哪个店的利润丰厚，说明这个店经营有方，管理得好，年底重赏，劳金也有份儿；业绩不好的，年底要罚。若一连三年都不好，掌柜自动交辞呈；若一连三年业绩都好，掌柜可以在原基础上再加四厘股，跑堂伙计从十二两薪水增加到十五两，小伙计只有薪水没有身股，以后可以给一厘身股。这叫三人同心其利断金！只要大家能同心同德把生意做好，我让点利，让大家利益均沾。"

众掌柜一听，顿时一阵欢呼。

正在送茶水的小伙计听到这话，不敢相信自己的耳朵，见各店掌柜们一片欢喜，脸上露出了笑容。他轻手轻脚地走回门口，拉住王成，低声道："王成，你听见了吗？咱们以后也有一厘身股了，东家真好，咱们就等着年底拿赏金吧！"

王成沉声道："东家是说哪个铺子效益好了，才给小伙计加一厘身股！"

小伙计喜滋滋地道："是呀，我听见了。但咱家生意这些年都很好，加身股肯定没问题。"

徐敬修放下茶碗，接着道："大家安静，安静。我再说两句话，咱店里的小伙计多数是咱老家的，他们跟着咱出来，咱就是他们的衣食父母，他们为了生活，从小就离开了父母，出门在外学徒不容易，大家要多照顾着点，让他们有家的感觉，他们才会安下心来，把店里的事当作自己的事认真去做。"

王成听了这话，心里酸溜溜的，眼睛也湿润了，转身开门出去，慢慢把门合上，背靠门旁回想起母亲带着他逃亡时被追杀的情景，回想起父亲被砍头时临危不惧的样子，回想起徐敬修看他的眼神，回想起太太说他太像程玉琪了。脑子想着那一幕一幕情景，嘴里呢喃道："父亲和老爷真的认识，而且还是朋友关系，我该不该给老爷说……"

送茶水的小伙计见王成出去，也随后悄悄跟出来，讶然地看着脸上挂着泪珠的王成，摇摇他的胳膊，道："你咋哭了？你说啥关系？"

王成拭去泪水，无意识地看着地面，道："咱的身股和铺子生意兴旺有关系。"

送茶水的小伙计笑道："那当然了，你是不是太高兴了？"

王成叹了口气，仍盯着地面，道："我呀，一人吃饱全家不饿，哪像你们心里还想着爹娘。"

送茶水的小伙计侧头看看王成面色，道："王成，你爹娘呢？"

王成茫然道："去世多年了。"

这时，一群小伙计从库房里出来，问："东家给掌柜们开的啥会？"

送茶水的小伙计激动地道："东家说哪个铺子生意好，年底就重赏，所有人都有份。跑堂的从十二两增加到十五两，跑街的、学徒的都给身股。咱们也能给家里挣银子了。"

他们喜悦地拥抱在一起，激动地压低声音喊道："咱也有身股了！咱也有身股了！"

王成面无表情地看着他们欢乐着，跳跃着，自己却怎么也高兴不起来。

会场内，徐大任坐在一旁佩服地看着父亲，父亲就这么看似简单，实质非常聪明，不但完美地处理了陈掌柜的事，还利用这次机会完善了管理分配制度，为徐家生意发展兴隆奠定了坚实的基础。

徐敬修还在讲话，陈堂的实在无心再听下去了，心烦意乱地悄悄起身弯着腰开门走了出来。徐大任紧追了过去，想叫住他，可看着他已经到了门口。

小伙计们见有人推门出来，纷纷离去。

徐大任和陈堂的一前一后立在门口。陈堂的一脸惊异，徐大任倒是脸色一如往常的漠然，静静地看着他道："陈掌柜，您要走也要等我爹开完会再走啊！"

陈堂的颤声道："少东家，我对不起你们，事情到了今天这个地步，我不怨任何人，完全是自作自受，我没脸再见东家了。唉！"

武伦凯走出来，拉住他的胳膊，道："东家还没有开完会你就走，这合适吗？再说，东家在会上也没有往深里说，还把你擅自进货的事说成是经总店同意的，你还有啥不满意的？你呀，看看你干的这叫啥事！"瞪他一眼继续说道："你就是从这里走了，到别的店谁还敢用你？你就这样子回老家啊？咋给柱子他娘交代？"

陈堂的尴尬地道："我……我……我……"瞠目结舌地说不出一句完整话来。

武伦凯丢开他的胳膊，瞅了他一眼，严肃着脸道："开会前东家已经说了，让你以后专管督察偷漏的事。赶紧把心情调整一下，好好干，别再辜负东家的一片苦心。"

陈堂的一愣，难以置信地看着武伦凯，道："真的？"

武伦凯和徐大任同时点点头。

陈堂的顿时热泪盈眶，抹抹眼泪，道："我陈堂的做了对不起东家的事，无论他怎么处置我，我都毫无怨言，想不到他还对我这么仁义，还这么信任我，把这么重要的事交给我，如果我再不尽心尽力地做事，那我真是猪狗不如！"

徐大任道："把以前的事忘了吧，以后好好干就行了。我爹刚才不是在会上说了，进货是总店同意的，你只是看走了眼，才进了次货。"

陈堂的听了徐大本这话，红着脸低下了头，心里明镜似的，这是东家为了保全自己的颜面把责任揽到了总店。人家对自己仁至义尽，自己却……唉！

会后第二天，徐敬修一觉睡到自然醒，长长地伸了个懒腰，起身走到窗前，看看外面温暖的阳光，感觉无比舒服惬意。见徐大任进米，道："今天，咱再去别的地儿转转。"

徐大任整整大袍，倒了一杯白开水，双手递上道："爹，您是想突击检查，给他们来个措手不及？"

徐敬修喝了口水，道："对！"

徐大任慎重地道："爹，这么一来，查出毛病自然不必说，倘若人家干干净净的，人家心里就会不舒服，以后就不容易得力了。我有个诀窍，不但快，而且切实。"

徐敬修诧异地看看徐大任，道："啥办法？说来听听。"

"依我看，总店、分店大掌柜长期掌管一个店，容易形成自己的势力，他们要想做手脚，没人能监督制约，倒不如把七十二家总店和各处分店的大掌柜来个大调换。调换就需要办理移交手续，接手人要承担接手店铺今后的责任，自然不敢马虎，这一来账目、仓库、架货的虚实，不就都盘查清楚了？像武总掌柜、姚掌柜这样真正得力、没有私心的掌柜，不妨私下安慰奖赏他们。"徐大任道。

"他们谁都乐意去效益好的铺子，那效益不太好的铺子叫谁去管理？"

"爹，这个还不好说？叫掌柜们合在一起抽签，抽到哪里是哪里，他们自然无怨言可说。"

徐敬修猛然拍一下自己的额角，心里说：老了，老了，我真的老了，连儿子也不如了。这么简单的事都没想到，是应该让他们挪挪地儿了，老在一个地方，手下掌柜、伙计都是自己徒弟，确实容易滋生问题。

第四十三章　继宗被绑　芸香求救

沈阳和发泰：

徐家东北三省七十二家总店和各处分店大掌柜大调换以后，因陈堂的专管督察偷漏的事，缺了一位大掌柜，徐敬修决定暂时由徐大任担任"和发泰"店的代理大掌柜。徐大任上任后，白天边帮着店里抓药，边向掌柜们请教生意上的事，晚上则认真研读《本草纲目》《黄帝内经》等医书。

店铺关门后，掌柜和柜头们盘腿坐在炕头谈论起了逛妓院找窑姐的一些趣事。徐大任为了跟大家联络感情，泡了杯茶去了掌柜的屋里，大家见他双手捂着茶杯走进来，立即停止了说笑。

徐大任在炕沿边找了个空地坐下，漫不经心地问道："不知逛一次窑子要多少银子？"

三掌柜接口道："这你就不懂了，按钮儿（指摸乳房）有按钮儿的价，上炕有上炕的价，过夜有过夜……"

"喀喀！"二掌柜干咳了两声，狠狠地瞪了他一眼。

三掌柜自知失口，尴尬地笑笑道："我也是听说的，听说的。"

徐大任摇摇头笑道："花样还真不少。"看众人都低头不语，接着道："过去的就过去了，我也没有追究的意思。咱店里规定不让大家逛妓院，一是怕大家沾染这些恶习，走上歧途，影响店铺生意；二是为了大家好。你们想想，咱背井离乡出来是为了啥？还不是为了想让家里过得富裕一点。想想家里的父母、老婆、孩子盼星星盼月亮，望眼欲穿地等着，结果咱倒好，为了图一时痛快，把挣的银子扔在了窑姐身上，你们说对得起谁？值不值得？把银子攒下来，孝敬父母、置地盖房、给儿子娶媳妇、留着养老，不好吗？为啥非要把辛苦挣来的银子给了人家？等老了干不动了，没置办个像样的家，连养老的银子都不富裕，你们说到时候后不后悔？"停下来扫视众人一眼，见大家都不吭声，苦笑道："是不是不认同我的说法？觉得我说的不对？不近人情，不体谅大家的苦衷？没关系，大家畅所欲言，说说你们的看法。"

三掌柜紧了紧嘴角，笑着瞅了徐大任一眼道："我们也知道这样不好，把辛苦挣来的银子花在这上面不值，但有时真他妈憋得难受，唉……说实在的，每一次完事儿也很后悔，心想以后再也不去了，可过几天那股劲上来，唉！有时也真恨自己不争气。少东家放心，以后我们再也不去那种地方了，因为这事被东家辞了不值得，回家也没法给父母、老婆、孩子交代，这张老脸也没地儿搁。"

众人都重重地点点头。

沈阳徐和发总店：

晚饭后，徐敬修见徐大任又看上了书，虽然心里为儿子的刻苦感到很高兴，但也要适当放松一下，于是，慨然道："二小，别看书了，你去请总掌柜过来，咱们去看蹦蹦戏。俗话说南靠浪，北靠唱，西讲板头，东要棒。各流派取长补短，互相融合，形成了今天的东北蹦蹦戏。"

徐大任放下书道："我在街上见过蹦蹦戏，那大手绢和扇子舞弄的真是一绝。"

徐敬修道："来东北这么多年了，还没正儿八经地坐在馆子里看一回蹦蹦戏，岂不可惜！去吧，去请总掌柜过来。"

徐大任起身，含笑道："难得爹有此雅兴，我这就去请总掌柜。"

东华门外：

徐敬修和武伦凯、徐大任、王成来到东华门外一家大茶楼，里面已是高朋满座。正在徐敬修皱眉看着满屋的人有些踌躇时，茶楼小二迎过来道："欢迎几位客官光临，里面请！"边说边将四人领进雅间坐下，麻利地斟上茶，摆好松子、瓜子等各类果盘，满面笑容地道："今晚演的是《王二姐思夫》，几位客官慢慢看。"说罢告退去迎别的客人。

正当四人看到热闹处时，总店里的小伙计带着二春气喘吁吁进了茶楼，二人找到茶楼小二，说明来意和要找的人的相貌特征，小二将二人领进徐敬修所

在的雅间。

徐敬修见二春突然进来，吃了一惊。

二春看到徐敬修，立即上前耳语一番。

徐敬修一听，立即起身带着众人离开茶楼，坐进驷马高盖车里，才问道："啥时候发生的事？"

"十天前。土匪限他二十天内交一万两银子，否则，二十天后去收尸。芸香要我带她过来，看你有没有办法救他。"

徐大任怔了一下，微微蹙着眉头问道："芸香是谁？"

"马继宗的太太。"二春回道。

"马继宗？"徐大任想了想，拉住父亲的胳膊，问道，"爹，害您进天牢的那个人不是也叫马继宗吗？"

徐敬修的心像刀绞一样痛着，紧咬牙关没有言语。

武伦凯见状，皱眉说道："把银子给土匪不就得了，这时候还心疼银子？"

"他家里银子都让马继宗进货带走了。"二春道。

"那就报官呗！"坐在驾辕一侧的王成细听后，扭头说道。

"报了，没用，官府让他自己想办法。官府现在应付日本人和各地暴乱还应付不过来，哪有兵力管他这点破事。要是官府有那兵力，早就把匪患剿灭了。"二春回道。

王成愤愤不平地"哼"了声，道："没银子，就卖房子呀！"

二春叹口气，道："听说马继宗出事了，债主纷纷上门讨债，把马家门都给堵了。现在就是把宅子卖了，还了债后恐怕也剩不下啥，哪有银子赎他。"

徐敬修听二春这么一说，既解恨又痛心，泪水顺脸颊流了下来，咬牙道："二春，你告诉芸香，如果是她有啥事，我徐敬修哪怕倾家荡产也要帮，但马继宗的事恕我帮不了。他马继宗做人无情无义、猪狗不如，多次想方设法陷害于我，经商没有商德，以次充好欺骗客户，十足的一个奸诈小人，现如今他落到土匪之手乃是天意。上次黄芪的事，我看在从小一起长大的面子上饶过了他，本意想跟他和解，想不到他不仅不领情，反过来诬告我通匪，还差点要了我的命，闫罗峰用尽酷刑，把我打得遍体鳞伤，我都没承认我与土匪有关系。这样的人我徐敬修不会救、不敢救，也没那能力救，请她另想办法吧。"

徐大任盯着父亲的脸，眼中含着泪花，问道："啥？爹，他告您通匪？啥时的事？我咋不知道这事？"

武伦凯看看徐大任，回头默默地看着徐敬修。

徐敬修默想了半晌，才脸色阴沉道："孩子，已是过去的事了。"

徐大任眼泪扑簌簌流了下来，喊一声"爹！"扑通跪扑在父亲怀里。

徐敬修含泪抚摸着儿子的头，久久无语。

徐大任摸把眼泪，愤怒道："爹，他马家这么对您，现在还有脸来求您救他，亏他们想得出来！"

徐敬修摸着儿子的头，苦笑道："大任啊，你可知这个马继宗他是何人？"

徐大任不解地抬头看着父亲，恨得咬牙切齿道："是咱的仇人！"

徐敬修长叹一口气，摇头道："他是你三弟妹的亲爹。"

"啊！"徐大任愣怔一下，难以置信地看看父亲，再回头看着二春。

二春轻叹了口气道："看在芸香和三少奶奶的情面上，咱不能不管呀。"

徐敬修掀开车窗帘，望着大街上的门店，慢慢冷静下来，想想芸香在苏州不辞辛劳帮自己做生意，舍身跳悬崖想要同赴黄泉；在天津又是芸香多次为自己通风报信，为救自己舍生忘死拦囚车长跪大街拖延时间；在知府大堂上喊冤做证……芸香为了自己可以舍弃一切，这样的情义自己该如何报答？哀叹一声，从沉思中回过神来，回头道："我想听听总掌柜的意见。"

二春赞许地看着徐敬修点点头，徐大任默默地望着父亲。

武伦凯有些意外地"啊"了一声，道："以我看，能帮则帮，能救则救吧！古话说得好，忍气吞声是君子，见死不救是小人，冤家宜解不宜结，他不仁，咱不能不义。"

徐敬修闻言沉思良久，没有言语。

王成在车外听总掌柜说要救马继宗，想了想，回头道："老爷，按理说他现在是您亲家，应该救。就怕万一咱救了他，他再倒打一耙。"

徐大任一听，急忙道："爹，王成说得有道理。如果咱救了他，别反过来再告咱通匪，咱可就有口难辩了。到那时，咱再说不认识土匪，跟土匪没关系，恐怕谁都不会信。"

徐敬修没有回应，凝视着武伦凯。

武伦凯凝神细想了一会儿，道："以马继宗做人、经商的品行，特别是对您所做之事来说，您不出手救他也在情理之中。但话又说回来，芸香有恩于您，她现在求上门来，您要是不出手相救，恐怕您这辈子良心上都难安。常言道救人一命胜造七级浮屠，只要他还有一点点良知，咱把他救出来，即使不感激，也不至于再反咬一口吧？"说到此，停下来看看徐敬修，长叹一口气接着道："他再不好，也是您的亲家翁啊！"

"别人的面子您可以不给，可芸香的面子您不能不给呀！人家对您可是……"二春接着劝道。

徐敬修紧咬嘴唇，低着头一时难以决断。

徐大任见父亲听了总掌柜和二春的话，又犹豫不决起来，顿时，心火直往上冒，怒道："二春叔，她芸香算老几，我爹为啥要给她面子。"

"住嘴！不准你不尊重她！"徐敬修顿时怒目圆睁，狠狠地瞪着徐大任。

徐大任吓得目瞪口呆，盯着父亲那张严峻的面孔，不知自己错在哪里。

徐敬修也感觉自己有些失态，轻声道："当时要不是芸香，啊不，要不是马继宗的太太半路拦截囚车拖延时间，恐怕我早已死在那闫罗峰的刀下了！你芸香姨有恩于咱啊！"

徐大任闻言，惊异地看看父亲的神色，心中的怒火一下熄灭，低下头没话可说了。

徐敬修晃晃头，向外大声喝道："赶快点！"

"驾！"只听外面一声吆喝，一声鞭响，马车飞奔起来。

武伦凯用敬佩的眼神看着徐敬修那张仁慈的脸。

徐大任心里咯噔一下，看着眼前的父亲，突然之间好像从不相识。

二春轻轻拉拉他的大袍。

徐大任神情略带忧郁，问道："二春叔，马继宗又怎么能是三弟妹的爹呢？三弟妹不是姓闫吗？"

二春眼睛斜瞅着他，低声道："有时间我慢慢给你说，为啥你弟妹姓闫不姓马。"

徐和发总店：

到了总店门口，徐敬修快速跳下马车。芸香见徐敬修快步进来，带着刘盈盈和秦有福跪到了他面前。

徐大任见到跪在芸香身边的刘盈盈，不由得"啊"了一声，惊喊道："三弟妹？"

徐敬修见状，连忙上前弯腰扶起芸香，扭头对刘盈盈道："孩子，快起来。"

徐大任站在一旁，瞪眼看着父亲。

王成忙走上前挽起跪在地上的刘盈盈。

二春拽起了秦有福。

芸香泪眼望着徐敬修，柔声道："徐大哥，马继宗以前做了那么多对不起您的事，按说这次他落入土匪手里，也是罪有应得。可现在刚找到两个孩子，我不能让孩子没有父亲呀！我求您看在孩子的分儿上，无论如何也要想办法救救他。"

徐敬修一想到自己要救那个狼心狗肺、几次都差点害了自己性命的仇人，心里很是不舒服，长叹一口气，坐到椅子上轻轻闭上了眼睛。

刘盈盈见状，急忙再次跪下，哭泣道："老爷，求您救救我爹吧。"

徐大任一听，气得脸色铁青道："三弟妹，你咋给咱爹说话呢？你爹是爹，我爹就不是爹了？"

芸香和秦有福都朝徐大任疑惑地看了一眼。

刘盈盈赶紧解释道："您就是二少爷吧？您认错了，我是盈盈。"

二春拉拉徐大任，小声道："她是肖肖的妹妹。"

徐大任微微一怔，紧皱了眉头。

芸香看着闭目不语的徐敬修，知道他此时此刻的心情。

秦有福见徐敬修半天不言不语，也跪下哭诉道："徐东家，以前诬告您、害您，都是我出的馊主意，我不是人，我是畜生。"说着，扇起了自己耳光，左一巴掌右一巴掌，一边扇一边还喊道："我不是人，我不是人，我是畜生。"直扇得嘴巴都出了血。

徐敬修深吸了一口气，慢慢睁开双眼，神色冷漠地看着秦有福，佩服他对马继宗忠心耿耿，也就因为这一点，摆摆手道："住手吧，秦管家高抬我徐某了。我真的和土匪没有关系，也不认识人家，叫我咋救马东家呀？"说罢，示意王成扶起刘盈盈。

秦有福哭泣道："徐东家，我知道您和土匪没关系，可我东家遭难了，我实在想不出用什么法子能把我东家给救回来，想着您在东北经营这么多年生意，认识的人也比我们多。想想作为同行，作为相邻，作为亲家，您一定会帮我们出个谋指条路。"

徐敬修暗想：这个时候我不妨将他一军，不然他们永远看不透日本人的嘴脸。抬头看了一眼秦有福，淡淡地问了句："你咋不去求日本人？你们与日本人不是朋友吗？"

众人都用气愤的眼睛瞪着秦有福。

"对呀！日本人不是会装神弄鬼吗？这次你们再利用日本人装装神扮扮鬼吓唬吓唬土匪，土匪就把你东家给放回来了。"王成说后双手一摊，瞪眼看着他。

秦有福一愣，看看徐敬修，又看看芸香，竟无从作答。就在他迟疑不语之际，芸香道："他去求过日本人了，日本人说剿匪救人乃是官府的事，他们是国外人士，不便插手。"

徐大任站在一旁，冷着脸，带着恨道："你们的朋友都不便插手，我爹更不宜插手！"

　　王成愤愤不平瞪眼道："土匪绑票为的是银子，他们要多少银子，你们给他不就得了。"

　　芸香皱了下眉头，不由得脸发烫，注视着徐敬修，无奈道："他出来进货时，不但把家里的银子都带走了，还借了同行不少，家里哪还有银子给土匪呀。"

　　徐大任接口道："你们可以再去借呀。"

　　秦有福搓着手说道："同行们知道我东家出了事，都堵在门口闹着要债，哪还有人再借给我们。"

　　王成有些忍不住了，好不容易找到一个空隙，插进一句，道："找你们的日本朋友借去啊！"

　　秦有福嗫嚅着："借过了，他们说无能为力。"

　　王成相当机警，知道自己这时候应该做红脸，然后好让老爷出来打圆场，于是虎起脸道："他们都无能为力了，我们也没有办法。没有银子救不出来马东家，是他平日做的坏事太多了，咎由自取！"

　　徐敬修回头看着王成，心里是又好气又好笑，脸上却是声色不动，反倒好言安慰道："人到难处，能想到咱，说明人家信任咱，知道咱不会袖手旁观。"

　　秦有福听到这句话，知道有门，急忙道："是是是，知道您仁义、大度，我们才敢厚着脸皮来求您。"

　　"二春，扶秦管家起来。"徐敬修向外喊道："武总掌柜，武总掌柜！"

　　武伦凯听到喊声，急忙跑来道："东家，您找我有事？"

　　徐敬修道："取一千两银子来。"

　　武伦凯神情淡漠地看一眼秦有福，道："东家，拿这么多银子干啥？"

　　徐敬修沉声道："去救人。"

　　武伦凯装着诧异道："救人？救啥人？"

　　"救马东家。"

　　武伦凯很不耐烦地"哼"了一声，向外走去。

　　芸香惊奇地望着徐敬修道："徐大哥，您要借一千两银子给我们？"

　　徐敬修道："是啊，剩下的让秦管家再想想别的办法吧！"

　　秦有福带着哭腔，道："徐……徐东家，您能借给我们一千两银子，我真的从心里非常感谢！可……可土匪要一万两，我……我……实在是……"

　　徐大任一听，怒视着秦有福道："咋！一千两银子你们还嫌少？难道还想借一万两？哼！就一千两你们爱借不借。想想你们以前是咋害我爹的吧！要不是看在我三弟妹的面子上，一两银子也不会借给你们。"

秦有福急忙摆手道："不不不，我不是嫌少，是这点银子救不出我东家。"

徐大任目光如炬，直视秦有福道："说来说去你还是嫌少呀。"回头道："爹，咱不借了。这种贪得无厌的人，咱还是离得越远越好，别到时人救不出来，咱借的一千两银子也没了。"

徐敬修神情镇定，沉声道："不得无理！"

徐大任赶紧低下了头。

"我来时把家里所有的银子凑了一下，仅有这一千两。"芸香从衣袖中掏出银票，不好意思地双手向徐敬修递过去。

徐敬修接过银票，凝神想了想，道："这样吧，我和秦管家上山试试，看能不能把人救回来。"

秦有福连忙点头道："好好好，要是两千两银子能救出东家来，那就太好了！"

徐敬修沉着脸道："你也别高兴得太早了，事情成不成还两说。"

芸香这才知道徐敬修不但是诚心想把马继宗救出来，还想给他们省下银子，情不自禁地深情望了徐敬修一眼。

徐敬修有意避开她的眼神，给王成递眼色过去，朝秦有福努努嘴。

王成马上领会，推一把秦有福，道："秦管家，还不快去账房写个条子？真的不想还银子了？"

秦有福不好意思地笑道："是、是、是，我这就去写借条。"

芸香拭一拭眼泪道："徐大哥，您准备何时动身？"

"马上动身。"徐敬修回道。

芸香激动地含泪点点头道："芸香欠你的情，此生还不了你，来世一定偿还。"

徐敬修一愣，轻声道："你可别做傻事啊！上山救他是出于我的一颗良心，一颗商人应具备的商人心，同走在一条商路上，有难出手帮一下是应该的。再说了，他也是我的亲家翁啊！"

这番话使芸香颇感意外，细想一想，又觉得很正常，徐敬修做事一向与众不同，出乎人的意料，而且手法漂亮，令人佩服。感觉这才是真正的男子汉大丈夫，为人本分、厚道、善良、真诚，遇事有勇有谋，敢于担当，她被徐敬修这种顾全大局、囊括四海的胸怀感动。这一刻，她懂了，懂了他为什么当初心里深深地爱着自己，而不纳自己为妾的苦衷了。

这时，徐大本带着闫肖肖、大毛、小毛，急急忙忙跑了进来。

众人都吃惊地望着他们。

徐敬修神色微微一惊，道："三儿，你们咋来了？"

徐大本满头大汗，焦急万分地道："二春叔派人回老家，说我岳父出事了。我们赶到天津铺子，白掌柜说二春叔来东北了，我们就跟着赶过来了。爹，您打算如何救我岳父？"说着急步走过去拉住父亲的胳膊。

徐敬修道："还能咋的，拿银子上山去求土匪呗。"

大毛道："要是再晚一天，我们就回苏州了。"

小毛向前跨两步点点头。

闫肖肖看到徐大任，忙打招呼道："二哥，您好！"

徐大任木讷地看着闫肖肖，再回头看看芸香身边的刘盈盈，赶紧点点头。

闫肖肖走到芸香跟前，拉住她的手道："娘，我恨他……是他害得我们母女半生不得团圆。"说着转回头道："爹，您不能上山救他，这是他咎由自取的结果。如您老上山有什么闪失，让我们回家咋给我娘交代？咱不去救他！"

徐大本走过来拉住她的手道："肖肖，大人们的事，大人们知道应该咋处理，咱作为小辈人别往里面乱掺和。"

刘盈盈低声道："姐姐，我知道你说的是气头话，他就是再不好，也是咱的爹呀。"

徐大本轻轻拍拍闫肖肖的后背道："肖肖，你看妹妹多知情理，听话啊！"

闫肖肖跺跺脚，低头不语。

徐敬修心里细细盘算半晌，抬步走向窗边，深深地吸了一口气，道："事就这样定了！二春，你骑马带王成、大毛、小毛上山去找刘西山，说马家只能凑出二千两银子，望他网开一面，如果不成，速回来给武总掌柜送信，让武总掌柜抓紧时间去刘庄请刘母，不得有误！"交代完，眨眨眼道："对了，我和秦有福上山之后，千万不要让秦有福看出刘大王认识我，免得惹来不必要的麻烦。"

二春重重地点点头。

"二春叔，骑我的万里追风吧。这马跑得飞快，您路上小心点。"徐大本把马鞭举到二春面前道。

二春接过大本手中的马鞭，带着王成、大毛、小毛向外走去。

徐敬修见秦有福从前厅回来，望着芸香道："你与孩子们在铺子里好好休息，不要太担心，一切都会过去。"

芸香点点头。

"爹，我想陪您一同上山。"徐大本不放心地望着父亲道。

"好吧。"徐敬修向外大喊道："备车！"

第四十四章　化敌为友　共杀日寇

土匪窝内：

　　期限转瞬即到……

　　这几天，被扣押在山上的马继宗，没睡过一个囫囵觉，没吃过一顿热乎饭。他恨自己心比天高命比纸薄，斗不过徐敬修，生意越来越日落西山也就罢了，眼下又飞来横祸，成了土匪案上待宰的羔羊。想想家里的银子都让自己带来进货了，眼看期限即到，他无望地手扶铁牢栏杆，心中冷笑自己，嘴里自言道："宗盛达啊宗盛达，这下成总败达了。徐疯子，这回你该笑了吧，可称了你的心、解了你的恨。"摇摇头，回身躺在了干草堆中。

　　傍晚，屋外响起一阵脚步声，马继宗的心彻底凉了，有气无力地睁开眼，见是小土匪带着徐敬修、徐大本、秦有福推门进来，一下惊愣了，不解地皱皱眉头，凝视徐敬修和徐大本片刻，茫然而又纳闷地看向秦有福。

　　小土匪也不说话，上前噼里啪啦卸掉马继宗身上的锁链，转身看了一眼徐敬修等人向外走去。

　　秦有福急忙上前，拉住马继宗含泪道："东家哎，您受苦了！"

　　"这、这、这……"马继宗看看秦有福，十分不解地皱眉手指徐敬修。

　　"您不认识了？"义和发"的徐东家，也是您的亲家翁，多亏他救您，大王才答应放您回家。"

　　马继宗盯视了秦有福一眼，疑惑地看着徐敬修，道："你说啥？我的亲家翁？"

徐敬修点点头，往前推了推徐大本，道："这是我儿子大本，你女婿。"

马继宗不可思议地看看徐大本，再看看徐敬修，道："我女婿？你儿子？你我是亲家？"

徐大本上前一步，屈膝一跪，拱手道："岳父大人在上，请受小婿一拜。"

马继宗这才仿佛从梦中惊醒一样，激动地颤声道："我女儿……闫……"

徐敬修点头道："对！肖肖是闫罗峰的养女，你的亲生女儿，也是我的三儿媳。"

马继宗赶紧弯腰将徐大本搀起，扭头惊喜地望着秦有福，眨眨眼仍然不敢相信道："哎呀，乱了，乱了，原来你与我、闫罗峰咱都是亲家？"

徐敬修含泪上前，紧紧握住马继宗双手道："是啊！真是世事难料。"略微踌躇一下，接着道："再告诉你一个好消息……"

马继宗瞪眼望着徐敬修。

徐敬修不紧不慢地接着道："我把你小女儿也给你找回来了！"

马继宗心头一沉，倒退了两步，徐大本赶紧上前一步搀扶住他。

马继宗定定神，感激地看了徐敬修一眼，扭头愤恨地瞪着秦有福，气得嘴巴张张合合说不出话来，好半天才颤抖着双唇道："你……你……你不是说我小女儿早已夭折了吗？"

秦有福赶紧跪倒在地，哭泣道："东家，人乃是有感情的啊！您想给时，咱给了人家，人家含辛茹苦养育多年，咱去要，人家能给吗？"

徐敬修赶紧解围道："继宗啊！秦管家的话不是没有道理，将心比心，换作你，养育了多年的孩子，生身父母来要，你舍得给吗？给我个面儿，就原谅秦管家吧。"

徐大本摇摇马继宗胳膊，轻声道："爹，您就原谅他吧。"

马继宗微微蹙了蹙眉头，手哆嗦不停，过了一会儿才摇摇头道："嗨，罢了罢了。看在我亲家翁和姑爷的面子上，就饶你这一回了。"说罢，双手拥抱住徐敬修，哭泣道："老哥哥呀，你是天底下最好的好人，我不是人。万万没有想到，最后救我的人是我一直想方设法害的人，竟然还是我的亲家翁。这、这、这，唉！"

徐大本把秦有福搀起。

秦有福看看徐大本再望望徐敬修，内疚地道："真是对不住人呀！"

马继宗长叹一口气，红着眼道："唉！我真是无脸面对你呀！放心，这次，我一定痛改前非，诚信仁义做人，以德治商，恪守商人应有的本分，如若违背今天的誓言，天打雷劈。往后咱可要同心协力，相互扶持。"

徐敬修点点头，慷慨道："对！我们以后都要恪守本业，相互扶持，以德治商，以商德为天，做本本分分的商人。"

马继宗听着徐敬修的话，紧紧握住他的手，感动得说不出话来，好半天才含泪道："秦管家，回家！我要大摆宴席，感谢我的师兄，不，感谢亲家翁的救命之恩。"

徐敬修道："咱既是乡邻，又是师兄弟，现在又成了亲家，我不救你，谁救你？跟我就不必客气了。"

马继宗把脸一绷道："我诚心与你化干戈为玉帛，化戾气为祥和，如若你不接受我宴请，说明你心里还没有真正原谅我，不给我改过自新的机会。"

秦有福感激而又尊敬地看着徐敬修，道："徐东家，说什么您也要接受我东家的宴请。一笑泯恩仇，你哥俩就来个一杯泯恩仇吧。"

徐大本拉拉父亲的袍袖，祈求道："爹，您就答应吧！"

徐敬修笑笑，道："既然亲家如此盛情，那我就恭敬不如从命了。"

一场有惊无险的风波，在徐敬修斡旋下终于化险为夷。徐敬修安排徐大本和二春父子带领马继宗的药材车队先回天津。当然，不会忘记悄悄交代徐大本、如何才能平安过关到天津。马继宗乘坐徐敬修的驷马高盖车回到沈阳，在"徐和发"铺子见到了芸香和自己失散多年的双胞胎女儿肖肖和盈盈，激动、兴奋、感恩就不必多言了。

天津马府：

第二天，徐敬修亲自护送他们上路返回天津卫。马继宗回到天津卫，稍作休整，便派秦有福请徐敬修来府上做客。

此刻，徐敬修正在看着徐大本帮大掌柜白鹰清点出货，笑笑走上前道："三儿，你岳父派秦管家来请了，咱俩过去吧。"

"爹，您先去吧。"

白鹰拉拉徐大本道："你还是陪东家一起去吧。"

徐大本知道父亲和岳丈的关系，有些话自己在场不便说，反而会影响他们敞开心扉沟通，笑笑道："爹，要不您先去？我和白掌柜把出货清点完就去。"

徐敬修明白儿子的用意，欣慰地点头道："好，早点过来。"回头看着二春道："老伙计，走，咱俩一起赴宴去。"

二春摇摇头，道："人家是请你这个亲家翁聚餐，我去了算老几呀？我不去。"

大毛自告奋勇道："爹，您不去，我陪东家去。"

小毛也跑上前道："我也去，东家一个人去我不放心。"

"哎！"二春过来一手拉住大毛的胳膊，一手攥住小毛的手道，"人家两亲家会餐，你俩去掺和个啥？"

徐敬修摇摇头，微笑着点点二春。

"老爷，咱走。"王成过来挽住徐敬修的胳膊道。

徐敬修嘴角含笑道："二春说得对，两亲家会餐，其他人就别掺和了，还是我自己单独去吧。"

王成噘着嘴道："不掺和就不掺和，说实话，我还真的不想去呢。"

徐敬修怕他再往下会说出什么不好听的话来，忙冲他努努嘴。王成突然意识到三少爷徐大本还在旁边，赶紧捂住了嘴。

徐敬修转身出了门，秦有福见状赶紧跟上。

徐敬修跨进马家大门，绕过假山池塘，穿过亭台回廊，就见马家大厅里已摆好了一桌丰盛的酒席。

马继宗和徐敬修见面少不了一番客套。刚要落座，就见芸香身着戏装，肩披披风，由肖肖和盈盈搀扶着从屏风后面走出来。

盈盈见到徐敬修，忙丢开芸香的手，下蹲打千："老爷好！"

徐敬修哈哈一笑，望了马继宗一眼，大声道："孩子快起来！快起来！"

"女儿啊！往后咱不叫他老爷，叫他大伯，他就满脸笑开花了。"马继宗道。

徐敬修高兴地连连点头道："是是是，还是你爹了解我。"

肖肖丢开母亲的手臂，上前拉住徐敬修的胳膊，道："妹妹起来吧，都是一家人，别客气。公爹，来，上坐。"

芸香见肖肖一副男人性格，一点儿媳妇的样子都没有，脸一红，轻声嗔怪道："你这孩子，见了你公爹也不行个礼道个好。"

徐敬修笑道："这才是一家人嘛，天天见面就施礼，我还真不习惯。"

肖肖俏皮地翘起嘴道："就是嘛，一家人都那么拘谨，就见外了。"

芸香点点她的额头，坐在徐敬修与马继宗对面，盈盈和肖肖坐到了母亲两边。

马继宗端起酒杯，面带微笑，道："我这太太是个戏痴，就爱这身打扮，让老哥你见笑了。"

徐敬修尴尬一笑，没有言语。

肖肖端起酒杯，双手捧到徐敬修面前，道："爹，您大人不记小人过，救回您的仇家有功，来，儿媳我敬您老一杯。"

马继宗听到肖肖喊了一声爹，以为女儿终于原谅他了，心中刚一乐，听了

后面的话，脸唰一下红到了脖子根。

盈盈赶紧拉拉姐姐的衣裳，皱眉摇摇头。

徐敬修接过酒杯道："你这孩子，说的这叫啥话，都是一家人，哪来的仇家。想让爹高高兴兴地喝了这杯酒……"说着瞟了一眼马继宗，接着道："你就给你爹也斟上一杯，我俩共饮。"

肖肖长叹一口气，拿过酒杯慢慢斟上，很不情愿地双手捧到马继宗面前。

徐敬修哈哈一笑道："这就对了，这才是好孩子。来，亲家，干了孩子敬咱的这杯酒吧。"

马继宗接过肖肖手中的酒，与徐敬修碰了一下，"我今日得以全家团圆，都是老哥哥你的功劳，客气的话我就不多说了。"说着，招呼芸香和女儿道："来来来，都满上，都满上，咱全家共敬恩人一杯。"他们刚把酒杯端至唇边，就见秦有福急匆匆跑来，还没有等他开口，石川带着山崎高三郎紧跟进来。

山崎高三郎看到徐敬修不由得一愣，闪过一丝惊恐和慌张道："徐老板？"

徐敬修盯着石川和山崎高三郎，要跟他们吵架似的。

石川倒是不足为奇，嘿嘿一笑，硬着舌头道："听说你们是亲家？"

马继宗尴尬地望着石川，再望望徐敬修。

石川道："恭喜马老弟平安回来，我已在府中备好洋酒，准备给老弟压惊。"说着他走过去，端起桌上一杯酒，咕咚一口喝了下去。

徐敬修扭头看着马继宗。

"这……"马继宗忐忑不安地躲开徐敬修的目光，忙起身，抹一抹汗，道，"不知石川君大驾光临，失礼失礼。"

徐敬修质问的口气道："这就是你的日本朋友？"

石川看了一眼徐敬修，放下手中的酒杯，朝着马继宗躬身道："咱们去我府上谈谈？"

"你别再错下去了！"芸香放下酒杯，望着马继宗道。

进退两难的马继宗，额头上禁不住冒出了冷汗，不知如何是好。

徐敬修见继宗犹豫不决，忍着满腔怒火，低声道："继宗，值此两国矛盾日益激化的时候，你再跟他们日本人藕断丝连，万一有人告你通日，这个罪名你可担当不起啊！"

肖肖见马继宗仍然不能决断，急道："爹！"

马继宗扭头见肖肖瞪眼望着自己，确定是女儿在喊自己，脸上露出了惊喜。二十多年了，他第一次听到女儿喊爹，他的心醉了，轻声道："女儿有话请讲，爹听着呢。"

"买办的发展道路必然是买办文化毒瘤，它瓦解着民族精神意识，扼杀民族文化，破坏民族道德根基，泯灭民族自尊自信，致使国人自任低贱而甘为外人之奴；买办丧权辱国，致使民族衰亡。外国人在华趾高气扬且享有特权而愈尊，掠我资财而日富；而国人则受尽屈辱而愈卑，财富外流而日穷。爹，咱不做汉奸不当卖国贼，卖国贼会遭千秋万代唾骂的！如您再任日本人摆布，休怪女儿不认您这个爹！"

马继宗听着女儿讲的这些大道理，红着脸不断点头。

"这位是你的女儿？"石川想了想，望着徐敬修，硬着舌根道，"也是你的儿媳妇？"

马继宗知道他问这句话就没有安好心，低着头没有吭声。

盈盈接口道："爹，姐姐说得对，堕落为汉奸，吃里爬外，是没有好下场的。"

"这是男人的事，不许你们女人插话！"石川指着肖肖与盈盈怒吼着。

徐敬修"腾"地一下站起身，握着拳头，瞪眼盯着石川道："请你放尊重点，你没资格在这里指手画脚。"

马继宗怕这样下去打起来就麻烦大了，忙做了个请的手势，向屋外走去。

石川怒视了一眼徐敬修，转身跟着马继宗出了门，紧走几步低声道："继宗老弟，请你再陪我去山海关，沿洋河、滦河、北塘河、白河至大沽口走一趟，银票大大的。"

马继宗毫不犹豫地回道："石川君，这回我恐怕是不能陪你去了，你还是另找他人吧。"

"继宗老弟，别担心，这不是什么大事。"

马继宗心想，都开始搜集军事情报了，还不是什么大事？糊弄鬼去吧，我才不会再上你的当呢！

石川看马继宗低头不语，继续小声道："继宗老弟，我们合作这么久了，不是一点事都没有吗？你有什么可担心的，我把你当朋友才找你帮忙，你再考虑考虑。"

马继宗心里暗骂自己以前浑球该死，分不清是非，告诫自己以后绝对不能再帮日本人，否则就真成叛徒败类了。念到此，果断地道："不必了，这个忙我确实帮不了，你们走吧。"

石川见马继宗不再听从他指挥，抬高嗓音道："你不要听他们乱说。"

马继宗大声回道："跟他们说什么没有关系！你也知道我刚从土匪窝里捡条命回来，身体不好，没心情也没时间陪你去，你们走吧。"

"别敬酒不吃,吃罚酒!"

徐敬修听他们在外边吵了起来,大步从屋里出来,指着石川的鼻子道:"嘿!想撒野?想撒野回你们日本撒去,这是我中国,由不得你放肆!"

石川"唰"地一下从腰间掏出匕首,指点着徐敬修的脸,把他逼回到大厅,道:"你们清政府都不敢与我大日本帝国为敌,你敢?不想活了吗!"

肖肖走过来,狠狠地把石川的手推向一旁,道:"不许你这样对待我爹!"

马继宗知道日本人心黑手辣,看事情要闹大了,赶紧又是低头又是哈腰对石川道:"有话好好说,有话好好说。"

石川恼怒着说道:"条件有两个,一是你照我的吩咐去做,走一趟山海关沿洋河等地;二是……"他手指着徐敬修道:"把你的皇宫秘方交出来。否则,我就把这两位如花似玉的小姐带回公馆。"他使了个眼色给山崎高三郎。

山崎高三郎上前一步,就要抓肖肖和盈盈的手。芸香急忙用身子护在两个女儿面前,架起双臂,大喊道:"不准动我的女儿!"

"竟敢与我作对!"石川侧身过去,拿着匕首向芸香刺去。徐敬修一看不好,大跨一步推开芸香,匕首一下子插在了他的胸口。

大家顿时惊慌失措。山崎高三郎也惊呆在了原地,瞪着吃惊的双眼望着石川。

徐敬修瞪着血红的眼睛仇视着石川,突然,他一咬牙,从腰间拔出早就准备好的两把杀猪刀,忍着剧痛,把杀猪刀高高举过了头顶,口里喊着:"狗日的,我给你们拼了!"急步朝向石川砍去。

石川后退两步,转身掏出了手枪,对准徐敬修的胸膛扣动了扳机,芸香急忙上前一把抱住徐敬修,"啪"的一声,子弹射入她的后背。

芸香紧紧地抱着徐敬修,脸色苍白如纸,嘴角溢出鲜血,目光却异常温柔地望着他的眼睛,脸上没有一丝痛苦的表情。时间仿佛凝固了……芸香像突然卸下沉重枷锁一样,充满了轻松愉快的表情,含笑死在了徐敬修的怀里。

马继宗一看芸香被日本人打死,身如电击一般猛地一震,转身提起桌子上的酒坛照着石川的头部砸去。

徐敬修把芸香轻轻放置在地上。

"娘——娘——"肖肖和盈盈哭喊着跑过去,扑在母亲身上。

山崎高三郎抬腿一脚,把马继宗扔来的酒坛踢到旁边的红柱上摔得粉碎。

徐敬修趁着他们都瞪眼望着粉碎的酒坛之际,手握杀猪刀对着石川的胸膛刺去,石川躲开徐敬修右手刀,冷不防徐敬修左手刀,直直刺入他的胸膛。只见石川眼睛因为受到刺痛而睁得老大,胸口戳了杀猪刀"噌噌噌"倒退几步,用力抬起手腕对准马继宗和徐敬修"啪啪"就是两枪。

徐敬修和马继宗瞬间倒在血泊中。

在一旁吓傻了的秦有福，一看主子倒在血泊中，泪流满面跑过去，坐在地上紧紧抱住马继宗的头，捂着出血的地儿，哭喊道："东家，出血了，东家，您快醒醒啊！流血了。"他看着马继宗不睁眼，"嗷"地一声大哭了起来。

徐敬修努力想爬起来却发现腿脚不听使唤，眼睛也失去了焦距，左眼甚至还黑得看不见东西，他甩了甩头想要清醒一下却洒了一地的血。就在这时，左耳旁呼呼风声传来，"砰"地一下，山崎高三郎打过来的拳头，准确地击中了他的太阳穴。

目睹母亲被日本人杀死，父亲又被枪击倒地，又见山崎高三郎在用拳头暴打公爹徐敬修，气急中的肖肖，从腰间掏出徐人本给她的那把日本匕首，高举着跑上前去，喊道："我给你拼了！"

见肖肖手中拿的竟然是自己用过的匕首，山崎高三郎举着拳头，瞪着吃惊的双眼，用日语说道："私のナイフ！"丢下徐敬修，与肖肖对打在一起。

肖肖大吃一惊道："啊！你的匕首？你就是到我府上的鬼？"

山崎高三郎吃惊道："你能听懂日语？"

"姑奶奶我会好几国语言。废话少说，接招！"肖肖虽然不会武功，但她学过舞台上的戏功，也能勉强与山崎高三郎过上几招。

几个回合下来，肖肖被打倒在地，山崎高三郎一脚踩住她拿匕首的右手，抡起拳头就要砸下来。出于本能，肖肖连忙伸出另一只手挡上去，他的拳头击打在她手臂上，疼得她甚至感觉手臂已经断了。

哭泣中的盈盈一看日本人把姐姐打倒在地，转身拿起桌上的菜盘子向山崎高三郎扔去。

就在这时，穆四妮在前、徐大本在后跑了进来。穆四妮与山崎高三郎相视一眼，飞起一脚将他踢出两米开外。

徐大本追上前去身形下蹲，双拳从下直打山崎高三郎侧身胸肋，这拳挥出皆是全力，只听得对方"咔嚓嚓"肋骨折断声响。"哎呀！"山崎高三郎一声惨叫，身形向右一屈。徐大本又来了一个"力劈华山"，单掌直袭他的颈部，又是"咔嚓"一声，山崎高三郎顿时口鼻流血，身子一阵剧烈抽搐。

肖肖大喊道："是你的匕首还给你，去死吧！""噗"，把原本属于山崎高三郎的匕首，插入他的身上。山崎高三郎瞪着大眼，伸着一只手指，指着肖肖，一挺身命丧黄泉了。

没有见过世面的盈盈，吓得躲在墙角，瞪着惊恐的双眼，看着死去的山崎高三郎。

徐大本瞪着一双不可思议的眼睛望着肖肖，他没想到一个女人被逼急了也是如此厉害。

穆四妮急跑过去，紧紧地搂抱住徐敬修哭喊着、拍打着，道："老爷，你醒醒，多少次的出生入死、多少次大灾大难你都能走过来的，你醒醒呀！"

徐大本含着眼泪扶着肖肖走过去，紧紧拉住父亲的手，突然，他喊道："娘！您先别哭，我爹有脉搏！"

徐敬修慢慢睁开双眼，拔出胸前的匕首道："四妮，别哭了，孩子说得对，我有脉搏。"

穆四妮瞪着惊喜的大眼，道："你这老东西，想吓死我呀！"

徐敬修从胸前摸出半个和田羊脂玉佩，道："对不起，我没有把你的玉佩保护好。"他突然停下来，打量着穆四妮皱着眉头问道："老乞婆，你怎么来这儿了？"

"几天不见大本和肖肖，一问张彬才知道，他俩带着大毛和小毛又折回了天津，我猜想可能你又出事了。"

昏迷醒来的石川慢慢举起手中的枪，瞄向了穆四妮他们。

穆四妮与徐大本搀扶着徐敬修弯着腰尚未站直，忽听得一声惊呼："小心！"

穆四妮惊愕之下，不及细想，扶着徐敬修、徐大本立即把身子一低，一颗子弹从她耳际疾飞而过。石川扭转枪口，瞄准秦有福开了一枪，秦有福瞬间向后倒去。穆四妮和大本同时双袖向后猛甩过去，数枚银针扎在石川身上。

石川的眼睛忽然睁得极大而圆，大声喊道："不——"嘴里流出了血，头一歪挺了腿。

刚才若不是秦有福这一声呼叫，肯定会遭遇不测。穆四妮感激地向秦有福看去。

日本间谍幸子悄悄闪进屋中，端着手枪已瞄准了徐敬修。苏醒过来的马继宗一看不好，捂着胸口，用尽全身力气跑过去，一下搂住幸子，大喊道："敬修！"

就在大家回头间，只听"砰"地一声，马继宗抱着幸子，背后鲜血渗出。

穆四妮惊愕之余推开徐敬修，欲甩出双袖中的暗器，但见马继宗挡在幸子前面，她犹豫了。

肖肖大喊道："我爹已死，婆婆快出招！"

徐大本快步走到幸子一侧，右手忽拳左手忽掌，直打过去。

幸子扭着头一边躲闪着徐大本的拳掌，一边想推开马继宗给徐大本一枪，但死去的马继宗牢牢地抱着她不松手。她"砰砰"又开了两枪，就在马继宗松开手的那一瞬间，穆四妮已双袖甩出暗器。幸子的手枪"当啷"落地。穆四妮对她正面出手如狂。徐大本从她侧面拳脚攻击。吓得幸子花容失色，转身从怀中掏出一把铁扇，忽东忽西地乱扇乱砍、狂冲猛击砍向穆四妮胸口。忽听得徐敬修大喊道："三儿，保护你娘！"

　　徐大本从幸子侧面一脚踢去，将她踢得飞出丈许之外，"咔嚓"一声，撞在花梨木太师椅上，但见白墙上点点滴滴地溅满了鲜血。徐大本急跑过去"呼、呼、呼"连出三掌，幸子身子一软闭目身亡。

　　盈盈见日本人都死了，看着满身是血的父母亲，跪爬过去，哭喊道："娘——爹——啊！"

　　徐大本含着眼泪，走到马继宗身边蹲下，为他切了一下脉，整理了一下大袍，将他那双死不瞑目的眼睛轻轻抹下，无奈地向肖肖摇摇头。

　　肖肖流着眼泪为母亲捋了一下前额的碎发，泪眼望着死去的母亲，拍拍盈盈的肩膀道："妹妹别哭了，你看看母亲走得多幸福。"

　　盈盈擦干眼泪细看母亲，确实见芸香脸上露着微笑。

　　穆四妮搀扶起身负重伤的徐敬修，走到马继宗与芸香身边。徐敬修望着为自己而死的芸香和马继宗，悲痛之情顿时涌上心头，两行热泪凄然而下。此时，他耳边仿佛听到芸香吟唱《钗头凤》这首千古绝唱：红酥手，黄藤酒，满城春色宫墙柳。东风恶，欢情薄，一怀愁绪，几年离索。错！错！错！春如旧，人空瘦，泪痕红浥鲛绡透……

　　凄美忧伤的旋律，幻化出江南女子芸香鲜活的面容，她袅袅飞向天空；幻化出马继宗少年读书时与姐姐马圆圆活蹦乱跳的嬉闹……

第四十五章　店铺失火　君燕身亡

劫后余生，徐大本陪父母返回武安伯延村后，稍作休整，便带着闫肖肖、大毛、小毛赶往苏州。

这天，孙子徐润金哭泣着跑进上房，问奶奶穆四妮："我爷爷呢？"

"你爷爷刚出去，多大的人了还哭，没出息。"穆四妮道。

徐润金停止哭泣，拉住穆四妮的胳膊摇晃着道："奶奶，我跟您说点儿事，您可要给孙儿做主。"

穆四妮一边给他擦眼泪，一边道："谁让我的孙儿受委屈了？"

徐润金哽咽道："我娘。"

穆四妮看看润金，拉住他的手，心疼地道："哦，你娘为啥让你受委屈？"

徐润金哭诉道："奶奶，我和秀儿一起长大，我想娶她，可我娘说什么都不让孙儿遂愿。"

穆四妮一听，甩开他的手，瞪他一眼，端起茶水小口抿了一下，沉声道："这当然不行了，不只你娘不让，奶奶也不允许，秀儿是个丫头！"

徐润金抹把眼泪，立即反驳道："奶奶，当初我爷爷娶您时，您还是土匪呢，我爷爷不是也不嫌弃您吗？为啥秀儿是丫头，我就不能娶她？"

穆四妮闻言一愣，瞪眼看着徐润金，竟一时无言以对，待反应过来，重重地将茶碗往桌子上一撂，勃然大怒道："好你个没有规矩的东西，竟敢与你爷爷相提并论，你爷爷是何等的能耐，你呢？你有啥出息？这事没得商量，你娘说不行就是不行。作为徐家长孙，怎能娶个丫头为妻？"

徐润金"扑通"跪在地上，哀求道："奶奶，您消消气，是不孝孙儿一时糊涂，说错了话，惹奶奶生气了，孙儿给奶奶赔罪。"说着，拉起穆四妮的手，向自己脸上打，"奶奶，您要是还生气，就狠狠打孙儿几巴掌，解解气。"

穆四妮抽回手，沉声道："别给我说好听的，就是说的天花乱坠也不行。"

"您老要不同意，孙儿就离家出走！"徐润金见奶奶也不同意，狠声道。

穆四妮气恼地盯着徐润金，道："你这小奴才还想威逼我？"

徐润金见奶奶越发生气了，低头紧张地嗫嚅道："孙儿不敢威逼奶奶，只是……"

"只是什么？"

"只是秀儿现在已成孙儿的人了。"

"啥？"穆四妮气得猛地站起身，指着徐润金怒道，"你个不成器的东西，竟敢先斩后奏？"可想想，现在生米已经煮成熟饭，打他、骂他又有何用？无奈喃喃道："唉！真是有其父必有其子。我这是做了什么孽啊，你爹不成器，你小小年纪就不学好，跟你爹是一模一样。这个家让你们父子给搅得不得安宁，想把人给气死啊！"

徐润金赶紧起身，上前搀扶住穆四妮的胳膊道："奶奶，我和我爹不一样，我爹是有妻儿还想着外边的女人。孙儿可不是这样的人，孙儿从小和秀儿一起长大，青梅竹马，两小无猜，孙儿喜欢秀儿，秀儿也喜欢孙儿。"说着，可怜兮兮地看着穆四妮继续道："奶奶，您老就行行好，网开一面，成全了我们吧，您要是不成全我们，秀儿只有死路一条，不就等于咱把人家秀儿给害了？您老一向是菩萨心肠，积德行善，这回就慈悲为怀，答应孙儿吧。"

穆四妮听了徐润金的一番阿谀奉承的言语，一时也不知如何是好，甩开他的手，道："孙儿呀，就是奶奶我同意了，你爷爷也不会同意的。"

徐润金哀求地看着奶奶的脸，摇着她的胳膊，撒娇道："奶奶，只要您同意就行了，我爷爷也听您的。您是咱家的老太君，谁敢不听您的呀！不听您的，您一掌就把他打飞了！"

穆四妮禁不住脸上露出了自豪笑意，沉声道："乱说些啥呢？奶奶我只是个普通老太太，我能把谁打飞？"

徐润金见奶奶已不生气，仰脸笑道："反正我知道，奶奶您可厉害了。您老要给孙儿一掌，准能把孙儿我给打飞。"一句话逗得穆四妮"扑哧"一笑，马上又板着脸道："再奉承我也没用。"

徐润金摇着她的胳膊，撒娇道："奶奶，您笑了，您笑了，笑了就是答应孙儿了。"

穆四妮看着孙子楚楚可怜的模样，道："好了，好了，润金啊，回去给你娘说，就说奶奶说了，什么丫头不丫头的，如今木已成舟，咱徐家不能把人家秀儿给坑了。奶奶只希望你们是真心相爱，不是一时冲动。"

徐润金脸上顿时浮现出开心笑容，抹一把眼泪，趴在地上，重重地磕了三个响头，高声道："谢谢奶奶！谢谢奶奶！您老放心，我跟秀儿是真心相爱。"说罢，起身出门，疾步向东院跑去。

北大街四合院内：

傍晚时分，"德聚诚"药铺落下药幌子，徐大光就急急忙忙直奔北大街小四合院。

张君燕早早地就带着丫鬟花儿在大门外迎着，见远处徐大光快步走来。张君燕刚想抬脚仰上去，忽然，感觉肚里的胎儿蠕动起来。笑笑低头摸着肚子，轻声道："孩子，是不是你也知道你爹回来了？"

花儿看着大少爷走近，知趣地转身回屋去了。

徐大光快步走到张君燕跟前，笑道："啥事这么开心？看把你乐的。"

张君燕妩媚一笑，道："快点儿回屋，我有好消息给你说。"

徐大光微微一笑，拉住张君燕的手，道："啥好消息？"

张君燕嗔娇道："进屋再给你说嘛！"

徐大光轻轻在张君燕脸颊上亲一口，搀扶着她道："好好好，进屋再说。"

进屋，徐大光坐在桌子旁，半抱着张君燕，呷了一口茶水，道："太太，快告诉我啥好消息？"

张君燕偎依在他怀里，得意道："你说，现在对我来说什么事最开心？"

徐大光轻轻抚摸着她的肚子，微微蹙一下眉头，沉思片刻，道："平安把孩子生下来最开心。"

张君燕脸上带着一抹甜蜜的笑容，道："也可以这么说，但你没猜对。"

徐大光看着她，笑道："回伯延，让家人接受你最开心。"

张君燕嗔怪道："你又没猜对！"

徐大光用武安的落子腔道白，道："娘子就直说了吧！"

张君燕点点他的额头，用落子腔回道："相公啊！你要是猜不出来，可就休怪为妻了。"

徐大光用戏腔问道："看你敢把相公我如何？"

张君燕戏腔回道："休怪为妻我今夜不让你上炕。"

徐大光一根手指点着额头，戏腔道："哎呀！大事不好，让我赶快想来。"

说着放开张君燕，慢慢站起来，就地转着圈，戏腔道："我转一圈没有想起来，那我就再转两个圈。"转两圈后，双手一摊，道："还是没有想起来。"

张君燕双手递给他茶碗，笑道："还是由为妻告诉你吧。"刚要开口，只见三掌柜张永才和小伙计急匆匆地跑来，道："少东家，少东家，大事不好了，铺子失火了！"

徐大光"啊"了一声，"当啷"一声把手中茶碗跌落地上，瞪着眼倒退两步。张君燕惊望着他。

张永才和小伙计赶紧过去搀扶住他。过了好一会儿，徐大光才慢慢缓过来，紧抓住他俩的手，问道："咋失的火？"

张永才无奈地摇摇头，道："您走后，我们就回后院干活儿了，没注意到前院着火，等闻到气味不对时，火势已不可收拾。"

徐大光惊慌道："快走！"转身迈出两步，又回头看了一眼张君燕。

张君燕望着他那无限哀凄的目光，很担心地点了点头。

彰德府德聚诚：

此时，德聚诚店铺前早已人声鼎沸，乱哄哄闹成一片。

徐大光随张永才和小伙计急步赶来一看，立马傻眼了，就见店铺火势冲天，浓烟滚滚，店铺里的伙计和赶来帮忙的邻里、市民提着一桶桶水，冒着灼热气浪往火海中泼，个个都灰头土脸，就连大掌柜和二掌柜都是蓬头垢面，满身都被火星烧得大窟窿小眼的。

大掌柜宋书堂见徐大光到了，欲哭无泪地道："少东家，我们落下幌子，刚回后院炮制药，前院就失火了，要不是发现及时，我们都得葬身火海。"

二掌柜杨德学沙哑着嗓子道："火势太大，靠这么一桶桶地提水，根本压不住火势。"

徐大光哭喊道："老天爷啊！这是为啥呀！"哭泣着拧着身子要冲进燃烧的店铺里，被掌柜和伙计们哭喊着紧紧拉住。

宋书堂紧紧拽着徐大光的后袍，泪流满面道："少东家，您不能进去呀，危险。"话音未落，"哗啦"一根大梁因梁柱烧折而垮塌，火焰随屋顶垮塌减弱片刻，后又冲天而起，而且越烧越旺……

徐大光目光呆滞地望着仍冒着缕缕青烟的一片废墟，从哀伤的心底泛起一丝丝恐惧，逐渐蔓延流遍全身，进入脑海，踉跄了两步，坐在地上双手抱头伏在腿上，紧咬着下唇，泪流满面地哭道："一切都成了灰烬，苍天啊！这是要我的命啊！怎么跟父亲交代呀！"徐大光突然一惊，急问道："报官呀，快点报官！"

宋书堂哀叹一声，道："报了。官爷查看完现场，说这是有人故意放的火。"

"有人故意放的火？是谁放的火啊！"徐大光声音带着颤抖，喃喃道，"百年老字号啊！就这么一下毁在了我手里，没法交代啊！没脸回家了呀！"

北大街四合院内：

后半夜，徐大光一路跟跟跄跄折回北大街四合院，有气无力地敲响门。

花儿迷迷糊糊地听到门响，轻声道："谁呀？"

"我！"

"是大少爷吗？"

"是！"

花儿下地出屋打开门，吓得尖叫一声，道："啊！大少爷您……"

徐大光一句话都没说出来，摇摇晃晃地倒在了地上。

花儿吓得大喊道："少奶奶，少奶奶！您快来，大少爷晕倒了。"

张君燕挺着肚子一步三摇地从屋里蹭出来，见徐大光躺在地上昏迷不醒，赶紧跪趴下来，抱着他的头，哭喊道："相公，你快醒醒！你这是怎么了？"看到徐大光嘴唇干裂，回头道："花儿，水，快端水来。"

片刻后，张君燕接过花儿双手递过来的水碗，深吸一口，嘴对嘴喂徐大光喝下，徐大光慢慢睁开双眼，仰面望天，哭喊道："苍——天——啊！"

张君燕紧扣着他的十指，含泪问道："这是怎么了？"

徐大光凄厉绝望地涕泪横流道："没有了，没有了，烧光了，都烧光了啊！"

张君燕边用衣袖为他擦泪，边劝道："别把身子气坏了，想开点儿啊！"

徐大光面色苍白，呆呆地望着漆黑的夜空，嘴唇抖了半天，喃喃道："'德聚诚'没了，都没有了，一切都化为了灰烬。"

这时，面冲着大门站着的花儿，感觉好像有个人影一闪而过，急忙跑到大门口，手扶门框，左右看看，没有人，以为自己眼花了，揉揉双眼，自语道："没人？"回身插好大门。

张君燕和花儿搀扶起徐大光回屋。花儿又倒了一碗水递给张君燕，张君燕抿了一口试试水温，一勺一勺慢慢地喂徐大光喝。

徐大光喝了几口热水，缓过劲来，侧身躺下，蜷缩在炕上，嘴里念叨："为啥会有人对'德聚诚'下此毒手？"

张君燕问道："你得罪谁了？"

徐大光琢磨了一下，道："没有呀。"

张君燕困惑不解地看着他，又问道："店里谁和咱有矛盾隔阂？"

徐大光摇摇头道："没有，都挺好的……我咋给爹交代呀！我是无脸回家了。"

张君燕沉思了一会儿，道："这不是你的错，再大的事也要面对，尽快回去告诉家里。"

徐大光心中酸疼，眼眶又泛出泪意来，忙背转过身子急急抹干，长长地呼了口气，点点头。

张君燕抚摸着他的头，抚慰道："吃点东西吧。"

徐大光紧紧抿着嘴，摇摇头，含着泪闭上了眼睛。

张君燕为他盖好被子，示意花儿退下休息。

花儿近前小声道："大舅爷还没有回来呢。"

张君燕淡然道："没事，他一个人在外流浪惯了，以前没有人管他，不也挺好的，你回房休息会儿吧，天就要亮了。"

花儿答应一声，走出上屋。

张君燕看着徐大光的脸，摸摸自己肚子里的孩子，只觉浑身发软、头也有点晕，挨着徐大光躺下睡着了。

第二天，张君燕一觉醒来时，见徐大光被窝已空，知道他又去料理"德聚诚"的事去了。

花儿做好莲子羹，双手捧着碗进屋，轻声道："少奶奶，给大少爷做好早点了。"

张君燕摇摇头，愣怔了一会儿，道："走了，我没醒来他就走了。"

花儿道："那您快喝了吧，别凉了。"

张君燕刚要接过碗，"吱呀"一声，弟弟张君生推门进来。

张君燕瞅了他一眼，问道："上哪儿去了？一夜不回来。"

张君生喜形于色道："玩去了。"

张君燕冷"哼"一声，没再搭理他。

张君生满脸堆着笑，道："姐，快让我吃点饭，我饿死了。"

张君燕让花儿把碗递给他，道："快吃吧。"

张君燕站在弟弟身旁，看着他几口把莲子羹灌进肚子里，眼睛斜瞅着他，道："君生，给姐说，你这一夜都到哪儿去了？"

张君生抬头看看丫鬟花儿，再看看姐姐张君燕。

张君燕挥了挥手，道："你回屋吃饭吧。"

花儿接过张君生递过来的碗，应声低头退出上房。

张君生似笑非笑地瞟了张君燕一眼，得意地道："姐，我干了一件大事。我把徐家的"德聚诚"一把火给他烧了，可解恨了。"

"啊！是你……"张君燕一声惨叫，脸色是胭脂都无法掩盖的分外苍白，眼睛格外地明亮，黑莹莹的瞳孔中像火焰在燃烧，捂住小腹倒退两步。

张君生见势不妙，急忙上前搀扶，但没有来及抓住张君燕的手，张君燕已直挺挺地仰面倒在地。大惊失色道："孩子，我的孩子！啊……啊……"腹部疼痛越来越强烈，再也忍不住地在地上翻滚起来，豆大的冷汗从额头滚落渗入地面。

张君生惊骇地跪在张君燕身边，不知所措地喊道："姐姐……姐姐……"见姐姐没有回音，扭头急道："花儿，花儿你快来！"

花儿应声匆忙从侧房跑来，见状，吓得惊叫一声，双腿跪在张君燕身旁，抓起她那冰凉的手，看着她那张苍白的脸，唤道："少奶奶，您这是怎么了？"

张君生抱着姐姐张君燕的头哭泣着，道："我姐摔倒了。"

片刻后，张君燕慢慢从昏迷中醒来，泪流满面，双手捂着肚子，凝视着弟弟的眼睛，用极其微弱的声音质问道："你、你……为何要火烧"德聚诚"？徐家与咱无怨无仇，你为何要这么做？"

花儿听了，大吃一惊看着张君生。

张君生看着怀中的姐姐，拭泪愤怒道："姐，你还说他与咱家没怨没仇呢，他都把你害成这个样子了，也不让你进他的家门。咱家也是官宦人家，就因父亲现在落难，咱才流落他乡，他明明有妻儿还欺骗你，我不烧了他的店，不解我心头之恨！"

张君燕听后，只觉得脑袋重如巨石，心如万针所扎，强打精神坐起来，一巴掌狠狠打在他脸上。

张君生委屈地捂着脸，看着姐姐，像看着一个不认识的陌生人一样。

张君燕难以置信地看着自己的手掌，只觉背心冰凉，眼前一黑，浑身无力地瘫软在地上，耳边仿佛听到母亲的声音，"君燕，去给你弟弟买吃的去。"恍惚间，她正要带着弟弟出门，看到母亲眼里噙着泪水嘱咐，"君燕，你要照顾好你弟弟，他可是咱张家的独苗。君生，让娘再看看你。"张君燕不解道："娘，您这是干吗呀？我给弟弟买了吃的就带他回来。"母亲无力地摆摆手，"去吧，去吧。"等姐弟俩回来，可怜的母亲已自缢而亡。张君燕在神智恍惚间想起了母亲临终前的一幕幕，后悔没有把母亲照看好，更后悔没有完成母亲临终遗言，照顾好弟弟，以至于发生这样的事，既害了徐家，也害了弟弟。想到此，张君燕心中像刀绞一样，再次清醒过来时已是泪如泉涌，感觉到下身一阵钻心的剧痛，双手抱着肚子，额头上的冷汗再次沁了出来。

花儿顺着张君燕的手往下一看，大惊失色道："血！少奶奶要流产了，我去请郎中。"

张君燕摇摇头，气若游丝道："不用请了。弟弟，姐不该……在菜市场……遇到你，也许……你也可以……生存下去。徐家已经报……报官，官……官府很快会找到你，你……你……是咱张家的……独苗，爹还在大牢里……无论如何你都要等着爹出来啊！"

张君生流着泪，紧紧地拉着姐姐的手，哭喊道："姐姐——姐姐——姐姐呀！"

门外传来了敲门声，花儿和张君生对视一眼。

张君燕挣扎着用尽最后一口气，道："你……快跑，跑得……越远越好！"接着用力握住花儿的手，泪眼乞求道："花儿，看在你我主仆一场的情分上，不要揭穿我弟弟。"

花儿含泪点点头。

"花儿，开门，干啥呢？快开门呀！"门外的徐大光急躁地扯着嗓门大喊道。

张君生一激灵清醒过来，惊慌地爬起，躲到了后院。

徐大光在大门外焦急不安地来回徘徊着。

花儿见张君生已躲了起来，拭去眼泪，小跑出去拨开门闩，惊慌地噙泪道："大少爷，大少爷，您快去看看吧，少奶奶流产了。"

徐大光一听，把眼瞪圆道："啥话！"说着急忙跑进屋里。他被眼前的情景吓呆了，只见张君燕身下有好多好多的鲜血，脸如白纸。

徐大光嘴角抽动了两下，蹲下身，蓦地张开双臂，将她拥入怀中。张君燕强睁开双眼，嘴唇动了动，徐大光急忙将耳朵凑近她嘴边。

张君燕用微弱的声音道："相公，我……我……对不起你，你们……徐家呀！"说着"啊！"的一声，又一阵剧痛从小腹处猛然涌来，"啊……啊……"边叫边十指在徐大光身上无助地抓了又放，放了又抓，抓得徐大光身上道道指痕。挣扎一阵，张君燕头一歪，死在了徐大光的怀里。

徐大光的头"嗡"地炸开了花。犹如被一记响雷击在头顶。

屋外狂风肆虐，卷着枯枝败叶漫天飞舞，一道闪电倏地划破天际，雷声伴着暴雨倾泻而下。被惊醒的徐大光无助地望望窗外，猛地扭头盯着花儿，额上青筋暴突，通红的双眸仿佛要滴出血来，仍然难以相信眼前这一切，气极道：

"这是咋了？咋了？不可能，这不可能，我走时她还好好的呢。"

吓得花儿流着眼泪摇头。

徐大光已经麻木得忘记哭泣，呆呆地坐在地上，抱着张君燕尚有余温的尸体，心若死灰，眼神空洞，泥塑似的过了半晌，才涕泪交加地哭道："君燕，君燕，你快醒来看看我。"

徐大光痛哭一阵，感觉满身伤口像撒了盐一样钻心地疼，目光渐渐转冷，抬起头像野兽一样凶狠地看着花儿。

花儿吓得连连后退，哭诉道："少爷，是少奶奶不小心歪了一下摔倒在地，血就流了出来。我要去请郎中，少奶奶不让……"

徐大光已经被悲痛折磨得彻底崩溃，大哭道："天啊——，你这是要我命啊！我该死呀，君燕，君燕！你为何要离我而去呀？你一直跟我说要找弟弟，可弟弟还没找到，你咋就走了？你这样走得安心吗？君燕，我的妻呀！"

徐大光哭喊了半天，突然停止了哭泣，强挤出一丝苦笑，"哈哈哈……上苍呀！我知道你想让我咋做了，天意，真是天意啊！哈哈哈……"竭力地干笑了两声，脸色渐渐变为死灰色。

躲在后院的张君生听了徐大光的哭诉，才知道自己干了一件多么愚蠢的事，既愧对徐家，还害死了自己的姐姐。想着与姐姐在一起的一幕一幕，心就像一片一片被撕裂，小声哭泣着，喃喃道："姐姐，是我害死了你，是我害死了你呀。"他真想冲出去，抱住姐姐大哭一场，但想想姐姐刚才与自己说的话，又咬紧牙关忍了下来。

徐大光抱着张君燕用力站了几次才站起来，转身朝门外晃晃悠悠走去，边走边哭笑道："好好好，今天咱三口一起走，咱走得多幸福呀！德聚诚没了，你和孩子也没了，我活着还有啥意思……"

天空惊雷阵阵，地上雨渍四溅，徐大光满头乱发飞舞，雨水打在他宽大的脸孔上自额际淌下。

花儿惊异地看着徐大光的一举一动，半天反应过来，慌忙跑着跟上去，跪下抱着他的腿，哭道："大少爷，您要去哪儿呀？"

徐大光抬腿甩开她的手，厉声喊道："你别管，你走吧！我要和我的太太、我的孩子一起去天堂。"

张君生一听，脑袋"轰"地一下，泪眼望着徐大光摇着头，不知如何是好。

花儿站起来，哭泣着跟在徐大光身后，喊道："大少爷，先回家吧，等雨停了再好好安葬少奶奶。"

徐大光苦笑一声，"我已经无家可归，我要和我的太太、孩子在一起，去我们该去的地方。"说着，头也不回朝着护城河方向走去。

花儿哭泣着跟在他后面，她知道少爷这是死了心，不想活了，可自己一个弱女子也没有办法阻止。

天空淅淅沥沥地洒着雨滴，街上一个行人也不见，眼见前方已看到滚滚河流时，花儿慌了，忙抹一把眼泪，紧跑两步跪地死死拽住徐大光的后袍不松手，徐大光头也不回，拖拽着花儿仍然继续往前走。

就在这紧急关头，一双刚劲有力的大手一把拽住徐大光的胳膊，颤声道："大哥，您这是要干什么？"

徐大光吃惊地看看来人，瞬间泪流满面地怒道："请你放开，别多管闲事。"

花儿一看是张君生来了，才放开徐大光的后袍，站起身。

张君生面色虽不平静，但眼光很坚定地说道："大哥，你说这话就不对了，我不拦你，就是我有罪了。"

徐大光愣住了，疑惑地道："我死跟你有啥关系？你有何罪？快放手。"

张君生含泪道："当然跟我有关系了，我见死不救，你说我有没有罪？"

徐大光有些意外地看着眼前这个青年，中等身材，生得眉清目秀，身穿一件打过补丁的青布长衫，透着几分熟悉的面相，思索片刻，惊喜地问道："你是……你是君生？"

张君生闻言一愣，朝花儿看了一眼。

花儿木然而忧伤地摇摇头。

张君生确认徐大光并不知道他的身份后，忙掩饰道："君生？什么君生？我姓张，名欠。"

徐大光再次疑惑地看看张君生，说道："你说话的口音、语气都像我的君燕，你是哪里人？"

张君生忍着内心的煎熬，想了想，道："我是保定人氏。"

徐大光冷冷问道："你有姐姐吗？"

张君生看着张君燕的遗体，忍着悲伤道："有。"

徐大光闻言，惊讶地盯视着张君生。

张君生被他盯得浑身发毛，扭过头闭上眼，再也控制不住流下悲痛的眼泪，沉默片刻，望天长叹一声，"可惜，她已经不在了。"

徐大光迷茫了，喃喃道："你不是君生，君生在哪儿呀？"说着，泪水又止不住地滑落下来，道："你不是君生，那你走吧！"说后，欲再次迈步往前走。

张君生声嘶力竭地喊道："大哥！您要跳河可以，那就先把我推下去再跳。"说着伸开双臂站在徐大光面前，身后就是滔滔河水。

徐大光气恼，大喊道："你这是为何？"

张君生扶住他的双肩道："不推我下去就对了，说明你脑子还很清醒。你要是真心爱你的太太，就应先把你太太安葬好了，再作决定。"

徐大光犹豫了一下，泪眼望着他。

张君生拍拍他的肩膀，指指旁边，道："咱坐下来谈谈可好？"

徐大光心想，反正也是要死的人了，跟他谈谈也好，不能做个憋死鬼。随即抱着张君燕的尸体，转身坐在河边柳树下，也不等张君生坐好，就声泪俱下道："我是武安人，姓徐名大光，是"德聚诚"的少东家，昨晚被人一把火把铺子烧了个干净，正不知如何向家父交代，谁知又雪上加霜，太太又因摔倒流产而死。我现在是铺子——铺子没了，太太——太太没了，孩子——孩子也没了，一切都没了。你说我活着还有啥意思？"一番话说完，低头默默地看着张君燕，竟呜呜呜哭起来。

张君生坐在一旁，也是泪流满面，花儿在他俩身后也哭泣着。

徐大光哭了半天，又接着道："君燕是个苦命的人，她的父亲为救朋友被打入大牢，她母亲忍受不了打击，上吊自杀。她无奈之下，带着弟弟来彰德府投亲，在路上又遇到土匪，与唯一的亲人也走散了。为了寻找弟弟，她在茶楼给人端茶送水打听消息。我在茶楼与她一见钟情，可因祖训约束，家里不能接纳于她。我还想，等孩子出生后，我父母看到孙子，应该会接纳她和孩子的。可谁曾想，她就这样抛下我匆匆离去了。"说罢，紧紧搂住张君燕，头抵着她的乌发低声啜泣起来，顺着面颊滑落而下的一滴眼泪恰好落在张君燕眼角，欲坠未坠，看着好似从张君燕眼中溢出来一样。

张君生看着徐大光如此伤心，真是后悔莫及，看着姐姐的遗体，强忍着心里的悲痛，道："大哥，咱怎么也要让死者先入土为安呀！等把你太太安葬了，咱再想别的办法。"

徐大光心痛入骨地摇着头道："不！我不能让他们孤儿寡母到那个世界再受人欺负，我要去陪着他们，照顾他们。"

张君生为他拭去脸上的泪水和鼻涕，"她活着的时候受尽了漂泊之苦，难道她死了，你还不让她入土为安？还要让她居无定所，到处漂泊吗？"

徐大光闻言一愣，看着眼前滔滔河水。雨越下越大，雨水湿透了他的全身，一阵风刮来，他激灵灵打了个冷战，低头看看怀里已浑身湿透的张君燕尸体，无言以对。

张君生见他已经有些回心转意，继续劝道："你要是真心爱她，就让她入土为安吧。"

徐大光直勾勾盯着张君燕，一语不发，默默瞅了半晌，抑制着悲伤，含泪点点头，道："对！不能让她顺水漂浮，我要给她一个安定的地儿。先把我太太安葬了，我再死也不迟。小兄弟，咱素不相识，你为何以死相救？"

张君生想不到他会有此一问，愣了一下，用余光偷偷扫了一眼花儿，见花儿正担心地看向他，长叹口气，道："我看大哥怀抱太太哭得如此伤痛，知道大哥是个有情有义的人，怕大哥一时想不开做出糊涂事，就一路跟来，想帮帮你。"

徐大光含泪道："兄弟，帮人帮到底，你去帮我买副上好的棺材，租辆豪华马车。"说着，从怀里掏出一兜银子递向张君生。

张君生哽咽得说不出话来，只是点点头接过银子，刚要起身，心想：别我走后他再跳河，于是，边起身边道："大哥，你就不怕我拿了银子一走不回头吗？"

徐大光惨笑道："这点儿银子算啥，你想要就拿走好了。"

张君生垂目盯着地面，悲伤而愧疚堵得他一阵阵心痛，摇摇头，转身把银子递给在一旁哭泣的花儿，"你去买吧，我和大哥在此等你。"

花儿明白他的意思，擦擦眼泪，接过银兜转身向城里跑去。

大商号

第四十六章　敬修吐血　大光吓疯

徐家大院：

　　管家世福得到门子张彬通报，急匆匆从后院来到前朝，进门就道："大掌柜、二掌柜、三掌柜，发生啥事了？咋都回来了？"

　　大掌柜宋书堂哭丧着脸道："管家，'德聚诚'失火了，没了，全没了。"

　　"失火了？咋、咋回事？"世福吃惊道。

　　宋书堂拭去眼泪道："唉！昨晚店铺刚关门不久，大家正在后院炮制成药，前院突然着火了，等我们发觉时，火势已经十分凶猛，大家奋力灭火，也没能控制住火势，只抢出了账簿和白天收的银子，还有一小部分药材，其他连铺子一起都烧光了。你说，这可咋跟东家交代？"

　　世福急得边转圈边搓手，道："这这这，咋出这么大的事！那、那大少爷呢？"

　　"少东家不是提前一步回来了吗？"二掌柜杨德学和三掌柜张永才异口同声道。

　　世福凝视着他们，疑惑道："没见呀。"

　　大掌柜宋书堂低头皱眉不语。

　　"那咱就先等等，等大少爷来了，一齐去禀报老爷。"世福道。

　　说话间，徐大光在花儿和张君生的搀扶下，跌跌绊绊进来。

　　世福见徐大光回来，上前一步将他搀扶住，颤音道："我的大少爷啊！你去哪儿了？担心死我了。快点儿去后院吧！出了这么大的事，越拖的时间长，老爷越生气。"

徐大光点点头，道："世福叔，我娘在没在后堂？如没在，您快去把我娘请来。"

世福摆摆手，道："你放心去，我这就去请老夫人。"

宋书堂道："少东家，我们和你一起去见东家吧？"

徐大光沮丧着脸，摆摆手。

世福接过话茬道："宋掌柜，你们先别去，让大少爷去就行了。你们先在这儿歇着，有事我叫你们。"回头看看花儿和张君生，困惑地看着徐大光。

徐大光感觉到了，扭头道："这是管家。"

花儿躬身道："管家好！"

张君生拱手向世福道了声好。

世福见徐大光没有给自己介绍二人身份，知道这里面有名堂，只是客气地点点头，没有再深究。

徐大光含泪来到后正房，见父亲正在喝茶，胆战心惊地颤声道："爹，德、德聚诚失火了！"

徐敬修听后大吃一惊，"噌"地站了起来，手中的茶碗"啪"的一声碎裂在地，上前双手抓住徐大光的肩膀，急道："你说啥？再说一遍！"

徐大光吓得浑身哆嗦，"扑通"跪倒地上，哭泣道："爹，德聚诚失火了。"

徐敬修闻言，头嗡地一下，眼晕腿软，身子前后摇晃一下，右手扶住了八仙桌，半天说不出话来。

徐大光见把父亲气成这样，赶紧哆哆嗦嗦地道："爹，都是孩儿不好，没有看管好德聚诚，孩儿不孝，辜负了您的期望，对不起徐家先祖……"说着捂脸趴在地上哭了起来。

徐敬修气得脸色苍白，怒目圆睁，左手指着徐大光，"你、你、你……"突然，张嘴一口鲜血喷了徐大光一身。

徐大光慌忙起身，扶住父亲，道："爹——"

徐敬修单手捂住心口，追问道："因何失火？"话声未落，又是一口鲜血喷出，随之整个身子瘫倒在太师椅里。

吓得徐大光魂飞魄散，急喊道："爹、爹，您别吓孩儿啊。"

就在这时，穆四妮急急忙忙冲进屋，把徐大光一脚踹开，俯身一手抓住徐敬修的手，一手揉着他的胸口，轻声喊道："老爷，老爷。"

徐敬修倒在太师椅上紧闭双眼，浑身颤抖着说不出话来。

穆四妮脸上带着几分怨怒，瞪着徐大光，"你这不成气的东西，想把你爹

气死啊！"抬头吩咐道："世福，还不快去请大夫。"

"是！"世福立即应声而去。

穆四妮双手抱起徐敬修，走进里间，轻轻把他放床上平躺下，徐敬修紧闭双眼躺在床上一动也不动，宋书堂跪在一旁给他把着脉。

闻讯急匆匆赶来的徐赵氏、徐白氏，分别带着徐润金、徐润银和徐润福、徐润寿、徐润延、徐润年，进屋见状，哭喊道："爹……爷爷……"

正在气头上的穆四妮，厉喝道："哭、哭、就知道哭，都给我住声！"

众人吓得马上闭嘴，收泪，立站一旁大气都不敢出。

良久，宋书堂松开徐敬修手腕，抬头道："脉象不稳，内经紊乱，东家长年劳累，再加上急火攻心。"

徐大光吓得全身簌簌发抖，低着头不敢看母亲。

穆四妮狠狠地瞪了他一眼，目光向门口瞟去，不觉一愣，回头盯视着徐大光道："门外那两人是谁？"

众人纷纷扭头看看门外两个陌生人，再回头看着徐大光。

徐大光吓得浑身哆嗦，抬头看向门口道："她、她是花儿，是服侍君燕的丫头。他、他是……"没等他说完，"啪！"穆四妮一个耳光抽了过去，喝道："你一直没有和她了断？"

徐大光捂着脸，哭泣道："娘，君燕已怀了咱家骨肉，我、我……"

"啥？"穆四妮闻听眼睛一亮，道，"她有了咱家骨肉？那孩子呢？"

徐赵氏闻听徐大光不但没与张君燕绝断，甚至还怀了徐家骨肉，心如刀绞。在众人只顾盯着徐大光，听他说结果时，扶着墙慢慢退出屋，跟跟跄跄向东院而去。

徐大光低头哭泣道："摔了一跤，小产了，大人、孩子都没了。我本想跳进护城河一死了之，"说着，手指张君生，道："是这个叫张欠的救了我。"

穆四妮瞟了一眼张君生，皱眉想了想，看着浑身发抖的徐大光，长叹一口气，道："真是作孽呀，作孽呀！我咋就生出你这么个不争气的东西。"

刘妈小跑进来，低声对穆四妮道："太太，大少奶奶在东院晕倒了。"

穆四妮扭头瞪着徐大光，道："真是的，净添乱！快看看去。"

徐大光傻跪在那里，望着地不敢吱声。

穆四妮见徐大光不动，怒喝道："还不快去看看！"

徐大光抬起头，痴呆着脸望着母亲。

徐白氏上前小声道："哥，快起来回东院吧，嫂子晕过去了。"

徐大光这才反应过来，急忙起身慌慌张张跑向东院，花儿和张君生也跟着去了东院。

东院二道院：

刚刚苏醒过来的徐赵氏躺在床上，见徐大光低头进来，猛地睁开眼睛，强撑着身子爬起来，一巴掌打了过去，用微弱的声音骂道："没有人性！"说罢，忍不住趴在床上大哭起来。

徐大光捂着脸，没有争辩，慢慢转身走出寝室，一屁股歪在椅子上，仿佛骨头都没了，痴呆地望着窗外。

徐家大院后正房：

徐敬修这一躺下就起不来了，穆四妮和王成大大围在他身边，精心伺候，说话、谈心、劝导。

半个月后，徐敬修才慢慢有了好转。穆四妮见他心情不错，挥挥手道："王成，你回屋歇着吧。"

王成知道太太有话要和老爷说，望了一下闭眼养神的老爷徐敬修，才依依不舍地走出上房。

穆四妮看着王成走后，轻轻趴到徐敬修身边，温热柔软的嘴唇摩擦着他的耳朵，低声道："老爷，我想让你看样东西。"

徐敬修闭着眼，脸上泛起一丝微不可察的笑容道："又想怎么逗弄我开心呀？"

穆四妮莞尔一笑，道："老头子，你跟我来，我有宝贝让你看。"

徐敬修嘿嘿一乐，睁开双眼，点点她的额头，起身慵懒地伸了一下腰。

穆四妮慢慢起身下床，看看门外面没人，轻轻插好房门。

徐敬修见状，"扑哧"一乐，道："土匪呀，这可是大白天，况且我现在的身体也不允许。"

穆四妮瞪他一眼，嗔怪道："你想得美，就是身体允许，我也不要。"

徐敬修瞟了一眼门闩，疑惑问道："那这是为何？"

穆四妮"扑闪，扑闪"眨了两下大眼睛，转身走到客厅，轻轻把中堂的椅子搬开，把桌子移到一旁，打开地道口，从怀里掏出火柴，点亮了马灯，神秘而得意道："我要你看看咱有多少银子。"提起马灯拉着徐敬修慢慢地进了密室。

徐敬修下了地道，顿时被眼前的情景惊呆了，就见地窖里一排排、一层层全是银子。

徐敬修擦擦眼睛，欣喜若狂道："我的老天爷啊！这几年你没花银子？"

穆四妮抿嘴一笑，道："我花了呀，可怎么花也花不完！你赚得太快了。"

徐敬修激动地一把将穆四妮拉进怀里紧紧搂住。

穆四妮幽怨地嗔怪道："这些年，你什么大事没见过？什么大事没经历过？你说，是人重要啊还是这些身外之物重要？如果没了你，我活着还有什么意思，有再多的银子又有何用？你要知道，你不仅仅是为你而活，也是为我活着，你一死就是两条命，你知不知道？大灾大难咱都熬过来了，难道还经不起这么点小事打击一下吗？不就是几间铺子吗？没了再盖就是了，至于把你气成这样吗？老爷呀，你可是我的天，没有了你这个天，你让我咋过？"

穆四妮一番发自肺腑之言，说得徐敬修是哑口无言、热泪盈眶，紧紧地抱着她道："太太，此生有你，是我徐敬修最大的福气……"

前朝大厅内：

部分股东们得知彰德府"德聚诚"被一把火烧得荡然无存，都聚集到徐家庄园外，明里是来看望、安慰，暗里却是想看看徐家今后的打算。

白发苍苍的徐老四腰插大烟袋，带着众人来到前朝大厅内，回身关上房门，整了整大袍，领头嚷嚷道："虽然俺兄弟对我不赖，但我还是有点担心，担心他把损失算到咱们股东头上，损害咱的利益。"

众人纷纷点点头，七嘴八舌地议论起来。

徐老四干咳嗽两声接着道："不过，咱可先说好了，只能问，不能闹。俺兄弟这几年可是没少给咱们分红利。"

股东们也附和地嚷嚷道："对，对，咱们只问不闹。"

正在此时，前朝门被推开，王成和世福阴着脸在前，徐敬修端着旱烟袋慢慢悠悠跟着进来。

顿时，屋里鸦雀无声，都低头掩饰尴尬，徐老四心虚地张张嘴，不知该如何开口。

世福愤怒地看着他们。

徐敬修环视众人一眼，慢慢走到太师椅前坐下，一口一口地吸着旱烟，也不说话。半晌过后，众人没有一个说话的。

徐敬修又深吸了一口烟，"咳嗽"了两声，才开口道："你们这是来干啥呀？如果是来看望我、安慰我的，就请坐下来喝杯茶。如果是担心自己的股银，来要股银的，那就不必坐了。我马上叫管家给你们结账走人。"

众人闻言，呼啦一下全都坐了下来。

唯独徐老四没有坐下，他左右看看慌了，嚷嚷道："这、这、这是咋了？

咋都坐下了？"

众人都装聋作哑，端起茶杯喝起茶来。

徐敬修见状，停了片刻，轻声问道："四哥，您这是要结算股银吗？"也不等徐老四回话，扭头提高声音道："世福，带四爷去结账！"

徐老四一听可不干了，急道："我……我……我没想结账，我、我才听说咱德聚诚失火了，我是担心兄弟气坏身体，想过来安慰安慰你，看你把哥看成啥人了？"

徐敬修冷笑一声，道："我刚才不是说了，如果是来看望我、安慰我的，就请坐下来喝杯茶。如果是担心自己的股银，来要股银的，那就不必坐了。我马上叫管家给你们结账走人。四哥，既然你不想结账，咋不坐下来喝茶？我这茶不好喝吗？"

徐老四转了一圈，尴尬道："我、我、我是想坐下来的，可是，这、这没有我坐的位置了，你看看他们都坐满了，哪儿还有椅子呀？"

众人都明里暗里嘲笑着，手捧茶杯望着徐老四。

徐敬修左右看了看的确没有他坐的位置，大声喊道："王成，给四爷搬凳儿去！"

"是，老爷。"王成转身看门口有个小板凳，嘿嘿一笑搬了进来。道："四爷，您老请坐。"

徐老四一看，急道："王成，你个小王八羔子，你没看大家都坐高凳儿吗？给我搬个小凳儿，你是不是成心让我难看？"

王成撇撇嘴道："四爷，您就别挑剔了，有凳子坐就行了，还想坐高凳儿，坐啥凳儿还不一样吗？您看我，连个小凳儿也没得坐。哼！这不是也没难看嘛！"

众人都笑了起来，指着小凳儿道："老四，有个凳儿坐就不错了。"

徐敬修知道大家都在戏弄徐老四，朝着痰盂上重重地磕了磕旱烟袋。大家都不说话了。他喝了口茶水，漱漱口吐到痰盂中，从兜里掏出手巾擦擦嘴角道："王成，去，给四爷搬个高凳去！不行，把咱家梯子搬过来！"说完，看看徐老四。

徐老四尴尬道："不用了，不用了，小板凳就挺好，小板凳坐着稳。"

王成咧嘴笑笑，退出去。

众人都想笑，但不敢明笑，都用茶杯挡住脸偷着乐。

徐敬修正色道："我知道，大家现在都想知道我打算如何处置彰德府铺子失火的事。"看众人都瞪眼看着自己想听下文。继续道："那我今天就给大家交个实底，我要重建德聚诚，而不是恢复德聚诚，我要把德聚诚建得比原来更大、更好。"

众人闻言一愣，左右看看不知这是什么情况，片刻后，纷纷窃窃私语起来。

徐敬修再次朝着痰盂上敲了敲旱烟袋，道："但我不会动用东北铺子一两银子，请大家尽管放心。"

众人都面面相觑，齐声道："只要你需要，我们都支持。今年的股银可以不分，先拿去重建德聚诚吧。"

徐老四既没表态，也没反对，心想：这是咋了，来前你们不是都担心他动用东北铺子里的股银吗？这咋一眨眼的工夫都变了？实在不明白眼前这些人是咋想的。

徐敬修嘴角含笑，道："重建德聚诚与大家没关系，与年底分红更没关系，年底该分大家多少股息，一个子儿也不会少。"

大伙儿一听，纷纷拍手鼓掌。

这时的徐老四只看到他们在笑在鼓掌，心里千种滋味翻腾。看着徐敬修还在说，他却是一句也没听入耳。

徐家大院大门外：

转眼入冬，伯延村街道上，一群孩子在街上点燃了一堆玉米秸秆，火焰一下子蹿出地面老高。吓得徐大光捂头蹲在地上大哭，口里不停地喊着："火火火，快点儿救火！快点儿搬药……完了全完了，百年老字号全完了！"

孩子们边往火堆旁拖拽徐大光，边哈哈大笑道："疯子、疯子，你个胆小鬼，胆小鬼……"

吓得徐大光坐在地上边哭边大喊大叫。

张君生跑来，驱散了这群调皮的孩子，蹲下抱住徐大光的头，道："不哭，不哭，咱不哭啊！这点儿火烧不掉德聚诚，烧不掉老字号，咱不怕啊！快起来回家。"

徐大光一听，挣脱开张君生怀抱，泪眼乞求地望着他，搓着脚，哭道："不能回家，不能回家，到家父亲岂能饶我？"说着，他又含泪笑道："对，带君燕回家，让母亲看看我们的小宝宝，她就不生气了。"说着，他又停下来，想了想道："我的君燕好可怜，她无亲无故，父亲关在牢中，母亲死了。对了，她还有个弟弟，我要帮她找弟弟，她说弟弟叫君生，君生、君生你在哪儿？你快来呀，你姐在找你……"说着紧紧拉住张君生的胳膊，乞求道："你快帮我找找君生，他姐姐想他，他是君燕唯一的亲人。死了，都死了。"又呜呜呜大哭着道："死了，都死了，我是不是也死了，我咋没见我的君燕，你带我去吧……"

徐大光经过那次大火后，就再也没从火堆里走出来，他疯了，疯得见火就哭，见火就怕。

张君生看着被自己害成这样的徐大光，追悔莫及，痛不欲生。他很想把一切都告诉他，告诉他自己就是他要找的张君生，德聚诚也是自己放火烧的。可他不敢，这个罪名他担不起，他还要等大牢里的父亲出来。他哽咽自责地把徐大光拥进怀里，紧紧搂住他，给他擦擦眼泪，轻声道："听话，咱回家，君燕的弟弟会回来的，他知道你在找他。"

徐大光抬头瞪着那双痴呆的眼，反复地问道："真的吗？是真的吗？那你叫他来啊！"

张君生流着眼泪，重重地点点头。

徐大光高兴地为他擦擦脸上的泪水，起身拉着张君生的手向大院走去。

站在大门口的化儿眼含泪水，看着可怜的徐大光，再看看被痛苦折磨的张君生，心里万分矛盾。她盼着徐大光能快点儿醒来，好告诉他，就是眼前这个人放火烧了他的德聚诚。但她又十分担心，担心张君生一时冲动说出真相，说他就是张君生，是他纵火烧了德聚诚，惹来牢狱之灾，那样就无法完成少奶奶临终遗愿，自己就再也见不到张君生了！她的心在这样的爱恨情仇的矛盾和痛苦中挣扎着，折磨着，难以决断。

张君生拉着徐大光的手从她身边经过，她挂满泪水的脸儿突然红了，她怕张君生有一天离开，她恨自己，恨自己不知是怎么了，每天都想看到他，一会儿看不到他，就像丢了魂似的，心慌意乱、忐忑不安。她知道他已在自己心里有了不可取代的位置，她离不开他，这就是爱，很自私的爱。

穆四妮搀扶着徐敬修正在院里散心，见张君生拉着徐大光从自己身边走过，徐大光居然无动于衷，心疼不已，不由眼中蓄满了泪水。

徐敬修刚刚谈笑时的安然心情遁去，顿时心中涌起难以言说的悲伤，轻轻拍拍穆四妮的肩，安慰道："没事啊，他这是一时神智紊乱，过一阵子就好了。"

穆四妮问道："为啥你给他吃了那么多中药还不见效？"

徐敬修摇摇头道："身病易治，心病难医。唉！心病还须心药医啊！"

穆四妮望着徐大光离去的背影，含泪点头道："但愿儿子能快点好起来，什么也没有健康重要。"

徐家东二道院内：

数月后的一天，徐大光两眼呆滞无神，焦躁不安地在屋里绕来绕去。突然，抱头在屋子里边绕圈跑边惊叫起来，"火、火、火……快救火，大火烧了德聚诚，快救火呀，老字号着火了！"

这时，徐赵氏端着一碗药汤推门进屋，看到他又在大喊大叫，心想：服用了那么多父亲用秘方配制的药，也不见起色，看起来更憔悴、更消瘦了。

徐大光看到徐赵氏进来，赶紧跑过去抓住她端着药碗的手，笑道："君燕，你去哪儿了？我一直找不到你，君燕，来，快坐下。"

忽然，一股冷飕飕阴风刮来，穿过徐赵氏还未合上的屋门，吓得她惊叫一声，扔掉药碗，转身就跑，与跟随过来的丫鬟小平撞了个怀，吓得她浑身发抖、两眼发直，细看是丫鬟小平，稍稍平复了一下失魂落魄的情绪，道："看样子这根本就不是病，他是不是被那死去的张君燕鬼魂附体了？还是请个道士来救他吧。"

丫鬟小平一听，吓得哆嗦道："对、对、对。大少奶奶，请道士来作法吧。大少爷天天这样怪吓人的。"

"那你快去请个道士来，别让老太太知道。"徐赵氏道。

丫鬟小平应声点头，向外跑去。

晚上，徐大光被牢牢捆住，两个小道士各拽绳索一端，用力紧拉。

老道士一手摇铃，一手拿着拂尘，对着院落四面八方，东摇摇铃铛，西摆摆拂尘，口中念念有词，没人能听明白念的是什么。念叨了半天，煞有介事地面朝东方，"呀"地一声道："果有冤魂附体。"

"啊！真是鬼附身了？"徐赵氏和丫鬟小平吓得浑身战栗。

老道士回身，坐于事先准备好的法坛后，猛地一拍桌子，拿起桌上早就准备好的符咒，起身叫道："把那冤鬼给我绑于坛前，看贫道作法化解。"说罢，再次闭眼，嘴中念念有词。

徐赵氏吓得浑身直发抖，连老道神色都不敢看一眼，衣袖遮住脸，道："大师能把她请走吗？"

老道士嘴里念叨几声，突然精神一振，正气凛然地道："贫道自有办法，这就施法让她离开大少爷……"说着，一手拿起木剑，将手里作法半天的符咒贴在剑身上，在院子里边转圈边挥舞，嘴里念叨着："天灵灵地灵灵，拜天地神明日月，我张半仙拜请天灵和神兵降临徐宅带冤魂，诸神庙开枷脱锁救良民，急急如律令……"念叨半天，回身托起桌上香炉，把木剑插入已经焚烧半天的香炉，将黄符焚化，最后托着香炉来到徐大光面前晃来晃去，骤然一声断喝："疾病厄运，灰飞烟灭！"一炉香灰，泼向徐大光。

"啊……"徐大光惨叫着，满头满脸满身全是香灰。

"妖魔狐鬼，立现原形！"随即老道士又大喝一声，端起桌上一碗鸡血，再次向徐大光泼去。

"啊……"徐大光再度惨叫，接着声嘶力竭地叫喊，"放开我，放开我，火、火、火，快救火。"

"哗"又是一盆水浇在徐大光身上。

老道士见徐大光不停地叫喊，手执摇铃，在徐大光面前又晃又摇，嘴里再度念起咒来，然后重又开始作法，撒香灰、泼鸡血、浇冷水……

"啊……啊……啊！"徐大光不住惨叫，躲不开，逃不掉，满头满脸满身都是香灰、鸡血、水的混合物。寒冬腊月，冻得徐大光浑身发抖，嘴唇发紫。

张君生在前朝听到徐大光的惨叫声，赶紧往东院跑，到东院门前双手一推，大门已从里面上了门闩，透过门缝向里一看，顿时大吃一惊，急忙拍打着大门，喊道："开门，开门！你们这是干什么？快开门，快开门，快快开门……"

院子里，老道士作法做得十分紧张，根本不理张君生。徐赵氏和丫鬟小平早已吓傻，一心只盼着道士快点把鬼魂驱赶走。张君生实在喊不开门，想了想，飞奔向大院后正房跑去。

片刻，张君生在前，徐敬修、穆四妮、王成紧跟其后，急匆匆来到东院门外，往门里一看，吓了一跳。只见徐大光狼狈不堪地躺在地上冻得瑟瑟发抖，咳嗽几声没了声息。

穆四妮气冲冲地拍着大门，愤怒地喊道："开门，快开门！你们在做什么？不要命了！"

徐敬修急得连捶带踹着大门，喊道："快开门！再不开门，小心尔等狗头！"

"师傅！"两个小道士放开手中绳子，弯腰看了看徐大光，道，"好像晕过去了，怎么办？"

徐赵氏急得也忘了害怕，冲上去抓住老道士的大袍，道："你不是说能把冤魂驱走吗？现在是怎么回事？我公公、婆婆来了，他为何没好，反倒晕过去了？你快说，这是怎么了？"

穆四妮眼看着儿子被道士折磨得奄奄一息，气急之下，"嗖"地腾空一跳，脚蹬墙根一棵大树飞入院中，回身把大门打开。她麻利的动作把王成和张君生看得目瞪口呆。

徐敬修扭头大喝道："王成、张欠还愣着干啥！"

两人如梦方醒，对视一眼，急忙向院里跑去。

这时，徐大个子也带着众家丁赶到了东院。

"这这这，她有武功？"老道士看着飞身进院的穆四妮，大吃一惊，慌忙道，"这个鬼魂法力高强，贫道法力不够，斗不过她。"趁着众人冲入，一团混乱之时，老道士带着两个小道士向门口跑去。

徐赵氏看到婆婆从墙头上飞了过来，吓得呆在原地两眼发直。

穆四妮顾不得追赶道士，双袖猛然向后甩去，只听不远传来"啊、啊、啊"三声惨叫。她快步冲到徐赵氏面前，眼中闪耀着熊熊怒火，"哼"了一声，顾不得骂她，只身扑向儿子徐大光。掏出暗器割开绳子，一边用衣袖擦拭徐大光的面庞，一边流着泪，痛喊着："儿呀，我的儿呀！你醒醒，你不要吓唬娘呀！"抬起泪眼看看围在身边的佣人们，厉声喊道："闪开！"佣人们吓得赶紧退后让出一条道。穆四妮双手抱起儿子徐大光，快步向正房走去。

佣人们瞪眼吃惊地望着穆四妮，心道，太太哪来这么大劲？徐大个子挠了挠头，紧跟其身后。

丫头们穿梭着，忙忙碌碌，打热水的，绞毛巾的，倒茶的，顿时东院一阵忙乱。

徐敬修含泪坐在一旁，望着悲痛欲绝的穆四妮。

穆四妮坐在床边，用被子把徐大光裹得严严实实，搂着他的头，泪如雨下道："刘妈，快点儿给大少爷熬姜汤去！"

刘妈拭着眼泪，道："是，我这就去。"急忙向厨房小跑而去。

穆四妮接过丫鬟递过来的毛巾，急道："这么凉的毛巾咋敷？你们是不是还嫌大少爷罪受得不够？都是没用的东西！"

吓得佣人们一个个连大气都不敢出。

张君生蹲在地上看着徐大光已结冰的衣裳，一直以来的压抑、克制、悔恨，瞬间爆发，一把抱起这些冰冷的衣裳，哭道："大少爷，我对不住您呀！"

穆四妮含泪望着张君生，道："别哭了，今天多亏你发现得早，要不然他们说不定会把我儿折磨死。"

徐敬修眼光从徐赵氏脸上冷冷扫过，猛然一拍桌子，怒道："胡闹！真是胡闹！眼里还有没有长辈？还有没有家法了！哼！要不是看在你平日通情达理的份儿上，非把你休出徐家不可！"

徐赵氏听到公爹的骂声才清醒过来，吓得浑身打战，急步走到床前"扑通"跪下，抱着婆婆的腿，哭喊道："娘，娘您原谅我吧！我不是有意的，我也是天天看着他这样，心里难受，才出此下策的。娘，是儿媳做的不好，原谅我这一次吧！"

徐润金、徐润银、秀儿从门外进来，见母亲跪在地上一把鼻涕一把泪的哭求，也都"扑通"跪下，哭道："爷爷，奶奶，您们就原谅我娘吧！"

穆四妮抹把泪，狠狠地瞪她一眼，冷声道："你要知道，他虽是你男人，但首先他是我身上掉下来的肉！你没权利折磨他。今天看在我孙子、孙媳的面子上，先放你一马。"

徐赵氏闻言"砰砰砰"头碰着地道："娘，我知道错了。"

"知错了，就起来吧！"

秀儿搀扶着徐赵氏起来，拉到了一旁，抽出绢子给她擦眼泪。

徐大光这会儿好像脑子也清晰了点儿，把头缩在母亲怀里，道："我怕，他们都欺负我。"

穆四妮心疼的含泪哽咽道："儿呀，不要怕啊，只要有娘在，就没有人敢欺负我儿。谁敢欺负我儿，娘就叫谁去见阎王！"抬起头恶狠狠地瞪着徐赵氏。

徐赵氏吓得低头不禁打了个冷战，心里万分紧张害怕。

徐大光缓缓点了点头，伸手抱住母亲的胳膊，道："娘，娘不要离开孩儿好吗？儿听娘的话。"

穆四妮抚摸着他的头道："娘不离开儿，娘会用自己的命保护我儿。"说着，再也控制不住自己的情绪，抱着徐大光痛哭起来。

"张欠，你听着，从今天起，你搬到东院侧房，不得离开大少爷半步！如大少爷有什么差错，小心尔等狗头！"徐敬修震耳的怒吼声，让人惊颤。

转眼，春暖花开，和风吹绿大地，太阳透过窗棂把屋子照得暖融融的。头顶稀疏花白毛发，额头刻着道道沧桑年轮，古铜色的脸颊略显瘦削，胡须开始变白了，已是老态龙钟的徐敬修站在窗前手里拿着棵人参翻看着。

这时，世福托着茶盘走进来，把茶盘轻轻放在床头的小桌上，躬身道："老爷，彰德府来人了，问宝号啥时候开业？"

徐敬修抬头看着窗外静默半晌，道："我让人看着呢，看好了日子就开业。让他们把柜台里面的药材备好。啊，对了，让张欠陪大光去看看，他的病是因老字号得的，让他去回忆一下，也许能有起色。不过，一定要看好他，不能再出任何差错。"

世福点点头向外走去。

第四十七章　拼命相救　视死如归

彰德府：

　　一辆驷马高盖车奔驰在武安至彰德府的官路上，车里的徐大光或许是好久没走出徐家庄园的缘故，或许是又踏上了去彰德府路上，今天情绪稳定、心情格外地好，唱起了武安落子《李天保吊孝》之哭灵选段。

　　赵详领我把灵祭，心肝欲碎泪湿衣。

　　泣不成声难言语，满腹哀怨向谁提。

　　尘世上的男女成双对，谁像我未成迎婆就死了妻。

　　哭了一声我的、哎呀，你呀你呀……唱着唱着，他突然停了下来，望着张君生问道："君燕，你是君燕？"

　　张君生一惊，刚想开口。

　　徐大光又哈哈大笑着，摇头摆手，道："你不是君燕，你是男人。"

　　张君生绷紧的心才放松，笑了笑道："是呀，你的君燕是女人，而我呢，是个臭男人。"

　　徐大光嘿嘿一笑，道："对对对，我的君燕是女人，咋能变成你这样的臭男人。"接着又哼唱起来。

　　不多时，驷马高盖车来到彰德府"德聚诚"铺子前，重新建起的"德聚诚"比原来更加气势雄伟，宽敞明亮。门上方的招牌蒙着红布，那是在等徐敬修一声令下才能揭开。

　　张君生搀扶徐大光下车进入店铺。他双手背后，看着掌柜、伙计们在鉴别、选拣、晾晒、炮制、贮藏着药材。他们见了徐大光，都喊一声："少东家，少东家好！"

徐大光仿佛又回到了从前，感觉既熟悉又有陌生，头疼得厉害，抱头蹲在地上又哭又叫，把所有人吓得不知所措，他们一个劲地喊："大少爷、大少爷""少东家，少东家！"

过了一会儿，徐大光突然停止哭喊，起身拔腿向铺子外跑去，一口气跑到曾经与张君燕住过的四合院里，不顾院子里杂草丛生，推门进屋，见屋里还是原来的布置，但覆盖了厚厚的一层灰尘，墙壁、家具挂满了蜘蛛网，顿时，他蹲下来，"呜呜"大哭起来。

紧跟过来的张君生也是触景生情，想起姐姐临终前那不放心的眼神和嘱咐，再也忍不住地扑在屋门上痛哭起来。

突然，徐大光像疯了一样跑出去，张君生急忙抹去眼泪紧跟在后。

徐大光边跑边想着与张君燕在一起的幸福时光，想着张君燕生产后带着孩子回家与爹娘相认，想着张君燕找到弟弟的喜悦神情。一路跑到护城河河沿，但他仍然没有停下脚步的意思。

张君生紧跑几步一把将他拉住，大声喝道："大少爷！您这是干吗？"

徐大光也不言语，扯着身子要往滚滚河水中跳，张君生用力死死拉住他不放手，两人就这样流着泪撕扯起来，张君生边拉拽着他，边喊："大少爷，你醒醒！"徐大光想甩开张君生，张君生却死死地拽着他，在拉拽中，两人一下子都掉进了护城河内。

等小三儿赶着马车随后赶到时，张君生正在河里用力往上推徐大光。徐大光吓得紧闭双眼，死死抓住张君生不放手。小三儿赶紧跳下马车，趴到河沿上，一边喊人救命一边伸手去拉徐大光。张君生抱着徐大光的身子死劲往河岸上推，小三儿拉住了徐大光的大袍，徐大光却抓着张君生死活不撒手。小三儿知道这样下去，他两个人都上不了岸。大喊道："张欠！打大少爷的头，快打大少爷的头，把他打晕了，他才能松开你。"张君生朝着徐大光头上猛扇了几个耳光，徐大光晕了过去，松开了手。小三儿终于把他拖上了河岸。等小三儿回身再去拉张君生时，却见他的头慢慢被河水淹没，片刻就不见了踪影。

清醒过来的徐大光趴在岸上撕心裂肺地哭喊着："救他，快救救他！张欠你上来，你上来呀。"

正在二人绝望之际，"扑通"一声，有人跳入水中，扎个猛子一把将张君生从河底抓上来，在徐大光和小三儿两人的帮助下，把张君生拉上了岸。此时，张君生身体已软绵，脸色黑紫，嘴角淌着水，没了呼吸。

懂得医术的徐大光，赶紧把张君生的头扭转一旁，为他压肚子，把他肚子里的脏水全部挤压出来，又将他的嘴撬开，看了看嘴里有没有脏东西。

不多时，张君生缓过气来，睁眼大喊道："快，快救救我姐夫，快救救我姐夫。"

徐大光愣怔了一下，瞪眼看着张君生，蹙眉道："你说啥？你说啥呢？"

张君生惊道："您活着？"

徐大光点头道："我活着，是你把我推上了岸。"

张君生顿时感觉力已用尽，慢慢闭上了双眼。

在一旁拧衣服的救人壮士听了二人对话，插嘴道："这位爷呀，你可真有福，要不是你内弟拼命救你，恐怕这回你就完了。他为了救你，耗尽了全身力气，现在是严重的虚脱了。你内弟对你可真够意思，明知自己水性不好，还不顾自己性命救你，难得呀，难得呀。"

徐大光惊讶地抬头看着身旁的壮士，一头雾水道："他、他不是我的内弟，他是我的……"

那位壮士目光扫过他的脸，笑道："他刚才还一直喊'快救救我姐夫！快救救我姐夫'！他说的姐夫不是你是谁呀？这里又没别人落水。"

徐大光一时糊涂了，低头看看躺在地上的张欠，越看越像君燕，再仔细回想，刚才自己也确实听到他在喊"快救救我姐夫"。

小三儿见徐大光已彻底清醒过来，"大少爷，咱还是快点儿回府吧，张欠费了九牛二虎之力才把您救上来，他太累了。"

徐大光点点头，谢过壮士。小三儿把张君生抱上高盖车，徐大光坐到车上搂住他的头。这时，他越看怀里抱的这个人越像张君燕。揉了揉眼睛，摇摇头，迷茫地望着远方，定格在埋葬张君燕绿草覆盖的坟头："君燕啊君燕，你可知道我每日里都在想你？"他自嘲冷笑了一声："可能是我太思念你了，看着每个人都像是你。"低头看着这个不顾他个人性命也要救自己的人，皱着眉头心语："难道你是……你怎么把我给弄糊涂了？"徐大光回忆起当初抱着张君燕的玉体来到护城河边，就是这个人拦住了自己，这次，又是他拼命相救。难道这是缘分？难道这是巧合？难道……徐大光不敢往下想去，长叹一口气，看着车后的尘烟，重新紧紧地抱了一下张君生。

徐家大院东二道院：

徐敬修和穆四妮进入东道院，看到佣人们都在忙碌地进进出出，进屋见郎中正在为张君生把着脉。

徐大光和徐赵氏盯着郎中的脸，在为张君生紧张着。

徐敬修干咳一声。徐大光和徐赵氏赶紧起身道："爹、娘。"

穆四妮惊诧地上下打量着徐大光，果然如小三儿说的那样，他的病好了，疾走两步上前，抚摩着徐大光的肩膀，哭声道："儿呀，你可好了，真是谢天谢地！德聚诚再可贵，也没有我儿的生命可贵，只要我儿平安，就是爹娘的福。每日里看到我儿疯疯癫癫的到处跑，你可知道爹娘心里是多么地难受呀！"

徐敬修眼含热泪，轻轻拍着他的肩膀道："好了，好了，真的好了。"

徐大光见父母已经原谅了自己，忙含泪跪下，道："爹、娘，孩儿不孝，让二老担心了。因儿管理不善，给家里造成了这么大的损失，儿深感愧疚。"

徐赵氏也忙跪下。

徐敬修和穆四妮将儿子、儿媳搀起。徐敬修伸手将他脸上的泪珠抹去，道："儿呀，以前的事就不要提了，你就是当时在场也难以避免。"

徐大光再也忍不住，扑在父亲怀里痛哭起来。

众人受父子二人感染，也跟着抹起了眼泪。

徐敬修的泪水已流到了嘴角，拍拍徐大光的后背道："我儿的病好了，"德聚诚"也建好了，明天就是好日子！咱家"德聚诚"可以开业了！"

徐大光和徐赵氏感激地望着父亲。

郎中走过来，小声道："老爷、太太您们过来看，他醒了。"

徐敬修拉着穆四妮的手向张君生床前走去，只见张君生缓缓睁开双眼，流着泪看着他们。郎中小声道："你的生存意志太强烈了，你战胜了死神。"

众人都为张君生死而复生喜悦着。人们听到有人哭泣，寻着哭泣声，觅见了躲在门后的花儿，她正在哽咽着。

张君生颤声道："花儿，你过来。"

花儿移步向他的床边走来。

张君生的手与她的手十指交错，紧握在一起，低声道："不要哭，我死不了的。"

花儿再也抑制不住自己的感情，一下子扑到张君生的床边上大哭起来。

穆四妮向众人使眼色过去，众人都跟着她轻轻地向门外走去。

日月如梭，转眼已到张君燕一周年祭日，徐大光特意穿了一件黑色大袍，喊道："张欠，你进来。"

张君生也是一袭黑色大袍一脚跨进门，看看屋里四周，静静地站在一旁，气定神闲地看着徐大光，道："大少爷。"

徐大光无比严肃地看着张君生，道："你可知道今天是啥日子？"

张君生故作疑惑地看看徐大光，道："张欠不知，还请大少爷提醒。"

徐大光盯着他凝视了片刻，为他整了整大袍衣领，嘿嘿一笑，道："走吧，有些事不用我提醒，恐怕你比我记得还清楚。"

张君生苦笑一下，耸耸肩，道："真的吗？我真不知道今天是什么日子。"

徐大光的手搭在他的肩膀上，静静看着他，绷紧嘴含泪道："今天是我太太一周年祭日。"

张君生实在没勇气再与其对视，低头躲开徐大光的目光，道："太太不是好好的吗？咋说是太太周年祭日？"

徐大光轻叹了口气，道："君燕在我心里永远是我太太。"

张君生低头静思半晌，抬起头时已是两眼含泪，"难得。大少爷您真是个多情的人！"

徐大光搭在他肩上的双手一紧，温和地道："你可乐意陪我走一趟？"

"您说呢？"

徐大光眸光炯炯、似笑非笑地看着他，道："我想你应该乐意，甚至比我还想去吧！"

张君生咬了咬嘴唇，点头道："那咱就早点出发吧。"说着二人并肩出门，跳上了驷马高盖车。

"大少爷，大少爷，您要去哪儿呀？您会赶车吗？我去叫小三儿。"徐大个子大喊道。

徐大光坐在车棚前，双手拽着马缰绳，头也不回，大声道："不用了，我能赶得了。"

小三儿听到徐大个子喊他，跑出屋子，跑了几步，忽地又顿住身子，朝天翻了个白眼道："徐大个子，你就省省劲别喊了，人家是有意不让我去的。"

徐大个子想了一下，还想再问，但看着小三儿的表情，又把到嘴边的话咽了回去，挠挠头道："今儿是咋了？大少爷自己学会赶车了，他好了，还是我脑子出问题了？"小三儿推着他的身子道："是你的脑子出问题了！快点儿到水里去泡泡吧。"

二人的对话，正好被几个在院里干活的佣人听在耳里，看看徐大个子，哈哈大笑起来。

彰德府城东：

徐大光和张君生快马加鞭来到彰德府城东一片荒土坡上，找到埋葬张君燕的地方。徐大光环视一下周围，单膝跪地，摆上祭品，点燃冥纸、纸钱，拜了三拜，泪水夺眶，"爱人已逝，土坡孤坟，何处话凄凉。君燕啊！把你和孩子丢在这荒无人烟之地，为夫对不起你，你放心，我一定尽快把你迁移回武安祖坟，不让你孤独。"

张君生在一旁"呜呜"地哭起来。

徐大光抹抹泪水，凝视着张君生，喊道："君生，站在那儿哭啥，还不过来给你姐姐磕个头。"

张君生闻言一愣，心中一紧，停止哭泣，瞪大眼睛看着徐大光，想争辩，又不知该如何争辩，想了想，道："您早知道？"

徐大光含泪点点头。

张君生愧疚地低下头，道："那您为什么不揭穿我？"

徐人光深吸了口气，道："既然你不想说出来，就有你不想说出来的道理。你什么时候想说了，自然会说给我听。但我知道，你心里已认了我这个姐夫。知道你在我身边，我就知足了，你姐姐也就放心了。"回头对着张君燕的坟墓，道："君燕，我和弟弟说的话，你都听到了吧，不管以前发生过什么事，都已过去。现在君生就在我身边，我会替你照顾好他，你放心，我会把他当亲弟弟一样爱护照顾，给他娶妻生子，给你们张家延续血脉，等着大牢中的父亲回家。"

张君生听着这句句感动人心的话，已是热泪盈眶，忙跪下磕头，"姐夫，我对不住您，对不住你们徐家。"

徐大光边拉张君生，边道："兄弟，什么也别说了，起来回家。"停顿一下，接着道："回家后你我仍然主仆相称，有些事还是先不要让其他人知道的好，不过你放心，有姐夫在，一切都会给你安排好的。"

张君生似有很多话堵在胸口想说，话到嘴边却只有两个字："多谢！"

徐大光和张君生乘坐驷马高盖车直奔武安，此时，二人的心情就像这马车一样地轻快。

徐家大院：

周汝昌急匆匆地来到徐家庄园，还没进屋，就大喊道："小老叔，小老叔哎！"

徐敬修手握人参慌张地从屋里小跑出来，盯着他问道："汝昌呀，啥事？看把你急的。"

周汝昌看了一眼他手中的人参道："要打仗了！这次真的要打仗了！你还想着做生意呢？快点儿通知各座店铺停业关门吧，这次可不是传言。"

徐敬修脸色变得很凝重，点点头道："好好好，我这就派人去通知各座

543

铺子。"

"那快点儿啊！我走了，我还有好多事要做呢。"说着，周汝昌像一阵风似的匆匆向大门外走去。

看着周汝昌的背影，徐敬修手里攥着人参摇了摇头，回身进屋还未坐稳，李相才一溜烟跑进正上房，喊道："东家，八国联军进京了，到处都是烟火、枪声、哭声、叫声响成一片。慈禧太后想用义和团把洋人撵走，结果没有她想的那样乐观，她一看势头不对，带着皇帝逃走了。我听说慈禧太后逃离前，朝廷放了一批在押的重犯，我派人四处打听，也没有找到张将军的下落。"

徐敬修猛然站起身："难道……不，再找！不惜重金去找！无论如何也要找到张将军。"

李相才拱手道："好，我明天返回京城再找。"

徐敬修想了想道："你回京后派劳金到各座铺子下通知，要掌柜们马上停业回武安。"

徐大光听说李相才回来，前来打探京城消息，走到门口正好听到父亲与李相才的对话，立即转身返回东院，到西侧房拉住张君生，低声道："我刚听京城药栈大掌柜说，八国联军打进京城了，慈禧太后带着皇帝逃跑了，朝廷放了一批在押重犯。你即刻起身去京城，打听有没有父亲。"

张君生睁大眼睛，紧紧握着他的手，带着惊喜之色问道："真的？"

徐大光重重地点点头，向窗外看了一眼，撩起大袍从腰上取下一兜银子，道："兄弟，这些银子拿着做路费，别委屈自己。"

张君生眼含热泪接过银子，道："谢谢姐夫……我这就去。"顿了顿，又问："我接了父亲，还能回来吗？"

徐大光瞪圆眼道："你必须回来，我在家等你，花儿也在家等你，不回来能行？等你带父亲回来，我就给你俩办喜事。"

张君生"扑通"跪到徐大光脚下，纯真的眼神中露出无限感激，一面磕头一面道："姐夫，我真的对不起您呀！"

徐大光忙俯下身子，把他搀扶起来道："一切都过去了，不要再提。兄弟，你抓紧时间进京，路上要多加小心，不能出任何差错！"

张君生心感内疚，眼中不禁泛酸，谢过徐大光，转身从炕上拿了件衣服，匆忙向外走去。

徐家庄园：

徐家庄园前朝内，徐敬修手里拿着旱烟袋，扭头喊道："王成！快点儿挨门挨户通知大院里所有人开会！"

王成扭身跳到院中的迎客石上，大喊道："大家都听着，老爷要开会了，不论男妇老少，抓紧时间到前朝，不得有误——"

不多时，徐家家人和佣人全部到齐。

徐敬修坐在太师椅上，手里摆弄着旱烟袋，头也不抬道："八国联军打到北京城了，咱这儿离京城，说远不远说近不近，洋人有可能会打到这里来。"

大家伙儿顿时喧嚷起来。

徐敬修在痰盂上磕磕烟袋，道："肃静！肃静！为了大家生命安全，从现在起，愿意走的，徐家无条件地给你们卖身契，从此与徐家再无瓜葛。"

世福看看徐敬修，犹豫一下，道："老爷，您走吗？"

徐敬修毫不犹豫地道："这是我家，我能往哪里去？我就是死，也要死在家里。家里不是还有枪吗？把枪都给我拿出来放手边，如果洋人胆敢踏进我徐家一步，我就跟他们拼了，打死一个够本，打死两个赚一个。"

穆四妮道："我也不走，我还要给难民做粥呢。"

徐敬修看着穆四妮，微微一笑，道："老乞婆，你想走我也不让你走。如果洋人真打进家，你我就放开手脚与他们大干一场，我还想再见识一下你的身手呢！"

徐大光坚定地道："我与爹娘并肩而战，坚守家园。"

徐敬修和穆四妮同时看着儿子，欣慰地点点头。

徐赵氏拉着儿媳秀儿的手，目光扫过两个儿子，道："娘，我和儿子、儿媳陪您一起为难民做粥。"

徐润金、徐润银冲爷爷、奶奶点点头。

徐大任站出来，道："爹、娘，咱们一家人不离不弃，共渡难关。现今国难当头，饿殍千里，难民盈野，我们徐家人不能上战场杀敌，但也不能置身事外，就略尽点绵薄之力吧。"

徐白氏看着丈夫徐大任，倍感欣慰，伸手紧紧握住他的手。

徐润福起身，道："爷爷、奶奶，大伯、大妈，爹、娘，咱们徐家人生死都要在一起。洋鬼子如果敢踏进徐家一步，咱就跟他们拼了。"说着，看了看徐润寿、徐润延、徐润年，兄弟几人同时坚定地点点头。

世福也毅然道："老爷、太太、少爷、少奶奶，徐家就是老儿的家，你们不走，我哪儿也不去。小少爷说得对，洋鬼子来了咱就跟他们拼命。"

家丁和丫鬟们异口同声道："对！洋鬼子来了咱就跟他们拼命。"

会议结束后，没有一个人愿意走。

徐敬修狠狠地吸了几口旱烟，想了想，道："要不这样吧，男人都留下准备打仗，女人都去南方避难。"

顿时，屋里乱嚷嚷开了，女人们都不同意去南方。

穆四妮扫视一圈众人，最后将目光停在秀儿身上，道："这样吧，秀儿，你怀着孩子呢，就去上海找你三叔吧，在这儿太危险。"

秀儿摇摇头，道："奶奶，我不走。我也是徐家人，要与徐家人同进退，共患难。"

徐润金点点头，紧紧握住秀儿的手。

穆四妮看她一眼，无奈地叹了口气。

徐敬修倍感欣慰和自豪，徐家后继有人，连长孙都快当爹了，而且无论是儿孙还是家丁、佣人，个个都深明大义。

徐家上下焦虑而紧张地熬了一个月后。周汝昌行色匆匆地再次来到徐家大院，进门就大声喊道："小老叔，小老叔，安排好了吗？"

正焦躁不安的徐敬修听到周汝昌的喊声，三步并作两步跑出屋，拉住他的手，道："快进屋，我正想去找你呢。"

周汝昌叹息一声，道："小老叔，你知道吗？北京失陷了。西太后和光绪皇帝仓皇出逃，八国联军两千多人强占火车，由天津驶往北京攻城略地，一把火烧了圆明园。义和团与他们决一死战，他们失利后被迫沿北运河退回到了天津。你把天津的铺子停了没有？"

徐敬修拉周汝昌坐下，道："停了，京城和天津的铺子都停了。"

周汝昌神情忧郁道："停了好，停了好，我就是怕你还没停，才着急慌忙地过来告知。掌柜和伙计们你如何安排？"

徐敬修道："照吃身股，做粥。"

周汝昌疑惑地看着他道："做粥？"

"别的咱也帮不上。"徐敬修深吸口气，无奈道，"这儿离北京太近，我让家眷们避走南方，可她们都不走。"

周汝昌释然地长吁口气，道："唉！我也想让家人去南方避避，她们也不走。说我不走他们就不走。"扭头看着徐敬修道："小老叔，你走吗？"

徐敬修摇摇头，略带惆怅问道："你走吗？"

周汝昌笑笑，坚定地说道："你不走，我才不会走呢。我比你还痴长几岁，就是死也比你够本了。"

徐敬修看了他一眼道："不是你不想走，是你放不下这个家呀！"

周汝昌嘴角含着无奈，道："谁说不是呢，家在这儿，根在这儿，死也得死在自己家里，我可不想做孤魂野鬼。"

徐敬修点头道："对！死也要死在家里，我把枪都准备好了，洋人打来就跟他们拼命，多打死一个就赚一个。"

周汝昌道："听说英国海军强占火车由天津驶往北京，帝国主义的野蛮侵略，激起义和团坚决抵抗。义和团奋勇杀敌，视死如归，不惜以血肉之躯与敌人死拼，表现出极大的勇气和爱国热情。"

徐敬修气愤道："这些洋鬼子，自从中日甲午战争我国失败后，他们对我国这块肥肉就垂涎三尺，早想着咱们这块肥沃的土地了。"说着他走到窗前，哆嗦着手从腰间掏出旱烟袋，脸色含着悲愤，看着偌大的院子道："咱上不了战场，要赶紧多买几口大锅，做粥救助难民。咱也表现表现咱们的爱国热情！"

周汝昌皱眉问道："这么多年来，你家大门口不是一直支着好几口大锅吗？"

徐敬修目视远方，道："这仗一旦打下去，难民会加倍增多，那几口锅肯定是不够用。不多买几口大锅怕是不行，他们流离失所，到了咱家门口，咱不给口吃的，这心里难受啊！"

周汝昌一愣神，道："对，还是你想得周全，是要多买几口大锅备着。咱也要为国出点儿微薄之力，不能让人小看了咱们武安商人，咱们也有一颗爱国之心。"

徐敬修从怀里掏出火柴，周汝昌从他颤抖的手中接过火柴，为他点着。他深吸了一口，双眸中闪过癫狂神色，道："国家有难匹夫有责，咱有多大力就出多大力。国在家在，国家没了哪还有家？我只要还有一两银子，就不会停止做粥。银子花了还能挣，命没了就什么也没了，咱只要能多给国家留下一条生命，就多一人跟洋人拼命，就多一份希望。"

周汝昌激动道："对！银子这会儿不用啥时候用？粥一定要管够。"他灵机一动，接着道："小老叔，你看这样好不好？咱找几个爱国志士在粥场宣讲，让大家都明白什么叫国难、国耻，有国才有家，国破家亡的道理。"

徐敬修眉头瞬间展开，一把拽着他胳膊道："行，我们武安商人，不，我们中国商人，在此国难当头、国破家亡之危机时刻，必须站出来，尽全力保家卫国。谁说我们商人就一定是唯利是图？谁说我们商人的准则就是只认利润？谁说富人就会为富不仁！"

周汝昌紧紧握着他的手，激情澎湃道："是，我们要让世人都看看我们武安商人，并非他们说的那样只认利润。我们武安商人都有一颗爱国的心！"

徐敬修和周汝昌的目光中闪烁着激动的泪光。

王成捧着菜盘走进屋子，挨近桌旁轻轻搁下菜碟，微微一笑道："两位爱国志士，请吃饭吧！"

周汝昌转身皱眉头看着徐敬修道："吃饭？到中午了？我不是刚来吗？咋叫我吃饭呀！我可没说要在你家吃饭的呀！"

第四十八章　恩人现身　水落石出

徐家庄园大门外:

徐家大院门前街道上,有两个人先后从熙熙攘攘的难民中挤出来,上前叩徐家大门。

张彬不耐烦地隔着门缝喊道:"敲,一个劲地敲啥?不是给你们说了,到了时辰就放粥,还敲。"

张君生挤开门缝,道:"张彬,是我,我是张欠。"

张父听到儿子的话,不由一愣,皱着眉头看了张君生一眼。

张彬仔细一看,还真是张欠,退后一步拉开门,道:"张欠,这位是……"

张君生微笑道:"这是家父。"

张彬眼里几丝惊诧,神情微征道:"啊!你把你父亲也带过来了?给老爷说了吗?"

"嗯,嗯。"张君生清了清嗓子道,"这个嘛,你就不用管了。"说着拉了父亲的手进了大门。

张君生带父亲回到自己住处,张父神色冷冷地看着他,道:"为何不告知人家你的真名?"

张君生"扑通"跪到父亲面前,哭诉道:"爹,儿对不起您,对不起徐家,儿有罪。"边哭边把事情从头到尾讲了一遍。

张父听得几次都差点晕过去,最后神色阴沉道:"叫大光过来见我。"

不多时,张君生带着徐大光进来。

徐大光看看张父，定了定心神，才鼓起勇气跪下叩首，道："大伯好。"

张父冷笑了两声，一甩袖子，道："起来吧，我可担不起大少爷行如此大礼。"

徐大光一时语塞，脸红耳赤地站到了一边。

花儿"蹬、蹬、蹬"跑了进来，一看张父和大少爷都在，她的脸"腾"地一下红了，忙低下头不知所措地愣在原地。

张君生忙过去拉住花儿的手，道："这就是家父。"

花儿赶紧蹲身行礼，道："大伯好！"

张父端详花儿的脸，问道："你就是花儿？"

花儿红着脸儿，点点头。

张父喜悦道："好好好。"

徐大光见张父脸色好转，插口道："伯父，您先休息几日，等您休息好了，我就给他俩筹办喜事。"

张父并不看他，嘴边含着丝冷意，目光看着门外道："你咋给你家老爷子说？总不能说你要给一个下人办喜事吧？如若你不方便说，我去说好了。我们就占用一下你家这地儿，君生和花儿拜了堂，我们马上就走。"

徐大光闻言，慌忙道："伯父，您要去哪儿呀？"

张父硬邦邦地回道："天下如此之大，难道还没有我们父子一块容身之地吗？你放心，我们就是要饭也离开你家，免得你心里不踏实。"说完，带着几丝怨气和怒意看着徐大光，看得徐大光心慌意乱、心里直发毛。

张君生在一旁张了张嘴，心里愁肠百转，也想不出该如何劝解，只得又闭了嘴。

徐大光见张君生欲言又止，轻声道："伯父，您这是哪里话，现在兵荒马乱的，您要是走了，我心里才会不踏实呢。只要您老在这儿，有天大的事我一人承担，如若不行，我就把前因后果全部告诉我父亲。到现在我是什么也不怕了，我要替君燕好好照顾您与君生。"

张父眼中带着嘲笑道："不难为你了，我们有的是地儿去。"

徐大光犹豫了一下，低声道："伯父，您的亲戚早已不在彰德府，君燕已经投奔过了。"

"不劳你费心，武安有我朋友。"张父说后，目无焦点地凝视前方，脸上无限凄苦。

徐大光惊异地看着张父道："武安有您朋友？您可知道他姓什么？叫什么？家住哪儿？我帮您找。"

张父神色淡然道："他叫徐敬修，家住哪个村我记不清了。"

"啊！"徐大光大吃一惊，道，"伯、伯父，您说的这个人就是家父。"

张父闻言，吃惊地看着徐大光。

徐大光颤声道："您、您是我爹的朋友？"

张父惊道："令尊就是徐敬修？"

徐大光重重地点点头。

张君生听得云山雾罩，疑惑地道："爹，您就是为了救、救……"他回身指着徐家大院激动得说不出话来。

张父点点头，斜睨了徐大光一眼，道："快带我去见他。"

徐大光与张君生搀扶着张父向后院走去。

花儿呆呆地看着他们离去的背影。

春燕正在后院"扑哧、扑哧"用木棒杵洗衣物，见徐大光与张欠搀扶着一位老人直奔上房，撩开额前头发，道："大少爷，太太陪着老爷放粥去了，还没到开饭时辰那些难民就嚷嚷着饿。"

张父闻言，心里"咯噔"一下，转头向门外走去。

大门外，徐敬修和穆四妮正一勺勺地给排着长队的难民盛粥，虽然已是寒冷的初冬季节，可两人都是满头大汗。

张父看看满街拖儿带女的难民，看着已是老态龙钟的徐敬修和穆四妮，渐渐泪水模糊了视线。

徐敬修长时间站着盛粥，感觉有点儿累了，丢下盛粥的勺子，在自己腰上捶了两下。

穆四妮见状，赶紧放下自己手里的勺子过来，边给他捶腰，边道："我说让大个子来吧，你非要逞能自己来，看看累得腰疼了不是？"

徐敬修叹口气，道："真是不中用了，盛会儿粥都能累着。唉……这难民是一天比一天多了。"把勺子交给王成，与穆四妮相互搀扶着转身走向大门台阶，上到最后一个台阶时，才发现自家大门里面站着一人挡住了路。徐敬修抬起头瞅瞅，揉揉眼。

"徐敬修，你可还认得我？"张父不待徐敬修说话，就激动地道。

穆四妮仔细端详着眼前之人，想了想，突然眼睛一亮，欣喜若狂道："张将军！您是张将军。"

徐敬修定睛一看，惊道："我的老天爷啊，张将军。"急跨过台阶张开双臂拥抱住张良，眼泪滚滚而下，哭声道："我老了，不中用了！可您的救命之恩，我是一辈子也不会忘记的！"他放开张良，回身拉住穆四妮，二人趴伏在地上，重重地磕了三个头，脑袋触地的声音清晰可闻，高声喊道："我徐敬修对不住您呀！"

张良心中是五味杂陈，难以言说，含泪弯腰拉二人起来。

徐敬修拭去脸上泪水，拉着张良边走边道："张将军，您可让我好找啊。听说京城大乱，朝廷放了一批在押重犯，我派人到处找您，可就是没有找到您一丝消息。我以为今生今世再也见不到您了。"

张良站住脚，道："是和硕公主亲自把我放出了天牢。"

"啊！和硕公主救您出来的？"徐敬修打断张良的话，惊问道。

"是啊！"

徐敬修眼含热泪，拱手大喊道："公主啊，徐敬修谢谢您了！"

穆四妮感激道："公主真是对咱恩重如山啊！"

徐敬修点点头。

"啊！"张良拿他俩的话细想了一下，忽有启发，"怪不得公主放我时说是受人之托。我明白了。"

徐敬修重重地点了点头。

张良接着说道："回到家中，才知道我太太早已自缢身亡，两个孩子不知去向。我每日奔波寻找两个孩子。"

穆四妮抽出绢子，边擦泪边说道："都是因为我们把您给害的。"

张良摇摇头，长叹了口气。

徐敬修问道："可找到两个孩子下落？"边说边相互搀扶着来到上房坐下。

"找到了，两个孩子都找到了。"

"孩子在哪儿？我这就派人去接。"

张良含泪望着徐敬修。

张君生慢慢迈进门槛，站到张良身旁，含泪轻声道："爹……"

听到张君生喊了一声爹，徐敬修和穆四妮大吃一惊，"腾"地一下站起来，看看他，再回头看看张良。

张良重重地点点头。

徐敬修皱着眉头，目视着张君生激动得说不出话来。

穆四妮也不知所措，颤抖着手，指着张君生道："张将军，这张欠是？"

张良含泪点点头道："没错。就是犬子，君生。"

徐敬修和穆四妮"扑通"跪倒在张良脚下。徐敬修愧疚道："我们真的不知道他是令郎，让孩子受委屈了！"

张良和张君生赶紧把他俩搀扶起来。张良道："听犬子说了，你们对他不错。”

穆四妮大喊道：“刘妈！快点儿叫伙房备宴。”

徐大光迈过门槛，低声道：“娘，您忘了？刘妈上月就不在了。”

穆四妮这才记起，跟了自己大半辈子的刘妈已经去世，摆摆手道：“唉！那你去，让厨房赶紧做三道饭。”

徐大本点点头，拉着张君生出了屋。

徐敬修道：“令爱在哪儿？我这就派人把令爱接来。”

一句话说得张良是泪如雨下，哭诉道：“女儿……我的女儿被你们害死了！”

徐敬修和穆四妮相视一眼，道：“张将军，这话咋说？”

张良拍着桌子哭泣道：“是你们害死了我的女儿，不承认？想抵赖？”

徐敬修和穆四妮疑惑地对视一眼，说道：“张将军，令爱要是在我身旁，我只会每天捧着她，护着她，哪能舍得害她呢？”

张良泪流满面道：“你是不知者不为罪，我说的可是真的！”

穆四妮心里“咯噔”一下，迷惑不解地望着张良。

徐敬修突然感觉到了不祥。

酒菜上齐，佣人都已退下。张良不搭理徐敬修、穆四妮二人，自顾自端起碗，倒了一碗酒，端起“咕咚、咕咚”一饮而尽，重重地把碗撂到桌子上，道：“我的女儿寻亲来到彭德府，与你的儿子相遇，相爱，私定终身。可你们夫妻不认这个儿媳，不让她进你们徐家门！如果不是你们的固执，她能死在外面？边说边气愤地瞪视着徐敬修和穆四妮，“不看僧面看拂面，你们就是看在当初我和你父带兵冒死救你们的份上，也不该把我女儿给逼死呀！你们可知道，她肚子里可怀着你徐家……”他再也说不下去了，趴在桌上“呜呜”哭了起来。

徐敬修和穆四妮听后大惊，一瞬间脸色皆白，同问道：“君燕是令爱？”

张良点点头哭泣道：“我可怜的女儿，爹对不起你呀！”

徐敬修只觉撕心裂肺之痛，身子不停地颤抖。望着悲痛中的张良不知该说些什么。

穆四妮一手捂着胸口，含泪跺脚道：“作孽呀！”

这时，徐大光走了进来，还没等他开口，穆四妮一把将他拉进里屋，盯着他，压着声音道：“你这畜生，你可知道这位是谁？”

徐大光回道：“知道。他是君燕、君生的父亲。”

“啊！”穆四妮大吃一惊，扯住他的胳膊，问道，“你早知道？”

徐大光低低"嗯"了一声，忍不住叫道："娘——疼！"

穆四妮松开了手，跌坐在椅子上。

徐敬修见穆四妮把徐大光拽进里屋低声询问，他也起身掀帘走进里屋，坐下怒视着徐大光。

徐大光被盯得浑身发毛，低头小声道："儿也只是听君燕说，她父亲是为了救朋友才被关进天牢的。但不知道她父亲所救之人就是爹、娘……"抬头胆怯地看父亲一眼，"那天，儿在门外听李掌柜跟您说，八国联军打进了京城，朝廷放了一批在押重犯，儿才叫君生去京城寻找他父亲的。"

穆四妮拍打着桌子，压低着声音，急道："我的小祖宗，张将军是为了救我和你爹还有你舅舅，不顾生死冒犯朝廷律法，才被打入天牢的。要不是你外公和张将军，爹娘早已死在苏州城了。要早知道君燕是张将军的女儿，爹娘就是违背家规，也不能将她拒之门外呀。"

徐大光泪流满面，嘴唇颤抖着，哭道："要是君燕能听到娘的话，她该多高兴啊。"擦了擦脸上的泪水，"张欠，不，君生和花儿两情相悦已久，就等着找到他父亲给他们成亲呢。"

穆四妮看着徐敬修，道："现在张将军来了，咱给俩孩子把喜事办了？以后就把君生当作咱自己孩子一样对待，尽量弥补一下咱的过失吧。"

徐敬修感觉实在是太对不起张将军了，可又没有什么办法，默不作声地坐在那儿心里自责、后悔。

穆四妮见徐敬修不吱声，再次说道："老爷，挑个日子，给君生和花儿办办喜事？"

徐敬修思虑再三，道："张将军是咱的大恩人，别说给他儿子办喜事，就是把咱全部家产给他们父子，我都没意见。但有一点儿可要想到，既要把事办好，又不能让润金他娘生气，毕竟她是咱家的媳妇。我就这点儿意见，这事你俩看着办吧。"

穆四妮和徐大光点点头，深知他的深明大义。

时间飞逝，不觉半月已过。张良来到正上房，进门面无表情地拱手道："感谢你们热情款待，谢谢你们这几年帮我照顾君生。我特来向你们辞行，我这就要带我儿子、儿媳走了。"

穆四妮一听"噌"地站起来，吃惊地望着他。

徐敬修起身急走两步拉住张良的手，道："张将军，您这是要上哪儿去？"

张良强打精神道："唉！走哪儿算哪儿吧。"忽然鼻子一酸，一股莫名的伤感袭来。

徐敬修看着张良，痛心疾首道："你这又何必呢？张将军，我是不是哪儿照顾不周了？"叹口气，"现在到处兵荒马乱，哪儿都不安全，您带着孩子们能去哪儿呢？你就不能把这儿当成自己家？"

张良见穆四妮祈求地看着他，嘴角溢出一丝苦笑，道："我现在只是个落魄之人，就不打扰你们一家清静了。"

徐敬修和穆四妮"扑通、扑通"双双跪倒在地。徐敬修忍泪道："您落魄了，是为谁落魄的？不是我们连累了您，您能落魄吗？不是我们连累了您，您能受这么多年的牢狱之灾吗？别说只是给你们提供一个安身之地，您就是要我徐敬修全部身家，我也毫不迟疑。"停了片刻，"张将军，我求您别再提走了，您忍心让我俩在自责、懊悔之中度过余生吗？"

张良看徐敬修夫妻执意挽留，想想自己也确实不知该去往何处，长出一口气，弯腰拉起他二人，道："好了，好了，我就在贵府叨扰了。自从我来到你家，你们夫妻这都三叩首了。"

徐敬修流着泪起身，紧紧抱住他道："这就对了，张将军。"

穆四妮擦干眼泪，脸上露出了微笑。

徐敬修慢慢地从怀里掏出了一串钥匙，道："张将军，您若不嫌弃就住我隔壁吧。我给您买好了一套四合院，聘了两个丫鬟。"

穆四妮道："您看看还有哪儿不妥的地儿，您说句话。"

张良有些意外地看看徐敬修，又看看穆四妮，穆四妮用乞求的目光回看着他。他毫不客气地从徐敬修手中接过钥匙，背手向外走去。

徐敬修看着张良的后背，长出了一口气，自言道："唉！对不起您呀张将军。"

这天，徐敬修走出庄园，大吃一惊，原来只有百十号的难民，突然之间增加了好几倍。他皱眉东西看看，整条徐家巷黑压压地拥挤着上千难民，心中一紧，颤抖着双手，仰面朝天泪流满面，咬着牙硬着心肠转过身去，痛心道："国难啊！"刹那间，他的心刀割般疼痛起来，惨叫一声道："国亡！"嘴唇嚅动了一下，"哇"地一口鲜血喷了出来。

第四十九章　忠肝义胆　精忠报国

后院正上房内：

日子一天天过去了，穆四妮眼中蓄满泪水，看着徐敬修那病入膏肓的样子，连后事都给他预备好了。

周汝昌轻步走进正上房与张良客套几句，坐到徐敬修床头，握住他的手，看着他两眼呆呆地盯着屋顶，含泪道："小老叔，又到开饭时候了，难民们等着你去盛粥呢。"

徐敬修没有反应。

周汝昌激动道："和谈成功了，咱国家给十一个国家签订了《辛丑条约》，慈禧太后和皇上已起驾回宫了。"

徐敬修的嘴角轻轻动了动。他似乎是听懂了周汝昌的话，许久许久，一行泪水从他的眼角慢慢流了下来。他的表情变得悲凉伤感起来。

穆四妮忙招着手："快说，汝昌，你快说，他有反应了。"

周汝昌看着徐敬修的脸："嗯，嗯"清了清嗓子说道："我想与你合资办学堂，让后人们学习文化，寻求救国之道……唉！看你病成这个样子，算了，我还是回去吧。小老叔呀，你就天天躺着吧，成个废人啦！不给你说了，我要回去给难民做粥了。"他佯装起身欲离去的样子。

徐敬修眼含泪意，艰难痛苦地用尽全身力气，拉着他的手不放松。

周汝昌见有用，继续说道："小老叔啊，我知道你也舍不得死，既然想和我一起办学堂，就坚强地站起来。"

穆四妮神情微惊，定定凝视着徐敬修的脸，知道他已听懂了周汝昌的话，看到他正在和病魔作斗争。她的眼泪滚滚落下，拍拍他的心口道："好好养着啊！还有很多的事等着你去办呢，我相信你有毅力。"

张良见徐敬修这样了，还不忘国家，还想为国为民做事，内心充满了敬意。

徐敬修在床上整整躺了一年之久，才慢慢有了好转，能下地走动。这天，张良见他气色不错，轻声道："咱到门口遛遛去？"

徐敬修犹豫了一下，点点头，从床边拿起他的罗汉竹拐杖，在儿子徐大光和徐大任搀扶下，走出徐家大院，见门口的难民只剩下了不到百十号人，沉重的心放了下来。

难民们见徐敬修他们从大门里走了出来，一瞬间全都跪下哭泣道："谢谢徐老爷救我们活命！徐老爷真是大善人啊！"

徐敬修扫了一圈跪于地上的难民，挥挥手。他看到徐老四也走出家门来给难民们做粥了，强打精神走过去，与张良、徐老四一起给难民们盛粥。

徐大光和徐大任不安地看着他，想搀扶，被他一手推开了。

徐老四抬头微笑着道："你回家歇着吧，这儿有我呢。"

张良放下手中的大瓢，拉住徐敬修的手道："咱回家吧，让大光、大任和四爷在这儿就行了。"

徐敬修满脸的欣悦看着徐老四，颤声道："四哥，辛苦你了！"

徐老四向他摆摆手，看了看难民，道："谈啥辛苦。就许你仗义放粥，我就不能出把力？我看到他们都能吃上饭，我感觉我有使不完的劲。兄弟啊，如你家里银子不够了，就用我的股银做粥啊？"

徐敬修微笑着点点头，伸出了大拇指。

徐敬修和张良并肩走进院子，张良边走边道："都说商人重利，没想到你一个普通商人，在这国难当头之际，竟然不计代价，仗义救了千千万万的难民，实在是令人佩服之至。"

徐敬修平静地道："国家有难，匹夫有责。尽我所能吧，国家要是完了，我就是有再多的银子又有何用？国破家亡的道理，我还是懂的，钱财乃是身外之物，生不带来，死不带去。把我这一生挣的银子都派上用场，这样，我就是死也心安了。"

张良敬佩地看着他，道："你真是个义士啊！"

徐敬修停下脚步，道："我这算啥义士，只是做点儿我该做的事罢了。"抬头见花儿鼓着肚子在浇花儿，喊道："行了，行了，不要浇了，让你爹看到还以为我在欺负他儿媳妇呢。"

花儿停下手里的活儿，不好意思地笑笑。

张良笑道："我可不敢说是徐老爷在欺负我的儿媳呀。是我让她浇的。"

花儿嗫嚅道："是我爹让我把院里的花全浇一遍。"

徐敬修嘴角溢出一丝苦笑，扭头看着张良，道："啊，是您欺负她呀，看我回头再跟您算账。"一拍额头，"哎呀，忘了。"回头看到正在摆弄花盆的管家，道："世福，你去村西头，我去村东头，看看二春和相才把粥做好了没有。"边说边转身就要走。

世福大声道："京城的大掌柜李相才和天津的大掌柜二春都走了，太太让他俩回去做生意去了。不打仗了，店铺可以正常营业了。"

徐敬修站住脚，回头瞪着眼问道："那白鹰呢？"

世福扯着嗓子回道："他年龄大了，回家吃着股银养老了。"

徐敬修问道："东北铺子的武总掌柜和彰德府的宋掌柜呢？我这几天咋没有见到他俩？"

世福大声回道："武总掌柜和宋掌柜都回铺子了。要不是您生病呀，太太也早叫大少爷和二少爷走了。"

徐敬修嘟囔道："这个老乞婆！你这个女土匪，把我的兵都给我派出去了也不和我商量。你以为我真的老了？你以为我病糊涂了？回来我饶不了你。"转身又向门外走去。

世福大喊道："您就别去村东头了，王成在那儿呢！"

徐敬修拄着拐杖走了几步停下来，回过头瞪着眼道："往后给我说话小点儿声，别以为我老了、聋了！"

世福哈哈一笑，拱着手压低声音道："记住了，我往后给您说话小声点儿。"

"啊，啊，你说啥呢？声音不能大点儿！"见徐敬修呆愣在那里，世福走到他跟前，捂住他的耳朵说道："老爷，您就别去村东头了，王成在那儿呢！"

徐敬修点点他，向正上房走去，走了两步停下来，回头喊道："去，把汝昌请过来，我有事和他商量。"

世福应声向外走去。

张良看着徐敬修，淡淡说道："我知道你病好了就会这样做的。"

徐敬修笑笑道："差点儿进了鬼门关，没想到又好了。这阎王爷不让我死呀，他老人家知道我还有好多事没有完成呢！"

张良笑笑，点点头。

不多时，周汝昌喜笑颜开地进了门就喊道："小老叔，不在床上躺着了？"

坐在太师椅上的徐敬修与张良相视一眼，道："国难当头，只要不死，就不能躺在床上。我还等着和你一起共建学堂呢！"

周汝昌走到几案前，手扶桌子，看着他笑道："你还有银子吗？做粥用了不少的银子吧？还没把你的银库掏空？"

徐敬修笑道："掏空了，就去借，只要有我吃的，就有他们吃的。反正不能让一个难民饿死在咱伯延村。"

周汝昌打趣道："小老叔啊，看来你是一点都不糊涂，想套套你家底都套不出来。"他笑笑挨着徐敬修坐下，"小老叔，你说咱啥时动手？"

"事不宜迟，说干就干。"

"好！我明日就去请匠工。"周汝昌干脆道。

张良敬佩地看着他二人，道："国人要都能像你们二位这样，国家就不会亡。你们虽然是商人，但你们的爱国忠诚之心，日月可鉴。"

徐敬修轻轻叹口气，道："这块土地养育了我们，我们就要为保卫这块土地做贡献。这是责无旁贷、义不容辞的事。"拍拍周汝昌的肩膀，"待会儿我去找徐文德和徐文昭说说，他俩来看望我时，我给他俩说了咱想要办学的事，他二人都很赞同，也愿意参与。"

周汝昌喜出望外，道："这是好事，人多力量大。"

徐敬修满面春风道："汝昌，有你和张将军在我身边，此生足矣！来来来，咱先筹划筹划，需要建多大规模的学堂，要用多少银子，多少工匠。"

张良见他二人都一大把年纪了，还为子孙后代、为国家兴旺不惜出钱，操劳费心，很是钦佩，不禁兴致大发，边收拾桌子上的茶具边道："我为学堂提名。"

王成"蹬蹬蹬"跑来，夺过张良手中的紫砂壶，嬉笑道："来来来，这是我的活儿，别给我抢。"

"你不好好在村东头放粥，跑回来干吗？"徐敬修质问道。

"老爷，放粥的事就不用您老操心了。现在难民少了，村东和村西的粥场合并了。"

张良取来纸张铺展好，抬头喊道："王成，取笔墨来。"

"好嘞！"王成转身从书房端来笔墨。

张良拿起毛笔，把眼一瞪道："一支毛笔我可不会写，我写字需要两支毛笔。"

王成瞪眼看着张良。

这时，张良突然发现王成眉眼很像程玉琪，仔细打量一番，手指王成惊道："你……你……"

王成眨巴眨巴眼，道："张将军，我咋了？"

张良回复平静，道："我突然之间发现你很像一个人。"

"我像谁？"王成道。

张良"哦"了一声，道："像我以前见过的一个人，那人非常有胆识，要不是因为立场不同，说不定我们还能成为朋友呢。被砍头时那视死如归、毫不畏惧的气概，至今都历历在目，令我敬佩。可惜呀，死得太早。"

"为何要砍他的头？"王成问。

张良轻声叹口气，道："世事变幻，命运无常。各为其主，由不得你我啊！"

周汝昌上前推推王成，道："别问了，快去拿笔来，我还等着欣赏张将军的双手书法呢。"

王成只得再去书房拿来一支笔。双手递给张良，木讷地看着他。

张良见王成愣着不动，吩咐道："帮我研墨。"

王成点头动手，一会儿研好墨，站在一旁。

张良双手持笔，左右手同时下笔，"唰唰唰唰""义士学堂"四个大字跃然纸上。

周汝昌与徐敬修相视一眼，竖起拇指，道："好好好，这四字洒脱而刚劲有力，不愧是将军所书。我只从书里知道有人双手能写梅花篆，没有亲眼目睹过，今天算是开眼了，将军真是文武双全。"

徐敬修看着纸上四字，不禁喜上眉梢，神情振奋，看不出生病的样子。

王成心事重重地走出上屋，迎面碰上兴高采烈而来的穆四妮。

穆四妮看了一眼神情落寞的王成，进屋喊："快看看，三儿来信了。"说着把信递给徐敬修。

徐敬修接过信打开一看，不由得乐了。

穆四妮嗔怪道："老东西，光你自己乐吧。"

周汝昌急道："小老叔，快给大家念念三儿在信里都说了些啥？看把你开心的。"

徐敬修得意地抚着胡须，笑容满面地坐下道："这是三媳妇给我的信，信中说咱都是中华儿女，都希望国富民强。洋人辱我中华，占我土地，欺压百姓，是可忍孰不可忍。每一个有良知的中国人，都应该以复兴我中华为己任，奉献自己……哈哈哈，要我给她捐银子。这孩子，想要我出银子就直接说得了，还摆出这么多大道理，这还用给我说吗？真当我老了？"

周汝昌道："你还有银子捐吗？"

徐敬修挠挠头，道："我记得你说过一句话，只要孩子们说得对，做父母的就要听。没银子，没银子我再把山塘街和西安的铺子卖掉两座，不就有了？"

穆四妮深情地望着他点点头。

"啊！"周汝昌惊诧地看着徐敬修，竖起拇指，道，"小老叔，老侄子说句不中听的话，你可不要生气啊！"

徐敬修点点头。

"疯子！小老叔，你真不愧是徐疯子，想出来的事往往出乎人的意料。"

徐敬修脸一板，假装生气道："没大没小，哈哈哈……"

"不说了，不说了，仅此一次。"周汝昌拉住张良的手，道，"小老叔，我带张将军到我那儿写几幅字，你可有意见？"

徐敬修点点他，道："你呀，我有意见又能怎样？管用吗？"

周汝昌拉着张良边往外走边笑道："知道自己说了也不管用就行。走啦！"

张良停下脚步，笑道："他同意，我还没同意呢。"

"你有意见呀？有意见保留，有意见保留。"周汝昌连拉带拽地把张良带走。

徐敬修看着二人离去的背影，摇摇头。

穆四妮拽拽徐敬修大袍，道："别看了，让他两个疯去，咱还是去看看王成吧，这孩子这几天老闷闷不乐的，肯定有心事。"

"我也有此感觉。"徐敬修拉着穆四妮来到王成住处，隔窗往里一看，只见王成双手捧着个牌子，泪流满面，正在低声哭泣。二人四目相对一下，推门而入。

"王成，你手里拿的是啥？"徐敬修道。

王成大吃一惊，忙拭去脸上的泪水，道："我、我、我爹的腰牌。"

徐敬修心里"咯噔"一下，恍然大悟道："你爹是……"

穆四妮打断徐敬修的话，问道："孩子，你爹是谁？为何还有腰牌？"

"你们都认识。"

徐敬修闻言已经明白，但控制住惊异的神情，道："孩子，是真的吗？"

王成点点头，把腰牌递到徐敬修手里，徐敬修双手颤抖着拿到眼前。

穆四妮不敢置信地道："老爷，他真是……"

徐敬修颤声道："是，就是你说的。"

穆四妮一把拉住王成，热泪盈眶道："王成，你真是程丞相的儿子？"

王成含泪点点头，道："我原名叫程飞扬。"

穆四妮道："孩子，既然你知道我们与你父亲的关系，为何不早给我们说？"

徐敬修爱怜地拍拍王成的头。

穆四妮掏出手帕给王成擦干眼泪。

"老爷，您去南方时，可在悦来客栈住过？"王成道。

徐敬修捻须点头道："每次去南方，我都要在那里住上一夜才进苏州城。你咋知道的？"

"老爷，您想想那家店里是不是有个小孩儿？"

徐敬修皱眉一想，点头道："是，是有个孩子，难道你是……"

王成回道："老爷，那小孩儿就是我。"

徐敬修重新打量一番王成，道："不会吧，那孩子当时还不到十岁的样子。"

"老爷，这都过去多少年了？我不长了？"

徐敬修自嘲地笑笑道："时光过得可真快，一转眼我就老了，你也长大了。孩子，这么远的路，你是咋来到武安的？"

王成道："我爹被人出卖后，我娘带着我四处躲藏，不料，还是被人发现了，我娘为了让我活下来，就把我藏了起来，她跑出去把官兵引开。等我找到我娘时，她已经被杀害。从此，我隐姓埋名四处流浪，要饭至悦来客栈，老板看我可怜，收留了我，让我每天帮他抹桌子、扫地、打水、烧火、喂马。有一天，有位客官说在客栈内丢了银子，老板硬说是我早上收拾房间时拿了。我说没有，他不信，一气之下我离开客栈，一路要着饭来到武安，听人说不想饿死就去伯延徐家，说徐家门前支着好几口大锅，每天放粥救助难民。就这样，我就跟着难民们来到您家大门外了。"

徐敬修含泪点点头。

穆四妮泣不成声道："我可怜的孩子，难为你小小年纪就吃尽了苦。"

王成摆着手，道："不可怜，自从来到你们身边，我就不可怜了。天天吃得饱饱的，穿得暖暖的，慢慢地我也发现了你们与我父亲有交情。"

徐敬修点头道："程丞相如果在天有灵，知道你已在我们身边，他也能瞑目了。"

"这真是天意啊！冥冥之中程丞相把儿子交给了咱。"穆四妮道。

徐敬修眼含热泪道："是啊，他是信任我徐敬修呀！"

王成问道："老爷，我想知道您为何会时常想起我父亲？"

"因为他是我的朋友。"

王成瞪着惊讶的双眼，又道："那贾大人和张将军呢？"

徐敬修笑道："他们也是我的朋友啊。"

王成接着问道："我父亲是太平天国的人，而贾大人和张将军是大清官府的人，他们怎么都会成为您朋友？"

徐敬修吸口气道："他们虽各为其主，但他们都是义士。"

王成望着徐敬修与穆四妮的脸："老爷，我想给我爹报仇！"

穆四妮听了大吃一惊。

徐敬修倒不感到惊奇，拍拍他肩膀，沉声道："孩子，你可知是因为太平天国内讧，他们自己人出卖了你爹，才使你爹落入他人之手。当时太平天国与大清打得终日不可开交，两军交战必有伤亡，论到乱世中，人与人的关系，谁负了谁，谁又怎么亏欠谁，本就是难说的一件事。时隔数年，而彼此又都是大劫余生，应该心平气和，看开一步了。再说，太平天国已经结束，你找谁去报仇？找朝廷？还是抓你爹的人？找下令的人？砍头的人？如果都像你这么想，这仇报起来还有完吗？你也看到了，现在洋人欺负咱，百姓流离失所，有家难回。国破家亡，国家要是没了，还有我们的小家吗？现在我们最要紧的是养精蓄锐，保家卫国，不计个人恩怨。孩子，听人伯一句话，一切都已过去，何不放下心里包袱，做自己应该做的？你爹娘在天之灵也不会希望你带着仇恨活着。"

王成听了徐敬修一番话，低头沉思半响，再抬起头时，神情异常轻松，冲徐敬修和穆四妮点点头道："老爷，跟您这么多年，您的宽宏大量、宅心仁厚令我非常敬佩，可自己仍未放下复仇之心，真是惭愧，今天听您一席话，我终于明白，也彻底放下了，我感觉浑身都轻松了。"停了一下，坚定道："老爷，您把我爹的腰牌烧了吧！从今天起，我就是程飞扬，再也不是什么王成。程飞扬从现在起，一心一意地跟着老爷，学做人，学做生意。"

徐敬修欣慰道："这就对了，你再也不是王成，你就是我的大侄儿程飞扬！"

数月后的一天，徐敬修拄着拐杖站在院里大喊道："君生！君生！"

张良点着他道："不是给你说我当爷爷了，我让他回西院了。"

徐敬修一拍脑门道："看我这记性，比您年轻几岁，可这记性还没您好。"随即又喊起来，"润金！润银……"

穆四妮娇怒道："真是老糊涂了，润金在彰德府，润银去西安了。"

徐敬修摇摇头，又接着喊："润福、润寿……"

穆四妮气得笑道："你呀，润福去了蒙古了，润寿在宁夏。"

徐敬修一听不高兴了，像个孩子似的嬉笑道："呵呵呵，我知道润延去上海了，润年呢？润年去上学了吧？"

穆四妮指指他额头，道："老东西呀老东西，润年都多大了？还上学。你不是安排他去沈阳了吗？装糊涂。"

张良道："看看，这生意做得太多了，把脑子都做的不好用了吧？看我这记忆力多好，过事不忘。"说着拍拍胸脯，抬起右腿踢过头顶，哈哈一笑，"再看看我这身板，嘿，忒棒！再让我领兵挂帅都没问题。"

穆四妮道："那可是，说不定哪天皇上想起您来，还会招您回去领兵挂帅重返沙场呢。"

张良整整大袍，摇头道："唉……我是个戴罪之人。不过，只要国家需要，我肯定义不容辞。"

徐敬修突然一惊一乍道："我的老天爷啊！都走了，谁做粥放粥呢？万事莫如赈济急。走，走，他们都走了，咱们几个老家伙做粥去。"

张良激动道："走，做粥去！"

徐敬修一手拉着张良一手拉着穆四妮向大门外走去。

徐家大门外：

就在这时，只见一位身穿铁灰夹袍，上套珊瑚扣的贡缎马褂，头上罩着红顶戴，骑有高头大马的人，身后簇拥三十几个带刀侍卫，威风凛凛飞奔而来，引得难民仰目而视。

他们来到伯延村徐家庄园门外还没站稳，正好徐敬修拉着张良、穆四妮从大门里走了出来，见到来者，吓得他们三人顿住身形，紧张得不知所措，赶紧就地而跪。

徐敬修吓得脸色苍白，趴在地上，颤声道："不知草民又犯何罪？"虽然他的手被穆四妮紧紧握着，可他的手还是哆嗦个不停。

带刀侍卫"哗啦"散开排成两队，李莲英从两队中间走出，趋前打开圣旨，尖声道："圣旨到！张良听旨……"

张良双手伏地，道："在下张良接旨。"

只听李莲英尖声读道："奉天承运，皇帝诏曰：朕明察尔虽杀死闫世雄有过，但念尔平贼有功。现在国家动乱急需人才，朕旨意尔自行募集兵勇、筹集粮饷，三月内回京面见朝廷，官升三级。钦此！"

张良听后热泪盈眶，感慨万千道："臣接旨，臣愿为国为民鞠躬尽瘁，死而后已！谢主隆恩，皇上万岁、万岁、万万岁！"行礼完毕，张良起身扶起徐敬修和穆四妮。

徐敬修深吸了一口气，抬头道："唉！吓我一跳，我以为又要砍我的头呢！"定眼一看是大内总管李莲英，又急忙跪下双手抚地道："草民不知是李大人大驾光临，有失远迎，望李大人见谅。"

李莲英上下打量了一下徐敬修，尖声惊道："又是你？平身吧！你我真是有缘，又见面了。不、不、不，应该说你跟我大清朝有缘。"

徐敬修起身拱手道："多谢李大人在宫里搭救之恩！您老路途辛苦，请到寒舍小坐，喝杯茶水。"

李莲英抬头看了看这座豪华气派的庄园，飞快地瞟了徐敬修一眼，尖声道："寒舍？这就是你说的寒舍？"

徐敬修和穆四妮低头不语。

李莲英望着徐家庄园门联，轻声读道："'一年春作首，百事国为先。'不错，不错啊！"他点点头，看着门前几口大锅和跪了满地的难民，眉头微微蹙着，尖声道："徐敬修，你作为一名商人能在国家危难之际，慷慨解囊救众民于水火，你有一颗金子般的心，真是令人佩服。若那些朝廷重臣都能像你武安商人一样，八国联军就不敢前来欺我大清。"

徐敬修拱手道："不敢当！不敢当！我只是为苦难黎民、为国家略尽绵薄之力而已。"

李莲英尖声道："好、好、好！说得好！"

张良上前一步，拱手道："李总管，里边请！"

李莲英打了个兰花指，道："军务太忙，不便久留，京城见。"说完，上马带着侍卫们向北飞奔而去。

张良眼含热泪望着北去的李莲英，自言道："自行募集兵勇，筹集粮饷，谈何容易啊！"

穆四妮摇手道："这有何难？现成的兵勇，还用您发愁？"

张良与徐敬修同时用不解的眼神望着她。

穆四妮得意地掰着手指，道："咱儿子大本，孙子润金、润银、润福、润寿、润延、润年，还有侄儿君生、王成，再加上家丁、铺子里的小伙计，门前还有这么多难民，兵勇多的是。"

张良闻言眼睛一亮。

徐敬修点点头道："好你个老乞婆，不出门就把兵勇招募齐了。"

穆四妮想了想，扭头看着张良，道："要不要女的？"

张良道："男女无妨，只要能上阵杀敌就成。"

"那好，我和三媳妇都跟您走。"

"好，你大刀一挥，肯定撂倒一片。张将军，您可别小看她，她功夫可了不得。"徐敬修激动道。

张良点点头道:"这个我信,但你身旁更离不开她的庇护!我把你的儿子、儿媳、孙子、侄儿都带走就行了。"说着,他停下来,低声道:"这兵勇是有了,但这粮饷?"

徐敬修接口道:"粮饷就更简单了,把铺子全部卖掉给您做粮饷,解您后顾之忧。"

张良激动地望着徐敬修那沧桑的面容,颤动着双唇,久久说不出话来。半晌,他才伸出双手,一手拉起徐敬修一手拉着穆四妮,三人悲喜交加伫立在徐家庄院大门前。

伯延村一群孩子喊着:开仗啦!打东洋啦……

讲不完的是历史,道不完的是故事。徐家的盛衰成败已成往事,而徐敬修身后这座古老的庭院,永远定格在武安这块肥沃的大地上!

后　记

　　小时候，常听父亲讲起他的太爷徐敬修富不忘国，济世救人，开仓放粮，收留难民、做益粥、办学堂的故事。作为徐敬修的后裔，我每每被他的事迹所感动、所激励，总想着作为他的后人，应该做点什么，把他那心怀天下，悲悯苍生，以商救国，以德救民的精神传承下去，但始终不知从何着手。直到踏上故土的那一天，在族亲们的鼓励下，我才萌生了将这些故事写下来的梦想，可惜自己才疏学浅，又顾虑重重，犹豫徘徊，难以下笔，但流淌在我身体里先人的血液，常常令我难以安心，在经过多少个辗转反侧、夜不能寐的夜晚，一时激动，在族亲们面前许下诺言，我要把先人的创业史整理出来，不为光宗耀祖，只为激励后人！

　　为了能再现徐家先祖那不畏艰难，艰辛创业，以德为商，心怀苍生，救国救民，感人而艰辛的历史岁月。我多次纠缠近八十高龄的父亲，南下苏州、杭州、南京、上海，北上东北三省，探寻徐家生意的原貌，了解徐敬修经商的曲折经历，经过两千多个日日夜夜的笔耕不辍与喜怒哀乐，经过无数遍的推翻重写，修改、修改、再修改，这部九十多万字的长篇小说《大商号》之《白手起家》和《大展宏图》才终于得以问世。这部小说以真实的历史人物为背景，还原了武安商帮以诚信立商，义字当先的经商历程。书中既有贪官、买办、奸商、英商、日本间谍，也有美丽善良、多愁善感、武功盖世的巾帼须眉，人物性格鲜明，栩栩如生，故事情节跌宕起伏、环环相扣、悬念重重、引人入胜，在历史与故事间再现了那个已逝的时代风貌。

　　值得欣慰的是《大商号》，于2016年2月在中国文史出版社首次发行就得到了读者的厚爱，修改版《白手起家》和《大展宏图》才得与大家再版重逢，这是读者对我激励与鞭策，也是中国文史出版社对《大商号》的肯定。再此，

第四十九章　忠肝义胆　精忠报国

567

我非常的感谢，谢谢你们的厚爱！是你们给予我勇气和力量，让我的生活更加丰富，人生更加精彩。

在作品付梓之际，非常感谢我的老师安秋生、王玉民、张华民、白爱君等人倾力襄助。

特别鸣谢武安市及伯延镇两级政府的大力支持。

感谢武安市旅游局

感谢中国文史出版社的领导，尤其要感谢责任编辑戴小璇女士，在百忙之中不厌其烦地协助我修改并最终定稿。

最后还要感谢我的家人和徐氏宗亲：徐天明、徐学义、徐福召，程焕英、徐安唐等为我的小说提供素材并全程担任了校对工作。

诸如以上每个人的大爱，让我受惠并终身铭记！

由于自己的写作水平有限，难免有不足之处，还望广大读者批评指正！

徐君儿

2017 年 12 月 6 日